Eckhard Mieder

Die im Regenbogen wohnten

Roman

verlag am park

Wachs und werde zum Wald! Eine beseeltere,
Vollentblühende Welt! Sprache der
Liebenden
Sei die Sprache des Landes,
Ihre Seele der Laut des Volkes!

Aus: Friedrich Hölderlin, Die Liebe

Das Buch

Mieders neuer Roman ist historisch und erzählt von altem Kram. »Wende« und Liebe und die Suche nach den Lebensplätzen in einem sich verändernden Land – nichts Neues unter der Sonne? Wiederum, fragt der Autor, was könnte neuer sein als die Fragen nach – Wenden, Lieben, Lebenssinn?
Solche Fragen riechen nach Antworten, die aus dem Staub der Besserwisser aufwirbeln. Weiß Mieder und hält sich zurück. Bedeckt. Aber nicht – verdeckt. Es treibt ihn um. Immer noch. Mieder weiß aus der Erfahrung des Vaters, wie Mädchen und Jungen 1989/1990 erlebt haben. Davon erzählt er.
Einen Roman lang, ein bisschen Weltgeschichte.

Der Autor

Eckhard Mieder, Jahrgang 1953, geboren in Dessau, aufgewachsen in Berlin, nach Volontariat bei der Nachrichtenagentur ADN Journalistikstudium an der Leipziger Karl-Marx-Universität von 1974 bis 1978. Danach, bis 1983, Reporter beim Jugendmagazin »neues leben«, von 1983 bis 1986 Redakteur beim DDR-Fernsehen. Seither freiberuflich als Schriftsteller und Filmemacher tätig. Mieder lebt seit 2002 in Frankfurt am Main.
In der edition ost erschienen der Erzählband »Papier geht um. Die gespenstischen Deponate des Johannes Tütenholz« (1997), die Novelle »Tod des Lehrers« (2014), »Untergang der Estonia. Eine Posse« (2014), »Absolut und Anderseits. Porträts junger Deutscher 1978 und 1989/90« (2014), die Romane »Leben des Joab« (2016) und »Henry Haas. Fall eines Anwalts« (2017), »Der Letzte oder Begattet euch doch selber. Zwei Geschichten aus dem Anthropozän« (2017), »Barbarella in Hamburg. Ein deutsches Poesiealbum« (2019), »Am Tegernsee im Schnee von gestern« (2019) sowie die Gedichtbände »An der Autobahn stand dieser Mann.« (2020) und »Der Vogel im Preußenkleid des Igels« (2022).

Erstes Buch
Ende einer Zukunft

Der Versand von mehr als 25 Millionen Schulbüchern an alle Orte der Republik wurde am Dienstag in Leipzig abgeschlossen. Die Werktätigen des Leipziger Kommissions- und Großbuchhandels stellten, unterstützt von rund 1.000 Helfern, seit Februar Sendungen für insgesamt 11.000 Empfänger zusammen. 6.500 Sendungen wurden direkt an Schulen geliefert, die etwa die Hälfte der Bücher als Freiexemplare ausgeben. Von den 539 Titeln sind 345 für Oberschulen und erweiterte Oberschulen, 187 für Sonderschulen sowie 7 für allgemeinbildende Fächer der Berufsschulen bestimmt. 31 Schulbuchtitel sind Neuerscheinungen, darunter Biologie-, Geographie-, Geschichts- und Russischlehrbücher für die 6. Klasse.

Allgemeiner Deutscher Nachrichtendienst, 16. August 1989

Samstag, 2. September 1989

Bevor die Tatra-Straßenbahn anhielt und sie aussteigen musste, erblickte Vera Lothringen die beiden Braunbären. Der eine hatte sich auf die Hinterbeine gestellt und schien die Zuschauer gemütlich zu grüßen. Der andere stand vor dem Wassergraben, schüttelte immerzu den Kopf, als fragte er sich seit Langem, wer ihn gefangen, aus dem Wald geschleppt und in das Gehege gesperrt hatte.

Als Vera ausstieg, sah sie sich für einen Moment als das Kind von sieben Jahren vor dem Eingang zum Tierpark stehen. Das Mädchen hatte sich damals nicht die Frage gestellt, die sie sich jetzt als Achtzehnjährige stellte: Was dachten die eingesperrten Bären über die gaffenden Menschen? Wahrscheinlich dachten sie nichts; weil Tiere nicht denken können? Keine Zeit, sich darüber Gedanken zu machen. Vera hatte eine Verabredung.

Sie wartete an der Ampel, bis das grüne Auge aufleuchtete. Als sie die Straße überquerte und auf die elfstöckigen Neubauten zuging, sah sie ihn. Gernot. Den hoch aufgeschossenen, fast mageren Gernot mit dem Lockenkopf. Ihren Gernot. Der sie noch nicht bemerkte, weil er eben einem Touristenpärchen – es hielt einen aufgeschlagenen Stadtplan in den vier Händen – einen Weg erklärte. Doch dann schaute er auf, ließ die beiden Fremden stehen und rannte auf sie zu. Auf Vera. Seine Vera. Die Touristen, leicht verwundert, lächelten, als sie erkannten, warum sie mit halber Information im Stich gelassen wurden.

Dann standen sie voreinander. Vera sah, dass Gernot unverschämt braun gebrannt war. Sie hatten sich sechs Wochen lang nicht gesehen, fast die gesamte Ferienzeit über. Gernot war mit seinen Eltern ans Schwarze Meer gefahren, nach Jalta, während Vera mit ihrer Mutter, wie in jedem Sommer, auf der Halbinsel Darß an der Ostsee war. Diesen Sommer das erste Mal ohne den Vater.

»Hei«, sagte Gernot. »Lange nicht gesehen.« Wo er Recht hat, hat er Recht, dachte das Mädchen.

»Hei«, sagte Vera. »Du bist mächtig braun geworden.« Wo sie Recht hat, hat sie Recht, dachte der Junge.

»Du aber auch. Steht dir gut.«

»Ich glaube, die Mädchen werden noch verrückter nach dir sein.«

»Ach, die Mädchen!« Er seufzte theatralisch. »Was interessieren mich die anderen Mädchen!«

Wie sie da so standen. Scheu, befangen, verlegen. Sie fielen sich nicht um den Hals, obwohl sie sich nacheinander gesehnt hatten. Sie gaben sich nicht mal die Hände, als wüssten sie mit ihnen nichts anzufangen. Sechs Wochen getrennt – das war wie ein neuer Anfang.

»Wohin wollen wir?«, fragte Gernot.

»Café?«, schlug Vera vor.

»Oder Tierpark?«

»Ist mir zu voll.«

Also ins »Café am Tierpark«. Dort war es samstagnachmittags auch immer voll. Aber sie konnten draußen sitzen und trotzdem für sich sein. So etwas gibt es. Dass zwei für sich eine Insel sind inmitten eines plätschernden Ozeans. Erst als sie am Tisch saßen, schoben sich ihre Hände ineinander. Plötzlich beugten sie sich über den Tisch, ruckartig fast, und küssten sich. Beinahe hätten sie die Eisbecher, die grade die Serviererin vor sie hin stellen wollte, vom Tablett gefegt.

Alte Vertrautheit zwischen Vera und Gernot? Als wären sie seit zwanzig Jahren verheiratet? Immerhin, sie waren seit über einem halben Jahr ein Paar, und sie hatten schon ein paar Mal miteinander geschlafen. Und jeder, der sie kannte oder auch nur ansah, fand, dass sie ein ideales Paar abgaben. So etwas gibt es. Da kommen zwei daher, eingehüllt in ein Licht, umgeben von einem unsichtbaren elektrischen Zaun. Vorsicht! funken sie. Fasst uns nicht an! blitzen sie. Unsere Freundschaft, unsere Zuneigung, unsere Liebe ist eine Kostbarkeit, der niemand zu nahe kommen darf. Jede Einmischung wird mit einem Stromschlag bestraft.

Langsam kam ihre Unterhaltung in Schwung. Die Wörter waren ihnen während der Zeit der Trennung weggelaufen, und sie mussten ihnen erst nachlaufen und sie mit einem Kescher einfangen.

Aber es gab noch etwas anderes, das hinderte am Drauflosplaudern. Während Gernot vom Strandleben erzählte, von Melonen, die süß und riesig waren, von den Grillpartys, die es jeden Abend im Palmengarten des Hotels gab, schweiften Veras Gedanken ab zu dem Telefongespräch, dass sie erst gestern mit einem Klassenkameraden geführt hatte. Was heißt Klassenkamerad!

Werner Kahnert gehörte zur Clique, seitdem sie vor zwei Jahren gemeinsam auf die Erweiterte Oberschule gekommen waren. Zwischen Vera und ein paar anderen hatte es sofort einen Draht gegeben, hatte die Chemie gestimmt. Wie selbstverständlich hatten sich sieben Schülerinnen und Schüler gefunden, die eine Gemeinschaft für sich waren. Die andere ausschloss.

»Hörst du mir überhaupt zu?«, fragte Gernot und schaute Vera zärtlich an.

»Doch. Du hast mir gerade vorgeschwärmt, wie unglaublich hübsch die jungen Russinnen sind.«

Gernot zog den Löffel über die Zunge und sah schelmisch-verlegen drein. Spielte er gut, fand Vera.

»Von denen«, Gernot stach den Löffel als pädagogischen Zeigefinger in die Luft, »von all den Marusjas und Nataschas, die mich umschwirrten, habe ich noch nicht ein Wort erzählt!«

»Ach. Entschuldige. Ich musste gerade an Kahni denken.«

»Du sitzt mit mir zusammen. Wir haben uns seit Wochen nicht gesehen. Ich wäre fast gestorben vor Sehnsucht. Und du denkst an Werner?«

»Er hat mich gestern Abend angerufen.« Sie machte eine Pause. »Aus Hamburg.«

»Aus Hamburg?«

»Er hat gesagt, er kommt nicht mehr nach Hause.«

»Kahni ist abgehauen?« Beinahe musste Vera lachen, zu blödverwundert schaute der Freund jetzt. Aber vielleicht hatte sie gestern Abend am Telefon genau das gleiche Gesicht gehabt.

»Und dass er nicht der einzige ist. Auch Karla ist im Westen.«

»Die Endlicher? Und Kahnert? Spinnen die?«

»Es ist eine Menge passiert im Sommer. Vielleicht hast du das in Jalta nicht so mitgekriegt.«

»Entschuldige mal! Jalta liegt am Meer, aber nicht auf dem Mond!«

»Trotzdem«, bestand Vera auf ihrer Sicht. Sie wusste, dass Gernots Vater ein hohes Amt in der Regierung innehatte und dass die Familie Klinkermann ihre Ferien nicht in irgendeinem Hotel, sondern in einem Gästehaus der sowjetischen Regierung verbrachte. Vera war sich nicht sicher, ob man sich die Urlaubsstimmung am Schwarzen Meer verderben ließ durch beunruhigende Meldungen über DDR-Bürger, die zu Hunderten in den Westen strömten.

Und ob es in Jalta Westfernsehen gab? In einem Haus der Regierung – vielleicht.

»Ich bin nicht aus Dummsdorf!«, sagte Gernot. »Dass was im Busch ist, war schon vor den Ferien zu spüren. Aber dass … Kahni, ich glaub's nicht! Wenn einer zur Stange gehalten hat, dann doch er! Er wäre doch am liebsten morgen schon General geworden! Mann, ist der irre geworden?« Er klang enttäuscht.

Niemand kann in die Köpfe der Menschen hineinsehen. Nicht mal in die Köpfe von Freunden und Freundinnen. Manches behält man besser für sich. Es spricht sich früh genug herum, es zieht früh genug seine Kreise. Was einer tut, hat Folgen, die er nicht unbedingt voraussehen kann.

Aber auch Vera war – enttäuscht. Werner sagte am Telefon, dass er ihr noch einen langen Brief schreiben werde. Er würde sich nicht rechtfertigen, glaube aber, dass die Freunde ein Recht darauf hätten, von ihm informiert zu werden und es nicht erst von irgendwem und irgendwann zu erfahren. Da würden sowieso nur entstellte Informationen verbreitet werden. Die Wahrheit, die Wahrheit … Er hatte beim Reden gestockt und war verstummt. …

Als Vera den Hörer auflegte, raste ihr Herz. Sie war verstört. Sie verstand nicht. Und, ja, sie war enttäuscht, obwohl sie nicht genau wusste, warum. Hatte Kahnert sie und die anderen verraten? Ach, Verrat ist ein großes Wort! Ein Hammerwort! Vielleicht war die Enttäuschung eine Enttäuschung darüber, dass Vera und die andern nichts von Kahnerts Absicht gemerkt hatten? Denkbar war auch, dass er spontan gehandelt hatte. Vielleicht eine Ferienliebe, vielleicht war alles ein Irrtum, den er einsehen würde. Und dann würde er zurückkehren, heimkehren, in die Clique zurück. Das alles ging Vera nach dem Telefonat durch den Kopf. Das alles kam am Café-Tisch wieder hoch. Und wie war er nach Hamburg gekommen und wie Karla nach Nürnberg?

»Lass sie doch!«, sagte Gernot schließlich.

»Was meinst du mit ›Lass sie doch‹?«

»Es ist ihre Entscheidung. Du kannst nichts daran ändern. Ich kann nichts daran ändern. Jeder ist seine Glückes Schmied.«

Vera nickte und fühlte, dass es nicht richtig war. Das Nicken nicht. Und es war auch nicht richtig, das Heimatland zu verlassen. Und erst recht nicht richtig war, was Gernot sagte. Aber Gernot war schon immer bestimmt, selbstbewusst und stark. Das schätzten alle an ihm. Manchmal waren seine Urteile zu schnell, zu hart, zu eindeutig. Immerhin waren Kahni und Karla nicht irgendwelche Fremden für ihn. Konnte auch sein, dass Gernot tiefer verletzt war, als er zugeben wollte. Lieber tat er schnoddrig, lässiges Abwinken, Augen zu und durch. So war er eben, und backen kann man sich einen Jungen nicht, schon gar nicht, wenn der wie ein Felsen ist.

Später, sie waren noch ins Kino gegangen, hatten sich »Rain Man« mit Dustin Hoffman und Tom Cruise angeschaut und mit einem langen Kuss verabschiedet, lag Vera im Bett und konnte nicht einschlafen. Das neue Schuljahr stand bevor, übermorgen würde es anfangen. Es würde anders werden als die Jahre davor – spürte sie. Es lag ein Dunst über den letzten Wochen. Etwas Nebliges. Ein Schleier. Und es roch eigenartigerweise. Wie es manchmal am Strandufer roch, wenn Tang, Muscheln, bleiche Holzstücke in der Sonne trockneten und – stanken.

Auch wenn sie sich nicht erklären konnte, warum es diesen Schleier gab. Oder diesen Geruch, den sie sich einbildete. Etwas lag über den letzten Wochen. Etwas, das durch den Anruf ihres Klassenkameraden Werner Kahnert ein Gesicht bekam. Etwas, das sie sogar am Strand der Ostsee gefühlt hatte, als sie eine Ansichtskarte aus Nürnberg in der Hand hielt. Karla hatte zwei Sätze geschrieben, die nichtssagend waren, Sommer, Sonne, gutes Bier; aber allein, dass sie aus Nürnberg kamen, sprach Bände.

Wenn Vera und ihre Mutter sich zu den Sonnensuchern am Strand gesellten und sich um ein Feuer lagerten, in das sie in fröhlicher Runde Kartoffeln und Würste hielten. Wenn sie in den Sonnenuntergang schauten, Bier und Wein aus Flaschen tranken und davon sprachen, dass es im Lande gärte, aber die Ferien am Weststrand lassen wir uns doch nicht vermiesen, Leute. Von einem Kaiser nicht, von Gott nicht und nicht von einem Tribun. Doch etwas hatte den Schleier gebildet, etwas anderes wollte ihn zerreißen.

Die an den Abenden sich trafen, die kannten sich seit langem. Es war eine Strandgesellschaft, die sich jedes Jahr im Sommer einfand, Volleyball spielte, aus Sand und angeschwemmtem Strandgut Burgen baute, welche das Meer über Nacht rhythmisch wegleckte. Eine Gemeinschaft, die Suppe kochte, in den Wald hinterm Strand ging, um Zweige und Äste, die von den Stürmen den Bäumen genommen und zu Boden gefegt worden waren, zu sammeln; die Witze erzählte in unterschiedlichen Dialekten des Landes, und sich neckte und sich gut leiden konnte. Und die eine Familie kam aus Karl-Marx-Stadt, andere kamen aus Brandenburg und Görlitz und von sonst woher aus der Republik. Sie waren Ingenieure, Ärzte, Juristen und Metallfacharbeiter, Kinder, fast Erwachsene, ein Professor war unter ihnen, der den ganzen Sommer am Strand zu verbringen pflegte – selbst starkem Wind und heftigem Regen trotzte er in seiner aus Ästen, Planen und Gräsern gebauten Robinson-Hütte –, der Feste für die Kinder ausrichtete. Kinder, die mit den Jahren herangewachsen waren. Wie Vera, die sich an Strandburgen erinnerte, an selbst gezimmerte Flöße, dann die ersten Male, die sie direkt vom Strand zur Disko nach Born oder Ahrenshoop geradelt war.

All das ging Vera durch den Kopf, bis sie in den Schlaf fiel.

Montag, 4. September 1989

Am ersten Schultag nach den Sommerferien des Jahres 1989 trat der Deutschlehrer Werner Kotte vor seine Schüler, die er seit zwei Jahren mit mäßigem Erfolg durch die Täler und über die Höhen der Orthographie, der Grammatik und der heimatlichen Poesien lotste. Kotte, Ende Dreißig, blondes, kurz geschorenes Haar, würde das plötzliche Auftauchen eines Nilpferdes neben den Mülltonnen auf dem Schulhof ebenso wenig überraschen wie eine überraschende Hospitation des Geheimen Rates Johann Wolfgang von Goethe. Kotte hatte zwei Ehen überlebt, war ein Freak Hölderlinscher Dichtkunst und hatte sich in seiner Jugend selbst als Poet versucht. Die Einsicht, dass bei fehlender Begabung auch ein enormer Fleiß und das Studium der Verslehre nicht die Türen zum Olymp der Dichter öffnete, schmerzte den Deutschlehrer gelegentlich; doch war der Schmerz im Lauf der Jahre verklungen und einer milden Selbstkasteiung gewichen. Gegebenenfalls, gewissermaßen anfallartig, gab er sich die Aura des Mannes, der gedankenschwer durchs Leben geht, Geheimnisse hat und ein unausgefülltes Leben führt. Im Grunde war Werner Kotte mit sich im Reinen.

Als er an diesem Septembertag das summende Klassenzimmer betrat, hatte er einen Jungen an seiner Seite.

Kotte sah sich um. Wartete, bis Stille herrschte. Sagte dann kurz und bündig: »Bitte!«

Er streckte den Arm aus, schwenkte die geöffnete Hand von dem Jungen in den Klassenraum hinein, um den Rest sollten die sich kümmern, die braun gebrannt aus den Ferien zurückgekommen waren und seiner sicheren Gewissheit nach auf ihren Luftmatratzen, in ihren Strandburgen, in den Dorfdiskotheken keinen deutschen Vers gelesen und die Bücher in den Kiosken der Meeres- oder Bergstädte für bunte Schachteln gehalten hatten.

Der Junge hatte verstanden, dass er sich vorstellen sollte. Er blickte in die Gesichter der Mädchen und Jungen, die so taten, als interessierte sie der Neue nur mäßig.

Der Fremde lächelte knapp und fuhr sich mit der Rechten durch das dichte, schwarze Haar. Mit einem Seitenblick registrierte er, dass der Lehrer in einem Buch blätterte und auch kein sonderliches Interesse zeigte. Weder an ihm, noch an der Klasse und am Verlauf des Unterrichts auch nicht. Möglicherweise würde seine Aufmerksamkeit nicht mal durch die Kreuzigung Jesu oder durch das Auftauchen des Riesenaffen King Kong geweckt werden. Der Junge holte tief Luft und sagte: »Mein Name ist Gadji Muuslimsade. Ich bin Aserbaidschaner. Mein Vater ist Offizier der Sowjetarmee. Wir sind seit acht Wochen in der DDR.«

Die Klasse schwieg. Vor den Fenstern draußen, im dichten Blattwerk einer Linde schmetterte ein Vogel sein Lied, eine Folge von Tönen, die irre fröhlich klangen; zu laut, zu übermütig, zu überdreht klang dieser Free Jazz, den nur die Artgenossen verstanden, falls überhaupt.

Der Lehrer hatte gefunden, wonach er suchte, schaute hoch und deklamierte: »Mündig und hell vor euch steht der besonnene Mensch.« Die Stille im Raum wurde durch ein kurzes Auflachen unterbrochen. Kotte runzelte die Stirn und fragte, zielsicher, er brauchte nicht zu schauen, wer da lachte, er kannte seine Pappenheimer: »Was lachen Sie, Gernot?«

Aus der letzten Reihe schraubte sich der Bursche in die Scheitelhöhe von fast 190 Zentimetern. Halb stand er, halb beugte er sich über den Tisch. Er grinste triumphal, weil er sich der Sympathie der Klasse ebenso sicher war wie der Sympathie des Lehrers. Gernot war derjenige junge Mann, der selbst dann noch sympathisch wirkte, würde er Fliegen die Beine ausreißen oder auf dem

Gelände einer Tankstelle ein Lagerfeuer entfachen. »Es muss heißen: der sonnengebräunte Mensch, Herr Kotte!«

»Sonnengebräunt«, nahm der Lehrer den Ball auf, »ist ein Wort wie eine schlecht gepflasterte Straße. Wie ein Schlagloch im Asphalt. Gewöhnliche Menschen gebrauchen es, wenn sie aus den Ferien heimkehren und sich die Mengen von Fotos anschauen, die sie im Urlaub gemacht haben. Sie langweilen sich, aber sie zwingen ihre Familie und ihre Gäste dazu, sie anzuschauen. Ein Dichter wie Hölderlin, Gernot Klinkermann, wäre über einem Wort wie ›sonnengebräunt‹ in Ohnmacht gefallen und dem Wahnsinn noch früher als ohnehin verfallen. Stimmen Sie mir zu?«

»Normalerweise stimmte ich Ihnen zu«, entgegnete Gernot korrekt. »Heute indessen nicht.«

»Welch hoher Ton, den Sie anschlagen!«, sagte Kotte. »Warum heute nicht?«

»Gewöhnliche Menschen ziehen es vor, gar nicht erst aus den Ferien heimzukehren, Herr Kotte. Sie lassen ihre Autos an den Grenzen stehen und sehen zu, wie sie in irgendein Kaff nach Bayern kommen.«

Ein Raunen in der Runde, dann angespannte Stille. Die Welt da draußen vor den Fenstern der Schule mochte aus den Fugen geraten sein, das war ihnen trotz der ferienbedingten Abneigung gegen das Getriebe der Welt nicht entgangen. Hatte sich deshalb etwas verändert zwischen Kotte und seinen Schülern, hatte sich überhaupt irgendetwas an der Schule verändert? Und der fremde Junge mit dem unaussprechlichen Namen hätte in diesem Augenblick ebenso in jenem fernen Ort stehen oder schlafen oder Eis essen können, aus dem er kam. Gewiss trug dieser Ort auch einen Namen, den auszusprechen einer deutsche Zunge Mühe bereiten würde.

»Ich verstehe«, sagte Kotte. »Sie sind kein gewöhnlicher Mensch. Sie waren gewiss auch in Ungarn …«

»Jalta!«, sagte Gernot.

»Jalta«, sagte der Lehrer; wo liegt Jalta noch mal? am Schwarzen Meer, fiel ihm ein. Gab eine Konferenz da, kurz vor dem Ende oder kurz nach dem Ende des später so genannten Zweiten Weltkrieges? Eine Gegend, die ihn nicht interessierte. Hölderlin hatte seines Wissens nie auf einem Strand am

Schwarzen Meer gelegen und sich in der Sonne brutzeln lassen; Friedrich war kein hirnloses Kotelett gewesen.

»Egal«, fuhr er fort. »Sie haben sich die Sonne auf Bauch und Brägen scheinen lassen und es vorgezogen, doch wieder in das sozialistische Bildungs- und Erziehungssystem heimzukehren. Jedenfalls schließe ich das aus Ihrer Anwesenheit.«

»Ich sollte für dieses Zeichen der innigen Verbundenheit meine erste Eins in diesem Schuljahr bekommen. Für stets bereite Mitarbeit.« Gernot grinste süffisant und schaute in die Runde der anderen süffisant grinsenden Gesichter. Auftritt Gernot Klinkermann, der sich seiner Frechheiten und des Applauses sicher sein konnte.

»Sie sollten sich«, sagte der Deutschlehrer, »hinsetzen und ein wenig nachdenken über die folgenden Zeilen: ›… zu wild, zu bang ist's ringsum, und es trümmert und wankt ja, wohin ich blicke …‹«

Gernot setzte sich, lehnte sich in den Stuhl zurück und klatschte ein, zwei Mal in die Hände, um dann, gemeinsam mit den anderen Mädchen und Jungen der 12. Klasse der Erweiterten Oberschule »Alexander von Humboldt« in einen rhythmischen Beifall zu fallen, als wäre soeben Madonna aufgetreten und hätte »Like a Prayer« gesungen.

Trümmerte und wankte es ringsum im Lande? War es wild und bang geworden, wohin sie blickten? Vor den Ferien waren sie 25 Schüler in der Klasse gewesen, heute waren sie vier weniger. Vier von ihnen sind in den Westen abgehauen, mit ihren Eltern oder allein, Genaues wusste niemand. Drehte sich die Welt deshalb andersrum? Dieses Jahr, fühlten sie, war anders als die Jahre davor. Aber wie anders? Warum anders? Etwas ging um, und das war ganz sicher nicht das Gespenst des Kommunismus. Oder war es gerade und genau das? Und was hatte es vor?

Kotte traute seinen Ohren nicht als er den Neuankömmling flüstern hörte: »›Ach! wie ein Knabe, seh ich zu Boden oft, Such in der Höhle Rettung von dir, und möcht, ich Blöder, eine Stelle finden, Alleserschüttrer! wo du nicht wärest …‹«

Hatte dieser Knabe, der aus den Weiten des Ostens gekommen war, Hölderlin in Deutsch zitiert? Wenn, dann war der Neuzugang gewiss ein Blöder nicht.

Kotte war verwirrt. Mit Unruhe und Albernheiten war zu rechnen gewesen. Niemand, der in den letzten Wochen vor einem

Fernsehgerät saß und die Bilder von flüchtenden DDR-Bürgern sah, konnte annehmen, dass alles seinen sozialistischen Gang ging. Nach diesem Sommer wusste jeder, der Eins und Eins zusammenzählen konnte, dass die Summe Drei heißen könnte.

Es war Unruhe im Land. Aufrufe und Flugblätter kursierten. Wie auch Gerüchte und Spekulationen. Mal hieß es, die Armee würde putschen. Mal hieß es, die Regierung erwäge, ins Exil zu gehen. Nichts davon war wahr, alles schien möglich zu sein, und es kostete Werner Kotte Mühe, die Contenance zu behalten. Und nun noch dieser – Russe, der kein Russe war, sondern aus einem mittelasiatischen Land stammte? Der rezitierte Hölderlin aus dem Kopf? Er hätte seine Pension, falls er das entsprechende Alter erreichte, darauf verwettet, dass von seinen deutschen Schülern grad zwei oder drei ein paar Zeilen des von ihm verehrten Dichters aufzusagen wüssten. Und die würden sie bis zur nächsten Deutschstunde wieder vergessen haben.

Gadji Muuslimsade stand fremd und aufrecht vor der leeren Wandtafel. Sein Deutsch hatte er in Baku von einer Frau gelernt, die närrisch verliebt war in die Dichter Goethe, Hölderlin und Heine. Sehr verschiedene Dichter, wie Gadji fand. Und seiner Auffassung nach ließen sie sich höchstens vergleichen in der Liebe zu ihrer Muttersprache und im gekonnten Gebrauch derselben – da kamen ihm die Dichter fast so närrisch vor wie die alte Sarai, die ihre Familie im Großen Vaterländischen Krieg verloren hatte und trotzdem wie ein Mantra wiederholte, zwischen den Führern eines Landes und dem Volk bestehe immer ein Unterschied. Kein Volk will Krieg. Es sind die Führer, die Krieg wollen und das Volk verhetzen. »Immer, hörst du, Gadji«, hörte er sie sagen, jetzt mitten in Deutschland in diesem Klassenzimmer, das so hell war im Licht der Vormittagssonne. »Niemals darfst du glauben, dass ein Stalin oder ein Hitler, auch ein Reagan oder ein Gorbatschow, aus dem gleichen Holz geschnitzt sind wie das Volk!«

Das war verwirrend. Ein Krieg, den die Deutschen den zweiten Weltkrieg, seine Landsleute den Großen Vaterländischen Krieg nannten, und den sie verloren hatten (die Deutschen), obwohl es schon seit Jahrzehnten so aussah, als seien sie die Gewinner, so reich wie sie waren, so gut es ihnen ging. Das war irritierend, erst recht jetzt unf hier, wo er als Fremder vor Fremden stand. Dagegen war die Sprache Hölderlins einfach und klar und ein sicherer Halt.

»Setzen Sie sich, Gadji Mu … ähm«, sagte Kotte. »Es dürften ausreichend Plätze vorhanden sein.«

»Muuslimsade«, sagte Gadji weich.

»Setzen Sie sich, Müsli!«, rief jemand aus der Klasse. Niemand kicherte.

»Sie haben sich Ihren dummdreisten Humor offenbar während der Ferien nicht abgewöhnen können, Peter Sandburg!«, sagte Kotte. »Wie wäre es, wenn Sie allmählich das Niveau eines Zehnjährigen verließen und immerhin am Rande der Pubertät Platz nähmen?«

»Echt mal, Peter«, sagte ein Mädchen, dessen Haar knallrot gefärbt war und nach allen Seiten in gegelten Würstchen abstand. Das rechte Ohr trug schwer an einem Dutzend von stählernen Ringen. Sie klirrten leise, als das Mädchen missbilligend den Kopf schüttelte und mehr rhetorisch und ein Stückchen auch physisch von ihrem Banknachbarn, dem besagten Peter Sandburg, abrückte.

Sandburgs Kopf, rund wie eine Billardkugel, leuchtete rot auf. Es war die Farbe der Scham, es war auch die Farbe der Sturheit. Peter Sandburg war der Bursche, der seinen Holzkopf immer und immer wieder gegen die Wand schlagen würde in der Hoffnung, es gäbe ein Publikum, das darüber lachte. Oder es würde ein Funken aus dem Zusammenprall von Holz und Stein entspringen und ein Feuer entzünden: das Lachen der anderen. Er würde sein linkes Bein herschenken, wenn er dadurch Aufmerksamkeit auf sich zöge, Sandburg, der Klassen-Kasper.

Gadji Muuslimsade lief durch die Stuhlreihen. Sein suchender Blick wurde von Gernot erwidert. Mit einer Handbewegung lud er den Neuankömmling ein, neben ihm Platz zu nehmen. Gadji nahm das Angebot an und setzte sich.

Vor ihm saß ein Mädchen, dessen weizenblonde Mähne zu einem Zopf gebunden war. Die fasrigen Enden einzelner Haare breiteten sich auf ihrem Rücken aus, ein zartes Netz, und Gadji dachte: Das Mädchen hat Haare wie meine Mutter. Er holte tief Luft. Wie schweigsam Mama Ludmilla geworden war, als sie erfuhr, dass ihr Mann in die DDR versetzt werden würde. Mitsamt der Familie, denn dass sie zusammen gingen, war selbstverständlich.

Ludmilla zog sich in sich zurück. Oder sie nahm ihre Tochter Nesgir bei der Hand und machte lange Spaziergänge durch die Altstadt von Baku, besuchte Freundinnen, die Russinnen waren. Oder Ukrainerinnen, wie sie, die Fröhliche, Schlanke, Katzenäugige. Während sein Vater, Dshantir, der in den Hügeln um Baku aufgewachsen war, seinem Sohn die lange Reise nach Deutschland erklärte. Es sei komplizierter, als Gadji bisher gelernt hätte. Gewiss habe Deutschland den Großen Vaterländischen Krieg verloren, aber es gäbe zwei deutsche Länder. Ein kapitalistisches und ein sozialistisches. Er – und mit ihm die Familie – würde an einer defensiven Aufgabe, an der Nahtstelle zweier Weltsysteme arbeiten. Auf einem Vorposten zur Verteidigung der Sowjetunion, des Sozialismus auf der Welt. Das waren so Sätze. Schulmäßig. Gadji hörte kaum zu. Die Aussicht, in Europa zu leben, in Deutschland, im Land der Dichter und Denker, faszinierte ihn – und zeichnete ihn vor den anderen aus.

Nie vorher hatte Gadji diese Spannung bemerkt: die zwischen seiner Mutter und dem Vater, die zwischen der Ukrainerin und der aserbaidschanischen Verwandtschaft, die zwar noch zusammenhielt. Einige Onkel entdeckten jedoch ihre religiösen Gefühle, die einen als Christen, die anderen als Muslime, und noch war der Atheismus seiner Eltern ein Dach, unter dem alle zusammenkamen und feierten. Aber es schien, als würde das Dach löchrig werden, und in die Familien strahlte die Radioaktivität eines Stammesdenkens, eines Nationalismus – gefühllos gegenüber dem Andersgesinnten.

Einmal erlebte Gadji, wie sich zwei Brüder seines Vaters prügelten. Dshantir beendete den Streit beendet, indem er mit seiner Maschinenpistole eine Salve in den Himmel über dem Kaspischen Meer feuerte und damit drohte, die nächsten Kugeln würden in die Füße der Streithähne fahren, dass sie zu Tanzen anfingen wie die Esel unter der Peitsche.

Das alles ging Gadji durch den Kopf beim Anblick des Mädchenzopfes, der dem Zopf seiner Mutter ähnelte, wenn sie sich vor dem Spiegel zurechtmachte. Und als hätte das Mädchen seine Gedanken gehört, drehte es sich um und lächelte ihn an. Ihn und dann Gernot, der zurücklächelte. Zwischen den beiden, spürte Gadji, gab es eine Vertrautheit, die über die Kameradschaft zwischen Mitschülern hinausging.

»Wiewohl ich von der Sinnlosigkeit meines Tuns überzeugt bin, muss ich nunmehr auf den Beginn der Stunde drängen. Wie logisch ist das?«, fragte Werner Kotte.

»Völlig unlogisch«, sagte die rotmähnige Sitznachbarin Sandburgs. »Man is krank, wenn man weeß, dass man Kokolores macht, und man macht et trotzdem.«

»Sie haben Recht, Maria. Aber Recht zu haben, bedeutet gar nichts. Abgesehen von ihrem Rotwelsch … Sie fangen das neue Jahr jedenfalls mit Schmackes an, Gnädigste.«

»Ick bin mir nich sicher«, entgegnete Maria, »ob ick det Jahr durchstehe. Wenn mich nich allet täuscht, jeht die Welt unter.«

»Das ist eine glänzende Überleitung zum Thema«, wich Kotte Marias Wahrnehmung aus, die von mehr Realitätssinn, als ihre gelangweilt-lässige Art verriet, zeugte. »Aus aktuellem Anlass, den ich geschichtlich gesehen für nichtig halte, aber wer weiß das schon, wenn er mittendrin steckt im großen Plan des Weltenschöpfers … ähm …«

»Ähm«, kam es chorisch als Echo aus der Klasse.

»Denn es hat die Geschichte in jedem ihrer Augenblicke die Angewohnheit sich aufzublasen zu einer Bedeutsamkeit, die sie nicht wirklich besitzt … also möchte ich Ihnen ein Gedicht vortragen, ›Der Zeitgeist‹ von …«

»Hölderlin«, kam es aus der Klasse, teils gestöhnt, teils belustigt, teils gelangweilt, teils interessiert zurück.

Die Klasse liebte ihren Lehrer. Die Mädchen und Jungen kannten ihren Kotte, wie er sie kannte; Kotte gehörte zu der Handvoll Lehrer an der Schule, die sie respektierten. Er ließ sie weitgehend in Ruhe, verblüffte sie oft mit seiner Kenntnis deutscher Literatur und mit seinen Schlüssen und Ableitungen aus einem aufgeschriebenen Damals in das heutige Leben; und er verlangte lediglich ein bisschen Verständnis für die Muttersprache, was ja wohl, meine Damen und Herren Oberschülerinnen und Oberschüler, nicht zu viel verlangt ist für die kommende Elite des Landes? Das konnte er haben – und seine Ruhe dazu. An solchen Arrangements herrschte kein Mangel im Lande, davon gab's jede Menge, mehr als gute Rockmusik, Bananen und Reisefreiheit.

Und Kotte trug aus dem Gedächtnis vor: »Zu lang schon waltest über dem Haupte mir, / Du in der dunklen Wolke, du Gott der Zeit! / Zu wild, zu bang ists ringsum, und es / Trümmert und wankt ja, wohin ich blicke …«

*

Werner Kotte stand im Lehrerzimmer am Fenster und schaute in das Gewimmel auf dem Schulhof. Ein Haufen, dessen Verkehrsregeln die Ameisen in jeder Pause neu erfanden. Allerdings waren ihre Wege wenig rätselhaft: Die Größeren standen in Grüppchen in einer Ecke, die von einer Reihe Pappeln abgeschirmt war, und rauchten. Zwei Jungen umkreisten einander, schlugen sich spielerisch, indem sie die Posen irgendeiner asiatischen Kampfsportart imitierten.

Kottes Blick blieb an Gadji Muuslimsade hängen. Der fremde Junge stand an dem Maschendrahtzaun, der das Schulgelände von der Straße trennte. Er biss in einen Apfel und wirkte gelassen und selbstsicher, fremd, doch souverän.

»Hallo, Werner! Schön, dich wiederzusehen.« Die Hand seiner Kollegin Christa Schaffner, Mathematik und Physik, legte sich auf seinen rechten Oberarm. Eine flüchtige Berührung, die als kollegial durchginge, wüsste nicht jeder andere Lehrkörper an der Schule, dass zwischen Kotte und Schaffner was lief. Länger schon. Die Schule ist ein Mikrokosmos, dessen Sterne zählbar und dessen Volumen begrenzt sind. Hier laufen sich die Sterne gegenseitig über den Weg, kreuzen sich, begeben sich auf eine eigene Umlaufbahn, um schließlich wieder da anzukommen, von wo sie sich aufmachten: im Lehrerzimmer.

»Du siehst gut aus«, sagte Kotte. Ein Satz, unverfänglich und kollegial, der sogar laut ausgesprochen werden konnte. Erstens stimmte es, die Schaffner sah übergut aus. Zweitens war es nicht verboten, einer Kollegin ein Kompliment zu machen.

»Nach den Ferien immer«, sagte Christa Schaffner. »Falls das ein Kompliment war und du mich tatsächlich in deiner lyrischen Versunkenheit wahrgenommen haben solltest …« Sie brach ab und flüsterte: »Ich will mit dir schlafen.« Diesen Satz gehaucht, vom Gewicht eines Schmetterlings, unhörbar für alle anderen im Raum.

»Kannst du mir erklären«, fragte Kotte laut, »warum ich an jedem ersten Tag nach den Ferien Magenschmerzen kriege?«

Nach und nach trafen die Lehrerinnen und Lehrer ein. Sie öffneten ihre Taschen, stapelten Bücher auf den Tischen, klopften Papiere auf Kante. Sie begrüßten sich oder begrüßten sich nicht. Die Schule ist auch ein Mikrokosmos mit Himmelskörpern, die sich wechselseitig anziehen oder abstoßen. Planeten, die sich seit Jahren und Jahrzehnten umkreisen. Sternenstaub, der sich bildet und verfliegt oderzusammenklumpt.

»Magenschmerzen, die sich an jedem letzten Schultag vor den Ferien verflümen?«, fragte Schaffner zurück.

»Ich wüsste gern, ob Lehrer nicht jene Berufsgruppe ist, die in der Statistik der Magengeschwüre und Gastroskopien an erster Stelle liegt.«

»An dritter Stelle. Nach den Journalisten und Parteisekretären«, antwortete sie. »Ungefähr wie beim Alkoholkonsum.«

Und wispernd wollte sie wissen, ob er ihren Wunsch wenigstens akustisch verstanden habe. Den mit dem Schlafen, um dies zur Sicherheit noch mal zu wiederholen. Und leise wie der Flügelschlag eines Pirols klang ihre Beschreibung, dass sie braun gebrannt sei wie eine Tafel Milka-Schokolade aus dem Intershop, was er, Kotte, in wenigen Tagen nicht mehr sehen würde, weil ihre Haut die Angewohnheit habe, die sommerliche Bräune rasch zu verlieren. Es sei, wollte er Zeuge ihrer Einfärbung sein, Eile geboten. Und überhaupt..

»Wie geht's deinem Mann?«, fragte Kotte in einer Lautstärke, die den Raum nicht durchdrang, aber für jeden, der die Frage hörte, ein neutrales Interesse vortäuschte.

Christa Schaffner ließ ihre Hände flattern. Sie sagte: »Fort ist das Vögelchen. Im Zugwind nach Westen.«

»Oh«, machte Werner Kotte. Er bereute die Frage und zuckte zusammen. Eine Lehrerin, deren Mann republikflüchtig war; sie gab sich nicht mal die Mühe, leise davon zu sprechen. Sie steckte in einer Bredouille, aus der sie kein Gott, kein Kaiser und kein Tribun erretten konnten. Nur sie selber. Und das liebte er an ihr, unter anderem: Christa ließ sich kein X für ein U vormachen und zog es vor, die Gesellschaft und die Welt und das gesamte Brimborium des Lebens mit naturwissenschaftlicher Grandezza zu beurteilen. Und laut darüber zu reden. Sie lachte und sagte: »Ich höre, was du denkst! Ich höre, was alle denken! Du kuckst, als hättest du wirklich ein Magengeschwür! Ich habe keins.«

»Frau Schaffner«, sagte eine Frau, die eine geöffnete Stullenbüchse aus Blech vor sich auf dem Tisch hatte und eine belegte Stulle von allen Seiten betrachtete, »Sie sollten ein bisschen vorsichtiger sein. Niemand ist unersetzbar, wissen Sie. Ich meine, wir alle sind nicht sehr glücklich über die Entwicklung in unserem Land. Aber wie Sie über die Republikflucht Ihres Mannes Freude zu empfinden scheinen ... Ich weiß nicht recht.«

Sie schaute auf die Stulle, misstrauisch, als läge unter der Scheibe Schnittkäse eine Landmine oder eine tote Schabe. Dann biss sie hinein und kaute unlustig.

Nur Kotte konnte die Veränderung in Christa Schaffners Gesicht wahrnehmen. Ihr Lächeln blieb, aber die Augen, grün mit bräunlichen Einsprengseln, verengten sich zu den Sehschlitzen eines Panzers. Eisig sagte sie: »Glauben Sie, Frau Wolters, dass es irgendeinen anderen Lehrer an dieser Schule gibt, der den kleinen Lüstlingen und Ganoven die Integralrechnung beibringen kann? Außer mir? Oder warum ein Apfel nach unten fällt, wenn er nach unten fällt? Und das tut er. Das tut er so gewiss, wie unser Land gerade eine bizarre Entwicklung durchmacht. Und wenn mein Mann, dieses Arschloch, meint, ihn erwarte im Westen das Paradies, dann soll er es probieren. Aber als Adam hat er seine Eva verloren. So simpel geht Eins Minus Eins: Es bleibt eine Null übrig.«

Christa Schaffner spürte Kottes Hand, er hatte ihr linkes Handgelenk umfasst und drückte es. Sie wollte sich losreißen. Die Wut, die in ihr aufgestiegen war, drohte sie zu überfluten. Diese Wut würde jeden überschwemmen, auch Kotte. Was fiel ihm ein, sie gewissermaßen zu fesseln?, als zum einen die Tür aufging und zum anderen Kotte ihr zuflüsterte: »Heute Abend.«

Und sie verstand Kottes Griff: Er war der eindrückliche Wunsch, sie möge ihre Wut, die er berechtigt fand – und sie spürte seinen Beistand – für den Augenblick besser bezähmen. Ein Mann war eingetreten und hatte sich an das Ende des langen Konferenztischs gestellt. Ein Haarkranz umkreiste seinen Kopf, sein glattes Gesicht und sein Lächeln verrieten, warum er den Spitznamen Artur der Engel trug: Er glich jener ungarischen Zeichentrickfigur, die stets an einem Regenschirm zur Erde schwebte, höflich den Hut zog und aus Patschen und Pannen half. Allerdings war der Spitzname ironisch gemeint. Die Augen des Mannes waren kalt, was vielleicht an ihrem sehr hellen Blaugrau lag.

Dieser Artur der Engel, Dr. Erwin Lautengässer, war eher ein Teufel, ein großer Teufel von kleinem Wuchs, ohne Regenschirm und ohne Hörner.

»Sie haben völlig Recht, Frau Schaffner«, sagte er leise und langsam, während er aus seiner Aktentasche Bücher zog und sie vor sich auf dem Tisch ausbreitete. »Wir befinden uns in einer ‚bizarren' Entwicklung. Es ist beunruhigend, was um uns herum geschieht. Das gibt es ja immer mal wieder in der Geschichte, dass unzufriedene Elemente zusammenkommen und meinen, es gäbe ein Recht der Straße. Aber es gibt nur ein Recht, das sozialistische. Und es gibt genügend Instrumente und Wege, die Unzufriedenheit, wenn ich mal das so nennen soll, was in meinen Augen recht eigentlich Verrat ist … Nun gut, ich will nicht richten. Aber wir können alle auf die Staatsorgane vertrauen. Sie sind die Adresse für Vorschläge und Kritiken. Sie sind es auch, die die Ordnung im Lande aufrechterhalten. Auch wenn die Lage ›bizarr‹ ist – wie Sie meinen.«

Dr. Lautengässer machte eine Pause und schien zufrieden mit seiner Suada zu sein.

Christa Schaffner hatte sich mit einem Ruck aus Kottes Griff befreit und sich umgedreht.

Sie stand mit dem Rücken zum Raum, in dem die Kolleginnen und Kollegen geschäftig zu Gange waren. Ihnen war nicht anzusehen, was sie dachten. Nur Frau Wolter nickte, kaute an der Stulle und nickte. Sie war in allem mit Lautengässer einverstanden. Dann drehte sich Christa Schaffner wieder um, und Kotte sah, dass ihr Gesicht eine hölzerne Maske war, während ihr Körper bebte.

Sie würde explodieren, dachte er, und sein Magen zog sich zusammen. Sie war die Sachlichkeit der Mathematik und der Physik gewöhnt und hielt nichts vom Geschwätz der Politik, am wenigsten vom Geschwätz des stellvertretenden Schuldirektors Dr. Lautengässer, der zudem die Staatsbürgerkunde lehrte, Stabü. (Wenn Christa Stabü sagte, klang es wie Spülicht.)

Und wie ähnlich das klingt, hatte Christa mal zu Werner gesagt, Stabü und Stasi. »Dir als Gourmet der deutschen Sprache müsste solche Lautmalerei auf der Zunge wie Säure brennen«, hatte sie gespottet. Er hatte entgegnet, dass sie ein Lästermaul sei, und dass Lästermäuler früher, ganz viel früher entweder als Hofnarr zu Ehren kamen oder als Hexen auf dem Scheiterhaufen endeten. Geschichte wiederholt sich nicht, hatte die Geliebte gemeint. Was wissen wir schon, hatte Kotte erwidert. »Vielleicht geht sie im Krebsgang? Rückwärts? Vielleicht ist das, was neu scheint, etwas sehr Altes. Vielleicht ...«

»Vielleicht benutzt du deine Lippen jetzt zum Küssen und Liebkosen meines Alabasterleibes, kleiner Philosoph und Welterklärer«, hatte Christa Schaffner das Gespräch beendet und ihren Liebhaber auf den Teppich gezogen, weil das Bett im Schlafzimmer stand, und das Schlafzimmer hatte sich gerade in der Nähe des Äquators befunden.

»Dabei fällt mir ein«, fing Lautengässer an: »Was macht unser Programm?«

Die Frage ging an den Deutschlehrer. Der schaute von Christa, die sich noch nicht entspannt hatte, zu Lautengässer und wieder zurück. Sein Gesicht nahm den Ausdruck an, den er bevorzugte: den des aus der Welt gefallenen Träumers, jenen Ausdruck der Zerstreutheit, hinter dem er sich und was er dachte verbergen konnte.

Christa lachte kurz auf und sagte: »Die Republik wird vierzig, Werner. Die Schule braucht ihre Festveranstaltung. Und was wäre eine Festveranstaltung ohne das von dir einstudierte musikalisch-literarische Potpourri aus den Teppichwebern von Kujan Bulak, Spaniens Himmel und Am Brunnen vor dem Tore. Und ein bisschen was von Volker Braun, weil wir ja kritische Menschen sind.«

Sie entleerte ihre Handtasche auf den Tisch, ein Lippenstift kullerte über die Platte und trudelte aus. Ein paar Schlüssel, eine Bürste, ein paar Münzen, auch ein Terminkalender, Kugelschreiber und Bleistifte – Lehrmaterial hatte die Tasche nicht enthalten, und was da kullerte, das durfte jeder sehen.

Christa Schaffner blickte auf und in die Runde. Das Schweigen stand wie eine unsichtbare Wand zwischen ihr und den anderen. Frau Wolter fielen ein paar Brotkrümelchen und Wurstfasern aus dem offen stehenden Mund, durchs Zahngefängnis in die Freiheit des selbstbestimmt Seins.

»Is was?«, fragte die Mathe- und Physiklehrerin und schaute von einem zum anderen.

»Ich glaube nicht«, sagte Lautengässer, »dass es irgendeinen Grund gibt, Kollegin Schaffner, sich über den vierzigsten Geburtstag unserer Heimat lustig zu machen.«

»Gewiss nicht, Kollege Lautengässer«, erwiderte sie. »Nur ist mein Fach das Rechnen. Ich beherrsche neben dem kleinen Einmaleins auch die Prozentrechung. Ich weiß, wie Kurven auf und ab gehen. Meinen, für Sie natürlich irrelevanten Berechnungen, nach, könnte in fünf Wochen kaum noch Hanseln im Lande sein, die diesen Geburtstag feiern. Außer natürlich Sie, die Partei- und Staatsführung und noch der eine oder andere. Wenn ich die Zahl der pro Tag Ausgereisten mit durchschnittlich 5.000 ansetze und sie ins Verhältnis zur Bevölkerungszahl setze …«

»Falls Sie damit sagen wollen«, unterbrach sie Artur der Teufel, »dass diese Massenflucht im Sommer ein Zeichen der Instabilität der DDR sei – eine ungeheure Behauptung! Nehmen Sie bitte zur Kenntnis, werte Kollegin, dass es Kriminellen, Abenteurern und irregeleiteten Jugendlichen nicht gelingen wird, den Sozialismus auszuhöhlen!«

»Ich nehme alles zur Kenntnis, werter Kollege. Das heißt, ich würde alles zur Kenntnis nehmen, wenn ich wüsste, auch Sie nehmen etwas zur Kenntnis. Nämlich die Realität in diesem Land!«

Christas Halsschlagader pochte. Kotte sah die Knöchel der Finger, die sich in das Leder der Handtasche pressten, weiß werden. Dass zwischen dem Lautengässer und der Schaffner das Wetter eines eisigen, nassen Novemberabends in Berlin herrschte – das war weder ein Geheimnis noch neu. Doch diese Schärfe, diese Unbedingtheit, diese Offenheit … Es trümmert und wankt ja, wohin ich blicke, Hölderlin, mein Bester, war's zu allen Zeiten so? Irgendwie? Für die Empfindsamen unter uns?

Kotte räusperte sich. »Ich glaube«, sagte er ruhig, »Frau Schaffner will zu verstehen geben, dass es tatsächlich fragwürdig ist, ob die Festveranstaltung stattfinden kann.«

»Wie?« Lautengässer schoss das Fragewort in den Raum. »Nun, nicht weil das Land bis dahin untergegangen ist, gewiss nicht, so schnell geht ein Land nicht unter«, fuhr Kotte fort. »Aber drei meiner Akteure sind nicht mehr zum Schuljahr angetreten. Es könnte sein, sie sind lediglich krank. Andererseits meine ich gehört zu haben, auch wenn es vielleicht nur ein Gerücht ist, dass die drei mittlerweile in der BRD sind.«

»Wer?«, schoss Lautengässer wieder.

»Karla Endlicher und Werner Kahnert. Und Klaus Rohlicht.«

»Was?« Lautengässers Gesicht lief rot an.

»Bei Werner Kahnert handelt es sich, wenn ich nicht irre, um einen Ihrer gelehrigsten Schüler«, schob Kotte nach.

»Wollte der nicht Offizier werden?«, fragte Christa Kotte; so unschuldig kann eine Mittdreißigerin fragen, die ihre Unschuld vor etlichen Jahren verloren hat und süß wie Salpetersäure sein kann. »Und Karla, sie wollte Lehrerin werden?« Unglaublich, unfassbar, diese Unschuld einer Frau!

Dr. Lautengässer wurde rot im Gesicht. Der Stabü-Lehrer pumpte. Er hätte über die Gelassenheit eines Mannes verfügen können, dem aus der Kenntnis der Geschichte die Einsicht erwachsen ist, dass es nichts Neues unter der Sonne gibt. Auch die Einsicht, dass es nur sehr bedingt im Willen des einzelnen Menschen liegt, den Verlauf der Geschichte zu beeinflussen, weil der einzelne Mensch ja kaum in der Lage ist, seine Launen zu beherrschen geschweige denn entscheidend am Rad der Geschichte zu drehen; meistens hatte er die Hände voll mit anderen Dingen zu tun. Gewiss gab es Ausnahmen. Aber wenn man diese betrachtete, wieder vom Standpunkt des Historikers aus, dann konnte man auch nur heiter schlussfolgern, dass all die Neros, Christusse, Napoleons, Marxe und Lenins doch mehr oder weniger Produkte des Zufalls waren. Schnittstellen im Schnittmusterbogen der Menschheit, gewissermaßen. Lautengässer war jedenfalls entschieden kein Nero, kein Marx, kein Christus, kein Napoleon.

Aber ungefährlich und ohne Einfluss war er auch nicht.

»Wie ich erfahren habe«, sagte er leise, »hat Ihr Mann die Republik verlassen. Er ist ›ausgereist‹, wie sie die Flucht vermutlich verharmlosen. Und natürlich haben Sie davon nichts gewusst!«

Lautengässer lauerte, er hatte sich hingesetzt und lag mit dem Oberkörper auf dem Tisch. Seine Halbglatze schwitzte.

Christa zog kaum hörbar Luft, und Kotte hörte, wie ihre Zähne knirschten. »Es steht gewiss nicht in Ihrem Funktionsplan, Herr Doktor Lautengässer, dass Sie sich um mein Privatleben kümmern müssen.«

»Ich äußere lediglich meine Bedenken«, sagt Lautengässer milde, »ob es Ihnen zusteht, in Ihrer gewiss misslichen privaten Lage Zweifel am Fortbestand er DDR zu äußern. Das haben schon ganz andere getan. Und sie haben dafür gerade stehen müssen, Frau Schaffner. Das wissen Sie doch gewiss. Es wäre ratsam, wie heißt es: vor der eigenen Türe zu kehren.«

»Ein Apfel, der fällt, fällt immer nach unten«, entgegnete Frau Schaffner.

»Was wollen Sie damit sagen?«

»Schwerkraft. Simpel, aber nicht zu überlisten.«

»Die Politik funktioniert nicht nach den Gesetzen der Natur. Wie auch die Psychologie nur bedingt. Wir Menschen machen sie.«

»Das ist vielleicht das Unglück«, erwiderte sie. »Funktionierte die Politik nach den Gesetzen der Natur, sie wäre kontrollierbar, verstehbar, einsehbar. Das wäre doch gewiss in Ihrem Sinne. Da können sie die Menschen hinein- und herausschrauben, wie sie passen. Das sollen sie doch, oder?«

»Der einzige Grund, der für Sie spricht«, schnaufte Lautengässer und schraubte sich hoch, indem er sich mit beiden Händen vom Tisch abstützte, »kann nur der sein, dass Sie nicht wissen, was Sie reden! Sie sind aus der Bahn geworfen. Der Verlust Ihres Mannes, seine Republikflucht, dieser Verrat ...«

Sehr, sehr ruhig sagte Christa Schaffner: »Wissen Sie, was ich tat, als er aus München anrief? Ich lachte. Zum ersten Mal seit ich weiß nicht wie vielen Jahren lachte ich so, dass meine Nachbarin klingelte und mich besorgt fragte, ob etwas passiert sei? Und wissen Sie, was ich antwortete? Ich sagte: Mein Mann glaubt, er sei frei, dabei bin ich jetzt frei! Und das, Herr Doktor Lautengässer, hat mit Politik nichts zu tun! Gar nichts!«

»Das ist doch ...!« Lautengässer konnte nicht mehr sagen, was das sei. Die Schulglocke gellte durchs Haus. Die Lehrer standen hastig auf und verließen den Raum. Schneller als sonst, aber es war auch alles anders als sonst.

Christa Schaffner hatte es nicht eilig. Als sie zur Tür ging, begegnete ihr auf halber Strecke Lautengässer. Er drückte sich an ihr vorbei. Christa blieb in der Tür stehen und wendete sich um. Sie sah, wie sich Lautengässer zu Kotte beugte und etwas sagte, was sie nicht hören konnte. (In der Nacht würde Werner ihr davon berichten. Lautengässer habe versucht, ihn, Kotte, auf seine Seite zu ziehen. Sie haben das alles gehört, Herr Kotte, habe der kleine Doktor gesagt. Es ist unser beider Pflicht, derartiges defätistisches Reden zu verhindern. – Daraufhin habe Kotte geantwortet, dass es doch unter uns bleiben könnte. Warum eine Staatsaffäre aus einem Streit, aus den Missverständnissen machen. Zurzeit sind alle so aufgeregt. – Und was hat Lautengässer erwidert? fragte Christa, die aus dem Bett gestiegen war und so nackt im Mondlicht stand, dass Kotte wiederum sehr aufgeregt wurde. – Vorausgesetzt das Programm zum 40. Jahrestag der Republik komme zustande, ließe sich über ein Schweigen reden. – Das hatte Lautengässer noch gesagt. Aber wie wir beide wissen, fuhr Kotte fort, hat das Schwein gelogen! Und dich angeschissen! – Uuuh, Gottchen, Kottchen, welche Wortwahl! Spricht die Gosse aus dir? – Muss eben raus, manchmal, sagte der nackte Deutschlehrer daraufhin. Immer nur schweigen! Das zerreißt einem das Gedärm! – Gut, sagte daraufhin Christa. Dann lass uns beide jetzt von dem Müll schweigen, und ich zeige dir noch eine Stelle meiner Ferienbräune, von der du bisher gar nicht wusstest, dass es sie überhaupt gibt. – Wen gibt es nicht? Die Bräune? fragte Kotte zurück.)

*

Gadji Muuslimsade verließ das Schulgebäude, überquerte die Straße und ging zur Straßenbahnhaltestelle. Er studierte den Fahrplan. Immerhin würde er in diesem Schuljahr beinahe jeden Tag diese Strecke bis nach Karlshorst in die Hermann-Duncker-Straße fahren, um nach Hause zu kommen. Nach Hause, domoy – nein, er war hier nicht zuhause, er kam nicht nach Hause, indem er in die Bahn stieg und ein paar Stationen fuhr. Um nach Hause zu kommen, brauchte es mit dem Zug fünf Tage. Die Brust wurde ihm eng.

Er spähte die Straße hinauf nach der Bahn, als er den Blick eines Mädchens auf sich spürte. Es stand rechts hinter ihm und starrte ihn von unten an. Gadji wendete sich ihm zu und schob fragend die Augenbrauen hoch.

Das Mädchen – es trug einen bunten Schulrucksack und war vielleicht zehn Jahre alt – hielt seinem Blick stand, rang mit sich und fragte plötzlich: »Bist du aus Afrika?«

Auf Gadjis Gesicht erschien ein Grinsen. War aus seinem Inneren aufgestiegen und hinausgeflattert auf seine Lippen. Hatte auf dem Weg nach draußen die Heimweh-Klammer in seiner Brust zersprengt.

»Weil ich so – dunkel aussehe?«

»Du sprichst ja Deutsch«, sagte das Mädchen und steckte sich den rechten Zeigefinger in ein Nasenloch. »Du bist ein Neger, der Deutsch spricht.«

Gadji musste lachen. So hellhäutig wie die meisten Deutschen war er nicht, wohl wahr. Schließlich war sein Vater ein Asiate, und seine Mutter verglich ihn gern mit dem jungen Alexander Puschkin (auch wenn er keine Gedichte schrieb, aber gern welche las). Ein Dichter, dessen Urgroßvater ein Mann aus Abessinien war und als Mohr am Hofe des Zaren Peter des Großen gedient hatte und dafür geadelt worden war. »Bes arabski«, hatten die Freunde Gadji oft gerufen, arabischer Teufel, so wie auch Puschkin oft genannt worden war. Jetzt, nach zweieinhalb Monaten der Sommersonne, war Gadji noch dunkelhäutiger als sonst, und sein Haar war gewachsen zu langen Locken, die sich schwarz und glänzend über Schläfen und Stirn legten. ›Gewöhnlich wurde der junge Neger wie ein Wunder angestaunt‹, fiel Gadji ein Satz ein, den Puschkin in einem Roman über seinen Urgroßvater mütterlicherseits geschrieben hatte.

»Ich habe Deutsch gelernt«, sagte Gadji. »In Baku.«

»Dann bist du ein Bakunese?«

»Die gibt es nicht«, antwortete Gadji. »Ich bin halb Ukrainer und halb Aserbaidschaner.«

Der Zeigefinger des Mädchens hatte das Nasenloch verlassen und war im Mund gelandet. Sie kaute darauf und dachte nach.

»Aserbai … was?«, fragte sie nun.

»Wo ich geboren wurde, da gibt es ein großes Meer. Und viel Nyeft'«, erklärte der Junge; die Plauderei machte ihm Spaß.

»Ich war im Sommer am Meer. Ostsee«, sagte die Kleine. »Das Wasser war kalt. Es gab Feuerquallen. Und ich hatte einen Sonnenbrand.«

»Das klingt nicht gut.«

»Nee.« Das Mädchen schüttelte den Kopf und sagte: »Meine Haut war rot, ganz, ganz rot.«

»Deine Haut ist vielleicht zu weich«, schlug Gadji vor.

»Denkst du, ich habe keine Muskeln?«

»Natürlich hast du Muskeln. Du bist ein großes, starkes Mädchen. Nur deine Haut ist sehr empfindlich.«

Wieder versank das Mädchen in ein kurzes Nachdenken und fragte dann: »Was ist ›nyeft‹?«

»Öl«, sagte Gadji, »Erdöl«.

»Öl?«

»Es kommt aus dem Meer. Aus dem Kaspischen Meer. Es gibt lange Brücken ins Meer hinein und am Ende der Brücken wird es aus dem Meer gepumpt.« Stieg gerade das Heimweh erneut auf, warm und unabwendbar?

»Warum heißt es dann nicht Wasseröl?«, wollte das Mädchen wissen.

Gadji lachte. Die Kleine hatte Recht. Es könnte auch Wasseröl heißen, obwohl es aus dem Grund des Meeres, also doch aus der Erde, gedrückt wird. Solange, bis die Erde hohl ist wie ein Fußball?

»Es gibt auch Olivenöl«, sagte Gadji.

»Sehr witzig!«, sagte das Mädchen. »Und du kommst nicht aus Aserbeidingsdabums, sondern aus Olivien. Jedenfalls siehst du so aus!«

»Du bist ziemlich frech. Weißt du, was Oliven sind?«

»Fische«, antwortete die Kleine selbstbewusst.

Aus Gadjis Grinsen wurde ein breites Lächeln. Die Ernsthaftigkeit und das Heimweh waren gewichen und hatten der Fröhlichkeit Platz gemacht. Die Tatra-Bahn kam und hielt an. »Ich muss jetzt einsteigen«, sagte er. »Du nicht?«

Das Mädchen schüttelte den Kopf. »Ich wohne gleich um die Ecke«, sagte sie. Gadji reichte ihr die Hand. Das Mädchen zögerte, nahm sie und musterte sie. Gadji sah, als er in der Bahn saß und losfuhr, wie das Mädchen die Hand hin- und herwendete und dann mit der Zunge ableckte. Wollte sie herausbekommen, ob die Farbe seiner Haut auf ihre Haut abgefärbt war? Gadji schüttelte den Kopf, wollte laut loslachen, als ihm das Pärchen in das Blickfeld geriet.

Bevor die Bahn um die Ecke bog, sah er das blonde Mädchen, das in der Klasse vor ihm gesessen, und Gernot Klinkermann, den Jungen, mit dem sich der Lehrer Kotte einen verbalen Schlagabtausch geliefert hatte. Sie gingen nebeneinander auf dem Bürgersteig an den Schaufenstern der Läden vorbei. Sie passten gut zusammen. Dva botinka – eto para, zwei Stiefel bilden ein Paar, zwei, die sich gesucht und gefunden haben, dachte Gadji abwechselnd auf Russisch und auf Deutsch.

Gernot ließ beim Laufen einen Ball auf einem Tennisschläger hüpfen, während er lächelnd mit seiner Freundin redete. Die lachte und warf ihren Kopf zurück. Dabei entdeckte sie Gadji, der seine Nase an die Fensterscheibe gedrückt hielt. Das Mädchen hob die Hand und winkte ihm zu, auch Gernot, dessen Blick der Geste gefolgt war, grüßte, indem er den Schläger hob. Ein Berg kommt nicht mit einem anderen Berg zusammen, aber ein Mensch mit einem anderen, dachte Gadji ein russisches Sprichwort, diesmal nur auf Deutsch und – in einem Anflug von Neid.

Nach zwanzig Minuten stieg Gadji aus und lief durch die Straßen, die ihm mittlerweile schon ein wenig vertraut waren. Zwei Monate war seine Familie jetzt in der DDR, zwei Monate in Berlin, zwei Monate in einem Stadtbezirk mit dem Namen Karlshorst. Ein großes Gebiet darin mit Mehrfamilienhäusern und alten Villen, in denen die sowjetischen Offiziere mit ihren Familien wohnten und die Sowjetarmee ihr Hauptquartier in Deutschland hatte. Seit über vierzig Jahren, seit dem Ende des Zweiten Weltkrieges.

Es hatte eine eigene Logik, dass sich genau hier die Zentrale der Sowjetarmee befand: Hier steht die Villa, in der in der Nacht vom achten zum neunten Mai 1945 Wilhelm Keitel, der Chef des Oberkommandos der Wehrmacht, die bedingungslose Kapitulation Deutschlands unterschrieben hatte. Wilhelm Keitel wurde im Nürnberger Prozess zum Tode verurteilt und am 16. Oktober 1946 gehenkt. Seitdem befindet sich in der Villa das Kapitulationsmuseum, in dessen Vorgarten eine Kanone und ein Panzer stehen. Beide Kriegsgeräte schienen seit dem Kriegsende nicht sonderlich gepflegt worden zu sein. Das Haus und das Gelände ringsum bilden das Zentrum von Klein-Moskau, wie die deutschen Einwohner im größeren Kreis ringsum das Territorium nannten, das von den Angehörigen der Sowjetarmeeee bewohnt wurde. Außerdem gab es eine weitläufige Kaserne und eine Krankenhausanlage, die von prächtigen Häusern aus der wilhelminischen Gründerzeit geprägt waren. Es war fremdes Land für die Deutschen, dieses Klein-Moskau.

Gadji hatte die breite Hermann-Duncker-Straße verlassen und war in die Straßen geraten, die urdeutsche Namen trugen: Ehrenfelsstraße, Loreleistraße, Drachenfelsstraße. Er würde noch erkunden, welche Bedeutung diese Namen hatten. Bisher war er nicht dazu gekommen.

Die meisten Häuser waren in den dreißiger Jahren des 20. Jahrhunderts gebaut worden, zur der Zeit, als Hitler in Deutschland herrschte. Sie beherbergten einst Beamte und ihre Familien, bis das Dritte Reich zusammenbrach und die Sowjets einzogen. Die Fassaden blätterten ab, die Fensterrahmen hätten dringend eines Anstrichs bedurft, die Fenster in vielen Wohnungen waren zerborsten und das Glas durch Pappe und Zeitungen ersetzt worden. Die Haustüren standen offen, oder es gab sie nicht mehr.

Gadji berührte das nicht. Gadji nahm es zur Kenntnis. Wie er auch die anderen Häuser, die am Rande von Klein-Moskau standen, eher gleichgültig wahrnahm. Sicher, die Deutschen sorgten sich um das Aussehen ihrer Häuser und Vorgärten und Treppen. Aber so abschätzig und hinter vorgehaltener Hand sie von Klein-Moskau sprachen, so wenig wussten sie von Moskau oder von Baku. Und sie wussten nichts vom Himmel über der Heimat, nichts vom Licht, das vom Kaspischen Meer in die Stadt reflektiert wurde. Die Wolken über Berlin sind nicht die Wolken, die über Baku dräuen, wenn sich ein Sturm über dem Kaspi-Meer zusammenbraut; wie schimmernder Stahl liegen sie tief, als wollten sie auf die Stadt fallen.

Jetzt lief Gadji nicht durch Karlshorst, sondern durch die Altstadt von Baku. Wo die Häuser sich ineinander verschachteln und die Hügel hinaufklettern, ein für den Fremden unübersichtliches Labyrinth. Staubig ist es, die wenigen Bäume werden in Töpfen gezogen und stehen in den schattigen Innenhöfen.

Gadji lief durch Gassen, in denen die Wäsche an Seilen, die von Haus zu Haus gespannt sind, trocknete. Aus einer der Hütten treten zwei Männer, deren Haupthaar straff nach hinten gekämmt und pomadisiert ist. Sie tragen blütenweiße Hemden und Schlipse und Anzüge aus einem leicht schimmernden Stoff. Gestikulierend und lachend und sich gegen die Schultern boxend laufen sie ein paar Meter, um sich in einen fabrikneuen Lada zu werfen und davonzubrausen. Die Wichtigtuer machten einen Wind, der die Wäsche über ihren Köpfen flattern ließ.

Gadji lief durch das Viertel, das seit zwei Monaten seine Heimat sein sollte. Rodina, das Vaterland, würde es nie sein, niemals, nikogda.

Von der Ladefläche eines olivgrünen Ural-LKW wurden Kartoffeln verkauft. Eine Schar Kinder stob über die Straße, mit Peng-Peng- und Stoj!-Rufen gewannen sie eine imaginäre Schlacht in einem Krieg, der gerade nicht stattfand. Denn dafür waren sie in Deutschland, hatte der Vater ihm erklärt. Dass nie wieder ein Krieg beginnt. Nie wieder ein Krieg, der um die Welt geht.

Zwei beleibte Frauen hielten im Gespräch inne, als Gadji an ihnen vorüberging. Ihr Duft stieg ihm in die Nase: das fruchtige Parfüm gemischt mit dem Geruch der Zwiebeln in den Einkaufstaschen und ihrer mongolischen Lederjacken.

Gadji trat durch das Halbdunkel einer Tordurchfahrt und gelangte auf den Hof, der ein verwilderter Park war. Auf einer Bank saßen zwei Männer in Unterhemden und spielten Domino. Gadji entdeckte seine Schwester, die mit einer Katze im Arm über den Hof flanierte, als befände sie sich auf der Uferstraße von Baku.

»Nesgir«, rief Gadji, »gde Mama?«

»Ne znayu«, antwortete Nesgir. Sie streichelte die Katze, die sich anschmiegte und schnurrte. Die wusste wahrscheinlich, wo Gadjis Mutter sein könnte, verriet sie aber nicht. »Ya dumayu, ona v magazine.«

»Ty edina?«

Nesgir nahm die Katze zwischen die Hände und legte sie sich über die linke Schulter. Da hing sie mit schlaffen Pfoten und hielt die Augen geschlossen, vergnügt, träge und weich.

»Ne odina!« schimpfte die Schwester. »U menya yest‘ koshka!«

Das war bis zu dieser Sekunde richtig. Jetzt nicht mehr. Jetzt müsste Nesgir sagen, dass sie eine Katze gehabt hatte, denn die stieß sich plötzlich von ihrer Schulter ab, mit einer Kraft, die das Mädchen ins Taumeln brachte. Nesgir verlor das Gleichgewicht ihrer fünf Jahre, fiel auf die Knie und fing an zu schniefen. Die Tränen, die flossen, waren weniger die Tränen des Schmerzes als die Tränen des trotzigen Ehrgeizes, mehr zu wollen, als sie schon konnte. Gadji wollte ihr aufhelfen, aber Nesgir stieß seine Hände beiseite.

»Koshka, koshka!«, rief sie bittend dem davonflitzenden Fell-Knäuel nach.

Gadji musste lachen. »Kak gryaznaya ved‘ma!«

Die Schwester rappelte sich auf, klopfte ihre bloßen Knie ab und schniefte noch einmal in die Armbeuge. Sie schaute zum Bruder trotzig-listig auf, kratzte sich am Kopf, sehr ernst und sehr bedeutend, dann sagte sie: »I ty, ty lesorub!«

»Lesorub?«, fragte der Bruder. »Pochemu?«

»Pochemu nye lesorub!«, triumphierte Nesgir, lachte laut auf, drehte sich blitzgeschwind um, und weg war sie.

Gadji schaute ihr lächelnd nach. Kakaya aktrisa, kakaja koshka! Was für eine Schauspielerin, was für eine Katze sie doch war! Ob sie durch die Höfe in Berlin sprang oder durch die Gassen von Baku – die Welt war ein riesiger Spielplatz. Am Montparnasse oder in Brooklyn, in Baku oder in Karlshorst – Nesgir wäre überall die gleiche freche, verspielte, neugierige Katze.

Gadji liebte seine Schwester Nesgir, er war stolz auf sie, und Heimat war immerhin da, wo Nesgir, die Mutter und der Vater waren.

*

Das Getrappel und Gelärme des Schultags war lange verklungen, als Werner Kotte im Korridor vor dem Sekretariat auf einer Holzbank saß. Ihre hohe, senkrechte Lehne drückte in sein Kreuz. Es war keine Bank, die zum Verweilen einlud, eher zum kurzen Warten, ehe man in das Sekretariat gerufen wurde. Der Lehrer wartete seit zwanzig Minuten. Er schaute jenem Mann in das Gesicht, dessen Büste in einer Mauernische gegenüber platziert war: Alexander von Humboldt, der preußische Gelehrte und Entdeckungsreisende, nach dem die Schule benannt war.

Kotte konnte eindringlich-drohend schauen, Kotte konnte Fratzen machen, Kotte konnte dem Schädel in der Nische die Zunge rausstrecken – der reagierte nicht, der blickte aus seinen marmornen Augen und ließ den Betrachter wissen: In die Unsterblichkeit entrückt, geht mich deines Tages Mühsal so wenig an wie dein Schicksal überhaupt. Es ist anstrengend genug, über die Vorfahren zu forschen, über die vergangene Welt; unerreichbar ist mir, dem in die Ewigkeit umgezogenen Geist, deine Gegenwart. Wenn Büsten die Zunge herausstrecken könnten (wie es Kotte eben tat), dann hätte Alexander von Humboldt es gemacht.

Endlich öffnete sich die Tür. Dr. Lautengässer stürzte aus dem Büro und rannte an Kotte vorüber. Klackklackklack hallten seine Schritte durch das leere Schulgebäude, klackklackklack, dann schlug die breite, gläserne Eingangstür in ihr Schloss. Da war einer in Rage.

Werner Kotte hatte nur Augen für die beiden, die jetzt in der Tür standen und ein bisschen verstört wirkten.

Christa Schaffners Gesicht war hochrot. Der vierschrötige Mann neben ihr verbeugte sich leicht, als er sich verabschiedete. »Seien Sie ein bisschen dezenter, Frau Schaffner«, sagte er. »Ich bitte Sie darum. Ich brauche Sie. Als Lehrerin sowieso. Und als – Mensch.« Für einen Moment sah es aus, als wollte er die Hand der Frau küssen. Einc etwas lächerlich wirkende, unentschiedene Grandezza, fand Kotte. Nicht, dass er dem Direktor der Schule ein gewissermaßen altmodisches und trotzdem reizendes Gebaren nicht zutrauen würde. Aber Erhard Eberlein gehörte Kottes Ansicht nach eher dem Typ Kumpel an, der andere Menschen mit einem Schlag auf die Schultern begrüßt und verabschiedet. Auch war Eberlein einer der Lehrer, von denen gesagt wurde, sie seien vom »alten Schlage«. Nach dem Zweiten Weltkrieg schnell zu Neulehrern ausgebildet, gingen solche wie er ihren Berufsweg bis hin zum Posten des Direktors. Was weder im Guten noch im Schlechten etwas aussagte über ihre pädagogischen oder menschlichen Fähigkeiten. Viele von diesen Pädagogen gab es ohnehin nicht mehr, und ob man sie respektierte oder belächelte – Erhard Eberlein war von grundtiefer Anständigkeit. »Sie werden erwartet«, sagte Eberlein. Er hatte Kotte bemerkt und sich gegen einen Handkuss entschieden. Vielleicht war ihm eingefallen, dass er noch nie einer Frau die Hand geküsst hatte, außer der eigenen. »Es ist gut, wenn man jemanden hat.«

»Sie haben Ihre Frau«, antwortete Christa.

»Sicher, sicher, ich habe mein Glück«, sagte der Direktor und schon beim Zurückgehen in das Sekretariat und in sein Büro: »Auf Wiedersehen!«

Christa und Werner fielen sich in die Arme. Um diese nachmittägliche Zeit war weit und breit niemand zugange. Kotte spürte, wie seine Geliebte zusammensackte und schwer wurde in seinen Armen; die Anspannung fiel von ihr ab. Als es vor Stunden hieß, sie möge sich zu einem klärenden Gespräch mit Eberlein und Lautengässer einfinden, hatte sie trotzig gesagt: »Jetzt wird das freche Mädchen bestraft! Mal sehen, ob es bei fünf Peitschenhieben auf den nackten Arsch bleibt oder ob sie mich nach China ins Uranbergwerk schicken!«

Kotte hatte entgegnet, dass sie manchmal aber durchaus wirklich übertreibe. Woraufhin sie ihn ansah und fragte, ob er, der große

Lyrikfreund, vergessen habe, was eine Metapher ist oder was das stilistische Mittel der Ironie vermag, etwa einen Umstand verdeutlichen zu können, der … Ach, Schnickschnack, alles Schnickschnack jetzt! »Ich brauche einen Kognak«, flüsterte Christa.

»Auf denn«, sagte Kotte.

»Frag mich, wie es war!«

»Wie war's?«

»Ekelhaft.«

»Du schweigst und duldest, und sie verstehn dich nicht«, sprach Kotte mit Hölderlins Zunge. Das war falsch, das war genau das Falsche. Christa stieß den Mann von sich und sagte wütend: »Quatsch mit Sauce! Ich schweige nicht. Ich dulde nicht. Und die haben mich sehr wohl verstanden. Du schweigst. Du duldest, Du verstehst mich nicht! Es wäre lieb von dir, du würdest mich, wenigstens jetzt, mit deinen Gedichten verschonen.«

Hilflos antwortete Kotte: »Es sind nicht meine Gedichte, es sind die von …«

Christa Schaffner stöhnte auf. Von von von! Sie wusste schon, von wem. Jeder wusste es schließlich, jeder, der auch nur eine Viertelstunde mit diesem Lyrik-Monster verbrachte. Sie gab ihm einen Kuss auf die Wange, hakte sich unter und sagte: »War ein bisschen viel für mich!« Sie lachte, ein bisschen verkrampft, auch ein Lachen braucht Zeit, sich auf den Weg zu machen. »Kiekense nich so jeklatscht, Herr Kotte! Die haben mich weder gevierteilt noch vergewaltigt. Nur diesen ganzen ideologischen Kram, dieses Gewäsch von der revolutionären Wachsamkeit und der Richtigkeit des Weges – Herrgott, wie satt ich das alles habe!«

Sie verließen das Schulgebäude und setzten sich in Kottes Wartburg, der unter dem Blätterdach zwischen zwei Platanen im Schatten stand. Kotte öffnete der Freundin die Tür und verbeugte sich, immer ihr Chauffeur, Gnädigste. Christa ließ sich in den Sitz fallen, presste den Kopf gegen die Nackenstütze, seufzte und schloss die Augen. Kotte sah sie an. Er liebte sie, er liebte diese Frau über alle Maßen. Er hatte schon andere Frauen geliebt. Und er glaubte nicht von sich, dass er allzu viel von Frauen verstand. Er war in seiner Selbsteinschätzung mindestens so nüchtern wie in dem Urteil über seine Fähigkeiten zu selbstgemachter Poesie. Aber die Schaffner, die liebte er sehr.

Sie hatte seinen Blick bemerkt, die Augen geöffnet und lächelte ihn an. »Kottchen, ach Kottchen!«, sagte sie. »Kennst du den Unterschied zwischen einem Gedicht und einer werktätigen Frau?«

»Wird das ein Witz?«, knurrte er. Er hatte sich hinter das Lenkrad gesetzt und startete den Wagen noch nicht.

»Aber die Gemeinsamkeit kennst du? Zwischen den beiden?«

»Hör auf«, sagte er. »Ich habe auf dich gewartet. Ich will dir beistehen. Und du vergackeierst mich.«

»Die Gemeinsamkeit, um damit anzufangen«, fuhr sie fort, »besteht in der Form, in der Eleganz. An einer Frau darf weder zu viel noch zu wenig dran sein. An einem guten Gedicht auch nicht. Man könnte sagen: Eine Frau ist ein Gedicht.«

»Ich hab gern ein bisschen mehr, mehr so Ballade«, sagte Kotte. »Können wir jetzt fahren?«

»Der Unterschied besteht in der Interpretation des Inhalts. Beziehungsweise darin, dass ein Gedicht auseinander genommen und ausgelegt werden kann. Eine Frau nicht.«

»Dafür kann man sie hinlegen«, sagte er, drehte den Zündschlüssel, legte den ersten Gang ein und fuhr los. »Warum machst du nicht meinen Unterricht, und ich mache deinen?«, fragte er.

»Weißt du mit schiefen Ebenen Bescheid? Weißt du, wo ein Hebel anzusetzen ist, um mit minimalem Kraftaufwand, etwas wie, sagen wir: die Welt aus den Angeln zu heben?«

»Kleinigkeit«, antwortete Kotte. »Es braucht keinen Hebel. Ich muss nur warten, bis sie sich von selbst aus den Angeln hebt.«

»Wohin fahren wir?«, fragte Christa.

»Du wolltest doch zunächst einen Kognak trinken ...«

»Zunächst? Und dann?«

»Die Welt aus den Angeln heben, dass sie quietscht?«

»Erst den Schnaps«, entschied die Frau.

Von ihrem Tisch im Café aus konnten Christa und Werner den Ausgang einer U-Bahn-Station betrachten. Im Fünf-Minuten-Takt stiegen Menschenmassen aus der Erde. Christa meinte, dass sie gern einmal in Paris sitzen würde. Mit einem ähnlichen Ausblick. Morgens. Vielleicht würde es wie in diesen leichten französischen Filmen sein. Jemand schiebt eine mobile Garderobenstange, an der Anzüge hängen, über die Straße. Ein geschäftiger Mann hetzt zu einem Termin und verdrückt im Laufen einen

Croissant. Im Café würden sie in einer Zweierreihe vor dem Tresen stehen und hastig aus kleinen Tassen starken Kaffee schlürfen. Und auf der Kreuzung würde ein Verrückter stehen, der den Verkehr regelt, während ein Gendarm heranschlendert, um ihm klarzumachen, dass er auf verlorenem Posten stehe. Nicht er, der Verrückte, sei für den reibungslosen Verkehr zuständig, sondern er, der Flic. Wir werden uns Paris anschauen, sagte Kotte, das weiß ich. Wenn ich Rentnerin bin, seufzte Christa. Schließlich fragte Kotte: «Was wollten sie?«

»Ist nicht wichtig. Ich habe ihnen gesagt, dass sie keinen anderen haben, der unseren Idioten den Lehrsatz des Pythagoras erklären kann.«

»Und Lautengässer?«

»Hast ihn ja gesehen. Husch husch, weg war unser kleiner Dogmatiker. Nachdem er sich aufgeblasen hatte wie ein Luftballon beim Kindergeburtstag.«

Kotte lachte. »Die Luft war jedenfalls raus … Und Eberlein?«

»Der ist anders. Der ist nicht beleidigt wie ein Gartenzwerg, dem man die Schubkarre geklaut hat. Der kommt nicht gleich mit Landesverrat und Republikflucht und mit dem Wie-der-Herr-so-das-Gescherr-Gequatsche. Während Lautengässer …« Jetzt ahmte sie den Stabü-Lehrer nach, indem sie den Ton eines Kastraten traf: »›Es ist unverantwortlich, die Pädagogin Schaffner unseren Zöglingen zuzumuten.‹ Unseren Zöglingen! Warum sagte er nicht Sklaven? Oder Untertanen? Unverantwortlich ist es, diesen ideologischen Kasper vor die Mädels und Jungs zu lassen! So.«

»Und Eberlein?«

»Er versuchte, Lautengässer zu besänftigen. Vorsichtig, klar, immerhin. Er, Lautengässer, sei doch ein dialektisch denkender Mensch. Als solcher wisse er doch, dass Zeitungsberichte nicht das Nonplusultra der Wahrhaftigkeit seien. Niemals und nirgendwo. Gewissermaßen.«

»Das hat Eberlein gesagt?«

»Und Lautengässer wieder: ›Zügellose Hetzkampagne der BRD! Roll back des Sozialismus! Genüssliche Frontberichterstattung der Ewiggestrigen!‹ Tja. Und Eberlein stand pötzlich auf, Tränen in den Augen, und trat ans Fenster. Und dann sagte er leise, sehr leise: ›Meine Tochter ist in Stuttgart. Seit drei Tagen.‹«

»Nee?!« Kotte verschluckte sich am Kaffee. »Tatsache?«

»Wunderst du dich?«

»Nein. Doch. Janeinjanein«, antwortete er. »Ich brauche jetzt auch einen Kognak.«

Christa sagte, dass es verboten sei, alkoholisiert Auto zu fahren. Es sei manches verboten, erwiderte er, zum Beispiel sei es verboten, die Republik unerlaubt zu verlassen. Nicht, dass du unter die Anarchisten fällst, flachste sie. Es genüge, entgegnete er, dass sie, die Naturwissenschaftlerin, wisse, wie man Molotow-Cocktails bastle. Das sei ein Leichtes, meinte sie, jedes Kind könnte das.

Eine Stunde später lagen sie nebeneinander und zogen abwechselnd an einer Zigarette. Kotte hatte anerkannt, dass Christa nicht gelogen hatte: Sie war überall am Körper braun wie Kakao. Sogar an Stellen, an die die Sonne nur gelangen konnte, wenn sie ihre Beine – Wie? fragte sie zurück. Du meinst, wenn ich sie in einem Winkel von so und so viel Grad spreize beziehungsweise krümme? – So ungefähr, stimmte Kotte zu, und die beiden wiederholten das Spiel, das mit den Kommentaren Christas ein erfolgreiches physikalisch-chemisch-mathematisches Experiment wurde. Die Liebe hebt, die Liebe fällt, um zween Hintern dreht sich Welt, was nicht Friedrich Hölderlin reimte, sondern ein gewisser Werner Kotte, da er jung war und in der Postpubertät steckte wie ein Regenwurm am Angelhaken. Zwei Zeilen, die knapp aber hinreichend das Liebesspiel beschreiben, dessen Regeln die beiden Nackten erneut und neu aufstellten.

Dienstag, 5. September 1989

Der Sportlehrer Horst Kowalski, Ende Vierzig, der es beinahe einmal zu einer Teilnahme an den Olympischen Sommerspielen in der Disziplin Boxen (Bantamgewicht) gebracht hatte, war der festen Überzeugung, dass die Jugendlichen von heute Weicheier waren. Wörter wie Disziplin und Kondition könnten die zwar schreiben, ansonsten, pah. Kowalski wusste, dass seine Kolleginnen und Kollegen über ihn lächelten, wenn er, die Trillerpfeife am Band und um den Hals (wie eine eben erhaltene Medaille), das Lehrerzimmer betrat. Laut und fröhlich pflegte er »Sport frei!« statt »Guten Morgen!« zu rufen. Ein Ritual. Manchmal kam ein lahmes »Sport selber!« zurück. Oder irgendjemand stöhnte und meinte, dass ein Mann, der sein Leben im Trainingsanzug verbrachte, eine Folter für die Augen sei. Dann schlug sich Kowalski vor die enorme Brust, ein Paukenschlag, und sagte, dass es ihm oder ihr nicht schaden würde, wenigstens einmal in der Woche in einen Trainingsanzug zu steigen. Zwei, drei Mal in der Woche Sport, das würde Luther heute sagen, wie er ja auch gesagt hatte, dass es in der Ehe gut sei, zwei, drei Mal in der Woche beieinander zu liegen. Das sei Ansichtssache, kam es aus dem Kollegium zurück, sowie eine Frage des Alters.

Am liebsten blieb Host Kowalski sowieso in seinem Kabuff. Abgetrennt von der Turnhalle, deren Luft vom Schweiß etlicher Schülergenerationen und vom Mief aus den in einer Ecke der Halle gestapelten Ledermatten getränkt war, war die Luft in dem kleinen Separee sauber. Kowalski öffnete das Fenster, wenn er kam und schloss es erst, wenn er am Nachmittag wieder ging. Auf den Sonnenstrahlen, die durch das mit einem Außengitter geschützte Fenster fielen, tanzten trotzdem Staubflocken. In einem von Kowalski selbst gezimmerten Regal standen die Pokale, die er während seiner leistungssportlichen Laufbahn gewonnen hatte, daneben hingen die Urkunden dazu.

Das Regal war sein Altar. Vor dem stehend wartete er, bis die Schülerinnen und Schüler sich auf dem Parkett versammelt hatten, um dann elastischen Schrittes vor den Haufen der mehr oder weniger gelangweilten Mädchen und Jungen zu treten und zu verlangen, sie mögen sich gefälligst und bittesehr in Reih und Glied aufstellen. Dann trat Kowalski zwei Schritte zurück und schmetterte sein »Sport frei!«. Ein Ritual, das auch nach diesen Sommerferien stattfand. Dienstag, fünfte Stunde, nach der großen Pause, Sport.

»Sport frei!« kam das Echo schlaff. Peter Sandburg, der mit seiner vorwitzigen Klappe gern vergessen machen wollte, dass er mit seinen 1,68 Metern der kleinste Junge in der Klasse war, musste kommentieren: »Möchte mal wissen, was Sport mit Freiheit zu tun hat.«

»Sie werden das nie kapieren, Sandburg«, winkte Kowalski ab. »Weil sie nie in die Verlegenheit kommen werden, sich zu verausgaben. Zu merken, von welcher Lust der Schmerz der Muskeln sein kann. Zu spüren, wie die Lunge bebt, wenn die Luft scharf eindringt!«

»Übertreiben Sie nicht ein bisschen, Herr Kowalski!«, rief jemand aus der schief stehenden Formation.

Wieder winkte Kowalski ab. Wozu reden. Wer sich nicht nach körperlicher Betätigung sehnte, der sollte doch lahm bleiben und schwitzen, wenn er nach drei Treppenstufen ächzend Halt machen musste. Auf dem Ohr war er taub. Kowalski hatte es sich längst abgewöhnt, von den alten Athenern zu schwärmen, von olympischen Idealen und von der Einheit eines gesunden Körpers und eines gesunden Geistes. »Volleyball!«, befahl er knapp. »Sandburg, Viehweger, Schulz und Schmidt spannen das Netz auf! Die Mädchen treten nach hinten weg und schnappen sich die Seile und Bälle!«

»Nicht meine!«, quakte Peter. »Hahaha!« machten die Mädchen und verdrehten die Augen. »Pass nur auf deine Balls auf!«, rief eines der Mädchen, das ihren Arm gehoben hatte und mit zwei Fingern als Schere die Luft durchschnitt, bevor sie mit den Fingern schnipste, um den Lehrer auf sich aufmerksam zu machen.

Kowalski wusste, was kommt. »Bitte!«, sagte er. »Ich höre.«

Das üppige Mädchen – zwei, drei Mal Sport in der Woche usw. wäre von hohem Nutzen, war sich Kowalski sicher – gab ihm den Bescheid, dass sie heute nicht könne. Niemand kicherte, weil dieses Spielchen nicht nur Kowalski kannte – alle kannten es.

Horst Kowalski, nicht dringend ein Freund des weiblichen Geschlechts seit den Wochen, die er als Knabe in Trainingslagern verbrachte und die wechselseitige Gier der grad erwachenden Libido ringsum abscheulich fand (weil sie von angestrebter Höchstleistung ablenkte), sagte gelangweilt: »Sie sollten im Guiness-Buch der Rekorde stehen, Fräulein Hohberg. Meines Wissens gibt es kein weibliches Wesen, das jede Woche dienstags die Monatsblutung hat.« Der einstige Fastolympionike strengte sich an, bei dem Wort Monatsblutung nicht angewidert das Gesicht zu verziehen.

Sylvia Hohberg klapperte mit den Augendeckeln, zog die Schultern hoch, ließ sie schicksalsergeben fallen. Was soll ich da machen, Herr Kowalski. Sie betrachtete sich als vom Sportunterricht befreit – reine Routine die ganze Nummer – drehte sich um und ging mit schlingernden Hüften zu den Matten in der Ecke. Einer der Jungs pfiff dem Mädchen hinterher. Widerlich, fand

Kowalski, widerlich diese saftlose Kraftmeierei! Und er meinte beide: das Mädchen und den Jungen

Die Reihe löste sich auf, jeder wusste, was er zu tun hatte und was er nicht tun würde. Die meisten in der Klasse meinten ohnehin, dass Sport Mord sei und Schweiß das übelst riechende Deodorant der Welt.

Gernot Klinkermann teilte die Mannschaften ein. Das war seine Rolle, schon immer. Er war auf die Welt gekommen, um ein Anführer zu sein. Ein Alpha-Tier. Was er sagte und tat, war und würde immer sein: von der ausschließlichen Bestimmtheit und von dem Magnetismus desjenigen, der berufen ist, später eine wichtige Position in Politik, Wirtschaft, Sport, Kultur einzunehmen. Irgendwo da. Eine selbstverständliche Führungsrolle. Einer von denen, in deren Wiege alles gelegt worden war, was die Natur üblicherweise auf mehrere Menschen verteilte. Er war ein guter Sportler, er spielte in der Schulband Saxophon, er sah gut aus.

Als die Mannschaften gewählt waren, blieb ein Junge übrig. Gadji Muuslimsade. Er stand am Rand des Spielfeldes.

»He, Gadji«, rief Gernot, »geh auf die Zwei. Position Zwei.«

»Da stehe ich!«, beschwerte sich Peter Sandburg, der seinen Platz vor dem Netz eingenommen hatte. Außerdem stand er nicht mal in Gernots Mannschaft, sondern beim Gegner.

»Bis eben«, sagte Gernot.

»Du kannst nicht einfach ...«

»Zwei Argumente, nein drei. Erstens hast du sowieso nicht wirklich Lust aufs Spiel. Zweitens ist Gadji fast zwanzig Zentimeter größer. Und drittens – sind wir gastfreundlich oder nicht?«

Gadji zögerte. Er schaute zu Peter, zu Gernot. Er kannte die Rollen, die jeder spielte, noch nicht; er konnte sie noch nicht kennen, dafür war er zu kurz dabei.

»Worauf wartest du, russischer Freund«, plärrte Sandburg. »Befehl vom großen Natschalnik Klinkermann!« Peter trat zurück und machte Platz für den Neuen. Allerdings konnte er es sich nicht verkneifen, seinen Platz am Spielrand als Einwechselspieler zu kommentieren: »Spielen die Sowjets überhaupt Volleyball?«

Der Sportlehrer war auf einen Hochstuhl geklettert und pfiff die Partie an.

Gernot hatte die erste Angabe. Er tippte den Ball ein paar Mal aufs Parkett, fing ihn, fixierte das Feld jenseits des Netzes. Warf den Ball hoch, beugte sich im Kreuz, federte in den Knien und schlug ihn hart übers Netz.

Niemand der Jungs in der Gegenmannschaft gab sich ernstlich Mühe, das Geschoss anzunehmen. Jeder wusste, Gernots Aufschläge zertrümmern einem beinahe die Handgelenke, und der Ball würde, wenn ihn jemand abfing, irgendwohin fliegen, nur nicht dahin, wo ein Mitspieler ihn erreichte.

Im Nu stand es Vier zu Null für Gernots Mannschaft. Niemand regte sich darüber auf. Das war das Spiel, solange sie Volleyball spielten und solange Gernot mit dem Spiel Ernst machte. Denn für ihn war es kein Spiel, sondern – Ernst eben.

»Hehe!«, rief der Sportlehrer. »Pennt nicht ein!« Auch diese Aufforderung gehörte zum Spiel, tausendmal gehört und nie gestört. Gernots Mannschaft zog unaufhaltsam davon.

Auf beiden Seiten des Netzes pritschten, baggerten und schmetterten die Jungs den Ball.

Doch das Spiel kippte, fast unmerklich. Ein paar Mal ging ein Raunen durch die Mannschaften: als Gadji nach einem für unerreichbar gehaltenen Ball hechtete, seine Arme unter ihn und zurück ins Spiel brachte. Als Gadji hochsprang und den Ball ins gegnerische Feld schmetterte: aus einem schier unmöglichen Winkel. Auch wenn der Ball die Netzkante berührte, er prallte aufs Parkett des Gegners. Und jedes Mal war Gadji blitzschnell auf den Beinen, gab präzise Pässe, wenn er nicht in der Angreiferposition war, auch wenn die Mitspieler davon überrascht waren und unbeholfen mit dem Ball umgingen.

Beim sechsten Aufschlag Gernots hatte sich Gadji zurückgezogen. Zwischen Position Eins und Position Sechs federte er hin und her. Als der Ball kam, baggerte er ihn sofort ins gegnerische Geld zurück. In eine Lücke. Niemand in Gernots Mannschaft hatte damit gerechnet, dass der Aufschlag abgenommen und so genau zurückkommen würde. Aufschlagwechsel. Endlich hatte die Mannschaft, in der Gadji spielte, Aufschlag.

Und Gadji war es, der den ersten Punkt einfuhr. Als Gernot aufstieg, um den Ball übers Netz zu schmettern – standen Gadjis Hände wie ein Brett überm Netz. Der Ball, abgeblockt, schlug scharf und schnell beim Gegner ein. Die Jungs und der Sportlehrer trauten ihren Augen nicht. In der Folge gewann Gernots Mannschaft den ersten Satz mit Siebzehn zu Fünfzehn. Aber sie hatte mehr Mühe als jemals zuvor. Als die Mannschaften die Seiten wechselten, streiften sich beim Feldwechsel Gadji und Gernot beinahe. »He«, meinte Gernot, »Respekt, Alter!«

Und Kowalski fragte: »Wo haben Sie das gelernt?«

»In einer Sporthalle«, antwortete Gadji grimmig. Glaubten die Deutschen, dass es weit im Osten nur Steppe, Wölfe, saures Gras und krumm wachsende Birken gab und keine Volleybälle?

Der zweite Satz. Langsam begriff es jeder: Das würde nicht das übliche Spiel werden. Gadji hechtete. Gadji sprang. Gadji schmetterte. Er riss die Jungs in seiner Mannschaft mit. Selbst Sandburg, der zwischendurch eingewechselt wurde, trug dazu bei, dass die Mannschaft den zweiten Satz gewann. Es braucht beim Volleyball nicht nur die langen Burschen. Es braucht auch die, die schnell am Boden sind, die wieselflink nach Bällen laufen und passen können.

Kowalskis Kopf ging hin und her. Was war in die Kerle gefahren? Sie würden sich noch die Knochen brechen bei diesem Einsatz. Als Sandburg nach einem Ball flitzte, den ein Mitspieler unglücklich auf die Unterarme bekam und weit in die Turnhalle abprallen ließ –, als Sandburg nach ihm rannte, als müsste er seine entweichende Seele einfangen, und sogar so zurückbaggern konnte, dass Gadji den Ball mit einem Schmetterschlag zum Sieg im zweiten Satz verwandelte – da gerieten die Jungs außer Rand und Band. Sie hüpften um sich herum. Sie schlugen sich auf die Schultern. Sie boxten sich vor Begeisterung vor die Brust. Gadji klatschte Peter mit der Hand ab und sagte: »Molodyets!« Und Peter stand da wie ein Bengel von vier Jahren, den der Vater das erste Mal in seinem Leben lobte, weil er endlich seine Schnürsenkel allein binden konnte.

»Gratuliere!«, sagte Gernot, als er an Gadji vorbei unter dem Netz die Seite wechselte.

Horst Kowalski gab seinen parteiischen Senf dazu. »Tja, Klinkermann! Jeder Champion findet mal seinen Meister!«

»Sie müssen das ja wissen«, entgegnete der Schüler.

»Ärgern Sie sich etwa?«, fragte Kowalski zurück.

»Falls Sie das für eine Art Motivationstraining halten«, erwiderte Gernot und führte den Satz nicht zu Ende.

Die Mädchen waren auf das Spiel aufmerksam geworden. Sie ließen die Bälle und Reifen fallen und lagerten sich um das Spielfeld. Selbst Sylvia Hohberg, die Bathseba des Abiturjahrgangs mit allwöchentlicher Menstruation, zeigte sich interessiert. Wenigstens mussten sie nicht mehr nach blöder Popmusik hopsen oder über den Schwebebalken trippeln; sowieso hätten sie viel lieber Volleyball gespielt oder Judogriffe ausprobiert – wie es die Jungs durften.

Gernots Freundin, die blonde Vera, tuschelte mit einem der Mädchen. Sie lachten leise über etwas, was sie mehr zu beschäftigen schien als das Volleyballspiel. Aber auch sie schauten zu, als der dritte Satz begann.

Jetzt kämpften die Jungs verbissen. Es war das erste Mal, dass eine Mannschaft, in der nicht Gernot spielte, eine Chance hatte. Und diese Chance hatte sie wegen dieses Russen oder Halbchinesen bekommen. Er war Gernot ebenbürtig. Vielleicht sogar besser? Vielleicht war der ja ein Nationalspieler in – woher kam er?

Während Gernot das Spiel immer nur auf sich bezog, verteilte Gadji die Bälle klug. Er verstand es, seinen Mitspielern zu zeigen, was sie zu tun hatten. Und sie verstanden ihn. Vor allem Peter Sandburg, der während des Spiels um einige Zentimeter wuchs.

Die Mädchen waren unparteiisch. Sie beklatschten jeden gelungenen Ball. Sie begeisterten sich an der Leidenschaft der Jungs, die auf eine bisher ungekannte Weise entfesselt spielten. Sie waren wie Kinder – die Mädchen, die Jungs, es war ein unschuldiges Spiel, in dem es nur darum ging, sich geschmeidig zu bewegen, ernsthaft dabei zu sein, ein bisschen ehrgeizig auch, aber vor allem – einen Spaß zu haben, der niemanden verletzte, niemanden einschränkte, niemanden dastehen ließ als Verlierer. Auch wenn eine Mannschaft am Ende verlieren musste.

Nur Vera spürte, dass da noch was anderes war. Mal lag eine Mannschaft zwei Punkte zurück, mal hatte sie aufgeholt. Hin und her ging es. Das Spiel wurde, spürte Vera, mehr und mehr zu einem Duell zwischen Gernot und Gadji. Alle anderen mochten klatschen, Ah und Oh schreien und diese Angelegenheit allgemein betrachten. Vera kannte Gernot seitdem sie in der Erweiterten Oberschule in dieselbe neunte Klasse gekommen waren. Vera und Gernot – das war ein Pärchen, das zusammengehörte, seitdem der eine auf die andere, die eine auf den anderen getroffen waren.

Vera betrachtete das Spiel anders. Konkreter. Sie spürte, dass Gernots Mannschaft am Verlieren war. Sie spürte, dass Gernot am Verlieren war. Eine ungewöhnliche Situation für ihn, gewissermaßen die Nummer Sieben in einem Spiel, die keine Position Sieben kennt.

Es klingelte zur Pause, doch niemand hörte auf. Es stand Fünfzehn zu Fünfzehn, es stand Siebzehn zu Siebzehn. Bis Gadji auf der Position Eins seine Anschläge machte. Was das Spiel für ihn bedeutete, hätte niemand zu sagen gewusst. Sie kannten ihn nicht. Nur Peter Sandburg stand da, hatte die Unterlippe zwischen die Zähne genommen und war angespannt wie ein Flitzbogen.

Gadji beendete das Spiel! Er schlug zwei Angaben hintereinander in das Feld der anderen, ohne dass irgendwer an den Ball herankam. »Mann, ich glaub's einfach nicht!«, rief Sandburg, ging in die Knie und stieß die linke Faust in den Hallen-Himmel.

Gernot nahm den Ball und trat ihn wütend gegen das Hallendach. Dann zerrte er sich im Gehen das Trikot vom Leib und verschwand zur Dusche. Auch die anderen machten sich auf den Weg, ihre Kleidung zu wechseln. Zwei Unterrichtstunden gab es noch. Staatsbürgerkunde und Russisch. Nach der großen Pause.

Plötzlich standen Vera und Gadji allein in der Halle. Kowalski hatte sich in sein Kabuff verdrückt, wo er entweder seine Urkunden zärtlich abputzte oder eine Stulle mit Leberwurst aß.

»Guter Spieler«, sagte Gadji verlegen. »Dein Freund.«

»Er verliert nicht gern«, sagte Vera.

»Wer verliert schon gern?«

»Kann nicht jeder gewinnen ...«

»Mal so, mal so«, sagte Gadji. »Ich muss jetzt duschen. Wie sagt man: Ich ...«

»Schwitze?«, half Vera.

»Tochku. Genau. Ich schwitze.«

*

Kurz vor sechzehn Uhr schloss Vera die Wohnung auf. Es war fast ein Jahr her, dass der Vater ausgezogen war. Jedes Mal, bevor sie durch den Flur ging, hielt sie ür einen Moment inne, weil sie einen Ruf, ein Geräusch, die Töne einer Musik erhoffte. Irgendein akustisches Signal, dass jemand zuhause war. Jemand? Der Vater. Aber da war nichts, fast nichts.

Vera sog den Geruch der Wohnung ein. Jede Wohnung hat ihren eigenen; die Räume, in denen sie und ihre Mutter seit einem Jahr ohne den Mann wohnten, war durchdrungen von einem Gemisch aus einem zitronigen, rauchigen Shampoo, von vor Stunden gebratenem Fleisch, von aufgeschnittenen Äpfeln und Zwiebeln. Eine Luft, die eben frisch vom Balkon aus die Zimmer durchwehte, und eine Wolke, die aus gewaschenen und gebügelten Stoffen aufgestiegen war und sich ausgebreitet hatte. Bis in jede Ecke der Wohnung.

Vera ließ das Schlüsselbund auf in eine Schale auf der Kommode im Flur fallen und nahm den Zettel, der auf der Marmorplatte lag, in die Hand. »Mach dir die Suppe warm«, stand darauf. »Es wird spät. Kuss auf dich, Mama«. Vera verdrehte die Augen. Mama! Sie ging in ihr Zimmer und heftete den Zettel zu den vielen anderen in einen Ordner, auf dem in Großbuchstaben FAMILIE stand.

In den letzten drei Monaten hatte die Zettelwirtschaft zugenommen, weil »Mama« fast jeden Tag zu irgendwelchen Treffen aufbrach. Es müsse sich im Lande was ändern, hatte sie erklärt. Die Zeit sei reif. Es gäbe genügend Menschen, die inzwischen ihr Herz in die Hand nehmen und Widerstand leisten würden und die Verhältnisse verbessern wollten.

Ob das nicht ein bisschen sehr pathetisch sei? hatte Vera gefragt. Herz in die Hand! Besser, so ein Herz bleibt in der Brust und schlägt kräftig und viele Jahre! Und Widerstand – wogegen denn, Mama?

Ich sag's mal anders, hatte die Mutter geantwortet. Nennen wir es nicht Widerstand, nennen wir es Protest. Oder Forderung. Forderung für wirkliche Meinungsfreiheit. Für Reisefreiheit. Dafür, dass jeder Mensch frei entscheiden kann, wie und wo er leben will.

Vera wollte davon nichts wissen. Sie fühlte sich nicht unfrei. Dass die Zeitungen logen, dass das Fernsehen log, dass Doktor Lautengässer, ihr Stabü- und Geschichtslehrer, ein Arsch mit Ohren war – Gottchen, ja, so war es eben. Aber wer regte sich darüber auf? Kriegte man nicht Pickel, wenn man sich immerzu sehr aufregte? Oder einen Herzkasper?

In ihrem Freundeskreis war niemand, der sich sonderlich für Politisches interessierte. Außer vielleicht Gernot. Es war doch klar, dass überall geschwindelt wurde. Überall auf der Welt. Vielleicht gab es Stämme in Afrika oder im südamerikanischen Urwald oder bei den Eskimos, wo es Sünde war und bestraft wurde, wenn jemand flunkerte. Aber hier, mitten in Europa – na halloballo!

Was soll's! Vera warf den Rucksack aufs Bett, schnappte sich eine Kassette und legte sie in den Recorder. Guns N' Roses spielten. Patience. *Was a time when I wasn't sure.* Vera drehte auf, bis zum Anschlag. Girl, *I think about you every day now / I'm still alright to smile.* Mochte der alte Burchardt in der Wohnung über ihnen schimpfen. Der Alte drehte selber am Rad, wenn er vor dem Fernseher saß und das Geseiere nur verstand, wenn er volle Pulle aufdrehte.

Vera ging in die Küche. Sie schnupperte am Topf, der auf dem Herd stand. Bohnensuppe. Tolle Suppe. Ihre Mutter konnte kochen, richtig gut kochen. Aber Vera wollte keine Bohnensuppe. Sie schaute in den Kühlschrank, nahm eine Britzer Wurst raus und schnitt sich ein paar Scheibchen ab. Sie hörte die Musik. *If I can't have you right now, Ill wait dear / Sometimes, I get so tense / But I can't speed up the time*, während sie durch die Wohnung lief. Wenn ich dich jetzt nicht haben kann, werde ich lieber warten. Sie kaute auf der Wurst, während sie ins Wohnzimmer lief und das Fernsehgerät einschaltete. Ich kann die Zeit sowieso nicht beschleunigen. Auf dem Bildschirm erschien das Gesicht eines Brillenträgers. Der Mann schaute ernst und sagte:

»... angesichts der wütenden Anti-DDR-Kampagne ist es allerdings schwer vorstellbar, dass jene, die sie entfesselt haben, an der Bewahrung oder gar am Ausbau des Erreichten interessiert sind. Eher scheint das Gegenteil der Fall zu sein. Und die Gründe dafür kann man weder konstruktiv noch realistisch, noch vernünftig nennen ...« Blablabla! Vera schaltete um.

Euphorisierte Menschen kamen auf einem Bahnsteig an, machten mit den Fingern das Victory-Zeichen und stammelten in die Mikrofone »Wahnsinn! Wahnsinn!«. Sie waren von Bakterien befallen, die ihnen den Wortschatz weggeknabbert und nur dieses eine Wort übrig gelassen hatten. »Wahnsinn, Wahnsinn!«

Vera ging durch den Kopf, was die Mutter ihr erst vor ein paar Tagen gesagt hatte.

Sie fürchte sich davor, dass die meisten Menschen in der DDR nur eine Sache wollten: Bananen, Barbie-Puppen, ein schnelles

Auto, Sangría saufen auf Mallorca. Dass sie ihre Heimat aufgeben würden für Materielles, und dass der Westen niemals eine Alternative sein könnte, das müsste doch jeder wissen, der ein bisschen nachdenkt.

Das seien immerhin schon vier Sachen, hatte Vera entgegnet. Und schlimm könne sie es auch nicht finden, dass die Leute in ihrem Leben das haben wollten, was ihre deutschen Nachbarn schon lange hatten. Sie selbst bliebe lieber daheim, fände es aber nicht übel, könnte man beispielsweise Platten von Guns 'N Roses kaufen und müsste die Musik nicht aus dem Radio aufnehmen. Außerdem spräche sie, die Mutter, ja genau so wie Doktor Lautengässer. Der hätte denselben verachtungsvollen Ton in der Stimme, wenn er über die Verräter spreche, über die gesellschaftlich Desinteressierten, dabei sind die Flüchtlinge doch auch Menschen aus Fleisch und Blut, Menschen mit Sehnsüchten und Träumen. Oder ob sie, Victoria Lothringen, liebste Mutter mein, etwa meine, dass die Träume des einen wertvoller seien als die Träume eines anderen.

Vera wusste, dass ihre Mutter ausflippen würde, wenn die Tochter sie mit Lautengässer verglich. Alles, was sie verachtete, verkörperte dieser Lehrer in ihren Augen. Die Weltsicht einer Bulldogge. Die Engstirnigkeit eines Regenwurms. Die Sturheit eines Esels. Die Aggressivität eines Skorpions. Es war seltsam, fand Vera, wenn sie es recht überlegte, dass die Mutter und der Lehrer fast die gleichen Wörter gebrauchten, obwohl sie doch etwas völlig anderes meinten. Es war seltsam, dass die beiden Erwachsenen gleichermaßen für das Land DDR eintraten – nur dass Victoria Lothringen gewiss eine andere DDR meinte als Doktor Lautengässer. Und welche DDR ich meine, dachte Vera grimmig, das interessiert keine Sau. *Need a little patience, yeah/Just a little patience, yeah.* Außerdem weiß ich es selber nicht. *Just a little patience, yeah.*

Das Telefon klingelte. Vera wischte die Finger an der Jeans ab und griff nach dem Hörer. »Lothringen«, meldete sie sich. Ihr Gesicht hellte sich auf, sie sah es im Spiegel über der Kommode.

»Ach, Gernot … Warte mal. Ich nehm dich mit aufs Sofa.« Die Schnur war lang genug, Vera konnte in die Stube gehen und sich auf die Couch legen. Sie setzte den Apparat auf ihren Bauch und entgegnete auf eine anzügliche Bemerkung ihres Freundes: »Großes Ferkel Gernotchen … Nein, ich will heute früh ins Bett

…« Sie errötete leicht und kicherte. »Blödmann!« Ein Weilchen hörte sie zu, schüttelte den Kopf, nickte, um schließlich zu sagen: »Gut, ich komme. Aber du weißt, dass ich es ziemlich albern finde. Außerdem gruselt's mich. Okay, bis gleich!«

Vera ging in ihr Zimmer und kleidete sich um. Ein Chor sang zu Phil Collins *Oh, think twice / It's just another day for you in paradise / Oh, think twice / It's just another day for you / You and me in paradise.* Sie tauschte die Jeans gegen schwarze Pantalons, die knallgelbe Bluse gegen ein schwarzes Hemd, das ihr bis zu den Knien reichte. Dann legte Vera eine Schminke auf, die aus dem frischen, hellen Gesicht die bleiche Larve einer schwerkranken, blutarmen, tuberkulösen Bettlägrigen machte. Das blonde Haar häufte sie auf und versteifte ein paar Strähnen mit einem Gel, sodass sie zu Stacheln wurden. Während sie sich verkleidete, übte sie Grimassen. Am besten, fand Vera, gelang ihr der Ausdruck tödlicher Tristesse. Als sie mit ihrem Outfit zufrieden war, zog sie aus dem Schrank einen Schlafsack, entnahm dem Kühlschrank eine Konservendose mit Rotwurst und verließ die Wohnung. Nicht, ohne vorher der »Mama« einen Zettel auf die Flur-Kommode zu legen. »Komme später, warte nicht auf mich. Suppe esse ich morgen Muss zu den Toten. Küsschen, das Kleinkind«.

*

Sie waren kaum wieder zu erkennen. Vera, Gernot, Peter Sandburg, Sylvia Hohberg, Mark Viehweger und Maria Breitling – die Clique. Zu der gehörten auch Karla Endlicher und Werner Kahnert. Die aber fehlten, entschuldigt oder unentschuldigt – sie waren grad nicht erreichbar. Sie waren aus den Sommerferien nicht heimgekehrt; sie waren über Ungarn in den Westen gegangen, das mussten die gebliebenen Freunde erstmal verdauen. Und so zogen die sechs als bleiche, krumm und kraftlos schleichende Gespenster durch die Straßen Karlshorsts, bis sie den Rand des Friedhofs erreichten und durch einen Zaun schlüpften. Der Weg führte sie an einem kleinen See vorbei. Am anderen Ufer lag das Gelände mit der Kaserne und einem Übungsplatz der Sowjetarmee.

Sie liefen in Gänsereihe, schweigend und die anbrechende Dunkelheit und den Duft des Mischwaldes einsaugend. Sie hatten sich gehäutet. Sie hatten sich in Wesen verwandelt, die die Nacht trinken und den Mond von einem Teller, aus menschlichem Gebein geschnitzt, essen wollten.

Die Tage waren kürzer geworden, erstes Laub raschelte unter den Füßen. Oder war es das Laub des vorigen Jahres, des vorvorigen Jahres? Plötzlich stockte die Kolonne. Gernot, der vorneweg lief, hatte die Rechte erhoben und zeigte auf etwas, das seine Aufmerksamkeit erregt hatte. Gadji, dieser Muslimsade, stand, scharf konturiert gegen das Licht der Abendsonne, auf einem Steg. Zu seinen Füßen ein Eimer, in seinen Händen eine Angel. Aber da waren noch drei andere Jungs. Die liefen über den Steg auf Gadji zu und bauten sich vor ihm auf.

»Russen?«, fragte Peter leise.

»Pscht!«, machte Gernot.

Sie hatten seit sieben Jahren Russisch-Unterricht und verstanden trotzdem nicht ein Wort von dem, was zwischen den vier Jungmännern auf dem Steg verhandelt wurde. Eine friedliche Angelegenheit war es nicht, das konnten sie sehen. Augenscheinlich wurde von Gadji verlangt, dass er seinen Fang herausgibt, oder sie wollten irgendetwas anderes von ihm.

Gadji schüttelte den Kopf. Er würde nichts hergeben, was auch immer es sei. Einer der Jungs griff nach Gadjis Hemdkragen, Gadji wich zurück, soweit er konnte, bis an den Rand des Stegs. Er schüttelte wieder den Kopf. Von ihm würden sie nichts kriegen, schon gar nicht gezwungenermaßen. Gadji sah unbekümmert aus, obwohl ein Messer blitzte.

»Was wollen die von ihm?«, fragte Maria, deren rote Mähne unter einem Turban versteckt war und ihren Kopf in einen Glatzkopf verwandelt hatte.

»In Russland herrscht Hunger«, gab Peter zur Antwort. »Fische klauen und den Verwandten schicken, schätze ich mal.«

»Du bist wirklich ein Arsch!«, meinte Maria. Ob als Banknachbarin in der Schule, ob am Abend als Grufti – unreife Knaben brauchten nun mal Jahre, ehe sie als vollwertige Partner in Betracht gezogen werden könnten. Falls überhaupt jemals, und wenn sie nicht noch ein paar Zentimeter wuchsen, gingen ihre Chancen ohnehin gegen Null.

»Ich glaube, Gadji braucht Hilfe«, sagte Vera. »Gernot?«

Der sah seine Freundin an, schaute zum Steg, schüttelte den Kopf. Was da geschah, war deren Angelegenheit. Russen, Mongolen, Kasachen, Asiaten – weiß der Kuckuck, woher die kamen! Er hatte in den Ferien an der Küste das Schwarzen Meeres zweimal erlebt, wie schnell die sich prügelten. Wie rasch Messer gezogen wurden und es überhaupt nicht klar war, wer Schuld war oder worum es überhaupt ging. Nein, sie würden sich nicht einmischen.

»Ein Messer?«, sagte Sylvia Hohberg erschrocken.

»Die machen den alle«, sagte Peter.

»Ich geh da jetzt hin!«

»Du bleibst hier. Wie wir alle. Hörst du, Vera? Das ist nicht unser Ding!«

»Ich guck doch nicht zu, wie einer abgestochen wird«, riss sich Vera von Gernot, der sie am Ärmel des teerschwarzen Hemdes festhielt, los.

Aber sie mussten gar nicht eingreifen. Auch Gadji hatte ein Messer gezogen, ließ es spielerisch, fast artistisch, von einer Hand in die andere gleiten, nahm es an der Spitze und warf es an den drei Angreifern vorbei. Zittern blieb es in der Rinde eines Baumes stecken.

»Der ist verrückt«, murmelte Sylvia. »Der macht sich nackig.«

»Mir reicht's«, sagte Vera. »Ich geh da …«

Alles Weitere geschah so rasch, dass später niemand genau zu sagen wüsste, wie es geschah. Blitzschnelle Bewegungen, und plötzlich stand Gadji allein auf dem Steg. Er hatte die drei Angreifer weggefegt. Zwei der Burschen schlugen im Wasser wild um sich, der dritte war auf die Knie gegangen und krümmte sich. Gadji tippte ihn leicht an, und auch der plumpste in den See. Gadji spuckte ins Wasser, nahm den Eimer und schlenderte zu dem Baum, in dem das Messer steckte. Er zog es heraus und wischte es an der Hose ab.

»Weiter!«

Aber diesmal hörte niemand auf den Großen Meister Gernot Klinkermann. Sie starrten auf Gadji, der, den Kopf gesenkt und den Blick am Boden haltend, den Steg verließ und auf dem Weg an ihnen vorbei musste. Abrupt blieb er stehen, sein Körper straffte sich, dann trat ein Lächeln auf sein Gesicht. Gadji entspannte sich, als er erkannt hatte, wer die schwarzen Gestalten waren und ihn angafften. Sein Blick ging von Gernot zu Vera; das Mädchen hielt dem Blick nicht stand und schlug die Augen nieder.

»Wo hast du das gelernt?«, fragte Peter und nickte mit dem Kopf zum See.

Grad schlugen sich die drei Burschen seitwärts in das Schilf. Der See kräuselte sich ein bisschen und hatte den Reinfall schon vergessen.

»Im Gefängnis.« Gadji grinste. Er war er noch nie in einem Gefängnis. Aber eines hatte er in der kurzen Zeit seines Lebens in der DDR begriffen: Die Deutschen hielten die Sowjetunion für ein Land, in dem sich Steppe, Zwangslager und rauhe Landessitten abwechselten, wo in jeder Hütte Schnaps gebrannt wurde, Schnaps, der den Trinkenden blind machte und früh ins Grab brachte. Außerdem spielten sie immerzu Balalaika und sangen schwermütige Lieder. Und das alles auf einem Territorium, in dem Deutschlands Fläche verschwinden würde wie ein Bärenfurz im Schneesturm.

»Und ihr?«, fragte Gadji. »Spielt ihr Totsein oder was?«

»Wir lieben den Tod«, antwortete Peter Sandburg grabesduster. »Wir verehren ihn. Wir himmeln ihn an.«

Gadjis Lächeln – weggewischt. »Kein Mensch liebt den Tod.«. Wieder schaute Gadji Vera in die Augen. Diesmal hielt sie dem Blick stand. »Ty ponimayesh? Nikto ne lyubit smert‘, smert‘ net igry.« Ja, sie verstand. Wort für Wort. Niemand liebt den Tod. Der Tod ist kein Spiel. Sieben Jahre Russisch, ein bisschen blieb doch hängen.

Vera nickte und schaute dem Jungen hinterher, wie er, den Eimer mit Fischen im Wasser, dem Pfad durch das hohe Gras und die niedrigen Büsche folgte.

»Was hat er gesagt?«, fragte Peter. »Die Sprache werde ich nie kapieren!«

Niemand liebt den Tod. Der Tod ist kein Spiel. Vera gingen die Sätze im Kopf um, während sie weitermarschierten auf ihrem Weg zum Friedhof.

Niemand von ihnen schlief daheim in einem Sarg. Niemand hatte den Fußboden seines Zimmers mit Erde bedeckt und Gras gesät. Sie sehnten sich nicht nach dem Tod. Sie dachten nicht mal ernsthaft über ihn nach. Er war etwas, das kommen würde, ganz gewiss. Irgendwann in zigundzig Jahren. Warum an ihn denken, und warum nicht ein reizvolles Spiel daraus machen, so zu tun, als gedachten sie des Gevatters Hein, der mit den Knochen klappert und die Sense über der Schulter trägt?

Außerdem: Der Tod steht immerzu in der Zeitung. Unfälle, Katastrophen, Kriege, Verbrechen, Krankheiten. Überall findet er statt, nur nicht hier. Irgendwo findet er statt, die Menschen hatten sich an ihn gewöhnt, so selbstverständlich trat er in den Meldungen auf, so wehrlos schienen die Menschen gegen ihn zu sein. Warum sich selbst nicht zwischen Grabsteine legen, den Mond anstarren, die Sterne, und zwei Flaschen Wein leeren? Auf das Leben! Auf den Tod, der schön gruselig war.

Sie hatten ihr Ziel erreicht. Eine Gruft, groß wie eine Laube, deren Tür ausgehängt war und schief gegen einen Pfosten des Eingangs stand. Gernot setzte sich auf einen Grabstein, in den der Name Wilhelm Leimer eingemeißelt war. Der Leimer hatte von 1925 bis 1974 gelebt, nicht sehr lange, wie sie fanden. Bei früheren Besuchen hatten sie gerätselt, woran er gestorben sein könnte. Ein Vergnügen, das seinen Reiz verlor. Der Mensch kann an allem Möglichen und Unmöglichen sterben. Was keine großartige Entdeckung war.

Gernot öffnete eine Flasche Wein und zündete zwei Zigaretten an. Eine gab er Vera, die vor ihm saß und ihren Kopf an seine Knie gelehnt hatte, an der anderen zog er selbst. Ein paar Meter weiter kicherte Sylvia. Es gefiel ihr, dass Sandburg an ihr ein bisschen rumfummelte; die Toten hatten bestimmt auch ihren Spaß. Viehweger und Maria hatten sich ein Stück abseits auf einen Hügel gesetzt und saßen schweigend nebeneinander.

»Unser Dichter wieder«, sagte Gernot ironisch und wies mit der Zigarette zu Viehweger.

»Warum haben wir ihm nicht geholfen?«, fragte Vera.

»Es war nicht unser Bier.«

»Aber was wäre gewesen, wenn Gadji …«

»Hätte, wäre, wenn und aber. Wer weiß, was passiert wäre und wer weiß, wie wir uns verhalten hätten.« Vera stieß den Rauch der Zigarette aus, blickte Gernot an und sagte: »Ich finde, wir haben uns Scheiße verhalten.«

»Aber …« Ihr Dialog wurde unterbrochen, weil Viehweger plötzlich im Licht des Mondes stand, die Arme ausbreitete und zu deklamieren anfing: »Ebbe und Flut machst du. Leben und Tod. Der Igel lässt sich blicken des Nachts. Der Wurm erhebt sein Haupt. Satt vom Fleisch der Leichen hält er Ausschau nach Frischfleisch. Er kann warten. Er weiß: Jeder Mensch kommt zu ihm. Hat er gemessen an seinem Leben auch länger gelebt – der Wurm ist der Stärkere. Er steht über dem Menschen, im Tod wird der Mensch seine Speise.«

»Mein Wurm steht«, ließ sich Peter hören.

»Aus jedem Würmchen wird ein Wurm, gerät er in den Hosensturm«, zwitscherte Sylvia.

»›Fräulein Hohberg, Sie gehören ins Guiness-Buch der Dichterinnen! Immer eine Ausrede parat!‹«, äffte Peter die Stimme des Sportlehrers Kowalski nach. »›O, meine Diotima, die zärtlichgroßen Seelen, die nimmer sind! Doch eilt die Zeit‹ …« Diesmal Kotte. Erstaunlich, dass Peter eine Hölderlin-Zeile zitierte. Wäre der Deutschlehrer dabei gewesen, es hätte ihn sprachlos gemacht.

»Hehehe, Finger weg!«, sagte jetzt Sylvia. »Das war nicht ausgemacht, mein Lieber!«

So hätte es Stunden weitergehen können. Spaßen, Trinken, Lästern, Phantasieren, Dämmern – doch dann griff Gernot in die Innentasche seiner Jacke und zog eine Ansichtskarte raus. Sie zeigte die Michaeliskirche in Hamburg. »Kahnert hat mir geschrieben. Aus Hamburg«, sagte er.

Peter pfiff durch die Zähne und sang leise: »Auf der Reeperbahn nachts um halb Eins, ob du n Mädel hast oder hast keins …«

»'Hallo, ihr Idioten! Was wollt ihr noch zuhause? Die Welt ist größer als eine Zeitungsseite. Die Welt gehört den Mutigen. Die Welt gehört mir. Salut!'«, las Gernot vor.

»Selber Idiot«, knurrte Viehweger. »Hätte was sagen können. Vielleicht wäre ich mitgegangen.«

»Da sitzt er jetzt im faulenden Kapitalismus und hat keine Chance«, meinte Sandburg.

»Selbst der Schlamm ist drüben schöner«, sagte Sylvia und wusste selbst nicht, was sie damit sagen wollte.

»Wir sollten eine Kerze anzünden und seiner gedenken«, schlug Viehweger vor.

Maria stellte eine Kerze auf einen umgestürzten und in der Mitte durchgebrochenen Grabstein. Der war übersät mit den Stearinpfützen abgebrannter Kerzen. Maria setzte den Docht unter Feuer. Sie hatte das Tuch vom Kopf auf die Schultern geschoben; im Licht der flackernden Flamme züngelten ihre roten Locken wie Schlangen, die sich nicht losreißen konnten.

»Hast du ein Gedicht für Werner?«, fragte sie.

»Nicht direkt für ihn«, antwortete Mark Viehweger. »Aber gestern ist mir was eingefallen …«

»Los! Los, Mark! Los, Nationaldichter! Nationalpreisträger in spe! Nobelpreisträger von morgen!«, forderten die anderen ihn auf.

Mark nahm die Ansichtskarte, die ihr gemeinsamer Freund Werner Kahnert aus Hamburg geschickt hatte und legte sie neben die Kerze. Dann ließ er sich auf die Knie nieder, verschränkte die Finger zum Gebet und sagte seine neuesten Reime auf:

»Dass Braunkohle nie alle wird
Dass die Partei sich niemals irrt
In jedem Shop gibt's immer mehr –
Davon träumt die DDR

Dass jeder Mensch ein Sportler ist
Und klug sei jeder Polizist
Das Portemonnaie sei niemals leer –
Davon träumt die DDR

Dass jeder eine Wohnung hat
Dass sicher sei der Vater Staat
Dass niemand unsre Grenzen stör –
Davon träumt die DDR

Dass niemand in den Westen geh
Dass jeder Zeitungsdeutsch versteh
Das Leben sei kein Hin und Her –
Davon träumt die DDR.«

»Hehe, großartig! Wie machst du das bloß!« Es war vielleicht nicht die allerhöchste Dichtkunst à la Hölderlin. Aber dafür waren Marks Verse leichter zu verstehen.

Und dann wurde es still. Die Kerze flackerte auf dem Grabstein, ein halbes Dutzend weitere Kerzen waren angezündet, ein paar Frösche quakten, von irgendwoher fiel ein grobes Grölen in den Wald und auf den Friedhof. Es brach jäh ab.

Die Mädchen und Jungs der Klasse 12d waren verstummt, jeder und jede für sich. Entweder, weil sie eingenickt waren, oder weil sie Gedanken nachhingen, die sie weder den Freunden noch den Eltern, den Lehrern sowieso nicht und überhaupt niemandem auf der Welt preisgeben oder verraten wollten.

Freitag, 8. September 1989

Vera hörte nicht, dass die Tür zu ihrem Zimmer geöffnet wurde. Sie lag auf dem Bett, hatte die Augen geschlossen und schwamm in den Songs, die ihr vom Kassettengerät über die Kopfhörer in die Ohren gespült wurden. Es waren Songs in englischer Sprache. Vera mochte weder den einheimischen Pop noch die einheimische Rockmusik. Es konnte ja sein, wie manche sagten, dass die deutschen Texte gehaltvoller waren, raffinierter, anspruchsvoller – doch Vera mochte das Pathos, das in den meisten deutschen Liedern mitschwang, nicht. Sie brauchte nicht die Arrangements ganzer Orchester, und schon gar nicht stand ihr der Sinn nach Texten, die nach dem Sinn des Lebens suchten, vor dem Untergang der Welt warnten oder irgendwie verschlüsselt-rätselhaft Land und Leute kritisierten. Wieso musste jemand über sieben Brücken gehen? Wieso musste man sieben Mal die Asche sein, um einmal der helle Schein zu werden? War es nicht makaber, siebenmal verbrannt zu werden? Und Asche war Asche. (Für irgendwas mussten die Nächte auf dem Friedhof, für irgendeine Erkenntnis musste die Verkleidung als gothic girl doch gut sein, sagte sich Vera.) »She loves you, yeah, yeah, yeah« – die Zeile schoss noch nach fünfundzwanzig Jahren heftiger ins Blut als »König der Welt ist ein Herz, das liebt«. (Wieso König? Wieso nicht Königin? fragte sich Vera. Außerdem war das Herz ein Neutrum.)

Victoria Lothringen stand einen Moment im Zimmer der Tochter, ehe sie sich vor dem Bett niederkniete und Vera sacht an den Schultern rüttelte. Das Mädchen öffnete die Augen, wendete den Kopf auf dem Kissen und lächelte ihre Mutter an. Die gestikulierte, ob sie die Musik kurz abstellen könnte. Vera verdrehte die Augen und nahm die Hörer ab. Guns N' Roses waren laut genug, sie waren noch dann zu hören, wenn sie um den Hals lagen.

»Ich geh dann mal«, sagte Victoria Lothringen. »Rufst du bitte deinen Vater an, falls ich bis morgen früh nicht zurück bin. Ich hab dir auch noch die Nummer eines Rechtsanwalts aufgeschrieben – er weiß, was zu tun ist, falls ich nicht zurückkomme.«

»Mutter!«, sagte Vera energisch. »Was soll der Blödsinn. Nicht zurückkommen! Nicht zurückkommen! Warum solltest du nicht zurückkommen?« Das Herz schlug ihr zum Halse. Diese Theatralik immer! Seit Wochen ging das so!

Andererseits wäre es durchaus möglich, dass ihre Mutter verhaftet werden würde. Die Polizei würde sie eine Nacht dabehalten, dann würde man sie nach Hause schicken. Victoria Lothringen war keine Frau, die vorhatte, ein Attentat zu verüben oder den Antifaschistischen Schutzwall mit dem Kopf einzurennen.

Vera spürte Angst und – Wut. Die Vorstellung, es könnte der Mutter doch etwas passieren, stippte sie in eine Gefühlssuppe. Wie konnte eine Mutter sich einer Gefahr aussetzen, deren Folgen auch die Tochter treffen würden? Und wofür das ganze Brimborium?

»Wofür das Ganze?«, fragte Vera.

»Das weißt du«, entgegnete die Mutter.

»Ja, das weiß ich! Weil ihr plötzlich entdeckt habt, dass der Staat Scheiße ist. Weil ihr plötzlich meint, die SED sei Scheiße. Weil ihr euch zusammengefunden habt und euch gegenseitig versichert, was ihr für tolle Rebellen seid! Mutige Helden für Freiheit und Demokratie!« (Wie ihr Puls raste! Zu wild, zu bang ists ringsum – von wegen, Hölderlin, in mir drin wankt und trümmert es! Was hättest du denn gedichtet, wenn deine Mutter sich in Gefahr begeben hätte? Hatte sie vielleicht, müsste ich Kotte mal fragen.)

»Sie haben uns belogen, Vera. Sie lügen immer noch. Und sie werden immer weiter lügen, wenn wir nicht sagen: Schluss damit.«

Vera wusste, wovon die Mutter sprach. Sie hatten oft darüber geredet. Im Mai hatte es im Land Wahlen gegeben, deren Ergebnisse gefälscht worden waren. Die Regierung hatte verkündet, dass – wieder mal und wie immer – 99 Komma nochwas Prozent der Wahlberechtigten für die Kandidaten der Nationalen Front, andere gab es nicht, und für deren politischen Kurs gestimmt hätten. Dann war der Juni gekommen, in Peking hatte die chinesische Armee auf dem Platz des Himmlischen Friedens protestierende Studenten mit Panzern und Gewehren niedergemacht.

Tausende sollten gestorben sein, meldeten die Medien des Westens, obwohl es keine genauen Zahlen gab. Und dann hatten die Sommerferien begonnen. Allein an einem Tag, am 19. August, das war keine drei Wochen her, hatten sich 800 DDR-Bürger über die Grenze nach Österreich davongemacht. Das alles zusammen bildete ein Gemenge, das waberte und zischte und dampfte, und es bildete diesen bizarren Dunst, der über den Tagen lag.

Das Bedrohlichste war: Niemand konnte wissen, wie die DDR-Regierung und ihre Exekutivorgane darauf reagierten. Jeder, fast jeder wusste, dass sie die Fakten verschwiegen, verdrehten, dass sie logen und damit fortfuhren, das eigene Volk hinters Licht zu führen. Der Krug geht solange zum Brunnen, bis er bricht; es gibt immer einen letzten Tropfen, der das Fass zum Überlaufen bringt; du darfst dich nicht wundern, wenn der Ast, auf dem du sitzt und an dem du sägst, bricht, und du fällst in die Wiese auf die Schnauze. Oder auf den Asphalt der Straße.

Also hatten sich Bürger gefunden, erst in kleinen Gruppen, dann in Versammlungen, die immer zahlreicher, immer mutiger wurden, weil sie es satt hatten. Das Belogenwerden. Weil sie darunter litten, dass die Schere zwischen den offiziellen Behauptungen und der Leute-Wirklichkeit immer weiter auseinander ging. Und die sich da zusammenfanden, waren solche wie Veras Mutter. Sie wollten nicht den Sozialismus abschaffen. Sie wollten auch nicht den Kapitalismus. Sie wollten über ihr Leben bestimmen, über ihre Pläne, über ihre Zukunft, und sie waren mündig genug, es nicht anderen zu überlassen. Es musste geklärt werden, wer hier Fass, Krug, Ast, Brunnen, Säge war.

Das alles verstand Vera, das alles wusste sie. Sie hielt es aber auch für möglich, dass ihre Mutter zur Hysterie neigte, und wer weiß schon, welche Motive die Protestler sonst hatten. Konnte nicht auch Doktor Erwin Lautengässer immerhin ein bisschen Recht haben? Wenn er sagte, den wenigen, die flüchten, weinen wir keine Tränen nach? Es handelte sich bei denen um Flüchtlinge, die von der Buntheit des Westens verblendet seien? Sie würden schon erleben, in welche Bedrängnis sie gerieten. Die Politiker des Westens würden sie natürlich zuerst bejubeln. Aber dann, wenn es darum ging, Arbeit zu finden, ein bezahlbares Dach über dem Kopf, Schulausbildung für die Kinder. Es gäbe doch unbestritten Vorzüge des Sozialismus, auch wenn der nicht vollkommen sei. Aber daran würden alle ehrbaren Menschen arbeiten. Und es sei schließlich so, dass der Sozialismus weltweit sehr jung sei und viele Fehler gemacht habe und vielleicht auch noch machte –, aber der Kapitalismus sei wie ein raffiniertes Raubtier, das seit Jahrhunderten zu jagen versteht und keine Gnade kennt auf seiner Jagd nach Beute.

Und Vera musste an die Freunde denken, die in den Sommerferien die Flocke gemacht hatten. In das Nachbarland, nach Hamburg, nach Nürnberg. Würden sie sich nie wieder sehen?

Das alles war eine Gedanken-und-Gefühle-Suppe; das alles war ein Wirrwarr in ihrem Kopf. Das Beste würde sein, sich selbst ein Bild zu machen, dachte Vera plötzlich, das schaue ich mir mal an. »Okay«, sagte sie, setzte sich auf, schwenkte ihre Beine aus dem Bett und stand auf. »Dann komme ich mit.«

Sie zog sich Jeans und Pullover an und nahm aus dem Schrank eine wetterfeste Jacke. Konnte ja nicht schaden, wenn dann die Polizei käme und sie in den Knast steckte und sie in einer kalten, feuchten Zelle und bei Wasser und Brot den Rest ihres Lebens verbringen müsste.

Die Mutter stand daneben, neben ihrer Tochter – neben sich. Victoria Lothringen kriegte den Mund nicht zu.

»Aber«, versuchte sie einzuwenden.

»Aber, aber, aber Rhabarber Gelaber«, sagte Vera.

»Im Ernst.« Die Mutter hatte sich gefasst. »Was soll es bringen, wenn wir beide in Gefahr geraten?«

»Dann muss sich eben der liebe Dominik um zwei Weiber kümmern, die im Gefängnis verfaulen! Um die Frau, die ihn verstoßen hat, und um seine Tochter, die er sowieso nur alle drei Wochen sieht. Ich meine den Typen, den du rausgeschmissen hast.«

Raffiniert! Vera wusste sehr genau, wie sehr der Rausschmiss des Vaters die Rausschmeißerin schmerzte. Richtig! Volltreffer in die Seele! Victoria Lothringens Stimme kletterte in die Höhe, als sie sich empörte. »Ich habe deinen Vater nicht rausgeschmissen! Er ist fremdgegangen! Immer und immer wieder! Als ich das zum ersten Mal bemerkte, habe ich es noch ertragen. Weil ich diese Familie nicht … Ach, Vera! Glaubst du, du würdest es aushalten, immer und immer wieder belogen zu werden?«

Niemals. Ganz bestimmt nicht. Ich würde den Kerl schon beim ersten Mal in die Wüste schicken. Aber es tat auch weh, den

Vater zu verlieren. Es tat auch weh, die Mutter leiden zu sehen. Und es kam Vera sogar manchmal so vor, als würde ihre Mutter mit ihrem politischen Engagement auch deshalb übertreiben, weil sie den Schmerz vergessen wollte, den der Vater ihr zugefügt hatte. Vielleicht war das überhaupt die Begründung für ihre Umtriebigkeit. Dass sie die Leere füllen wollte, die sie empfand. Andererseits war sie wirklich aufrichtig empört über das Gelüge und Geschiebe im Staat.

Du bist mir eine tolle Psychologin, urteilte Vera über sich selbst, das ist bestimmt alles Quatsch mit Sauce, Hühnerbrühe ohne Huhn.

»Nein«, antwortete Vera auf die Frage. »Ich würde ihn gleich beim ersten Mal zum Teufel schicken. Aber – er ist mein Vater. Gehen wir?«

»Einen Moment noch. Ich möchte mit dir darüber reden.«

Vera verdrehte die Augen. Aber der Mutter jetzt nicht zuhören – das würde Krieg zwischen ihnen bedeuten. Kalten Krieg. Tagelanges Schweigen, tagelanges Aus-dem-Weg-Gehen. Auch Belauern. Wer zuerst nachgibt, hat verloren.

Sie verließen Veras Zimmer und setzten sich in der Küche an den Tisch, auf dem noch die Reste des Frühstücks standen. Vom kalten Kaffee goss sich Victoria eine Tasse ein, bevor sie losklagte.

Wie oft hatte die Mutter ihr das schon erzählt! Wie ihr Mann als Kameramann beim Staatlichen Fernsehen der DDR viel herumkam und dabei selten Nein sagte, wenn es zwischen ihm und einer Frau funkte. Wie er, dessen blonde Mähne Vera geerbt hatte, als stattlicher und selbstsicherer Typ die Frauen verzaubern konnte. Wie er ein Tagebuch führte und einen Kalender, in dem die Namen und Adressen der Frauen standen, die er besuchte, wenn er in ihrer Nähe war. Karl-Marx-Stadt, Parchim, Magdeburg, Bautzen, Saßnitz, er kam ziemlich herum.

Die Städte lagen weit verteilt in diesem kleinen Land, und sie lagen nahe genug beieinander, dass der Genosse Kameramann kurze Wege zu seinen außerehelichen Abstechern hatte. Und wenn Victoria nicht eines Tages zufällig auf den Kalender gestoßen wäre, ein winziges, in schwarzes Leder gebundenes Bändchen, das sie selbst ihm mal zu Weihnachten geschenkt hatte, dann wäre der Dominik wahrscheinlich noch daheim und zugleich noch immer ein reisender Betthüpfer.

Das Schärfste daran war, fand Vera, dass der Vater Mitglied der SED war, jener Partei, die für den Kuddelmuddel der letzten Monate und Jahre verantwortlich war! Wenn man so wollte, rechnete Vera, war auch ihr Vater dafür verantwortlich, dass sich die Mutter und jetzt auch sie in Gefahr begaben. Das war, betrachtete man die Dinge in diesem Licht, eine ziemliche Gemeinheit: durch die Gegend vögeln, Genosse sein und den eigenen Staat den Bach runtergehen lassen, und dazu noch ein Land fotografieren, so schön die Heimat, so problemlos und wunderbar! Das war – unterm Strich heftig-deftig, mein lieber Schwan!

»... Tiefer«, beendete die Mutter jetzt ihr Reden, »tiefer bin ich noch von keinem Mann verletzt worden. Und wenn er jetzt durch die Tür käme, mit seinen blauen Augen und seinen breiten Schultern und seinem Lächeln – ich würde ihm in die Eier treten!«

»Oooooch!«, machte Vera; ein kurzes Kicksen, das kein Kichern werden wollte.

»Entschuldigung«, sagte Victoria. Sie hob die Schultern, wirkte ein bisschen wie ein Mädchen, dass das erste Mal Scheiße! und Ficken! gesagt hatte, und lächelte verlegen. »Ist doch wahr!«

Vera schob ihre Hände über den Tisch, die Handflächen nach oben. Victoria legte ihre Hände hinein. Vera drückte fest zu und sagte: »Du bist meine liebste Mama.«

»Du bist mein Ein und Alles«, erwiderte die Mutter. »Wenn ich dich verlieren würde ...«

»Mama!« Ging's nicht noch dramatischer? Verlieren, verlieren, verlieren! Bin ich ein Handschuh, ein Portemonnaie, ein Schlüsselbund, eine Stullenbüchse? »Wo leben wir denn!«, protestierte Vera.

»Ja, wo leben wir denn?«, fragte die Mutter leise.

*

Sie waren nicht die ersten an diesem Abend in der geräumigen Altbau-Wohnung des Theater-Dramaturgen Friedhelm Münch. Sie würden auch nicht die letzten sein. Victoria kannte einige der Anwesenden und umarmte sie zur Begrüßung. Andere wurden ihr vorgestellt, und sie stellte sich vor.

Vera hielt Abstand. Vera nickte, wenn sie als Tochter der Victoria Lothringen vorgeschoben wurde. Und sie lächelte knapp und kühl. Es sollte nicht der Eindruck entstehen, als sei sie leidenschaftlich bei der Sache. Bei welcher Sache? Bei dieser Sache, die sie noch nicht einzuschätzen wusste.

Das Gewusel kam Vera vor wie eine Party, die noch nicht begonnen hatte, wie eine Fete, über deren Gelingen die Erwartung hing wie eine unsichtbare vibrierende Zeltplane. Die Gesellschaft war noch nicht vollständig und wartete darauf, dass der Vorhang aufging.

»Kannst du mir helfen?«, fragte sie ein Mann, der plötzlich neben Vera stand. Er war kleiner als sie, zierlich, mit riesigen schwarzen Augen im Gesicht, auf dessen ebenmäßig bleicher Haut der bläuliche Schatten einer Rasur lag. Er hatte eine Schürze umgebunden und hielt in einer Hand ein Schälmesser, in der anderen Hand ein Bund Mohrrüben.

»Pardon«, sagte er dann. »Wir kennen uns nicht. Mein Name ist Friedhelm Münch. Ich bin der Gastgeber.« Drei kurze Sätze, drei Informationen, gesprochen mit der Stimme eines Mannes, der hinter der Sanftheit seines Gesichtes und seiner Sätze etwas verbarg. Etwas Klares, Hartes, Sicheres.

»Vera. Lothringen.«

»Die Tochter von Victoria? Man sieht's. Beide von hellenischer Schönheit.«

»Ich weiß zwar nicht ganz genau, was hellenische Schönheit ist. Aber dass meine Mutter und ich uns ähnlich sehen, das sehen nicht viele.«

»Es ist mein Talent, das zu sehen, was andere nicht sehen«, warf sich Münch in die Brust. Spielerisch. Ein Schauspieler?

»Das mag sein«, erwiderte Vera. »Aber es ist mein Talent zu sehen, dass die Arbeit gemacht werden muss. Geben Sie mir das Messer und die Möhren, ich schäle sie.«

Der Dramaturg seufzte theatralisch-erleichtert, streckte ihr Möhren und Messer entgegen, schloss die Augen und jubelte: »Genau das habe ich gesehen, als ich dich sah! Du möchtest Mohrrüben schälen! Während ich … Hat Homer seinen Fisch selbst gegrillt? Oder hatte er nicht wenigstens einen Sklaven bei sich, der das Feuer schürte und bewachte? Hat Shakespeare jemals eine Stulle geschmiert? Oder hatte er nicht wenigstens eine Köchin bei sich, die mit der Butter und mit der Wurst umzugehen wusste? Vom Brecht, ja vom Brecht weiß man, dass er stets Frauen hatte, die für ihn sorgten. Die haben sogar Zigarren für ihn geraucht. Oder mindestens die Spitzen abgebissen ...«

»Scher dich, Frieder!«, sagte jetzt eine Frau, die nicht zu ihnen getreten war, sondern vor ihnen – auftrat. Die Küche eine Bühne, Friedhelm eine Nebenfigur, die Frau ganz vorn an der Rampe und Vera das gaffende Publikum.

»Sind noch alle deine Finger dran?«, fragte die Frau. Friedhelm Münch hielt seine Hände vor die Augen, zählte im Geiste die Finger durch und seufzte erneut. Hatte er gut drauf, das scheinheilige Seufzen. Alle Finger noch dran. Er hatte ja auch nicht mal den Versuch, Möhren zu schälen, unternommen. »Scher dich, Frieder!«, wiederholte die Frau. Und Friedhelm zog davon, indem er die Schürze abwarf wie ein König seinen Hermelinmantel, weil er zum Abtreten gezwungen worden war; und er war offensichtlich froh, in die Gespräche der Gäste in den Zimmern einzutauchen und der Fron der Küchenarbeit zu entkommen. Außerdem klingelte es wieder mal an der Wohnungstür. »Lass doch die Tür gleich auf!«, rief die Frau ihm nach. »Dann musst du nicht immerzu laufen!«

Im Weggehen rief Friedhelm Münch: »Damit die Herren von der Staatssicherheit nicht mal ihre Ausweise zeigen müssen? Ich denke nicht daran!« Er blies die Wangen auf und spielte den Helden. »Ein bisschen Noblesse muss sein! Contenance und Noblesse, mit diesen bürgerlichen Tugenden tun sich die Genossen schwer, meine Liebe!« Und schwebte davon.

»Das sind dir Revolutionäre!«, sagte die Frau und lachte. »Wenn die die Guillotine bedienen müssten, würden sie statt des Kopfes des Feindes ihre eigenen Hände abschneiden! Und wie würden sie dann ihre Pamphlete schreiben? Ihre Aufrufe ans Volk? O, entschuldige, ich bin die Gattin des eben Entschwundenen. Doris Kalaver.«

Als wüsste nicht beinahe jeder im Land, wer Doris Kalaver war. Eine großartige Schauspielerin, die zuletzt in einem dreiteiligen Fernsehfilm zu sehen war, in dem sie eine Mätresse August des Starken gespielt hatte. Und vorher Dutzende andere Rollen in Filmen, am Theater, weiß der Kuckuck wo noch alles. Doris Kalaver war bekannt wie eine bunte Hündin.

»Ich bin Vera.«

»Vera, die Wahre!«, sagte die Diva. »Schöner Name. Ziemlich verpflichtend. Leuchtend. Was man von Doris nicht unbedingt sagen kann.« Wieder lachte sie. »Gottes Geschenk! Bin ich das? Nee!« Und dann machten sich die beiden über das Gemüse, das kalte Fleisch, die Zwiebeln her, um Speiseplatten für die Gäste anzurichten.

Nach und nach füllte sich die Wohnung. Sie lag im zweiten Stock, im Hinterhof eines Treptower Gebäudes aus der Gründerzeit Ende des 19. Jahrhunderts. Münch und Kalaver hatten zwei Wohnungen zusammengelegt und so ausgebaut, dass sich viele Leute entweder zusammenfinden oder zurückziehen konnten. Vermutlich war das nötig. Wenn Doris Kalaver ihre Rollen einstudierte, dann würde sie Platz brauchen, zum Schreiten, zum Sprechen, zum Laufen und zum Flüstern. Und ihr Mann brauchte seine Ruhe zum Lesen, zum Nachdenken, zum Schreiben. Ungefähr so stellte sich Vera das Leben der beiden vor, während sie Hand in Hand mit der Diva arbeitete.

Die meisten Besucher waren zwischen dreißig und fünfzig Jahre alt. Sie kannten einander, begrüßten sich, und wer als Neuling dazukam, wurde aufgenommen und mit kurzen, höflichen Fragen bedacht. Woher man komme, was man treibe, so was. Sie begegneten sich mit der kultivierten Zurückhaltung von Menschen, die das Wissen und das Können anderer respektierten und um ihr eigenes Können und Wissen wussten. Sie versammelten sich schon seit mehreren Wochen, immer freitags, um Informationen auszutauschen, die Lage im Lande zu erörtern und um überhaupt einen Durchblick zu bekommen. Die meisten von ihnen waren Spezialisten und kannten sich auf ihrem jeweiligen Gebiet gut aus. Physiker, Maler, Schauspieler, Ingenieure – doch wie die Politik im Ganzen funktionierte, in welcher tatsächlichen Situation die Wirtschaft sich befand, was die Leute im Land dachten –, um sich davon ein Bild zu machen, brauchte es den Zusammenfluss vieler Informationen aus unterschiedlichen Bereichen. Denn Wissen ist Macht. Das war ein Satz, den jeder in der Wohnung des Theatermannes Münch kannte und unterschreiben würde. Obwohl sie auch das Gegenteil kannten, dass die Wissenden nicht immer die Mächtigen waren oder die Mächtigen nicht immer die Wissenden. Sie lachten viel über die Inkompetenz von Verantwortlichen: ihrer Vorgesetzten, der Vorgesetzten der Vorgesetzten, die an Fäden hingen, die irgendwo hinter den Fassaden der Regierungsgebäude ihren Anfang nahmen; ihr Lachen war oft unfroh und grimmig. Verschlungene Gedankenwege, labyrinthisches Denkgelände.

Vera interessierte sich dafür nicht. Sie sorgte sich, die Häppchen und die Getränke für die Gäste fertig zu machen und sie in die Stube zu tragen, wo sie mit großem Hallo und mit großem Appetit empfangen wurden, die Schnittchen und das Mädchen. Und Doris Kalaver, gewöhnt an den Applaus der Menge, nickte huldvoll nach allen Seiten, ließ aber, dramaturgisch gewieft, dem Mädchen die Show.

Als Vera einer Frau ein Glas Wein nachgoss, fiel ihr Blick auf einen Mann, den sie kannte. Vor Schreck hielt sie die Flasche solange schräg, bis der Wein überlief.

Wie kam Kotte hierher? Sah sie (in echt) ihren Deutschlehrer in diesem Kreis? Hier, wo diese schwätzenden Piraten tagten, die statt eines Munitionsgurts randlose Brillen und statt Camouflage-Hosen gebügelte Jeans und Cordjacken trugen?

Am liebsten hätte sie kehrt gemacht und wäre davongerannt, aber da hatte er sie schon erblickt und die Hand zum Gruß erhoben. Und neben ihm saß – gab es eine Steigerung zu unfassbar? – die Mathematik- und Physiklehrerin Christa Schaffner. Dass die beiden eine Affäre hatten, das munkelten die oberen Jahrgänge in der Schule sowieso. Dass sie beide zu illegalen Treffs gingen, das war eine Bombe. Wie es ja auch eine Bombe war, dass Vera hier war.

Während Vera mit der Hand zurückwinkte, überlegte sie, ob sie zu ihnen gehen sollte. Komische Situation, fand sie. Was sollte sie denen sagen, was sollten die ihr sagen? Hallo, auch hier, die Revolution üben und gegebenenfalls gemeinsam in einem Lastkraftwagen der Polizei in die Keibelstraße zum Präsidium gefahren werden? Wo es Zellen gab für solche, die entweder gegen den Staat protestierten, ihre Räusche ausschlafen sollten oder gerade beim Klauen von Pfeffis erwischt worden waren?

Die Entscheidung wurde ihr abgenommen. Ein Mann stürzte in die Wohnung. Mit wehendem, rotem Schal, einen Mantel hinter sich herschleifend, mit wild abstehendem Haar auf seinem Schädel glich er einem Mann auf der Flucht. Allerdings waren das Tuch seines Anzugs, seines Schals und seines Mantels teuer, gut geschnitten und farblich aufeinander anbgestimmt. Er rollte mit den Augen, schnaufte, als er in der Mitte des Raumes ankam und sein Publikum hatte. Es war, wie Vera später erfuhr, der Regisseur Konrad Grau. Von dem hatte sie noch nie etwas gesehen oder gehört, aber den Anwesenden schien er eine vertraute Person zu sein.

Grau sammelte sich und stieß dann hervor, dass die Stasi hinter ihm her sei. Er sei vor wenigen Stunden noch in einer Kirche in Templin gewesen. Die Bürger seien aufgeregt und wütend und wollten Veränderungen im Land. Er habe zu ihnen gesprochen und sie aufgefordert, sich dem Bündnis der Vernünftigen und Besorgten, anzuschließen. Es sei an der Zeit, eine Bewegung zu gründen – »keine Partei, bloß nicht eine Partei!« –, die im gleichberechtigten Dialog mit den Mächtigen einen wahren Sozialismus erschaffen wolle.

Die ganze Zeit über sei er, Konrad Grau, von Herren mit versteinerten Mienen beobachtet worden; und die seien ihm anschließend, nach dem Meeting, auf Schritt und Tritt gefolgt. Zweifelsohne bis hierher, bis in diese Straße. Und er, Grau, der Regisseur, würde es niemandem hier im Kreis verübeln, wenn sie jetzt gingen und sich nicht dem Konflikt mit den Stasi-Beamten aussetzten.

In der Runde wurde gemurrt. Einige setzten grimmig-entschlossene Mienen auf. Niemand würde weichen, bedeutete das. Früher oder später würde es sowieso zu einem Konflikt mit der Staatsgewalt kommen, denn was sie hier taten, konnte nicht die Billigung der staatlichen Organe, die für die Sicherheit zuständig waren, finden.

Doch schließlich waren sie mündige Bürger, in ihren Berufen anerkannt, Familienväter und -mütter. Friedhelm Münch hatte sogar schon zweimal einen Staatspreis erhalten, für Theaterinszenierungen in seiner Verantwortung. Und wer sich an Doris Kalaver herantraute, der musste anmaßend oder bekloppt sein. Wer weiß, ob die anderen nicht großartige Erfinder in Betrieben waren oder gewandte Schreiber in Zeitungen. Und Kotte und Schaffner – das waren ordentliche Lehrer, mit denen niemand mal so eben Schlitten fahren konnte.

Vera musste sich ein Grinsen verkneifen. Das hatte was von einem Indianerspiel, fand sie, oder von einem Kasperletheater. Die Indianer sitzen stumm, schreit der Häuptling rum. Dieser Regisseur schnappte nach Luft, als habe man ihn gerade noch lebend vom Galgen abgeschnitten. Oder er konnte sich in letzter Sekunde vor den rassistischen Cowboys in seinen Wigwam retten. Wo alle beieinander saßen und an der Friedenspfeife saugten und kauten.

Wieso, fragte sich Vera, lief der Mann geradewegs in diese Wohnung, wenn er wusste, dass er verfolgt wurde? Damit würde er alle anderen doch auch in die Pfanne hauen? Entweder wusste er vor Schiss weder ein noch aus, oder er war naiv wie ein Sechsjähriger. Oder war er nur ein Wichtigtuer, ein eitler um Aufmerksamkeit heischender Mensch? So wie ihr Klassenkamerad Peter Sandburg, der sich gern in den Mittelpunkt witzelte, diesen aber meistens um etliche Meter verpasste.

»Wir bleiben selbstverständlich!«, rief ein Mann aus der Tiefe der Stube.

Zustimmendes Nicken und Murmeln.

»Es ist nicht verboten, freitags zu feiern«, rief jemand.

»Genau. Freitag nach Eins macht jeder Seins«, rief eine.

»Freitags trinkt sich selbst die Oma mit Kadarka-Wein ins Koma«, rief wieder einer. (Sandbergs, scheint es, gibt es überall und in jedem Alter, dachte Vera verblüfft.)

»Gemach, Freunde!« Friedhelm Münch stellte sich neben den schwitzenden Boten und drückte ihm ein Glas Rotwein in die Hand. »Gemach! Lass dir sagen, lieber Konrad, dass wir uns freuen, dich wohlbehalten zu sehen.« Beifall. »Wir werden den Abend so durchführen wie geplant. Ich habe Professor Doktor Johannes Steinkopp für einen Vortrag über die ökonomischen Verwerfungen infolge der Verstaatlichungen am Anfang der Siebziger Jahre gewinnen können. Ich weiß, wir haben es alle nicht so mit dem Geld.« Gelächter. »Aber die Wirtschaft ist nun mal das A und O des gesellschaftlichen Lebens. Und das sage ich, der ich vom Wirtschaften noch weniger Ahnung habe als vom Theater!« Wieder Gelächter. Das war so ein doppeltgemoppelter Witz, gewürzt mit einer Prise Eitelkeit, à la Münch. »Manche werden sich fragen, ob es nicht drängendere Fragen gibt. Aber ich denke, wir sollten es mit der uralten Weisheit halten: Dass nichts sich erklärt, wenn nicht nach den Gründen in der Vergangenheit gesucht wird. Wir werden die Gegenwart nicht verstehen und die Zukunft nicht meistern, wenn wir nicht – nun, ihr wisst schon! Herr Professor Steinkopp bitte!« Es erhob sich ein Mann, der fast zwei Meter lang war und einen mächtigen Vollbart trug. Er ließ die Fliege unter seinem Kinn einmal gegen seinen Kehlkopf schnipsen und fing zu reden an.

*

Als die Mutter und die Tochter gegen zwei Uhr in der Nacht auf die Straße traten, war noch immer keine Stasi da gewesen. Vielleicht saß die in einem der Autos, die entlang der Bürgersteige standen, und duckte sich ab, um von den Spaziergängern durch die Dunkelheit nicht entdeckt zu werden.

Victoria und Vera warteten auf eine Taxe, die sie mit dem Telefon aus Münchs Wohnung gerufen hatten; sie hätte längst eingetroffen sein müssen.

Vielleicht saß die Stasi in dem Wartburg, der an der Ecke stand. Oder in dem Lada, der im matten Schaufensterlicht einer längst geschlossenen Gaststätte geparkt war. Es hieß, die Firma Horch-und-Guck hätte überall und immerfort ihre Augen und Ohren. Als wäre das wichtig, dachte Vera, die es fröstelte. Was hätten die denn erfahren, wenn sie in die Wohnung gekommen wären? Ja, selbst wenn sie zugehört hätten – sie hätten nicht viel anderes gehört, als jede einigermaßen gescheite Hausfrau und jede kluge Mutter wusste. Ja, sie hätten nichts anderes gehört, als sie vermutlich selber wussten und dachten – zumindest dann, wenn sie nicht völlig bescheuert waren.

Dass sich der Staat ruinierte, wenn er seine Wirtschaft verkommen ließ. Dass es unklug war, Geld auszugeben, das man nicht hatte. Dass es Raum geben musste für private Initiative und für die Meinungen eines jeden Bürgers. Dass der allgemeine Mangel die Moral der Bevölkerung niederdrückte, und dass es durchaus eine Wirkung hatte, wenn die westlichen Medien mit ihrer Reklame, ihren bunten Bildern, ihrem Überangebot an strahlender Selbstdarstellung Abend für Abend, Tag für Tag über die Grenze gingen als gäbe es die nicht.

Darüber, dass viele Menschen diesen Bildern glaubten, darüber konnte man jammern. Aber, wurde gefragt, war es nicht immer unser Problem, das Problem der Kopfarbeiter, dass wir nicht wissen, wie es dem Stahlwerker in Eisenhüttenstadt, dem Maschinenbauer in Magdeburg, dem Kalikumpel in Thüringen ergeht?

Es wurde heftig widersprochen, aber als jemand die Frage stellte, ob unter den anwesenden Disputanten ein Arbeiter sei, ein Bauer oder ein Bäcker – da schwieg die Gesellschaft. Kurz. Und gleich hob die Diskussion wieder an. Es sei zu allen Zeiten so gewesen, dass die Anregungen für revolutionäre Veränderungen aus der Schicht der Intelligenz oder der Angestellten kamen. Und wenn es einzig und allein deshalb so war, weil sie mehr Zeit zum Nachdenken hatten und überhaupt darauf trainiert waren nachzudenken. Es gehört zu den Paradoxien dieser so genannten Diktatur des Proletariats, gab einer der Anwesenden kund, dass wir ausgebildet wurden, denken und fragen zu können, und dass ausgerechnet der Denkende und der Fragende in Verschiss gerät.

Dann kehrte die Diskussion zur Lage der Bürger im Lande zurück. Das triste Angebot in den Läden. Die mangelnde Motivation der Werktätigen in den Betrieben, die ihnen gehörten, aber das war schwer zu vermitteln. Volkseigentum. Alles gehörte jedem; aber was hielt man als Einzelner in der Hand? Das, was man nach Feierabend in der Arbeitstasche mitnahm aus den Fabriken? Weil ja alles jedem gehörte?

Alles hing auch mit dem Großen und Ganzen zusammen, mit der Weltpolitik, mit dem Kalten Krieg und mit der Bevormundung durch die Sowjetunion. Das war einerseits wahr. Andererseits müsste man auch auf die selbst gemachten Fehler schauen. Und vor allem ging es um eines: mündig werden. – Als Bürger endlich mündig werden! – Worauf wieder einige Diskutanten heftig widersprachen. Schließlich wollten sie sich nicht sagen lassen, sie hätten ihr Leben bisher in Unmündigkeit und in Fesseln verbracht. Immerhin bietet die DDR uns Bildungschancen, das hat sie schon immer getan. – Auch wenn es dabei zu Verwerfungen kam, aber um Talente hat man sich immer gekümmert. – Ja, damit sie Goldmedaillen im Sport bringen!

Es ging hin und her, aber es war nie unfair. Niemand geiferte, niemand wähnte sich im Besitz einer allein selig machenden Wahrheit. Es schien, als hätten sie alle ein chinesisches Sprichwort verinnerlicht: Jedes Ding hat drei Seiten. Eine, die ich sehe, eine, die du siehst, und eine, die wir beide nicht sehen, aber gemeinsam vielleicht ergründen werden. So müssen Diskussionen sein, hatte Vera gedacht: dass man eine Wahrheit findet, die am Beginn niemand besaß.

»Scheiße! Ich friere!«

»Taxe kommt gleich. Haben sie gesagt.«

»Überhaupt ein Wunder, dass noch eine unterwegs ist.«

Sie schauten die Straße hoch und runter. Ein paar Laternen stanzten aus der Dunkelheit gelbe Lichtinseln. Die Fassaden der Häuser sahen glatter aus als bei Tage. Im Tageslicht waren die Einschusslöcher des letzten Krieges zu sehen, der stellenweise abgeplatzte Putz hatte die Ziegelsteine freigelegt.

Endlich bog ein Auto um die Ecke, dessen rechteckiges Dachlicht erlosch, weil der Fahrer die beiden Frauen entdeckt hatte. Vera und Victoria schlüpften auf die Rückbank des Wolgas, in dem es nach dem Rauch von Zigaretten stank. Der Aschenbecher unter dem Armaturenbrett quoll über.

»Wohin sollsn jehn?«, fragte der Taxifahrer. Er hatte sich umgedreht und taxierte die beiden Frauen.

»Karlshorst. Drachenfelsstraße.«

»Wo die Russen wohnen? Mannomann, die hausen da! Für zwei so schmucke Ladies muss det die Hölle sein.«

Vera spürte, wie ihre Mutter sich straffte. Sie kannte ihre Victoria. Wenn sie etwas hasste, dann waren es Vorurteile, Pampigkeiten und plumpe Anzüglichkeiten. Den Mann hatte Veronika Lothringen schon eingetütet; der Mann war ein Sack voller Oberflächlichkeiten, ein Sack in einer schwarzen Lederjacke und mit den gelben Fingerspitzen eines Kettenrauchers.

»Wenn Sie bitte fahren würden.«

»Dafür bin ick da.« Er wuchtete den ersten Gang rein und fuhr los.

Eine schweigsame Fahrt. Vera bemerkte, dass der Mann hin und wieder im Rückspiegel nach den beiden »Ladies« schaute. Die Mutter blickte aus dem Seitenfenster. Schöneweide zog vorüber, der Bahnhof, alte Fabriken, die am Ende des 19. Jahrhunderts gebaut worden waren und äußerlich nie erneuert wurden. Die roten Backsteinfassaden waren vom Ruß der Jahre und der Industrie lackiert. In den Fabriken arbeiteten zehntausende Menschen, viele in drei und vier Schichten, und durch die großen, mehrsprossigen Fenster fiel ein trübes Licht nach außen.

»Ha'ck ooch mal jearbeitet«, versuchte der Taxifahrer ein Gespräch. »Hier in Schweineöde. Kabelwerk.«

Wen interessierte das schon?

»Irgendwann denkst du, soll ditt allet sein? Morgens in die Fabrik. Nachts in die Fabrik. Nach der Nachtschicht mit den Kumpels erstmal zu Justav. Justav hat die Kneipe gegenüber vom Fabriktor. Erste Molle jezischt, morgens um sieben. Wat soll aus so'nem Tach noch werden? Un denn« Wieder schaute er in den Rückspiegel, als wollte er einschätzen, wes Geistes Kind die beiden Frauen waren, »un denn det janze Jeblase. Von wejen ›sozialistische Brigade‹ und Theaterabonnement und Deutsch-Sowjetische Freundschaft und Frieden, Freundschaft, Solidarität ...«

»Und dann haben Sie in den Sack gehauen und sind Taxifahrer geworden. Wo das Trinkgeld mehr ist als der Lohn davor«, sagte Frau Lothringen.

Vera drückte sich in das Polster. Die Musik ihrer Mutter kannte sie. Im Ton korrekt, aber zwischen den Notenlinien braute sich ein Gewitter zusammen.

Unsensibel war der Mann am Steuer nicht. Wer täglich Dutzende Menschen fährt, weiß vermutlich eine Menge von den Leuten. Vera sah im Rückspiegel, dass er seine Augenbrauen zusammenzog.

»Wenn Sie wat Besseres sind, dann is ja jut«, sagte er. »Ick für meinen Teil muss zusehn, wo Barthels den Most holt. Und ick hab nich vor, die Kohle, die mir die Leute jeben, abzulehnen. Der Rubel muss rollen, Gnädigste.«

Das war fair, fand Vera. Wenn ihre Mutter dem Mann spitz kam, dann durfte er auf gleiche Weise reagieren. Wie du mir, so ich dir. Wenn er grob war – war es wahrscheinlich seine Art. Wie es die Art der Mutter war, ihre Vorwürfe mit Süffisanz zu polstern. Heißt es nicht, auf einen groben Klotz gehört ein grober Keil? Dann waren hier zwei gleich grobe Keile unter einem Autodach gefangen.

Sie fuhren über die Treskow-Brücke. Rechts und links schimmerte das nachtgraue Wasser der Spree, an deren Ufer die Fabriken standen, brummende Gebäude, von Lichtern durchschossene Wände. Die Straßen waren leer, die Mietshäuser aus den Zeiten, als der einst bewaldete Rand Berlins industrialisiert wurde, standen dunkel und hoch. Vor der Kreuzung Wilhelminenhofstraße Ecke Edisonstraße musste das Taxi anhalten: Von rechts kam die Industriebahn heran. Eine Lokomotive, die Waggons zog, auf deren Ladeflächen riesige hölzerne Rollen standen. Es quietschte, als der Zug um die Ecke bog.

»Kenn ick. Kabeltrommeln. Ick hab oft jedacht, wenn wir um den Kern det Kabel jewickelt haben – wo jeht det hin? Nach Frankreich? Nach'n Irak? Vietnam? Irjendwo uff der Welt werden meine Kabel verlegt. Meine! Irre, weil, wat war daran schon meins? Aber irjendwie … Um mal so zu sagen: Sentimental is jut, aber Scheiße is, det ick nie dort sein werde, wo die Kabel in der Erde verschwinden. Bis ick selber mal in ihr verschwinde.«

Erster Gang, zweiter Gang, dritter Gang. Der Wolga summte. Die Erde drehte sich. Der Lauf der Dinge ging den Lauf der Dinge. Und wenn du Kabel bist, machst du dich lang und wirst untergebuddelt.

Sie schwiegen. Als das Taxi vor ihrem Hauseingang hielt und Victoria Lothringen die Fahrt bezahlte, sagte der Fahrer: »Verdammt kurz das Leben. Man sollte es sich nicht schwerer machen als nötig.«

»Vielleicht werden Sie in Ihrem nächsten Leben Philosoph«, entgegnete Victoria schnippisch.

Der Mann lachte. »Dit werde ick jenauso wenig, wie Sie Präsidentin von Kuba werden. Außerdem wer gloobt schon an eine nächste Chance?«

»Warum nicht?«

»Jajaja. Jibt ooch welche, die glooben an een Leben nach dem Tod. Sie kriegen noch 1,75 zurück.«

»Danke. Gehört Ihnen.«

Donnerstag, 21. September 1989

Für die Klasse 12d begann der Unterrichtstag mit der dritten Stunde. Biologie und Geschichte waren ausgefallen, weil die Lehrerin für Biologie sich krank gemeldet hatte und Doktor Lautengässer als Parteisekretär der SED in der Schule dringend zu einem Treffen mit anderen Parteisekretären in das Ministerium für Volksbildung gerufen worden war. Von diesem Treffen Lautengässers wussten nur wenige, und die wenigen vermuteten, dass es sich wohl um eine Informationsveranstaltung handelte, parteiintern; schließlich waren die Nachrichten, die aus dem Land und aus der Welt kamen, beunruhigend und mussten eingeordnet werden.

*

So wie ein Mensch seine Launen und seine Ausstrahlung hat, so auch ein Schulhaus. Es ist kein Summen, es ist kein Geruch. Es ist nicht die Stille, die während der Abiturprüfungen herrscht, oder der Lärm, der in der Essenspause mittags anschwillt. Es ist nicht der Staub auf den Sonnenbahnen, die durch die Fenster fallen, nicht das Kratzen der Kreide auf den Schultafeln. Es ist das alles nicht, und es ist das alles doch. Entspannte Schultage, das Dösen im Unterricht, das Ritual der Fragen und Antworten, unterscheiden sich von Tagen, an denen Spannung in der Luft liegt. Nicht erklärbar, geruch- und geräuschlos, und doch vorhanden.

Vera und Gernot betraten Hand in Hand die Alexander-von-Humboldt-Schule und blieben wie auf ein Kommando stehen. Schauten sich an. Sie hatten die Schülerinnen und Schüler entdeckt, die sich vor der Wandzeitung im Eingangsbereich versammelten. Es konnte nicht eine der üblichen Mitteilungen über veränderte Unterrichtseinheiten oder Einladungen zu außerschulischen Aktivitäten sein. Die hatten noch nie so viel Aufmerksamkeit erregt, dass es zu Zusammenballungen gekommen wäre.

»Was ist?«, fragte Vera.

»Irgendein Blablabla. Ich geh schon mal.« Gernot umarmte die Freundin und stieg die Treppe hoch.

»... was das soll!« – »... soviel Gewese!« – »... die spinnen doch« – »... wer wen – das ist die Frage ...«

Satzfetzen, die Vera hörte, als sie sich durch die Schar drängte. Dann konnte auch sie es lesen:

»MITTEILUNG DES MINISTERS DES INNERN. Der Minister des Innern der DDR teilt mit, dass ein von zwei Personen unterzeichneter Antrag zur Bildung einer Vereinigung ›Neues Forum‹ eingegangen ist, geprüft und abgelehnt wurde. Ziele und Anliegen der beantragten Vereinigung widersprechen der Verfassung der Deutschen Demokratischen Republik und stellen eine staatsfeindliche Plattform dar. Die Unterschriftensammlung zur Unterstützung der Gründung der Vereinigung war nicht genehmigt und folglich illegal. Sie ist ein Versuch, Bürger der Deutschen Demokratischen Republik über die wahren Absichten der Verfasser zu täuschen.«

Die kannte Vera noch nicht von sich: diese Wut, die plötzlich aufsteigt und alles schwärzt. Die leiblich schmerzt. Das Blut scheint zu stocken, das Hirn wird nicht mehr versorgt. Die Knie werden schwach. Dann ein Blitz. Sie, Vera, wäre demnach eine Staatsfeindin. Sie wäre demnach bei dem ersten Treffen, dem ein zweites und ein drittes gefolgt waren, getäuscht worden. Von Friedhelm Münch. Von der Schauspielerin Kalaver. Von all den Leuten, die durchaus vernünftig und sachlich und faktisch gesprochen und diskutiert hatten. Ja, sie wäre von ihrer eigenen Mutter getäuscht worden, die selbstverständlich auch eine Staatsfeindin war. Und dass eine Unterschriftensammlung genehmigt werden müsste, war das nicht grotesk? Bitter und absurd?

Vera zog scharf Luft ein und kam zu sich.

»So ein Quatsch!« Jemand stand neben Vera und flüsterte. »Zur Unterstützung der Gründung der Vereinigung – dieses Land wird an seinen Genitivkonstruktionen ersticken.« Kotte hatte sich neben sie gestellt.

»›Die Mauern stehn, sprachlos und kalt, im Winde klirren die Fahnen‹«, rezitierte Vera leise.

»Sie mauern sich ein. Sie ziehen die Wände ihrer Gruft hoch und verwechseln, dass sie nicht draußen, sondern drinnen sind.«

Vera und ihr Deutschlehrer hatten seit der unvermuteten Begegnung in der Wohnung des Dramaturgen Münch nicht miteinander gesprochen. Wenn sie sich über den Weg liefen, nickten sie sich zu. Sie mussten sich nicht verständigen. Sie mussten sich nicht gegenseitig versichern, dass es sozusagen nur ein bisschen Neugierde war, die sie zu den Treffs gebracht hatte. Es war klar wie Kloßbrühe, dass Kotte und Vera und die Schaffner Teile einer Gemeinsamkeit waren, die auf dieser Wandzeitung als ›staatsfeindliche Plattform‹ verunglimpft wurde.

»Wie bescheuert ist denn das?«, flüsterte Vera ihrem Lehrer zu. »Ich habe das unterschrieben.«

»Was?«

»Den Aufruf. Was wird geschehen?«

Immer noch standen Dutzende junger Menschen vor der Wandtafel. Aus ihrer Mitte rief einer: »Man wird sie einsperren!« – »Bist du bescheuert«, konterte ein nächster. – »Willst du zehntausende Menschen einsperren? Wofür denn? Weil sie einen Verein gründen wollen? Kannst ja auch alle Karnickelzüchter einsperren!« – »Kaninchen sind was anderes als Ideen.« – »Elefanten sind auch keine Frösche!« – »Aber du Knallfrosch bist ein ziemlicher Esel!«

Jetzt wurde gelacht, und die Mädchen und Jungen liefen auseinander. Vera und Kotte standen allein auf dem Flur.

»Die meinen das ernst«, nickte Vera zur Tafel.

»Humor ist nicht ihre Stärke«, bestätigte Kotte.

Beide zuckten zusammen, als sie Schritte hörten, als näherte sich jemand, der sie bei Unbotmäßigem erwischen könnte. Es war Gadji, der sich zu ihnen stellte und die Mitteilung las. »Was bedeutet ›staatsfeindliche Plattform‹?« fragte er.

»Verräter? Deserteure? Kulaken?«, schlug der Deutschlehrer vor.

»Sind Sie ein – Ironiker, Herr Kotte?«

»Ich bin – ratlos. Vielleicht verzweifelt«, sagte Kotte, fast unhörbar leise.

»Plattform ist ein komisches Wort. Ich kenne Platte vom Tischtennis. Ich kenne konform. Ich kenne Plattheit. «

Kotte nickte und klopfte mit dem rechten Zeigefinger auf den Zettel. »Das da ist eine Plattheit sowie eine Unverschämtheit. Im Übrigen bringen Sie mich auf eine Idee. Ich sollte in meinen Unterricht einen Hauch von detektivischer Arbeit bringen. Wann immer wir auf ein Wort stoßen, das wir gebrauchen, aber inhaltlich nicht genau kennen – wird ausgeschwärmt und nachgeschaut. Wir werden die Herkunft der Wörter erkunden und damit das Herz der Sprache freilegen.« Die letzten Wörter flatterten hinter ihm her. Kotte stürzte sich in den Unterricht und auf die Schüler, die seiner harrten und sich vermutlich schon wunderten, wo er denn bliebe. Vera und Gadji würden zu spät kommen.

»Das ist nicht komisch«, sagte Vera leise.

»Du bist damit – verbandelt? Verbunden?«

»Was geht in den Köpfen von Leuten vor, die ihrem eigenen Volk nicht trauen?«

»Es klingt nicht gut. Es klingt – opasno … Gefährlich.«

»Fragt sich, für wen.«

»Wer wen.« Gadji lächelte breit. »Vopros vsekh voprosov. Die Frage aller Fragen.«

»Die spinnen jedenfalls.« Vera spürte, wie ihr leichter wurde. Was hatte Gadji an sich? Sie fühlte sich in seiner Nähe – geborgen, sicher? Aber warum? Sie war geborgen und fühlte sich sicher. Sonst und überhaupt und sowieso.

»Sie haben Angst«, meinte Gadji.

»Angst? Sie jagen uns Angst ein!«

»Das ist ein Mittel, von der eigenen Angst abzulenken.«

»Kennst du das?«

»Angst? Kenne ich.« Ein Schatten verdunkelte das Gesicht des Jungen. Ein Schatten, der von weither kam. Hatte es mit seiner Herkunft zu tun, mit seinem Leben in der Ferne, in einem Land, das Vera nur aus dem Atlas kannte? Ich müsste ihn danach fragen. Gadji war jetzt fast drei Wochen in ihrer Klasse, aber gesprochen hatten sie miteinander nie. Nur »Guten Tag« und »Tschüs«. Jetzt, hier, vor der Schultafel fragen? Wonach?

»Jedenfalls spinnen die.«

»Spinnen? Pauki?«

»Die lügen! Die sagen nicht die Wahrheit!«

»Wer?«

Vera hob die Schultern, ließ sie fallen. Was weiß ich, wer. Alle wahrscheinlich. Jeder, der meinte, er müsse über das Schicksal von Menschen entscheiden – auch wenn die selbst am besten wissen, was er braucht. Jeder, der glaubte, Recht zu haben. Lautengässer zum Beispiel.

»Kann ich helfen?« Gadji war verlegen. Er spürte, dass Vera verstört war. Aber warum sie so unglücklich dreinschaute – Koschka! Koschka! Sjestra! Wie Nesgir, nein, eine Schwester ist das deutsche Mädchen nicht. Ya chushezemets meshdu chushezemtsikh – ein Fremder unter Fremden. Gadji stand einen Augenblick unschlüssig. Sie sollten miteinander reden, aber jetzt, hier, vor der Schultafel? Was?

»Wir müssen in die Stunde«, sagte er und lief los. Vera stand und schaute dem Jungen nach. Der drehte sich um, lächelte ihr zu und winkte. Komm, blondes, deutsches Mädchen, folge mir. Ihr Wut war verflogen; sie spürte etwas Umgekehrtes. Wenn man das so sagen konnte. Es stieg eine Helligkeit in ihr auf. Wärme. Etwas ganz und gar Umhüllendes. Und Vera Lothringen erwiderte sein Lächeln mit ihrem Lächeln.

Aber folgen wollte Vera nicht, sie war noch nicht fertig mit der Nachricht. Sie hob die Hand, zog die erste Reißzwecke heraus. Der Zettel würde nicht länger an der Wandzeitung hängen bleiben.

»Das sollten sie sein lassen, Fräulein Lothringen.«

Vera fuhr herum. Sie hatte den Direktor nicht kommen gehört. Was verwunderlich war, weil Erhard Eberlein die Statur eines Sumo-Ringers hatte, ein fast zwei Meter großer Fleischberg. Ein Respekt einflößender Mann. Nicht nur seiner Erscheinung wegen. Er war schon als junger Mann Kommunist geworden, wurde unter Hitler ins Konzentrationslager gesperrt, und so sicher, wie er zu seiner Überzeugung stand, so gewiss unterschied er sich trotzdem von dem jüngeren Lautengässer, der auch von sich sagte, er sei Kommunist. Gibt eben solche und sone.

»Ich«, die Schulglocke schellte zur dritten Stunde, »muss jetzt zum Unterricht. Deutsch.«

Eberlein lächelte. »Ich weiß, was die Stunde geschlagen hat.«

Vera legte den Kopf schief. Meinte er die Unterrichtsstunde, oder meinte der Direx sozusagen die geschichtliche Stunde?

»Sie wirken verstört. Deswegen?« Erhard Eberlein nickte mit dem Kopf zum Zettel hin. Das sah seltsam aus, mühselig, als wäre der Kopf fester auf dem Hals montiert als bei anderen Menschen. Eberlein hatte eine riesige, großporige Nase, geplatzte Äderchen unter der Gesichtshaut und Tränensäcke unter den Augen, in die der Inhalt einer Damenhandtasche passen würde. Manche vermuteten, er trinke enorme Mengen Alkohol, obwohl Eberlein nie danach roch oder schwankte oder lallte. Andere spekulierten auf eine Krankheit der Nieren und der Leber, an der er seit dem Konzentrationslager laborierte. Oder litt er an der Rosazea, einer Krankheit mit dem Namen einer Blume, eines Schmetterlings?

»Ich …«

Wieder ein Lächeln, das in seinen Wangen Grübchen machte, auf seinem Gesicht: »Vera Lothringen, allgemein bekannt als intelligente, schlagfertige, nie auf den Mund gefallene Schülerin, verschlägt es die Sprache. Soso.«

»Ich weiß nicht genau.« Eine Lüge! In ihrem Kopf schrie es: Du lügst, warum tust du das? Du bist genau wie sie. Ihr fiel ein, wie empört die Mutter war, als die Zeitungen Berichte verbreiteten, dass Menschen angeblich betäubt und in den Westen entführt wurden. Wo sie aufwachten und entsetzt waren und unbedingt wieder zurück in die DDR wollten. Wer sich sowas ausdachte, der hielt den Mond für eine Melonenscheibe.

»Ich denke, dass das hinten und vorn nicht stimmt. Ich denke, dass es so nicht weitergeht«, sagte Vera bedächtig.

»Wie dann?«

Sollte sie ihm von ihren abendlichen Ausflügen zum »Neuen Forum« erzählen? Sollte sie ihm sagen, dass es sich keinesfalls um Landesverräter, Staatsfeinde oder Kriminelle handelte? Ihrer Meinung und Beobachtung nach jedenfalls nicht. Ihre Mutter war unter denen, Kotte und Schaffner waren unter denen, und sie – sie eben auch.

»Machen Sie einen Vorschlag.«

Vera suchte in den Augen des Direktors nach Arglist. Stellte er ihr eine Falle? Aber Eberlein war bekannt für seinen Gerechtigkeitssinn, wie auch dafür, dass er in einem Punkt knallhart war. Auf den Staat, den er als seinen bezeichnete, ließ er nichts kommen. Frieden, Antifaschismus, Solidarität – auf diesen Stützen ruhte das Land. Wer, wenn nicht er, wusste, was das Gegenteil aus Menschen machte. Faschismus, Krieg, Egoismus – das war die unheilige Dreifaltigkeit, die den Menschen daran hinderte, menschlich zu sein. Wenn etwas felsenfest stand, dann das.

Konnte Vera diesem Mann sagen, dass sie die Flugblätter des »Neuen Forum« mit Durchschlägen abgetippt hatte? Auf keinem einzigen stand etwas, das für Krieg, für Faschismus und für Egoismus sprach. Das meist gebrauchte Wort war Dialog. Am häufigsten stand geschrieben, dass es um die Durchsichtigkeit der Politik gehe, um Ehrlichkeit und Vertrauen und darum, die DDR wirtschaftlich zu erneuern.

»Am wichtigsten wäre«, begann Vera vorsichtig, »dass jeder mit jedem ehrlich spricht.«

Ein Lied ging ihr durch den Kopf. Ein Sänger war in Nikaragua gewesen und hatte danach geschrieben und gesungen, dass die Regierung dort in dem mittelamerikanischen Land mit dem Gesicht zum Volke handelte und sprach. Mit dem Gesicht zum Volke und auf Augenhöhe und nicht herab von Tribünen oder bei inszenierten Besuchen in Fabriken.

»Es gibt da ein Lied. In dem heißt es, die Regierung müsse mit dem Gesicht zum Volke stehen. So sollte es meiner Meinung nach sein. Außerdem – ich verstehe diese Drohungen nicht, Herr Eberlein. Ich verstehe nicht, wie eine Regierung ihrem Volk so misstrauen kann. Ein Volk, das sie mit 99 Prozent gewählt hat.«

»Es werden dumme Fehler gemacht.« Eberlein hatte so leise gesprochen, dass Vera meinte, sich verhört zu haben. »Grausam dumme Fehler.« Und als besänne er sich: »Gehen Sie in Ihre Stunde, Vera.«

Vera ging und konnte nicht sehen – niemand konnte es sehen –, dass Eberlein sich gegen die Wandzeitung stützte, weil ihm plötzlich schwindlig geworden war. Sein Kopf ging hin und her wie bei den Eisbären im Tierpark. Aber Eisbären tragen keine Anzüge und keine Krawatten um den Hals. Eisbären weinen auch nicht. Und es wurde noch nie ein Eisbär gesehen, der mit seiner Pranke ein kleines Stück Papier von einer Wandzeitung fetzte.

*

Im Wohnzimmer von Münch und Kalaver lief das Fernsehgerät. Davor saßen und standen zwei Dutzend Menschen, die sich über die Nachrichten amüsierten:

Fünf Boxer des Landes haben heute das Achtelfinale der Weltmeisterschaft in Moskau erreicht. Ein Gewichtheber der größten DDR der Welt hat hinter zwei Bulgaren den dritten Platz bei einer anderen Weltmeisterschaft belegt. Insgesamt habe er 377,5 Kilogramm Eisen gestemmt. Jemand im Raum witzelte: Was wiegt schwerer, 377,5 Kilogramm Eisen oder 377,5 Kilogramm Watte?

Die Sportmeldungen kamen vor dem Wetterbericht am Ende der Sendung. Vorher wurde von einem Freundschaftstreffen der Freien Deutschen Jugend mit dem mongolischen Jugendverband berichtet. Der führende Wirtschaftsfunktionär der allergrößten DDR des Universums hat Ehrenbanner für hohe Leistungen überreicht. Die Mitteilung, dass die Kommunistische Partei Chinas derzeit 48 Millionen Mitglieder habe, führte zu einem Heiterkeitsausbruch bei den in der Stube versammelten Gästen. Nachdem zum sechsten Mal Erich Honecker auf dem Bildschirm erschien, wurden die höchsten Temperaturen des morgigen Freitags mit 18 Grad Celsius vorausgesagt. Und nachdem der Nachrichtensprecher sauber und kühl die Genitivkonstruktionen der Sätze gemeistert hatte, schaltete der Gastgeber ab.

Friedhelm Münch wendete sich an sein Publikum und teilte mit, dass der heutige Gastredner ein Soziologe sei. Professor Erwin

Plinsky habe jahrelang in Leipzig am Institut für Soziologie speziell über das Verhalten der Jugend geforscht und wolle während des Abends über rechte Tendenzen bei Jugendlichen berichten. Dass es junge Neofaschisten in der DDR gäbe, sei ein Tabu-Thema, eines der vielen Tabu-Themen. Aber die Wirklichkeit zu verschweigen führe ebenso zu geistigen Verrenkungen wie das Leugnen der Umweltverschmutzung, das Unterdrücken von Zahlen, die die tatsächliche Wirtschaftskraft der DDR beschrieben, die Abgehobenheit einer sich selbst feiernden Politikerkaste usw. usf. Zuvor aber wolle er, Münch, die Entwürfe zu den neuesten Flugblättern verteilen und um kurze Wortmeldungen bitten.

Während die Papiere verteilt wurden, lagen Vera und Sabrina Kalaver in einer Ecke des Zimmers auf dem Teppich, knabberten Kekse und tranken Tee. Sabrina und Vera waren gleich alt, und als Vera zum zweiten Mal an den Abendrunden teilnahm, war die Tochter der Schauspielerin aufgetaucht; und sie hatten sich sofort verstanden wie Latsch und Bommel. Ein bisschen gingen ihnen die erregten Damen und Herren in ihrem politischen Eifer auf den Wecker.

Als ihr Vater Professor Plinsky und dessen Thema vorstellte, verdrehte Sabrina die Augen und flüsterte: »Naziidioten! Was ist daran neu? Die müssten mal in unsere Schule kommen! Gestern war wieder ein Hakenkreuz an die Turnhalle gemalt. Meiner Meinung nach sind die Frustis. Die wissen genau, womit sie die Alten provozieren können. Wirkliche Nazis sind die nicht. Flachzangen schon.«

Und so hörten die beiden Mädchen kaum hin, als sich die Erwachsenen über den Entscheid des Ministeriums des Innern empörten. Sie wussten, dass es einen sprunghaften Anstieg von Sympathisanten und Mitgliedern des »Neuen Forum« gab. Mochte diese Oppositionsbewegung auch keinen Vereins- oder Parteistatus haben – überall im Land wurden Unterschriften gegen den Ukas des Innenministers gesammelt.

Jemand berichtete, dass in dem Krankenhaus, in dem er als Chirurg arbeitete, jeder, vom Pfleger bis zum Chefarzt mit dem »Neuen Forum« sympathisierte. »Die können uns nicht mehr ignorieren.«

Wer der wirkliche Staatsfeind sei? fragte eine Frau, die mit ihrem langen dunklen Haar und im bunten Hippie-Rock der amerikanischen Sängerin Joan Baez in den Siebziger Jahren ähnelte. Die Regierung ist der Staatsfeind! beantwortete sie die eigene Frage mit ihrer dunklen Stimme.

Was tun wir praktisch? Was können wir praktisch tun? fragte ein Mann mit kreisrunden Augengläsern, der einen Arm um die Schulter einer Frau gelegt hatte und sie so fest an sich drückte, als wollte er sie am Fortlaufen hindern. Flugblätter, Diskussionen, Appelle – alles gut und schön. Aber solange die uns für illegal erklären, haben sie alle gesetzlichen Mittel in der Hand. Sie haben die Armee, sie haben die Staatssicherheit, sie haben die Bürokratie, sie haben die Medien.

Aber sie haben auch Angst, entgegnete ein anderer Mann.

Doris Kalaver betrat den Raum und rief: »Ich habe soeben einen Anruf bekommen. In zwei thüringischen Städten sind die Leute auf die Straße gegangen. Hunderte von Leuten. Sie wollen Meinungsfreiheit und – das ‚Neue Forum'!« Alle applaudierten, alle Augen leuchteten; hatte ihnen eben der Weihnachtsmann einen Sack mit Geschenken vor die Füße geschüttet?

»Wir sollten nicht übermütig werden«, versuchte Friedhelm Münch den Jubel zu dämpfen. Als Mann des Theaters wusste er, wie man Effekte setzte, wie man eine Handlung beschleunigen oder verlangsamen konnte. »Wir sind hier als Abendgesellschaft von Freunden zusammengekommen«, schärfte er allen ein.

Jemand lachte auf. »Als hätten die nicht längst unsere Namen und Adressen!«

»Trotzdem. Wenn es klopft und sie stehen vor der Tür, dann werde ich sagen: Meine Herren, wenn sie in dieser Wohnung nur eine Waffe finden, nur ein Flugblatt, das die Regierung oder die SED verunglimpft, dann stellen Sie mich vor ein ordentliches Gericht.«

»Frieder«, erhob seine Frau die Stimme. »Nicht dieses Crescendo!«

»Es gibt in diesem Land kein ordentliches Gericht«, warf jemand ein.

»Das ist so nicht richtig«, wurde erwidert.

»Es gibt leider überhaupt keine Gewaltenteilung. Beziehungsweise gibt es sie nur auf dem Papier. Alles ist eine ideologische Eierpampe, in der Verantwortlichkeiten abgewälzt werden, Kompetenzen nicht klar sind ...«

»Über allem steht und wacht Die Partei!«

Vera und Sabrina schauten sich an und mussten nichts sagen. Ging das Gelaber schon wieder los? Sie nickten sich zu, standen auf und verließen den Raum. Sie würden in Sabrinas Zimmer Musik hören, Guns n' Roses, ihr Geschmack war der gleiche, hatten sie festgestellt.

Sabrina besaß das Album »G N' R Lies«. Ihr Vater hatte es aus dem Westen mitgebracht, wo er mit dem Theater-Ensemble bei einem Festival aufgetreten war. *Sweet sixteen she was fresh and clean / Wanted so bad to be part of the scene / She met the man and she did the smack / She paid the price layin' flat on her back / Wanted so bad just to please the boys / …* Wenn die Erwachsenen stundenlang politisieren konnten, dann konnten sich zwei achtzehnjährige Mädchen mindestens ebenso lange darüber unterhalten, was einen Jungen zum tollen Jungen machte und was nicht. Kamen sowieso nicht viele in Frage und näher betrachtet noch weniger.

Zum ersten Mal erzählte Vera einem anderen Menschen von diesem Fremdling namens Gadji Muuslimsade. Wie sportlich der sei, wie gescheit, wie zurückhaltend und zugleich selbstbewusst. Der könne mehr deutsche Gedichte auswendig als alle anderen in der Klasse zusammen. Wie der in jener Nacht vor drei Wochen die Burschen, die ihn angriffen, ausgeknockt habe – dagegen war jeder Kino-Held ein Knabe im Leipziger Thomaner-Chor. Außerdem sei Gadji von einer gewissen Traurigkeit umweht, wie sollte sie das anders sagen, so eine Aura von irgendwas Geheimnisvollem. Vielleicht was Russisches, was Östliches, was Orientalisches?

Sabrina hörte aufmerksam zu und meinte zwischendurch: »Klingt, als wärst du verschossen.«

»Quatsch! Ich hab doch mein Klinkermännchen!«, erwiderte Vera.

Dienstag, 26. September 1989

Die Zeit drängte. In knapp zwei Wochen würde die Republik ihren 40. Geburtstag begehen, und das Kulturprogramm der 12 d stand noch lange nicht.

Auf der Bühne der Aula saßen zehn Mädchen und Jungen auf Stühlen in einer Reihe. Die Nachmittagssonne flutete den Raum.

Das Licht fiel durch die saalhohen Fenster, die längsseitig die Fassade der Schule prägten. Rechterhand, von einem Publikum aus gesehen, fiel der Blick über eine Hauptstraße auf die Häuser Köpenicks. Linkerhand ging der Blick auf den Schulhof und auf das Fußballfeld, das von einer 400-Meter-Bahn umrundet wurde.

Die Mädchen und Jungen sahen teils gelangweilt, teils gespannt, teils noch gelangweilter und teils noch gespannter drein. Es lag an der Musik, die aus zwei king-kong-großen Lautsprechern dröhnte. Harter Rock von der Küste der Ostsee. Eine Band namens »Berluc« spielte und sang: »Jeder bricht mal irgendwann / aus sich aus wie ein Vulkan, / irgend etwas lockt uns aus der Bahn. / Jeder bricht mal irgendwann / aus sich aus wie ein Vulkan, / irgend etwas lockt uns aus der Bahn. / Ohne ein Wort ist sie gegangen. / Jeder bricht mal irgendwann / aus sich aus wie ein Vulkan.«

Vera Lothringen stand auf, lief über die Bühne zu dem Tonbandgerät und schaltete die Musik ab. Sofort erhob sich Protest, dünner Protest, aber Protest, immerhin – und wenn es nur des Protestes wegen war.

»Irgendwie müssen wir das Programm anfangen!« – »Wenn wir mit Hölderlin anfangen, schlafen alle sofort ein!« – »›Durchgebrannt‹ ist der Hit des Monats! Passt doch irgendwie zurzeit grad, oder?« – »Was hast du denn gegen das Lied? Stimmt doch irgendwie?«

»Ja, irgendwie«, entgegnete Vera giftig. »Irgendwie passt diese Scheißmusik zu dieser Zeit. Irgendwie stimmt sie irgendwie. Dabei haben selbst diese Typen inzwischen was kapiert und könnten Tacheles singen! Sag du mal was!«, forderte Vera ihre Mitschülerin Maria Breitling auf.

»Naja«, begann das Mädchen mit dem roten Feurschopf, »Ich war am Wochenende bei ›Pankow‹. Für mich die einzigen, die hier echten Rock machen. Da hat der Sänger eine Erklärung von Rockmusikern verlesen und die verteilt.« Sie zog einen Zettel aus der Jeans-Tasche und las vor: »Ähm, hier ... ›Dieses unser Land muss endlich lernen, mit andersdenkenden Minderheiten umzugehen, vor allem dann, wenn sie vielleicht gar keine Minderheiten sind.‹ Und hier! ›Wir wollen in diesem Lande leben, und es macht uns krank, tatenlos mit ansehen zu müssen, wie Versuche einer Demokratisierung, Versuche einer gesellschaftlichen Analyse kriminalisiert bzw. ignoriert werden. Wir fordern jetzt und hier sofort den öffentlichen Dialog mit allen Kräften‹ …«

Vera Lothringen applaudierte. »Das ist die Musike!«, rief sie. »Damit müssen wir anfangen!«

Niemand in der Runde klatschte mit.

In der dritten Reihe der Saal-Bestuhlung saß Werner Kotte und hörte aufmerksam zu. Schräg hinter ihm Gadji Muuslimsade, der sich mühte, das Geschehen zu verstehen. Seine schwarzen Augen schauten hoch zur Bühne. Ihnen entging nichts, was zu sehen war, seinen Ohren entging nichts, was zu hören war. Zu Gadjis Füßen lag ein Instrumentenkasten.

»Dann können wir gleich einpacken«, sagte Mark Viehweger.

Sandburg ergänzte: »Und das Abitur können wir vergessen! Die schicken uns in die Produktion! Zur Bewährung! Das geht schneller als ein Affe den Baum hoch ist!«

Vera tigerte die Bühne auf und ab und ab und auf. Sie fuchtelte mit den Armen und steigerte sich. »Was wollen wir? Den Staat zum vierzigsten Jahrestag bejubeln als wäre er das Paradies auf Erden? Wollen wir ein Potemkinsches Dorf feiern? Vom dem jeder weiß, dass es nur noch Fassaden sind, und dahinter wächst das Unkraut auf den Feldern und der Unmut in den Fabriken?«

»Wie poetisch!«, rief Sylvia Hohberg, die in ihrer flinken Moppeligkeit einem übergroßen Tennisball glich. Einem taillierten Tennisball mit einem kleineren, strahlend-rötlichen, gesunden Ball als Kopf darauf.

»Das Land geht in den Westen! Unsere Regierung schaltet auf Durchgang! Ist es denen egal, was die Menschen wollen? Ist es uns egal, was wir wollen?«

Gernot stand auf und sagte ruhig: »Es geht um vierzig Jahre, Vera. Es wäre nur eine Provokation, wenn wir diese vierzig Jahre auf die letzten Wochen reduzieren. Ich meine, das Land hat doch, also unsere Eltern und wir haben doch auch eine ziemliche Strecke hinter uns. Ich meine, dass es nicht rosig aussieht, weiß ich auch. Aber gleich sagen, alles ist Mist, alles ist verdorben, alles ist Unkraut …«

Noch immer schwieg Werner Kotte. Er verstand seine Rolle als Regisseur nicht als die des Bestimmenden und Festlegenden. Er hatte seine Akteure gebeten, sich selbst Gedanken über das Geburtstagsprogramm zu machen. Er würde allenfalls für Vorschläge zur Verfügung stehen, er würde sich einmischen, aber noch war es nicht soweit. Er würde das Ordnen übernehmen, das Sortieren, das Dramaturgische.

Nur einer bemerkte, dass jemand unhörbar die Tür geöffnet, hinter sich geschlossen und die Aula betreten hatte. Gadji, als hätte er einen Instinkt für das, was in seinem Rücken geschieht, drehte sich um. Im Schatten der Balustrade, die den Eingangsbereich überwölbte, stand ein Mann. Gadji täuschte sich nicht: Es war Dr. Erwin Lautengässer.

»Willst du eine Chronik? Willst du mit dem Urschleim anfangen? Auferstanden aus Ruinen und der Zukunft zugewandt? Plus ›Lob der Partei‹ von Fürnberg?«

»Das wäre schon wieder witzig«, meinte Sylvia, die sich von ihrem Stuhl erhoben hatte, um sich mit Kniebeugen locker zu machen.

»Prometheus. ›Bedecke deinen Himmel, Zeus, mit Wolkendunst und übe, dem Knaben gleich, der Disteln köpft …‹« Der den Vorschlag machte, Sandberg, der Witzbold vom Dienst, wurde mit einem höhnischen Lachen Sylvias abgewürgt. Sie war dazu übergegangen, die Hände in den Hüften, nach links und nach rechts den Oberkörper zu wiegen; ihre Brust, frei von einem formatierenden BH, wogte. »Prima Vorschlag!«, ächzte sie. »Da kriegste aber gleich einen Punkt von einem gewissen Herrn Kotte. Wegen Liebe zur Klassik!«

Kotte grinste. Was für ein Schauspiel! Bühnenreif!

»Ich glaube, wir haben einen Zuhörer« flüsterte ihm Gadji ins Ohr. Kotte drehte sich nicht um. »Wer?«

»Lautengässer!«

»Soll er«, flüsterte Kotte zurück. »Der Lauscher an der Wand, hört seine eigne Schand. Und Ohrenbläser gab's schon bei den alten Griechen.«

»Sykophanten«, sagte Gadji, woraufhin sich Kotte doch umdrehte, die Augenbrauen hochzog und dem Jungen ins Gesicht schaute. Der erstaunte ihn immer wieder. Ein Bursche, der aus den Weiten des Ostens kam und über eine Bildung verfügte, zu der seine deutschen Schülerinnen und Schüler, nun, gelinde gesagt, sich selber den Zugang – erschwerten.

»Mark kann doch anfangen!«, schlug Vera Lothringen vor. »Er hat ein Supergedicht über die DDR geschrieben. Wo die Braunkohle nie alle wird … Was du uns neulich auf dem Friedhof aufgesagt hast«, wendete sie sich an Viehweger.

Der wand sich ein bisschen. Das eine ist es, im Kreis von Freunden ein Gedicht aufzusagen. Das andere ist es, auf einer Bühne vor zwei mal neunhundert Ohren und Augen zu stehen und zu deklamieren. Dann, wenn das Programm aufgeführt werden wird. Und überhaupt. Am Anfang eines Programms zu stehen, das hatte was von Anführer; als Häuptling oder Piratenhauptmann hatte er sich nie gesehen.

»Ich hab was Neues«, sagte er.

»Raus damit!«, rief Maria. »Raus damit!«, rief Sylvia. »Raus damit! Raus damit! Raus damit!«, riefen alle und klatschten rhythmisch. »Raus damit, raus damit, raus damit!«

Mark stand auf und trat an die Rampe. Den Staatsbürgerkundelehrer Lautengässer konnte er, vom Licht in das Dunkel des Saales blickend, nicht sehen.

»Also … Die die Weisheit gefressen,
haben sie auch verdaut.
Vorwärts und nicht vergessen,
wie man Äpfel klaut.

Nämlich man steigt ohne Leiter
in das dichte Geäst.
Aufwärts und nicht weiter –
bis man sich hängen lässt.

Sieht kopfüber sie fallen
in ein Mohrrübenbeet.
Lohnt es sich festzukrallen,
wenn es abwärts geht?«

Stille. Was war das? Ein harmloses Gedicht, war das überhaupt ein Gedicht? Was war Anspielung, was konnten sie verstehen? Lohnte es sich festzukrallen, wenn es abwärts geht? War das ein Loblied auf das Faultier, oder war das eine schlaue, satirische Verwendung von Wörtern, die ihnen seit Jahren vertraut waren? Vorwärts und nicht vergessen, worin unsre Stärke besteht. Beim Hungern und beim Essen. – Oder beim Äpfelklauen? – Und es war schon klar, wer gemeint war. Die die Weisheit gefressen und haben sie auch verdaut. – Und ausgeschissen. Und aufbereitet als Dessert für die Nachfolgenden … – Und da stellte sich Peter neben seinen Freund Mark, schwenkte eine DDR-Fahne und sank plötzlich, als hätte ihm jemand in die Kniekehlen getreten oder ihn erschossen, auf die Knie und fiel vornüber. Schwarzrotgold, Hammerzirkelährenkranz – im Staub der Bühne.

»Sie müssen was sagen!«, forderte Vera jetzt Kotte von der Bühne herunter auf.

»Dialektik!« Kotte stand auf und sagte als erstes: »Dialektik!«

Ein kollektives Stöhnen kam von der Bühne. Dialektik; das Alles und das Nichts.

»Ad unum. Viehwegers Gedicht kommt ins Programm. Ad secundum: Klinkermann hat nicht Unrecht. Die DDR ist mehr als das Jetzt. Es wäre ungerecht, auch wenn ihr mich jetzt als Propagandisten oder Dogmatiker beschimpft, nicht an ihre Wurzeln zu erinnern. Wie sie entstand. Wer sie machte. Das ganze Welttheater der letzten Jahrzehnte!«

»Kalter Krieg, kalter Krieg, der Vorhang geht auf!«, witzelte Peter Sandburg von der Bühne. Er erhob sich, legte die Fahne über die Schulter, als fröre er.

»Eine Wahrheit, immerhin«, erwiderte Kotte. Ihm schoss durch den Kopf, dass Lautengässer mithörte, mitsah und dass in seinem Kopf mit Sicherheit Alarmglocken läuteten. Egal. Er, Kotte, verantwortete das Programm, und das Programm sollte so gut werden, dass es anrührte und nicht als irgendeine Pflichtnummer durch Ohren, Augen und Hirne rauschte und verwehte.

»Ich möchte einen Vorschlag machen. Ich habe Gadji gefragt, ob er sich vorstellen könnte mitzumachen.«

Gadji stand auf.

»Nicht als Alibi«, fuhr der Deutschlehrer fort. »Nicht als Beleg, dass wir geschichtlich korrekt erzählen und uns dann die Courage für die Kritik holen. Oder so deutsch-sowjetische Freundschaft. Nein. Als ehrlichen Bericht von den Anfängen, von der Zeit, die in Blut und Trauer unterging. Aus der die DDR geboren wurde. Wollt ihr Gadji anhören?«

»Was kann er denn machen?«, fragte Gernot Klinkermann. Vera sah ihn verwundert an. Überheblich und abweisend klang es, wie ihr Freund sprach. Unsportlich, nicht fair, feindselig sogar?

»Ich habe mit Gadji darüber gesprochen. Er würde ein Lied singen. Vielleicht am Anfang. Vielleicht zwischendurch noch eines. Es gibt Sänger in der Sowjetunion, die haben schon kritische Lieder gesungen, als wir hier noch alle sangen ›Sandmann, lieber Sandmann‹ und ›Bau auf, bau auf, Freie Deutsche Jugend bau auf‹.«

Auf der Bühne wurde gelacht. Nicht alle lachten. Gernot nicht. Zwei andere nicht. Aber wenn Sylvia Hohberg in die Rolle des kleinen, züchtigen Mädchens schlüpfte, indem sie die Augen gen Himmel hob und mit den Händen schnellen Beifall patschte –, dann wussten alle, Spaß ist angesagt.

»Gadji!«, rief Vera. »Komm bitte rauf! Du gehörst zu uns, ganz klar.«

Und sie sah Gernot an, dessen Augenbrauen einen zornigen Bogen bildeten. War er etwa eifersüchtig? schoss es Vera durch den Kopf. So ein Quatsch! Sie würde ihn nach seinem merkwürdigen Verhalten fragen, nachher, nach der Probe, wenn sie allein miteinander wären. Sie mochte es nicht, wenn Dinge unausgesprochen blieben, wenn etwas in der Schwebe hing. Ein Nebelschleier zwischen Menschen, die schwiegen oder herumdrucksten und sich wegduckten.

Gadji zögerte einen Moment, entnahm dann dem Etui zu seinen Füßen eine Balalaika und kletterte auf die Bühne. »Ich kenne ein paar Lieder aus dem Großen Vaterländischen Krieg. Sie sind traurig, sie sind kämpferisch. Die meisten werdet ihr nicht kennen. Ich denke, es ist gut, gut wäre, es wäre gut? ...« Gadji suchte im Deutschen nach dem richtigen Ausdruck. »wenn ich ein Lied singe, dass ihr alle aber doch schon gehört habt. ›Katjuscha‹.« Während Gadji sprach, zupften seine Finger auf den drei Saiten des Instruments.

»Fein!«, rief Sylvia mit der Stimme eines vierjährigen Mädchens. »Das haben wir schon im Kindergarten bei Tante Larissa gesungen.« Wieder patschten ihre Hände ineinander.

Gadji fuhr ernst fort: »Ich mag dieses Lied. Es erzählt eine einfache Geschichte. Ein Mädchen wartet auf die Briefe ihres Liebsten. Der ist als Soldat an der Front und kann nur selten schreiben.«

»Wer schreibt noch Briefe!«, rief Sandburg.

»Heutzutage nicht. Aber damals«, gab der Poet Viehweger zu bedenken.

»Lasst doch mal Gadji ausreden!«, rief Vera.

»Und wenn sie einen Brief bekam, dann rannte sie vor Freude durch die Wiesen bis zum Fluss. Das ist eigentlich schon alles. Aber meine Meinung ist, darin steckt so viel Sehnsucht nach dem Leben und – so viel Angst vor dem Tod. Der ja auch kommen kann – als Nachricht in einem Brief«, und Gadji sang:

»Leuchtend prangten ringsum Apfelblüten,
still vom Fluss zog Nebel noch ins Land.
Durch die Wiesen kam hurtig Katjuscha
zu des Flusses steiler Uferwand.

Und es schwang ein Lied aus frohem Herzen
jubelnd, jauchzend sich empor zum Licht.
Weil der Liebste ein Brieflein geschrieben,
das von Heimkehr und von Liebe spricht.

Oh Du kleines Lied von Glück und Freude
mit der Sonne Strahlen eile fort!
Bring dem Freunde geschwinde die Antwort
von Katjuscha – Gruß und Liebeswort.«

Die anderen waren aufgestanden, standen in einer Reihe, und summten mit. Sie wiegten sich im Rhythmus der Melodie, die aus der Balalaika klang. Und von weither aus der Geschichte. Und von weither aus der Welt. Als Gadji die letzten zwei Zeilen wiederholte, sangen alle mit:

»Bring dem Freunde geschwinde die Antwort
von Katjuscha – Gruß und Liebeswort.«

Nein, nicht alle sangen mit. Wieder war es Gernot, der sich verweigerte. Und noch einer im Saal rührte sich nicht: Lautengässer. Er stand noch immer im Schatten der Balustrade und schien nicht mal zu atmen. »Wir brauchen eine Leinwand und einen Diaprojektor.« Maria meldete sich als erste zu Wort, nachdem der letzte Ton der Melodie in einem feinen Saiten-Sirren verklungen war. »Wir werfen eine Zahl an die Wand: 50 Millionen Tote. Davon 20 Millionen Sowjetmenschen. Ohne Kommentar.«

»Aus dem Dunkel der Bühne komme ich und werde immer größer und größer und in der Hand trage ich die Staatsfahne.«

Peter rollte die Staatsflagge der DDR aus und schwenkte sie. »Du siehst aus wie ein Fußballfan mit Vereinsfahne!«, schimpfte Gernot. »Die DDR ist nicht irgend so ein Scheißverein, kapiert ihr das nicht?«

»Genau das sagen wir damit. Es ist ein Land, das aus dem Leiden des Zweiten Weltkriegs entstand. Wie das gesamte Gerangel danach! Wie der Kalte Krieg!«, entgegnete Vera dem Freund. Klang ihr selbst zu pathetisch. Aber stimmte doch! Was zum Teufel war bloß in Gernot gefahren, dass er jetzt auf Großen Meckerer machte?

»Ex oriente lux, ex occidente luxus«, wusste Peter Sandburg die letzten viereinhalb Jahrzehnte der Weltgeschichte zusammenzufassen.

»Der Anfang ist gut, denke ich«, ließ sich der Deutschlehrer vernehmen. »Und ich denke, wenn Viehweger am Ende ›Mitte des Lebens‹ rezitiert – dann hat das Ganze einen Rahmen. Dann hat das Ganze keine blöde Selbstsicherheit, sondern es endet mit einer Ungewissheit.«

Mark Viehweger, als wäre er aufgefordert worden, trat an die Rampe und sagte auf:

»Weh mir, wo nehm ich, wenn
Es Winter ist, die Blumen, und wo
Den Sonnenschein,
Und Schatten der Erde?
Die Mauern stehn
Sprachlos und kalt, im Winde
Klirren die Fahnen.«

»Jede Wette«, sagte Maria in die Stille hinein. »Da kriegt jeder das Schlucken.«

»Und wir keinen Applaus.« Sylvia zog einen Schmollmund. »Wo's Sylvilein so gerne Beifall hat!«

Plötzlich fiel Peter Sandburg auf der Bühne krachend zu Boden. Im Fallen breitete er die DDR-Flagge über seinem Leib aus. Wie erschossen lag er da.

»Soll das symbolisch sein?«, fragte Gernot verärgert. »Dein Quatsch da! Ich glaube, ich mache nicht mehr mit. Das ist doch alles albernste Provokation!« Sprach's, schnappte sich seinen Stuhl und stieg von der Bühne herab in den Saal. Stellte den Stuhl unter ein Fenster und ging mit eiligen Schritten zum Ausgang. Abrupt bremste er, beinahe hätte er Dr. Erwin Lautengässer über den Haufen gerannt. »'Tschuldigung!«, murmelte Gernot.

»Sie müssen sich nicht entschuldigen, Klinkermann.« Lautengässer griff den Jungen am rechten Oberarm und zog ihn zu sich in den Schatten. Gernot, zu verblüfft, um sich zu wehren, fand sich an der Seite des Mannes wieder, der zu den ungeliebten Lehrern der Schule gehörte. Recht war ihm das nicht. Diffus fühlte er, ein Mitverschwörer, Teil einer Observation zu sei, die Gernot als ungehörig und schmierig empfand. Doch Lautengässer, als habe er Klinkermanns Gedanken gelesen, legte den Zeigefinger über die Lippen. Pssst! Was sollte Gernot tun? Laut rufen: »Hehe, hier ist jemand, der belauscht uns!«

Lautengässer wusste nicht, wie er sich verhalten sollte. Einerseits hatte er Ohren um zu hören, und was er gehört hatte, hatte er gehört. Darauf konnte er einen Eid schwören. Schließlich war er nicht mit dem Klammerbeutel gepudert und konnte Eins und Eins zusammenzählen. Das da auf der Bühne war eine Unverschämtheit.

Andererseits konnte er dem Versuch, den Geburtstag der Republik mit einer gewissen historischen Dialektik zu betrachten, nicht seinen Respekt versagen. Die gaben sich schon Mühe. Die machten es sich nicht leicht. Schon gar nicht in dieser Zeit, die nicht leicht zu verstehen war. Auch er, Lautengässer, stellte die Frage, wie es weiterginge mit dem Land. Abends, allein vor dem Fernsehgerät, musste er Bilder anschauen, die ihn körperlich peinigten. Und insgesamt waren sieben Schülerinnen und Schüler nicht zum Beginn des Schuljahres erschienen. Sie waren fort. Sie hatten ihre Heimat verlassen.

Lautengässer empfand das als persönliche Niederlage. Sieben Mal versagt, grübelte er in den Nächten, in denen er nicht schlafen konnte; so ein Klotz war er nicht, dass es ihn gleichgültig ließe. Worin besteht meine Schuld? fragte er sich. Habe ich überhaupt eine Schuld an diesem Dilemma? Bin ich ein schlechter Lehrer, wenn ich daran glaube, dass meine Werte die Werte der mir anvertrauten Mädchen und Jungen sein sollten?

Ein Lehrer, antwortete in ihm ein strenger Richter, ein Lehrer hat immer Mitschuld, wenn seine Zöglinge versagen, Unrecht tun, kriminell werden.

Aber es sind die Verführten, die gehen, entgegnete er sich selber. Die Labilen. Denen ein Supermarkt wichtiger ist als das Heimatland.

Lautengässer wälzte sich seit Wochen nächtens im Bett und schlief erst in den frühen Morgenstunden ein. Und jedes Mal entschloss er sich, hart zu bleiben. Der Sozialismus ist die beste aller Gesellschaftsordnungen bisher. Keinen Millimeter wird Lautengässer von dieser Erkenntnis abweichen. Dass es Fehler gab, würde er nicht leugnen. Aber bitte, die mögen im historischen Kontext stehen; historische Dialektik, da haben wir sie wieder. Der Kapitalismus, das war klar wie Kloßbrühe, gründete sich auf Gewalt und Betrug und hatte Jahrhunderte Zeit, sich immer wieder zu wandeln, anzupassen, neue Masken zu tragen, neue Kostüme und sich geschickt zu verkaufen. Dagegen musste der Sozialismus sich wie ein Eleve vorkommen, ein Schüler, der Schritt für Schritt das Tanzen lernte – und das inmitten von Stürmen und Orkanen von Hetze und Angriffen. Wenn Lautengässer dann endlich schlafen konnte, dann war sein Schlaf von Gestalten bevölkert, die aus den Bildern des Hieronymus Bosch kletterten.

Auf der Bühne hatten die Mädchen und Jungen einen Halbkreis gebildet. Sylvia Hohberg trat vor, stellte das linke Bein auf einen Stuhl, wobei ihr Rock sich hochschob.

»Heia, Walpurgisnacht!«, flachste Peter. »Die Hexe zeigt, was sie hat!«

»Sylvia!«, rief Kotte. »Ganz so geht das nicht, ehrlich.«

Sylvia schmollte wieder, nahm aber Haltung an, aufrecht, und zupfte brav an Rock und Bluse. Ganz Marlene Dietrich, in XXL.

»Ein Kinderlied!«, sagte sie an. Maria Breitling hatte sich an das Klavier gesetzt, klimperte ein paar Töne, und dann sang Sylvia, musikalisch begleitet, jenes Lied, das vor ein paar Wochen Mark Viehweger auf dem Friedhof als Gedicht vorgetragen hatte:

»Dass Braunkohle nie alle wird,
dass die Partei sich niemals irrt,
In jedem Shop gibt's immer mehr,
davon träumt die DDR.

Dass jeder Mensch ein Sportler ist,
und klug sei jeder Polizist,

das Portemonnaie sei niemals leer –
davon von träumt die DDR ....«

»Woher stammt der Text?«, fragte Lautengässer zischend.

»Weiß nicht«, antwortete Gernot.

»Sie wissen es nicht? Wem wollen Sie das erzählen, Klinkermann?«

»Wenn Sie mich jetzt bitte entschuldigen würden. Ich habe einen Termin beim Zahnarzt.«

»Beim Zahnarzt? Klinkermann! Denken Sie, ich ziehe mir die Hose mit der Kneifzange an?«

Gernot hatte die Tür geöffnet. Es war eine zweiflüglige Glastür, die schepperte, wenn sie losgelassen wurde und ungebremst ins Schloss fiel. Genau dafür sorgte Gernot, als er die Aula verließ.

Auf der Bühne erstarrten die Akteure. Dr. Erwin Lautengässer trat aus dem Schatten und zeigte sich.

»Lautengässer«, wurde geflüstert. »Ach du Scheiße!« – »Na und, das Programm sieht der doch so oder so.« – »Aber jetzt noch nicht. Später sehen es alle.« – »Die Masse schützt uns. Da haben wir eine Chance.« – »Wie redet ihr denn? Haben wir ein Attentat vor?«

Werner Kotte hatte sich erhoben, umgedreht und schaute seinem Kollegen entgegen. Der war nach ein paar Schritten stehen geblieben und schien zu überlegen, wie er weiter vorgehen sollte. Schließlich machte er auf der Stelle kehrt und eilte aus der Aula. Klirr! Die Tür. Schepper! Müsste mal. Rumms! Entschärft werden.

»Wird es Ärger geben?«, fragte Vera laut in den Raum.

»Hübscher Titel fürs Programm«, sagte Sylvia. »›Wird es Ärger geben?‹«

Maria Breitling setzte sich auf den Rand der Bühne. Ihr rotes Haar war in zwei Zöpfe geflochten, die vom Kopf abstanden und zusammen mit den silbernen Ringen in den Ohren im Licht des späten Nachmittags leuchteten. Sie faltete die Hände im Schoß und rezitierte streng und trotzig:

»Doch, wie immer das Jahr kalt und gesanglos ist
Zur beschiedenen Zeit, aber aus weißem Feld
Grüne Halme doch sprossen,
Oft ein einsamer Vogel singt.«

Vera Lothringen setzte sich neben die Freundin, und zusammen sprachen sie:

»Wachs und werde zum Wald! Eine beseeltere,
Vollentblühende Welt! Sprache der Liebenden
Sei die Sprache des Landes,
Ihre Seele der Laut des Volkes!«

Peter Sandburg stellte sich hinter die sitzenden Mädchen und hielt die Fahne der DDR, Hammerzirkelährenkranz, eingebettet ins Schwarzrotgold der Landesfarben, als schützendes Dach über das Mädchen-Paar. Zu ihnen traten Mark Viehweger und Gadji Muuslimsade, der ganz leise die Saiten der Balalaika zupfte.

Werner Kotte, der Deutschlehrer, der die Misanthropie liebte und gerne statt seiner Zwei-Zimmer-Hinterhofwohnung (immerhin mit Balkon zum grünen Innenhof) eine Penthouse-Wohnung im Elfenbeinturm der Poesien dieser Welt bewoht hätte, stand zwischen den Stühlen und war gerührt. »Sollte der Unterricht doch bei den Herrschaften gefruchtet haben?«, fragte er halblaut. Er schluckte, klatschte in die Hände und rief: »Schluss für heute! Ich geb ne Runde Bier aus!«

»Auch Eierlikörchen?«, fragte Sylvia Hohberg mit dem Augenaufschlag Marilyn Monroes. Und sie hielt ihren Rock vorne fest, so, als griffe aus dem Bühnenboden ein Wind nach ihr: »Und Kirschtörtchen?«

*

Der Schuldirektor Erhard Eberlein saß hinter dem Schreibtisch, hinter dem schon seit Generationen die Direktoren der Alexander-von-Humboldt-Schule gesessen hatten. Aus dem Holz der Eiche, die Platte groß wie ein halbes Handballfeld, zwei Schubladentürme rechts und links der Lücke, in die ein Dutzend Beinpaare passten – dieser Schreibtisch war Autorität pur, eine Burg, eine Festung.

Vor ihm lag aufgeschlagen in voller Doppelseiten-Breite die Zeitung *Neues Deutschland*, in der er eben vom Besuch einer Partei- und Regierungsdelegation der Volksrepublik China gelesen hatte. Außerdem seien Oberste zu Generälen befördert und verdiente Bürger der DDR mit hohen Auszeichnungen im Staatsrat gewürdigt worden. Erich Honecker, wurde berichtet, hatte den Verleger Robert Maxwell empfangen.

Der Direktor las und nahm doch nicht auf, was er gelesen hatte. Er seufzte, stand auf, legte die Hände im Rücken übereinander und schaute aus dem Fenster. Da draußen war alles wie immer. Ein Platz, der neu bebaut wurde. Eine Hausecke mit einem Schnellimbiss. Eine Brücke, auf der sich der Verkehr drängte. Weiter ging der Blick bis zur Köpenicker Schlossinsel, von der das renovierte Gebäude des Schlosses, das einst der preußischen Königin Luise gehört hatte, aus dem Grün ragte. Eberlein ging dort an manchen Sonntagen zwischen den gewaltigen Rhododendron-Büschen spazieren. Der Park lag auf halbem Wege zwischen der Schule und seinem Reihenhäuschen in der Altstadt von Köpenick.

Er hörte ein Klopfen an der Bürotür. Es war nach siebzehn Uhr, es konnte nicht seine Sekretärin sein, die als Mutter von drei halbwüchsigen Kindern mit Recht darauf bestand, pünktlich um 16.30 Uhr Feierabend zu machen. Die Tür öffnete sich.

»Erwin.« Eberlein ging quer durch den Raum auf seinen Kollegen zu, mit der Rechten drückte er ihm die Hand, mit der Linken schlug er ihm freundschaftlich auf die Schulter.

Lautengässer war nicht nur ein Kollege, er war nicht nur sein Stellvertreter. Lautengässer war der Mann, dem er vertraute. Ein Genosse, dessen Zuverlässigkeit er schätzte, wenn er manchmal auch zu eifrig war. Jungen Menschen musste man mancherlei an Frechheit und Schabernack durchgehen lassen, fand Eberlein. Prinzipien waren gut und richtig, Disziplin und Ordnung brauchte es im Leben, in der Erziehung ging es nicht ohne sie, aber es kam auf das Augenmaß an. Man musste auch mal ein Auge zudrücken können und alle Fünfe grade sein lassen. Dazu fehlte es Lautengässer an Humor, was Eberlein schade fand. »Was treibt dich zu mir?«, fragte der Direktor und lud den Kollegen mit einer Geste zum Sitzen ein.

»Es brennt«, kam Lautengässer sofort zur Sache. »Es brennt. Auch an unserer Schule.«

»Willst du einen Kaffee? Marina ist nicht mehr da, aber sie braut mir jedes Mal noch eine Thermoskanne, bevor sie geht. Müsste noch heiß sein.«

Er nahm von einer Kommode voller Aktenordner ein Tablett mit Kanne und Tassen. Er verteilte das Geschirr auf dem Tisch, goss Kaffee ein – bedächtig, langsam, als wollte er Zeit gewinnen. Als müsste er sich im eigenen Zimmer zurechtfinden, weil er bis eben in Gedanken war, die nichts mit ihm als Direktor und nichts mit seiner Schule zu tun hatten.

Lautengässer spürte das. Er hatte die Zeitung auf dem Schreibtisch gesehen. Auch er hatte die nichts sagenden Meldungen gelesen; auch einen Kommentar, in dem es hieß, dass ehemalige DDR-Bürger noch bittere Erfahrungen machen würden im Westen. »Das Arbeitsleben in der BRD verlangte ihnen, falls sie überhaupt einen Arbeitsplatz fänden, mehr ab, als sie sich vorgestellt hätten. Für Familien mit Kindern fehlten – anders als in der DDR – Krippen- und Kindergartenplätze.« Lautengässer hatte beim Lesen dazu genickt. Ganz seine Sicht und seine Meinung. Das war die Wahrheit, das war die Realität, und wer davor die Augen verschloss, der lief blind ins Verderben.

»Es brennt in der Welt.« Eberlein rieb sich die Augen. »Haben wir nicht seit Schulbeginn einen Jungen aus Aserbaidschan bei uns?«

»Gadji, ähm, Muuslimsade. Ja.« Wie kam Eberlein auf den Burschen? Bisher war der nicht weiter aufgefallen. Dieser Junge trat bescheiden und ruhig auf, wie vorhin, als er das Lied von Katjuscha gesungen hatte. Hatte ihn bewegt, musste Lautengässer sich eingestehen.

»Hast du Zeitung gelesen? Zwischen Armeniern und Aserbaidschanern gibt es Konflikte. Die Sowjetunion bricht auseinander.«

»Daran ist Gorbatschow schuld! Daran ist diese Politik von Glasnostj und Perestroika schuld! Die stellt alles in Frage, was wir an Errungenschaften haben. Gorbatschow hat die Büchse der Pandora geöffnet und ...« Lautengässer ereiferte sich, lief sich warm, doch Eberlein hob die Hand neben der Kaffeetasse und ließ sie sanft auf der Tischplatte landen. Eine Geste, mit der er so manches Palaver am Sitzungstisch zu unterbrechen pflegte, wenn das Kollegium versammelt war, um schulische Angelegenheiten zu erörtern. Dann sagte er ruhig:

»Das heißt, es sprudelt heraus, was lange schon brodelt? Das heißt, es war nur zugedeckelt und mit einem hübschen Etikett beklebt, was innen drin stinkt? Das heißt, wir schimpfen auf den, der die Ehrlichkeit wünscht, auf die wir so lange Zeit verzichtet haben?«

»Aber, Erhard, du willst doch nicht ...«

Eberlein war noch nicht fertig: »Das heißt – heißt es nicht, dass als Letztes in der Büchse der Pandora die Hoffnung steckt? Nein, als das einzig Positive – die Hoffnung?«

Die beiden Männer schwiegen. Lautengässer ging das Gerücht durch den Kopf, das seit Tagen in der Schule die Runde machte. Eberleins Tochter, eine junge, begabte Fernsehjournalistin, sei mit ihrer Tochter über die Botschaft der BRD in Prag in den Westen geflohen. Wir hätten längst darüber sprechen sollen, dachte Lautengässer, wir reden über alles Mögliche, aber nicht darüber, was uns das Herz zerreißt.

Der Schulleiter war aufgestanden. Er nahm vom Schreibtisch die Zeitung und blätterte, bis er die Stelle fand. »Hier! ›Die Auseinandersetzungen zwischen Angehörigen der beiden Nationalitäten forderten seit Februar vergangenen Jahres 117 Menschenleben und 3.145 Verletzte.‹ 117 Menschen. Was kommt auf uns zu? Weißt du's?«

»Wir können nicht für alles auf der Welt Verantwortung tragen, Erhard. Aber für das, was in unserem Umfeld geschieht.«

»Das Umfeld. Reicht es von mir zu dir? Umfasst es die Schule, Köpenick, Karlshorst? Wo sind die Grenzen des Umfelds? Im Kaukasus? In Tibet? Sind wir nicht verantwortlich für die Afrikaner, denen wir Waffen verkaufen, deren Offiziere wir ausbilden?«

Das ging zu weit. Es machte schließlich einen Unterschied, ob Freiheitskämpfer ausgebildet und ausgerüstet wurden, oder ob des Profits wegen Waffen an jeden verkauft werden, der zahlte. Erwin Lautengässer sah sich selbst als einen Mann der Fakten. In der DDR wurden keine Waffen hergestellt und gleich gar nicht exportiert. Während die BRD der drittgrößte Waffenproduzent und -exporteur der Welt war. Oder stimmte das nicht mehr? Miauten Katzen plötzlich nicht mehr, bellten Hunde plötzlich nicht mehr, fiel der Apfel nicht mehr auf den Rasen sondern hinein ins Weltall und flossen die Flüsse bergauf?

Darum ging es nicht. Lautengässer wollte Eberlein warnen. Vor dem Programm. Vor Kotte. Vor den Schülerinnen und Schülern, die seiner Meinung nach dreist und verantwortungslos auftraten. Und falls sie auftreten würden mit dem Programm – es würde der gesamten Schule, also auch dem Direktor schaden, war Lautengässer sich sicher. Eberlein zu berichten, was er beobachtet hatte, empfand er als eine Pflicht – zur Abwehr von Schaden.

Es würde sich herumsprechen, bei den Eltern und bei den Ämtern. Einige Väter waren hohe Funktionäre im Staats- oder Parteiapparat. Einer, Klinkermann, war sogar Staatssekretär im Innenministerium. Einige der Eltern waren angesehene Schriftsteller, Ärzte, hohe Offiziere. Die Alexander-von-Humboldt-Schule galt als Elite-Schule; auch wenn sie den Begriff Elite nicht gebrauchten, so fühlten sie sich doch genau als solche, die Zöglinge wie die Lehrerschaft.

Außerdem hatten sich zur Veranstaltung der Bezirksschulrat und einige Lehrer aus anderen Schulen angesagt. Nein, ganz entschieden musste dafür gesorgt werden, dass das Programm nicht stattfand. Jedenfalls nicht in der Gestalt, wie er es wahrgenommen hatte.

Das Schweigen zwischen den beiden Männern war das Schweigen zwischen zwei Genossen, die plötzlich entdecken, doch nicht immer der gleichen Meinung zu sein. Vielleicht waren sie sogar grundsätzlich anderer Meinung? War das vorstellbar?

Zwei altgediente Lehrer, die sich vielleicht jahre- oder jahrzehntelang in einem Irrtum befanden, als sie meinten, sie dienten der gleichen Sache?

Oder sie hatten unterschiedliche Vorstellungen von dieser gemeinsamen Sache und waren sich nie darüber im Klaren gewesen, dass es so war?

Eberlein, der Kommunist, der im KZ gesessen hatte und gleich nach dem Krieg den Beruf des Lehrers ergriff, weil er dafür sorgen wollte, dass niemals mehr junge Menschen in den Krieg ziehen müssen, dass niemals mehr ein Mensch der Ausbeuter anderer Menschen sein wird und dass niemals wieder Kriege zwischen den Völkern geführt werden.

Lautengässer, der am Ende der Nazizeit 14 Jahre alt war und Glück gehabt hatte, dass er nicht in den Krieg als Soldat ziehen musste. Der aber auch nie wieder Krieg haben wollte und auch deshalb Lehrer wurde, um den Kindern und Jugendlichen eben das beizubringen. Und der überzeugt davon war, dass der Sozialismus eine wirkliche, echte, die einzige Alternative zum Kapitalismus ist.

»Es geht um das Festprogramm.« Erwin Lautengässer räusperte sich.

»Was ist mit dem Programm?« Eberlein schaute auf seine Hände, die er übereinander gelegt hatte.

»Sie verunglimpfen die DDR!«

»Wie das?«

»Mark Viehweger besitzt unstrittig ein gewisses lyrisches Talent. Aber er vergeudet es an spöttische Texte. ‚Dass Braunkohle nie alle wird, dass die Partei sich niemals irrt – davon träumt die DDR'«, zitierte Lautengässer.

Eberlein verzog den Mund zu einem Lächeln, das sein Gesicht nicht aufhellte. »Und? Ist das falsch? Träumen wir nicht tatsächlich davon? Sind wir nicht womöglich sowieso – nur Träumer? Die sich eine Welt erträumen, die es nicht gibt? Die es so, wie wir sie erträumten, auch nicht geben wird? Vielleicht irren wir uns. Vielleicht leben wir doch nicht in der besten aller Welten?«

Was redete der Direktor da? Der Freund, der Genosse, der Kommunist? War das der Mann, für den ich meine Hand ins Feuer legen würde?

»Wie lange sind wir zusammen an dieser Schule?«, fragte Lautengässer, »Fünfundzwanzig Jahre! Aber so was ist noch nie vorgekommen!«

»Vielleicht wurde es Zeit, dass so was vorkommt. Außerdem, was kommt denn vor? Junge Leute machen sich Gedanken über ihr Land – aber dazu wollen wir sie doch ermuntern, oder? Wollen wir Zensur ausüben? Wollen wir unser Reden über Humanität und Toleranz ad absurdum führen, indem wir Wasser predigen und heimlich Wein trinken? Und Werner Kotte – nun ja, er ist ein bisschen chaotisch. Ein verkappter Dichter vielleicht. Aber durchdrungen von der Leidenschaft für die deutsche Sprache. Ich kenne ihn nicht anders als verantwortungsvoll …«

»Zynisch ist er!«, fuhr Lautengässer dem Direktor ins Wort. »Außerdem hat er ein Verhältnis mit der Schaffner!«

»Erwin, das sollte nun wirklich kein Thema sein. Wen geht es an, wer mit wem in die Kiste springt? Die Zeiten sind vorbei, dass wir meinten, darüber richten zu dürfen.«

Der Direktor seufzte, sah Lautengässer in die Augen; der Lehrer für Staatsbürgerkunde und Geschichte erschrak. Eberleins Augäpfel waren von einem dichten Netz roter Äderchen durchzogen und schwammen in der Feuchtigkeit von Tränen. Die Tochter, fuhr es Lautengässer durch den Kopf. Sie war tatsächlich in den Westen abgehauen und hatte dem Vater den Boden unter den Füßen weggezogen und den standfesten Mann ins Wanken und zum Heulen gebracht. Das war zum Heulen! Es musste schrecklich sein, das Mädchen, das einem näher war als jeder andere Mensch, an den Klassenfeind zu verlieren.

»Vielleicht ist es Zeit aufzuhören. Vielleicht sollte ich in Rente gehen.« Leise sprach der Direktor weiter.

»Erhard! Was redest du?«

»Die Wurzeln faulen. Die Früchte sind sauer. Die Blätter krank.«

»Was, um Himmels willen, redest du da? Bist du Direktor oder Romantiker?«

»Meine Tochter, Sibylle ...«

Eberlein stand auf, ging zu seinem Schreibtisch und kehrte mit einem Foto an den Konferenztisch zurück. Er stellte das Foto so hin, dass Lautengässer nicht an dem Gesicht einer ernst blickenden 25-jährigen Frau vorbeischauen konnte.

Er kannte Eberleins Tochter. Das Foto war älteren Datums. Sibylle musste jetzt in den Dreißigern sein. In Kottes Alter, dachte Lautengässer, wie komme ich grad darauf? Sybille war zwar älter geworden, aber sie sah in natura nicht älter geworden aus. Sie war eine der seltenen Frauen, die sich ihr unbeschwertes, freundliches, allen Menschen zugetanes Wesen bewahrten. Eine solche Tochter hatte er, Lautengässer, sich immer gewünscht.

»Sie ist in München. Sie hat angerufen und gesagt, sie wird vorläufig nicht zurückkommen. Sie meinte, sie liebt mich, und sie hasst die DDR nicht. Aber es müsse mehr geben als nur das Immergleiche. Sie will etwas von der Welt sehen und sich selbst ein Bild von ihr machen. Ein Leben aus zweiter, dritter, vierter Hand – so empfindet Sibylle ihr Leben bisjetzt. Sie will nicht in einem Altstofflager leben, sagt sie. Nicht auf einem Platz voller gebrauchter, benutzter Sachen. Der noch dazu von einem Zaun umgeben ist.« Eberleins Stimme brach.

»Hol sie zurück, Erhard! Es gibt Möglichkeiten, da bin ich ganz sicher. Die Genossen an der Grenze, die Genossen im Bezirk – alle werden es verstehen und dir helfen. Und Sibylle auch.«

»Ich will nicht!« Diesmal schlug Eberleins Hand auf die Tischplatte, dass es knallte. »Es ist ihr Leben und nicht meines. Es ist ihr Leben und nicht das der Genossen.« Eberlein keuchte. Ihm schossen Tränen in die Augen, dann jaulte er auf. Wie ein Hund, den der Tritt eines boshaften Menschen trifft.

Dr. Erwin Lautengässer empfand Mitleid, selbstverständlich. (Oder Mitgefühl? Gab es einen Unterschied zwischen dem Mitleiden und dem Mitfühlen?) Er hatte keine Kinder, es war ihm und seiner Frau nicht vergönnt gewesen, welche zu bekommen; und er hatte sich stets gegen eine Adoption gewehrt. Fremde Kinder habe er mehr als genug am Hals, pflegte er zu seiner Frau zu sagen, wenn das Gespräch darauf kam. Es musste einem Vater das Herz zerreißen, von der eigenen Tochter im Stich gelassen, ja verraten worden zu sein. Trotzdem.

»Erhard«, versuchte er es erneut. »Hier an unserer Schule wird der Aufstand geprobt!«

Eberlein schaute den Kollegen an, als visierte er ihn über Kimme und Korn eines Gewehrs. Der Direktor gefror zu einem Eisberg, massiv, abweisend, mächtig. »Der Aufstand – haben wir es nicht eine Nummer kleiner? Ich werde nichts gegen das Programm unternehmen!«

»Wenn es mal nicht Kotte oder Schaffner waren, die neulich von der Wandzeitung die Verlautbarung aus der Zeitung abgerissen haben!« Dr. Erwin Lautengässer ließ nicht locker, konnte nicht lockerlassen, es lag nicht in seinen Genen, loszulassen, wenn er zugebissen hatte.

Grinste Eberlein jetzt? Spöttisch, melancholisch, verloren? Die Wandzeitung, der Zeitungsartikel – der Direktor wusste, wer die Zeitungsmeldung abgerissen hatte. Und es würde sein Geheimnis bleiben. Lautengässer würde er es nicht verraten. Verraten hatte er nie jemanden, nicht mal sich selber.

Aus dem Eisberg Eberlein wurde der Eisbär Eberlein. Wie vor der Wandzeitung vor ein paar Tagen. Sein Kopf ging hin und her. Seine Hände ballte er zu Fäusten, die jetzt auf dem Tisch wie Steinbrocken nebeneinander lagen. Dann blieb sein Schädel auf der linken Schulter liegen, wie abgeschnitten und kurz vorm Runterfallen. Ein Schleier legte sich über das Gesicht, ein grauer Vorhang ging zu. Der Direktor würde nicht ein Wort mehr sprechen. Für ihn war das Gespräch beendet. Und es sollte niemand wagen, ihn jetzt anzusprechen. Eberlein hatte sich in einen Käfig, zu dem nur er Zugang hatte, zurückgezogen.

Dr. Erwin Lautengässer begriff, dass er gehen sollte. Er stand auf, warf noch einen Blick auf den sich jetzt wieder wiegenden Schuldirektor. Er verließ das Büro. Er hatte das Gefühl, einen Freund verloren zu haben. Es war der Raum eines Vorgesetzten, eines Fremden, eines Mannes, der die Verantwortung, die er zu tragen hatte, nicht mehr zu schultern vermochte.

Für Lautengässer ein klarer Fall von Versagen.

*

Werner Kotte war, als er vor drei Jahren seine Wohnung bezog, unverhofft zu einem Telefonanschluss gekommen. Der Vormieter war Grenzoffizier und musste jederzeit erreichbar sein. Der Oberleutnant war Vater von Zwillingen geworden, bekam eine größere Wohnung – in Erfurt. In diese Thüringer Stadt wurde er mitsamt seiner Familie versetzt. Es hatte keinen Sinn, den Telefonanschluss mitzunehmen. Es hatte auch keinen Sinn, Kotte das Telefon nicht zu überlassen. Immerhin war er Lehrer, galt allen Untersuchungen nach als zuverlässig, sonst hätte ihm das Wohnungsamt auch nicht die Wohnung zugesprochen. Dass die nicht an einen anderen Offizier vergeben wurde, war eines der Rätsel, die Ämter gelegentlich aufgeben.

Es war schon fast Mitternacht, die Physiklehrerin Schaffner und der Deutschlehrer Kotte lagen Seite an Seite im Bett, als das Telefon schellte.

»Wasn los?«, nuschelte die Frau.

»Ein Verrückter«, gab Kotte zur Antwort. »Schlafen wir weiter.«

Das Telefon hörte nicht auf zu schellen.

»Scheiße!« Werner stand auf und lief in den Flur, wo die kalte Luft ihn anfiel, und nahm den Hörer ab.

»Könnte ich Sie einen Augenblick sprechen?«

Lautengässer? Hä? Des Kollegen Stimme klang ein bisschen flacher als sonst, am Tage in der Schule, gedämpfter. Kotte dachte, das könne an zwei, drei, vier Gläsern Bier oder Wein, die ein Mitspracherecht erworben hatten, liegen.

»Wissen Sie, wie spät es ist, Herr Kollege?«

»Ich weiß. Durchaus weiß ich das. Aber es lässt mir keine Ruhe.«

Kotte schwieg und wartete. Er angelte mit den nackten Füßen nach zwei Hausschuhen, die unter dem Schuhschränkchen, auf dem das Telefon stand, schliefen. Wenigstens hatte er es jetzt ganz unten warm.

»Kann ich mich darauf verlassen, dass … das … dass das Gespräch unter uns bleibt?«

»Welches Gespräch?« Kotte fand nicht, dass es bis jetzt ein Gespräch war. Bis jetzt gab es lediglich einen Anruf von Lautengässer und eine geheimnisvolle, vielleicht beschwipste Ansprache.

»Ich schätze Ihre pädagogischen Fähigkeiten. Ich weiß, Sie gehören zum den … zu dem vom Lehrkörper wie von den … wie von den Schülerinnen und Schülern gleichermaßen geachteten Lehrern. Ich weiß auch, dass man das von mir nicht unbedingt behaupten kann …«

Donnerschock! Lautengässer und selbstkritisch! Das sollte man auf Band aufnehmen und jeden Tag über die Lautsprecher in der Schule abspielen. Lag im Bier oder im Wein doch die Wahrheit, wie die alten Römer behaupteten? (Wein hielt Kotte für die am weitesten wirkende Kultur-Leistung der Römer. Dass sie den in Europa verbreiteten, gereichte ihnen zu höchstem Lob und zu Ruhm und Ehre in Ewigkeit. Ihre Kriege – waren vergänglich und, Kottes Ansicht nach, unnütz. Wenn man davon absah, dass sie Straßen bauten für ihre Truppen, Städte gründeten für ihre Bürger und dafür sorgten, dass ihr Imperium einigermaßen geordnet war, ehe es unterging.)

»Ich … Ich möchte mich entschuldigen, dass ich heute Nachmittag mich in die Aula stellte und zuhörte. Es muss Ihnen vorgekommen sein wie … Spitzelei.«

Weil Kotte nun schon mal in der Antike herumschlich, fielen ihm die Griechen ein. Bei denen gab es so genannte Ohrenbläser. Die belauschten die Gespräche der Bürger und trugen deren mäklige und maulende Bemerkungen zu ihren Auftraggebern. Im Namen der Sicherheit des Staates. Kotte hatte sich mit dem neuen Schüler, Gadji, darüber verständigt. Lautengässer war so ein Sykophant. Alle wussten das, alle winkten ab. Lasst ihn doch machen und verhaltet euch zurückhaltend.

»Mich trieb das Verantwortungsgefühl. Und wie gut! Es schmerzt mich, wenn ich hören muss, wie Jugendliche, wie soll ich sagen? … meine, nein, ich meine, unsere Ideale gewissermaßen in den Schmutz treten. Ich fühle mich für sie verantwortlich.«

»Für wen? Für mich? Für die Ideale? Für die Jugendlichen?«

»Wenn Sie so wollen, für alle drei. Für Sie. Für die Ideale, von denen ich annehme, Sie teilen sie. Und für die Jugendlichen. Die ahnen in ihrer bodenlosen Leich … Leichtfertigkeit nicht, worauf sie sich einlassen. Und erlauben Sie mir die sachte Kri … Kritik: Sie sollten es denen sagen. Sie spielen mit dem Feuer.«

Kotte sah im Spiegel über dem Flurschränkchen seine Nacktheit an. Das Glied war in der Kälte der Nacht auf die Größe einer Walnuss geschrumpft. Mit dem zerzausten Haar auf dem Kopf, mit dem verschwitzten Haar auf der Brust und mit den Schlafknopfaugen glich er einem Teddybären, der eben aus einer Pfütze gezogen worden war.

»Wer spielt mit dem Feuer? Ich oder – sie? Oder Sie vielleicht?«

»Ich nicht! Die Jugendlichen! Und Sie vielleicht auch!«

Kotte musste grinsen. Er fand, das Gespräch, wenn es denn eines war, nahm Fahrt in eine unklare Richtung auf. Durch den Alkohol drang Lautengässers Verärgerung. »Ich empfinde das Programm als Verunglimpfung unseres Staates. Gerade in der jetzigen Zeit halt ich es für unsere Pflicht, unsere gemeinsame Pflicht, Herr Kotte, ein klares Bekenntnis zur DDR abzugeben. Wer nicht für uns ist, ist gegen uns …«

Ffffft! machte Kotte und hielt den Hörer weg vom Ohr, soweit es die Länge seines Armes zuließ.

Christa kam in den Flur, wankend vor Müdigkeit, auch nackt. Da stand Adam, hier kam Eva. Kotte legte eine Hand über die Muschel des Hörers und flüsterte: »Lautengässer!« Christa tippte mit dem Zeigefinger gegen ihre Stirn. Hatte der nicht mehr alle Tassen im Schrank, oder was? Bei dem piept's wohl! Und verschwand im Badezimmer aufs Klo. Kotte hörte das Rauschen ihres Urins und grinste wieder. Und hörte, wie Lautengässer endete: »… wir sollten morgen in aller Ruhe darüber reden, Herr Kollege!«

»Ich finde«, musste Kotte sagen, »dass sich der Staat im Augenblick selber verunglimpft. Ich will nicht beurteilen, seit wann er das tut. Und warum er das tut. Aber es geht vermutlich schon einige Jahre so. Er ist seit längerem dabei, sich lächerlich zu machen. In gewisser Weise könnte man sagen, der Staat erfüllt eine Voraussage Friedrich Engels'. Nämlich er schafft sich ab.«

Christa hatte sich auf Kottes Füße gestellt und machte sich lang. »Ffffft! Engels«, raunte sie, »um Mitternacht in einem kalten Korridor!« Sie küsste Kotte auf die Brust und griff nach seinem Penis, hielt ihn zwischen zwei Fingern und lächelte spöttisch. »Wo isser hin?«

»Eine ... sehr, sehr interessante Interpretation«, hakte Lautengässer nach. »Nur, dass von diesem Staat... von diesem Sozialwesen andere Völker nur träumen können. Und sich wünschen, ihn erst einmal anzuschaffen.«

»Naja«, versuchte Kotte einzulenken, während er wie ein Schneider fror. Christa war auf dem Weg ins Schlafzimmer, krümmte über ihrer rechten Schulter einen Zeigefinger und lockte wie die Hexe den Hänsel und die Gretel. Komm ins Bett, Deutschlehrer! Sonst wirst du zu einem Päckchen Feinfrost-Fleisch. Kotte schüttelte den Kopf, er wollte das Gespräch mit seinem Kollegen zu einem sauberen Ende führen. »Ich bin kein Außenpolitiker. Ich bin überhaupt kein Politiker. Es mag so sein, wie Sie es sagen. Allerdings scheint mir, dass unsere Bürger auch Träume haben.«

»Spielen Sie auf die Flüchtlinge an?«

»Auf die Ausreisenden, ja.«

»Meinen Sie, es erfüllt mich nicht mit Sorge, dass manche ... ich betone: manche, noch dazu, ähm, Fehlgeleitete, Verführte würde ich sagen –, dass diese Elemente leichtfertig ihre Heimat aufgeben und eine Zukunft im Ungewissen suchen.« Lautengässer keuchte. Kotte spürte, wie sehr der Kollege sich zusammenriss. Lieber hätte er wohl geschrien. »›Mauern, die sprachlos und kalt stehen! Klirrende Fahnen im Wind!‹ Was wollen Sie damit sagen?«

»Hölderlin«, antwortete Kotte knapp.

»Meinen Sie, das weiß ich nicht?«

»Ist Lyrik. Kunst. Und die Mädchen und Jungs wollen das auf der Bühne aufsagen.«

»Ich verstehe ... Kunst! Dahinter können Sie alles verstecken! Und diese angeblichen Kinderlieder! Vom Viehweger! Auch Kunst?«

»Sie machen sich ihr Bild. Sie müssen sich zurechtfinden in ihrem Leben. In ihrem Land. Es fällt momentan nicht ganz leicht.« Warum rede ich mit dem Kerl überhaupt? Woran glaube ich? Daran, dass der Mensch sich überzeugen lässt mit guten Worten, Argumenten – Blödsinn! Es gibt welche, die verstehen nur, was sie selbst anwenden: Misstrauen, Gewalt, Eins-in-die-Fresse-aber-mit-Karacho!

»Kinderlieder! Was soll der Kokolores?«

»Ich weiß nicht recht, was Sie wollen, Kollege Lautengässer. Halten Sie es für sinnvoll, Gedichte zu verbieten? Auch nur ein Gedicht zu verbieten? Abgesehen davon habe ich noch von keinem Gedicht gehört, das einen Palast zertrümmert oder eine Grenze geöffnet hätte.«

»Wir sollten noch mal in Ruhe darüber reden!«

»Müssten wir nicht gemeinsam daran interessiert sein, selbstbewusste, unangepasste, selbst denkende Menschen zu erziehen? Ist es nicht das, was wir unter Humanität verstehen?« Gott, bin ich bescheuert. Lasse mich mitten in der Nacht auf einen Disput mit einem Ohrenbläser ein! Friere mir die Eier ab, während der wahrscheinlich in seinem warmen Bettchen liegt und nebenbei am Rotwein süffelt.

»Gute Nacht!« Werner Kotte legte auf und schlüpfte ins Bett.

Christa war schon fast wieder eingeschlafen. Sie stupste ihn mit dem Hintern weg, als er sich an sie drängte. »Nur ein bisschen aufwärmen«, flüsterte er, »es sind kalte Zeiten.«

»Ehe ich dich aufgewärmt habe, hast du mich schockgefroren.« Aber sie wollte mal nicht so sein. Und so dauerte es doch wieder eine halbe Stunde, ehe sie voneinander abließen, sich auf die Seite drehten und matt und zufrieden einschliefen. Kotte schnorchelte ein bisschen, aber das störte niemanden. Und vielleicht hatte Hölderlin, der Holde, in seinem Tübinger Turm auch geschnarcht.

Freitag, 6. Oktober 1989

Die Zeitungen vom Tage waren prallvoll mit Berichten über Auszeichnungsveranstaltungen, Grußschreiben aus aller Welt, Dankesbriefen von Kollektiven aus der Industrie und der Landwirtschaft an die Regierung.

»Vierzig Jahre Sozialismus haben die Vitalität des Sozialismus in der DDR bewiesen. Rita Asch aus Gera, Ökonomin im Bereich Forschung des VEB Kombinat Carl Zeiss Jena nimmt als 25.000.

Besucher der Ausstellung ›40 Jahre DDR‹ Blumen und einen Katalog entgegen.«

»Die 30-jährige Tatjana Mitterer aus dem VEB Werkzeugmaschinenkombinat ›7. Oktober‹ Berlin erhält den Nationalpreis der DDR. Sie war mitbeteiligt an der Entwicklung von Bausteinen zur rechnerintegrierten Produktion in Maschinenbaubetrieben.«

Auf der ersten Seite der *Jungen Welt* stand ein Gedicht von KuBa. »Sagen wird man über unsre Tage: Altes Eisen hatten sie und wenig Mut … Und doch planten sie und bauten und bewegten Trümmersteine. Und im überlegten Handeln fluchten sie. Ach, zweifelten sie noch ihre eigene Kraft an … Doch den Kriegen folgte jene Zeit der Wettbewerbe, und die Zeit der Wettbewerbe war der Anbeginn.«

Einen Tag zuvor, am 5. Oktober, beging das Oberkommando der Westgruppe der Streitkräfte der UdSSR in Wünsdorf mit einer Festveranstaltung den 40. Jahrestag der DDR.

»Die Kleingartenanlage ›Einigkeit‹ macht ihrem Namen alle Ehre.«

Auf den außenpolitischen Seiten der Zeitungen stand zu lesen: *Rude Pravo*: »Bonner Obhutspflicht ist absurd. *Le Quotidien de Paris*: Briten und Franzosen lehnen Wiedervereinigung ab. *Morning Star*: Grobe Einmischung der BRD in Angelegenheiten der DDR.«

*

»Ich mach mir in die Hosen.« Sylvia Hohberg lumpschte durch einen Spalt im Vorhang in den Saal, der aus Lautsprechern mit Arbeiterkampfliedern bespielt wurde. Allmählich füllte sich die Aula. Peter Sandburg saß mit käsigem Gesicht auf einem Stuhl und presste beide Hände auf die schlotternden Knie. »Scheiße, o Scheiße! Ist mir schlecht!«

»He, was soll schon sein! Wir ziehen die Chose durch, und nach uns die Sintflut!« Gernot legte einen Arm um Veras Schulter. Doch das Mädchen entwand sich der Umarmung und schaute in einen Spiegel: Waren diese riesengroßen Kuller ihre Augen?

Dass Gernot nicht so cool war, wie er erscheinen wollte, verriet er, als er Gadji anfauchte: »Kannst du nicht mit dem Geklimper aufhören!« Gadji saß auf dem Boden, ein Bein angezogen, auf dem Knie die Balalaika.

»Das ist deren Mentalität«, flachste Peter. »Orientalisch. Deswegen haben sie den Krieg gewonnen. Sie sind einfach drauflos marschiert, bis sie plötzlich merkten, dass sie in Berlin angekommen waren.«

»Mudak!« Gadji grinste ihn an. Er konnte sicher sein, dass das Wort Arschloch im Russisch-Unterricht in all den Jahren nicht vorgekommen war.

Plötzlich hörten die Geräusche im Saal auf. Die Lautsprecher verstummten. Das Gescharre und Gewisper brach ab.

»Es geht los!«, hauchte Maria. »Mamma mia!«

Beifall kleckerte los, er schwoll an und wurde rhythmisch. Sylvia meldete: »Eberlein und sein Gefolge!«

Der Direktor, hinter ihm eine Traube von Lehrern und Gästen, schritt durch den Mittelgang zur ersten Reihe, wo sie Platz nahmen. Lautengässer saß drei Plätze weiter rechts neben Eberlein, in der zweiten Reihe saßen Kotte und Schaffner nebeneinander. Sie griff nach seiner Hand, die schweißfeucht war.

»Lampenfieber?«, flüsterte Christa. Werner schüttelte den Kopf. »Angst?« Kotte wiegte bedächtig den Kopf.

»Muffensausen«, sagte er.

Sylvia von ihrem Beobachtungsposten am Vorhang: »Jetzt redet gleich Eberlein!«

Die kurze Treppe hinauf zur Bühne knarrte unter den Schritten des schweren, großen, gebeugt gehenden Mannes. Es war bis in die staubigste Ecke der Aula zu hören. Der Direktor stellte sich hinter das Podest, räusperte sich und begann:

»Verehrte Kollegen und Gäste, liebe Schülerinnen und Schüler, ich werde nicht lange reden. Gewiss nicht. Zumal, es gibt nicht viel zu sagen. Warum wir heute zusammengekommen sind, ist jedem klar. Unsere Republik begeht ihren 40. Geburtstag.« Eberlein machte eine erste Pause, und jeder im Saal spürte, dass der Direktor anders auftrat als sonst. Der Elefant schien zu wanken. Er fühlte sich sichtlich unwohl und zog an der Krawatte, um sie zu lockern. »Ich werde darauf verzichten, die eine oder andere Anekdote zu erzählen.«

Im Saal wurde gekichert. Das kannten sie von ihrem Direx. Er würzte seine Reden gern mit Erlebnissen aus seinem Leben. Eberlein wusste manche Schnurre aus den letzten vierzig Jahren zu erzählen; er verstand es, ein Publikum zu unterhalten.

»Es ist ein Zufall, dass der vierzigste Jahrestag der Republik auch fast auf den Tag genau der vierzigste Jahrestag meines Beginns als Lehrer ist. Vierzig Jahre lang Lehrer zu sein – das ist, wie die Jüngeren unter euch sagen würden, ein echter Hammer. Dass ich die überstanden habe, ohne meine Haare vollständig zu verlieren ...«

Wieder wurde gekichert.

... Vierzig Jahre überstanden zu haben, ohne dem Suff zu verfallen und ohne den einen oder anderen Zögling zu Boden zu strecken – das rechne ich mir selbst als Leistung an.«

Eberlein schaute irritiert, als das Publikum applaudierte. So viel wusste jeder im Saal: Lehrer oder Direktor zu sein, war anstrengend und ging an die Grenzen der Leistungsfähigkeit inklusive Leidensfähigkeit. Noch der gleichgültigste, mitleidloseste Schüler hatte ein Gespür dafür, was er einem Lehrer antun konnte – und wie dick das Fell eines Lehrers sein musste, um nicht vorzeitig in der Klapse zu landen oder aggressiv auszurasten, einen Infarkt zu bekommen oder abzuwinken und die Klasse zu verlassen, um sich in einem Dorf im tiefsten Mecklenburg zu verstecken; sollten die doch ihren Scheiß alleine machen und dämlich sterben, wenn ich nur noch ein paar Jahre in Ruhe dem Rauschen der Buchen und dem Zwitschern der Vögel zuhören kann!

»Ich habe in den letzten Wochen nachgedacht. Nicht, dass ich nicht auch vorher nachgedacht hätte. Aber ich habe das erste Mal in meinem Leben, ich glaube, das stimmt sogar, ganz und gar – nur über mich nachgedacht. Ich habe dabei festgestellt, dass ich ein erfülltes Leben als Lehrer und Direktor hatte. Und ich habe festgestellt, dass es auch ein Ende haben muss.« In die atemlose Stille hinein fuhr er fort: »Es gibt in einem Leben Signale, die ein Mensch nicht überhören darf. Der Körper streikt. Das Herz schmerzt. Ein vertrauter Mensch verlässt einen. In dieser Art, meine ich. Man sucht nach Wörtern, die einem plötzlich entfallen, obwohl man sie jahrzehntelang in petto hatte. Eine unzulässige Frage taucht morgens auf, bevor man aus dem Bett steigt, in dem man am liebsten liegen bliebe: War das alles, war es das im Leben, was du wolltest, ist da noch was anderes? In dieser Art. Diese Signale meine ich.«

Er verstummte erneut. Kein Mucks im Saal. Das Gerücht, Eberlein wolle seinen Job hinschmeißen, gab es seit Tagen. Wie das Gerücht, dass seine Tochter nach Westdeutschland ausgereist war. Das eine konnte mit dem anderen zusammenhängen; das andere hing mit dem einen ganz gewiss zusammen.

Die Tochter – eine von Hunderten, die sich seit dem Sommer auf den Weg über die so genannte Grüne Grenze zwischen Ungarn und Österreich gemacht hatten. Die Fama kam von irgendwoher geflogen, ein grauer Vogel, der sich mal hier, mal da niederließ und aus seinen Eiern Spekulationen ausbrütete. Eine Schule ist ein geeigneter Ort für Gerede und Geschwätz und Geschnatter, wie es ein Dorf ist, eine Fabrik, eine Kaufhalle.

»Ich habe einen Entschluss gefasst. Ich möchte ihn euch allen mitteilen, bevor ich die amtlichen Wege gehe. Nicht, weil mir an einer Sensation liegt oder an einem Spektakel. Daran war mir nie gelegen, das weiß wohl jeder hier im Saal. Auch nicht, weil ich mit der Traurigkeit, die ich natürlich fühle, euch anstecken will. Im Gegenteil. Wir werden den Geburtstag der Republik feiern, wie es sich gehört. Und ich werde mitten unter euch sein, auch wenn ich jetzt sage: Ich werde meinen Posten als Direktor niederlegen und in Rente gehen. Bis zum Ende des Schuljahres müsst ihr mich noch aushalten, dann ist Schluss.«

Gegen das Pathos, das in die Rede geraten war, war kein Kraut gewachsen. Eberlein hatte es nicht beabsichtigt – so eitel war er nie gewesen –, doch wühlten seine Sätze das Publikum auf. Dr. Erwin Lautengässer war möglicherweise der Einzige, der verblüfft um sich sah; er konnte es nicht fassen. Stand denn niemand auf und rief: So geht das nicht, Genosse Direktor! Sie können nicht einfach verkünden, dass Sie den Bettel hinwerfen, bevor Sie mit den zuständigen Ämtern gesprochen haben! Das ist doch … Ja, was war es denn? Es waren die Erkenntnis und die Entscheidung eines Mannes, der vierzig Jahre redlich gearbeitet hatte und nun befand, dass es genug war. Wer ihm Böses wollte, konnte ihm unterstellen, dass er seinen Posten verließ, ohne an die Folgen zu denken. Aber wer so dachte, dachte unmenschlich. Wer so dachte, wusste nicht, dass Menschen nicht aus Politik und Ideologie bestehen, sondern aus Fleisch und Blut und etwas, das man Seele, Gewissen oder Herzleben nennen konnte. Außerdem war noch fast ein Jahr Zeit, um organisiert abzutreten.

Lautengässer sah niemanden, der empört gewesen, niemanden, der verwundert – auch niemanden, der gelangweilt gewesen wäre. Niemand spielte mit dem Nachbarn Schiffeversenken. Niemand nickerte vor sich hin, wie es bei ähnlichen Veranstaltungen oft genug der Fall war.

»Wir sind zusammengekommen, um den vierzigsten Geburtstag der DDR zu feiern. Das werden wir tun. Ich habe allen Grund, diesem Staat dankbar zu sein, und das bin ich auch. Ich glaube allerdings – ich schaue gewissermaßen vom Turm meines Alters zurück und um mich herum – es ist nicht unbedingt ein Vorzug, der Älteste hier im Saal zu ein. Und wenn ich zurückschaue, schaue ich nach vorn. Das habe ich gelernt. Das ist die Dialektik meines Lebens. Wenn ich also nach vorne schaue, spüre ich ein bisschen Bange. Es ist die Furcht, dass in dem nahenden Unwetter, das ich in meinen alten Knochen spüre, etliches untergeht, wofür ich gelebt habe. Wofür es sich lohnt zu leben. Worauf junge Menschen vorbereitet werden müssen, denke ich. Auf ein Leben im Sozialismus, der eure Kreativität braucht, eure Lust am Leben, euren Willen, zu vollenden, weiterzumachen, was solche wie ich begonnen habe. Wie schwer das sein wird, ahne ich.«

Kotte und Schaffner sahen sich an. Eberlein war immer ein Mensch und Genosse gewesen. Er war immer großzügig und streng gewesen. Er war immer ein treues und diszipliniertes Mitglied der Sozialistischen Einheitspartei Deutschlands gewesen. Und er war immer ein Mann gewesen, der zuhören konnte, nicht vorschnell urteilte und gleich gar nicht den allwissenden Führer gab. Eberlein war nicht dafür bekannt, die Tür zu seiner Seele aufzureißen wie Kinder die Türchen zu ihren Weihnachtskalendern. Sein Inneres – und das war es – während einer öffentlichen Veranstaltung zu offenbaren – das war, das war befremdlich, unerhört, nie gehört und rührend.

Der Direktor schickte seine Blicke durch den Raum. Als wollte er jedem einzelnen in die Augen schauen. Hatten sie begriffen, was ihn beunruhigte? Ohne, dass er stundenlang darüber reden musste? Auf seinem Gesicht erschien ein jungenhaftes Lächeln. Es ging nicht darum, dass sie ihn begriffen, es ging darum, dass er sich selber begriff und was er zu tun hatte, allein für sich.

»Ich möchte es mit einem noch Älteren halten. Goethe. ›Ihr glücklichen Augen, was je ihr gesehn, es sei, wie es wolle, es war doch so schön.‹ Nun, was ist? Kriege ich keinen Beifall? Nicht mal dafür, dass mein Kopf noch funktioniert? Und der sagt mir auch, dass eine problematische, aber spannende Zeit auf uns zukommt. Auf uns alle. Aber wofür sind Probleme da? Dafür, gelöst zu werden! Und wofür sind alte Knacker wie ich da? Um Platz zu machen den Jüngeren.«

Nun prasselte der Beifall los. Während Eberlein sich vor dem Publikum verbeugte, von der Bühne herabstieg und mit den Händen beschwichtigte, dass es gut sei, dass es genug sei mit dem Applaus … »Das Programm!«, rief Eberlein durch das Lärmen. »Wir wollen jetzt das Programm der 12d anschauen!«

In die Unruhe im Saal tönte es aus einem Lautsprecher: »Achtung, Achtung! Gesucht wird ein Land, das zirka 110.000 Quadratkilometer umfasst und etwa 17 Millionen Einwohner hat. Seine Hauptstadt ist Berlin, auch wenn manche sagen, das ist keine richtige Hauptstadt, sondern eher ein Klumpen der Geschichte.« Die Ansage wurde unterbrochen von den Klängen einer Balalaika, und der Vorhang öffnete sich. Im Saal wurde es still.

Ein Flugzeug näherte sich. Sein Grollen schwoll an, schon streifte das ausgefahrene Fahrwerk das Dach der Schule. Die meisten Zuschauer zogen instinktiv die Köpfe ein. Dann entfernte sich das imaginäre Flugobjekt. Ein Aufatmen ging durch den Saal. Auf der Leinwand im Hintergrund der Bühne erschienen in rascher Folge die Porträts führender Staatsmänner des zwanzigsten Jahrhunderts. In einen Lichtkegel trat Gernot Klinkermann und sprach:

»Die Völker schwiegen, schlummerten, da sah
Das Schicksal, daß sie nicht entschliefen, und es kam
Der unerbittliche, der furchtbare
Sohn der Natur, der alte Geist der Unruh.
Der regte sich, wie Feuer, das im Herzen
Der Erde gärt, das wie den reifen Obstbau
Die alten Städte schüttelt, das die Berge
Zerreißt und die Eichen hinabschlingt und die Felsen.«

Auf der Leinwand blieb ein Bild stehen. Es zeigte den Staatsmann Erich Honecker und den Staatsmann Leonid Breshnew, die sich zur Begrüßung umarmten und küssten. Im Saal wurde gekichert und »Pssst!« gezischt. Als das Standbild von einem Porträt

Michail Gorbatschows durchblendet wurde, war es wieder mucksmäuschenstill im Raum.

»Und Heere toben, wie die kochende See.
Und wie ein Meergott, herrscht' und waltete
Manch großer Geist im kochenden Getümmel.
Manch feurig Blut zerrann im Todesfeld
Und jeder Wunsch und jede Menschenkraft
Vertobt auf Einer da, auf ungeheurer Walstatt,
Von dem blauen Rheine bis zur Tyber
Die unaufhaltsame, die jahrelange Schlacht
In wilder Ordnung sich umherbewegte.
Es spielt' ein kühnes Spiel in dieser Zeit
Mit allen Sterblichen das mächtige Schicksal.«

Gernot verstummte. Mit einem Mal zog er eine Grimasse und streckte dem Publikum die Zunge raus. Auf der Leinwand erschienen die legendären Fotos von Albert Einstein und Mick Jagger, die ihre Zungen spektakulär heraushängen ließen. Schnapsschüsse der Frechheit, der Lust, der Provokation. Und herbeigehüpft kam Sylvia Hohberg, die Gernot aus dem Lichtkegel drängte und sich selbst zurechtstellte. Sie drehte die Zehenspitzen zueinander, zupfte sich am blauen Halstuch der Jungpioniere und verschränkte die Hände über der Brust in Herznähe. Dann begann Maria auf dem Klavier die Melodie zu spielen, und Sylvia sang: »Dass Braunkohle nie alle wird …«

Als sie das Lied beendete, lachte das Publikum; nicht schadenfroh oder höhnisch, fröhlich, gelöst, und es gab Szenenapplaus.

Sie hatten das Publikum gefangen.

Anfänglich war es irritiert, und nicht wenige schauten auf Eberlein und Lautengässer, wie die reagierten. Nicht eindeutig, nicht beide gleich. Während Lautengässers Gesicht finster und finsterer wurde, schien sich Eberlein zu amüsieren. Auf dem Gesicht des Direktors lag eine konzentrierte Gelöstheit. Der ganze Mann beuge sich nach vorn, um sich kein Wort und keine Geste der Mädchen und Jungen auf der Bühne entgehen zu lassen. Er war gebannt, bevor es die anderen alle, fast alle, auch waren.

Es war ein unterschiedliches Gefangensein. Einige, die meisten, schauten und hörten mit wachsendem Vergnügen zu. In die

Gesichter einiger Lehrer und auch einiger Schülerinnen und Schüler war ein Frost gefahren. Sie wollten keine Regung zeigen. Sie wussten nicht, wie sie sich verhalten sollten. Sie wollten keine Partei nehmen. Weder für das Programm noch gegen das Programm. Sie wollten abwarten, bis sie in die Meinung der Mehrheit einstimmen konnten. Wie immer.

Lautengässer, auf den einige starrten, als erwarteten sie eine Entscheidung, fühlte sich unter Druck gesetzt. Er versuchte, die Reaktionen seiner Kolleginnen und Kollegen zu erwittern.

Dass die Schaffner sich amüsierte, war ja völlig klar! Dass der Sportlehrer Kowalski auch an diesem Feiertag seinen Trainingsanzug trug und sich breitbeinig hingefläzt hatte – was war anderes zu erwarten von diesem ehemaligen Boxer, dem ein paar Mal zu viel die Birne weich geklopft worden war. Dass der sich zu amüsieren schien wie Bolle auf dem Milchwagen – welche Ahnung hatte der schon von Politik und Geschichte, einfach Null!

Sowieso war er ohnmächtig. Lächerlich würde er sich machen, stünde er jetzt auf und protestierte. Er konnte aufstehen und den Saal verlassen, aber diese Art von Protest erschien ihm absurd. Eine Flucht kam nicht in Frage. Doch was tun? Zumal das Programm geschickt mit Zutaten spielte, die wirksam waren, einander ergänzten, und war nicht alles wahr, was auf der Bühne gesagt und gespielt wurde? Den Strafbestand der Staats- und Volkshetze jedenfalls erfüllte das Programm gewiss nicht.

Jetzt saßen sich an einem Küchentisch Vera und Gadji gegenüber.

»My s toboy na kukhnye posodim, Sladky pachnyet bely kerosin«, sprach der Junge zu dem Mädchen und schob seine Hände über den Tisch.

Vera übersetzte: »Setzen wir uns in die Küche hin, Süß riecht hier das weiße Kerosin.«

»Ostruyy nozh da khleba karaway …
khochezsh, primus tugo nakatschay.«

»Ein Laib Brot, dazu ein Messer scharf,
Willst du, pump den Primuskocher auf.«

Als Werner Kotte dem Jungen angeboten hatte, außer dem Kalinka-Lied noch ein oder zwei Beiträge im Programm zu übernehmen, hatte Gadji gezögert. Er bat sich einen Tag Bedenkzeit aus. Er wollte seinen Vater fragen.

Wozu das nötig sei? hatte der Deutschlehrer gefragt. Gadji hatte mit den Schultern gezuckt, das würde Kotte sowieso nicht verstehen.

Gadji fühlte sich nicht als normaler Schüler an einer normalen Schule. Was wussten die Schulkameraden denn von ihm und von seinem Leben? Schulkameraden – waren sie das? Was wollten sie wissen? Nichts, seiner Meinung nach. Ich bin ein Fremder unter Fremden, ein Indianer, ein Türke, ein Neger – wie das Mädchen sagte, neulich, erst vor ein paar Wochen, das er am ersten Schultag an der Straßenbahn-Haltestelle getroffen hatte. Die Deutschen und die Russen – das waren nicht mal Nachbarn, die sich fremd geblieben waren. Das hatte Gadji sehr rasch gespürt. Sie sagten einander Guten Tag! und Auf Wiedersehen! Ja, höflich waren die Deutschen sehr. Aber sie mochten die Russen nicht.

Einmal war Gadji auf einem Freundschaftstreffen gewesen. Soldaten der Sowjetarmee trafen sich mit Soldaten der Nationalen Volksarmee. Ein Rohrkrepierer war das! Erstens waren es weniger die Soldaten als mehr die Offiziere, die sich gegenseitig in Reden der Waffenbrüderschaft und Freundschaft versicherten. Zweitens endete das Treffen in einem Besäufnis, und als Gadji seinen Vater nach Hause begleitete, fragte er: »Was haben wir hier zu suchen? Wir haben nichts gemeinsam mit ihnen: »Nichevo takovo, absolutno nichevo!« Was für ein Dummkopf er sei, hatte der Vater, einige Wodkas intus, geantwortet. Wir haben ihnen den Hitler vom Hals geschafft! Wir sind die Garantie, dass sie und wir in Frieden leben können! Ja, die ganze Welt kann das! Dafür sind wir hier! – Aber Freundschaft kann man nicht anordnen oder befehlen, beharrte Gadji. Man kann sie nicht erzwingen und schon gar nicht herbeisaufen. – Ooch, hatte der Vater gelallt, besser man trinkt miteinander als dass man aufeinander schießt.

Als Gadji seinen Vater fragte, ob er an dem Programm seiner Klasse teilnehmen sollte oder nicht, riet der ihm weder ab noch zu. »Eto tvoye resheniye. Ty gost' v germanii.« Am nächsten Vormittag teilte Gadji Kotte mit, dass er dabei sei.

»A ne to verevok soberi
Zavyzat' korziny do zari.«
»Und wenn nicht, such Stricke vor der Tür,
Dass vorm Morgen wir den Korb schnüren.«

Hinter dem Vorhang standen die Mitspieler und hörten gebannt zu. Sylvia seufzte leise, Sandburg griente. Und Viehweger verdrehte die Augen: »Muss Liebe schön sein!«

»Halt die Schnauze!« fauchte Gernot. Seine Rechte krampfte sich in den Samt des Vorhangs.

»Na he!« konterte Viehweger. »Wie die sich anschauen!«

»Was ein richtiger Kerl ist, Gernot, der muss auch verzichten können.« Sandburgs Bemerkung brauchte Gernot wie einen Pickel am Hintern. »Pst! Es ist nur ein Spiel, versteht ihr Affen das nicht!?«, sagte Maria.

»Zchtobuy nam yekhat' na voksal,
Gde by nas nikto ne otyskal.«
»Und zum Bahnhof gehen in der Frühe,
Wo uns niemand sucht und keiner findet.«

Gadji und Vera standen auf, schlenderten Hand in Hand über die Bühne und verschwanden hinter dem Vorhang. Dort, wo die Steppe begann oder ein Wald, in einen Regenbogen – wo zwei Liebende der Welt verloren gehen können. In die Stille hinein gab es die ersten Klatscher, dann prasselte der Beifall los.

»Was war das denn?«, fragte Christa Schaffner ihren Sitznachbarn, der vor lauter Konzentration auf das Spiel seiner Leute hochrote Wangen hatte. Knallbacken, dachte sie, o süßer Hölderlin!

»Ich würde sagen: eine öffentliche Liebeserklärung. Biblisch gesprochen: Sie erkannten einander.«

»He, he, ist das nicht die Stelle, wo es Adam und Eva das erste Mal miteinander treiben und einen Sohn zeugen?«

»Es ist die Stelle, wo dieser Ärger zwischen Mann und Frau begann. ›Da wurden ihnen beiden die Augen aufgetan, und sie wurden gewahr, dass sie nackt waren und flochten Feigenblätter zusammen und machten sich Schurze.‹«

»Das ist mir grade sehr schnurz, mein Vorbeter! Außerdem gefällt mir dieser Ärger!«

»Wenn du jetzt nicht stille hältst und nicht deine Hand von meinem rechten Oberschenkel nimmst, mache ich ein großes Gezeter.«

»Ach, Kottchen, ach, Gottchen! Ein größeres als in der letzten Nacht?« Hinter dem Vorhang hatte Sandburg Gadji gegen die

Brust geboxt und »Molodets!« geschnauft. Prachtkerl! »Wenigstens ein Wort«, lästerte Sylvia, »das du in sieben Jahren Russisch gelernt hast.«

»Ich weiß noch immer nicht, warum wir dieses Gedicht in unser Programm aufgenommen haben«, mäkelte Gernot.

»Es ist eine Note darin, eine Farbe, eine Nuance«, meinte Vera. Sie spürte, dass zwischen Gernot und Gadji eine Spannung entstanden war, schon während der Proben. Schon seit Wochen und erst recht, seitdem sie zusammen arbeiteten. Waren diese Jungs nicht die reinsten Knalltüten? Ob das immer so ist, dass ihnen vor lauter Testosteron Knochenwülste über den Augen wachsen und Hörner auf dem Kopf, damit sie wie Moschusochsen aufeinander losgehen können?

»Mir muss niemand das Programm erklären«, entgegnete Gernot Klinkermann und trat durch den Vorhang auf die Bühne. Wo ihn Maria und Peter zu einem Sketch erwarteten, in dem es um das Schulessen und den Zusammenhang zwischen gesundem Körper und gesundem Geist ging. Ein Klassiker. Kabarettistische Inseln durften nicht fehlen in diesem Meer von Poesie. Nur Hölderlin und Mandelstam und Heine und Viehweger – das überforderte den anspruchsvollsten Zuschauer. Selbst einer wie Kotte musste zwischen den Gedichten die Luft des Banalen atmen. Und es saßen schließlich nicht nur Kottes in der Aula, auch wenn es die Aula einer Elite-Schule war.

*

Sie waren aufgekratzt, aufgedreht wie Wasserhähne, aus denen das Wasser nur so strahlte. Sie hatten Wein getrunken und konnten noch immer nicht fassen, welch ein überwältigender Erfolg das Programm gewesen war. Am Ende gab es stehende Ovationen.

Ick hab mir jefühlt wien Rockstar, fiel Sandburg vor Rührung ins Berlinische. – Wir sind Rockstars, sagte Sylvia und drehte eine Pirouette, dass ihr Rock flog. Für ein paar Minuten Weltruhm! – Alle Leitungen freihalten, falls Hollywood anruft! – Ich wusste gar nicht, Maria, dass du so gut Klavier spielen kannst? – Wir sind ja auch erst seit drei Jahren zusammen in der Klasse, Blödmann! – Ein Prost auf Viehweger, den zukünftigen Nationaldichter! – Von welcher Nation denn?

»Mal Ruhe jetzt! Kann ich bitte mal Ruhe haben, he?!«, rief Werner Kotte.

Sie setzten sich auf den Bühnenboden, ein lockerer Kreis, Kotte mitten unter ihnen. Auch Christa Schaffner hatte sich ihnen zugesellt. Direktor Eberlein hatte ihnen erlaubt, die Aula für einen Umtrunk zu nutzen. Und er hatte ihnen zu dem Programm gratuliert! So mussten sich Popstars, Schauspieler und Politiker fühlen, wenn das Publikum sie durch Beifall adelte. Und Kotte hatte ein paar Flaschen Wein spendiert, und es waren noch einige da. Sie waren wild entschlossen, sie bis zur Neige zu trinken.

»Ruhe! Unser Chefregisseur will 'ne Rede halten!«

»Quatsch mit Sauce, Sandburg! Aber der sei Ihnen heute verziehen. Sie haben mich mit ihrem komödiantischen Talent das erste Mal seitdem wir uns kennen überrascht.«

»Broadway, ich komme!«, krähte der Junge.

»Gut. Also. Ich muss gestehen, ich hatte Fracksausen.« Kotte blickte ernst wie sonst nur, wenn sich jemand über Hölderlin lustig machte. Was seit langem niemand mehr tat, weil jeder wusste, dass man einem Menschen seine Marotte lassen sollte. Solange er nicht dogmatisch, aggressiv oder unverschämt wurde. Das alles war ihr Deutschlehrer nicht.

»Ich war mir nicht sicher, ob unser Programm als Provokation aufgenommen würde oder als das, was wir wollten. Eine ernstliche, tiefer gehende Prüfung der Geschichte und des jetzigen Zustandes der DDR.«

»Uh! Haben Sie's nicht ne Nummer kleiner, Herr Kotte!«, rief Viehweger. »Hab ich. War ein Ausrutscher ins Pathetische. Logisch, das kann ein einzelnes Programm nicht schaffen. Aber ich finde, wir waren gerecht. Wir waren, was waren wir, Maria?«

Das Gesicht des Mädchens, das die stillste unter ihnen war und außerdem eine baldige Robert-Schumann-Preisträgerin sein würde, färbte sich rot wie ihr Haar. Ob es von der Verlegenheit kam oder vom Wein – sie bot an: »Dialektisch?«

»Dialektisch, richtig. Und ehrlich, ich bin jetzt glücklich. Und ich bin, ich sag's nicht gern, stolz auf euch.«

»Dialektisch glücklich! Sowas machen wir mit links«, tönte Sandburg.

»Ich habe Lautengässer gesehen«, sagte Viehweger. »Der ist auf die Größe eines Rumpelstilzchens geschrumpft. Ich hab gesehen, wie er um das Feuer tanzte und sang: ‚Morgen hol ich mir euch, ihr Kontras!'«

»Immerhin ist Herr Doktor Lautengässer Ihr Lehrer, Mark. Ich muss auf ein bisschen Respekt pochen.« Kotte grinste.

»Gibt eben solche und sone Lehrer«, erwiderte Viehweger und steckte seine Nase in den Pappbecher mit Wein.

»Dieser Viehweger! Was für ein schlaues, superschlaues Kerlchen der doch ist!«, sagte Sylvia.

Plopp! machte ein nächster Korken.

Und Ruhe. Endlich Stille. Ein Engel flog vorüber und hatte alle Wörter eingesammelt, die vom Programm, die von den Proben, die von den Minuten vor dem Auftritt und die von den Minuten nach dem Auftritt. Als die Aula sich leerte und sie zurückgeblieben waren in einem Zustand der Euphorie, wie die sie noch nie erlebt hatten. Als sie gar nicht still stehen konnten und hin und her laufen mussten und sich gegenseitig auf die Schultern schlugen und vor die Brust boxten. Jetzt flog dieser Engel durch den Raum. Mit den Flügeln des Hochgefühls, das er sich von den Mädchen und Jungs geliehen hatte. Und kreiste um die Kronleuchter, die Licht in den beginnenden Abend tröpfelten.

Mit der abfallenden Spannung kam die Mattigkeit. Sie waren Freunde, die nach einem Kampf vollzählig und gesund geblieben waren. Niemand war untergegangen, niemand war verraten worden, niemand wurde zurückgelassen. Einer für alle, alle für einen. Eine für alle, alle für eine. Niemand von ihnen würde es aussprechen, jetzt nicht und vielleicht niemals, aber wie sie auf der Bühne aufgetreten waren und wie sie jetzt zusammensaßen, waren sie ein Bündnis eingegangen. Ein Bündnis, das weder ein Statut noch eine Führerschaft benötigte. Sie gehörten zusammen. Freunde für immer, forever, navsegda.

»Noch Wein, bitte!« Vera hielt ihren Becher hin und sowohl Gernot, der links neben ihr, als auch Gadji, der rechts neben ihr saß, wollten nachgießen. Ein Duell mit Flaschen und mit einem Pappbecher. Gadji zog zurück, Gernot goss ein.

Vera wollte von diesem Duell nichts wissen. Die Augen geschlossen, hatte sie ihren Kopf in den Nacken gelegt. Auf der Bühne war ihr langes, blondes Haar zu einem strengen Zopf gebunden gewesen. Jetzt hing es offen und berührte den staubigen

Filzboden der Bühne. Das Mädchen richtete sich auf, hob den Becher und sagte pathetisch: »Ich liebe euch. Ich liebe euch alle. Jeden von euch liebe ich. Und ich glaube daran, dass nur die Liebe die Welt zur besten aller Welten machen kann. Ich meine, wenn es da draußen im All noch irgendwo eine Welt gibt – dann werden wir sie bevölkern. Auf euch, Freunde!«

Der Engel, der kurz vorher die Kronleuchter umkreist hatte, setzte sich auf das Fensterbrett. Er hielt den Kopf schräg und musterte die Runde. Er wusste alles über Menschen. Und gerührt und traurig (wie auch ungerührt und heiter zugleich) dachte er, dass junge Menschen zu allen Zeiten liebenswerte und törichte (wie auch nervende und schlaue) Geschöpfe waren. Die Welt, die Liebe, Freunde – schöne, starke Wörter, schöne, starke Gefühle. Voller Kraft, Wörter für junge Menschen. Und wehe, sie kommen einem Menschen nicht wenigstens einmal im Leben über die Lippe, fahren nicht wenigstens einmal in einen Menschen! Wehe, sie kommen nicht wenigstens einmal im Leben vom Herzen, das übervoll ist und sich sehnt und sich verbündet mit Gleichgesinnten! Und wer's nie gekonnt, der stehle weinend sich aus diesem Bund, jawohl, so sei es, so muss es sein. Und wenn es einmal im Leben ist.

Der Engel betrachtete Vera Lothringen. Ein schönes Menschenkind. Es glaubt an die Liebe, es glaubt an die Reinheit, es glaubt an eine Zukunft in Frieden und Harmonie. Solche wie Vera kommen immer zu früh auf die Welt oder zu spät.

Der Engel runzelte die Stirn und seufzte unhörbar. Er weiß es besser, er kennt die Menschen und ihr Treiben. Die Wahrscheinlichkeit, ein ganzes Leben in Liebe zu verbringen, geht aller Menschen-Erfahrung nach gegen Null. Das Böse ist immer und überall, wer könnte davor sicherer warnen als ein Engel? Aber den gibt es ja nicht. Es gibt keine Engel, die schützen und warnen; auch der Engel in der Aula der Alexander-von-Humboldt-Schule an diesem Abend war nur Hauch.

*

Neun Uhr abends war es geworden. Sie standen vor der Schule, angetütert, zappelig und unschlüssig. Sollten sie auseinander gehen, sollten sie noch irgendwohin ziehen, wo es Wein und Musik gab? Sollten sie zum See ziehen, zum Treffplatz auf dem

Friedhof und das Hochgefühl festhalten, nicht verfliegen lassen? Ließ es sich halten und konservieren für länger als einen Abend?

Gernot bot Vera an, sie nach Hause zu begleiten. Doch sie lehnte ab. Sie wollte nach Hause, aber sie wollte allein sein. Mit sich und mit dem Rest des Tages. Auch Gadji zog es vor, nicht mit den anderen zu gehen, die Sandburgs Vorschlag folgen wollten: noch in ein Café zu gehen, falls sie noch eines fanden, und ein bisschen weiter zu trinken und zu quatschen. Ob es bei den Russen ein Ausgehverbot gäbe und sie sich spätestens um 22 Uhr in der Küche – »kukhnya, hä, habe ich heute gelernt!« – einfinden müssten bei der Mama, quakte Sandburg. Gadji grinste nur, winkte ab und ging als Erster. »Nach Hause.«

Wohin geht er, nach Hause? Wo ist Gadji zu Hause?

Kotte, die Schaffner hatte sich bei ihm eingehakt, verabschiedete sich ebenfalls. Peter griente und meinte, dass Lehrer selbstverständlich auch ein Privat- und sogar Intimleben haben dürfen. Woraufhin die Physiklehrerin meinte, dass sie Peter nie für die hellste Kerze am Weihnachtsbaum gehalten habe, aber über pfiffige Einsichten ins Leben verfüge er gelegentlich. »Als gänzlich begriffsstutzig würde ich Sie nicht einschätzen, wenngleich Ihnen, Sandburg, schon mindestens sämtliche Äpfel eines Apfelbaums auf den Kopf fallen müssten, bis sie eine hervorragende Idee hervorbrächten!«, fertigte sie ihn ab; auch eine Lehrerin der Naturwissenschaften verfügt – zumal wenn sie mit einem Deutschlehrer liiert ist – über die Gabe des richtigen Gebrauchs des Konjunktives.

Macht's gut! – Bis Montag! – Und dass mir keine Klagen kommen! – Hehe, und bleibt im Lande und nähret euch redlich. – Bleibt im Lande und wehret euch täglich! – Na, das ist mir mal n Spruch. Merk dir den fürs nächste Programm im nächsten Jahr!

*

Vera pflückte von der Pinnwand neben dem Flurspiegel eine Nachricht ihrer Mutter. »Bin bei meinen Leuten. Wird spät. Bleibe über Nacht bei M. Kannst mich bei ihm erreichen. P. S.: Es scheint unruhig in der Stadt zu werden.«

M. war nicht Münch, der Dramaturg, in dessen Wohnung sich »meine Leute« trafen. M. stand für Mühsam, Albert Mühsam. Den hatte Victoria Lothringen auf einem der Treffs kennen gelernt. Vera kannte die zupackende Art ihrer Mutter – Zögern und Zaudern war nicht ihr Ding –, und Albert hatte schon ein paar Mal bei ihnen zu Hause übernachtet. Vera fand ihn sympathisch – und unheimlich. Mit seinen schwarztiefen Augen, mit dem Vollbart, in den sich erste graue Haare einwebten, mit seinen wallenden Locken glich er so recht einem Revolutionär, wie ihn Vera sich vorstellte. Auch einem ungeschorenen Räuber aus der Familie von Ronja Räubertochter. Eine Mischung aus Jesus, Marx, Che Guevara und Piratenkapitän. Dabei war Albert ein sehr bedächtiger und sanfter Mann, der lieber zuhörte als selber zu reden. Was Wunder, wenn einer Buchhändler ist und auch sonst am liebsten mit Büchern umgeht. Dieser Albert bekam ihrer Mutter sehr gut. Und wenn es eine Begleiterscheinung von Konspiration und Rebellion ist, dass sich Liebespaare finden, dann haben sich Konspiration und Rebellion schon mal gelohnt.

Vera zerknüllte den Zettel und warf ihn in eine Ecke. Was habt ihr vor, Mütterlein? Wollt ihr die Ehrentribüne vor dem Palast der Republik in die Luft sprengen? Müsst ihr aber aufpassen, dass ihr nicht die Falschen erwischt. Etwa den Gorbatschow, von dem ihr so begeistert seid. Aber was heißt hier Falsche oder Richtige? Attentate sind unangebracht. Gewalt ist sowieso das Letzte. Sie hatte mit Erleichterung gehört, dass »meine Leute« stets betonten, es dürfte keine Gewalt geben. Veränderung ja, Gewalt nein. Niemand auf der Welt, war Veras feste Überzeugung, hatte das Recht, irgendwen anderen auf der Welt zu bekriegen, zu verletzen, zu töten. Ganz egal, ob das Amerikaner für Öl machten und weil sie sich als Weltpolizist aufspielten oder ob es die Swjetarmee war, die gerade erst aus Afghanistan abzog.

Plötzlich musste Vera an Gadji denken, der irgendwo da hinten auf die Welt und von irgendwo da hinten nach Berlin gekommen war. Wie weit war Afghanistan von Aserbaidschan entfernt?

Vera setzte sich im Wohnzimmer auf das Sofa, zog die Beine an und kuschelte sich an ein Kissen. Gadji war anders als die anderen. Ruhiger, ernsthafter, sicherer. Ihrem Freund Gernot konnte niemand nachsagen, dass er nicht selbstbewusst und klug auftrat. Manchmal trat er so selbstsicher auf, dass es an Überheblichkeit grenzte. Er war der King. Er war der Gescheiteste. Seinem Urteil folgten alle. Allerdings vertrug Gernot Widerworte nicht. Er war sich seiner Wirkung auf andere Menschen sehr, sehr sicher, und jeder sagte ihm eine glänzende Laufbahn voraus. Als Diplomat, der er werden wollte, nach der Schule, nach drei Jahren Armee, dann nach Moskau und studieren, um später irgendwo in der Welt zu Hause zu sein. Am liebsten mit dir, Vera, hatte er erklärt, und auch diese Erklärung klang wie eine Feststellung, wie eine Inbesitznahme.

Vera war sich nicht so sicher. Erstens hatte sie vor, Tierärztin zu werden. Zweitens konnte sie sich überhaupt nicht vorstellen, als repräsentative Gattin eines Diplomaten in Kanada, im Kongo oder in China aufzutreten. Und drittens – es waren noch Jahre bis dahin. Konnte durchaus sein, dass Gernot sein Leben für die nächsten zwanzig Jahre geplant hatte, inklusive Ehe, Kinder und Ein-Familien-Haus. Vera wollte so weit nicht planen. Konnte man sein Leben überhaupt so weit voraus takten? Musste man nicht sehr davon überzeugt sein, dass man sich selbst und alles andere um einen herum sich in die Richtung entwickelte, die man sich vorstellte oder wünschte? Wer wusste schon, wie die Verhältnisse sich gestalteten. Blieben sie, änderten sie sich, änderten sich nicht auch die Menschen ständig? Wie berechenbar und überschaubar ist Zukunft überhaupt? fragte sich Vera. Sie schüttelte sich. Was sollten solche Gedanken am Ende eines heiteren Tages?

Vera stand auf und ging zum Telefon. Hoffentlich hast du dich warm angezogen, Mütterlein. Oktoberabende sind tückisch. Sie täuschen die Wärme des Sommers vor und sind doch schon die Vorboten des Winters. Ich sehe dich, Victoria Lothringen, mit wehendem Haar und im flatternden Rock auf der Barrikade stehen. Die Bajonette der Bösen stechen nach dir, Kugeln umsummen dein Haupt. Die Bluse über der Brust reißt du dir auf, Mütterchen, und du gießt Hohn und Spott über die angreifenden Feiglinge! Doch, auf diese Erwachsenen musste man aufpassen, entschied Vera, während sie die Nummer von Albert Mühsam wählte.

»Ja?«

»Vera. Ist meine Mutter bei dir?«

»Einen Moment …«

»Vera? Was ist? Warum rufst du an?«

Typisch! Seitdem die Mutter ihre Freizeit in den Höhlen der Verschwörer verbrachte und an der Revolution hobelte und fräste, vergaß sie alles Normale. Wann hast du für mich das letzte Mal gekocht, Mutter? Ich wasche deine Wäsche, Mutter! Du debattierst inzwischen über Staat, Freiheit, Diktatur, während ich Käse einkaufe und Butter und Milch! Ich empfinde die Diktatur eines leeren Kühlschranks und eines Korbes voller schmutziger Wäsche am bedrückendsten. Und noch nie hast du, Mutter, ein Flugblatt von euren konspirativen Treffs mitgebracht, auf dem stand: »Gulaschsuppe ist ein Menschenrecht! Kinder brauchen ihren Gute-Nacht-Kuss! Fragt mindestens zweimal am Tag die Kinder, wie es ihnen geht!«

»Was ist! Was ist! Nichts ist! Alles ist! Ich wollte wissen, wie es dir geht. Ich wollte wissen, was du damit meinst, dass es unruhig in der Stadt ist. Vielleicht mache ich mir ja Sorgen um dich, wenn du dir schon keine Sorgen um mich machst!«

»Veralein! Verotschka! Natürlich mache ich mir Sorgen um dich. Ich bin deine Mutter und …«

»Vielleicht kann man so was ja vergessen.«

»Aber … He, du! Wie war euer Programm?«

»Großartig. Wir sind vom Fleck weg vom Berliner Ensemble engagiert worden.«

»Sei doch nicht so sarkastisch. Steht dir nicht, mein Kleines.«

»Ich bin nicht sarkastisch. Und ich bin 1,78 lang. Aber du hättest dabei sein können. Dann wüsstest du, wie das Programm war und müsstest nicht scheinheilig fragen. Du fragst ja auch nicht, ob ich heute schon was gegessen habe, ob ich einen neuen Freund habe, ob ich heute von der Schule geschmissen wurde.«

»Autsch! Hat es Ärger gegeben?«

»Quatsch! Eberlein hat uns gratuliert.«

»Veralein, lass uns morgen darüber reden. Jetzt …«

»… ›habe ich keine Zeit. Die Revolution wartet auf mich.‹ Im Bett?«

»Außerdem … war es keine gute Idee, anzurufen. Wahrscheinlich hört die Firma mit.«

Setzen wir uns in die Küche hin, süß riecht hier das weiße Kerosin. Als stünde Gadji neben ihr und schaute sie aus seinen schwarzen Augen an, mit einem winzigen, spöttischen Leuchten darin.

Vera würde sich nicht aufregen. Sie war nicht empört. Warum sollte die Mutter sie wie ein Kleinkind behandeln, das noch nicht allein aufs Klo gehen kann? Warum sollte die Tochter die Mutter zwingen, zu Hause zu bleiben? Andere Frauen, die noch nicht Vierzig und alleinstehend sind, gehen tanzen, in die Kneipe, ins Theater. Das Hobby meiner Mutter ist das Ändern der bestehenden gesellschaftlichen Verhältnisse. Unter so was macht es eine Victoria Lothringen nicht.

»Was ist Kerosin?«, fragte Vera.

»Was Kerosin ist?«

»Kerosin, ja.«

»Du rufst an und willst wissen, was Kerosin ist?«

»Wie ich Tütensuppe kochen muss, weiß ich. Deshalb würde ich nicht anrufen.«

War das nicht ein dussliges Gespräch? Fast musste Vera lachen. Ihr wurde fröhlich zumute, die Mutter war schon eine seltsame Heilige und Heldin.

»Ich glaube, Kerosin ist eine Bezeichnung für Petroleum. Flugzeuge brauchen das Zeug, glaube ich. Soll ich Albert fragen?«

Albert wüsste bestimmt, was Kerosin ist. Er verfügte über ein enzyklopädisches Gedächtnis, Albert war ein Lexikon auf zwei Beinen. Warum hatte sie nicht Gadji gefragt, seltsam, das wäre das Einfachste gewesen? Während sie das Gedicht geprobt hatten?

»Nicht nötig. Ist nicht so wichtig.«

»Ja, wenn weiter nichts ist …«

»Doch. Was war das Kind, das du zuletzt auf die Welt gebracht hast?«

»Ähm?«

»Heute. Ein Junge oder ein Mädchen?«

»Ein Mädchen. Hat auf sich warten lassen. Und der Vater war dabei.« Victoria lachte auf. »Allerdings fiel er einmal kurz in Ohnmacht.«

»Hat das Mädchen schon einen Namen?«

»Helena, glaube ich. Ja, ich meine, die Mutter wollte es Helena nennen. Wie die, um die zehn Jahre Krieg geführt wurde.«

»Ich liebe dich, Mama.«

»Ich liebe dich, Vera.«

»Aber ich habe ein Problem damit, dass meine Mutter, die am liebsten Kohlrouladen isst und eine tolle Hebamme ist, plötzlich Rosa Luxemburg heißt. Oder trägst du mittlerweile den Tarnnamen Tamara Bunke?«

»Verotschka! Wir müssen mal wieder miteinander reden. Richtig ausquatschen.«

»Wann? Am Tag nach der Revolution?«

»Was du immer mit deiner Revolution hast!«

»Was du immer mit deiner Revolution hast!«

»Morgen?«

»Morgen?«

»Wir machen eine Demo. Ich hole dich vom Bahnhof Schönhauser ab. Sagen wir zehn Uhr?«

»So früh macht ihr eine Demo?«

»Es ist Samstag. Die Leute sind zu Hause. Die Republik feiert Geburtstag. Guter Zeitpunkt, um auf die Straße zu gehen.«

»Kommst du heute noch heim?«

»Ich wollte, aber …«

»Du bleibst bei Albert. Schlaft ihr miteinander?«

»Du bist eine Knalltüte!« Zärtlich klingt die Stimme der Mutter. »Kommst du morgen? Ich würde mich freuen.«

»Ich weiß noch nicht. Vielleicht habe ich auch einen Typen kennen gelernt. Heute. Privat geht vor Katastrophe, oder?«

»Ist es aus mit Gernot?«

»Wieso? Kann ich nicht zwei Kerle haben? Einen für Gut, einen für Schlecht. Ich muss doch nicht den einen zu den Akten legen, wenn der andere auftaucht? So viele gute Typen gibt's nun auch wieder nicht.«

Vera hält den Telefonhörer weg und sich den Mund zu, um nicht laut loszuprusten. Sie hätte nicht zu sagen gewusst, warum sie sich gerade sehr, sehr leicht und glücklich fühlte. Es war so, basta.

»Wo du Recht hast, hast du Recht.« Victoria lachte.

»Und küssen wir und lieben wir und umarmen wir uns, oja, mehr davon, das ist gut, nein hier nicht, nimm die Hände höher!«

»Vera?!«

»Oooh, das ist gut, ja!«

Es waren der Schwung der Bühne, des Auftritts, des Erfolges, die Vera tänzeln ließen.

»Sind … Ich meine, ist einer von denen … Ist Gernot bei dir?«

Jetzt lachte Vera: »Phantasie an die Macht, Mutter! All you need is love! Tschüs bis morgen!"

Vera legte auf.

Vera ging zu Bett.

Vera schlief.

Sie hatte sich in das Bett des Vaters gelegt, in dem Zimmer, das sein Arbeitsraum gewesen war. Noch immer standen Werkzeugtaschen und lagen Kamerateile herum. Dominik hatte gern geknobelt und gebastelt. Keine Technik war so vollkommen, dass an ihr nicht gefeilt werden könnte, pflegte er zu sagen. Auch die ist nicht perfekt, fügte er gern hinzu, und blätterte in Fachzeitschriften, die grell und bunt waren, und die Dominik von irgendwem geliehen bekam, der Westbeziehungen hatte.

Es war ein historisches Bett. Der Vater hatte es eines Tages angeschleppt und erklärt, dass er in diesem Bett, genau in diesem Bett, die idiotischsten anderthalb Jahre seines Lebens verbracht hatte. Also in den Nächten. Als er mit achtzehn Jahren nach dem Abitur als Wehrpflichtiger zur Armee eingezogen wurde. Ein eisernes Gestell, der graue Lack stellenweise abgeplatzt, die Federn quietschten. Jedenfalls so lange, bis der Vater sie abgeschmirgelt und eingefettet hatte. Und angestrichen in der hellgrauen Farbe, die es als Kasernenmöbel einst hatte. Er hatte das Bett auf einem Müllhaufen in der Kaserne gefunden, wo er Einstellungen für einen Film über die Armee drehte.

»Woher weißt du, dass das dein Bett ist?«, hatte Victoria ihren Mann gefragt. Es war die Zeit, in der Mutter und Vater nur noch zänkisch miteinander umgingen. Vera stand zwischen ihren Eltern und sah den Ekel im Gesicht der Mutter und die kindliche Freude im Gesicht des Vaters.

»Das Bett«, erwiderte er, »war anderthalb Jahre lang mein bester Freund. Glaubst du, ich könnte meinen besten Freund vergessen?«

»Gewiss nicht«, höhnte Victoria. »Du wirst auch die Gesichter deiner Geliebten nicht vergessen. Und die Adressen hast du ja sorgfältig notiert. Nicht, dass du da mal wen durcheinander bringst und Sophia mit Bettina anredest.«

Dominik hatte seiner Tochter das Bett geschenkt, als er auszog. Vera liebte es, in ihm zu schlafen. Sie widerstand dem Bemühen der Mutter, das Bett aus der Wohnung und auf den Müll zu schmeißen. Es war doch egal, ob das Bett genau das Bett ihres Vaters war oder ein ähnliches, eines, in dem einer seiner Kameraden geschlafen hatte? Die sahen doch alle gleich aus, die

Betten in den Kasernen? Es war das Bett mit einer Geschichte ihres Vaters, und das konnte man nicht einfach entsorgen.

*

Vera träumte. Sie lief durch eine Stadt, in der sie nie gewesen war. Enge Gassen. Die Häuser kriechen ineinander und übereinander. Sie klettern einen Hang hinauf. Über der Stadt spannt sich ein Regenbogen, der in einem Meer beginnt und in den Bergen endet; irgendwo zwischen den Wellen, irgendwo in einer Schlucht. Vera bleibt stehen und sagt:

Wie schön! Schau, ein Regenbogen! Sie spricht zu einem Jungen, den sie nicht kennt. – Der entgegnet: Das ist kein Regenbogen! Das sind Ölpfützen, die sich im Himmel spiegeln. – Nein, beharrt Vera. Ich will, dass das ein Regenbogen ist. Ein Regenbogen, auf dem wir wohnen können. – Das möchte ich auch, sagt der Junge ernst. Das möchte jeder. Aber ich weiß, dass es nur Pfützen sind. Öl aus dem Meer. Die Fische sterben, im Wasser kann niemand baden. Manchmal werden Leichen ans Ufer gespült. – Das ist grausam. Außerdem habe ich gelesen, das Meer ist sauber. – Lügen! Sie lügen so viel! Niemand sagt die Wahrheit! – Jetzt will Vera endlich wissen, mit wem sie spricht. Aber sie kann ihren Kopf nicht drehen. Außerdem ist der Regenbogen ein Magnet, der ihre Augen zwingt, in den Himmel zu schauen. Wer bist du? fragt sie jetzt. Muss ich Angst vor dir haben? – Kerosin, antwortet der Junge und lacht. Mein Name ist Kerosin. Und ich liebe dich. – Und dann spricht jemand vom Regenbogen herunter durch ein Megaphon: Und zum Bahnhof gehen in der Frühe …

Zweites Buch
Beginn einer Vergangenheit

Was sich danach abspielte, war wie ein Sportkrimi. Die Gäste setzten nun erwartungsgemäß alles auf eine Karte. Und auch jetzt – oder gerade jetzt – bewies unsere Elf mit besonnenen Aktionen die Fähigkeit, sich von einer Weltklasse-Elf nicht mehr überraschen zu lassen. Ja, nach einer exquisiten Dublette zwischen Thom und Doll wäre fast noch das 3:1 gelungen. Wir bemerken das nur, um plastisch zu machen, wie spannungsgeladen die letzten Minuten in Karl-Marx-Stadt waren.

Neues Deutschland, 9. Oktober 1989,
aus dem Bericht über das Fußball-Freundschaftsspiel DDR-UdSSR

Donnerstag, 19. Oktober 1989

Vera schlief. Sie schlief seit Tagen, begleitet von den monoton tackenden und piependen Geräuschen einer Maschine, die sie leben ließ; illustriert von den Zickzack-Kurven grüner und roter Linien, die unaufhörlich auf zwei Monitoren liefen, und als fahles, kaltes Licht auf das Deckbett und auf ihr Gesicht fielen.

Wachte sie manchmal auf und sah, was sie träumte? Oder sah sie, was sie träumte, im Halbwachen? Oder stand sie kurz vor der Grenze zum Tod und blickte sich umdrehend zurück auf diesen entsetzlichen Tag?

Immer wieder liefen Bilder ab, ein Film, ohne Geräusche, ohne, dass die Wörter, Rufe, Schreie, die aus aufgerissenen Mündern kamen, zu hören waren. Stummfilm, farbiger Stummfilm; unheimlich, beängstigend im präzisen Ablauf der Einstellungen.

Das bläulich-bleiche Licht, das die kreisenden Blaulichter auf die Gesichter warf, ihre leichenfarbene Haut.

Das Rot plötzlich auf ihnen, Blut, woher kam das? Warum waren alle Geräusche weg? Wie von einem unsichtbaren akustischen Staubsauger abgesaugte Krümel.

Vera sah sich von oben, ihre Augen ein entferntes Kameraobjektiv. Das sie erfasste. Ein Knopf zwischen Knöpfen. Ein wogender Strom von Knöpfen mit Haaren. Ein Strom, der sich zusammendrückte, zusammengedrückt wurde, dann wieder zerfaserte, als risse ihn jemand auseinander. Waren das Polizisten? Ja, jetzt, da jemand anderer die unsichtbare Kamera hielt, sah sie sich selbst sehr nahe. Ihre weit aufgerissenen Augen blickten in die Augen von jungen Männern in Uniformen; und falls es Angst war, die Vera sah, dann sah sie die bei sich und bei dem Volkspolizisten, der plötzlich vor ihr zu wachsen schien, ein Riese mit Schild und Knüppel.

Vera schlief und träumte und bäumte sich auf. Sie schwitzte, und die Kurven auf den Monitoren spielten verrückt, das Piepen wurde schneller und Vera nahm nicht wahr, wie ihr Zimmer voll wurde: Menschen in grünen Kitteln, die von einem ähnlichen Grün wie das Grün der Polizeiuniformen waren, pressten an ihrem Leib und an den Schläuchen, bis sie wieder ruhig atmete.

Vera hatte keine Schmerzen. Sie musste welche gehabt haben. Im Kopf, in den Beinen, im Bauch. Jetzt war sie die Figur in einem Zeichentrickfilm; die gezeichneten Gestalten haben keine Schmerzen, sie sind künstlich, sie sind zuckende Phantasien.

Vera schlief.

Grad hört sie die garstig-drohenden Sirenen, das Gebell der Hunde und die Stimme aus dem Megaphon. »Gehen Sie auseinander! Gehen Sie weiter! Räumen Sie die Straße!«

Vera sieht die Gesichter der jungen Männer unter den Mützen. Nicht mal richtige Helme tragen sie. Sie haben nicht die gleiche Angst wie sie; sie haben eine viel größere Angst. Das kann sie sehen, deutlich. Aber sie haben auch Stöcke und Befehle. »Hier spricht die Staatsgewalt! Wenn Sie nicht unverzüglich den Aufforderungen nachkommen, sehen wir uns gezwungen, Sie festzunehmen!« Gelächter antwortet. Höhnische Rufe. Die Vernunft ist flöten gegangen, und es ist egal, ob jemand provoziert oder anfängt oder »Aufhören! Keine Gewalt!« schreit.

Vera fliegt wieder. Schaut hinter sich, erblickt ihre kleiner werdende, verschwindende Mutter. »Mama!«, schreit Vera lautlos; wieso fliegt sie und ist doch an der Seite der Mutter? Greift nach ihrer Hand, wird abgedrängt, ihre Arme erhoben zum Schutz, als sie in der Menge verschwindet, eine Menge, die nur noch aus Mündern und Zähnen und Stiefeln und blitzenden Lichtern besteht.

Vera erblickt noch einmal die Mutter. Auch die geht grad unter. Wie sie, die Tochter. Vera stürzt, Vera gerät unter Schuhe, Stiefel, unter die Menschen, die nicht wissen, wohin. Dann hört sie das Schreien, bis sie nichts mehr hört: »Mörder! Mörder!«

Aber nun erwachte Vera. Blinzelte ins Licht. Brauchte Zeit, um sich einzuholen.

Lag sie in einem Garten? Um das Bett herum, im Zimmer verteilt, auf dem weiß lackierten Nachttischchen, auf dem Tisch, der vor dem Fenster stand und an dem zwei Stühle – überall Blumen. Chrysanthemen, Astern, Rosen, Lilien. Zwölf Tage lang hatte Vera im Dämmern verbracht. Zwölf Tage lang war sie eine Marionette, die an Schläuchen hing, durch die sie mit Luft versorgt wurde, mit Nahrung. Kabel, die ihr den Schleim von der Lunge saugten, damit sie nicht erstickte. Und während der zwölf Tage hatte sie jeden Tag Besuch. Menschen, die auf sie einredeten, Blumen mitbrachten, ihre Hände streichelten, und waren die meisten auch nicht gottesfürchtig – sie beteten um Veras Auferstehung. Sie hatten mit den Blumen das Krankenzimmer in eine Oase verwandelt, die die Krankenschwestern, nachdem sie nach der Patientin geschaut hatten und alles für in Ordnung befanden, wässerten, richteten, Verwelktes entsorgten sie.

Ich liege in einem Garten, die Luft ist kühl, aber mir ist warm, und mir ist matt zumute. Ich möchte nie fortgehen von hier; es ist das Paradies. Und sie sah: Neben dem Bett saß ihre Mutter, am Ende des Bettes stand der Vollbart Albert.

»Verotschka?«, flüsterte Victoria. »Kannst du mich hören?«

»Wer ist der da?«, fragte Vera und zeigte auf den Mann zu ihren Füßen.

Ihre Mutter schluchzte. »Veralein, hast du dein Gedächtnis verloren? O Gott!«

»Ich weiß, wer das ist«, sagte Vera ernst. »Arnold Schwarzenegger mit Bart. Geil.«

«Vera, mein Engel …«

«Mama! Ich weiß, dass der Waldschrat da Albert ist.« Sie und er zwinkerten sich zu und grienten. Victoria Lothringen war bleich geworden und sah aus, als würde sie gleich aus den Latschen kippen. »Das ist nicht lustig«, knurrte sie.

»Nein, das alles ist nicht lustig«, sagte Vera. Und sie gähnte und fühlte sich behaglich.

»Kannst du dich erinnern?«, fragte die Mutter. »Was geschehen ist?«

»Ja«, sagte Vera; aber was sollte es bringen, sich zu erinnern? Man konnte darüber reden, man konnte es auch sein lassen. Frieden finden, oder sowas. Heilen, geheilt werden, was geschehen ist, ist geschehen. Es lässt sich nicht mehr ändern, einfachste Wahrheit. Außerdem, Achtung, wichtig! Ich lebe noch.

Sie hatten sich auf dem Alexanderplatz getroffen, am Vormittag, und sie wurden immer mehr. Die Frauen und Männer, die sich an den Freitagen bei dem Ehepaar Münch versammelten – Sabrina, die Tochter der Münchs, und Vera umarmten sich –, bildeten eine Gruppe für sich. Um sie herum andere Grüppchen, einzelne Frauen und Männer kamen aus dem S-Bahnhof dazu, dann liefen sie los. Es gab niemanden, der führte, niemanden, der einen Befehl gegeben hatte – es war, als existierte nur eine Richtung, und jeder und jede in der Menge kannte sie; es war ein Marsch synchronisierter Beine, Köpfe, Leiber.

Sie liefen am Fernsehturm, an der Marienkirche, am Marx-Engels-Denkmal, über die Brücke, am Palast der Republik vorbei und schwenkten nach links auf den Platz vor dem Haupteingang, über dem das Symbol der DDR hing. Hammer und Zirkel, umrandet von einem Kranz Getreide-Ähren. Auf die Balustrade traten die Hohen Gäste der offiziellen Geburtstagsfeier: Regierungsvertreter, Erich Honecker, ausländische Gäste, unter ihnen der sowjetische Partei- und Regierungschef Michail Gorbatschow. Sie winkten der Demonstration zu, und die Rufe, die sie hörten, konnten ihrer Erfahrung nach keine anderen sein als die, die sie gestern Abend schon gehört hatten. Als der Fackelzug der Freien Deutschen Jugend vorbeidefiliert war. »Hoch lebe die SED!«; »Hoch lebe Erich Honecker!«; »Frieden, Freundschaft, Solidarität!«

Aber das stimmte nicht.

Die Rufe heute lauteten anders; verstanden sie richtig, oder hörten sie sie gar nicht, waren sie zu weit weg von den Rufenden? Gelangten die Rufe nicht bis nach oben, auf den Balkon der Mächtigen? »Gorbi hilf! Gorbi hilf!«; »Wir sind das Volk, wir sind das Volk«; »Pressefreiheit – Meinungsfreiheit!« Die da unten pfiffen auf Trillerpfeifen. »Wir pfeifen auf die Wahl!« Die im Mai stattgefunden hatte und als gefälscht entlarvt worden war; und die da unten wollten sich nicht länger betrügen lassen von einer Politik und Propaganda, die eine Statistik der Lobdienerei war.

Die Gäste verschwanden von der Aussichtsplattform ins Innere des Palastes, und aus den Bussen, die den Platz eingerahmt hatten, quollen Bereitschaftspolizisten. Sie formierten sich, schlossen die Demonstranten ein, kanalisierten sie und drängten sie vom Palast der Republik ab.

Wieder war niemand, der führte, niemand, der einen Befehl ausgab – doch wussten alle, wohin sie laufen mussten. Die Karl-Liebknecht-Straße hoch, links des Weges steht das Hochhaus der Berliner Zeitungen, rechts steht der Zehngeschosser des Allgemeinen Deutschen Nachrichtendienstes, links in die Wilhelm-Pieck-Straße hinein, um nach rechts in die Schönhauser Allee abzubiegen. Entlang der ältesten U-Bahn-Strecke Berlins, die, nachdem sie aus der Erde ins Tageslicht steigt, auf eisernen Pfeilern nach Pankow stakst. Das Ziel des Demonstrationszuges war die Gethsemanekirche, die seit Wochen den Oppositionellen Dach, Bleibe und Schutz bot. Für Diskussionsrunden, für Informationsabende, als Verteiler von illegal gedruckten Schriften und für Konzerte.

Doch soweit kamen die Demonstranten nicht. Polizisten und Sicherheitsbeamte in Zivil kreisten sie ein. Eine Jagd begann, von der Schönhauser weg, in die Stargarder Straße, ein Kesseltreiben. Schreie, »Keine Gewalt!« wurde gerufen, eine Zauberformel, die nichts bewirkte. Schläge, Verhaftungen, Schreie, Menschen fielen, Vera Lothringen fiel.

Es war Abend geworden, herbstlich dämmerig.

Aus dem weit offenen Tor der Kirche und ihren hohen Fenstern drang das Licht der Lampen und das Licht unzähliger Kerzen auf den Platz, auf dem in einem Meer von Kerzen ein Segen spendender Jesus in Stein steht. Und wer von den Demonstranten der Verhaftungs- und Prügelorgie entkommen konnte, floh in die Kirche. Vera Lothringen war nicht unter ihnen. »Mörder, Mörder!«-Rufe. Die Mutter abgedrängt, die Arme erhoben, sie verschwand in der Menge. Auch Albert, der Freund, der in seinen Turnschuhen und in seinem Parka und mit seinem Vollbart …

»Geht es dir wirklich gut?« Vera lächelte ihre Mutter an. Klar doch.

»Sie braucht Ruhe«, sagte Albert.

»Wir kommen morgen wieder«, sagte die Mutter.

Klar doch. Macht das. Ich habe euch lieb.

»Ich hab dich sehr lieb, Tochter«, sagte Victoria und küsste Vera auf die Stirn.

*

Und Vera schlief. Paradiesisch.

»Das Paradies, hoho, du glaubst doch nicht an das Paradies. Du glaubst auch nicht an einen Gott. Ich weiß nicht genau, ob ich dir ein Zimmer im Paradies freihalten sollte.«

Die Stimme, die Vera hörte, klang trotz der Strenge der Sätze weich, gutmütig und ruhig. Sogar ironisch; war Gott ironisch?

»Ich glaube an das Paradies.« Vera konnte nicht sprechen, sie hatte in diesem Traum die Stimme verloren, ihre Lippen bewegten sich. Sie konnte hören, was sie nicht laut aussprach, und Gott könnte sie auch so hören. »Aber mein Paradies liegt nicht im Himmel. Oder so. Und tot, tot bin ich doch nicht, oder?«

»Gott behüte!« Die Stimme lachte. »Eine gelungene Formulierung, wenn ich mir dies Eigenlob erlauben darf.«

»Was ist passiert?«, wollte Vera wissen.

»Geht mich nichts an. Was Menschen sich antun, ist nicht meine Angelegenheit. Ich habe genug damit zu tun, das Paradies zu verwalten und die Hölle einigermaßen im Griff zu haben. Glaube mir, es ist ein verantwortungsvoller Job, und nichts ist mir peinlicher als ein Fehler. Sagen wir mal, ich reserviere ein Zimmer im Paradies für die Polizisten, die dich geschlagen haben, und so eine wie dich weise ich in die Hölle ein! Ein furchtbarer Fauxpas! Wiederum muss ich erwägen: Muss jeder Polizist in die Hölle, nur weil er ein Polizist ist? Darf jedes Mädchen in den Himmel, nur weil es ein Mädchen ist?«

»Ich erinnere mich nicht genau. Haben mich Polizisten verprügelt? Oder wer? Bin ich gestürzt? Ja, ich muss gestürzt sein ...«

»Es wäre nicht recht von mir, dir davon zu erzählen. Das darf ich nicht. Die Betriebsordnung verbietet es mir, einem Menschen zu erzählen, was ihm geschehen ist. Ich darf dir weder sagen, was war noch was wird. Das mit den Polizisten ist mir so rausgerutscht.«

»Man wird älter, nicht wahr«, scherzte Vera.

»Das kann ich dir flüstern. Aber man wird alt wie 'ne Kuh und lernt immer noch dazu. Oder auch nicht, wie?« Die Stimme kicherte; jemand kitzelte Gott.

Vera wachte auf, sie war allein in ihrem Krankenzimmer, sie schlief ein und war allein auf der Welt.

Samstag, 21. Oktober 1989

Die Tür flog auf und knallte gegen den weiß lackierten Kleiderschrank. »Mist! Blöder!«, flog ein Fluch durch den Blumenstrauß, der groß war wie ein ausgewachsener Johannisbeerenbusch. Unter dem floristischen Monstrum waren zwei Beine in einer Camouflage-Hose und Füße in schweren, dunkelbraunen Wanderstiefeln zu sehen. Vera musste grinsen. Dominik, ihr Vater – wo er eintrat, da trat er auf. »Entschuldige«, sagte er. »Die Scheißtür ist mir aus der Hand gerutscht.«

Vera saß im Bett. Zu Teilen noch in Gips verpackt war sie nicht mehr die Puppe, die an Schläuchen hing. Die waren verschwunden, ihr Körper funktionierte wieder ohne technische Hilfen. Der Vater suchte nach einem Gefäß, in das er den Strauß verstauen konnte, fand nichts in passender Größe, währenddessen fluchte er weiter. »Diese Schweine!«, grollte Dominik. »Diese verdammten Schweine! Was haben sie mit dir gemacht?«

»Warum fluchst du?«, fragte Vera leise; und sie freute sich über das Kommen des Vaters.

»Das kann nicht wahr sein«, regte er sich weiter auf. »Ich filme irgendwelchen offiziellen Mist, während meine Tochter zusammengeschlagen wird! Ich bin nicht bei meiner Tochter, als sie Schutz braucht!«

Vera fühlte sich, nicht zum ersten Mal in den Tagen im Krankenhaus, ausgeglichen und erwachsener als die Erwachsenen und ruhiger als all die Aufgeregten, die immerzu irgendwen bestrafen wollten, Schuld suchten, mit den Fingern auf Staat und Staatsgewalt zeigten. Sie waren wie Max und Moritz in einem Rennauto. Vera sah sich nicht als Opfer; das Opfer einer Tätlichkeit eines oder mehrerer Polizisten, das schon, aber nicht als Opfer eines – gesamten Staates. Es war ein grässlicher Irrtum, dass sie zusammengeschlagen wurde. War sie überzeugt.

»Das ist doch absurd!«, ging Dominik weiter mit sich ins Gericht. »Ich bin dabei, als die feiern! Ich esse mit ihnen zu Abend. Häppchen vom Lachs, ein Tellerchen Soljanka, Häppchen vom geräucherten Aal. Alle lächeln, alle tun so, als sei die Welt in Ordnung, dabei ist nichts in Ordnung!«

»Du bist Kameramann, was regst du dich auf?« Ein Kameramann, hatte er oft genug gesagt, als er noch in der Familie anwesend war – ein Kameramann ist ein dienstleistender Beobachter, der sich nicht einmischt. Eine Kamera ist unparteiisch, war Dominiks Credo. Und er war nicht der Mann, der jemals darüber gegrübelt hätte, ob nicht ein jedes Bild, das er schuf, zu sehr unterschiedlichen Zwecken eingesetzt werden könnte. Je nachdem, wer es mit welcher Absicht benutzte.

Vera schaute ihren Vater an, als sähe sie ihn zum ersten Mal. Richtig an, anders an? Sie liebte ihn, sie würde ihn immer lieben, aber er war ein schwankender Mensch. Sie sah ihn überdeutlich, jetzt, wie er in seiner Wut – doch auch Theater spielte. Ein Mann, den die Frauen liebten, ein Typ, der stark wirkte und auftrat wie ein Mir-kann-keiner-Was, aber in Wahrheit unsicher war. Seltsamerweise fiel ihr Gernot ein. »Ich werde mich beschweren! Ich gehe bis zum ZK! Ich gehe ins Büro von Honecker und verlange Aufklärung! Das verzeihe ich diesem Staat nie!«

Honecker? Vera prustete, fast hätte sie laut losgelacht. Wusste Dominik nicht mal, dass es den nicht mehr gab als Chef vom Ganzen? Abgesetzt, entlassen, verstoßen. Eine Funktionärsnase weg, eine andere an seiner Stelle; da hatte Vera im Krankenbett ja mehr erfahren als ihr Vater in action. Andererseits, auch typisch. Ein Kameramann hielt sich raus, oder, Väterchen? Zu viele Wörter, die poltern. Wörter, die dicke tun und sich aufplustern und aus denen die Luft entweicht, wenn man eine klitzekleine Nadel in sie hinein sticht. Dominik, fand Vera, benahm sich wie ein Clown in der Manege, der seinen geschminkten Mund weit aufreißt – aber es kommt nichts Gescheites raus. Nur Lachhaftes.

»Wer hatte eigentlich mehr Schiss«, sagte Vera ruhig.

»Was? Wer?«

»Der Polizist. Der mich verletzt hat. Ich weiß gar nicht, wer mehr Schiss hatte. Er oder ich. Er schlug – als wollte er nicht schlagen. Und weil er es nicht wollte, schlug er um so doller. Komisch fast. Ich weiß nicht. War es seine Angst, die ihn prügeln ließ?« Sie hielt inne, sie sah die Augen des jungen Polizisten, es waren die Augen der Jungs in ihrer Klasse, nur zwei, drei Jahre älter, und die Uniform, die er trug, die werden meine Jungs in zwei Jahren auch tragen. Der Peter, der Gernot, der Mark; vielleicht hieß der Polizist Peter, Gernot, Mark.

»Du verteidigst die Polizisten?«

»Ich weiß nicht, ob ich sie verteidige. Ich hatte das Gefühl, ich kenne sie. Verstehst du, Papa?«

»Na gut«, sagte Dominik. Er hatte sich auf das Bett gesetzt und Veras Rechte zwischen seine Hände genommen. Starke, warme Hände, Hände die mit Technik umzugehen wussten – und mit Frauen. »Sag mir, was du brauchst, Töchterlein.«

»Nichts«, antwortete Vera. Und es stimmte. Nichts – außer der Gewissheit, nicht allein auf der Welt zu sein; und dass sie nicht allein war, bezeugten die vielen, die sie besuchten.

Ein Rauschen dann. Wieder Nebel und aufgeregte Stimmen. Das Grün, nicht das Grün der Uniformen, sondern das Grün der Kittel und Anzüge des medizinischen Personals. All die vielen, die sich um sie kümmerten und dafür sorgten, dass das Blut kreiste, das Herz schlug und die Knochen zusammenwuchsen. Dass Vera gesundete.

*

Am Abend kamen Werner Kotte und Christa Schaffner. Der Lehrer legte eine Zeitung, etwas älteren Datums schon, zu den Blumen, zur Schokolade und zu den Saftflaschen. Eine seltsame Dreieinigkeit, dachte Vera: Was Süßes zum Essen, was Süßes zum Trinken und was Süßliches zum Lesen. Wenn das so weitergeht, mache ich einen Kiosk auf und verkaufe all das Zeug, was mit geschenkt wird, an die anderen Patienten im Krankenhaus. Könnte ein lohnendes Geschäft werden.

Kotte hatte eine Meldung mit rotem Filzstift unterstrichen. »Störungen der Volksfeste verhindert. In den Abendstunden des 7. Oktobers versuchten in Berlin Randalierer, die Volksfeste zum 40. Jahrestag der DDR zu stören. Im Zusammenspiel mit westlichen Medien rotteten sie sich am Alexanderplatz und Umgebung zusammen und riefen republikfeindliche Parolen. Der Besonnenheit der Schutz- und Sicherheitsorgane sowie der Teilnehmer an den Volksfesten ist es zu verdanken, daß beabsichtigte Provokationen nicht zur Entfaltung kamen. Die Rädelsführer wurden festgenommen.« Kotte las die Nachricht vor. »Das war vor zwei Wochen, Vera. Erinnerst du dich?«

»Habe ich ja Glück gehabt, dass ich vorher ins Krankenhaus gekommen bin. Bevor sie mich verhaftet hätten«, sagte Vera. »Was ist ein Rädelsführer?«, fragte sie.

»Tja, die Ärztin meinte, dein Gehör wäre infolge eines heftigen Schlages auf den Kopf in Mitleidenschaft gezogen worden. Mir scheint, du kannst exzellent hören«, sagte Kotte.

»Abgesehen davon, dass dein rechtes Fußgelenk gebrochen ist, und ein paar andere lächerliche Sachen dazu, was zur Folge hat …«, sagte Christa.

»… dass dieses hübsche Mädchen noch etliche Wochen durch die ungewisse Gegenwart in die noch ungewissere Zukunft der Deutschen Demolierten Republik humpeln wird. Aber sie wird es mit erhobenem Haupte tun! Nicht mal eine Halskrause wird ihren Kopf aufrecht halten müssen!«

»Ist dir schon mal aufgefallen«, Christa beugte sich zu der Patientin und raunte: »dass diese Blödmänner immer in Pathos machen, wenn sie gerührt sind? Sie könnten auch sagen: Tach. Mädchen, du siehst ziemlich lädiert aus, aber das wird wieder, nö. Tön, tön, tön, tröten sie!«

Vera wollte lachen, ging aber grad nicht. Wieder diese Bilder.

»Vera?«

»Was ist?«

»Du warst grad woanders«, sagte Kotte.

»Was ist denn nun ein Rädelsführer.« Unwillig und ungeduldig wehrte sich Vera gegen die Erinnerungen an den Abend vor der Gethsemane-Kirche und gegen Kottes Frage.

Da warf sich der Deutschlehrer in die Brust und dozierte: »Ein Rädelsführer ist der Anführer einer Gruppe, die gesetzwidrige Handlungen unternimmt. Er ist der Anstifter einer Verschwörung, eines Aufruhrs, eines Komplotts …«

Vera stöhnte und verdrehte die Augen. Christa Schaffner zog die Augenbrauen hoch und schaute besorgt. Ob das Mädchen Schmerzen hatte? Oder lag's am Lehrer-Ton ihres Holden? Das wohl eher.

Der Privatgelehrte Kotte hörte nur sich selbst und scherte sich nicht die Bohne um sein Publikum: »Der Begriff Rädelsführer wird als Dyphemismus zur Abwertung eben eines solchen Räuberhauptmanns benutzt. Als Rädlein hatte man im 16. Jahrhundert die kreisförmige Formation von Landsknechten bezeichnet. Folglich war der Chef vom Ganzen ein Rädleinführer, aus dem der Rädelsführer wurde …«

Vera und die Physiklehrerin schauten sich an, sie waren ab sofort die Mitglieder einer Verschwörung oder eines Komplotts. Nämlich waren sie der unausgesprochenen aber eindeutigen Ansicht, dass manche Männer entschieden zu viel schwatzten. Und diese Männer merkten nicht mal, dass sie damit nervten.

»… Die Rädelsführer«, machte Kotte unverdrossen weiter, »ist mithin eine sprachliche Ungenauigkeit. Entweder gibt es einen Rädelsführer, der verhaftet werden kann, oder es haben mehrere Verschwörungen stattgefunden, von denen jede einen Anführer hat …«

»Oder aber wir stellen einfach fest, dass diese Verschwörung, dieser Komplott, dieser Aufruhr entweder nichts dergleichen oder höchst dilettantisch organisiert war. Oder können Sie mir sagen, wer der Rädelsführer war? Ich etwa?« Vera gab sich Mühe, ein grimmiges Gesicht zu ziehen; aber es ist schwer, böse dreinzuschauen, wenn man sich gerade amüsiert.

»Eines stelle ich nunmehr fest«, steuerte Christa Schaffner bei. »Ein paar Knochen sind gebrochen. Aber dein Kopf funktioniert wie geschmiert.«

»Oho«, kam es wie ein Echo aus Kottes Mund: »Knochen gebrochen, funktioniert, geschmiert. Ich höre den Wohlklang von Reimen.«

»Was du hörst«, entgegnete Christa, »ist nur das, was du hören willst.«

»Aber eine Antwort auf meine Frage habe ich immer noch nicht.«

Veras Gesicht war jetzt bleich vor Ernst. Die Erinnerungen waren wie ein Wasser, in dem sie gewiegt wurde oder hin- und herschwappte wie eine Seifenschale in einer vollen Badewanne. Wollte sie unbedingt erfahren, was geschehen war? Genügte nicht das Große und Ganze, dass Gewalt ausgeübt wurde, dass diese Gewalt sie getroffen hatte. Zufällig, absichtlich, geplant, alles in einem, alles zusammen?

Ihre langen, blonden Haare waren abgeschnitten worden, um die Kopfhaut nähen zu können. Beinahe sah sie wie ein Junge aus. Aber wie ein 17jähriger, der sich entschieden hat, solange von Brot und Wasser zu leben, bis es auf dieser Welt gerecht zugeht. Vera hatte das Gesicht einer Märtyrerin.

Aber solche Begriffe gehörten in Kottes Wörter-Repertoire, nicht in ihres.

»Wer war der Rädelsführer? Warum bin ich ihm gefolgt? Wieso wurde ich überrannt und verprügelt?«

»Ich könnte sagen, der Rädelsführer war das Volk.« Werner Kotte legte seine Hand auf Veras Linke. »Aber diese Antwort wäre mir peinlich.«

»Wieso?«

»Weil dieser Lehrer einer sozialistischen Erweiterten Oberschule«, Christa Schaffner war jetzt so ernst wie ihr Kollege, Freund, Liebhaber, Blödmann, »vom Volk, dem er immerhin angehört, eine höchst abschätzige Meinung hat.«

»Wieso?«

»Das sind Fragen!« Kotte zog seine Hand zurück, beugte sich nach vorn und stützte sein Kinn mit der Hand. »Ich komme nicht umhin, mich zu wundern. Tatsächlich ist das so genannte Volk auf die Straße gegangen. Nun, nicht das ganze. Aber eine ziemliche Menge. Eine erstaunliche Erfahrung für mich, obwohl ich selbst nicht dabei war.«

»Weil er und ich«, erklärte die Lehrerin, »vorher nach Hause gegangen sind. Bevor ihr zur Kirche weiter gelaufen seid.«

»Weil wir Wichtiges zu tun hatten«, setzte der Lehrer hinzu. Mann und Frau grinsten sich an; die Liebe steht über Krawall und Barrikadenbau, immer, oder?

»Wie kann etwas eine Erfahrung sein, wenn man sie nicht selber gemacht hat?«, beharrte Vera und blickte mit großen Augen aus ihrem hellen Gesicht von einem zum anderen. »Wachse und werde zum Wald«, flüsterte sie dann. »Eine beseelte, vollentblühende Welt! Sprache der Liebenden sei die Sprache des Landes, ihre Seele der Laut des Volkes ...«

»Nun, Kotte, was sagst du dazu?«, fragte die Schaffner.

»Ich habe wohl Idealisten erzogen«, meinte Kotte. »Mein Gott! Idealisten kriegen immer was auf den Kopp!«

Vera schloss die Augen. Sie fühlte sich wohl unter dem Dach des Geblödels, und sie fühlte sich auch verraten, nicht schlimm, so ein bisschen.

Kotte hatte ihr und Ihresgleichen die Poesie nahe gebracht; war diese Poesie etwas, das nichts mit dem Leben zu tun hatte? War Hölderlin nur ein Schwätzer, der die Worte zu setzen wusste, rhythmisch und elegant, aber ansonsten lieber sich zurückzog und die Berührung mit dem – Volk scheute? Auch so einer, der nicht mit dem Gesicht zum Volke stand?

»Nur nicht den Gestank der Straße einatmen«, murmelte Vera, die Augen noch immer geschlossen. »Nur nicht zu dicht sich drängen zusammen mit anderen Leibern. Die schwitzen. Vor Angst und weil sie keine Luft kriegen..«

Vera war in an jenem fernen Samstag zusammen mit ihrer Mutter zur Demo gegangen. Zur Gethsemane-Kirche, die unweit des Bahnhofs Schönhauser Allee steht. Massig, ziemlich hässlich, fand sie. Ein Brocken, der in den Prenzlauer Berg hinein geworfen worden war; sie konnten ihn von der Schönhauser aus sehen.

Erst waren sie Dutzende, dann Hunderte, vielleicht Tausende. Was Kotte eine erstaunliche Erfahrung nennt, auch wenn er nicht dabei war, war wie ein Abenteuer. Und war ernst gemeint.

Aber ich kann auch auf einen Friedhof gehen und mich gruseln, grübelte Vera weiter. Ich kann an einer Demonstration teilnehmen und etwas auf die Rübe kriegen. Es lohnt sich nicht, deswegen zu lamentieren. Es handelte sich um ein Missverständnis. Ich bin nicht der Staatsfeind, für den mich irgendein Polizeihauptmann hält, der in sein Megaphon dämliche Befehle brüllt; eher ist er der Staatsfeind.

Und es war verwirrend, wie viele Menschen lächelnd mit ihrer Unzufriedenheit umgegangen waren. Bereit, auf der Straße mit witzigen Parolen die Regierung aufzufordern, endlich mit dem Lügen aufzuhören. Das, das war wirkliche eine großartige Erfahrung, Herr Kotte. Das war es doch, was sie gelehrt bekommen hatten: Wenn die Idee zu einer materiellen Gewalt wird, ohne gewalttätig zu werden! Gewalttätig sind die, die keine Ideen haben. Gewalt ist niemals eine Idee. Für sie, Vera Lothringen, nicht.

»Vera?«

»Ähm. Irgendwie … Ich werde die Bilder nicht los. Von der Demo. Und das alles.«

»Es wird Untersuchungen geben«, erklärte Kotte jetzt. »Es gibt bereits Leute, die sich zusammensetzen und Zeugenaussagen sammeln. Und die Betroffenen fragen …«

Betroffene. Getroffene. Es war verwirrend. Waren die Menschen auf der Demo andere Menschen als die, die an den offiziellen Kundgebungen und Fackelzügen teilnahmen? Das konnte Vera nicht glauben. Es ging kein Riss durch das Volk, ob nun wachsend, erblühend, beseelt oder beknackt. Denn wenn es nicht die gleichen Menschen waren, woher kamen die anderen Menschen dann so urgewaltig?

Plötzlich stieg ein Kichern in Vera hoch. Sie sah ihre Mutter und deren Liebsten Albert vor sich. Sie stellte sich vor, wie die beiden in ihren Turnschuhen und Shell-Parkas die Volkskammer stürmten, um zukünftig die Geschicke des Landes zu lenken. Die Mutter würde ein Programm verlesen, in dem steht, dass sich die Väter gefälligst um ihre Töchter und Söhne mehr kümmern sollten als um die Steigerung des Nationaleinkommens. Und Albert würde ein Programm verlesen, in dem er jeden Bürger des Landes dazu verpflichtete, drei Bücher im Monat zu lesen. Und zwar nicht nur »Wie der Stahl gehärtet wurde« und »Neuland unterm Pflug« und die Digedag-Geschichten.

»Es ist vollbracht.« Kotte klatschte in die Hände. »Unsere Jeanne d'Arc lächelt!«

»Warum nicht?«, fragte Vera. Sie war auf einmal müde und wünschte, sie wäre wieder allein. Wie vorhin, als ihr Vater sie besucht hatte. Auch wie bei den anderen Besuchern; sie hielt nicht lange durch. »Die Haare wachsen nach. Die Knochen heilen. Ich werde Weihnachten zu Hause feiern.«

»Wie findest du das? Das Mädchen redet, als läge es auf einer Decke am Strand. Als hätte es statt Prügel einen Sonderurlaub oder eine Prämie bekommen.«

»Vielleicht ist die Prügel eine Prämie?«, entgegnete die Schaffner. »Schon mal in die Richtung gedacht, großer Meister? Quasi eine Auszeichnung, die wehtut.«

»Sehr dialektisch, liebe Kollegin. So wie der Apfel nach unten fällt und der Schlagstock niedersaust ...«

»Frauen sind hart im Nehmen«, unterbrach ihn Christa.

»Ich muss das noch verdauen. Und ... vielleicht sind die Polizisten viel schlimmer dran als ich. Ich muss immer an die Gesichter der Jungs denken. Und sie verschwimmen dann. Es sind die Gesichter meiner Freunde, die plötzlich in einer Uniform stecken, die hässlich aussieht und kratzig ist.« Vera sprach leise und langsam. Sie wollte es nicht. Sie konnte es nicht verhindern. Ein Weinkrampf begann sie zu schütteln. Er kam aus dem Nichts; er kam – natürlich – nicht aus dem Nichts.

Christa Schaffner wechselte von ihrem Stuhl auf die Bettkante und nahm Veras Kopf in die Arme. Die Lehrerin streichelte über den kurzen Flaum des nachwachsenden Haars. Was für ein Küken, die Vera. Sie tupfte mit einem Taschentuch die schweißfeuchte Stirn des Mädchens ab.

Kotte war aufgestanden und an das Fenster getreten. Das Zimmer lag in der achten Etage, der Blick ging weit über Berlin. Unweit des Krankenhauses konnte er den Antifaschistischen Schutzwall sehen. Der Blick ging darüber hinaus. In das Grün des Tiergartens, der in Westberlin lag. Über die Dächer der Häuser, die an der Friedrichsstraße in Ostberlin standen. Was wird geschehen? fragte Kotte sich. Was ist geschehen? Wenn der Staat anfängt, Mädchen wie Vera niederzuknüppeln, dann ist etwas faul im Staate DDR. Dann ist etwas sehr faul.

Und Kotte verwirrte auch Veras Haltung. Das Mädchen vergab noch denen, die sie prügelten.

Die Mauer da unten, ein schmales graues Band, harmlos sah sie aus. Sie steht in meinem Blickfeld; wie nah das Wort Blickfeld am Wort Schussfeld ist.

Wir denken nicht über die Mauer nach. Sie ist eine Gewohnheit. Der ganze Staat ist eine Gewohnheit geworden. Wir wurden hineingeboren. Eingestaatet. Eingetopft. Mein Gott, es genügt nicht, den Mädchen und Jungs mit Gedichten von einer vollkommeneren Welt zu kommen. Diese Gedichte sind – sind sie nicht letztlich in ihrer wahnsinnigen Helle der hellste Wahnsinn? Von Himmel zu sprechen, von Freundschaft, von Wahrheit und Reinheit, wenn ein Gummiknüppel, ein Befehl, eine Mauer genügen, um junge Menschen kaputt zu machen? Aber sie sind ja nicht kaputt. Vera ist es nicht. Wie stark das Mädchen ist. Demütig, neugierig, offen und – nicht verbittert, nicht verzagt.

Gedichte und Gummiknüppel, ist das nicht zum Wahnsinnigwerden? Kotte schlug die Stirn gegen die Fensterscheibe; sie hielt, beide hielten, Stirn und Glas, wie schwer bricht das.

»Werner?«, rief Christa.

»Schon gut«, murmelte er. »Schon gut. Alles in Ordnung.« Auch wenn nichts in Ordnung war.

Sonntag, 22. Oktober 1989

Lärmend fiel die Clique ein und machte sich breit. Mit »Hallo« und »Hallöchen«, mit »Schnieke hast du es hier!«, und Peter Sandburg konnte nicht anders: »Sogar einen Fernseher hat unsere blutrünstige Rebellin! In bunt! Ist ja wie in einem Valuta-Hotel!« Schnappte sich die Fernbedienung und zappte die Sender durch. »Lahmes Programm! Überall!«, sagte er schließlich, während die anderen den Blumen Wasser gaben, Apfelsaftflaschen und Obst einsortierten, und Sylvia sagte: »Als wüsstest du, wie es in einem Valuta-Hotel aussieht? Außerdem könntest du wenigstens ›Guten Tag‹ sagen und fragen: ›Liebste Vera, engelsgleiches Geschöpf, Traum meiner schlaflosen Nächte‹ – in denen du unter der Bettdecke fummelst, Sandburg! – ›wie geht es dir so?‹« Sie stemmte die Hände in die Hüfte und streckte den Unterleib nach vorn. So sah sie schwanger und empört aus; das eine war sie, das andere nicht. »Gott!«, seufzte sie dann. »Manchmal fühle ich mich wie eine Mutter von lauter pickligen Hähnchenbrüsten!«

»Was ist denn das für ein schiefes Bild?«, meinte Mark.

»Was soll ich fragen. Sieht man doch. Gut geht's ihr!« Peter setzte sich auf die Bettkante. »Oder nicht?«

»Doch«, sagte Vera.

Und zu Sylvia gewandt sagte er im Ton eines gestrengen Richters: »Im Übrigen kriegt jede Mutter die Kinder, die sie verdient hat. Wie jedes Volk die Regierung hat, die es verdient hat. Oder sag ich grad was Richtiges? Nicht doch, o Gott!« Er presste beide Hände auf seinen Mund, als hätte er jemals den Versuch unternommen, nicht alles rauszulassen, was ihm gerade durch die Birne rauschte.

Mark Viehweger war beschäftigt, einen Strauß Blumen vom Papier zu befreien. Eine Tätigkeit, der er nicht jeden Tag nachging; eine Arbeit, bei der ein Ungeübter sich die Finger brechen konnte. Das Papier klebte an den langen Stielen der Rosen, oder die Stiele klammerten sich in das Papier. »Scheiße!«, rief er und bekam einen roten Kopf. »War doch deine Idee? Warum schenkst du sie ihr nicht?«, fuhr er den grinsenden Gernot an. »Vasen haben die hier bestimmt auch nicht.«

»Weil«, sagte Gernot feierlich, »die Rosen von uns allen sind. Ich hingegen …«

Großer Auftritt, großer Meister. Es hatte seinen Grund, dass Gernot die Blumen einem anderen überließ. Er hatte was Besonderes vor. Er hatte nicht nur das Vorrecht eines Kusses auf den Mund der Patientin. Er hatte auch das Recht auf ein besonderes Geschenk. Und er küsste Vera.

»Deine Lippen auf meinen zu spüren und sich dann im All zu verlieren«, trällerte Sylvia. »Wie er küssen kann, der blonde Mann!«

»Gernot kann alles«, maulte Mark, der die Blumen endlich entkleidet hatte und in ein Einweckglas voller Wasser, das ihm Peter reichte, steckte. »Deshalb wird er eines Tages Präsident der Union aller Milchstraßen.«

»Ich finde, Nationaldichter sind faszinierender als irgendwelche Politiker«, säuselte Sylvia und schmachtete Viehweger theatralisch an. »Hehe, und ich?«, warf Peter ein. »Ihr macht hier einen auf Gruppensex und glaubt, mich könnt ihr in den Skat drücken?«

Vera fühlte sich unendlich wohl. Geflachse und Gedöns; das kannte sie, das hatte sie vermisst. Und sie genoss es, nicht mitmachen zu müssen, still zu sein, beteiligt, gar Mittelpunkt, aber zu nichts verpflichtet. Sie war das Ein-Mädchen-Publikum der Show ihrer Freundinnen und Freunde. Bis ihr auffiel, dass Maria sich zurückhielt. Das Mädchen mit der roten Mähne, das Mädchen, das schon, als sie damals – damals? in einem anderen Leben? war das so lange her, dass es ›damals‹ war? als sie ihr Programm aufführten, nicht mehr wie ein Punk auftrat. Sie hatte sich nicht geschminkt, sie trug die Ringe in den Ohren nicht mehr. Maria wirkte, als blickte sie immerzu nur in eine Richtung: in sich selbst hinein.

Darum konnte Vera sich jetzt nicht kümmern. War es nur ein Anflug von Sorge? Oder der Hauch von Ernsthaftigkeit, den es brauchte, um eine Inszenierung, die nicht wirklich komisch sein konnte, zu vollenden?

»Für dich!« Gernot legte ein schmales, grünes Etui aus Leder auf die Bettdecke.

Vera öffnete es. Ein Ring, ein kleiner! Doch was für ein feiner! Ein schmaler Reif mit einem winzigen Stein, der blass und bläulich glänzte, gebettet auf ein weinrotes Kisschen. Sie zögerte, ihn herauszunehmen und über den Finger zu streifen.

»Oha!«, kam Sylvias Kommentar.

»Wie goldig!«, rief Peter. Er pfiff anerkennend, um sich gleich wieder der Sendung im Fernsehen zuzuwenden; es lief der »Oberhofer Bauernmarkt«, es wurde tüchtig auf den Bänken eines als Kulisse nachgebauten Wirtshauses geschunkelt, und eine Sängerin in einer Tracht, die zum Hals hin freizügig geschnitten war, verbreitete mit ihrem Lied Lebensfreude und Heimatgefühle. Der Ton war leise gestellt.

»Hast du eine Bank ausgeraubt?«, war Marks Kommentar. Alle hielten ihn für einen unpraktischen Menschen, ein Dichter eben, der sich beim Holzspalten ins Knie hacken würde und im Fahrstuhl auf den Knopf mit der -2 drückt, wenn er in den siebten Stock hinauf wollte. Doch Viehweger blickte durch. Viehweger wusste, dass es nichts für Nasse gibt, und wenn er wüsste wie, würde er eine Bank gründen, die für teuer Geld Verse bunkerte und poetische Kredite vergab – und dafür Zinsen noch und nöcher verlangte.

»Das ist der Preis für Übermut! Ich könnte auch sagen, wenn ich nicht in dich verliebt wäre, Vera, das ist der Trost für ein törichtes Mädchen«, strahlte Gernot.

»Wenn er es nicht sagen wollte, warum sagt er es dann?«, flüsterte Mark Peter zu.

»Ein bisschen verschwurbelt das Ganze«, wisperte Peter zurück. »Er braucht die große Bühne! Trara!«

»Ich bin sehr, sehr froh, dass es dir gut geht, Vera. Du hast dich in eine Gefahr begeben, und zwar nicht zu knapp, und du bist davongekommen ...«

Veras Gesicht wurde auf einmal kalkweiß. Etwas stimmte nicht. Die Situation stimmte nicht, die Wörter stimmten nicht. Der Ring – unangemessen, zu wertvoll. Verpflichtend irgendwie. Für Momente setzte Veras Gehör aus, sie sah Gernots Lippen, hörte nicht, was er sprach. Lippen in einem Gesicht, das den Ausdruck eines Menschen hatte, der immer weiß, was er will. Vera fühlte sich angezogen und – zugleich abgestoßen. Was ist los mit mir?

»Warum sagst du ›törichtes Mädchen‹?« Vera unterbrach Gernots Rede, die sie nicht mehr gehört hatte.

Doch Gernot redete weiter, als hätte er die Sätze vorher geprobt: »... Welchen Sinn hat es, den Staat zu provozieren? Unseren Staat? Ich finde, Demonstrationen sind keine geeignete Form, um auf Missstände hinzuweisen. Das steht in den Gesetzen. Zusammenrottung. Widerstand gegen die Staatsgewalt. Rowdytum. Das ist es nicht, was wir wollen, wir alle nicht, und ... Was ist?«

Sandburg spielte mit dem Handsender. Wechselte die Programme im Zweisekundentakt.

Viehweger sah zu Boden. Er stand mit dem Blumenglas und wusste nicht, wohin damit. Wäre Fallenlassen eine Lösung?

Hohberg stand der Mund offen. Ihr Blick ging zwischen Vera und Gernot hin und her. Was war das? Jemand schenkt was Schönes und redet solchen Mist? Dann legte sie die Finger der rechten Hand an die Lippen und pustete, als hätte sie sich eben verbrannt.

Maria aber, Maria stand da und lächelte spöttisch. Lächelte weiter, als Veras Blick sie traf. Und nickte, als wüsste sie, was Vera sagen würde.

»Wir sitzen alle in einem Boot?«, fragte Vera sanft.

Gernot nickte, haargenau das stimmte, das wollte er gesagt haben; und wer meuterte, der riskierte Strafe oder sogar körperliche Verwundung, sah man ja an seiner Freundin. »Wir sitzen alle im selben Boot«, bestätigte er.

»Wir sind alle für den Frieden in der Welt, oder?« Klar doch. Aber immer doch. »Wir ziehen alle am selben Strang!«, setzte Gernot noch einen drauf und schaute sich um. War es nicht so?

Plötzlich zerbrach die Stille. Das Standfoto, eben noch zeigte es erstarrte Jugendliche, zerbarst.

Viehweger rastete aus. »An einem Strick! An einem Strick!« Er tigerte durch das Krankenzimmer. »Hast du eine Macke? An einem Strick!? Wo denn? Der eine hängt mit dem Hals drin, der andere zieht mit beiden Händen dran!«

»Du weißt genau, was ich meine!« Gernot spannte sich. Ein Boxer, hellwach und bereit, einem Schlag auszuweichen und selbst einen Schwinger auf das Kinn des Gegners zu setzen. Punktgenau auf die Nuss.

»Was meinst du denn? Hä? Was, du Liebling der Götter, meine ich denn?«, fragte Mark sarkastisch, er bebte am ganzen Leib: »An einem Strick?! Hast du den Mist von deinem Vater?«

»Mein Vater? Was hat mein Vater …?«

»Er gehört doch zu denen, die dafür verantwortlich sind!« Viehweger umfasste mit einer Geste das Krankenzimmer; die Patientin, das Fernsehgerät, die Blumen, die ganze Welt wurde einbezogen. Und jeder von ihnen verstand, was Mark meinte. Dass Vera halb totgeschlagen worden war. Dass im Fernsehen geschunkelt wurde. Dass da draußen eine sogenannte Wende (ein Wort, das plötzlich umging) stattfand und sie mittendrin steckten, nur dass niemand genau wusste, wo mittendrin war, wo links, wo rechts, wo oben und unten. Weil niemand genau wusste, was vor sich ging in diesem Staat, der ihr Staat war – das hatten sie mit der Muttermilch aufgesogen, und der doch so unverständlich geworden war. »Vielleicht hat dein Alter nicht direkt den Befehl gegeben. Aber er steckt doch mit dahinter!«

»Mach halblang, Viehweger«, entgegnete Gernot eisig-gelassen. »Als Vera in den Schlamassel geriet, saß mein Vater zu Hause beim Abendbrot. Es gab Bratkartoffeln mit Sülze, dazu trank er sein Bierchen. Ich kann keinen Zusammenhang erkennen zwischen Veras Leichtsinn und dem Job meines Vaters, seiner Existenz und seinem Feierabendbier.« Selbstsicher, souverän, unantastbar; sein Kinn würde jeden Schlag aushalten.

»Leichtsinn trifft's wohl nicht so richtig«, murmelte Peter Sandburg.

»Sagtest du was, Komiker?«, fragte Gernot.

»Sprich doch lauter, du Pflaume«, schimpfte Sylvia. »Los! Sag doch einmal, was du wirklich denkst, Sandburg! Einmal darf auch ein Kasper die Klappe aufreißen und was Ernstes sagen!«

Was war los? Was war in die Freunde gefahren? »Bitte«, flüsterte Vera. »Streitet euch doch nicht. Bitte nicht!« Aber niemand hörte sie.

Mark war nicht zu halten. Mark Viehweger hatte eine Rechnung offen, von der niemand im Raum wusste, wann sie ihm gestellt worden war und wer sie ihm gestellt hatte. Aber jeder im Raum wusste, dass es diese Rechnung gab. Dass sie selber irgendwie ein Posten auf dieser Rechnung waren. Dass der Groll, der aus dem Vulkan Viehweger platzte, aus der Lava bestand, die auch in ihnen brodelte. Nur in Gernot nicht?

»Ist dein Vater etwa nicht ein hoher Offizier im Innenministerium?« Mark stellte das Glas mit den Blumen in das Waschbecken und schaute sich einen Augenblick lang im Spiegel an. Dann drehte er sich um. »Gehört dein Vater etwa nicht zu denen, die seit Jahrzehnten behaupten, die Welt des Sozialismus sei edel, schön und gerecht? Nur weil sie entweder blind sind. Oder Zyniker. Oder sind sie etwa doof? Oder sie wissen es wirklich nicht besser, weil es ihnen gut geht? Bratkartoffeln und Sülze – komm mir doch nicht mit so einer Kacke!«

»Richtig. Ich vergaß. Bei uns zu Hause wird jeden Abend Kaviar aus Eimern gegessen und Champagner aus der Badewanne geschlürft. Und anschließend blättern wir kollektiv im ‚Playboy'.« Gernot war bereit. Er konzentrierte sich. Bereit zum Kampf, bereit sich und seinen Vater und seine Meinung zu verteidigen, wie Viehweger bereit war, seinen Angriff fortzusetzen.

Die Jungs standen sich gegenüber, notfalls würden sie sich gegenseitig die Fresse polieren: der Pragmatiker dem Jungpoeten, der künftige Nationaldichter dem viel versprechenden Überall-Chef. Was war das nur? Vera schaute von einem zum anderen, erschrak und war stumm.

Sylvia schien jetzt das Spektakel zu genießen.

Sandburg war ungemütlich zumute.

Nur Maria – Maria hatte sich vor das Fenster gestellt, mit dem Rücken zu den anderen, und lächelte für sich. Als gehörte sie schon nicht mehr in diese Runde. Als wäre sie längst weit fort, ganz woanders.

»Was willst du von mir?«, fing Gernot an.

»Merkst du nicht, wie absurd das ist?«, fragte Mark.

»Was, bitteschön, ist absurd?«

»Du schenkst ihr einen Ring! Du schenkst Vera einen Ring! Zum Trost? Für was?«

»Bahnhof. Ich verstehe Bahnhof. Ich schenke meiner Freundin einen Ring, weil ich ihr eine Freude machen will. Weil ich sie liebe, du Traumtänzer!«

»Vera ist ein Opfer. Und von wem? Von den Bullen? Klar, sicher. Aber wer steckt dahinter?«

»Aber wer steckt dahinter?«, äffte Gernot.

Peter Sandburg schaltete das Fernsehgerät ab, wendete sich den Streithammeln zu und sagte mit einem Ernst, den vielleicht Sylvia aus ihm herausgekitzelt hatte: »Bullen sind Bullen, großer Meister! Mächtige Tiere. Die gehören in den Stall und unter Kontrolle. Ob da ein armes Schwein prügeln muss, oder ein anderes Schwein es befohlen hat und zu Haue Bratkartoffeln mit Sülze isst – was da gelaufen ist, ist eine tierische Sauerei!«

»›Was da gelaufen ist?‹ Was ist denn da gelaufen?«, keilte Gernot aus.

»Ich erkläre es dir. Auch wenn du es nicht magst, etwas erklärt zu bekommen, weil du ja alles selber weißt.« Mark Viehweger war plötzlich sehr ruhig. »Die Bullen sind Staatsgewalt. Die tun, was der Staat von ihnen verlangt. Wenn der Staat sagt, knüppelt die Demonstranten zusammen, die spinnen, dann knüppeln die Bullen die Demonstranten zusammen. Soweit verständlich?«

»Oha, das ist die neue Staatsbürgerkunde! Wer bist du auf einmal? Der Ziehsohn des Genossen Lautengässer? Nur andersrum?«

Viehweger ließ sich nicht provozieren. »Wer aber ist der Staat, hä? Man kann sagen, wir alle sind der Staat. Ich bin es nicht. Ich glaube, Vera war es zufällig auch grad nicht. Aber die Staatsdiener, die sind gewiss der Staat. Regierung. Ämter. Ministerien. Und die bestehen aus Regierern, Amtierern, Ministrierern … Aus Leuten wie deinem Vater! Und die entscheiden und sie tragen Verantwortung! Schlussfolgerung: Dein Vater ist mit Schuld daran, dass Vera hier liegt. Und du kommst und schenkst ihr einen Ring und erzählst was von Leichtsinn und dass sie töricht gewesen war. Das klingt – wie dein Vater reden würde.«

»Was weißt du, wie mein Vater redet?«

»He, Jungs«, mischte sich Sylvia ein. »Eines ist mal klar: Vera ist nie im Leben eine Staatsfeindin, und Verprügeln geht gar nicht. Ich glaube auch nicht, dass Gernots Vater ein Verbrecher ist. Und ich glaube auch nicht, dass gebrochene Knochen und ein Hirntrauma besonders viel Spaß machen. Ist alles zusammen eine ziemliche Grütze.«

»Du denkst doch sowieso nur an dein eigenes Vergnügen«, blaffte Gernot das Mädchen an. »Falls du überhaupt denkst. Du denkst, du denkst, dann denkste nur, du denkst …«

»Gernot!«, rief Vera. Die Hand, um den Ring geschlossen, liegt auf der Bettdecke wie ein blutleeres Tier. Und noch mal rief sie: »Gernot!«

»Okay«, sagte Sylvia. Sie machte die paar Schritte, bis sie vor Gernot stand und verschränkte die Arme über der Brust. «Okay! Falls du es nicht bemerkt hast, größter Bescheidwisser aller Zeiten: Ich wollte den Streit beenden. Ich finde es nicht besonders einfühlsam, vor Vera wilde Sau zu spielen.«

Sylvia atmete tief durch, ein leises Stöhnen drang aus dem Mund, sie schaute Gernot in die Augen und fuhr eisig-klar fort:

»Es kann schon sein, dass du mal n echter Obermacker wirst. Wir werden stolz auf dich sein, wenn wir eines Tages deinen Namen in der Zeitung lesen. ›Schaut‹, werde ich zu meinen Kindern sagen, ›mit dem Gernot Klinkermann habe ich früher auf einem Friedhof Wein getrunken, und einmal haben wir sogar geknutscht. Das war, bevor er sich unsterblich in eine gewisse Vera Lothringen verliebte und keine Augen mehr hatte für andere Mädchen.‹ Und wir werden in der Zeitung lesen, dass du entweder einen Nobelpreis gekriegt hast. Oder du wirst zum Botschafter in Mocambique ernannt. Oder du springst als erster Mensch der Welt über zweieinhalb Meter im Hochsprung. Und dann werde ich meinen Kindern sagen: ›Dieser Klinkermann hatte schon immer einen Hang nach oben. Beziehungsweise einen Drang, alles und jeden von oben zu betrachten. Was an und für sich nicht schlimm ist. ,Wenn einer was Besonderes ist und was Besonderes kann‹, werde ich meinen Kindern erzählen, ›dann hat er auch ein Recht darauf, ein bisschen überheblich zu sein‹. Ehrlich, oder? Aber ob so einer Freunde hat?«

Konnten sie mit diesem Quatsch nicht aufhören? Worum ging es überhaupt? Waren sie nicht Freunde? Einer für alle, alle für einen, eine für alle, alle für eine? Galt das nicht mehr? Und wenn es so war, warum war es so? Vera verstand die Welt nicht mehr.

Einiges war passiert, von dem Vera noch nichts erfahren hatte. Ein Schülerrat war gegründet worden, mit den Stimmen etlicher Lehrer, Kotte und Schaffner zum Beispiel, und auch mit der Stimme Eberleins. Die Schüler würden künftig ein Mitspracherecht haben, wenn es um Beurteilungen ging, um Personalentscheidungen, um Bestrafungen und Belobigungen. Der Schülerrat würde mit dem Elternbeirat gleichberechtigt an Lehrerkonferenzen teilnehmen und sich aus erster Hand informieren können und seinerseits aus erster Hand die Lehrer und die Eltern über ihre Vorhaben, Sorgen, Vorschläge berichten. Der Knaller war: Zum Schulsprecher war nicht Gernot Klinkermann gewählt worden –, sondern Mark Viehweger.

Von all dem hätten die Freunde Vera berichten sollen; stattdessen zankten sie wie Droschkenkutscher. Und wollten nicht aufhören damit, auch wenn Veras Gehör einige Sekunden ausgesetzt hatte und das Geschehen um sie herum ein Stummfilm war, der plötzlich in eine Tonspur fand:

»Wie mein Vater klingt, das weißt du nicht. Du hast zu viel Phantasie, Viehweger. Du kannst dir alles Mögliche vorstellen, aber du rasselst haarscharf an der Wirklichkeit vorbei. Schätze ich mal.«

»Bratkartoffeln und Sülze kann ich mir grad noch vorstellen. Als Wirklichkeit. Ich kann mir aber auch eine Wirklichkeit vorstellen, in der es Leute gibt, denen es arschkalt nur darum geht, ihre Macht zu behalten.«

»Und da weißt du Bescheid?«

»Das ganze Volk weiß Bescheid.«

»Oho. Das ganze Volk! Es trümmert und wankt ja, plimplamplum. Das Volk! Das ist eine ganz tolle Mannschaft!«

»Wollte ich dir schon immer mal sagen: Du bist ein arrogantes Arschloch, Klinkermann.«

»Mach dir einen Vers drauf, Romantiker!«

»Hört auf!« Auch diesmal hörten die Streithähne Veras Flüstern nicht. Und sahen auch nicht, dass das Gesicht des Mädchens von einem Schweißfilm überzogen war. Nur Maria, die sich vom Fenster abgewendet hatte und den Streithammeln belustigt – oder abschätzig – zusah, hatte es gehört. Sie nickte Vera zu. Ja, diese Idioten sollten aufhören. Die ganze Welt sollte aufhören sich zu streiten. Aber das taten sie alle nicht, die Welt nicht und nicht die Idioten.

»Du, du gehörst doch zu denen, die Vera als Staatsfeindin bezeichnen! Du bist im Grunde deines Herzens einverstanden damit, dass Vera verprügelt wurde! Du gehörst doch schon ...«

»Bist du meschugge, Viehweger?« Gernots Gesicht lief rot an. Er holte aus und knallte Viehweger die rechte Faust auf die Nase. Alle schrien auf, nur Maria nicht. Das Mädchen machte ein paar Schritte, setzte sich zu Vera, die die Augen geschlossen hatte und heftig atmete. Maria nahm ein Papiertaschentuch und wischte der Freundin die Stirn trocken.

Mark war auf das zweite, unbelegte, Bett geplumpst und saß auf seinem Hintern wie ein Hamster, der Männchen machte. Er fasste mit der Hand an die Nase und starrte verblüfft auf das Blut.

»Spinnt ihr?« Sylvia Hohbergs Stimme, schrill und panisch. »Seit wann kloppen wir uns denn? Das ist doch das Letzte!« Das Mädchen riss von der Papierrolle, die neben dem Waschbecken hing, einen Fetzen ab, tränkte ihn mit Wasser und tupfte in Viehwegers Gesicht herum. »Idioten, echt mal!«

»Ihr könnt mich mal! Ihr könnt mich mal alle! Wer bin ich denn, dass ich mir diesen Mist anhören muss!«

Wieder einmal flog ein Engel durch das Krankenzimmer. Es war ein anderer als der vor einem Monat. Als sie in der Aula saßen und glücklich waren, weil das Programm ein Erfolg gewesen war und sie das Gefühl einer Freundschaft hatten, die nichts und niemand zerstören konnte. Eine Stille war da gewesen, für einige Momente, die ewig andauern musste. Dieser Engel jetzt hatte Flügel, die zitterten. Dieser Engel jetzt wollte sich nirgendwo hinsetzen und nirgendwo bleiben. Er sah verwirrt und traurig in die Runde. Eine Träne tropfte aus dem Auge, nein, es war ein Wassertropfen, der aus dem Hahn in das Waschbecken fiel. Plitsch. Und Engel gab es nicht. Platsch.

Gernot keuchte, als er die Stille durchbrach und in den Raum fragte: »Das ist deine Meinung von mir, ja? Das ist eure Meinung von mir?«

Niemand antwortete. Gernot schaute von einem zum anderen. Niemand schaute zurück. Nur Viehweger. Er hielt sich die Nase und nickte.

»Was ist passiert?«, fragte Vera wisperleise.

»Machst du den Fernseher nicht an?« Peter plapperte los, als ließe sich die Spannung im Zimmer lösen. »Honni ist weg vom Fenster. Die Partei hat nicht mehr immer Recht. Wir sind die Fans von Egon Krenz«, krähte er.

»Arschloch.« Dumpf klang es aus dem Munde Marks.

»Du würdest für nen blöden Witz deine Großmutter schlachten«, ätzte Gernot. Er und Mark guckten sich an; immerhin, in der Bewertung ihres Kameraden Sandburg waren sie sich einig.

Und der machte weiter; immerhin, er hatte diese Begabung: Er konnte Stimmen imitieren und mit winzigen, strichmännchenhaften Gesten Politiker, Künstler, Prominente so nachmachen, dass ein jeder sie erkannte. Manches Mal hatten sich die Freunde am Boden gekringelt, etwa wenn sie auf dem Friedhof lagerten, und Peter begann, im Schein des Kerzenlichtes Passagen aus einer politischen Rede vorzutragen. Oder einen Schlager zu singen, der vom Eiapopeia der Liebe handelte. Echt, das konnte Peter Sandburg, und sie wälzten sich vor Lachen zwischen den Grabsteinen. Jetzt tat er, als setzte er sich eine Brille auf, machte einen schmalen Mund und hielt mit überkippender Stimme eine nuschelnde Rede: »Liebe Genossen! Mein ganzes bewusstes Leben habe ich in unverbarer Treue zur rävolutnären Sache der Arbeiterklasse und zu unserer marxtisch-leninstchen Weltanschauung der Errichtung des Szalismus auf deutschem Boden gewidmet. Die Gründung und die erfolgreiche Entwicklung der szalistischen Dtschen Demkrtschen Republik, deren Bilanz wir am vrzgisten Jahrestag gemeinsam gezogen haben, betrachte ich als Krönung des Kmpfes unserer Partei und meines eigenen Wirkens als Kommunist.«

Funktionierte nicht, hier nicht, heute nicht.

»Ich finde das nicht witzig.« Gernot, glasklar und kalt.

»Und um das noch zu sagen«, Peter fand kein Ende. Pointen zu setzen, das würde er noch lernen müssen, wollte er eines Tages ein erfolgreicher Komödiant sein. »Frieden, Freundschaft, Solidarität!«

»Was ist daran schlecht?« Vera saß aufrecht im Bett. Was ist an Frieden, Freundschaft und Solidarität so Übles dran, dass die Wörter ausgesprochen werden durften wie Klopapier, Schlagstock und Teppichklopfer?

Nichts hatte sich entspannt, überhaupt nichts. Das Krankenzimmer war ein Käfig geworden, in dem Tiere gefangen waren, die sich gegenseitig belauerten, um sich an die Kehlen zu gehen?

War es so schlimm? Warum war es so schlimm geworden?

Vera empfand es so. Sie fühlte sich – gefährdet. Ihr Herz begann zu rasen, sie schwitzte stark am ganzen Körper, in ihrem Kopf ging alles drunter und drüber. Die Demonstranten drängten sich zusammen, Hölderlin rezitierte eines seiner Gedichte. Aber der war doch verrückt? Oder war es die Mutter? ›Untergang‹, hörte Vera jemanden schreien, einen Mann, der die Maske eines Harlekins trug und auf einem Akkordeon spielte: ›Untergang, Müßiggang, Ausgang, Vorgang …‹ Jemand fragte in Veras Kopf: ›Glaubst du an Weissagungen?‹ – ›Niemals‹, schrie Vera. ›Ich glaube nicht an den Untergang …‹ Aber sie sah in die Gesichter der Freunde und dachte: Untergang.

»Kann es sein«, flüsterte Vera, »dass wir … den Beginn eines Endes erleben?«

Stille. Bis Peter meinte: »Leichte Schläge auf den Hinterkopf befördern das Denkvermögen … Aua!« Sylvia hatte ihm einen solchen Klaps verpasst. Es war an der Zeit, fand sie.

Und auf einmal war jeder für sich. In diesem Raum, acht Stockwerke über Berlin. Als hörten sie Veras Frage nach, die ihrer aller Frage war. Etwas ging zu Ende, bevor sie wissen konnten, was neu anfing. Sie ahnten, dass sich etwas veränderte, um sie herum, in ihnen. Nur was? Gab es das: dass sich alles verändern konnte? Auch ihre Freundschaft oder die Heimat oder – eben alles, was sie bisher für gut und richtig hielten, auch wenn Reparaturen angesagt waren?

»Ich kann das nicht mehr hören!« Gernot hatte ein Glas mit Wasser gefüllt und trank es mit zwei gierigen Schlucken aus. »Alle meckern, jeder reißt das Maul auf! Untergang! Apokalypse! Das Vaterland ist in Gefahr! Soll denn der Staat in die Tonne getreten werden?« Er lachte höhnisch auf. »Da wird er sich wehren. Logisch. Das ist seine Pflicht, sich gegen Umstürzler zu wehren!«

»Er könnte auch mit denen reden«, sagte Sylvia.

»Die suchen doch die Konfrontation!«, brüllte Gernot.

»Wer ›die‹? Vera oder wer?«, fragte Maria sanft.

»Du jetzt auch noch!« Gernot wurde zum Berserker: »Es geht doch hier nicht mehr um den einen oder anderen. Es geht um das Ganze. Es geht darum, dass dieser Staat, unser Staat, zum Wanken gebracht wird? Was glaubt ihr denn, was ihr besser wisst? Was glaubt ihr denn, was an seine Stelle treten soll? Irgendein Haufen wild gewordener Weltverbesserer und Spinner? Ich finde es jedenfalls richtig, dass der Staat und die Regierung sich wehren!«

Stille. Blicke hin und her. Dann sahen alle Gernot wie auf ein Kommando an.

»Was schaut ihr mich so an? Was wollt ihr denn? Die Regierung stürzen? Den Staat abschaffen? Chaoten in der Volkskammer?«

»Ob er gut küssen kann, weiß ich nicht«, sagte Mark süffisant. »Aber Quatschen kann er, unser Weltmeister!«

Für einen Moment sah es aus, als würde Gernot sich erneut auf Mark stürzen und ihm diesmal die Ohren zerschlagen. Oder die Knie brechen. Aber dann – stand er plötzlich still, sah in die Runde, winkte ab und ging aus dem Zimmer. Er schritt; er beherrschte sich, er würde sich nie die Blöße geben, wegzurennen. Doch die Tür schlug er hinter sich zu, dass in den Glasschränken der Krankenstation die Pinzetten, Röhrchen, Spritzen, Näpfe und Gläser hüpften und klirrten. Und die im Zimmer hörten seine wütenden Schritte auf dem Linoleum des Flurs.

»Ich hab jetzt grad keine Idee«, sagte Sylvia Hohberg.

»Scheiße!« sagten Viehweger und Sandburg synchron.

»Ich meine, das war doch nur peinlich!«, sagte Sylvia.

»Und n bisschen blutig«, ergänzte Peter.

»Der Typ ist für mich erledigt.« Viehwegers Stimme klang dumpf unterm Papier, das er sich unter die Nase drückte.

»Ich schätze mal«, hob Sandburg zu einer Psychoanalyse aus der Küche an, »ich schätze mal, der war selbst überrascht. Der kriegt sich wieder ein. Der bereut seinen Auftritt jetzt schon, wetten?«

»Da sei dir mal nicht so sicher.« Maria Breitling hatte Veras Hand gedrückt, war vom Bett aufgestanden und stand jetzt in der Mitte des Zimmers. Sie verwandelte sich, sie war verwandelt, was war geschehen, was geschah mit ihr, jetzt, hier, seit wann?

Marias rote Mähne loderte im Licht der Nachmittagssonne. Da stand ein Mädchen, dass die anderen nicht kannten. Aufrecht, gerade, das Gesicht bleich und ernst. Das war nicht die Maria, die mit nach vorn gezogenen Schultern und trotzigem Gesicht durch die Schule ging, und niemand sollte es wagen, sie von der Seite anzuquatschen. Das war nicht das Mädchen, dass auf der Bühne am Klavier saß und die Musik spielte zu dem Lied: Davon träumt die DDR usw. Die da gesessen hatte, die war eine andere Maria gewesen. Eine in sich gekehrte. Jetzt stand eine Maria da – die ausgestülpt war, umgestülpt, ihr Innerstes nach außen gekehrt hatte und Stolz und Kraft und Selbstbewusstsein zeigte.

Was hatte sich verändert? Vera lag im Bett, das Kopfkissen aufgeschüttelt, ihre Augen gingen von einem zum anderen. Was hat sich mit euch verändert? Mit uns? Mit mir?

Und Maria sagte ruhig: »Ich spüre, es geschieht etwas, das uns auseinander reißt.«

»Was meinst du damit?«, wollte Peter wissen.

»Seit wann versuchst du dich als Wahrsagerin?« Sylvia presste Viehweger einen nächsten, feuchten Papierstreifen unter die Nase.

»Spürt ihr es nicht? Du spürst es, oder?« Maria wendete sich an Vera.

Die nickte stumm. Was das war, was sie spürte, wüsste sie nicht zu sagen. Aber etwas geschah mit ihnen, weil etwas ringsum geschah. Klinkermanns Ausraster war nur ein Zeichen. Die Eruption einer Unruhe in ihm. Wie sie in jeder und jedem von ihnen rumorte?

»Ich für meinen Teil gehe jetzt«, sagte Peter leise. »Kommt ihr mit?«

»Das war nicht gerade ein mustergültiger Krankenbesuch, wa?«, sagte Sylvia zu Vera.

»Ich bin mit dem noch nicht fertig!«, schnaubte Mark, und es klang kläglich durch das Papier unter seiner Nase.

»Jajaja!« Sylvia schob Viehweger vor sich her und sagte: »Vera, wir kommen wieder! Hoffentlich hat dich der Scheiß nicht zu sehr aufgeregt. Bleibst du noch?«

Maria nickte.

»Na dann!« Und Sylvia, Peter und Mark reichten Vera die Hände und schoben hastig und verlegen ab. Die Tür zogen sie leise hinter sich zu.

»Was ist es, was wir spüren.« Vera fragte es nicht. Sie stellte es fest, und diese Feststellung war eine Selbstbefragung. In die plötzliche Stille des Zimmers.

»Ich habe Angst«, sagte Maria nach einer Weile. Sie hatte sich wieder vor das Fenster gestellt und schaute in die Stadt. Da draußen war alles wie immer. Autos fuhren, eine S-Bahn machte eine elegante Schlangen-Kurve auf ihrer Schiene. Aus dem Bahnhof Friedrichstraße strömten Menschen. Am Taxistand mussten die Wolga-Autos, kaum, dass sie angehalten hatten, gleich wieder los. Eine laute Welt, die hier im Krankenzimmer stumm ankam.

Ein Andrang von Fahrgästen, von Passanten. Passanten – das war es. Nichts war anders, äußerlich, alle Menschen waren Passanten. Auf Durchreise. Alle befanden sich auf einer Passage von einem A nach einem B. Nur dass sie das A kannten, das B hingegen nicht. So fühlte sich Maria, so fühlte sich auch Vera: Wie auf einer Durchfahrt von einem bekannten zu einem unbekannten Ort.

»Du hast dich verändert«, murmelte Vera.

»Ach, die Punknummer!« Maria winkte ab. Erledigt, perdu, olle Kamellen. Auch nur eine Passage, mehr nicht. »Waren irgendwie lästig. Auf einmal. Die Ringe im Ohr und die Perle auf der Zunge. Irgendwie albern, fand ich.«

»Meine ich nicht. Du wirkst traurig. Einsam. Komm, setz dich zu mir.«

»Ich habe Angst«, wiederholte Maria, als sie auf der Bettkante saß. Plötzlich nahm sie Veras rechte Hand und hielt sie, als wollte sie die wärmen. Oder sie wollte ihre Hände an Veras Hand wärmen. Ein Hände-Sandwich.

Maria seufzte, ein Schütteln fuhr durch ihren Körper, dann brach es leise und langsam aus ihr heraus. »Es bröckelt. Es schwankt. Ich gehe morgens aus der Wohnung und betrete Planken, die sich bewegen. Das Draußen ist ein Schiff, das unter meinen Füßen schlingert. Und wenn ich aufschaue, sehe ich niemanden, der am Steuer steht. Die Scheibe der Kommandobrücke ist dunkel. Da steht niemand und hält einen Kurs. Es geschieht etwas, und ich weiß nicht, was es ist. Es geschieht etwas, das uns alle verändern wird. Das uns schon jetzt verändert hat.

Ach, das ist doch alles eine pathetische Kacke! Ich weiß nur, dass ich Angst habe! Eine verdammte Kackangst!« Maria flüsterte jetzt und wollte ihre Hände lösen. Aber Vera hielt sie fest und streichelte sie.

Als die Krankenschwester eine halbe Stunde später das Zimmer betrat, um das Abendbrot zu servieren, fand sie zwei Mädchen vor, die nebeneinander im Bett lagen und eng umschlungen schliefen. Sie stellte das Tablett auf das Nachtschränkchen, sacht, um niemanden zu wecken.

Auf dem Linoleum blinkte etwas. Ein Ring? Seltsam, ein Ring auf dem Boden, woher der wohl kam? Die Schwester hob ihn auf und legte ihn neben die Seife auf den Rand des Waschbeckens und verließ auf Zehenspitzen das Zimmer.

*

Vera schlief, wachte auf, aß und trank, schlief wieder.

Da draußen, außerhalb des Krankenhauses, vollzog sich eine Wende. Jedenfalls stand das Wort in den Zeitungen, die voll waren mit Meinungen, Forderungen und Klagen der Menschen. Leserzuschriften, Leserbriefe, Lesermeinungen – als wären plötzlich die Leser die Redakteure. Oder hielten die sich nur zurück, weil sie auch nicht wussten, wohin der Laden lief? Solange füllten die Meinungen der Leserinnen und Leser die Zeitungsseiten?

Da draußen war Erich Honecker, der Generalsekretär der Regierungspartei, zurück getreten und hatte Egon Krenz Platz gemacht. Der redete im Fernsehen und versprach – die Wende. Und da draußen schrieben Leser empört, dass die Sauna in der neuen Schwimmhalle im Freizeitforum Marzahn entgegen dem Bericht eines Journalisten doch noch nicht geöffnet hatte. Der Direktor des Freizeitforums meldete sich und versprach – eine Wende.

Da draußen wurden Ausreisegenehmigungen erteilt für diejenigen DDR-Bürger, die in Warschau in die Botschaft der BRD geflüchtet waren – eine Wende war das, auch wenn es noch keine endgültigen, neuen Reisegesetze gab. Und da draußen informierte ein Betrieb in Kakerbeck, der die gelben Briefkästen für die Deutsche Post herstellte, dass es künftig Kästen mit kunststoffbeschichteten Blechen geben würde, die eine längere Lebensdauer garantierten – eine Wende für die insgesamt 38.000 Briefkästen in der DDR.

So viel Wende war, dass einem wirbelig werden konnte im Kopf.

Vera wollte davon am liebsten nichts hören und nichts sehen. Mochten die da draußen doch miteinander reden statt Randale zu machen! Miteinander, aneinander vorbei, über einander, gegen einander! Mochten sie Untersuchungen anstellen und versprechen, fortan gäbe es eine Demokratie! Auch wenn niemand so genau wusste, was das war, oder diejenigen, die es wussten, kamen noch nicht richtig zu Wort. Oder warum die bisherige Demokratie keine echte Demokratie gewesen sein soll. Sondern eine Diktatur, die Diktatur des Proletariats – das war nicht rechtens?

Es redeten immer erst viele gleichzeitig, dann ein paar nacheinander, und am Ende entschied jemand, der bis dahin noch gar nichts gesagt hatte und jetzt lauthals verkündete: »Es muss eine Wende her.«

Warum nicht? Wie es war, konnte es wohl nicht bleiben. Das wurde klar und klarer; und hatten es die Menschen nicht gewusst, schon lange, länger jedenfalls, als es die Regierenden begriffen hatten?

Eine Wende. Wohin?

Eine Wende zum Besseren? Wenn alle anpacken, wenn niemand mehr geht, sondern alle bleiben und arbeiten mit? Oder, wie es in einem veröffentlichten Gedicht hieß: »Macht was, Leute!« Macht eine Wende, Leute! Nur wohin?

Montag, 23. Oktober 1989

Vera unterhielt sich mit Sonja, ihrer Lieblingskrankenschwester, über deren Pech in der Liebe. Außerdem stellte einer der Ärzte der Schwester nach. »Verheiratet isser, zum dritten Mal! Würdest du dich auf so ein Schlachtross einlassen?

Vera musste lachen. Keine Ahnung. Sie hatte Gernot, von dem Sonja meinte: »Auf den musste uffpassen! Det is'n Schmachtkrümel! Det is'n Schnellboot, wat noch nich in'n Hafen will!«

Ja und? Wer wollte schon mit 18 in den Hafen? Vera doch nicht; Sonja vielleicht, aber die war schon Mitte Zwanzig.

Ja, macht was, Leute, macht Liebe! Zum Reden ist Zeit genug, wenn wir alt und tatterig sind!

Die Zeitungen türmten sich auf dem Nachtschränkchen, Zeitungen, in denen Vera lustlos blätterte. Und wenn ihre Mutter mal wieder da war und husch, husch wieder abzog, um sich ins Getümmel um das Große und Ganze zu stürzen, dann sah Vera sie mit großen Augen an und hörte schweigend zu. Sie selbst hatte keine Meinung zu all dem, was draußen vorging. Alles, was sie hatte, waren Kopfschmerzen und – ein Leben wie in Watte. Zwischendurch fiepten die Maschinen mal lauter und Vera schwamm durch ein weißes Licht, das war Aufregung genug. Und falls es im Großen und Ganzen da draußen abwärts oder mit einer Wende weiter gehen sollte, mit ihr ging es im Großen und Ganzen aufwärts und sie wendete sich nur, um bequemer liegen zu können.

Angenehm lebte es sich im Krankenhaus. Vera musste sich um nichts kümmern. Der Zeitgeist besuchte gewiss auch die Charité. Aber falls er Ärzten und Schwestern, Verwaltungsangestellten und Pflegern erschien und sie zu politischen Aktionen und Diskussionen überredete – den Patienten sollte es an nichts fehlen und sie sollten abgeschirmt gesunden; da war es wichtiger, das Krankenhauspersonal blieb gelassen und an seinem Platz.

Außerdem hatte der Vater des Zeitgeistes, der Demiurg, sowieso anderswo zu tun. Für ihn war das zweigeteilte Deutschland nur eine Notiz im Anhang zu seinem Weltenplan, in den er niemanden hineinschauen ließ. Nun, vermutlich gab es ihn sowieso nicht, und den Schöpfer der Welt gab es auch nicht, aber ist die Geschichte nicht ein grandioses Schauspiel? Und musste sie, wenn sie das ist, nicht einen famosen Regisseur haben? Und falls es ihn doch gibt und gab, dann gab und gibt es auch dessen Gattin Klio. Sie flatterte als Muse der Geschichte durch die Welt und tat so, als kennte sie den Weltenplan ihres Gatten. Aber auch sie hatte ihn (den Weltenplan) nie gesehen. Ihre Rolle war es, mit Staatsmännern in Moskau, Washington und Paris zu flirten, die Party, auf der sich alle trafen, zu organisieren – und heimlich mit Oppositionellen in Warschau, Prag, Leipzig und in Berlin-Treptow in der Wohnung des Dramaturgen Münch und seiner berühmten Schauspielerfrau zu sympathisieren. Ob ihr Gatte, der Oberste Weltenplaner, der Generalsekretär der Geschichte, davon wusste? Sicher doch; oder wahrscheinlich doch nicht.

Vera wusste, dass ihre Mutter weiterhin zu den Treffs ging, um den Lauf der Geschichte zu lenken.

Das ging nur, wenn man mit Klio, der First Lady des Weltgeistes, auf Duzfuß stand und sich darauf verstand, ihr zu schmeicheln. Ansonsten war es eher unwahrscheinlich, dass man den Lauf der Geschichte beeinflussen konnte. Sie war kein Fluss. Und das Tun der Menschen ist kein Staudamm, keine Uferbegradigung, um das Wasser zu bändigen und in eine Richtung zu zwingen, die ihnen passt. (Absonderliche Gedanken konnten einem Menschen kommen, wenn er tage- und nächtelang im Bett lag und sich fast ausschließlich nur mit sich selbst beschäftigte und den eigenen Knochen beim Heilen zuhörte. Vera wäre nie auf solche Gedanken gekommen, wäre nicht ihre Mutter gewesen.)

Victoria Lothringen hatte sich in den Kopf gesetzt, aus ihrer Tochter eine Märtyrerin, Feministin, auferstandene Rosa Luxemburg und mindestens die zukünftige Präsidentin der Welt zu machen. Für diese Rollen musste sie aufgeklärt und erzogen werden.

Die Mutter kam täglich, meistens nur für zehn, fünfzehn Minuten, aber jedes Mal ließ sie Stapel von Papieren zurück. Flugblätter, Programme, Appelle. »Lies das!« Ihre Empfehlungen klangen mehr nach Befehl als nach Bitte und Angebot. Du hast die Zeit dafür, hier im Krankenhaus! – Setze dich damit auseinander und sage mir, was du davon hältst! – Ist es nicht toll, wie die Sache ins Laufen kommt! Da geht ein Ruck durch das Land, und was für einer!

Vera beobachtete diesen Adrenalin-Junkie, der von sich behauptete, ihre Mutter zu sein. Victoria war auf einer Droge, die Revolution hieß. Victoria schmiss sich in die Revolution rein und wollte, dass ihre Tochter verstand, was draußen im Lande vor sich ging. Wobei Vera das Gefühl hatte, dass die Mutter es auch nicht verstand, jedenfalls nicht alles:

Homosexuelle verstehen sich nicht als Randgruppe. – Frauen, bildet Banden! – Was braucht unsere Gesellschaft, was benötigt unser Land? Wir brauchen Pressefreiheit, Meinungsfreiheit und eine tiefgreifende Medienreform. Wir brauchen Versammlungs- und Demonstrationsfreiheit. Wir brauchen eine gründliche

Reform des Wahlrechts. – Welche Antworten hat die Geschichte? – Die Zeit drängt. Das Volk soll jetzt entscheiden. Wir rufen zu einem Volksentscheid 1990 auf. – Das Präsidium des Künstlerverbandes teilt die Empörung über die Politik der Massenmedien, ihre die Widersprüche verschweigende und beschönigende Berichterstattung. – Der Sozialismus ist in seinen Erscheinungsformen vielgestaltig wie das Leben selbst, denn er ist das lebendige Schöpfertum von Millionen Menschen.

Jajaja! Und so weiter und so fort!

Neinneinnein! Und so weiter auf keinen Fall!

Vera schwirrte der Kopf. Neinjaneinja! Wespen summten in ihrem Hirn. Sie las das alles, bis sie das Gefühl hatte, eine Fremde in einem fremden Land zu sein. Das konnte nicht stimmen. Es war doch ihre Heimat, seit achtzehn Jahren? Oder war die DDR etwas ganz anderes, als sie wahrgenommen hatte? Ein Boden, der umgepflügt werden musste, ganz und gar? Sollte kein Stein mehr auf dem anderen bleiben? Hatte sie in einem Land gelebt, ohne in ihm gelebt zu haben?

»Ihr habt gewiss Recht«, hatte sie lahm und mit trockenem Mund gesagt, als die Mutter wieder einmal hereingestürmt war, ihren Mantel auf den Tisch warf (und dabei übersah, dass das Frühstückstablett noch nicht abgeräumt war) und in Gedanken schon wieder draußen war. Irgendwo in der Revolution. Während der Zottelbär, der diesmal mitgekommen war, gemächlich die Zimmertür schloss und Vera ein Geht's dir gut?-Lächeln zur Begrüßung schenkte.

»Wir haben nicht nur gewiss Recht! Wir werden immer mehr! In Leipzig geht die Post ab! Aus den Kreisstädten werden Demos gemeldet! Die oben können nicht mehr, wir unten wollen nicht mehr! Weißt du, was das heißt?«

»Revolutionäre Situation?«, fragte Vera lasch. Eines würden auch diese Revolutionäre dem Staat nicht vorwerfen können: dass er keine willigen Schüler hatte, die durchaus auch was von einem wie Doktor Lautengässer lernen konnten. Wenn die oben nicht mehr können, wie sie wollen, und die unten nicht mehr wollen, wie sie sollen, dann entsteht eine – revolutionäre Situation; sag ich doch, und dann wird der Staat wie ein Pudding umgedreht.

Aber warum? fragte sich Vera. Eine revolutionäre Situation ist noch keine Revolution. Wie erkennt man, wenn man Teil dieser

Situation ist, dass daraus eine Revolution entstehen könnte? Oder müsste? Oder sollte?

»Richtig!« Victoria Lothringen ballte die rechte Hand zur Faust und stieß sie in die Luft. »Wir befinden uns am Anfang einer Revolution!«

Was will diese Revolution? fragte sich Vera weiter. Ist es überhaupt eine? Wie ist es, wenn man Teil einer Revolution ist und während sie stattfindet nicht genau weiß, ist es eine oder ist es keine? Ziemlich riskante Angelegenheit. Und wer ist in meinem Land oben und wer ist unten? Und wenn das alles umgestürzt wird wie ein Pudding: was kommt dann? Wird meine Mutter Präsidentin? Na ich weiß nicht. Ich glaube, nicht mal ich würde sie wählen, weil sie viel zu spontan ist, viel zu leidenschaftlich, viel zu, ach, was weiß ich, ich liebe meine Mutter, aber …

»Die sind in der Klemme! Sie können nicht mehr ohne uns! Wir wollen nicht mehr mit ihnen! Die können tricksen, Gewalt anwenden, die können uns die Instrumente zeigen und Gewalt anwenden, wir werden nicht …!«

»Was denn für Instrumente?«, fragte Vera, leicht gereizt.

»Die werden unsere Bewegung nicht stoppen können! Wir sind viele, wir werden immer mehr!«

»Die steht im Stall und du stehst daneben«, flüsterte Vera. Sie kicherte, kriegte einen Schluckauf. Dieser Spruch! »Die steht im Stall und du stehst daneben«, hatte der Vater zu ihr gesagt, als Vera einmal verächtlich von einem Mädchen sprach. Die hat! Die ist! Die macht! Die. So redet man nicht von einem anderen Menschen!

»Was?«

»Die! Du hast die gesagt. Wer sind denn die?«

»Regierung, Staat, Partei. Liest du denn keine Zeitung? Liest du denn nicht, was ich dir mitbringe?«

»Wer sind die?«

»Systemtreue Journalisten, Abgeordnete! All die Handlanger der Macht, die abgewirtschaftet hat!«

Vera tauchte ab. Sie wurde ein Fisch in einem riesigen Aquarium. Sie sah, wie die Mutter den Mund bewegte, und sie schaute auf Albert. Der hatte ihr ein paar schmale Bücher auf den Nachttisch gelegt und gesagt: »Auch in Zeiten wie diesen ist ein gutes Buch eine Labung der Seele. Nein, ich sollte sagen: grad in Zeiten wie diesen.« Vera sah durch die Scheibe, die den Ton abschnitt: Während das Gesicht der Mutter vor Eifer glühte, lag auf Alberts Gesicht spinnenwebenfein ein Geflecht aus Gutmütigkeit, Staunen und Spott. Albert sah abwechselnd seine Freundin Victoria und den Fisch Vera an. Er zwinkerte mit dem rechten Auge und sein Lächeln sagte: Sie wird sich wieder beruhigen, glaube mir, Vera! Dann wurde der Fisch aus dem Wasser geschleudert und musste wieder hören:

»… Wir brauchen volle Freizügigkeit für jeden, auch für die Jugend! Unser Verhältnis zu Reisen, Auswanderung und Heimkehr muss vom Kopf auf die Füße gestellt werden und aus dem Umfeld von Verrat und Verbrechen geholt werden! Wir brauchen den Aufbruch von Erziehung und Volksbildung aus der Erstarrung in Disziplin und Langeweile! Ein Drittel unserer Gesellschaft sind alte Menschen, Kranke und Behinderte. Ihnen muss …«

»Ist gut, Mama«, sagte Vera klar und laut. »Ich mag deine Sprache nicht, Mama.«

»Was ist mit meiner Sprache?«

»Du hörst dich an wie eine Zeitung, Mama.«

»Wie eine Zeitung?« Victoria Lothringens Mund stand vor Verblüffung offen. Ihr Blick ging zwischen Albert und Vera hin und her. Sie schnappte nach Luft; war sie jetzt ein Fisch, der aufs Trockene geraten war?

»Es sind die gleichen Wörter wie in der Zeitung. Nur dass du behauptest, vor deinen Wörtern steht ein Plus und vor den Wörtern der Zeitung steht ein Minus.«

»Was meint sie damit, um Himmels willen, ich verstehe meine Tochter nicht!« Ist Vera verrückt geworden? Hilf mir, Albert, sage mir, was sie meint?« Victoria umfasste mit beiden Händen Alberts rechten Oberarm, als wollte sie sich festhalten, um nicht in einen Strudel gezogen zu werden. Albert legte eine Hand auf die Hände-Klammer der Freundin. Schon gut, immer langsam mit den jungen Pferden!

»Ich vermute«, sagte er bedächtig, »dass du Vera ein bisschen überforderst. Sie braucht Ruhe. Außerdem …« Albert löste Victorias Hände von seinem Arm, stand auf und stellte sich mit dem Rücken zum Fenster. Sein Gesicht wurde im Gegenlicht zu einem dunklen Kreis, seine Gestalt zu einer dunklen Kontur. Was er dann sagte, klang wie von sehr weit her aus einem Raum, der nur von ihm bewohnt war. »Außerdem sind wir doch alle gleich. Wir sind alle Fleisch vom Fleisch des Landes. Die Funktionäre und die Oppositionellen, die Jungen und die Alten, die Demonstranten und die Opportunisten – wir alle reden die gleiche Sprache. Wir hängen voneinander ab, ich glaube sogar, in jedem von uns stecken der Funktionär und der Oppositionelle, der Junge und der Alte, der Demonstrant und der Opportunist. Das Schwierigste wird werden, uns von uns selber zu trennen und den Trennungsschmerz auszuhalten. Das Schwierigste wird es sein, unterschiedlich sprechen zu lernen und sich doch auf Begriffe zu einigen. Versteht ihr, was ich meine?«

Stille. Albert lachte. »Da werde ich im Krankenhaus zum Prediger! Ich meine, die meisten Diskussionen kranken daran, dass nicht von vorneherein geklärt wird, was ein bestimmter Begriff meint. Und ob die Diskutierenden dasselbe unter dem Begriff verstehen. Wenn die einen unter Freiheit verantwortungsfreie Beliebigkeit verstehen, die anderen aber Verantwortung für andere – ja dann reden sie aneinander vorbei! Wenn die einen den Staat für einen Verwalter halten, die anderen ihn aber ausschließlich als Scheißgegner empfinden – ja dann kann man kaum miteinander reden! Oder? Und wenn wir Meinungsfreiheit sagen, meinen wir was anderes als die in den Zeitungen. Die reden auch von Meinungsfreiheit. Das ist das Wichtigste für mich: Begriffe klären. Am Anfang jedes Gesprächs. Sonst entstehen Missverständnisse, falsche Entscheidungen, Feindschaften, was weiß ich. Ach, was rede ich!«

Stille. »He? Lebt ihr noch?«, fragte Albert. Er stieß sich vom Fensterbrett ab. Mit jedem Schritt durch das Zimmer wurde er mehr zu dem bärtigen, etwas molligen Mann mit Schultern, die zum Anlehnen einluden. Ein Mann, der lieber las als redete, ein Mann, der lieber beobachtete als urteilte. Vera mochte Alberts unaufgeregte, bedächtige Art, von der sich die Mutter eine Scheibe abschneiden sollte. Doch bis dahin würde die durch die Gegend laufen wie ein zu schnell tickender Wecker.

»Aber davon reden wir doch die ganze Zeit!« Victoria Lothringen pantherte durch den Raum. »Albert! Wovon reden wir seit Wochen? Was betreiben wir seit Wochen? Eine Zeitung! Eine ganz neue Zeitung werden wir gründen! Sie wird keine Partei vertreten und keine Organisation! Die Vernunft wird ihr Chefredakteur! Die Stimme des Volkes wird ihr Text! Die Öffentlichkeit wird ihr Spiegel sein, sie selbst wird der Öffentlichkeit ein Spiegel sein! Der Mann auf der Straße, die Frau auf der Straße – sie sind unsere Leser, sie versorgen uns mit Themen! Sie bestimmen den Inhalt unserer neuen Zeitung!«

»Was ich von dem sogenannten Mann auf der Straße weiß, nennen wir es Öffentlichkeit«, versuchte Albert den Redefluss zu bremsen, »und was ich von der Öffentlichkeit weiß: Ich hätte sie nicht gern bei mir in der Wohnung, wenn sie ein einzelnes menschliches Individuum wäre. Ehrlich nicht! Faul, treulos, nicht in der Lage, sich auszudrücken! Unehrlich, übergewichtig, ohne eigene Meinung! Dazu geboren, sich an andere anzuhängen.«

»So denkst du über das Volk?« Victoria Lothringen war abrupt stehen geblieben. Vera bekam eine Ahnung, wie die Unterhaltungen zwischen den beiden sonst liefen. Zwei Bälle, die aufeinander prallten, sich abstießen, aber immer wieder zurücksprangen. Und sich liebten? Vera kicherte wieder. Diesmal nicht still für sich. Albert zwinkerte ihr zu

»Viel Glück«, sagte Vera. »Für deine Zeitung, meine ich. Würdet ihr mich jetzt bitte in Ruhe lassen?«

Freitag, 28. Oktober 1989

Zwei Tage später wurde Vera überfallen. Ihre Mutter kam herein, gleich hinter ihr zwängten sich drei Männer durch die Tür. Einer trug auf der Schulter eine Kamera, auf der ein kleiner Scheinwerfer eingeschaltet wurde, sein Licht füllte gleißend das Krankenzimmer. Der zweite stieß mit einem Mikrofon, das an einer langen Stange hing, in den Raum. Der dritte schwitzte und hielt ein paar Zettel in der Hand; als lernte er auf den letzten Metern zu einer Theaterprobe einen Text auswendig.

»Vera, meine Liebe! Wir werden alles dokumentieren!«, rief Victoria.

»Was werdet ihr dokumentieren?« Vera richtete sich im Bett auf, verdattert, grad hatte sie geschlafen.

»Deinen Fall!«

»Welchen Fall?«, schrie Vera. »Macht die Scheißkamera aus!« Sie zog sich die Bettdecke über den Kopf und stieß wütend mit den Füßen nach den Eindringlingen.

»Du warst dabei!«, rief Victoria. »Du bist eines der Opfer der Staatsgewalt! Die Demo wird eines Tages ein Teil der Zeitgeschichte sein! Wenn wir nicht jetzt schon die Zeugen befragen und ihre Aussagen festhalten – wann dann?«

Vera bebte vor Zorn. Ihr Körper zitterte unter der Decke. Wenn ihr eine Jeanne d'Arc braucht, nehmt doch meine Mutter! Wenn ihr eine Revolutionärin sucht, nehmt meine Mutter auf! Raus, haut ab, verschwindet! Und Vera schrie: »Raus! Verschwindet! Spinnst du, Mutter?«

Der Mann mit den Zetteln in der Hand – ein nervöser, dicklicher Herr mit einer Schiebermütze auf dem Kopf – wich einen Schritt zurück und stieß dabei dem Mann mit der Mikrofonstange in den Bauch. Das Mikrofon pendelte, neigte sich zum Tisch und riss eine Vase mit Blumen um. Der Kameramann schaltete die Kamera und das Licht aus und knurrte: »Kann das bitteschön nicht vorher geklärt werden?«

»Vera, Verotschka, reg' dich nicht auf!« Victoria setzte sich auf das Bett und griff nach der linken Hand ihrer Tochter. Vera fauchte wütend und drehte sich auf die Seite, weg von ihrer Mutter, so weit wie es ging. »Vera, Verotschka!«

»Lasst mich in Ruhe! Haut ab!« Bin ich eine Vorzeigepuppe? Ich bin während deiner so genannten Zeitgeschichte von einem Polizisten verdroschen worden, dem die Angst in den Augen stand wie nur was! Soll ich euch das erzählen? Wollt ihr bestimmt nicht! Ihr wollt eine Heldin! Dann sucht euch eine, aber woanders! Gibt bestimmt welche, die sich gerne als Helden des Widerstands feiern lassen.

»Vera! Liebste! Du bist eine Betroffene!«, versuchte es die Mutter noch mal. Aber Vera hielt sich die Ohren zu. Ich bin deine Tochter, Mutter, und nicht eine Betroffene! Es konnte ja sein, dass das Volk sich wehrt. Es konnte ja sein, dass Kommissionen gebildet wurden, die die Vorgänge um die Demonstration und die Verhaftungen und Prügeleien untersuchten. Es konnte ja sein, dass sich prominente Wissenschaftler, Künstler, Publizisten plötzlich in die Politik einmischten und alles anders werden sollte. Aber ich bin keine Betroffene, ich bin deine Tochter, verdammte Scheiße!

Vera blieb noch lange regungslos liegen, nachdem die Mutter und die drei Fernseh-Heinis das Zimmer verlassen hatten und ihre

Schritte erst im Krankenhaus und dann in der Weltgeschichte verhallt waren. Sie konnte nicht hören, was der Mann mit der Schiebermütze und mit den Zetteln in der Hand von sich gab. »Schade«, sagte er zu dem Mann, der seine Kamera mürrisch von der Schultern genommen hatte und in der rechten Hand schlenkerte wie einen Einkaufsbeutel. »Pech gehabt! Die Kleine ist echt telegen.«

Mittwoch, 1. November 1989

Mit ein paar Schritten vom Bett zum Tisch, vom Tisch zum Waschbecken, vom Waschbecken zurück zum Bett hatte Vera vor zwei Tagen zu laufen angefangen. Ihr wurde schwindlig, als sie das erste Mal wieder stand, neben dem Bett, und sich zwischen die zwei Krücken aus Aluminium spannte. Sie lernte Laufen, erst im Zimmer, dann spazierte sie durch die Korridore des Krankenhauses.

Vera ging an Zimmern mit offenen Türen vorüber; in denen lagen Patienten in ihren Betten, wie sie selbst noch bis vor Tagen gelegen hatte. Schwestern und Ärzte kamen ihr entgegen, hinter der gläsernen Scheibe der Aufnahme saßen ein Krankenpfleger und zwei Krankenschwestern bei Kuchen und Kaffee. Wen sie sah, den lächelte Vera an, und wer sie anschaute, der lächelte sie an. Sie war beliebt bei allen, wie es jene Menschen in Gemeinschaften sind, deren Ausstrahlung von ehrlicher, natürlicher Freundlichkeit ist.

Gestern hatte sich Vera in den Treppenaufgang gewagt, stieg erst zwei Etagen nach unten, dann die zwei Etagen wieder nach oben. Sie stellte fest, dass es noch eine Treppe höher ging, dann kam eine eiserne Leiter, die zu einer Luke führte.

Gestern hatte Vera einen alten Mann gesehen, der einen zerschlissenen Bademantel trug, oben auf der Leiter stand und sich wachsam umsah, bevor er die Luke öffnete und auf dem Dach des Krankenhauses verschwand. Er ächzte und krächzte dabei – ein Rabe im Morgenmantel und in gestreiftem Schlafanzug. Es hörte sich an, als sei es sehr beschwerlich für ihn, hinaufzukraxeln.

Neugierde – und Langeweile: Heute stieg Vera über die Leiter aufs Dach. Schnaufend. Die Krücken hatte sie abgestellt. Das

Klettern strengte sie ebenso an wie den Mann mit dem Alter in den Knochen.

Welch ein Blick über Berlin! Obwohl es einer der Novembertage war, die es nur in Berlin gibt! Schniefwetter vom Feinsten, aber vom Allerfeinsten! Der Himmel ist eine Wüste aus Blei, und wenn die Sonne zu sehen ist, dann nur als ein bleiches O wie eine »Olala, mich gibt's auch noch«-Behauptung. Über den Dächern stieg steil der Rauch der Kohleöfen in das windstille, graue Nass des Tages. Vera orientierte sich am Fernsehturm auf dem Alexanderplatz und an einer amerikanischen PANAM-Maschine, die in Richtung Pankow herabstieg, um auf dem Flugplatz Tegel im Westen der Stadt zu landen.

Auf dem Dach zog es, Wind und Feuchte krochen ihr unter den Morgenmantel und auf die Haut. Vera schaute sich um und ging ein paar Schritte zu einem blechernen Kasten, der etwa zwei Meter hochragte und dessen Klappen wie die Klappen von Briefkästen waren, nur dass sie Spalte offen ließen. Sie schepperten, weil die gebrauchte Luft aus dem Haus herausdrang und sich gegen die kalte Luft der Stadt tauschte. Vera stellte sich mit dem Rücken an den Kasten, der Wärme ausstrahlte, und schloss die Augen. Dann schaute sie um die Ecke und entdeckte eine seltsames Arrangement: Neben einem alten, bleichfleckigen Ledersofa stand ein Teetischchen mit krummen Beinen. Auf dem stand eine angebrochene Flasche Weinbrand und lag eine Schachtel der Marke Karo. Sie erschrak, als sie plötzlich hinter sich eine mürrische Stimme hörte. »Erwischt, oder?«

Vera fuhr herum. Ein Laut von Eisen auf Eisen. Sie sah ihn: Der alte Mann hing halb im Haus und lag halb auf dem Dach. Er stemmte sich durch die Luke und stand auf wackligen Beinen. Aus dem halboffenen Bademantel quoll graues Brusthaar hervor, und er pustete sich eine verschwitzte Haarsträhne aus der Stirn, ein Überrest der Haare, die über den Schädel verteilt schlapp lagen.

»Sie sollten Ihren Mantel zu machen«, sagte Vera verlegen. »Sie holen sich sonst den Tod.«

»Den Tod holen! Mädchen, Mädchen, Spaßvögelchen, du! Ich ihn? Er holt mich, und zwar demnächst!«, sagte der Mann und fing an, rasselnd zu kichern. Er krümmte sich und patschte mit den Händen auf die Knie, die dick bandagiert waren. Wieder prasselte und knarrte es aus seinem Brustkorb, der sich irre schnell hob und senkte. Vera bekam Angst. Nicht, dass der Alte umfiel, hier oben über den Dächern Berlins. Und sie müsste erklären, warum sie und er auf dem Dach taten, als wären sie zur Kur in den Bergen, wo es Schnee gibt, einen blauen Himmel und Sonne. Dieses Berliner Wetter war geeignet für den Tod, dachte sie, ein Satz, den sie gleich wieder wegwischte.

Der alte Mann stellte sich neben Vera. Er roch nach Urin, nach Pfefferminzbonbons und nach einem süßlichen After Shave oder Parfüm. Er wies mit dem Kopf um die Ecke auf das Bühnenbild einer fragmentarischen Wohnzimmer-Gemütlichkeit. Seine Augen gingen flink hin und her, er hatte in Nullkommanichts die Lage erkannt. Du Patientin, ich Patient, da haben wir was Gemeinsames. »Petzt du?«

Vera lachte. »Petze, Petze ging in'n Laden, wollt fürn Sechser Käse haben!« Sie gab ihm zu verstehen, dass sie alles Mögliche sein könnte, krank, plemplem vielleicht, eine Art Jeanne d'Arc der neuesten Bürgerbewegung, wenn es nach ihrer Mutter ging – aber eine Petze, eine Petze war sie nicht, nie gewesen und würde sie niemals sein. Petzen ging gar nicht.

»Sechser Käse gab es nicht, Petze, Petze ärgert sich!«, ergänzte der Alte vergnügt.

Und dann riefen sie beide: »Ärgert sich die ganze Nacht, hat vor Angst ins Bett gemacht!« Sie lachten, bis der Mann trocken sagte: »Bin ich wohl eine Petze.«

Und da prusteten und krümmten sie sich erst recht, und dann setzte sich der Alte auf das Sofa und klopfte mit der Hand neben sich. Setz dich, Mädchen.

Er bot Vera einen Schluck aus der Pulle und eine Zigarette aus der Schachtel an. Vera lehnte ab. Wein auf dem Friedhof mit Freunden – das ging. Vielleicht auch eine Zigarette. Aber jetzt so, nein. Und Karo rauchen – da könnte sie auch Rasierklingen gurgeln.

Eine Weile saßen sie nebeneinander auf dem Sofa, dessen Leder vom Wetter gegerbt und steinhart war, und sagten kein Wort. Schauten über die Stadt, die sich um sie nicht kümmerte und um die sie sich nicht kümmern mussten. Bis der Alte zu summen anfing und sich wiegte. Aus dem Summen wurden Wörter, wurde ein Lied, das Vera nicht kannte.

»Sie sind kein kleiner Mann, Sie sind kein großer Mann,
Sie sind die Mitte.
Doch ab und zu steh'n sie dem Schicksal vis-à-vis
mit einer Bitte:
Sie denken: So dumm kann ja ich nun auch nicht sein,
ich steig mal in den Karriereaufzug ein.
Doch der Fahrstuhl nach oben ist besetzt,
Sie müssen warten.
Sie können zum Weg nach oben jetzt
erst gar nicht starten.
Die Leute drängeln da rein,
mehr kann da oben nicht sein.
Der Fahrstuhl nach oben ist besetzt,
Sie müssen warten …«

So plötzlich er angefangen hatte, so abrupt hörte er wieder auf und zündete sich an der noch brennenden Zigarette eine nächste an.

»Komisches Lied«, sagte Vera.

»Was für ein Lied?«, fragte er.

»Das Sie eben gesungen haben.«

»Ich habe ein Lied gesungen? Ich kann gar nicht singen.«

Das stimmte. Ein begnadeter Sänger war er gewiss nicht. Aber wusste er nicht mehr, dass er eben ein Lied gesungen hatte?

»Der Fahrstuhl nach oben ist besetzt«, wiederholte Vera. »So was haben Sie eben gesungen.«

»Manchmal singe ich Lieder, jaja. Weiß ich. Die kommen aus irgendwelchen Ecken meines Gehirns«, sagte er, und als gäbe es da einen Zusammenhang. Nur welchen? fragte sich Vera, als er fortfuhr: »Da hinten liegt Charlottenburg. Komisch.« Mit der rechten Hand, die die Flasche hielt, zeigte er zu einem Stadtviertel, das jenseits der Berliner Mauer lag. Den Namen hatte Vera schon gehört. Wie sie auch wusste, dass lange vor ihrer Geburt die Stadt geteilt worden war, ihre Heimatstadt. Aber was war ihre Heimatstadt? Sie konnte nicht von sich sagen, dass sie jenes Charlottenburg oder das Westberlin da drüben übermäßig interessiert hätte. Das war so weit weg wie Timbuktu oder Wladiwostok. Charlottenburg? Und? Sonst so?

»Bin groß geworden da. Erst war ich der kleine Erwin Feldgruber. Dann war ich der junge Feldgruber, der gut Reck konnte.

Jetzt bin ich der alte Erwin Feldgruber, der bald den Arsch hochmacht«, er kicherte, »entschuldige! Wenn das keine Karriere ist! Ohne Fahrstuhl!« Der Alte nahm einen Schluck aus der Pulle, ächzte und räusperte sich und fiel dann in einen Husten, der nach einem Schwarm aufgescheuchter Krähen klang. Er sackte zusammen, der Körper klappte nach vorn, sein Kopf lag zwischen den Knien. O, Gott! dachte Vera. Was mache ich mit einem Toten auf dem Dach? Schließlich beruhigte er sich, richtete sich wieder auf und erzählte, als wäre er nicht eben durchgeschüttelt worden: »Meine Mutter wurde verschüttet bei einem der Scheißbombenangriffe. Ich war damals an der Front. Herrjemine, war das eine Scheiße! Aber Unkraut vergeht nicht! Prost!«

»Wenn Sie weiter so rauchen – und trinken.«

»Ick bin fümnachtzich!« Der Alte sprang auf und lief aufgeregt hin und her. Fast bis zur Dachkante und wieder zurück. Vera wurde angst und bange zumute. Und einmal ins Berlinische gefallen, schimpfte er weiter. »Is doch ejal, woran eener mit fümnachtzich die Hufe hochmacht, oder? Wenichstens bissken nett will mans zum Ende haben, oder? Operationen, Operationen, ja Hacke, oder? Am Arsch die Räuber, wie?«

Es war unheimlich. Vera fühlte sich bedrückt, aber sie fand den Alten auch komisch, und – sie hatte Respekt vor ihm. Was wusste sie schon von dem langen Leben des fremden, alten Mannes auf dem Dach? Und würde sie etwas davon kapieren, wenn er ihr mehr davon berichtete? Der Mann fiel in sich zusammen, erstarrte in der Pose eines demütigen buckligen Dieners und flüsterte: »›Ei, wir können nicht alle Herrn sein, nicht jeder Herr kann getreue Diener haben. Seht ihr doch so manchen pflicht'gen, kniegebeugten Schuft, der, ganz verliebt in seine Sklavenfessel, ausharrt, recht wie der Esel seines Herrn, ums Heu, und wird im Alter fortgejagt. – Peitscht mir solch redlich Volk! Dann gibt es andere, die, ausstaffiert mit Blick und Form der Demut, ein Herz bewahren, das nur sich bedenkt; die nur Scheindienste liefern ihren Obern, durch die gedeihn und, wann ihr Pelz gefüttert, sich selbst Gebieter sind.‹ … Hurra!«, er fiel aus dem Text, aus der Flasche spritzte der Schnaps und die glühende Zigarette sprühte Funken, als der Alte die Arme hochriss, als wollte er Berlin umarmen.

»Shakespeare!«, schrie er die Stadt an. »Shakespeare, ihr Saftärsche! Reiche vergehen, Reiche entstehen, der Dreck ist überall und sucht sich seinen Weg! Wanderratten, ein Volk von Wanderratten bewegt sich durch die Rohre der Kanalisation! Berlin, Zärtlichste, meine, du bist so schön im Dreck!«

Starker Tobak, oder?, fragte sich Vera, jetzt doch ein bisschen verängstigt. Mit einem Verrückten auf einem Dach?

»Ich gehe jetzt sterben«, sprach der Alte. »Hat mich gefreut, deine Bekanntschaft gemacht zu haben. Du Nichtpetze! Hübsches Kind, guter Charakter, ich spüre das! Und was Feldgruber spürt, das hat Hand und Fuß und Bestand! Scheiße noch mal! Und nicht vergessen: Berlin ist eine Scheißstadt und das Beste was mir passieren konnte! Und vermutlich dir ooch!«

Er schraubte die Flasche zu, ein bisschen Stoff war noch drin, verstaute sie im Polster des Sofas und ließ sich auf alle viere fallen. Er kroch zur Luke und bellte theatralisch, und bevor er abtauchte, rief er noch: »Morgen? Gleiche Stelle, gleiche Welle? Gleiche Zeit?«

»Klar«, rief Vera zurück. »Mit dem Sterben, da lassen Sie sich man Zeit, Herr Feldgruber!«

»Feldgruber? Wer ist das denn? Ist hier noch wer? Wau, wau!« Und er verschwand, Klappe zu, Affe tot.

Donnerstag, 2. November 1989

Vera fand sich wie verabredet ein. Doch der alte Mann kam nicht. Die Flasche Schnaps war so unberührt wie die Schachtel Zigaretten, die in einem Plastikbeutel neben einem schmalen Buch steckten. Shakespeare, Die Tragödie des Othello, las sie. Sie wartete, fast eine Stunde lang, dann zog sie sich in die Wärme des Hauses zurück.

Am Abend, als Krankenschwester Sonja mit dem Abendessen kam, fragte Vera, ob sie einen Herrn Feldgruber kennte. Er sei ein bisschen – seltsam und habe bestimmt was an den Bronchien. Ein bisschen seltsam seien hier viele, lachte Sonja, und wenn sie es nicht mit den Bronchien haben, dann mit den Knochen, mit der Leber oder mit dem Magen. Oder so wie du was. – Der Mann, sagte Vera, sei 85 Jahre alt, und etwas – überschwänglich. So mit Zitaten. Shakespeare zum Beispiel. – Aaa, sagte Sonja, der Walter Kempau! Ja, der sei ihr auch schon über den Weg gelaufen. Nicht ihre Station, der lag auf der Onkologischen. Aber der Typ war ein unruhiger Geist. Ist durch das ganze Krankenhaus gelaufen, treppauf, treppab, obwohl er's tatsächlich mit der Lunge hatte. Krebs. Und hat sich gern mal hingestellt und so Art Gedichte aufgesagt. Wie ein Schauspieler. – Lag?, fragte Vera. – Ist heute früh gestorben, sagte Sonja. – Aber wieso Kempau? Feldgruber heißt er! – Sonja lachte wieder: Er nannte sich auch Gronau und Halbhuber und weiß ich wie noch. – War er ein Schauspieler? Wollte Vera wissen. – Schuster, soweit ich weiß, war er ein Schuster.

Sonntag, 5. November 1989

Wieder war die Clique zu Besuch; nicht alle, Gernot fehlte. Sie redeten über alles Mögliche und waren eifrig bemüht, Gernots Abwesenheit nicht zur Sprache zu bringen. Aber natürlich fragte Vera, warum er nicht mitgekommen sei.

Peter und Mark schauten sich an, und Maria blickte zu Boden. Veras Blick wanderte über ihre Gesichter und blieb in Sylvias spöttischem Grinsen stecken. »Gernot kann nicht«, sagte sie.

Vera zog die Augenbrauen zusammen, beinahe kollidierten sie auf der Stirn und bildeten ein Dreieck von Fragen. Kann nicht? Wieso nicht? Ist was passiert?

»Er … naja, sondert sich ab. Warum, wissen wir nicht«, sagte Sylvia weiter.

»Wir dachten, er hätte sich bei dir gemeldet?« Maria sprach leise.

»Er schreibt an einer neuen Nationalhymne.« Einsatz Peter. »Die ersten zwei Zeilen hat er schon: ›Bürger, wenn ihr fleißig seid, liebt der Staat euch allezeit!‹ Er macht dir Konkurrenz.«

Mark, so von Peter angesprochen, winkte ab. Gernot konnte alles Mögliche. Sport, Charme, Strahlemann und Söhne – aber eines gewiss nicht: Lyrik. Und Freundschaft auch nicht. Es konnte sein, dass es nur seine, Marks, Auffassung war, dass Gernot zwar glänzend aufzutreten verstand, sein Herz jedoch sich mit niemandem gründlich verband. Nicht mal mit Vera.

»Er nimmt ne Auszeit«, sagte Maria und nahm Veras Hand in ihre Hände. »Ich glaube, sein Vater hat Probleme in dem Ministerium. Sowas schlägt durch.«

»Wie Durchfall«, ergänzte Peter.

»Ich habe gesehen, wie Gernot und Lautengässer im Tierpark-Café saßen. Muss man sich mal vorstellen!«, wusste Peter.

»Mit L a u t e n g ä s s e r Kaffee trinken! Müsste mein Herz ein Affe sein! Eher geht die Welt unter!«

»Ich würde sagen«, warf Maria ein, »es ist seine Angelegenheit, mit wem er Kaffee trinkt und mit wem nicht. Das habe ich dir schon dreimal gesagt! Und mindestens tausendmal habe ich dir schon gesagt, dass Spott und Nihilismus allein aus einem Leben nur Scheiße machen!«

»Dabei könntest du mich heilen«, erwiderte Peter und griente anzüglich.

»Du kannst mich mal!«

»Wann?«

»Wenn ich achtzig bin und du der einzige bist, der aus der Gattung der Schwanzlurche übrig geblieben ist. Und selbst dann nicht, wenn ich's mir recht überlege.«

Das Verhalten der Freunde zueinander hatte sich verändert. Vera spürte es. Da war ein Stachel, wie der winzige Dorn einer Rose, der sich in die Hand bohrt und schwer rauszukriegen ist. Sie blödelten wie immer – aber war der Ton nicht heftiger geworden? Schriller? Etwas war geschehen, von dem Vera ausgeschlossen war. Etwas war ihnen geschehen, etwas, von dem ein jeder noch nicht zu sagen wüsste, was. Sie waren unruhiger geworden. Vera fühlte es, und es bereitete ihr eine unbekannte Pein. Sylvia, Maria, Mark, Peter, Gernot und sie selbst – wie sollte Vera es ausdrücken? Waren sie dabei, sich voneinander zu entfernen? Eine Gemeinschaft, die zersprang, die sich atomisierte, die noch nicht ahnte, dass sie zerkrümeln würde wie Zwieback unter Druck?

Das Krankenhaus war eine Insel in einem Meer, auf das die anderen hinausfuhren und wieder heimkehrten. Aber sie fuhren nicht gemeinsam. Jeder saß in einem eigenen Kahn. Und wenn sie auf die Insel zurückkamen, trafen sie sich zwar; wie früher war es nicht mehr. Wann früher?

Blöde Gedanken. Vera sah von einem zum anderen. Das Krankenhaus war keine Insel. Wenn, dann stand das Krankenhaus inmitten einer Insel, dort, wo das Meer nicht mal zu hören war. Und dass Sylvia, Mark, Maria, Peter und Gernot in Booten hinausfuhren, das war ein albernes Bild für die Gesellschaft, in der sie lebten. Außerdem konnten Maria und Sylvia nicht mal rudern oder segeln.

Vera lächelte. ›Es war nicht mehr wie früher‹ – was für ein dummer Satz! Es ist nie wie früher, und wenn es wie früher wäre, wäre es da besser oder schlechter oder gemütlicher oder strenger? Oder wärmer oder kälter? ›Wir wolln den guten, alten Kaiser Wilhelm wieder ham‹ – so vielleicht? Na Hilfe!

»Übrigens«, unterbrach Sylvia die Stille. »Eberlein liegt auch im Krankenhaus. Herzinfarkt. Nicht schlimm, aber.«

»Es trümmert und wanket …«, will Peter flachsen.

»Jetzt halt aber mal den Sabbel!«, schimpfte das Mädchen und boxte den Jungen gegen die Brust.

»Das tut mir Leid«, sagte Vera.

Und wieder Peter. »Lautengässer ist kommissarischer Direktor! Damit schließt sich der Kreis, kapito?«

»Was für ein Kreis?«, fragte Vera.

»Gernot, unser großer Meister. Lautengässer, unser Direktor. Kaffee zu zweit. Ein Rendezvous der Macht!«

»Rendezvous der Macht – was für eine Scheiße!« Sylvia wischte mit der flachen Rechten über die Stirn. »Du hast sie ja nicht alle.«

»Na was!« Peter trumpfte auf. »Worum geht's denn zurzeit? Darum, worum es immer geht: um die Macht! Das ist im Kleinen nicht anders als im Großen. Im Großen – da pokern andere. Im Kleinen – da spielen wir Mau-Mau wie die Kindergartenkinder.«

»Können die noch nicht«, sagte Mark, der sich bis jetzt zurückgehalten hatte.

»Worauf willst du hinaus?« fragte Sylvia.

»Mark ist von uns als Schülervertreter gewählt worden. Gernot ist gekränkt. Lautengässer will nicht die Demokratie, von der wir grad alle schwätzen. Nebenbei«, Peter wendete sich an Vera, »ich hab keine Ahnung, von welcher Demokratie überall geschwätzt wird, ehrlich. Mir geht das Gerede von Freiheit und Demokratie mächtig auf den Zeiger. Jeder plärrt ›Freiheit und Demokratie‹! Egal, ob du Faschist bist, Funktionär, Schlagersänger, Hosenscheißer oder Museumswächter! Egal ob du Aktivist der sozialistischen Arbeit oder Rettungsschwimmer oder plemplem bist – alle plärren ›Demokratie und Freiheit‹! Muss so eine Art bunter Weihnachtsteller sein. Süßes für jedermann. Oder wie Kotte sagen würde: Zuckererbsen für jedermann, sobald die Schoten platzen.«

»Und weiter?«, fuhr ihm Sylvia kalt in die Parade.

»Gernot und Lautengässer gehen ein Bündnis ein. Gernot wird Lautengässers Partner. Mark ist Neese. Wir sind Neese! Lautengässers Wille geschehe, wie im Himmel so in der Schule. Eberlein hat's entschärft. Die Schaffner und Kotte halten sich raus. Oder habt ihr sie irgendwo für irgendwas engagiert gesehen?«

»Ich schon«, sagte Vera; aber grad hörte niemand auf sie.

»Mann, die lieben sich! Die verstecken sich nicht mehr! Die haben erst mal mit sich selber zu tun!«

»Die Liebe, die Liebe! Ist eine Himmelsmacht!

»Du bist widerlich!« Sylvia schüttelte sich.

Genüsslich fuhr Peter fort: »Und Gernot, unser aller Liebling Gernot spielt fünfte Kolonne!«

»Fünfte Kolonne, fünfte Kolonne!« Sylvia kriegte sich nicht mehr ein. »So viel Einfluss hat Gernot nicht!«

»Vielleicht auf dich nicht! Die Mädels von Klasse acht bis Klasse elf liegen ihm zu Füßen! Entschuldige, Vera! Aber so isses doch. Die Jungs – die steckt er mit links in die Tasche! Er hat den Bogen raus. Er weiß, wie man mit Zuckerbrot und Peitsche arbeitet. Oder mit Milka-Schokolade aus dem Intershop.«

»Du bist ja verrückt!« Sylvia schaute die anderen an. »He, warum sagt ihr denn nichts?«

Mark zuckte mit den Schultern wie jemand, der Peters Theorie schon kannte und sie durchaus einleuchtend fand. Maria lächelte hilflos und flüsterte: »Ich mag diese Spielchen nicht.«

»Lauter!«, forderte Sylvia die Freundin auf.

»Ich mag auch nicht laut sein«, erwiderte Maria und hielt Sylvias zornigem Blick stand. »Ich mag Intrigen nicht. Ich weiß nicht, worum es geht. Ich will es auch nicht wissen.«

»Was willst du dann? Klavier spielen? Chopin bis es Peng macht? Und du Mark?«

»Peter … könnte Recht haben«, sagte er, verstummte und zog ein grüblerisches Gesicht. Etwas übertrieben, fand Vera, die die Szene aufmerksam und mit klopfendem Herzen verfolgte. Wie eine Knallcharge von Schauspieler sich einen Mann vorstellte, der Verantwortung trug und sich fragte, ob er der gewachsen wäre, so trat Mark auf. Und noch immer steckte der unsichtbare Rosendorn in ihrem Handballen. Aber dann fing Mark an, von der letzten monatlichen Schulversammlung zu berichten, in der es unter anderem um den Schulstoff der neunten Klasse ging. Beispielsweise um den so genannten Rapallo-Vertrag vom 16. April 1922 und überhaupt um das Verhältnis zwischen Deutschland und der Sowjetunion nach dem ersten Weltkrieg und nach der Oktoberrevolution in Russland und der Novemberrevolution in Deutschland. Dass es eine militärische Zusammenarbeit gab, ja dass deutsche Offiziere sowjetische Offiziere ausbildeten, dass es Manöver gab, an denen sowjetische und deutsche Truppen gemeinsam teilnahmen. Und wie es mit der Geschichte weiterging. Dass zu einseitig die Kommunisten Deutschlands als Patrioten geschildert wurden und später dann, das sind schon die dreißiger Jahre, so gar nichts von den Säuberungen unter Stalin erzählt und auch der Spanische Bürgerkrieg von 1936-1939 zu simpel erläutert würde – wie es überhaupt dem Geschichtsunterricht an Vielfältigkeit und Tiefe mangelte, und wenn schon die Geschichte wie ein Märchen verkündet würde, wäre doch auch an den Inhalten des Faches Staatsbürgerkunde zu zweifeln. Es könne ja angesichts der aktuellen Entwicklungen und der Enthüllungen der letzten Wochen nicht mehr reinen Gewissens ein Stoff gelehrt werden, der beinahe ausschließlich eine Lobhudelei auf die Sozialistische Einheitspartei Deutschlands als Vorhut der Arbeiterklasse und auf die Diktatur des Proletariats sei. Jedenfalls, schloss Mark den Bericht, sei es zu einer Abstimmung gekommen und die meisten, die allermeisten Versammlungsteilnehmer, schlugen sich dann doch auf die Seite Lautengässers. Der habe zur Mäßigung geraten und gemeint, man könne nicht von einem Tag auf den anderen alles verwerfen, was bis dahin Geltung hatte. »Die historische Wahrheit ist ein heiliges Gut«, zitierte Mark mit Bitterkeit in der Stimme die Meinung des verhassten Lehrers, »Welcher Schüler könnte es wagen, die Erkenntnisse hunderter, ja tausender Historiker und Ökonomen, die sich in den Schulbüchern niederschlagen, über Nacht in Frage zu stellen?!«

Mark verstummte, knirschte mit den Zähnen und guckte wild um sich. Als erwartete er, dass Lautengässer aus einer Ecke des Krankenzimmers gesprungen käme. Hier, im Kreis der Kameraden, würde er dem Ersatz-Direktor aber die Meinung geigen!

»Und was hat Gernot damit zu tun?«, fragte Maria sanft.

»Er saß dabei. Wie ihr wisst, haben wir durchgesetzt, dass aus jeder Klasse drei Leute dabei sein können, wenn die Große Runde tagt. Und Gernot hat«, Mark schüttelte, noch immer fassungslos und empört, den Kopf, »Lautengässer applaudiert und andere aufgefordert, es ebenfalls so zu halten wie er!«

»Und die Schaffner? Kotte?«

»Die Liiiebe, die Liiiebe!«, patzte Peter dazwischen.

»Fehlten. Ich hatte nur ein paar Verbündete aus der Neunten. Die brachten ja das Thema ein. Und – die knickten auch ganz schnell ein«, ergänzte Mark. Wieder chargierte er. War ein Mensch, den plötzlich alle Kräfte verließen und der in sich zusammenfiel wie eine Marionette, die der Puppenspieler an einen Nagel hängte.

Was Mark passiert war, schmerzte ihn. Nicht so sehr die Niederlage in der Sache nagte an ihm. Mark ärgerte sich über das Verhalten der anderen Schülerinnen und Schüler. Wie hatten sie sich aufgeregt, wie sehr hatten sie gewollt, dass der Unterricht wahrhaftiger wurde. Und verkrochen sich wie die Mäuschen, als Lautengässer kraft seiner Wassersuppe auftrumpfte! Feiglinge, fand Mark, Opportunisten!

Außerdem wurmte Mark, dass Gernot wieder mal obenauf gewesen war. Immer wieder das gleiche Spielchen. Immer wieder diese Gummiente, die unter Wasser gedrückt wird und losgelassen – schwupp, taucht sie wieder auf.

Vera schauderte es. Ihre Füße, Hände und das Gesicht wurden kalt. Da war der Engel, diesmal als Wind, der zwischen die Freunde gefahren war, eben im Zimmer angekommen.

»Ich …«, fing Vera an. Aber was sollte sie sagen?

In dem Augenblick klopfte es an der Tür, die sich gleich darauf einen Spalt weit öffnete, und ein rabenschwarzer Schopf erschien. Der gehörte einem Jungen, den niemand von ihnen hier erwartete: Gadji. Die Augen weit aufgerissen, die Nasenflügel bebten, und das verlegene Gesicht fragte: Störe ich? Dann gab sich der Junge einen Ruck, stieß die Tür auf und trat ein. Selbstverständlich, als sei er der Oberarzt, schritt er ans Bett. Gadji trug eine Nelke vor sich her, die er auf die Bettdecke legte. »Gute Besserung, Vera!«, sagte er, ehe er in die Runde grüßte: »Hallo!«

»Ich will dich nicht verstören, mein sowjetischer Bruder«, platzte Peter in die plötzliche Stille, »aber Nelken sind was für den ersten Mai und für den Frauentag.«

»Schnauze!«, sagte Sylvia. »Was kann die Nelke dafür?«

»Ich hab mal gelesen, dass irgendwo Nelken in Gewehrläufe gesteckt wurden. Portugal, glaube ich, ja Portugal«, sagte Mark

»Holland«, meinte Peter, »bestimmt Holland.«

»Wittstock an der Dosse«, sagte Sylvia, »wir wär's damit?«

»Was für ein Stock in welcher Dose?«, fragte Peter.

Vera musste grinsen. Der Dorn der Rose war verschwunden wie der Engel mit dem kalten Atem auch.

»Gibt es hier eine Vase?«, fragte Gadji.

»Lass sie liegen«, sagte Vera. »Danke. Ich mach das nachher.«

»Ich wusste nicht, dass du«, er zeigte auf den Verband um ihren Kopf und auf den bandagierten linken Unterschenkel, der auf der Bettdecke lag. »Hat mir erst vorgestern Sylvia erzählt. Sonst wäre ich schon früher gekommen.«

Kriegte Gadji einen roten Kopf? Peter stieß Sylvia an und griente, Sylvia stieß Mark an und griente, Mark stieß Maria an und griente, und Maria stieß Peter an und griente; so schloss sich der Grinse-Kreis. Und als Peter sagte: »Ich bin echt froh, dass Gernot nicht da ist«, da schüttelten alle entrüstet den Kopf, weil jetzt diese Verknüpfung zwischen Vera und Gernot und Gadji – also Peter, auf welche Gedanken kommst du denn?! Doch Mark – wie wenig einfühlsam können junge Poeten sein? – sagte: »Schätze mal, dass uns ein Problem erspart geblieben ist.«

Zuspiel für Peter, ein gelungener Pass beim Volleyball: »Wiederum befinden wir uns in einem Krankenhaus. An der Quelle für Heilung von Wunden und Verletzungen jeder Art.«

»Du meinst«, nahm Mark den Ball auf, »das erspart dem Staat ne Menge Geld. Polizei, Krankentransport ...«

»Ihr Affen haltet Deutsch für eine schwere Sprache«, stieg Gadji gutmütig ein, »so schwer, dass sie niemand außer euch versteht? Ihr seid deutsche ... zadnitsi ... Löcher. Und deutsche zhopi sind die größten!«

»He, du asiatischer Lümmel! Hier wird Deutsch gesprochen, und ich möchte auf Deutsch beschimpft werden, wenn denn. Zweitens: Wir können ja mal Gernot erzählen, dass du seine Freundin anmachst. Äh, podruga, verstehst? Wir können uns auch gleich und koneshno schlagen.«

»Würde der Staat noch mehr sparen«, grinste Gadji. »Weil: Müsste nur einer versorgt werden.«

»Ob das mal Männer werden?« Sylvia verdrehte die Augen.

Und dann redeten sie doch noch über ein paar Sachen, die sie beschäftigten. Vera berichtete, dass es ihr soweit ganz gut ginge, und wenn es weiter so gut ginge, käme sie in drei Tagen raus. Sie erzählte auch von dem alten Mann, Kempau, den sie kennengelernt hatte und der gestorben war. Und während sie sich unterhielten mieden sie den Namen Gernot.

Und während sie plapperten, schwieg Gadji. Erst als Sylvia sagte, dass Eberlein mit seinem Herzinfarkt vielleicht hier im Krankenhaus läge, vielleicht eine Etage höher oder tiefer, und als Vera entgegnete, warum erkundigt ihr euch nicht – erst da mischte sich Gadji ein: »Eberlein liegt nicht hier. Er liegt im Waldstädter Krankenhaus.«

Verblüfft fragte Sylvia: »Woher weißt du das?«

»Ich war da. Bei ihm.«

Vera faltete ihre Hände um die Nelke auf der Bettdecke. Die anderen blickten sich verdutzt an.

»Du bist zwei Monate an der Schule und wagst es, meinen Direktor zu besuchen«, musste Peter reingrätschen. »Womöglich liegt er da halbnackt rum!?«

»Du bist nicht hingegangen«, sagte Gadji ruhig. »Er trägt einen Pyjama.«

»Mann, ich wäre aber mitgekommen, hättest du was gesagt«, entgegnete Peter lahm.

»Ach, ich glaube, ihr habt genug Probleme mit euch selber.«

Vera betrachtete das Gesicht des Jungen. Ein Indianergesicht, nein, das Gesicht eines rätselhaften, schönen Jungen, nein, es ist das Gesicht von Gadji, brauner als irgendeines der anderen Gesichter, zwei schwarze Augen darin, ein bläulicher Bartschatten um den Mund. Ich muss sofort, wenn sie alle weg sind, der Nelke Wasser geben.

»Welche Probleme denn?«, fragte Maria.

»Euer Land«, sagte Gadji; gelassen wie eine Robbe, die gefüttert wird, »ich glaube, es kracht und klemmt.«

»Guck dir mal dein Land an«, sagte Peter, »wie es da kracht und klemmt!«

»Ich glaube, Gadji hat recht«, sagte Maria leise und wechselte einen Blick mit Vera.

»Irrtum, mein deutscher Arschlochfreund«, sagte Gadji, gelassen wie eine Robbe, die satt ist und ihre Speckschwarten an einem

Stein wetzt, »in meinem Land, Aserbaidschan, da ist es viel schlimmer. Es explodiert!«

»Wie geht es ihm?«, fragte Vera plötzlich; sie meinte den Schuldirektor.

»Er sagte, dass er sich nicht wundert über sein Herz«, antwortete Gadji. Es war, als wären nur er und Vera im Zimmer. »Er sagte: Strafe muss sein. Nakazaniye neobkhodimo.«

»Wofür? Er hat doch nichts verbrochen?«

»Ich weiß nicht. Ich habe gehört, seine Tochter ist in Westdeutschland?«

»Er tut mir Leid.«

»Mir auch, aber«, suchte Gadji nach Worten, »nikakyja potrebnost' ne moschet byt' udovletvorena slezami – mit Tränen lässt sich keine Not stillen.«

»Ei, der Teufel! Was sind die Russen für Poeten!«, murmelte Peter. »Mark, kannste was lernen von denen.«

»Irgendwie ist alles verrückt«, flüsterte Maria. »Früher, als ich viele Puppen hatte – manchmal, wenn ich eine Zeit lang nicht mit ihnen spielte … wenn sie mir dann wieder einfielen und ich dachte: Sie haben es nicht verdient, von mir so achtlos behandelt zu werden … habe ich mich mit Herzklopfen vor sie gestellt. Und gedacht: Was werden sie mit mir machen? Sie werden mich nicht mehr gern haben. Sie werden es mich spüren lassen, dass ich sie nicht beachtet habe. Und dann hatte ich eine Furcht, die war so ähnlich – wie die Furcht jetzt.«

»Was willst du damit sagen?«, fragte Peter. »Heute sind alle Puppen – Politbüromitglieder und tanzen nach der Pfeife des Volkes.«

»Und was willst du damit sagen?«, fragte Sylvia.

»Still«, sagte Vera. »Es war lieb von dir, dass du Eberlein besucht hast.«

Peter räusperte sich: »Ich glaube, ich geh jetzt.«

»Tischtennis? Kino? Bierchen?«, fragte Mark.

»Das war wirklich lieb von dir«, sagte Sylvia zu Gadji, und zu Peter und Mark: »Ihr kommt mir nach Hause! Was für Pfeifen!«

»Du findest doch den Weg nach Hause?«, fragte Peter Gadji, der den Kopf schüttelte und entgegnete: »Alle Russen sind blind, wusstest du das nicht?« Sie schoben und schubsten sich gegenseitig aus dem Zimmer. Nur Maria hielt inne, ließ ihren Blick von

Vera zu Gadji wandern. Vielleicht wollte sie noch bleiben, wiederum nicht. Drei waren im Moment eine zu viel im Raum, und als sie durch das Fenster schaute, bevor auch sie ging, erblickte sie einen Regenbogen. Wahr und wahrhaftig – ein Regenbogen spannte sich über Berlin, zum Greifen nah. Und als sie Vera und Gadji ansah – auch sie hatten den Regenbogen entdeckt. Bis Vera nach einer Weile der Stille sagte: »Danke für die Nelke.«

»Ich war traurig, als ich davon hörte«, sagte er.

Traurig? Alle waren sie inzwischen gekommen. Die Mutter, die Freunde, Kotte und Schaffner – niemand von ihnen hatte gesagt, sie seien traurig. Sie waren zornig, sie witzelten, sie überspielten ihre Betroffenheit, sie stritten sich – und vielleicht waren sie auch traurig, aber ausgesprochen hatten sie es nicht.

»Musst du nicht auch gehen?«, fragte Vera.

»Muss ich?«, fragte Gadji lächelnd. »Kann sein, kann nicht sein. Du wirst sagen, wenn ich zu viel bin. Wenn, wann ich gehen soll.«

Bestimmt nicht. Ich werde nicht sagen: Geh. Ich werde auch nicht sagen: Bleib. Ich kann das alles nicht sagen, weil ich überhaupt nicht weiß, was ich sagen soll. »Warum setzt du dich nicht zu mir?«

Gadji setzte sich auf die Bettkante.

»Du hast noch nie von deiner Familie erzählt?«

O Gott! Aus welchem Film war das denn? Stehen zwei stocksteif mit einem Drink in der Hand, und einer sagt zum anderen: Aus welcher Familie stammen sie? Kann nicht schaden, das zu wissen, und ob man einen zweiten Drink zusammen nimmt?

»Niemand fragt mich danach«, sagte Gadji ruhig.

»Möchtest du gefragt werden?«

»Nein«, sagte er.

Baku ist unendlich weit weg. Wenn die Welt ein All ist, dann sind Berlin und Baku zwei Sterne, die nicht mal um sich kreisen. Und die Nachrichten aus Baku kommen spärlich; die Briefe brauchen drei, vier Wochen, ehe sie ankommen. Die Großmutter schrieb, dass es Schießereien gibt. Jede Woche, fast jeden Tag. Wer weiß, ob sie noch lebt, die Babushka. Wer weiß, wer überhaupt noch lebt. Saur, mein bester Freund, schreibt, dass er Sehnsucht nach mir hat. Ich werde gebraucht. Wozu schreibt Saur nicht. Muss er nicht. Gadji weiß es auch so. Gemeinsam hatten sie ein Versteck für Gewehre angelegt, gemeinsam haben wir das Schießen in einer Schlucht geübt. Verrostete, ausgemusterte Ölpumpen waren ihre Ziele gewesen; Schwarze Mönche wurden die genannt, ihres unaufhörlichen Nickens wegen, auf den Hügeln um Baku, sie verneigten sich und richteten sich auf, sie verneigten sich und richteten sich auf. Ausgedientes Gestänge jetzt. Nur noch tauglich, um auf sie zu schießen. Niemand räumte den Schrott weg. Drei, vier Wochen. Einmal im Monat ein Brief.

»Ich lebe allein mit meiner Mutter«, sagte Vera. »Ich habe leider keinen Bruder und auch keine Schwester.« Und sie wunderte sich, dass sie so schnell und einfach preisgab, was sie gewiss nicht jedem auf die Nase binden würde. Und sie wunderte sich vor allem darüber, dass Gadji davon nichts wusste, als müsste jeder und jede in ihrer Klasse die Familiensituation der Vera Lothringen kennen.

»Ich habe«, sagte Gadji eifrig. »eine kleine Schwester. Nesgir. Sie ist ein – d'yavol.«

»D'yavol?«

»Kleiner Mann mit Hörnern und Schwanz. Riecht nach Schwefel?«

»Teufel!«

»Kleiner Teufel, genau.«

Stille. Dann fragte Vera: »Kann ich dich besuchen? Daheim, meine ich. Wenn ich hier raus bin?«

»Wenn du das willst«, sagte Gadji; hörte Vera einen leisen Zweifel, eine sachte Unsicherheit?

Wo er wohnte, waren sie unter sich. Offiziere der Sowjetarmee und ihre Familien. Es gab kaum Begegnungen zwischen ihnen und den Deutschen, die ringherum wohnten. Manche kamen, um in dem Laden, der russische Produkte führte, einzukaufen. Kaviar, Pelmeni, Wodka, Konserven mit Borschtsch – alles original aus der Heimat. Gadji hatte noch nie erlebt, dass ein deutsches Mädchen, zu Besuch gekommen war. Es kamen auch keine deutschen Jungs zu den Nachbarn. Er wusste nicht genau, warum das so war. Es gab keine Verbote, keine Grenzen, keine Ausweispflicht. Es war eben so, es war eine eigene kleine Stadt, und die Grenzen waren unsichtbar wie – scheinbar unüberwindlich. Außerdem: Gadji hätte auch die Namen der Nachbarfamilien in seinem achtgeschossigen Hochhaus nicht nennen können; sie standen nicht auf dem Klingelbrett im Eingang des Hauses, dessen Tür nicht schloss; auf dem standen nur Zahlen. Warum war das so? Ne znayu. Ya ne khotchu znat'.

»Besuchst du mich?«, fragte Vera jetzt. »Zuhause?«

Gadji nickte.

Mittwoch, 8. November 1989

Vera saß am Tisch und wartete. Sie hatte ihre Reisetasche gepackt, das Bett war abgezogen, die zwei Krücken, die sie zum Gehen brauchte, standen gelehnt an die Wand neben ihr. Es war verabredet, dass ihre Mutter und Albert sie abholen kommen, um zehn Uhr am Vormittag, aber jetzt war es gleich zwölf Uhr. Vera war stinksauer.

Natürlich konnte etwas dazwischenkommen. Immer konnte etwas dazwischenkommen. Ein Vater rutscht auf der Straße aus, fällt auf die Nase, bricht sich ein Bein – und seine Familie fragt sich genervt, wo er denn bleibt; sie wollten doch zusammen Weihnachtseinkäufe tätigen. Der Wecker funktioniert nicht, schon kommt ein Herr Wichtig zu einem wichtigen Termin mit einem anderen Herrn Wichtig zu spät; was schade ist, weil Wichtig Nr. 2 fort ist und dann eben das Geschäft mit Herrn Wichtig Nr. 3 einfädelt. Konnte alles passieren. Aber dass Victoria und Albert Vera hängen ließen, das war äußerst empörend; endlich das Krankenhaus hinter sich zu lassen – wer, zum Teufel, verstünde ihre Ungeduld nicht?

»Möchtest du nicht doch einen Teller Erbsensuppe?«, fragte Krankenschwester Sonja. Sie hatte die Tür einen Spalt weit geöffnet und ihren Kopf hereingesteckt. Vera und sie hatten sich schon voneinander verabschiedet, auf der Liste der Mittagsesser stand der Name Lothringen nicht mehr, und sie hatten Stein und Bein geschworen, sich sehr bald zu treffen. Außerhalb des Krankenhauses, in einem Café vielleicht. Nie wieder Krankenhaus!, hatte Vera pathetisch gerufen. – Kann ich nicht sagen, hatte Sonja gelacht. Ist mein Brötchengeber. Jeden Tag. – Nie wieder so mit gebrochenen Knochen. – Nie wieder is keene Vokabel fürn Krankenhaus. Jeht uff keene Kuhhaut, wat du hier erleben kannst! Und die meisten sagen: Nie wieder springe ick vom Drei-Meter-Brett in ein Becken ohne Wasser! Und drei Wochen später sind sie wieder da. Weil: Et is ooch keene jute Idee, von einem Ein-Meter-Brett in ein Becken ohne Wasser zu springen. – Und dann hatten sie sich scheckig gelacht, bis sie kaum noch Luft bekamen und bis Vera meinte: Wie groß ist die Wahrscheinlichkeit, dass mich gleich wieder ein Polizist verdrischt? – Und schon wieder hatten sie sich gekrümmt und waren vor Lachen aufs Bett gefallen, wo sie nebeneinander auf dem Rücken lagen, bis sie sich anschauten und die eine sagte zur anderen: »Bist ne Jute!«, und die andere sagte zur einen: »Selber, du!«

Jetzt hatte Vera, die Gute, statt Appetit auf Erbsen einen dicken Hals. »Danke«, sagte sie. Als Sonja nickte und sich zurückziehen wollte, sagte Vera schnell: »Warte mal! Ich muss noch mal kurz weg. Fünfzehn Minuten, höchstens. Könntest du, wenn meine Mutter und ihr Lover kommen …«

»Nimm dir Zeit und nicht das Leben«, dozierte Sonja hochdeutsch. »Wenn die kommen, sage ich, dass du noch ein bisschen Zeit brauchst, um dich von deinem Liebsten zu verabschieden.«

»Iiiii«, machte Vera, »von den Typen in Badelatschen und Bademänteln hab ich fürs Leben genug, brrr!«

»Naja«, sagte Sonja, »gibt sone. Die haben Katheter in der Blase und halten sich für Casanova und fragen mich, ob ich bei ihnen mal Fieber messen könnte.«

»Boah«, machte Vera, »und von denen soll also einer mein Liebster sein?«

Und wieder mussten sie lachen und lachen. Wenn ich Männer nicht so gern hätte, hatte Sonja mal gesagt – als sie Nachtschicht hatte und auf ein halbes Stündchen zum Schwatzen gekommen war –, dann würde ich sie hier hassen lernen. Typen, denen es Spaß macht, wenn sie kurz vor der Blinddarmoperation von einer Schwesterschülerin das Schamhaar rasiert bekommen. Oder welche, denen der Morgenmantel aufklappt und die sagen: ›Ooh, da habe ich heute meine Schlafanzughose vergessen.‹ Gittigitt! Und die meisten von denen haben Übergewicht und einen grauen Haarpelz auf den Schultern. Gorillas, die schnarchen und sabberen. Und wenn Sonja solche Geschichten erzählte, war sie viel, viel älter und erfahrener als die fünf Jahre, die sie älter war als Vera.

Vera fuhr in die dritte Etage hinunter, humpelte zwischen den Krücken bis zu der Tür, neben der ein Namensschild angebracht war: Dr. Katrin Natschinski, Fachärztin Unfallchirurgie. Sie wollte grade anklopfen, als die Tür aufging und die Frau, die Vera über die Wochen behandelt und betreut hatte, vor ihr stand.

»Wie? Noch immer da?«, fragte sie, und Vera war wie seit Wochen schon – verzaubert, wenn sie der Natschinski begegnete. Vierzig Jahre alt, Mutter zweier Kinder, sie hatte einen Arzt, der auch in der Charité angestellt war, zum Mann. Sie war stets in Eile, ließ sich aber auf jeden, der sie ansprach, ein; und dann schien sie nur Zeit für die Patientin oder den Patienten zu haben. Hörte aufmerksam zu und redet mit ihrer tiefen, warmen Stimme beruhigend auf sie ein. Jetzt schaute sie Vera von oben bis unten an, sah ihr in die Augen und sagte lächelnd: »Scheint alles wieder zusammenzupassen. Die Knochen wenigstens. Wie ist es mit der Seele?«

»Will fliegen«, sagte Vera.

»Das Herz?«

»Ist schon vorausgeflogen.«

»Warum fliegst du nicht hinterher?«

»Mach ich gleich«, sagte Vera. »Ich wollte nur noch mal danke sagen.«

Katrin Natschinski nahm das Mädchen in die Arme, drückte sie an sich und flüsterte ihr ins Ohr: »Pass auf dich auf. Ich will dich nie wieder hier sehen. Höchstens zur Blinddarmoperation. Für die ich nicht verantwortlich wäre.« Steht im Eid des Hippokrates, dass sich Ärztin und Patientin nicht umarmen dürfen? Steht da nicht.

Inzwischen war Albert eingetroffen. Vera fand ihn, als sie das Zimmer betrat, in angeregter Unterhaltung mit der Krankenschwester; Sonja hatte rote Ohren und rote Wangen und lauschte hingerissen den Sätzen des – alten Sacks? Albert, he, poussierst du hier rum? Verspätet sich um Stunden und schäkert mit der Krankenschwester, geht gar nicht.

»Schön, dass du es bis hierher geschafft hast«, blaffte Vera ihn an. »Reifenpanne oder was?«

Sonja sprang von ihrem Stuhl auf, zwinkerte Vera zu und flüsterte beim Vorbei- und Hinausgehen: »Tschüss, Vera. Wir sehen uns. Und: Nicht alle Männer sind Idioten.« Vera versuchte grimmig zu schauen; es gelang ihr nicht, und sie hielt Sonja fest, umarmte sie, alle Welt sollte umarmt sein heute. Auch wenn es in ihr noch immer grollte.

Albert schulterte Veras Tasche und ächzte: »Hast du hier ne Bombe drin? Oder Wackersteine?«

»Warum ist meine Mutter nicht mit?«, wollte Vera wissen; sie strengte sich an, erzürnt zu bleiben.

»Die Revolution frisst ihre Kinder«, sagte Albert mit gespieltem Ernst. »Glaub mir, ich sehe sie auch nur noch für Minuten.«

Aha, und deshalb musst du mit der Krankenschwester flirten? Oder lässt dich von ihr becircen? Mann, Mann, Mann!

»Und wenn die Kinder verdaut sind?«, fragte Vera.

»Den Weg aller Nahrung«, sagte Albert gemütlich. Sie warteten auf den Fahrstuhl, und Vera sagte: »Öchz, Prost Mahlzeit.«

Der Lift kam, und plötzlich ging Vera das Lied durch den Kopf. Das der alte Kempau gesungen hatte. Grad erst, vor ein paar Tagen, damals? Walter Kempau, der alte Schuster. Der Fahrstuhl nach oben ist besetzt, / Sie müssen warten. / Sie können zum Weg nach oben jetzt/erst gar nicht starten. / Die Leute drängeln da rein, / mehr kann da oben nicht sein. / Der Fahrstuhl nach oben ist besetzt ...

»Singst du was?« fragte Albert. Hatte sie unbewusst gesungen?

»Kannst du dir vorstellen«, fragte Vera, »du bist gestorben, aber niemand kümmert sich um dich. So als Leiche.« Sie hatte nach Walter Kempau gefragt. Jemand sagte ihr, dass er weder Familienangehörige, keine Freunde, noch Bekannte hatte. Seine Tasche war von einer Krankenschwester gepackt worden, eine andere hatte das Bett abgezogen und frisch bezogen, und jemand, vielleicht ein Angestellter des Bestattungsunternehmens, hatte die Tasche mit sich genommen.

»Brrr!«, machte Albert – die Etagenleuchten blinkten, sechste, fünfte, vierte –, »Du bist etwas sprunghaft mit deinen Fragen. Alles in Ordnung?«

»Also: Wo ist meine Mutter?«

»Bis zu 60 Zentimeter Neuschnee haben in den italienischen Alpen zu Verkehrsbehinderungen bis vor Berlin geführt«, versuchte es Albert erneut in albern.

»Hahaha!«, machte Vera, lahmer Witz, sie verdrehte die Augen. »Ist sie im Schnee steckengeblieben?« Obwohl der Lift mit einem sanften Ruck hielt, wäre Vera beinahe hingefallen. Albert hielt sie und sagte: »Ist nicht leicht, laufen, Vera.«

»Scheiße ist's!«

Im Foyer herrschte ein reges Kommen und Gehen. Patienten in Bademänteln, Besucher in Straßenkleidung und mit Taschen in den Händen. Am Zeitungskiosk standen Leute an, die Tür zum Café gleich neben dem Stand, ging unaufhörlich auf und zu. In den Sesselgruppen vor den riesigen Frontscheiben, saßen die Menschen, hielten sich bei den Händen, redeten ernst miteinander oder lachten; die Gesunden trafen sich mit den Kranken, und wenn es gelang, mit ein bisschen Heiterkeit und Alltäglichkeit das Leiden zu lindern – wunderbar, fand Vera. Und durch die Geräusche-Wand aus Schritten, Lauten, Wörtern, Klappern drangen, wenn sich die Drehtüren zur Stadt bewegten, die akustischen Signale des Straßenverkehrs, das Draußen.

Vera lief langsam. Nicht nur der Krücken wegen. Als wollte sie doch noch nicht endgültig hinaus, als könnte sie sich noch nicht lösen von dem Haus, in dem sie fünf Wochen gelebt hatte. Auch – als fürchtete sie sich ein wenig vor dem Draußen?

Am Empfangstresen stand ein Mann, der außer sich war. Mit hochrotem Kopf schrie er auf die diensthabende Schwester ein, dass es wohl das Letzte sei, was hier mit seiner Frau veranstaltet werden würde. »Kein Wunder, dass der Sozialismus im Eimer ist und alles den Bach runtergeht! Überall, wohin man kiekt – Mangel, Ausreden, Flickschusterei! Und nie trägt irgendwer für irgendwas irgendwann die Verantwortung. Konkrete Verantwortung, verstehste, Mädchen?!« Seine Wut speiste sich, soviel verstand jeder, der zuhören musste – und die Adressatin seines Wut-Schwalles war jung und verschüchtert und wusste nichts zu entgegnen; was konnte sie schon erwidern? – aus Erfahrungen und Beobachtungen, die wahrscheinlich gar nichts mit dem Anlass seines Ausbruchs im Krankenhaus zu tun hatte? Dass er warten musste, war der Tropfen, der ein Fass brodelnden Unmuts zum Überlaufen brachte?

Eine ältere Frau, sie trug einen seidig glänzenden Morgenmantel, auf den große, farbige Blüten gestickt waren, sagte bestimmt und laut: »Hören Sie, junger Mann! Ich bin vermutlich 20 Jahre älter als Sie. Der Sozialismus wurde schon hunderte Male totgesagt, aber er lebt immer noch. Ich glaube nicht, dass es Ihnen in diesem Sozialismus schlecht ergangen ist.« Sie musterte ihn von oben bis unten, schätzte seinen beigefarbenen Trenchcoat ab, seinen Körper, der den Mantel zu sprengen drohte.

»Was quatschen Sie mich von der Seite an!«, schrie der Mann. Er wendete sich der Dame zu; die Schwester hinter dem Tresen griff nach einem Telefon, deckte mit der Rechten die Sprechmuschel ab und flüsterte etwas hinein.

Der Mann drehte einen Borsalino-Hut, wie ihn Vera schon auf Fotos mit Humphrey Bogart und Frank Sinatra gesehen hatte, in den Händen: ein Lenkrad auf der Tour seiner Erregung; er saß in einem Fahrzeug, raste im Kreis, und es war ihm egal, was und wer unter die Räder seines unsichtbaren, rücksichtslosen Gefährtes geriet. »Sie sehen auch nicht grade aus, als ginge es Ihnen im Leben dreckig, Madame!«, höhnte er.

Plötzlich war es still im Foyer.

Nebenbei und gelassen, als wischte sie eine Daunenfeder von ihrem Morgenmantel, sagte die Dame: »Ich habe sechs Kinder großgezogen. Ich habe Krebs. Halbes Jahr noch, vielleicht noch, sagen die Ärzte.

»Tut mir Leid«, sagte der Mann. »Echt. Ich hab nichts gegen Sie persönlich. Kann mir vorstellen, dass Sie mal als Trümmerfrau angefangen haben, wie?« Er griente; er nahm wohl an, mit etwas, das ein Kompliment sein sollte, geschmeichelt zu haben.

»Ich war Pianistin«, blieb die Frau in ihrer Haltung. »Ich habe in meinem ganzen Leben nur die Tasten von Klavieren und die Seiten von Partituren angefasst.« Sie lächelte: »Und meinen Mann. Und die Windeln meiner Kinder. Wahrscheinlich regt es Sie auf, dass die Schwester nicht auf Anhieb wusste, in welchem Zimmer ihre Frau liegt.«

»Eine Künstlerin!«, knurrte er.

»Oder es nervt Sie, weil nicht jeder gleich losspringt, wenn Sie was haben wollen?«

»Ich sag Ihnen, was mein Problem ist. Mein Problem ist, dass in diesem Land niemand weiß, in welchem Zimmer was liegt. Und warum. Und wofür. Dass niemand tut, was er tun soll, und jeder so tut, als täte er was. Verstehen Sie das, Genossin Pianistin?!«

»Lass uns gehen!« Albert zog Vera leicht am Arm.

»Ich will das hören«, sagte Vera hart.

»Sie gehören zu den Menschen, die Künstler hassen? Weil Sie meinen, denen geht es sowieso besser als allen anderen Menschen hier? Im Übrigen: Ich war und bin keine Genossin, Kollege Mensch!«

Albert schnaufte ungeduldig. Wozu sich mit dem Gezänk der Beiden aufhalten? Wollte Vera nicht so schnell wie möglich weg, raus hier, in ihren Alltag zurück? Doch Vera hörte wie gebannt zu. Dieser Streit kam ihr wie eine Verhandlung vor, eine Verhandlung von Ansichten, die sich nicht vereinbaren ließen; oder doch?

»Ich gehöre zu den Menschen«, der Mann ließ nicht nach, »die der Meinung sind, dass nicht effektiv genug gearbeitet wird. Weil es an allem Möglichen fehlt und nicht zu verstehen ist, warum es fehlt. Ich gehöre zu den Menschen, die der Meinung sind, dass das einzige, was in diesem Land blüht – die Propaganda ist.« Sein Gesicht war rot angelaufen, er war außer sich, doch jetzt bremste er sich. Es ging nicht darum, ob eine blutjunge Krankenschwester eine Karteikarte nicht fand oder ein Fieberthermometer fallen ließ. »Ich bin Klempner, eigener Laden. Ich weiß, wovon ich rede. Keine Leute, kein Material, Pfusch überall. Oder es kommt einer mit Westgeld. Oder mit einer Kiste Wein. Schlamperei! Mauschelei! Ich will arbeiten, verstehen Sie? Ich bin ein deutscher Handwerker, der arbeiten will und dafür Leute, Material und Werkzeug braucht. Ich will arbeiten und was von meiner Arbeit haben. Und ich will mit Respekt behandelt werden. Wie Sie, oder nicht?«

Die Klavierspielerin nickte: »Das verstehe ich. Aber, wissen Sie, was kann die Schwester dafür? Sie arbeitet auch. Ich weiß, wie hart die hier arbeiten. Wenn Sie die Zeit haben, lassen sie uns einen Kaffee zusammentrinken. Ich erzähle Ihnen eine Geschichte, falls Sie die Geduld dazu haben …«

»Bitte«, sagte Albert, »lass uns gehen!« Vera gab nach und sie verließen das Krankenhaus. Bevor sie in Alberts Skoda stieg, hielt sie sich am Dach des Autos fest und schaute an der Fassade des Gebäudes hoch; es wuchs in den nebligen, grauen, trüben Himmel hinein, hunderte Fenster, hinter einem hatte sie gelegen, hinter einem anderen Kempau. Er war gestorben, sie nicht. Und hinter einem der Fenster hatte die Pianistin ein Bett, hinter einem anderen die Frau des Handwerkers. Auf einmal schien das Haus auf Vera zu kippen. Ihr wurde schwindlig, sie legte ihren Kopf auf den Unterarm auf dem Autodach.

»Vera! Is was?«, rief Albert, der ihre Tasche und die Krücken verstaut hatte und dabei war, sich hinter das Lenkrad zu klemmen. Nein, nein. Nichts. Obwohl, es war was, nur was?

Durch die Frontscheiben des Krankenhaus-Eingangs sah sie die beiden: Unter den ausladenden Blättern eines Gummibaumes, der vier Meter hoch gewachsen war, saßen sich die Pianistin und der Klempner gegenüber. Der Borsalino-Hut des Mannes lag zwischen ihnen wie – ein Friedensangebot oder mindestens ein Antrag auf Waffenruhe?

Am liebsten würde Vera umkehren. Zurück ins Krankenhaus, in ihr Zimmer, in das Bett. Es zog sie in die klare Rollenverteilung, sie als Patientin, alle anderen kümmerten sich um sie, eine Sehnsucht nach Geborgenheit, nach Klarheit. Albert startete den Motor.

Sie schwiegen. Die Fahrt ging durch die Wilhelm-Pieck-Straße. Rechts und links der Straße standen die grauen Häuser mit ihren löchrigen Fassaden und mit dem abblätternden Putz. Eine großzügige Kreuzung, rechts konnte Vera bis zum Alexanderplatz mit dem Hochhaus des Hotels »Stadt Berlin« und zum Fernsehturm schauen. Dann kamen sie am Gebäudes der Allgemeinen Deutschen Nachrichtendienstes vorbei, geradeaus, weiter hinein die in Mollstraße mit den Wohnhäusern, Plattenbauten, zehn Stockwerke hoch in den Himmel über Berlin, und der Salvador-Allende-Bibliothek, nachdem der Wagen die Greifswalder Straße gekreuzt hatte.

Die Leninallee. Links, hinter den hohen Häusern, erstreckt sich der VolksparkFriedrichshain. Der Mont Klamott. Mitten in der Cilty zwischen Staub und Straßenlärm/wächst ne grüne Beule aus dem Stadtgedärm, fielen Vera die Zeilen eines Songs ein. Sie musste grinsen. Ostrock, das allerletzte! Waren sie sich einig, sie und Sabrina, die Tochter des konspirativen Theatermannes Münch! Huhu, wir sind im Widerstand! Ach, lass uns Guns N' Roses hören, Vera! Lass unsere Alten die Revolution planen, Sabrina! November Rain. *Sometimes I need some time on my own / Sometimes I need some time all alone / Ooh, everybody needs some time on their own / Ooh, don't you know you need some time all alone.* Genauso ist es: Manchmal brauche ich ein wenig Zeit für mich alleine. Jeder braucht ein wenig Zeit für sich. Gut, Silly geht noch. Ne grüne Beule aus dem Stadtgedärm – stimmt irgendwie.

Wenn's denn unbedingt wieder die ganze Weltgeschichte und die Gesellschaft und die Zukunft und die Vergangenheit in den drei, vier Minuten eines Liedes sein musste …

Da steht Lenin. Rötlich, vom Regen heute Morgen eingedunkelt. Eckig, riesig. Hat die eine Hand am Revers seines Mantels, die andere Hand weist in die Zukunft. Irgendwohin, wo die Zukunft liegt, in der jeder Mensch aller anderen Menschen Freund ist.

Sometimes I need some time all alone?

Zeigt er nach Westen?, fragte sich Vera, als sie schon am Denkmal vorüber waren, in dem Auto Richtung Osten. Und wenn wir immer weiter nach Osten fahren, kämen wir dann – in Gadjis Heimat? Plötzliche Gedanke, woher, warum Gadji? Wegen Lenin doch nicht. Wie weit müssten wir fahren? Fast um die halbe Erde, fast bis ans Ende der Welt? Dort wo der Regenbogen eine der zwei Wurzeln aus Sonne und Regen hat, und die andere Wurzel steckt in Karlshorst? Vera zog ihre Schultern zusammen; Gadji, ihr Schulkamerad und – Gernot ihr Freund. Vera konnte den einen Jungen nicht ohne den anderen denken.

»Hast du Schmerzen?«, fragte Albert der Aufmerksame.

»Geht so.«

»Ich kann langsamer fahren.«

»Schneller nicht?«

Wieder schwiegen sie. Ho-Chin-Minh-Straße, Jaques-Duclos-Straße. Namen, Geschichte. Vera presste die Stirn an die Fensterscheibe und starrte hinaus: ihre Stadt, ihre Heimat, ihr Leben – doch sie fühlte sich als Gast, als Besucherin, als hätte sie die Straßen noch nie gesehen …

»Was wirst du tun?«, fragte Albert.

»Wann?«

»Wenn du zu Hause bist.«

»Darf ich dich was fragen?«

»Klar. Wenn du nicht nach meinem Gewicht fragst.«

»Liebst du meine Mutter?«

»Voilà! Ja.«

»Warum?«

»Warum?«

»Ja, warum.«

»Schön. Intelligent. Engagiert. Weiblich, fraulich.«

»Warum sollte mich einer lieben?«
»Dich?« Albert stöhnte kurz auf; es ist nicht leicht, sich auf den Verkehr zu konzentrieren und auf solche Fragen zu antworten.
»Ja, mich! Ausgerechnet mich?«
»Ungefähr aus den gleichen Gründen. Schön. Intelligent ...«
»Und wer?«, fragte Vera.
»Wie wer?«
»Wer, Mensch, sollte mich lieben?«
»Vikki hat mir von einem Gernot erzählt ...«
»Vikki?«
»Na deine Mutter, Vik ...«
»Vikki!? Du nennst sie Vikki? Ich glaub, ich muss kotzen!«
Schweigen und Ampeln. Lichtenberg, über die Brücker, die Straße der Befreiung. Linkerhand der Komplex der Hauptzentrale des Ministeriums für Staatssicherheit, rechterhand ein Neubaugebiet. Sie fahren die Strecke, auf der im Mai 1945 die Rote Armee in Berlin einzog, sich in die Stadt reinkämpfte, als am Rande des Weges kein Stein auf dem anderen blieb, weil der Krieg, wie man sagte, dahin zurückkehrte, von wo er ausgegangen war. Als wäre er ein Wandergeselle, der in die Fremde zieht und irgendwann heimkehrt.
»Wollt ihr heiraten?«, fragte Vera.
»Was denn, jetzt?«
»Sie ist nicht geschieden.«
»Angst vor Bigamie?« Albert lachte, auch nur kurz, immer noch Straßenverkehr und Obacht.
»Ich glaube, mein Vater liebt sie auch. Die – Vikki.«
»Ich hingegen glaube, sie ihn nicht mehr.«
»Es ist kompliziert, oder?«
»Was?«
»Die Liebe. Mutter. Vater. Ich. Vielleicht – meine Liebe? Alles.«
»Nö. Willst du Musik hören?«
»Nö.«
»Auf dem Rücksitz liegen ein paar Zeitungen.«
»Ach du Scheiße! Ganz bestimmt nicht.«
Die Straße am Tierpark entlang. Wie lange war es her, dass Gernot und Vera im Café saßen? Ein paar Wochen; eine Ewigkeit. Was gleich geblieben war: auf der anderen Seite der Straße

der Nebeneingang zum Tierpark und die Braunbären in ihrem Felsengehege, die hin- und hertappen und sich einbilden, sie seien in den Rocky Mountains unterwegs. (Doch so blöd werden sie nicht sein.) So wie wir uns einbilden – wir lieben und werden geliebt? Die Bären täuschen sich gewiss nicht; täuschen wir Menschen uns, wenn wir glauben, wir sind in der Liebe?

»Wir sind gleich da«, sagte Albert.

»Ich hab zwar was auf die Rübe gekriegt«, sagte Vera, »aber wo ich wohne, weiß ich noch.«

»Ich habe in der ganzen Zeit nur einmal gehört: Ich bin traurig, Vera, dass du hier liegst«, sagte sie plötzlich.

»Was sagtest du?«

»Die ganze Zeit über. Im Krankenhaus. Alle waren – nett. Aufmerksam und mitleidig. Aber nur einer sagte, dass er traurig sei. Einfach nur traurig.«

»Kluger Bursche, schätze ich. Dein Gernot?«

»Mein Gernot. Nein, der eben nicht. Der hat mir einen Ring geschenkt und gemeint, dass ich nicht ganz schuldlos an meiner Misere bin. Nee, nicht Gernot.« Pause. »Und einmal habe ich gehört: Ich habe Angst.«

»Bestimmt nicht Gernot?«

»Nee. Auch nicht. Hast du Angst?«

»Ich weiß, was du meinst. Das alles so. Ja, hab ich«, sagte Albert; er presste die Lippen fest zusammen und nickte mehrmals.

»Du? Du doch nicht. Ihr seid doch Helden! Du und – Vikki!«

»Quasselmatsch«, sagte Albert und hielt den Wagen an.

Vera hatte Alberts Angebot, sie in die Wohnung im zweiten Stock zu begleiten, abgelehnt. Sie wollte allein sein, allein ankommen. Alberst bestand nicht darauf. Er schien eher erleichtert zu sein, sich einer Aufgabe entledigt zu haben und sich sogleich einer nächsten Aufgabe zuwenden zu können; worin immer die bestand, eine Rekonvaleszentin heimzubringen war sehr human, noch humaner war es wahrscheinlich, ab sofort sich wieder auf die Revolution zu konzentrieren. Albert hupte, winkte aus dem heruntergekurbelten Fenster – und fort war er in on the road in die Weltgeschichte.

Turnschuhe und Parka und ein Vollbart! Vera musste grinsen. Fertig ist der Marxlumumbacheguevara! Plus Umsturz, plus ein zehn Jahre altes Auto, plus schlaue Bücher – ein Mann geht seinen Weg, wenn er erkannt hat, wolang er will! Passt schon zusammen, wie auch die beiden zusammenpassen: Victoriavikki und Albertbart. Außerdem haben wir November, und November in Berlin ist was zum Frösteln, Imbettbleiben, Gedanken haben, die grauer und trüber und niesliger sind als der Himmel über der Stadt. Das Jahr geht zur Neige. Wer jetzt keine Revolution macht, der macht keine mehr und muss dann weinen, wenn der Weihnachtsmann kommt und aus dem Sack Geschenke verteilt aber keine Veränderungen; wenn zu Silvester die Raketen zerplatzen und prasselnd ihre Funken versprühen und die Tischfeuerwerke die Stuben in Brand setzen. Und muss hoffen, dass es kommendes Jahr mit der Revolution klappt, ja, fahr dahin, Alberto, und pass auf, dass du kein Ampel-Rot überfährst und niemanden, der auf dem Fußgängerübergangsweg eine rote Fahne schwenkt.

Die Tasche über die Schulter gehängt mühte sich Vera die Treppen hoch.

Die Wohnung kam ihr fremd vor. In den Spiegel hatte die Mutter mit einem Lippenstift, knallrot und profan, geschrieben: »Herzlich Willkommen, Kleines! Kuck in die Küche! Bis bald, V.«

Vera hatte es nicht eilig, in die Küche zu kommen. Sie ließ die Tasche fallen, stellte die Krücken an die Wand und wankte über den Flur zu ihrem Zimmer. Bestimmt hatte die Mutter Linsensuppe gekocht, das Lieblingsessen Veras, einen großen Topf voll, gleich für mehrere Tage; aber die Suppe konnte warten, erst wollte sie ihr Zimmer begrüßen.

Als sie auf der Schwelle stand, wurde ihr schwarz vor Augen, sie ging in die Knie und fiel um. Das andauernde Läuten des Telefons hörte sie nicht.

*

Der Skoda bog von der Schönhauser Allee in die Oderberger Straße ein und hielt vor der Hausnummer 44. Albert parkte den Wagen zwischen einer überquellenden Mülltonne und einem schiefen Lichtmast, dessen Laternen-Glas geborsten war. Er grinste; da musste einer zugange gewesen sein, der sein Auto nicht so beherrschte wie er oder über die Kräfte eines betrunkenen Herkules verfügte.

Die Straße sah aus, als sei der Krieg erst gestern beendet worden, und die Bewohner hatten noch nicht die Zeit gefunden, nach den Einschusslöchern und nach den putzzerfetzten Stellen in den Häuserfassaden zu schauen. Ja, sie hatten noch nicht mal genug Zutrauen in die plötzliche Stille nach dem Krachen der Gewehre und Kanonen und Bomben. Und es war besser, man blieb in den muffigen, nach Kohlengrus und keimenden Kartoffeln riechenden Kellern und wartete ab, ob das Waffenschweigen tatsächlich der Beginn eines Friedens sein würde.

Der Himmel hing niedrig, eine graue Decke, die auf den Dächern lag. Seine Nässe drückte den Rauch der Schornsteine zurück in die Stuben. Es roch nach verbrannter Braunkohle und muffigen Matratzen.

Doch Albert war nicht gekommen, um sich als Reisender, der aus schöneren Gefilden der Erde kam, am Verfall der Straße zu ergötzen, die an der Schönhauser Allee begann und an der Mauer endete. Eben fuhr auf dem Hochgleis eine bananengelbe U-Bahn vorbei, die zwischen Pankow und der Stadtmitte verkehrte und kurz vor dem Senefelder Platz in den Untergrund Berlins abtauchte.

Seine Blicke gingen hin und her. Er wusste, wie die Bewohner der Straße, dass es Dutzende Augen gab, die ihn beobachteten, Dutzende Ohren, die seinen Schritten lauschten. Daran hatte sich in den letzten Wochen nichts geändert. Auch wenn der Staat, an Durchfall, Ausfall und Überfall litt und zu schwanken schien – die Sinnesorgane des Leviathans funktionierten.

Albert überquerte die Straße und öffnete ein Tor, ein dunkler, panzerbreiter Hausdurchgang, ein Hof, wieder ein Hausdurchgang, der nächste Hof. So waren die Mietskasernen vor einem Jahrhundert gebaut worden. Wohnungen auf engstem Raum für die vielen Menschen, die es (vor allem) aus dem Osten Europas nach Berlin zog und die ein Quartier brauchten. An jeder Ecke eine Kneipe, kleine Betriebe und Werkstätten etablierten sich in den Erdgeschossen. Ein Sammelsurium aus Wohn- und Arbeitsräumen, beieinander, übereinander, miteinander, gegeneinander. Die Räume waren geblieben, die Mieter hatten gewechselt; neben den Alten waren die meisten Bewohner Studenten, Künstler und junge Leute, die nicht geduldig auf eine amtlich genehmigte Wohnung warten wollten. Standen genug leer, diese Buden, die sich vier, fünf Stockwerke hoch türmten.

Auf dem Beton des Hofs sprang ein Mädchen über ein Seil. Sie kreuzte die Arme vor der Brust, ließ das Seil unter den Füßen sausen, breitete die Arme aus und nahm es über den Kopf wieder nach vorn. Immer und immer wieder. Albert blieb einen Moment lang stehen, um zuzuschauen.

»Is wat?«, fragte die Kleine, ohne innezuhalten.

»Kannste gut«, sagte Albert.

»Is keene Kunst«, sagte das Mädchen. »Det mach ick schon jahrelang so.«

Jahrelang. Jahrelang. Jahrelang springe ich über das Seil, das ich mir selbst hinhalte. Jahrelang hüpfe ich auf der gleichen Stelle. »Jahrelang«, flüsterte Albert jetzt. »Jahrelang.«

»Haste n Problem?«, fragte die Kleene; Ohren wie ein Luchs. »Oder fuffzich Pfennich für ein Eis?« Albert musste lachen und fischte eine Fünfziger-Münze aus der Hosentasche.

Während er die Treppen hinaufstieg, dachte er: jahrelang, jahrelang. Das musste sich ändern, oder es änderte sich nichts mehr. Das würde sich jetzt ändern. Obwohl. Albert hatte viele Bücher gelesen, so viele Bücher, dass er aus ihnen gelernt hatte zu fragen und – zu zweifeln. Der stärkste Zweifel war der Selbstzweifel, ein tausendstimmiger Chor, der raunte: Was glaubst du, was du bist, was glaubst du, bist du besonderes, anderes als wir, was glaubst du, kannst du ausrichten ohne die Gemeinschaft des Volkes?

Es änderte sich nichts, nur weil ein paar tausend Menschen es wünschten. Es änderte sich selbst dann noch nichts, wenn es Millionen Menschen waren. Und wenn sich dann was änderte, war nicht klar, wohin es sich veränderte. Die Menschen glauben gern, dass sie die Geschichte beherrschen, um eines Tages in einem Bett aufzuwachen, von dem sie nicht mehr wissen, ob sie sich selber hineingelegt oder ob sie jemand anderer hineingelegt hatte. Reingelegt. Es hieß zwar, offiziell gelehrt sogar, dass der Mensch das Subjekt der Geschichte sei. Die meisten aber, wusste Albert, sind eine Masse, die vielleicht kurz aufbegehrte und das Glück der Anarchie genoss, gleich aber wieder zusammensank wie ein Soufflé, das zu wenig Luft bekam. Nein. Albert hatte kein Vertrauen in die Menge, ob sie Demonstranten, Parteimitglieder, Bürger hießen. Andererseits: Wer sonst könnte was ändern? Die Ratten in den Kellern doch nicht.

Albert zögerte zu klingeln. Hinter der Tür saßen sie beisammen und glaubten daran, die Welt verändern zu können. Wenn nicht die Welt, dann das Land. Sie glaubten nicht nur daran, sie arbeiteten daran. Sie wollten eine Zeitung gründen, eine unabhängige Zeitung, von niemandem beeinflusst, von keiner Partei vereinnahmt, nur der Vernunft verpflichtet, der Aufklärung, der Wahrheit. Eine Tribüne der Freiheit, einer Freiheit, die es ihrer Meinung nach auch im Westen nicht gab. Da regierten auch nur Interessen und Lobbyisten, und die Journalisten hängten ihre Mäntelchen in die wechselnden Winde des warmen Meinungs-Golfstroms. Aber immerhin konnte jeder seine Meinung sagen, und jeder fand ein Medium dafür. – Und allen voran stürmte und träumte Victoria, seine Victoria.

Hinter der Tür, wusste er, saßen zwei Dutzend Menschen, die für einen Sozialismus glühten, wie es ihn noch niemals gegeben hatte. Und Albert selbst? Albert selbst – war traurig. Spürte eine Traurigkeit, die vielleicht jene Traurigkeit war, von der Vera vorhin im Auto erzählt hatte. Als sie von jemandem berichtete, der als einziger gesagt hatte: Ich bin deinetwegen traurig. Der nicht euphorisch war, der nicht verbiestert war, der nicht aktiv war, der nicht gleich wieder Träume verwirklichen wollte, der einfach nur sagte: Ich bin traurig. Deinetwegen, eines Menschen wegen, dem Übles widerfahren war.

Albert seufzte, klingelte, hörte das fröhliche: »Herein, wenn's nicht die Stasi ist!« und trat ein.

Warum bin ich so traurig?, dachte er noch, ehe er seinem Gesicht ein vergnügtes heiteres Aussehen gab und Victoria zur Begrüßung küsste und einen nach dem anderen im Raum kurz umarmte.

*

Der Deutschlehrer Werner Kotte stand, bis auf den Schlüpfer nackt, am Fenster und rauchte die Zigarette danach. Seine Freundin Christa war vom Bett unter die Dusche und anschließend in die Küche gegangen. Sex machte sie hungrig, komischer Reflex, aber so war es eben. Sie musste essen. Danach. Eine Angewohnheit. Es gäbe schließlich, hatte sie am Anfang ihrer Affäre erklärt, verwunderlichere Angewohnheiten. Etwa Gedichte zu lesen, zu popeln oder jeden Tag Zeitung zu lesen. Essen nach dem Sex wäre in dieser Reihe nicht das Übelste. Kotte genügten Zigaretten und ein Glas Wein.

Er sog an der Zigarette, sie glühte im Spiegel des Fensterglases auf und erleuchtete sein Gesicht. Optisch ein interessantes Phänomen: Er konnte sich betrachten und zugleich in die Stadt hinein schauen, die Antenne des Fernsehturms am Alexanderplatz blinkte weit hinten. Christas Wohnung, Neubau, drei Zimmer, lag im zehnten Stockwerk.

Die Lenin-Allee war eine breite Schneise und bot ausreichend Platz für die Autos, die stadtein- und stadtauswärts fuhren. Es war kurz nach 19 Uhr, der Verkehr erlahmte. Vor wenigen Stunden war vier, fünf Kilometer von hier entfernt, Vera Lothringen in einem Auto nach Hause gefahren worden. (Wovon Kotte und Christa nichts wissen konnten.)

»Zwei oder drei Spiegeleier?«, rief Christa aus der Küche.

»Eins«, antwortete er.

Es schepperte und klirrte in der Küche. Die Geliebte polterte durch den Raum, der eine Durchreiche zur Stube hatte, und schimpfte vor sich hin. »Eines! Nimm ein Ei mehr, Mann, sonst fällst du mir völlig vom Fleische! Da bietest du ihm an, zwei, drei Eier zu essen, auch zur Stärkung der Manneskraft, aber nee. Der Herr wünscht sich ein Ei. Ein Ei! Wofür geben sich die Hühner soviel Mühe, Eier zu legen! Millionen mal Millionen Eier – und niemand isst sie!« Kotte betrachtete sein zufriedenes Grinsen im Fensterglas. »Den Weißwein machst du auf!« rief Christa. Es würde die zweite Flasche sein.

Er fuhr zusammen, weil sie lautlos hinter ihn getreten war und ihm die kalte Flasche an den Hintern hielt. »Jemineh!« sagte sie. »Nur Haut und Knochen der Mann! Während unsereins genau da zulegt ...«

»Wo denn?« fragte Werner, nahm sie in die Arme und wollte sie küssen.

»Schttt!« machte die Frau. »Die Eier!«

Er folgte ihr in die Küche, setzte sich auf einen Hocker und entkorkte die Flasche. Er goss zwei Gläser voll und schob eines über den Tisch:

»Es gibt eine Stelle, da schreibt Hyperion an Bellarmin, dass er zu einem Ausflug eingeladen wurde. Sozusagen Wochenende im Grünen. Hyperion, reichlich depressiv, folgt der Einladung und genießt das Meer, das Gebirge, die Insel.«

»Was denn nun? Meer, Gebirge oder Insel? Oder bastelt dein Hölderlin sich eine Welt zusammen, wie er sie sich wünscht? Schnatterinchen mit Pimmelchen! Pittiplatsch mit strammen Brüsten! Poeten, ach du Gott!«

»›Und die Menschen gingen aus ihren Türen heraus und fühlten wunderbar das geistige Wehe, wie es leise die zarten Haare über der Stirne bewegte, wie es den Lichtstrahl kühlte, und lösten freundlich ihre Gewänder, um es aufzunehmen an ihre Brust, atmeten süßer, berührten zärtlicher das leichte klare schmeichelnde Meer, in dem sie lebten und webten.‹«

»Anders gesagt: Sie badeten«, sagte Christa. »Prost!« Sie hob ihr Glas und nippte vom Wein.

»Geistiges Wehen! Die Menschen gingen aus ihren Türen heraus und fühlten wunderbar das geistige Wehen ... Sie blieben nicht in ihren Häusern. Sie gingen hinaus, um den Nachbarn zu erkennen. Um die Liebe zu spüren. Um eine Gemeinschaft zu bilden, die sein soll – wie das schmeichelnde, klare Meer. Das Meer – eine Metapher!«

»Das Meer eine Metaphér!« äffte Christa mit falscher Betonung. Reimte sich plötzlich, man wusste nur falsch betonen. »Und?«

»Ist es das, was derzeit im Lande geschieht?« fragte er.

»Was?«

»Das Rausgehen. Das Aufeinanderzugehen. Das Solidarischsein. Das Sichverständigen über eine Gegenwart, die ihnen nicht mehr genügt. Über eine Zukunft, die ...«

»Willst du eine Antwort? Wirklich?« Christa Schaffner unterbrach ihn nüchtern und kühl, ein Sturm, der in Grönland gestartet, über das Meer geweht und als Brise in der Küche angekommen war. »Es ist November. Es ist kalt und ungemütlich da draußen. Die baden nicht in einem Meer, auch nicht in einem metaphorischen. Die gehen auf die Straße, weil sie die Schnauze voll haben. Und«, sie machte eine Pause: »Weißt du, was ich glaube? Am meisten nehmen sie es sich selbst übel, dass sie den Bonzen zugejubelt haben. Sie hassen sich selbst, sie wissen es nur noch nicht. Weil sie immer einen Wehrlosen brauchen, den sie in der Wut über ihre eigene Mutlosigkeit an die Laterne hängen wollen.«

»Soweit wird's wohl nicht kommen.«

»Und wenn doch?«

»Ich decke den Tisch.« Werner Kotte wich aus. Manchmal hatte Christa eine Art, dass er von ihr dachte: Die Schaffner hat eine Art! So eine direkte, derbe, quasi naturwissenschaftlich-faktische Art; die Schaffner ist eine starke Frau! »Ich mach den Fernseher an«, sagte er. Der kleine, tragbare Apparat stand unterhalb des Fensters.

»Sei nicht sauer«, antwortete sie, »wenn die grad nix von Hölderlin senden!«

Mit ihrer Signal-Musik begann die *Aktuelle Kamera*. Die abendliche Nachrichtensendung des DDR-Fernsehens stand nicht im Ruf, sonderlich informativ oder wahrhaftig zu sein. Die Berichte aus der Arbeitswelt waren stets voller Optimismus, Schaffensfreude und Zuversicht. Die Kommentare waren in einer Sprache abgefasst, die der Poesieliebhaber Kotte »Parteichinesisch« nannte; ihm kräuselten sich davon die Zehennägel, und wenn es einen Preis fürs Fremdschämen gegeben hätte, Werner hätte ihn längst erhalten müssen.

Neuerdings aber, seit wenigen Tagen, kamen die Genossen Redakteurinnen und Redakteure nicht umhin, der Bewegung, dem Grummeln, der Aufgeregtheit im Land Beachtung zu schenken und von ihr zu berichten. Der Druck im Kessel war größer als der Druck auf den Deckel. Noch immer im Ton der Partei, die immer recht hat. Noch immer wurde den kritischen Bemerkungen das mentale Schwänzchen des Das-kriegen-wir-gemeinsam-in-den-Griff angeklebt. Aber. Immerhin. Der Ton hatte sich nicht geändert, die Musik schon. Und gerade … Was war das?

»Christa, schau! Die Wolf spricht!«

»Meine Vornamensvetterin, aja.«

Kotte traute seinen Ohren nicht, als die Schriftstellerin Christa Wolf auf dem Bildschirm erschien und eine Erklärung verlas. »Fassen Sie Vertrauen«, bat sie die Landsleute, die gern ausreisen wollten: »Wir sehen die Tausende, die täglich unser Land verlassen. Wir wissen, daß eine verfehlte Politik bis in die letzten Tage hinein ihr Mißtrauen in die Erneuerung dieses Gemeinwesens bestärkt hat. Wir sind uns der Ohnmacht der Worte gegenüber Massenbewegungen bewußt, aber wir haben kein anderes Mittel als unsere Worte. Die jetzt noch weggehen, mindern unsere Hoffnung. Wir bitten Sie, bleiben Sie doch in Ihrer Heimat, bleiben Sie bei uns!

Was können wir Ihnen versprechen? Kein leichtes, aber ein nützliches und interessantes Leben. Keinen schnellen Wohlstand, aber Mitwirkung an großen Veränderungen. Wir wollen einstehen für Demokratisierung, freie Wahlen, Rechtssicherheit und Freizügigkeit. Unübersehbar ist: Jahrzehntealte Verkrustungen sind in Wochen aufgebrochen worden. Wir stehen erst am Anfang des grundlegenden Wandels in unserem Land. ...«

»Zu spät«, flüsterte Christa, die Lehrerin.

»... Helfen Sie uns, eine wahrhaft demokratische Gesellschaft zu gestalten, die auch die Vision eines demokratischen Sozialismus bewahrt. Kein Traum, wenn Sie mit uns verhindern, daß er wieder im Keim erstickt wird. Wir brauchen Sie. Fassen Sie zu sich und zu uns, die wir hierbleiben wollen, Vertrauen."

»Hast du das gehört! Toll!« Werner war begeistert, als die Schriftstellerin ihren Appell beendete.

»Träumt weiter!«, sagte Christa barsch.

»Wieso sprichst du im Plural?«

»Weil die Wolf denkt wie so viele: hoffnungslos romantisch und idealistisch! So wie du auch, mein Holder! Der Sozialismus, den könnt ihr nennen, wie ihr wollt, der ist gelaufen. Seit Jahren schon.«

Kotte spürte die Verärgerung in sich aufsteigen. Ein Sodbrennen der Seele. Eine Verwirrung, eine Haltlosigkeit, ein wütendes Wünschen.

»Was ist denn falsch daran, hier zu bleiben und zu vertrauen? Endlich ein Gemeinwesen zu schaffen, das ...«

»Jetzt reicht's mir!«, rief Christa. Etwas ging in Scherben. Und sie schrie: »Wo ein Körper ist, kann kein anderer sein, Physik, kapierst du das? Wo keine Körper sind, können andere hin, kapierst du das? Die Leere kann gefüllt werden, aber wenn niemand da ist, der sie füllen möchte? Wenn niemand da ist, weil jeder wegläuft? Und warum? Weil er genau diesen Käse seit Jahren hört: Die redet doch auch nur, was die Bonzen seit Jahrzehnten reden, verstehst du? Vertrauen! Ich mach mir in die Bux! Ein Traum, der nicht wieder im Keim erstickt werden soll! Hilfe, ich krieg gleich einen Lachanfall! Keinen schnellen Wohlstand, aber Mitwirkung an großen Veränderungen! Gleich platzt mir der

Kopf, Kotte! Vertröstungen auf eine Zukunft – von Anfang an. Da hören die Leute auf zu träumen, irgendwann ... Alle Träume sind erstickt! Da sind keine Träume mehr! Höchstens der Traum vom paradiesischen Westen! Träume? Ja Schiet aufn Mast! Banane, mein Lieber, alles Banane, weil nichts Banane ist! Wo kein Traum mehr ist, da ist kein Traum mehr! Meine Physik. Verbrannt zur Asche! Es ist eine Asche, aus der kein Phoenix mehr steigt, kapierst du das, Werner Kotte, Liebster, du vollidiotischer Mieter meines Herzens?«

*

Die Wohnung unterm Dach war knüppeldickvoll: voller Menschen, voller Zigarettenqualm, voller Teller und Gläser und voll mit Papieren. Albert griff sich einen Stuhl und setzte sich in eine Ecke, abseits des langen Tisches, um den herum ein Dutzend Disputanten saßen. Victoria hatte, grade führte sie das Wort, kurz innegehalten und ihm zugenickt – schon ging das Palaver weiter.

Immer wieder wichen die Frauen und Männer von ihrem eigentlichen Thema ab: einen Titel zu finden für die neu zu gründende Zeitung, eine Konzeption zu formulieren, die verständlich, knapp und originell in Umlauf gebracht werden könnte. Die Zeitung sollte nicht nur ein Flugblatt in einer x-beliebigen Flugblattaktion sein, sondern ein ernst zu nehmendes Periodikum. Doch sie gerieten immer wieder vom Hundertsten ins Tausendste und kriegten sich nicht ein beim Lachen, wenn jemand von seinen Erlebnissen mit hilflosen, inkompetenten Vertretern der Staatsmacht erzählte. Empörten sich, wenn ein anderer von Übergriffen und Amtsanmaßungen berichtete. Grüppchen bildeten sich, fielen auseinander, in der Küche wurden Salate angerichtet und Bouletten gebraten, Weinflaschen wurden geleert und für Nachschub wurde gesorgt.

Im Vorderhaus gab es eine Kneipe, dessen Wirt ein Lyriker und Sympathisant all der Rebellen, Aussteiger, Künstler und Möchtegernkünstler war, die schon seit Jahren im »Sandkasten« ein- und ausgingen. In den letzten Monaten und Wochen war ihre Zahl deutlich angestiegen, und nicht jedem seiner Gäste traute der Wirt. Wo sich die Außenseiter trafen, da fanden sich auch die Ohrenbläser ein, jene Sicherheitsnadeln, die als Zuträger für das Ministerium für Staatssicherheit unterwegs waren. Zwischen der Kneipe und der Wohnung der Konspiration gab es ein Hin und Her an Alkohol, Würsten und Informationen.

Im Zentrum des Trubels in der Dachwohnung stand, saß und bewegte sich Victoria Lothringen.

Albert gefiel sich in der Rolle des Zuhörers und – Bewunderers seiner Freundin. »Embryo«, solle die Zeitung heißen. »Tarzan, Tequila, Tantalus« – Namen flogen durch den Raum, gefolgt von Gelächter, Stöhnen und abwägendem Raunen. Krokodil, Brennweite, ZOOP! – Was soll denn ZOOP heißen? – »Zentralorgan der Oppositionellen … – Buh! Nä! So doch nicht! – Es muss eine Würde und Seriosität des Informierens geben. – Aber wir dürfen unsere Schande und unsere eigenen Sünden nicht außer Acht lassen! – Welche Schande denn? Welche Sünden? Brauchst du eine Zeitung als Beichtstuhl? – Die Schande, die uns hier zusammengebracht hat, die Schande des Schweigens wider besseres Wissen! – Ich habe nie geschwiegen, rief ein wild behaarter Mann, und ihm entgegnete eine schmale, androgyne Person: Durftest du ja auch nicht. Als Redner auf Begräbnissen! Was soll die trauernde Gemeinde davon halten, wenn du stumm in der Kapelle stehst! – Gelächter. Rufe. Zur Sache, Leute, nicht schon wieder. Olle Kamellen. Wollen wir bis Weihnachten palavern, ehe wir einen Entschluss gefasst haben?

»Ich schlage vor«, rief Victoria schließlich. »wir schweigen jetzt mal zehn Minuten. Jeder schreibt auf einen Zettel, welche Vorschläge er hat, und dann werten wir die aus?«

Warum nicht, klar, kann gemacht werden. »Kann mal jemand das Fenster aufmachen! In dem Mief komme ich um!« Dann Stille. Jeder beugte sich über sein Papier, Frauen und Männer – sie waren jetzt die Mädchen und Jungen einer zehnten Klasse, die über einem Aufsatz zum Thema: Wie nenne ich meine Lieblingszeitung in spe? brüteten.

Victoria ging durch den Raum, hockte sich neben Albert und legte ihren Kopf auf seine Knie. »Du kommst spät«, sagte sie lächelnd.

»Ich liebe dich«, sagte er.

»Weil du verrückt bist.«

»Natürlich. Nach dir.«

Albert zögerte. Wusste nicht, ob er weiter sagen sollte, was er sagen wollte. Dann: »Wie ist es, wenn du ein Kind zur Welt bringst? Da ist eine Frau, die seit Stunden Wehen hat. Sie ist da, du bist da, und das Kind – ist auch gleich da …«

»Ich kenne dich.« Victoria rückte ein Stück von ihm ab. Zog die Stirn kraus. »Du willst mir etwas sagen. Durch die Blume.«

Hatte er angefangen zu reden, redete er auch zu Ende:

»Sie hat seit Stunden Wehen. Zwischendurch verlässt du sie und trinkst einen Kaffee. Du weißt ja aus Erfahrung, dass es noch nicht so weit ist. Die Frau glaubt, sie muss sterben, aber du weißt: Sie stirbt natürlich nicht. Dafür bis du eine zu erfahrene Hebamme.«

»Sag mir, was du sagen willst, Albert!«

»Du und die Frau und das Kind – ihr seid mit dem Natürlichsten befasst, was es gibt. Ihr allein. Draußen – ist die Welt, na und? Es geht nur um dich, um die Frau und um das Kind. Das ist konkret. Das ist nützlich. Das hier …«

Wütend sprang Victoria auf. »Ich hasse es, wenn du die Sätze abbrichst. Wenn du nicht zu Ende sprichst. Es klingt nach Klugscheißerei, nach Arroganz!« Sie drückte sich weg von diesem Kerl, den sie liebte, der aber unausstehlich sein konnte. Ein Bremser! Ein Nihilist! Einer, der sich nicht richtig begeistern kann. Dabei geschah doch gerade etwas Unerhörtes! Ein Aufbruch. Etwas Neues! Etwas Niedagewesenes! Ist doch auch ein Baby, das hier gerade zur Welt kommen soll! Victoria kehrte in den Kreis der Grübelnden zurück.

Albert schaute seiner Freundin nach. Gut, dass ich nicht von Vera gesprochen habe, dachte er. Dass er das Gefühl hatte, das Mädchen sei traurig und – würde sich einsam fühlen, heute Abend, allein zu Hause. Während die hier – ja was?

Einige von den Anwesenden kannte Albert. Sie waren Journalisten und Redakteure, noch angestellt bei den Zeitungen, die sie hassten. Aber sie würden am nächsten Morgen wieder an ihre Schreibtische zurückkehren. Würden mit den Zähnen knirschen, ihren Kaffee trinken, unter Kollegen über die Vorgesetzten lästern und hinter vorgehaltener Hand die neusten politischen Witze erzählen. Und am Abend versammelten sie sich in den Wohnungen der Dissidenten.

Bin ich selbst einer? Ein Dissident? fragte sich Albert. Oder bin ich nur einer von den müden Menschen, die nichts Neues mehr erwarten? Geschieht denn wirklich etwas grundlegend

Neues? Eine Revolution? Und wohin soll sie führen, wenn sie von Leuten betrieben wird, die zwar begeistert sind. Haben sie Vorstellungen davon, was sie wollen? Eine Zeitung, gut. Einige von ihnen wissen, wie das geht. Andere, wie seine Victoria, sind Amateure, die sich vielleicht einen Kindertraum erfüllen. Ja, sie sind wie Kinder, die ein Notizheft geschenkt bekommen, sich damit in eine Ecke zurückziehen und ganz ernst und mit krakeliger Schrift auf den Deckel schreiben: MEINE ZEITUNG. Folgt ein Eigenbericht: »Heute morgen ist meine Katze weggelaufen. Sie mag Quark nicht. Und ich mag den Staat nicht...« Albert fasste nach der Flasche Rotwein, die in einem aufgerissenen Karton neben dem Stuhl stand, als Victoria sich noch einmal zu ihm stellte.

»Entschuldige«, sagte sie. »Aber ...«

»Ich habe vorhin Vera nach Hause gebracht«, sagte er. »Und ich dachte ...«

»Du willst mir ein schlechtes Gewissen machen?!« So schnell wieder auf hundert?!, dachte Albert erschrocken.

»Muss ich?«

»Sie versteht das. Ich wette, sie versteht mich.«

»Ich vollende jetzt meinen abgebrochenen Satz, Vikki: Das hier kommt mir vor wie ein Kindergeburtstag im fortgeschrittenen Stadium. Alle haben Bauchschmerzen vom Kakao und vom Kuchen. Jeder möchte etwas anderes spielen. Wunderschönes Chaos.«

»Mag sein«, erwiderte sie bestimmt und kalt. »Aber dieses Chaos – ist mir lieber als deine Arroganz. Warum bringst du dich nicht ein? Du warst doch mal Journalist. Warum hilfst du nicht mit? Oder weißt du doch nicht, wie es geht, eine Zeitung machen?«

Albert blieb ihr die Antwort schuldig; Victoria drehte sich weg, klatschte und rief: »Leute, die zehn Minuten sind rum!«

Zwei Stunden später hatten sie sich auf den Namen des Periodikums geeinigt. DIE GANZE sollte es heißen. Die ganze Wahrheit, die ganze Zukunft, die ganze Aufklärung. Aufs Ganze gehen, nichts Halbes mehr, nichts Verklemmtes, das Ganze im Großen und Ganzen eben.

Albert harrte bis zum Ende der Debatte aus, auch darüber hinaus, als alle jubelten und die Gläser und Tassen noch mal gefüllt wurden. Er würde bis zum Schluss bleiben und Victoria in seinem Auto nach Hause fahren. Zu ihrer Tochter. Aber er würde, wusste er, nicht über Nacht in der Lothringenschen Wohnung bleiben.

Donnerstag, 9. November 1989

Wenn es ihn gäbe, den Vogel Phoenix, den Vogel Roch oder den Vogel Greif, und wenn er am gestrigen Abend und in der Nacht über Berlin und über dem Land und über Europa dahingeschwebt wäre, dann hätte er nichts anderes gesehen als an den Abenden, als in den Monaten, als in den Jahren zuvor. Häuser, Dörfer und Städte leuchteten. Zwischen ihnen die Felder, Wälder, Straßen, Eisenbahnlinien. Dampf stieg aus den Kühltürmen von Kohlekraftwerken und Rauch aus den Schornsteinen von Fabriken und Wohnhäusern. Silbrig glitzerten Flüsse, Seen, die sich an Talsperren stauten. Da unten hatten sich die Menschen eine Ordnung geschaffen und eine Heimat, und immer mal wieder brachten sie die gern durcheinander, zerstörten sie und sich selbst, und lernen nicht aus den Katastrophen und Kriegen. Reißen ein, bauen auf, reißen ein, bauen auf. Als könnte das in Ewigkeit so weiter gehen. Als gäbe es eine Unendlichkeit der Erde und des Lebens.

Da kann der Vogel Phoenix kommen als Symbol der Verjüngung und Erneuerung. Da kann der Vogel Roch kommen, und sich den einen oder anderen Menschen greifen und mit ihm durch die Lüfte reisen und ihm zeigen: das Wunder der Welt, die zu erhalten ihm, dem Menschen, obliegt. Da kann der Vogel Greif Elefanten und Büffel verzehren und versuchen, seine Kraft den Menschen zu geben – sie werden es nicht lernen, einander zu vertrauen. Obwohl sie die einzigen im Universum sind, um die sie sich kümmern müssten, indem sie sich um ihren Planeten kümmern. Um die Welt und um den kranken Nachbarn auch. Wie ist die Welt so stille. Und ist doch nur eine Kammer. Und traulich und hold möge sie sein.

Der Vogel Phoenix verbrennt, auf dass er lebe. Ardet ut vivat, sagten die alten Römer, weil sie wussten um das ständige Kommen und Gehen, Verderben und Erneuern, um Krieg und Frieden, um Schuld und Sühne. Und schon diejenigen, die Jahrhunderte vor den Römern lebten, wussten es.

Und was hilft es denen, die weit unterm Vogelflug in den Räumen sitzen und streben und weben und leben? Jetzt? Wenn doch nicht aus dem Gefieder der mythischen Vögel Tropfen von Weisheit und Überblick in die Menschen fallen und sie stark machen für eine Zukunft miteinander? Für ein Leben auf dem Regenbogen?

*

Es war zwei Uhr in der Nacht, als Victoria Lothringen die Tür zu ihrer Wohnung in Berlin-Karlshorst aufschloss, nachdem sie sich von Albert im Auto verabschiedet hatte. Ein flüchtiger Kuss, eine kühle Verabredung, »bis morgen dann«, und die Treppenstufen in das zweite Stockwerk waren ihr schwergefallen. Sie legte den Schlüsselbund auf das Vertiko im Flur, ließ den Mantel fallen und lehnte sich gegen die Wand. Schloss die Augen und schnaufte durch. Im Kopf ein Getümmel von Wörtern, Wein, Euphorie und – Erschöpfung.

Vera! Ging ihr durch den Kopf. Die Tochter würde in ihrem Bett schlafen. Oder nicht, doch, gewiss, aber sicher doch.

Die Mutter stieß sich von der Wand ab und ging die wenigen Schritte zu Veras Zimmer. Die Tür stand halb offen. Victoria lehnte die Stirn gegen den Türpfosten, atmete tief ein und aus, kam zur Ruhe. In ihrem Bett lag Vera und schlief. Victoria war nicht dabei, sie konnte nicht wissen, dass Vera zehn oder fünfzehn Minuten – wie lange, wüsste sie selbst nicht zu sagen, fragte sie jemand – ohnmächtig auf dem Läufer gelegen hatte. Stöhnte, als sie erwachte und sich hochzog, bis sie aufrecht auf wackligen Beinen stand. Dann war sie in die Küche geschlurft. Auf dem Herd stand der Topf mit der Linsensuppe. Ein nächster Zettel lag auf dem Deckel: »Lass es dir schmecken! Willkommen daheim! Ich liebe dich, deine Mutter!!!!!!!!!« Ausrufezeichen des schlechten Gewissens? Nicht da zu sein, wenn Vera nach Hause kommt? Weil es wichtigeres gab als die Heimkunft der Tochter?

Bestimmt liebst du mich, Mutter, hatte Vera traurig gedacht. Linsensuppe als Willkommensgruß – immerhin hast du nicht vergessen, dass das meine Lieblingssuppe ist.

Als Victoria die Küche betrat, sah sie, dass der Suppentopf unberührt war; und der Zettel lag auf dem Linoleum, auf dem der Küchentisch stand.

Freitag, 10. November 1989

Vera versteckte sich. Sie drückte sich in den Eingang des Hauses, das der Schule auf der anderen Straßenseite gegenüber stand. Sie wartete auf das Klingeln zum Unterrichtsbeginn und schaute den Schülerinnen und Schülern nach, die durch die Glastüren im Gebäude verschwanden. Einzeln, in Grüppchen, zu zweit, plappernd, schweigend, die Köpfe gesenkt (auf dem Weg zu einem Strafgericht?). Veras Herz raste. War es denkbar, plötzlich wieder sechs Jahre alt zu sein, vor der Einschulung zu stehen – und sich vor dem, was nun vor dem Mädchen sich auftat, zu fürchten? Obwohl Vera sich auf den ersten Schultag gefreut hatte – jedenfalls, solange sie zuhause ihre Hefte, Stifte, Bücher immer und immer wieder sortierte und immer und immer wieder nach der Zuckertüte schielte, die im Wohnungsflur auf sie wartete.

Sie sah Gadji kommen. Er stieg aus der Straßenbahn, blickte nach rechts und nach links und überquerte zielstrebig die Straße, um hinter dem Glas der Türen, die aufblitzten, wenn sie geöffnet wurden und sich hinter dem Eintretenden wieder schlossen, zu verschwinden. Ein ganz normaler Schultag erwartete ihn. Ein ganz normaler Schultag – wie für Vera doch auch.

Seltsam nur, dass sie Sylvia, Maria, Mark und Peter nicht gesehen hatte. Und Gernot, natürlich, Gernot. Er hatte sie gestern Nachmittag angerufen und sich nach ihrem Wohlergehen erkundigt; jawohl, so würde es in einem Kommuniqué stehen: »Im Verlaufe des Gesprächs zwischen den Parteien versicherten die Partner sich gegenseitig ihrer Gesundheit und freundschaftlichen Verbundenheit.« Ansonsten könnte er nicht vorbeikommen, obwohl er nichts lieber als das täte, weil er sie, Vera, unheimlich lieb habe. Aber. Es war da. Er müsse und er habe. – Was?, hatte Vera gedacht: Die Pest? Ein amputiertes Bein? Eine neue Freundin? Vera hatte den Hörer aufgeknallt. Nicht mal Linsensuppe möchte ich mit dir zusammen essen, Gernot; sie brach in Tränen aus, aber es waren allgemeine Tränen. Insgesamt-Tränen, die keine klare Quelle hatten. Alles zusammen so, auf einmal alles zusammen.

Oha, jetzt parkte Werner Kotte seinen Wartburg zwischen zwei der uralten Ulmen in der Nebenstraße, rannte zur Schule, um der Klingel zuvorzukommen – und doch als Letzter das Klassenzimmer zu betreten und dabei so zu tun, als käme er gerade von einem gelassen-gelehrten Frühstück mit Friedrich Hölderlin oder Bertolt Brecht. Als die Klingel schrillte, ging Vera los.

Ihre Krücken klackerten durch den Korridor. Sie atmete tief durch, als sie die Türklinke drückte und den Deutsch-Raum betrat. Ihre Beine zitterten, im ersten Augenblick sah sie nur weiße, konturlose Gesichter, die sich ihr zuwendeten. Was ist mit dir los? Willst du losheulen? Wieso denn? Hier sitzen deine Leute, hier steht dein verrückter Deutschlehrer, und da stehst du. Die wacklige Vera ist immer noch und auch nur die Vera. Und ein paar Wochen weg gewesen zu sein, ist so ungewöhnlich nicht. Es wäre lächerlich, jetzt zu heulen, obwohl Vera danach war. Aber wie peinlich wäre es, vor Freude zu heulen, weil man wieder in die Schule geht?

»Guten Morgen« sagte Vera. »Entschuldigen Sie, Herrr Kotte, dass ich mich verspätet habe.« Sie nickte mit dem Kopf zu den Krücken, mehr an Entschuldigung ging nicht. Aber Kotte sagte streng: »Ich höre. Was haben Sie an Entschuldigung vorzubringen, Fräulein Lothringen?«

Kurze Stille, kleine Pause – welch ein Getöse auf einmal. Ein Stühlescharren und Aufgespringe und Verumarme. Mensch, Mensch, Mensch! Was für Sachen du machst! Heile, heile Segen, sieben Tage Regen, sieben Tage Sonnenschein, sollst am Ende wieder heile sein! Schließlich klatschte Kotte dreimal ein langes, hölzernes Lineal auf den Lehrertisch! Genug! Ruhe jetzt! »Es reicht«, sagte er. »Ich will nicht behaupten, dass es nicht auch für mich eine Freude ist, Sie, Vera Lothringen wieder in unserem Kreise begrüßen zu dürfen«, und jede und jeder durfte sehen, dass er nur mühsam seine Rührung verbergen konnte; und dann, ihr Lehrer, der Meister des Sarkasmus und des hohen Tones, sagte: »Scheiße, gottverdammte, blöde Kacke!«, und er umarmte Vera, was wiederum Gejohle hervorrief. Nana! Keine Übergriffe, Herr Lehrer!

Was sollte schon sein. Es war ein gewöhnlicher Freitag. Vera hatte einige Wochen gefehlt, jetzt war sie wieder dabei. Der Deutschlehrer fasste sich, ein jedes fand auf seinen Platz und in seine Fasson. Vera ging zu ihrem Stuhl.

Als sie sich setzen wollte, verlor sie das Gleichgewicht. Der gebrochene Fuß im Gipsverband schlug gegen ein Tischbein. Ein jäher Schmerz. Als sie aufgefangen wurde: von Gadji, der seinen Platz vor ihrem hatte, und der jetzt fragte: »Tut es weh?«

»Schon«, sagte Vera; im selben Moment entdeckte sie die Rose. Sie lag auf dem Stuhl neben ihrem, auf dem üblicherweise Gernot saß, aber der war nicht anwesend. Fiel Vera erst jetzt auf, und auch, dass Gadji aufgestanden war, vor ihr stand und verlegen auf seine Hände schaute.

»Woher wusstest du, dass ich heute wieder in die Schule komme?«

»Ich habe mit deiner Mutter telefoniert«, antwortete Gadji.

»Sie hat mir nichts davon gesagt.«

»Ich glaube, ich denke, sie wirkte – angespannt … Stress?«

»Wann? Ich meine, wann hast du mit ihr telefoniert?«

»Späten Abend. Gestern.«

Da war ich umgefallen. Da lag ich auf dem Teppich, später im Bett. Da hatte mich Albert abgeholt und zu einer einsamen Linsensuppe nach Hause gefahren. Aber mir ging es gut. Schließlich war nichts Schlimmes geschehen. Außerdem wollte ich allein sein. Aber hätte Gadji angerufen, und ich wäre am Telefon gewesen, das hätte mir gefallen. Er wäre der erste gewesen, mit dem ich »draußen« gesprochen hätte. (Wenn sie von Albert absah.)

»Ich muss Sie bitten, Ihre Plauderei einzustellen und die Fortsetzung in die Pause zu verlegen«, ließ sich Kotte hören.

Vera nahm die Rose vom Nebenstuhl und setzte sich neben Gadji.

Die Deutsch-Stunde sollte an diesem Tag nicht stattfinden.

Die Tür zum Klassenzimmer sprang auf, und herein stürmten Gernot, Sylvia, Maria und Peter. In den Händen hielten sie Bier- und Sektflaschen; sie waren angetrunken, schielten vor Müdigkeit und kicherten aufgedreht und blöde vor sich her.

Sylvia Hohberg, das Haar zerwuschelt, die Bluse halb geöffnet, walzte an ihrem Lehrer vorbei und heftete mit zwei Magneten die erste Seite einer Zeitung an die Wandtafel. Große, schwarze Lettern schrien DIE MAUER IST WEG! BERLIN IST WIEDER BERLIN! JEDER DARF SOFORT DURCH! DEUTSCHLAND WEINT VOR FREUDE. DIE ERSTEN SIND SCHON DA! WIR REICHEN UNS DIE HÄNDE!

Gernot schüttelte eine Sektflasche, setzte sie an die Lippen, nahm einen Schluck und rülpste. »In fünf Minuten sind die Russen auf dem Kurfürstendamm«, hickste er. »He, bis vor fünfzig Minuten waren wir auf dem Kurfürstendamm!«

»Taxi«, lallte Peter. »Taxi! Ohne ßu beßahlen. Das Leben iß schön!« Sylvia begann, Lambada mit sich selber zu tanzen. Sah ziemlich holprig aus, und sie musste sich, um nicht lang hin zu fallen, von Kotte auffangen lassen; der Lehrer tat sein Bestes, das Mädchen aufrecht und zugleich in sittlicher Distanz zu halten. Glücklich schaute er nicht drein, er verkörperte bei diesem Auftritt die Rolle des verdatterten Onkels.

»Wo ist Viehweger abgeblieben?«, fragte Gernot seinen Kumpanen Peter.

»Zuletzt … ich habe ihn auf dem Savi … Savinjon … ach, ist doch schnuppe!« Peter stand in der Ecke rechts neben der Tür und zog an der Rolltafel des »Hertzsprung-Russell-Diagramms«. Runter, und schnapp rollte sie sich wieder ein, runter und schnapp … »Überriesen …«, runter, schnapp, »helle Riesen, Unterriesen … Wo isch der Mond … mein König! Meine Säure! Mein Einunallesch! … Und wo steckt in diesem blöden All der Weiße Riese?« Schnapp.

Kotte, der wortereiche, war noch immer sprachlos. Seine Blicke wanderten von einem zum anderen. Sylvia hatte er auf einen Stuhl gesetzt, gleich war ihr Kopf auf die Tischplatte gesunken, und sie war eingeschlafen.

Waren das diejenigen, mit denen er vor einem Monat ein Programm aufgeführt hatte, ein mutiges, kluges? Waren das diejenigen, mit denen er gemeinsam jubelte und erleichtert war und die für Stunden und für ein paar Tage eine Gemeinschaft vortrefflicher Menschen gebildet hatten, ein nicht nur junges – das waren sie naturgemäß –, nein auch ein verjüngtes Volk? Das ihn glauben ließ, dass der Beruf des Lehrers durchaus eine Berufung war, wie ein Gedicht die Berufung des Dichters ist? Natürlich waren diese betrunkenen Idioten genau die Gleichen oder dieselben. Nur kannte er sie so nicht, so wüst nicht, nicht so – ja, widerwärtig.

»Spinnt ihr? Geht nach Hause und schlaft euch aus!« Vera war aufgestanden, zur Tafel gehumpelt und hatte die Zeitungsseite heruntergerissen. Sie legte sie über Sylvias Kopf. Ein Schnauben, ein Schütteln, dann stand das Mädchen auf und schaute verwirrt an sich herab und um sich herum. »Was soll'n das?«, fauchte sie Vera an. »Willst du mich ersticken?«

»Pack das ein und geh nach Hause«, sagte Vera. »Du«, wendete sie sich an Peter, »lass das Rollbild in Ruhe und verfatz dich für heute.« Sandberg würgte es plötzlich. Er stürzte aus dem Klassenzimmer, vielleicht würde er es bis zu einer Kloschüssel schaffen, wahrscheinlich nicht; Sylvia schwankte hinterher. Sie drehte sich in der Tür um und schrie: »Aber is wahr! Wir waren drüben! Kapiert, ihr Spießer!

Übrig blieben Gernot und – Maria.

Das Mädchen hatte bisher nichts gesagt. Sie war an der Wand des Klassenraumes zu ihrem Stuhl gelaufen, hatte sich hingesetzt und schaute wie in Trance vor sich hin.

Vera, an der Maria vorbeiging, hatte die Freundin schon einmal so erlebt. Das war, als sie im Krankenhaus lag, und die Clique hatte sie besucht, und Maria hatte die ganze Zeit über am Fenster gestanden, und erst als alle gegangen waren und sie geblieben war, da hatte sie gesagt: »Ich habe Angst. Es bröckelt. Es schwankt. Ich gehe morgens aus der Wohnung und betrete Planken, die sich bewegen. Das Draußen ist ein Schiff, das unter meinen Füßen schlingert. Und wenn ich aufschaue, sehe ich niemanden, der am Steuer steht. Die Scheibe der Kommandobrücke ist dunkel. Da steht niemand und hält einen Kurs. Es geschieht etwas, und ich weiß nicht, was es ist. Es geschieht etwas, das uns alle verändern wird. Das uns schon jetzt verändert hat.« Wort für Wort konnte Vera sich erinnern.

»Vera!«, rief Gernot. »Das ist ja toll! Herzlich willkommen! Ich meine, he, was rede ich?«

Er lief auf sie zu. Der Gang zwischen den Stuhlreihen war seine Bühne. Und er war, der er immer war, der selbstsichere Meister aller Klassen; nur, dass er kurz stolperte, als er seine Arme ausbreitete, in der einen Hand die fast geleerte Flasche, die andere Hand bereit, um sie der Freundin auf die Hüfte zu legen. Dazu kam es nicht.

»Ich schäme mich«, sagte Vera leise, bevor Gernot sie umarmen konnte.

»He, was ist?« Gernot bekam mit, dass Gadji aufgestanden war. Und auch die eine Rose sah er. Seit wann gibt es Rosen in diesem vermieften Klassenzimmer, hä?

»Ach komm. Ich freue mich, dich zu sehen. Naja, Rosen habe ich keine …«

»Ich hätte dich gern anders wiedergesehen«, sagte Vera.

»O, pardon! Hätte ich gewusst, dass Mademoiselle … Selbstverständlich wäre ich sofort zu dir geeilt. Mit einem Strauß von Rosen! Und selbstverständlich wäre mir der historische Augenblick am Arsch vorbeigegangen!«

Was sollte das? Was faselte er? Vera wurde es kalt. Etwas zerbrach in ihr. Und etwas stieg in ihr auf. Eine – Mauer? Zwischen ihr und Gernot? DIE ERSTEN SIND SCHON DA! WIR REICHEN UNS DIE HÄNDE! Und die zweiten, und die dritten, die nicht so rasch kapierten? Wer reicht hier wem die Hände? Du, Gernot, mir?

Etwas lief kunterbunt schief in ihrem Kopf. Gernot, der Überflieger. Die Mutter, die Revolutionärin. Albert, der Abwägende. Selbst ihr Vater, der Lümmel. DEUTSCHLAND WEINT VOR FREUDE. Die Mutter fühlte sich nicht mehr für Babys verantwortlich, sondern für die Zukunft eines Landes. Der Vater filmte und beschimpfte sich hinterher für das, was er filmte. Albert würde am liebsten zwischen Büchern leben … Und sie? Und Gadji? Und Gernot? Maria, Peter, Sylvia, Mark – Kotte … das ganze Personal ihrer Gegenwart?

Die Mauer. Vera hatte sie jeden Tag betrachtet, aus dem Fenster ihres Krankenzimmers im Stockwerk unterm Dach der Charité, wenn sie nicht schlafen konnte. Ein heller Streifen, der sich durch die Stadt zog. Es hätte eine Straße sein können, und Vera hatte nichts gefühlt. Eine Grenze, das wusste sie, aber es berührte sie nicht.

Eines Abends war sie – sie konnte nicht schlafen, war unruhig und stand auf – die Treppen hinaufgehumpelt und die Leiter hochgeklettert, bis sie auf dem Dach stand. Sie wollte den Himmel über sich haben, die paar Sterne sehen, die ausreichend Kraft hatten, die Trübheit über der Stadt zu durchleuchten, als sie den würzigen Rauch einer Zigarette schnupperte, und jemand hatte gehustet – es war Feldgruber (so nannte sich Kempau, warum auch immer; Vera würde es nie erfahren), den sie für einen Schauspieler hielt (und der ein Schuster gewesen war). Auch ihn hatte es nicht im Bett gehalten, auch er wollte nicht zwischen den vier Wänden seines Zimmers eingesperrt sein.

»Meine Heldin«, hatte mit leiser, heiserer Stimme gesagt und sich sich in einem Hustenanfall gekrümmt:»Eine Prinzessin der Nacht! Die Rolle der Königin ist vergeben.«

Vera lehnte sich gegen das warme Blech einer Klima-Anlage und antwortete nichts.

»Hast recht«, sagte der Alte. »Schweigen ist besser als alles Reden.«

So schwiegen sie und schauten in den Himmel, auf die Stadt hinunter, auf den gelben, kurvigen Schnitt der beleuchteten Mauer durch sie hindurch.

»Sie nennen es antifaschistischer Schutzwall«, fuhr Feldgruber fort. Vera verstand nicht gleich was er meinte.

»Er zerschneidet die Stadt.« Der Alte fuhr mit der Hand durch den Abend dem Schnitt nach; eine sanfte Geste, als streichelte er einem bedürftigen Hund über den Rücken. »Ich kapier das nicht. Welche Faschisten soll er abhalten? Welche, die von draußen kommen oder solche, die von drinnen wegwollen? Die von drinnen«, er hustete, krächzte, kicherte, »die wollen nicht weg. Ich zum Beispiel bin einer und will gar nicht weg.«

Vera begriff, dass er von dem beleuchteten Pfad, der durch die Stadt ging, sprach. Von einer Grenze, die sie nie als solche empfunden hatte. Es gab sie – und? Aber hatte Feldgruber gerade von sich als Faschisten gesprochen?

»Haben Sie, ich meine, sind Sie ... Also ich bin bestimmt keine Faschistin. Und ich glaube ...« Ja, was ich glaube ich? »Ich glaube, Sie sind bestimmt auch kein Faschist.«

Der Alte hatte an seiner Zigarette gezogen, den Kopf gewiegt und schaukelte den Oberkörper hin und her. Vera musste an die Bären denken, an die Bären im Tierpark, wenn sie am Rande des Fels-Plateaus standen, nur noch ein Wassergraben zwischen ihnen und den neugierigen Menschen.

»Sie haben doch niemals jemanden getötet?«, fragte sie entsetzt; wäre es möglich, mit einem alten, kranken Mörder auf einem Dach zu sitzen, und er war ihr sympathisch und auch ein bisschen, nun ja, eklig. Und der Alte sah sie an und sagte: »Brecht alle Speichen ihres Rades, die runde Nabe rollt vom Himmelsberg hinunter bis zur Hölle. Doch, habe ich. Ich war im Krieg, und ich war nicht der Koch mit der Kelle, der den Mops in der Küche zu Brei schlägt, weil er dem Koch ein Ei klaut. ... Diese Mauer, diese komische Mauer trennt mich von mir. Musste nicht verstehen, kleine Schönheit, musste nicht, kleine Blume Sozialismus.«

»Was für ein historischer Augenblick?«, fragte Vera ihren Freund.

»Die Mauer ist auf!«, sagte Gernot. »Wenn du willst, fahren wir gleich rüber. Nach Westberlin. Wenn du willst, gehen wir am Wannsee spazieren.«

»Darauf freue ich mich«, sagte Vera. »Darauf freue ich mich aber sowas von.« Und wütend warf sie eine ihrer Krücken nach Gernot. Er kriegte sie zu fassen, ehe sie gegen ihn prallte – wie einen Volleyball, wie einen Globus, wie die Welt, die er beherrschte, und reflexhaft konnte er jeden Angriff abwehren.

»Was ist denn? Was ist mit dir?«, fragte er.

Nichts. Nichts, was du begreifen wirst. Nichts, was du begreifen kannst, weil ich es selber noch nicht begreife. Aber etwas ist, etwas ist. Ein Riss, ein Spalt, eine Lücke. Sowas.

Montag, 13. November 1989

Dr. Erwin Lautengässer saß am barocken Schreibtisch des Schuldirektors, vor sich die aufgeschlagene, breitflächige Zeitung »Neues Deutschland«, und las in den Reden der 10. Tagung des Zentralkomitees der Sozialistischen Einheitspartei Deutschlands. Mit einem roten Kugelschreiber unterstrich er Sätze, die er für richtungsweisend hielt; mit einem blauen Kugelschreiber notierte er seine Überlegungen, die er am heutigen Nachmittag auf einer erweiterten öffentlichen – auch die parteilosen Kolleginnen und Kollegen waren herzlich eingeladen – SED-Parteiversammlung vortragen würde. Er wird auf der Bühne der Aula stehen, an dem Pult, hinter dem Erhard Eberlein, der seit Wochen an den Folgen eines Herzinfarktes laborierte, seinen Rücktritt verkündet hatte. (Lautengässer kaute noch immer an dieser, wie er fand, Peinlichkeit des Auftritts: sowohl Eberleins wie der Klasse 12 d mit ihrem sogenannten Kulturprogramm.)

Endlich haben die Genossen ihre Sprache wieder gefunden!

Wieviel Verwirrung es gegeben hatte in den letzten Wochen. Der einfache Kommunist konnte sich verraten und verkauft fühlen. Wie sollte ein wahrer Sozialist umgehen mit diesem – Dammbruch? Eine Flut von Informationen (Deformationen, dachte Lautengässer jetzt), von Demonstrationen (welch ein Geschrei auf den Straßen!), von aufgebauschten Problemen (ja, es gab sie, aber sie ließen sich »unter uns« regeln) – ein Dammbruch, dessen Krönung der Durchfluss der Masse durch den antifaschistischen Schutzwall war. Endlich fand die Partei zu klarer Haltung zurück; und Lautengässer schrieb den Satz ab: »Wir leben in einer

Welt voller Abhängigkeiten, Bewegung und Widersprüchen. Das erfordert, die Dinge so zu sehen, wie sie sind, und nicht, wie wir sie uns wünschen.« Großartig. Dialektisch. Klug und geschmeidig. Darauf ließ sich argumentativ aufbauen.

Es klopfte an der Tür, sofort trat die Schulsekretärin Marina Wollny ein. Auf dem Tablett, das sie vor sich hertrug, standen ein Becher, in dessen Keramik die Silhouette des Brandenburger Tors und die Inschrift 750 JAHRE BERLIN eingebrannt waren, eine Zuckerdose und ein Fläschchen Sahne. Sie stellte das Tablett auf das Zeitungsblatt und begrub so einen Teil des Textes.

»Kaffee!«, sagte sie. »Zur Stärkung. Brauchen Sie, Genosse Lautengässer! Sind harte Zeiten.«

Er schaute irritiert auf. Hatte er einen sarkastisch-aufsässigen Ton vernommen? Dass die Wollny eine – wie sollte er es sagen? – ziemlich burschikose, selbstbewusste Frau war, wusste er. Auch dass sie dem Direktor Eberlein über Jahre und Jahre eine hundertprozentige Hilfe und Stütze war, und dass sie seine, Lautengässers, Stellvertretung nur knurrend hinnahm – aber dieser Ton.

»Westkaffee«, sagte sie; sie stand stämmig vor dem Schreibtisch, als wollte sie abwarten und erleben, ob nach ihrer Provokation der Himmel aufbrach und einen Starkregen entließ, der die Schule unterspülte und auf den Wassermassen forttrug.

»Haben wir keinen Mocca Fix mehr?«, fragte Lautengässer. Was ist nur los mit der Wollny, was ist los mit den Leuten? Außer Rand und Band, das Volk ist eine Rasselbande. Schrieb Heinrich Heine nicht irgendwo vom Volk als großen Lümmel? Wie hatte er das gemeint?

»Eduscho ist besser«, bekam er zu hören. »Der Duft allein. Schauen Sie«, fuhr sie fort und zeigte mit dem rechten Zeigefinger auf die Farb-Fotografie des Landesvaters, der an der Wand hing und milde und schmallippig unter der Brille lächelte, »auch er genießt den Duft. Ich sehe das.«

Lautengässer fuhr herum und blickte in das Gesicht Erich Honeckers, des einstigen Staatsratsvorsitzenden und Generalsekretärs seiner Partei, die schließlich auch die Partei der Wollny war. Donnerlittchen. Das Bild hing noch immer an der Wand. Wurde er, Lautengässer, langsam irre; lächelte der Erich ihm zu, zwinkerte er ihm zu, unter uns Genossen? Was war in die Wollny gefahren? Zuviel Westkaffee getrunken?

»Ich verstehe nicht.«

Die Sekretärin schaute zu Erich Honecker auf, seufzte, und wendete sich dem Mann hinterm Schreibtisch zu. »Der Duft. Er steigt auch ihm in die Nase.«

»Hören Sie ...«

Genießerisch schloss sie die Augen, hmmm. »Ich mag ihn. Den Honecker, meine ich. Armer Kerl. Ich habe mir immer vorgestellt, er kommt am Wochenende an meinem Schrebergarten vorbei und bleibt am Zaun stehen. Ich stehe grad bei den Stachelbeeren. Er hebt seinen Strohhut und grüßt mich. Ich frage ihn, ob er Appetit auf was Süßsaures hat, und er ist begeistert und sagt: ›Ja, toll!‹ Und ich pflücke eine Handvoll, schenke ihm die Beeren und sehe, wie er sie beim Weitergehen futtert. Er verzieht ein bisschen das Gesicht – Stachelbeeren sind so süß und so sauer, irgendwie dialektisch.«

»Was für einen Unfug reden Sie?« Lautengässer blickte zwischen dem Porträt und der Frau hin und her, auf dem Zentralorgan der Sozialistischen Einheitspartei Deutschland dampfte der West-Kaffee. »Sind Sie verrückt geworden?«

»Was ich noch sagen wollte«, sagte sie. »Ich werde die Schule verlassen.

Die Schule verlassen? Wie? »Die Bürger – reich an Wissen, politisch interessiert und motiviert – verstehen sich zu Recht als mündige Bürger.« So steht es geschrieben in den Papieren des vergangenen Wochenendes. Ruhig bleiben. Vor dir steht nicht irgendwer, vor dir steht eine mündige Bürgerin. Sie will sich »in den Willensbildungs- und Entscheidungsprozess auf allen Ebenen einbringen.« Wie alle Bürger des Landes, und das gilt auch für Privat; alle Ebenen sind jede Ebene.

»Aber warum?«, fragte Lautengässer.

»Das möchte ich Ihnen nicht sagen.«

»Sie können mir alles sagen.«

»Ach, ich möchte lieber nicht.«

Der kommissarische Schuldirektor räusperte sich. »Verhalten wir uns nicht ein bisschen albern? Wir sind doch mündige Bürger.«

»Was heißt das?«, wollte die Sekretärin wissen.

»Ein mündiger Bürger ist ein Bürger, der seinen Mund nicht hält und sagt, was ihn stört. Am besten noch, er bietet auch eine

Lösung an. Probleme, Probleme gibt es ja genug, Probleme haben wir alle, nicht wahr.« (Vielleicht sollte ich heute Nachmittag meine Rede so beginnen. ›Wir alle haben Probleme, wir alle kennen Probleme, wir alle könnten stundenlang lamentieren – aber was uns weiterbringt, ist, dass wir anpacken, Lösungen sind die Losung der Stunde‹; war das nicht ein hübscher Slogan? Muss ich mir merken.)

Aber die Sekretärin dachte: Ach, Lautengässer, du armer, humorloser Mann! Was sollen mir diese Phrasen, mit denen ich, hätten sie ein Gewicht und ließen sie sich wie Sand in Säcke abfüllen, über all die Jahre Wände gegen Hochwasser hätte errichten können. Gut, Genosse. Wenn du es wissen willst, wenn du es wirklich wissen willst:

»Ich war gestern drüben. In Westberlin. Da lebt meine Schwester, in Moabit …«

»Sie haben eine Schwester drüben?«

»… Seit fast 30 Jahren besucht sie mich. Ein, zwei Mal im Jahr. Ich habe sie in der Zeit nie besuchen können. Ich habe mich in meinen Trabant gesetzt und bin zu ihr gefahren, einfach so, einfach so.« Frau Wollny holte tief Luft.

»Sie kriegte fast einen Herzkasper, als ich bei ihr klingelte! Verstehen Sie? Und … Wir haben geweint und gelacht und am Ende beschlossen: Wir ziehen zusammen. Ihr Mann, mein Schwager, ist seit 15 Jahren tot. Er war Eisenbahner und ist verunglückt. Meine Schwester lebt seitdem allein. Und meine Kinder, nicht mehr lange, und sie gehen aus dem Haus. Sie hat eine gute Rente. Und ich, ich kann irgendwo arbeiten, irgendwas. Und … «

Marina Wollny redete und redete, und Lautergässer saß und saß und hörte zu, und als die Frau zu reden aufgehört hatte und darauf wartete, dass er etwas zu ihr sagte – da hatte er keine Wörter, und es sprangen auch keine Wörter aus der Zeitung, die vor ihm lag, und viele, viele Seiten füllten.

»Sind eben harte Zeiten«, sagte sie zum Schluss.

Und als sie durch das Zimmer schritt, die rechte Hand zum wedelnden Gruß erhoben – war eben aus der toughen werktätigen Frau Wollny die supertoughe Minelli in »Cabaret« geworden. Und als sie den Raum verließ und die Tür sanft ins Schloss gleiten ließ, lautlos bis auf einen leisen Schmatz –, da schüttelte Dr. Erwin Lautengässer den Kopf und fragte sich, nach welchem surrealistischen Bühnenauftritt sich eben der Vorhang schloss.

*

»Ich geh da nicht hin«, sagte Kotte.

»Du gehst da nicht hin, ei, ei, ei«, wiederholte Christa Schaffner im Tonfall einer Kindergärtnerin, die den fünfjährigen Werner trösten muss, weil er eben vor lauter Wut und Ohnmacht das Spielzeugauto eines Kameraden zertreten und dabei Wasser gelassen hatte. »Du bist ja ein richtiger Widerständler, mein Lieber! Wenn du jetzt mit den Füßen tüchtig aufstampfst, wird die Erde beben. Aufbrechen wird sie! Und dem Riss wird eine Armee von Geistern entweichen, die Protest, Protest, Protest rufen und – sie werden einem gewissen Werner Kotte folgen, der mit einer Zeile von Hölderlin – mir fällt grad keine ein – ihnen vorangeht.«

»Ich kann mich selber verarschen«, knurrte der erwachsene Mann; es ist doch immer nur eine Frage der Zeit, dachte die Physiklehrerin, wann aus einer erwachsenen Puppe der wütende Knabe schlüpft, der die Suppe nicht essen will.

»Ich finde, es könnte interessant werden. Ich will hören, was die Partei zu sagen hat. Ich finde es spannend und ulkig und tragisch. Gutes Theater!«

»Er wird sich eine Fußbank mitbringen, um das Pult zu überragen. Autoritätssteigerung! Ich höre mir das nicht an. Die Partei! Ist Lautengässer die Partei?«

»Zumindest hat er immer recht«, flachste Christa.

Sie saßen beim Frühstück. Beide mussten sie erst zur dritten Stunde in die Schule. Sie hatten am Wochenende zur Kenntnis genommen, dass Tausende, Zehntausende Bürgerinnen und Bürger seit Freitagabend aus dem Ostteil der Stadt in den Westteil zogen. Sektflaschen schäumten, Autos hupten, an der Mauer pickten Hämmer und Hacken, ein allgemeines Besoffensein, eine besoffene Umarmerei, eine universal-umarmende Schulter- und Bauchklopferei – Christa und Werner waren irritiert und fühlten beinahe nichts. Jedenfalls nicht die Euphorie, die all die Menschen ergriffen hatte und umherlaufen ließ wie Ameisen auf Drogen. Wie auf ein Signal hin, das die Tausenden gehört und verstanden hatten. Nur diese beiden Lehrer nicht. Doch, sie fühlten etwas: eine dumpfe Leere, eine Bange, als entglitten ihnen Gewissheiten, etwa, dass die Erde rund sei und ein Kilometer aus 1.000 Metern bestand.

»Lass alles stehen«, sagte Christa. »Den Abwasch mach ich heute Abend.«

»Du gehst da also hin?«, fragte Werner.

»Ich möchte schon hören, was die Partei ‚zur gegenwärtigen Situation im Allgemeinen und im Besonderen' zu sagen hat.«

»Lautengässer ist nicht die Partei!« Das Kindergartenkind Werner ballte die Fäuste und schlug auf den mit einem Wachstuch bekleideten Essenstisch im großen Gemeinschaftsraum des Kindergartens ein; Christa Schaffner verdrehte die Augen – schon erstaunlich, wie klein die Fäuste ausgewachsener Männer werden, wenn kindlicher Trotz ihr Hirn bestimmt –, und sie stellte das benutzte Geschirr in das Spülbecken.

*

Kotte war bei seinem Entschluss geblieben: Er saß, sechs Stunden später nach Unterrichtsschluss, nicht unter den drei Dutzend Lehrerinnen und Lehrern, die sich in der Aula versammelt hatten. Er war niemandem Rechenschaft schuldig, er war keiner Parteidisziplin unterworfen, er hatte keine Strafe zu gewärtigen; und Erwin Lautengässer hatte keine Fußbank beigeschafft, nicht mal das Pult benötigte er zur »Autoritätssteigerung«. Der kommissarische Schuldirektor saß auf einem Stuhl in der Leere der Bühne, ein Mahnmal der Konzentration – ein Denk-Mal der verwundbaren Nähe zum Publikum? Ein paar Blätter Papier hielt er in den Händen. Und er referierte fast aus dem Stehgreif:

Bürgerinitiativen sollen Möglichkeiten gegeben werden, ihre Ansichten in den örtlichen Volksvertretungen darzulegen.

Ein neues Wahlgesetz werde freie, allgemeine, demokratische und geheime Wahlen gewährleisten.

Die Welle der Selbstkritik, einer ehrlichen, schonungslosen Selbstdurchleuchtung der Versäumnisse und Schwächen einzelner, auch sehr hoher Parteifunktionäre werde das Meer der Partei reinigen.

Die eingeleitete Wende bedeute für uns zugleich, die DDR als demokratischen, dem Antifaschismus verpflichteten, weltoffenen und jederzeit berechenbaren sozialistischen Staat zu stärken.

Nicht ungeschickt, urteilte Christa Schaffner kühl, wie der Genosse redet. Sie saß in der dritten Reihe, rechts und links die

Stühle frei. Auf alles ging Lautengässer ein. Umwelt. Demokratie. Der Hauch von Selbstkritik, der sich zum Sturm der Erneuerung auswachsen würde. Empörung »an sich« sei ohne Wert, sie müsse fokussiert werden, lösungsgebunden sein, zielorientiert. Schon wahr, dachte die naturwissenschaftliche Lehrerin, das ist wie mit der Knallgasprobe. Mischt man Wasserstoff und Sauerstoff in unkontrollierter Dosis und lässt das Gemisch aus einem Reagenzglas über die Flamme eines Bunsenbrenners entweichen …

»Wir wissen, dass wir auf die Sympathie und Aufgeschlossenheit aller rechnen können, die in der Existenz und in der Friedenspolitik der souveränen Deutschen Demokratischen Republik einen unabdingbaren Faktor der Sicherheit und Stabilität in Europa sehen«, führte Lautengässer aus.

Wasserstoff. Sauerstoff. Die Dosis macht's. Zu spät, zu spät, zu spät, dachte die Lehrerin. Da sind sie immer noch, diese Satz-Ungetüme, diese Wort-Brocken. Und der Glaube, in aller Namen zu sprechen und zu denken und zu handeln. Das durchaus Vernünftige und das Geprassel des Abstrakten, des Wünschenswerten, des nicht mehr Realen …

Und Erwin Lautengässer beendete seine Rede mit der Bemerkung, dass es »für unser aller Kampfeswille« spräche, wenn die Kollegen einen Brief unterzeichneten, als Schulkollektiv, der an die Genossen des Zentralkomitees der SED geschickt werden sollte. Stühle scharrten, ein Gewisper entstand im Publikum. Der Sportlehrer Kowalski habe bereits unterschrieben, zwei andere Pädagogen, Kollegen, ebenfalls, setzte Lautengässer hinzu.

Christa Schaffner sah sich um. Die meisten ihrer Kolleginnen und Kollegen hielten die Köpfe gesenkt: wie Kinder, denen im Unterricht eine Frage vorgesetzt wurde und die darauf hoffen, nicht zu ihrer Antwort namentlich aufgerufen zu werden. Obwohl das eine blöde Haltung ist, dachte Schaffner, wenn du nicht rangenommen werden willst, musst du dich aufrecht hinsetzen, den Rücken durchdrücken, Kopf erhoben und selbstsicher lächeln (und trotzdem hoffen und beten, dass du es nicht bist, den der Lehrer gleich anspricht) – aber, dachte die Schaffner, ich fürchte mich ja gar nicht, auch wenn ich die Antwort nicht weiß. Es gibt niemanden, der im Augenblick eine Antwort hat auf das, was im Lande geschieht. Und schon gar nicht erscheint es als passend, Briefe der Sympathie, der Parteinahme zu schreiben – für einen

Verein, der ihrer Ansicht nach aufgelöst und grunderneuert oder abgeschafft gehörte.

»Ich setze meinen Namen nicht darunter«, sagte sie; dass sie aufgestanden war, hatte sie nicht bemerkt.

»Werte Kollegin«, sagte Lautengässer. »Ich habe den Brief noch nicht einmal vorgelesen. Und ich weiß, dass Sie als Naturwissenschaftlerin, gerade als Naturwissenschaftlerin, selbstverständlich Wert auf den faktischen Inhalt …«

»Ach was«, erwiderte sie. »Meinetwegen müssen Sie den Brief nicht vorlesen. Ich bin zu alt für solche – Ergebenheitspostillen. Ich habe keinen Grund, mich demütig zu verhalten. Ich habe nichts verbrochen, wofür ich mich entschuldigen müsste. Ich finde eher«, sie atmete tief durch, »dass sich andere bei mir oder von mir aus beim Volk entschuldigen müssten.« Was redete sie? Drehte sie am Rad?

Lautengässer, der mit flinken Augen die Anwesenden musterte, entgegnete: »Ich bitte Sie! Es geht nicht um Demut! Es geht um unser Land! Wir können doch nicht die Augen verschließen vor den – ja Machenschaften derjenigen, die nur eines wollen: dieses Land untergehen lassen.«

»Bonner Ultras und ihre Handlanger?«, fragte Christa Schaffner sarkastisch.

»Das ist ein Begriff aus der Mottenkiste des Kalten Krieges!«

»Hab ich während meines Studiums gelernt, stimmt. Ist eine Weile her. Aber ist der Kalte Krieg auf einmal vorbei? Falls ich Eins und Eins noch immer richtig zusammenrechne, haben besagte Ultras gewonnen. Oder sie sind auf dem Weg zum Sieg.«

»Niemals!« Erwin Lautengässer trat an den Rand der Bühne. »Darum geht es doch gerade! Der Kalte Krieg ist nicht vorbei! Es besteht die Gefahr einer Erhitzung! Wenn wir jetzt nicht aufpassen«, rief er, breitete die Arme aus, um alle, alle zu umarmen, um alle zu beschützen; er legte eine kurze Pause ein, um kämpferisch fortzufahren: »Wir gehen nicht in die Knie. Wir geben nicht auf. Wir lassen uns vierzig Jahre Sozialismus nicht kaputtmachen, nicht wegnehmen. Das Volk …«

»Sie«, siedend heiße Wut stieg in Christa auf, »Sie werden mich nicht in eine verheißungsvolle Zukunft schwätzen! Dafür bröckelt es zu sehr in der Gegenwart. Dafür bröckelt es schon zu lange. Was Sie erzählen, Genosse Lautengässer, ist der ganze Mist von gestern und von Schonimmer und von Immernoch und Jetzterstrecht!«

Nein, sachlich war sie nicht. Nein, sie konnte nicht sachlich sein. Ihr Sarkasmus war all die Jahre lang ein Panzer gewesen, ein sehr, sehr dünner, merkte sie. Warum ihn tragen? Warum trug ich ihn überhaupt? Und wo bist du jetzt, Kotte, jetzt, wo ich dich brauche, du Feigling! Warum hast du mich nicht abgehalten, zu dieser hirnrissigen Veranstaltung zu gehen? (In ihrer Rage vergaß sie, dass sie es war, die ihn überreden wollte, mitzugehen, und dass er es war, der sich dagegen entschieden hatte.) »Dieses Theater habe ich satt! Bis oben!«, rief sie, stieß ihren Stuhl um und rannte aus der Aula.

Lautengässer schaute ihr nach. Auf seinem Gesicht das Lächeln des triumphal Verzeihenden. So ist sie eben, unsere Kollegin Schaffner, immer ein bisschen aufmüpfig, immer ein bisschen schräg drauf; und lebt sie nicht gerade in einer sehr angespannten Lebenslage? Der Mann ist abgehauen, und ihr Liebhaber, also das wissen wir doch alle, ist unser Kollege Kotte. Der ja bekanntermaßen auch immer etwas überspannt ist. Sehr emotional die beiden. Ihnen fehlt es an Fundament, meiner Ansicht nach. Und das, liebe Kolleginnen und Kollegen, wird gebildet durch die wissenschaftlichen Grundlagen des Marxismus-Leninismus. Und in Situationen wie diesen, wo es klar darauf ankommt, sich zu positionieren und zu zeigen, auf wessen Seite man steht – da trennt sich die Spreu vom Weizen. Wenn es hart auf hart kommt, dann fallen die Masken, und Defätisten, Nihilisten, Pessimisten zeigen ihr wahres Gesicht. Wir aber sagen mit Lenin: Alle revolutionären Parteien, die bisher zugrunde gegangen sind, gingen daran zugrunde, dass sie überheblich wurden und nicht zu sehen vermochten, worin ihre Kraft lag, dass sie sich scheuten, von ihren Schwächen zu sprechen. Wir aber werden nicht zugrunde gehen, weil wir uns nicht davor ängstigen, von unseren Schwachpunkten zu sprechen und es lernen, diese zu überwinden.

»Wir haben«, fing Erwin Lautengässer erneut zu reden an, »die Fähigkeit zur Kritik und zur Analyse. Die Partei, das müssen wir zugeben, hinkt der Entwicklung hinterher. Wir haben an Vertrauen verloren und müssen es zurückgewinnen. Um der Sache des Sozialismus willen. Und ich bin optimistisch. Wir haben eine enorme Kraft …«

Dass sich die Geschichte in Widersprüchen bewege;

dass es einen Zickzackweg des Fortschritts gäbe;

dass ein Zick eine gewisse Stagnation, dass ein weiteres Zack aber ein Aufschwung sein könne und müsse;

»... mit unserem Volk, mit der Masse der Parteimitglieder, die sich auf dem Weg der Erneuerung befinden und sich einreihen in die Marschkolonne der Geschichte – der Sozialismus hat mit uns allen, liebe Kolleginnen und Kollegen, eine gute Chance. Wie soll denn ein sozialistisches Land aussehen, wenn in ihm nicht die Sozialisten die Führung innehaben?«

Und noch einmal redet Lautengässer sich in Schwung:

Dass wir mit den Beiträgen auf dem zehnten Plenum zufrieden sind;

dass sie sich unterscheiden durch Kritik und Analysen, darin unterscheiden sich die Beiträge von anderen Plenen;

dass das Plenum alles in allem einen unerhört großen Fortschritt bedeutet, auch wenn sich unter den Rednern – aber das gehört zur neuen Ehrlichkeit – etliche Wendehälse befanden,

und als Lautengässer zum Ende kam, den Brief verlesen hatte, zu dessen Zustimmung und Unterschreibung er bitte, ob es Gegenstimmen gäbe (»außer der einen etwas unsachlichen, die wir gehört haben«) – da erhoben sich zögernd, schließlich einverständlich die Hände aller noch anwesenden Personen in der Aula. Einige fehlten entschuldigt, einige fehlten unentschuldigt; der Schulbetrieb musste weitergehen, man konnte die Schule schließlich nicht schließen.

Mittwoch, 15. November 1989

»Skazay!«, befahl Nesgir. – »Kakaya?«, fragte Gadji.

Ihr Vater war vor zwei Tagen in das jährliche Herbstmanöver gezogen; er wurde für übermorgen zurückerwartet. Ihre Mutter klapperte in der Küche mit dem Geschirr im Abwasch, und Nesgir lag in ihrem Bett, hielt, wie an den Abenden in Baku noch vor gar nicht so langer Zeit, den Rüssel eines rotweißen Plüschelefanten in der linken Hand. Ohne den konnte sie nicht einschlafen, niemals, nikogda, nigde, egal wo. Und ohne ein Märchen auch nicht.

»Ne znayu«, sagte sie und steckte den Rüssel probehalber in den Mund. Schmeckte wie immer, alles war in Ordnung. Nesgir war bereit zum Kampf gegen das Einschlafen.

»Ty ustaluy«, sagte der Bruder. Müde wie ein Hündchen, dachte er auf Deutsch.

»Ya ne ustaluya!«, sagte die Schwester grimmig und rieb sich heftig die Augen.

Gadji setzte sich zu seiner Schwester, zog die Bettdecke zurecht; Nesgir strampelte sie sofort energisch weg. D'yavolenok, grinste Gadji, immer dasselbe, immer derselbe kleine Teufel, der abends erwachte. Er legte seine rechte Hand auf den Haarschopf der Schwester, und ihm fiel ein, wie er – wie lange war das her? rasendschnell vergingen die Tage – auf dem Krankenbett saß, in dem Vera lag. Und er hatte den Wunsch verspürt, ihr über das Haar zu streichen. Hatte er Vera nicht auch von seiner Schwester erzählt, die sich nach Belieben in Teufelchen, Prinzessinnen, Elefantenpflegerin und IndiePfützespringerin verwandeln konnte? Auch rasendschnell?

»Ya nachinayu zlit'sya!«, schimpfte Nesgir.

»Ty zlit'sya«, sagte er. Wütend warf sie den Elefanten nach ihm. Er fing ihn – für einen Volleyballer ein selbstverständlicher Reflex – wie … Gernot fiel ihm ein. Was ist los mit mir? … kostyl' … die … Krücke? Oder Klyuka, der Krückstock? … Vera kommt an einer Krücke ins Klassenzimmer und setzt sich – wie selbstverständlich? – neben Gadji. Wie schön sie ist. Und wie sie vor Wut bebt und eine der Krücken wirft – nach diesem Gernot, ihrem Freund. Als der mit seinen Freunden halb betrunken hereingekommen war. Wie … Verrückte … pomeshanye … benehmen sie sich. Was war in sie gefahren, was ist in die Deutschen gefahren?

»Nu chto?« Nesgir funkelte ihn an; noch so eine Verrückte, dachte Gadji.

Es kam, wie es immer kam: Der große Bruder erzählte der Schwester die Geschichte, die sie am liebsten hörte, obwohl sie am Schluss jedes Mal – falls sie nicht vorher eingeschlafen war – behauptete, dass sie die blöd findet. Gadji wusste, dass sie auch diesmal empört sein wird über den Schah von Schirwan. Jener begehrte ein Mädchen, das aber einen Liebsten hatte. (Als Nesgir wissen wollte, was begehren heißt, gab Gadji zur Antwort: Sie haben und festhalten wie du deinen Elefanten. Und Nesgir sagte: Aber ein Mädchen ist kein Spielelefant. Nein, sagte Gadji, gewiss nicht. Und jemanden begehren ist so, als wollte man mit jemandem auf einem Regenbogen spazieren gehen oder gleich auf ihm leben. Gut, sagte Nesgir, das habe ich verstanden.)

Was sollte das Mädchen machen? Ist der Wille eines Mädchens allein gegen den Willen eines Herrschers nicht ein brennendes Streichhölzchen in einem Sturm? Der Schah bedrängte sie und dem Mädchen blieb nur eine List. Bau mir einen Turm, der vom Grunde bis an die Oberfläche des Meeres reicht! verlangte sie. In einer Nacht! Dann will ich dir gehören. (Unfug, hatte Nesgir ihn unterbrochen, als Gadji das erste Mal die Geschichte erzählte. Kein Herrscher baut einen Turm selber! Er hat Sklaven dafür, Bauarbeiter! Die müssen für ihn arbeiten! Gut, hatte Gadji gesagt, das sagt man so. Natürlich ließ er den Turm bauen, von anderen, die was davon verstanden. Und als die Nacht vergangen war …)

… und als die Nacht vergangen war, stand der Turm. Das Mädchen hatte sich in das oberste Zimmer zurückgezogen und wartete voller Angst auf den Schah. Sie hörte, wie der die Treppe hinaufstieg, trappschlapptrapp, als ihm der Freund des Mädchens entgegentrat. Der erschlug den Schah von Schirwan, eilte die Treppe hinauf, trippschlipptripp, voller Freude, klopfte an die Tür –, aber das Mädchen, in dem Glauben, der Schah träte gleich ein und fordere ihre Hingabe, sprang aus dem Fenster in das Meer und ertrank.

Jedes Mal, wenn Gadji das Märchen beendete, schluchzte Nesgir, halb wach, halb im Schlaf – falls sie nicht vorher eingeschlafen war, den Elefanten schützend im Arm –, «warum hat sie die Tür nicht geöffnet, das war dumm«, murmelte sie. »Wo steht denn dieser Turm?«, wollte sie wissen. Obwohl Nesgir das wusste: Er steht in der Altstadt von Baku, und sie hatten ihn gemeinsam mit ihrer Mutter oft besucht. Nicht weit weg von der Wohnung. »Aber er steht nicht im Meer!«, beharrte Nesgir. Stimmt, das Meer hatte sich zurückgezogen, es war einmal dort, wo der Turm noch steht. »Ich würde es tun«, meinte Nesgir dann. »Was würdest tun?«, fragte der Bruder. Aber Nesgir schlief. Sie hat noch nie diese Frage beantwortet, aber Gadji wusste, was sie antworten würde: Ich würde die Tür öffnen und nicht aus dem Fenster springen. Sollte der blöde Schah doch kommen. Gadji strich die Bettdecke glatt und drückte der schlafenden Schwester den Gute-Nacht-Kuss auf die Stirn.

Im Flur zog er sich an. Stiefel, Wollmütze, eine mit Lammfell gefütterte Lederjacke. Die Mutter kam aus der Küche, ein Handtuch zwischen den Händen, sie pustete ein paar Strähnchen, die dem straff gebundenen Haar entkommen waren, aus dem Gesicht.

»Kuda ty idesh'?«, fragte sie.

»Na ulitsach«, antwortete Gadji.

»Ya boyus.«

Der Sohn überragte seine Mutter um Haupteslänge. Er zögerte, ertrug den langen Blick ihrer Augen (was suchte sie zu finden?) –, dann nahm er sie in seine Arme und spürte, wie sie erzitterte und weinte. »Mama? Warum weinst du?« Gab es Neuigkeiten, schlimme Nachrichten, von denen er nichts wusste? War etwas mit dem Vater passiert? Es geht uns doch gut; oder geht es uns nicht gut?

Und es war Gadji ein bisschen peinlich. Sie hatten keine Zuschauer, aber er konnte sich und die Mutter im Spiegel sehen: Wie er die Mutter, als sei er ein Ilja Muramez und sie ein kleines Mädchen, das sich im Wald verirrt hat, umarmte und schützte; vor einer Gefahr, die er nicht kannte, die es nicht gab, jedenfalls sprach die Mutter nie davon.

Sie riss sich los und sagte entschieden: »Idti!«

»Mne ne buzshno idti.«

Doch, doch. Die Mutter schüttelte den Kopf, schniefte, wischte sich mit dem Handtuch über das Gesicht, ihre Augen ein klargeschwaschenes dunkles Blau. »Ya ne lyublyu germaniyu, ya ne lylublyu nemtsy!«, sagte sie leise. Sie zog die Schultern hoch und die Stirn kraus, und sie lächelte – was kann sie ausrichten gegen so ein Gefühl, mein Sohn, geh jetzt, es wird, alles wird.

Novemberabend in Berlin. Nieselig, neblig, trübe. Die Feuchte drang durch die Kleidung der Passanten, egal, wie viele Lagen Stoff sie trugen. In den Auslagen der Geschäfte hatte das Weihnachtsfest begonnen. Krippenspiele aus Pappmaché, Weihnachtsmänner mit Wattehaaren nickten unaufhörlich mit den Köpfen. Aus einem Lautsprecher, den eben ein Mann über der Tür seines Fleischladens angebracht hatte, klang es: »Schneeflöckchen, weiß

Röckchen, wann kommst du geschneit …« Schneeflöckchen, weiß Röckchen wird schon wissen, warum es noch nicht geschneit kommt – in dieses Miesepeterwetter hinein wollte doch kein Eiskristall. Und an einem Novemberabend in Berlin sah die ganze bunte Pracht aus, als wollte sich irgendein allgewaltiger Zauberer und Clown über die Menschen lustig machen.

Gadji ging durch die Straßen und hatte keinen Blick für die Geschäfte. Er stromerte herum, wie er es in Baku gern getan hatte. Nur hier war er allein. In Baku traf er immer auf einen, auf zwei oder drei der Jungs, und sie zogen als Trupp weiter. Tranken Tee an den Kiosken in den Parks und schauten den Mädchen nach. Oder sie setzten sich auf die Steine am Ufer des Meeres, schauten hinaus, sprangen ins Wasser – nun, im November nicht –, warfen Angelschnüre aus, ob ein Fisch anbiss oder nicht, war ihnen egal, Hauptsache, sie waren zusammen. Gadji war nicht grundtraurig, als er da so ging, er konnte gut allein sein, aber …

»Gadji! He, Gadji!« Er fuhr herum. Das Mädchen, das ihn gerufen hatte, war Sylvia, ein Mädchen, das ihm, wenn sie ihn ansah oder ansprach in der Schule, ein bisschen unheimlich war. Ziemlich dreist, kokett, sehr selbstsicher, obwohl Gadji das Gefühl hatte, dass sie den Vamp, die Monroe, irgendein Biest aus irgendeinem Film nur spielte, um – etwas anderes, Unfertiges, zu verbergen.

Aber das Mädchen, das neben ihr stand, ließ ihn lächeln. Vera Lothringen. Hoffentlich grinse ich nicht wie ein Blödian, dachte Gadij, wie ein bolvan. Konnte Sylvia ihn in eine Verlegenheit stürzen, so konnte Vera ihn in eine Verzauberung versetzen, die ihn lähmte. Beide Mädchen hatten rote Nasen und Wangen, die Farbe der abendlichen Kühle und Nässe; beide Mädchen hielten in ihren Händen – Vera noch dazu mit einer Krücke – Einkaufsbeutel. Sie waren gerade aus einem Laden, über dem »Porzellanwaren« stand, getreten und hatten Gadji entdeckt.

»Bei dem Wetter«, sagte Sylvia. »gehst du spazieren?«

Er nickte. Das war die Wahrheit. Er ging so für sich hin. Und war froh, dass Gedanken, Grübeleien, alles Nachdenkliche, auch Schwermütige, im Kopf blieben und nicht hinter ihm her flatterten wie die seidenen Bänder bei rhythmischen Sportgymnastikerinnen.

»Du Glücklicher«, seufzte Sylvia. »Während wir Mädchen uns um die Geschenke zu Weihnachten kümmern müssen, gehst du also einfach so spazieren.«

»Weihnachtsgeschenke«, sagte Vera erklärend.

»Eine Vase für die Mama«, ergänzte Sylvia, »Zigarren für den Opa. Sekt für den Papa … ‚Selbstverständlich eine Marke, die mir selber schmeckt'«, trällerte das Mädchen die Zeile eines Liedes, das Gadji noch nie gehört hatte; es gehörte zum Liedgut der Deutschen, höchstwahrscheinlich.

»Warenaustausch«, sagte Vera. Sie lächelte ihn an und zuckte mit den Schultern, fast, als wollte sie sich entschuldigen. »Wir schenken den Eltern was, die Eltern schenken uns was.«

»Schenken ist schön«, sagte Gadji.

»Beschenkt werden ist noch schöner«, sagte Sylvia.

»Mir ist kalt«, sagte Vera.

»Wollen wir ins Café gehen?«, schlug Sylvia vor.

Und plötzlich, plötzlich fragte Gadji: »Möchtet ihr tanzen!«

»Tanzen? Na, da würde mir echt warm werden.« Aber Tanzen, jetzt, auf der Stelle sozusagen, war ihr kleiner Russe verrückt?

»Wir können in die Diskothek gehen«, sagte Gadji. Er strahlte und streckte die Hände aus, um den Mädchen die Einkaufstüten abzunehmen.

»In eine Diskothek? Einfach so? Es ist mitten in der Woche! Wo leben wir denn?«

»Ich habe noch nie auf drei Beinen getanzt«, sagte Vera leise.

»Krückstock«, sagte Gadji, »heißt auf Russisch Klyuka. Das geht … Kommt, na los!«

»Ich glaub's nicht«, sagte Sylvia zu Vera, als die beiden Mädchen ihrem verrücktgewordenen Neuen in der Klasse brav folgten; vielleicht sind die Jungs in Aserbaidschan alle so.

Was ist in mich gefahren? Gadji ging voran. Es waren nur wenige hundert Meter weg von der großen Hauptstraße, die das Stadtviertel Berlin-Karlshorst teilte, hin zu dem Kulturhaus der Roten Armee. War das eine gute Idee? Gadji, er trug die Weihnachtsausbeute der Mädchen, wollte die Einladung am liebsten rückgängig machen. Er war, seit sein Vater und die Familie nach Berlin gezogen waren, vielleicht ein halbes Dutzend Mal in der Diskothek gewesen. Da waren sie unter sich, die Söhne und Töchter von Vätern, die ihren Waffendienst in einem fremden Land verrichteten; deutsche Mädchen oder Jungs waren nie auf der Tanzfläche oder vor den Spielautomaten gewesen. Sie wären ihm, sie wären allen aufgefallen. Es war, als gäbe es eine himmelhohe und tief in der Erde verankerte Milchglasscheibe – auf der einen Seite die Deutschen, auf der anderen Seite die »Russen«. Es war eine Milchglasscheibe, die nicht aus Glas war, die durchlässig war, die jederzeit von jedem durchwandert werden konnte – aber diese Wanderung im Alltag fand nicht statt. Wäre Gadji nicht in eine deutsche Erweiterte Oberschule gegangen – er würde die andere Seite vermutlich auch nicht betreten. Und er wäre niemals Vera Lothringen begegnet. Vielleicht auf der Straße, an der sie aneinander vorbeigegangen wären.

»Hier?«, fragte Sylvia. Über dem Tor des Eingangs, zu dem eine breite Freitreppe hinaufführte, stand »Diskoteka« und »igr«.

»Seltsam«, murmelte Vera. »Ich bin hier schon oft vorbeigekommen. Ich wäre nie auf die Idee gekommen …?«

»Dürfen kleine, unschuldige deutsche Mädchen hier überhaupt rein?« Eine typische Sylvia-Frage, provokant, neugierig und zugleich – unsicher.

»Unschuldige nicht«, erwiderte Gadji mit einer Forschheit, die ihn selbst überraschte.

Er nahm das Zögern der beiden Mädchen ernst. Er war sich auf einmal überhaupt nicht sicher, ob es eine gute oder eher eine Schnapsidee war, Sylvia und Vera zum Tanzen einzuladen. Er würde mit zwei deutschen Mädchen auftauchen, und wenn das auch keine große Sache war – es war doch ungewöhnlich und würde für Aufsehen sorgen. Vielleicht war mir bei meinen bisherigen Besuchen nur nicht aufgefallen, dass unter den Anwesenden auch Deutsche waren. Oder es gab welche, wenn ich nicht hier war.

»Ich find's spannend«, sagte Sylvia. »Es lebe die Deutsch-Sowjetische Freundschaft! Worauf warten wir?«

Im Foyer des Gebäudes standen Spielautomaten, die klirrend und klackernd und plärrend ihre Betreiber narrten, an den Wänden. Aus dem Saal, zu dem die Türen weit offenstanden, quirlte buntes Licht und Heavy-Metal-Musik, die immer lauter wurde, je näher man ihr kam.

»Zwick mich«, flüsterte Sylvia Vera zu. »Das ist ja hier wie im Westen.«

»Ach ja, da kennst du dich ja aus«, sagte Vera.

»Warst du noch nicht drüben?«, fragte Sylvia verdutzt.

»Wo können wir die Tüten ablegen?«, fragte Vera Gadji.

»Ich mache das schon«, sagte er und ließ die beiden Mädchen erstmal stehen.

Vera war mulmig zumute. Sie spürte, ihr ganzer Leib fühlte es, dass sie bemerkt worden waren. Schon, als sie den ersten Schritt in dieses Haus gemacht hatten. Niemand gaffte sie an, niemand lächelte sie an, niemand versuchte, ihre Anwesenheit zur Kenntnis zu nehmen. Aber Vera wusste, dass sie registriert wurden. Als ein Mädchen in einem bunten Kleid aus Seide an ihr vorüberging, lächelte Vera sie an. Für einen Moment kreuzten sich ihre Blicke, das fremde Mädchen schlug die Augen nieder und verschwand in Richtung der Toiletten.

»Sie ist hübsch«, sagte Gadji, der wieder bei ihnen stand und Veras Blickwechsel gesehen hatte.

»Sehr«, sagte Vera. Vor der Tür zu den Toiletten umarmte das Mädchen ein anderes Mädchen. Sie küssten sich und kicherten; Vera sah es und bezog es auf sich, auf ihr Fremdsein.

»Okay«, sagte Sylvia, »ich geh jetzt da rein. Macht, was ihr wollt!« Und Sylvia tauchte ein.

»Mutiges deutsches Mädchen.« Gadji sah ihr nach und lächelte. »Vielleicht findet sie ihren Märchenprinzen.«

»Ist das so in russischen Märchen?«, fragte Vera; sie spürte eine leichte Verärgerung und genau über die ärgerte sie sich. Ein Kuddelmuddel an Gefühlen. »Entschuldige!«, sagte sie.

»Möchtest du tanzen?«, fragte Gadji. Sie schüttelte den Kopf. Noch nicht. Überhaupt nicht. Oder doch?

»Ich hole dir einen Stuhl«, sagte er. Für ein paar Momente stand sie allein in all dem Licht, in all der Musik und in dem Getöse der Spielautomaten. Aus den Lautsprechern im Saal sang Joe Cocker *With a little help from my friends*. Eben hatten sie noch auf der Straße gestanden, sie und Sylvia, auf einer Straße, über die sie schon im Kinderwagen geschoben worden waren – jetzt stand sie vor einem Raum, in dem die Diskolichter flackerten, Nebellichter (und war da die Freundin gerade aufgefordert worden, und tanzte sie da nicht los wie eine Verrückte?); Vera war verwirrt.

»Bitte«, sagte Gadji, als er ihr einen Stuhl anbot und sich selber auf einen setzte.

»Es ist seltsam«, sagte Vera.

»Was?«

»Plötzlich bin ich in einer Welt, die ich nicht kenne. Aus einer Welt, die ich kenne, in eine Welt, die ich nicht kenne.«

»Es ist eine Welt«, sagte Gadji. »Eine einzige.«

»Es ist wie in einem Film. Eben war noch alles bekannt und sicher, jetzt ist alles ... in Frage gestellt, bunt, erstaunlich ... Ich weiß nicht ...«

»War es so ... Wie du mit Leuten auf der Demonstration warst – und dann liegst du im Krankenhaus?«

»Als«, sagte Vera; und wollte sich auf die Lippen beißen. »Als« du mit Leuten musste es heißen; was für eine verdammte Klugscheißerin bist du? fragte sie sich. »Ich glaube«, sprach sie hastig los, »dass jeder Mensch auf einem eigenen Stern lebt«, (was rede ich hier?), »jeder versucht, sich auf seinem Stern einzurichten, und es gibt zwar einen Funkkontakt zu den anderen Menschen, zu den anderen Sternen ... Und manchmal kreuzen sich die Bahnen, sie prallen zusammen ... Aber eigentlich ...«

»Aber es hat einen Sinn«, sagte Gadji ernst. »Wie im Weltall auch. Sie sind abhängig voneinander. Die kleinen werden von den großen angezogen und abgestoßen. Sie kommunizieren. Es ist eine Balance da, ein System, eine Ruhe.«

»Willst du mal Kosmonaut werden?«, fragte Vera; es musste möglich sein, von diesem Zeug herunterzukommen – auf eine Plauderei, auf einen Flirt vielleicht, harmloses Reden.

»Warum nicht?«, sagte er. »Ich werde den Stern suchen, auf dem du lebst.« Nach einem solchen Satz im Gesicht rot zu werden, war unvermeidlich. Oder es war das rötliche Licht, das aus dem Saal schien. Möglich war alles.

»Ich wohne drei Ecken weiter«, sagte Vera. »In meiner Straße gibt es keinen Landeplatz für Raketen.«

»Dann werde ich dich nicht finden«, sagte er. »Jedenfalls nicht als Kosmonaut.«

»Bis dahin wird es auch noch eine Weile dauern«, sagte Vera. »Eigentlich schade.« Das war's doch. Sie war auf dem Weg. Beide waren auf einem Weg. Auf dem zuerst die Blicke, dann die Hände die Richtung vorgaben.

»Ist das irre!« Sylvia stand vor ihnen und strahlte wie ein Weihnachtsstern. »Die spielen Audrey Landers. Paula Abdul. Tina Turner. Ich dachte immer, die Russen leben auf dem Mond.«

»Ey, Sylvia!«

»Eh, entschuldige, Gadji. Aber ich bin von den Socken.«

»Was heißt: ›Ich bin von den Socken‹?«, fragte er.

»Lass es dir von Vera erklären. Die ist sowieso eine ganz Genaue«, Sylvia zwinkerte der Freundin zu. »Ich habe keine Zeit. Ich muss tanzen, tanzen …«

»Und?«, fragte er.

»Du bist ja ein ganz Genauer«, sagte Vera. »Bisschen blöd eigentlich. Der Spruch. Heißt so viel wie: Ich bin überrascht, ich bin total überwältigt.«

»Aber man bleibt in den Socken?«

»Nicht immer.« Färbte sich Veras Gesicht, oder lag es am aufdringlichen Licht, das durch den Saal und durch das Foyer waberte?

»Sie muss aufpassen«, sagte Gadji.

»Sylvia?«

»Ihr Stern. Er wird aufgehen, und sie wird fallen. Ihr Stern zerplatzt.«

»Was sagst du da? Gadji! Das ist – gruselig. Ich, ich glaube, ich muss jetzt gehen.«

»Bitte, nein. Hörst du die Musik?«

Wieder war Vera in einem Film. Ein Schnitt. Die tosende Musik hatte aufgehört und einem langsamen Lied, in dem eine Frau und ein Chor im Wechsel sangen, Platz gemacht. Die Lichter, grell und hektisch, waren erloschen, und der Saal lag in einem raffinierten Halbdunkel.

»Wollen wir jetzt tanzen?«, fragte Gadji; als wäre es die natürlichste Sache der Welt nahm er ihre Linke zwischen seine Hände. Und das Allernatürlichste auf der Welt war, dass Vera es so beließ, wie es war. Es war eben einfach so.

»Ich …« Ihr Kopf wies auf die beiden Krücken hin. Klyuka, Einzahl, Klyuki, Plural, so viel weiß sie aus dem Russisch-Unterricht.

»Du wirst sehen«, sagte Gadji, »als gut du auf vier Beinen tanzen kannst. Ich halte dich, Vera.« »Wie«, dachte Vera, aber diesmal sagte sie nichts. Wie hießen »als« und »wie« auf Russisch? Und wie wurde es gebraucht, wenn man die Sprache benutzte? Wusste sie ja auch nicht.

»Komm! Bitte!«, sagte Gadji.

Und sie gingen auf diesem Weg weiter. Hinein in den Saal, in dem das Parkett leer war und niemand tanzte. Die Mädchen und

Jungen standen an den Wänden hörten dem Lied zu, sangen stumm mit, und wiegten sich selbstvergessen. Als Gadji und Vera in die Mitte des Saales traten – als sie sich gegenüber standen und zaghaft zu tanzen begannen – erst mit einem Abstand, dann ließ sich Vera von Gadji führen – und es ging, als brauchte sie die Krücken nicht mehr, niemals mehr – auf diesem Weg. Und dann fing es leise und lauter werdend an: dass applaudiert wurde, rhythmisch, dem Lied folgend, die Schritte der beiden Tanzenden begleitend, beflügelnd. Doch kurz vor dem Ende des Lieds, flüsterte Vera: Ich muss jetzt wirklich nach Hause, Gadji! – Gut, ich bringe dich, Vera. – Das musst du nicht. – Ich muss es nicht. Ich möchte gern. Als wie ein Kavalier, weißt du.

Sie verließen die Tanzfläche. Im Foyer stand Sylvia neben einem Jungen, der in einem Autorennen des Automaten der Chefpilot war. Er hielt in den Händen zwei Steuerknüppel, mit denen er seinen Wagen mit rasender Geschwindigkeit um Hindernisse lenkte. »Vera, Vera!«, winkte Sylvia.

»Ich gehe«, rief Vera zurück. Sylvia legte die rechte Hand auf den Unterarm des Rennfahrers und lief die paar Schritte zur Freundin.

»Ist das nicht Wahnsinn!?«, sagte Sylvia.

»Wie im Westen«, sagte Vera.

»Stell dir vor, der heißt Iwan. Iwan!«

»Wie hast du das herausbekommen?«

»Naja, das weiß man schon. ›Menja sowut Sylvia.‹ Und er hat sich verbeugt, echt«, prustete Sylvia los, »und gesagt: ›Prima, ich cheiße Iwan.‹ Wenn das nicht komisch ist!«

»Warum ist das komisch?«, fragte Gadji.

»Sei doch nicht so empfindlich«, erwiderte Sylvia, die Euphorisierte. »War eine tolle Idee von dir, uns hierher mitzunehmen.«

»Bleibst du noch?«, fragte Vera.

»Koneshno«, sagte Sylvia und machte einen Knicks vor den beiden. Als wäre es das Natürlichste, das Selbstverständlichste im Leben, die Knie zu beugen und trotzdem Herrin zu bleiben und den Überblick zu behalten.

Novemberabend in Berlin. Die Sterne waren in feuchtem, grauem Papier verpackt. Schneeflöckchen, Weißröckchen schlief irgendwo da oben oder ringsherum und wollte am liebsten auch in diesem Jahr nicht vom Großväterchen Frost geweckt und auf die Erde geschickt werden. Was sollte es dort? Immer die gleiche Stimmung, immer die gleiche Frage, immer die gleichen Lieder – jedes Jahr aufs Neue.

Gadji lief an Veras Seite. Sie schwiegen. Als sie an der Haustür angekommen waren – es sind, stellte sie fest, nur wenige hundert Meter zwischen ihrem Zuhause und dem sowjetischen Kulturhaus – erschrak sie. Die Einkaufstüten. »Nicht schlimm«, sagte Gadji. Er würde sie auf seinem Heimweg holen und morgen mit in die Schule bringen.

»Danke«, sagte Vera.

»Wofür?«, fragte Gadji.

»Willst du noch einen Augenblick mit hochkommen?«, fragte sie.

»Nein. Nein«, sagte er. »Halte mal bitte!« Sie hielt ihm die Krücken hin und kramte in der Manteltasche nach dem Schlüsselbund.

Es dauerte länger als sonst.

»Tschüss dann, Gadji«, sagte sie.

Und Gadji sagte: »Auf Wiedersehen, Vera!« Und er wartete, bis Vera die Tür aufgeschlossen hatte, das Flurlicht anging, und er stand noch vor dem Haus, als das Flurlicht ausging und in einer Wohnung im zweiten Stockwerk das Licht anging. Aus, an, aus.

Donnerstag, 16. November 1989

Der Sportlehrer Horst Kowalski brauchte nur sechs, sieben Stunden Schlaf. Er liebte es, spät ins Bett zu gehen und trotzdem morgens um sieben Uhr auf der Matte zu stehen. Weil er es liebte, in seinem Refugium zu sein, ehe der Lärm des Schultages begann. Kowalski war der Auffassung, dass er nicht Disziplin von anderen, zumal jüngeren Menschen verlangen konnte, und selber schlampig auftreten durfte. Heute stutzte er.

Die Sporthalle war im hinteren Teil erleuchtet. Hatte er vergessen, die Lampen gestern Nachmittag auszuschalten? Nun hörte Kowalski ein Keuchen und Ächzen – und blieb erschrocken stehen. »Ist da jemand?« Die Frage hallte im Raum, die Geräusche hörten auf. Aus der Ecke, in der Turngeräte, Bälle und Matten gelagert waren, trat dieser neue Schüler, dieser Russe, der exzellent Volleyball spielen konnte. Gagi, fiel dem Sportlehrer dessen Name ein, na bitte, der Kopf funktionierte noch, sollte mal einer sagen, jahrelanges Boxen sorgt für Dachschäden.

Gadji steckte in einem durchgeschwitzten Trikot, trug an den Händen Boxhandschuhe und um den Hals ein Handtuch.

»Was machen Sie denn so früh hier?«, fragte Kowalski verdutzt.

»Ich trainiere«, sagte Gadji und wischte sich mit dem Tuch den Schweiß aus dem Gesicht.

»Wie sind Sie hier reingekommen?«

Gadji zuckte mit den Schultern. Welches Problem sollte es sein, ein, zwei Schlösser in einem altehrwürdigen Gebäude wie dieser Schule zu öffnen? Und zwar im Nu.

»Ist ja auch egal«, sagte Kowalski. Er wunderte sich weniger über das Eindringen des Jungen als darüber, dass jemand freiwillig trainierte. Und, wie es aussah, sich tüchtig dabei verausgabte. Dass dies jemand aus der Schar der Mädchen und Jungen tat, die er als eher lustlos und wenig interessiert an körperlicher Betätigung wahrnahm, – nun, das kratzte ziemlich an des Sportlehrers Bild von der heutigen Jugend.

»Wenn Sie erlauben«, sagte Gadji. »Ich möchte gern ein paar Mal in der Woche trainieren.«

»Du meinst«, sagte Kowalski, »du möchtest ein paar Mal in der Woche freiwillig Sport treiben? Ich bin von den Socken.«

»Das habe ich schon gehört.« Gadji hatte sich auf eine Bank gesetzt, das Trikot ausgezogen und rubbelte sich mit dem Handtuch trocken. »Sie sind überrascht. Überwältigt.«

»Ähm. Natürlich kannst du das machen. Ich … ähm.« Nun reiß dich mal zusammen, Horst, bist du eine Autorität, ein ehemaliger Leistungssportler, oder bist du ein Weichei und Stotterer. »Ja, ich bin überrascht. Es wirft mich, ähm, um. Dann ist man von den Socken. Damit habe ich nicht gerechnet.«

»Danke«, sagte Gadji. »Kann ich so früh schon duschen?«

»Das Wasser wird nicht warm sein. Jetzt noch nicht. Saukalt ist es.«

»Macht nichts.« Gadji grinste. »Kto ne riskuyet, tot ne pyet champanskoye.«

Und was hat das alles mit Schampus zu tun, dachte Kowalski. »Entschuldigen Sie, ähm, Gag …«

»Gadji Muuslimsade«, half er aus.

»Man kann sich nicht gleich alle Namen merken«, murmelte der Sportlehrer.

»Natürlich nicht, Herr Kowalski.«

Unglaublich. Ich träume. Das habe ich in zwanzig Jahren nicht erlebt. Ich betrete die Halle, und da ist schon einer drin. Raucht nicht, knutscht nicht rum – treibt Sport. Einfach so.

Und Kowalski hatte eine Idee:

»Gadji, wenn Sie wollen, also ich bin gern bereit, Sie zu trainieren. Wir könnten einpaar Runden boxen …«

»Bitte. Von mir aus – sofort!«

Sofort? Gleich? Jetzt? »Moment, bitte«, sagte Kowalski und spurtete zu seinem Kabuff. Schlüpfte im Handumdrehen in seine Sport-Kluft, nahm die Boxhandschuhe, mit denen er beinahe einmal an Olympischen Spielen teilgenommen hatte (wäre er nicht von einem Boxer, einem sowjetischen! bei Freundschaftskämpfen vor den Spielen so verletzt worden, dass er über acht Wochen pausieren musste) –, vom Haken. Sie waren gut eingefettet, eine gepflegte Erinnerung, keine brüchigen Stellen, das Leder nicht ausgetrocknet (Gänseschmalz, einmal wöchentlich). Er streifte sie über, besah sich in einem Spiegel und sah einem erwachsenen, nicht mehr allzu sportlichen, aber auch nicht völlig aus dem Leim gegangenen Mann eine Freude an, die er lange nicht gespürt hatte. Horst Kowalski atmete ein paar Mal tief ein und aus, dann trat er in die Halle, die treibende, anfeuernde, triumphale Begleitmusik musste er sich dazu einbilden.

Gadji hatte inzwischen eine Matte ausgerollt. Kein richtiger Boxring, aber es sollte ja auch kein richtiger Boxkampf sein. Es gab ja auch keinen Ringrichter und keine Jury.

»Wir sind nicht in der gleichen Gewichtsklasse«, sagte der alte Boxer und tänzelte hin und her, um sich aufzuwärmen.

Gadji winkte ab. »Nichevo strashnovo.« Plötzlich verstand Kowalski Russisch. Das macht nichts. Stimmte. Es ging weder um eine Olympiamedaille noch um drei Millionen Dollar wie bei den Profis im Westen. Es ging um den Spaß, um die Bewegung, um die Erinnerung.

Gadji fügte grinsend hinzu: »Wir sind auch unterschiedlich alt.«

Nichevo strashnovo. Ein Vorteil für den Jungen; wie die Erfahrung des Alten ein Nachteil für ihn war.

Dann boxten sie los.

Gadji umtänzelte Kowalski, der sich schwerfällig bewegte, aber gut die Deckung hielt. Anfangs schlug er kaum zu. Aber nach den ersten Treffern des Jungen, die in den Fäusten des Älteren landeten und keine Wirkung erzielten, hielt es Kowalski nicht mehr. Er stand im Ring seiner Erinnerungen. Er hörte seinen Trainer rufen: Mach, hau, fauler Sack! Das Publikum tobte und wollte, dass Kowalski seinen Gegner auf die Bretter schickte. Hau, mach, fauler Sack! Weiter, immer weiter, such die Lücke! Auch wenn dir grad die Luft wegbleibt, weil du einen Schlag auf die Leber bekommen hast. Und – den Bruchteil einer Sekunde brauchst du nur, du siehst, das Gesicht des Gegners ist frei, weil er die Hände für einen Augenblick sinken lässt – und Kowalskis Rechte polterte in das Gesicht des Jungen, der umfiel.

Stille. Kein Ringrichter, kein Publikum, nur Kowalski keuchend in der Halle und der Junge, der sich aufrappelte und dessen linke Augenbraue geplatzt war. Gott, dachte Kowalski, auf welchen Unsinn habe ich mich eingelassen, was hat mich getrieben, ich bin sein Lehrer.

»Geht's?«, fragte er.

»Nicht schlimm«, sagte Gadji. »Haben Sie Pflaster?«

Kowalski war schnell wie ein Kaninchen in seinem Refugium, zerrte die Handschuhe von den Fäusten und riss einen Sanitäts-Kasten auf. Watte, Binde, Schere, eine Ampulle mit Jod. Zurück zum Opfer; zurück zu diesem seltsamen Jungen, gegen den er noch einmal zu großer Form aufgelaufen war, um die Goldmedaille zu gewinnen.

»Tut's weh?«, fragte er ängstlich.

»Nein, nein«, sagte Gadji ruhig.

»War keine gute Idee von mir, entschuldige.«

»Das nächste Mal schlage ich Sie.«

»Das nächste Mal?«

»Revanche. Übermorgen?«

»Du willst immer noch boxen? Gegen mich?«

»Potchemu nye?«

Gadji ging unter die Dusche, und Kowalski saß in seinem Achtquadratmeterheiligtum, in dem es nach Schweiß und ungewaschenen Trainingsklamotten roch. Es klingelte zur ersten Stunde, in der Halle versammelten sich die unlustigen Schüler einer neunten Klasse, aber auf Kowalski mussten sie noch ein paar

Minuten warten. Der Sportlehrer saß auf einem Sperrholzhocker, den Kopf in die Hände gestützt; hatte er eben geboxt, war eben Blut geflossen, rot und faszinierend, die Flüssigkeit, die Leben bedeutete? Und Kowalski war verschwitzt und glücklich.

*

Als Gadji das Klassenzimmer betrat, verstummten die Gespräche und verklangen alle Geräusche mit einem Mal. Er schlenderte zu seinem Stuhl, stellte den Rucksack auf den Tisch und entnahm ihm zwei Geschenkpakete. Er drehte sich um, machte ein paar Schritte zurück und legte den einen farbig verpackten Karton vor Sylvia auf den Tisch, den anderen vor Vera hin. Sylvia sagte: »Ach du Scheiße! Hab ich gar nicht gemerkt, dass ich das liegengelassen habe. Was ist mit dir? Hast du dich geprügelt?«

Gadji nickte und sagte ernst: »Mit Iwan. Um ein deutsches Mädchen.«

»Kann gar nicht sein. Wir sind doch. … Aah, du verscheißerst mich, Gadji?!«

Gadji grinste. Woher sollte er wissen, was zwischen Iwan und Sylvia abgegangen war, nachdem er und Vera gegangen waren? Außerdem war es ihm herzlich egal. Nicht egal war ihm Vera, und es war ihm nicht entgangen, dass das Mädchen sein Pflaster erschrocken wahrgenommen hatte. Und Veras Blick – den hatte auch Sylvia bemerkt. Ihr Blick wechselte rasch zwischen der Freundin und Gernot hin und her. Die beiden saßen seit einigen Tagen getrennt im Raum, und es war allen aufgefallen, dass es zwischen Vera und Gernot nicht rund lief. Zoff im Gelände, ganz entschieden nicht mehr rund, seit sie aus dem Krankenhaus entlassen worden war. Und jetzt dieser Blick zwischen Vera und Gadji … Ich fass es nicht, dachte Sylvia, ich glaub's nicht! Wenn ich das Iwan erzähle.

Samstag, 25. November 1989

Mutter Teresa lag in einem Krankenhaus in Kalkutta, wo ihr ein Herzschrittmacher eingesetzt wurde.

Gestern, am 24. November, konstituierte sich in Ost-Berlin die Grüne Partei, sie wollte »ökologisch, feministisch, gewaltfrei«

sein und betrachtete sich als Ableger der weltweiten, vor allem europäischen Bewegung der Grünen.

Dem Dalai Lama, so gingen die Gerüchte, wird demnächst der Friedensnobelpreis in Oslo verliehen.

Die Sozialistische Einheitspartei Deutschlands schloss Günter Mittag aus der Partei aus; er wurde für die Wirtschaftsmisere der DDR verantwortlich gemacht. Zugleich wurde das Ausschlussverfahren gegen den früheren Partei- und Staatschef Erich Honecker eingeleitet.

Eine Woche zuvor, am 17. November, stellte der neue Ministerpräsident Hans Modrow (SED) seine »Regierung des Friedens und des Sozialismus« vor. In der Regierungserklärung kündigte er einschneidende Reformen des politischen Systems, der Wirtschaft, des Bildungswesens und der Verwaltung an. Die beiden deutschen Staaten sollten ihre »Verantwortungsgemeinschaft« mit dem Ziel »qualifizierter guter Nachbarschaft« und »kooperativer Koexistenz« zu einer »Vertragsgemeinschaft« ausbauen, die weit über die bisherigen Vereinbarungen hinausgeht. Spekulationen über eine Wiedervereinigung erteilte Modrow – wie auch bereits vorher – eine klare Absage.

Doch drei Tage später, am 20. November, sondierte der Kanzleramtsminister Rudolf Seiters erstmals in Ost-Berlin, welche Möglichkeiten bestanden, eine angebotene »deutsch-deutsche Vertragsgemeinschaft« auszugestalten. Er konferierte mit dem SED-Chef Egon Krenz, mit dem Ministerpräsidenten Hans Modrow; tags darauf traf er sich mit Vertretern der Kirche und der Opposition.

Und überall im Lande tagten die »Runden Tische«, und während ausländische Politiker und Publizisten vor einer Wiedervereinigung der zwei deutschen Staaten warnten, Stimmen, die ebenso gern und fettgedruckt wiedergegeben wurden wie die existentielle Situation ausgereister Ostdeutscher – hatte sich die Masse der Menschen auf den Ruf »Wir sind ein Volk« festgelegt.

Ein Land in Unruhe, umtriebig, ob es um die Sanierung der Politik oder heruntergekommener Städte ging, ob um die Beseitigung von Umweltschäden oder von Privilegien der Politbürokraten, ob um Neonazis, die auf dem Vormarsch waren, oder eine eigene Gewerkschaft, die die Volkspolizei forderte. (Und das japanische Handelshaus »Horie« kaufte für umgerechnet zehn Millionen Dollar eine sowjetische Raumstation; aber das wurde erst am Ende des Jahres gemeldet, die Erde drehte sich weiter, und die Welt auf ihr ebenso.)

Und die Zeitungen waren voll von kritischen Berichten, von Selbstbezichtigungen einstiger Funktionäre, von Spekulationen über versteckte oder verschobene Gelder. Jeder fühlte sich betrogen, jeder war voller Hoffnung; niemand hatte tödliche Befehle gegeben, jeder hatte welche empfangen.

*

Albert Mühsam, Buchhändler und Freund ihrer Mutter, war zu Vera vor der Kapelle des Friedhofs in Adlershof getreten. Sie hatte allein gestanden, eine Rose in der Hand, um sie herum Grüppchen, die sich flüsternd besprachen und auf Distanz achteten. Neben dem Eingang des Abschiedshauses, vier Stufen hinauf zum geöffneten Tor, rauchten drei Professionelle des Todes Zigaretten; ein vierter Sargträger kam hastig angerannt, schwer atmend und im Laufen die schwarze Jacke überstreifend. Noch rechtzeitig zum Dienst.

»Kommt meine Mutter nicht?«, fragte Vera.

Albert schüttelte den Kopf. Sie hätte ihn gebeten, an ihrer Stelle zum Begräbnis des Schuldirektors Erhard Eberlein zu gehen und Vera zu stützen. Sie würde Eberlein nicht allzu gut gekannt haben, hätte Termine, und außerdem machten Friedhöfe sie depressiv.

»Mich stützen?« Vera fasste es nicht.

»Seelisch, vermute ich mal«, sagte Albert; er zog verlegen die Schultern hoch.

Gab es Krücken für die Seele, oder sowas?

»Ich bin in Ordnung«, sagte sie. Nickte einer Frau zu, die ihr einen knappen Gruß zuwinkte: Die einstige Schulsekretärin, Frau Wollny, stand mit einer Frau zusammen, die ihr sehr ähnlich sah, fand Vera und lächelte ihnen zu.

»Vielleicht«, sagte Albert, »vielleicht war es ein Glück, dass er gestorben ist. Für ihn, meine ich. Keine gute Zeit für ihn. Irgendwie – ein Ende, alles so …«

Wie platt war das? Konnte jemand, der ein Leben lang Bücher las, so dusslig quatschen? Selbst wenn Albert überfordert war und wenn ihn, recht besehen, gar nichts mit dem Verstorbenen verband. Außer, dass er ein Mensch wie der andere war, der eine tot, der andere lebend, Schicksal. Aber ist auch das nicht banal? Auf einmal stiegen ihr Tränen in die Augen.

»Der Tod ist für niemanden ein Glück«, knurrte sie den Stellvertreter ihrer Mutter an. Der Tod ist kein Spiel, in dem jemand Glück und ein anderer Pech hat. Und niemand, absolut niemand liebt den Tod. Nikto ne ljubit smert.

Vera lief fast am Ende des Zuges, an deren Anfang der Sarg von den vier Männern in Schwarz getragen wurde, gleich dahinter die Witwe Eberlein und ihre Tochter, gefolgt von einer Gruppe weiterer Familienangehöriger. Eingereiht hatten sich etwa vier Dutzend Menschen, unter ihnen auch – ziemlich weit vorn – der Genosse Erwin Lautengässer, dem im Abstand in einer Vierer-Gruppe der Deutschlehrer Kotte und die Physiklehrerin Schaffner folgten; die beiden hielten sich bei den Händen, in den freien Händen der eine einen Strauß weiße Chrysanthemen, die andere rote Rosen.

Vera war eingerahmt von Mark Viehweger und Maria Breitling. Die beiden hatten sich, kurz bevor alle Gäste mit dem Wink einer in schwarz gekleideten Dame zum Eintreten in die Kapelle aufgefordert wurden, eingefunden. Flüsternd hatten sie sich begrüßt. Mark war in Begleitung eines Mädchens gekommen, dass er als Dörte, Studentin an der Freien Universität, vorstellte; und Maria hatte kurz berichtet, dass Peter und Sylvia sich entschuldigten (Peter hatte einen »geschäftlichen Termin«, den er nicht sausen lassen konnte; Sylvia war übers Wochenende mit Iwan an einen See im Bezirk Potsdam gefahren).

Vera fragte nicht nach Gernot, aber nachdem Maria und Mark einen kurzen Blick gewechselt hatten, sagte das Mädchen: »Gernot hat es abgelehnt. Er hat gesagt, dass er Eberlein …« Sie zog die Schultern hoch, drehte und hob die Hände, als wöge sie etwas, das sehr leicht sei, zu leicht befunden, um es für wertvoll zu halten. »Ich glaub, er ist ein Arsch und Feigling. Ich glaub, er fürchtet, dass seine Gesundheit und Stärke schwächeln, wenn er zum Trauern gezwungen wird.« Es war etwas anderes, einen Friedhof als nächtliches Gothic-Gaudium zu betreten oder einen Menschen zu bestatten, der nicht unbedingt ein Freund gewesen musste, mit dem man aber doch im Leben verbunden gewesen war. Vera winkte ab, obwohl es ihr einen Stich gab und es wehtat; und es musste, wusste sie endgültig, der Fairness wegen ein letztes, klärendes Gespräch mit dem Freund, der er nicht mehr war, geben.

Schwer zu sagen, fand sie, warum sie sich fremd und fremder geworden waren. Es war einfach so. (Und es gab Gadji?) Sie fragte sich, wie es gewesen wäre, wäre sie gestorben, vor gar nicht langer Zeit; wäre Gernot gekommen, um ihr die sogenannte »letzte Ehre« zu erweisen? Ließ sich fast bezweifeln, wenn er soviel Bammel vor dem Tod anderer hatte.

Hinter den drei Freunden lief Albert zusammen mit der Studentin aus Westberlin, und hinter den beiden verlief sich der menschenleere Weg, an dem die Pappeln strammstanden, in der weiten Stille des Friedhofs.

Der Zug der Trauergäste stockte, hielt an. Vorne wurde der Sarg in die Grube gelassen, die vier Träger traten zurück, nachdem sie kurz ihre Hände gefaltet und ihre Köpfe gesenkt hielten. Frau Eberlein trat an den Rand, ließ eine Rose fallen und streute eine Handvoll Sand hinterher. Sie blieb ein paar Sekunden stehen, in eine Ansprache vertieft, die niemand hören sollte, dann trat sie zur Seite, und die Tochter nahm ihren Platz am offenen Grab ein.

Der Zug rückte langsam weiter voran. Auf den ausgehobenen Sand und das Loch zu. Wer es erreichte, der trat auf ein Brett, nahm eine Schippe mit Sand, ließ ihn hinabrieseln und hielt für ein paar Sekunden inne. Dann trat er zu den Eberlein-Frauen. Hände wurden gedrückt, Worte gewechselt, Umarmungen auch. Und dann versammelte man sich ein paar Meter weiter zu einem wartenden, etwas hilflosen Haufen, der all jene beobachtete, die den Weg zum Brett noch vor sich hatten.

»Hilfst du mir?«, fragte Vera Mark, als sie an der Reihe war. Sie fühlte sich plötzlich schwach auf den Beinen. Fast wünschte sie sich die Krücken zurück. Mark nahm ihre Linke, mit der Rechten griff sie in die Schale mit dem Sand. Sie wollte nicht die Schippe benutzen. Sie wollte den Sand aus ihrer warmen Hand hinunterschicken zu dem Mann, der als Direktor und Lehrer gewissermaßen der »natürliche« Feind eines Schülers, einer Schülerin gewesen war –, aber Erhard Eberlein war auch ein Mann gewesen, der gerecht war, der sie zu schützen versuchte, der …ach herrjemine, jetzt doch Tränen.

Die Hand von Frau Eberlein war warm und trocken. Vera schniefte, sah der Witwe ins Gesicht, ein klares, tränenloses Gesicht. Der Händedruck war überraschend kräftig, und Frau Eberlin stand gerade und fest.

»Ich«, sagte Vera. »Es tut mir leid. Mein Beileid, bitte.«

Die Frau hielt die Hand des Mädchens länger fest, als sie sagte: »Es wird nicht leicht für euch werden.«

Vera verstand nicht, was sie meinte. Aber sie nickte. Aber würde es nicht für die Frau am schwersten sein, also erst recht nicht leicht sein? Oder für die Tochter, die so stolz und gefasst wie die Mutter da stand? Und warum meinte sie, es würde für uns nicht leicht werden? Für wen?

Es schauderte Vera: Auf dem Friedhof war es kühler und feuchter als anderswo in der Stadt.

Als die Schar sich verstreute – eine Gruppe von etwa einem Dutzend Menschen, die Erhard Eberlein, seiner Frau und seiner Tochter näherstanden als andere, machte sich geschlossen auf den Weg in ein nahegelegenes Café –, verabredeten sich Vera, Mark und Maria für den Abend. Nicht unbedingt, um ihres verstorbenen Schuldirektors zu gedenken (schon, auch), sondern weil es an der Zeit war. Zeit, die ihnen, so schien es, in den letzten Wochen durch die Finger geronnen war wie Wasser. Zeit, die sie, so kam es ihnen vor, atemlos getrieben hatte. »Ich versuche, Peter zu erreichen«, schlug Maria vor. »Sylvia kommt erst morgen Abend wieder.« Und wieder fiel der Name Gernot nicht. Sie umarmten sich, einer die andere, eine den anderen; Dörte und Albert gehörten wie selbstverständlich dazu, dann trennten sie sich und gingen ihrer Wege.

Albert und Vera schwiegen einige Minuten im Auto, bis er sagte: »Erinnerst du dich, was du mich gefragt hast? Als ich dich vom Krankenhaus abgeholt habe?«

»Vielleicht: ‚He, siehst du das Rot der Ampel nicht?'«

»Du fragtest mich, ob ich deine Mutter liebe und warum.«

»Hat sich deine Antwort inzwischen geändert?«

»Sie ist dabei, sich zu ändern.«

»Die Antwort? Oder – meine Mutter?«

Schweigen. Es war angenehm warm im Auto, die Wärme machte Vera schläfrig. Die plötzliche Müdigkeit war gewiss eine Reaktion auf die abfallende Spannung, in der sie die letzten zwei

Stunden verlebt hatte. Oder auch – sie wollte am liebsten schlafen, um nicht zu hören, was sie ahnte. Dass es zwischen ihrer Mutter und Albert kriselte, aus war, wie zwischen ihr und Gernot?

»Hast du es ihr schon gesagt?« Vera presste die Frage heraus.

»Nein.«

»Warum – willst du es mir sagen? Und nicht ihr?«

»Männer sind ziemliche Feiglinge …«

»Oja, ist wohl so. Ich hab's kapiert.«

»Ich habe so eine Ahnung, eine Gewissheit eigentlich«, fing Albert an. »Wenn du so willst, eine Vision, die mich krank macht. Sie glauben, sie machen eine Revolution. Sie glauben, dass sie berufen sind, das Land – freier zu machen. Dass es endlich einen Sozialismus gibt, der den Namen verdient. Und diesem Glauben ordnen sie alles unter. Freunde, Liebe … Wieder ein Glaube, es ist schrecklich. Wieder ein Irrtum.« Er schlug mit der Faust auf das Lenkrad.

»Und?«

»Was und?«

»Was ist deine Vision?«

»Falsches Wort«, entgegnete Albert. »Sie haben Visionen und Illusionen, ich habe eine Irritation.«

»Haben Männer immer eine Irritation«, fragte Vera kalt, »wenn sie sich vor klaren Entscheidungen drücken?«

»Entschuldige! Du hast Recht. Ich …«

»Ob ich Recht habe, weiß ich nicht. Eher nicht. Ich weiß aber, dass ich meiner Mutter nicht verklickern werde, dass du sie nicht mehr liebst. Das ist die Flöte, die du selber blasen musst, Albert Mühsam. Und ich möchte bitte aussteigen.«

»Vera! Ich …«

»Ich möchte bitte aussteigen!«

»Es ist nicht mehr weit.«

»Halt an!«, schrie Vera. »Halt die verdammte Karre an!«

Dienstag, 28. November 1989

Bist du dir sicher, hatte die Tochter ihre Mutter gefragt, dass du dir einen Nachmittag frei nehmen kannst, ohne dass die umfassende Neuordnung der Deutschen Demokratischen Republik ins Stocken kommt?

Victoria hatte ein Kissen gegriffen und nach Vera geworfen, Vera warf ein anderes Kissen zurück; die beiden hatten sich gestern Abend eine Kissen-Sofa-Schlacht geliefert, bis sie vor Lachen, Keuchen und Atemlosigkeit nicht mehr konnten. Morgen gehen wir in den Westen und holen uns die Hunnis ab, sagte Victoria. – Ist das nicht eine Art der Selbstbestechung?, fragte Vera, und es hätte eine nächste Polster-Schlacht angefangen, wenn es nicht so gemütlich gewesen wäre, mal erschöpft, matt, zufrieden und innig beieinander auf dem Sofa zu liegen, während im Fernsehgerät, der Ton war abgedreht, irgendetwas lief, das Millionen andere Menschen interessieren mochte – die beiden nicht im Geringsten. – Das ist, antwortete Victoria, die List der einfachen Menschen. Sie wissen, dass sie bestochen werden, und sie lassen sich bestechen und trinken darauf, um dann für hundert Westmark, was weiß ich, Bananen, Schokolade, eine Jeans und ein paar Schallplatten zu kaufen. James Last oder so. – Und weil wir zu den einfachen Menschen gehören, sagte Vera, machen wir mit? – Vielleicht, sagte die Mutter grinsend-lockend, möchtest du ja deinem neuen Freund … – Soweit sind wir nicht! blockte die Tochter ab, aber auch sie grinste vor sich hin. – … ihm etwas zu Weihnachten schenken? Etwas, dass es nur im Westen gibt, wenn du schon unbedürftig bist und im Kittel der Entsagung herumlaufen möchtest. – Oho, oho, kicherte Vera, seitdem meine Mutter unter Intellektuellen verkehrt, wachsen der Wortschatz und die Gabe, sich auszudrücken wie ein Nobelpreisträger für Literatur. – Nobelpreisträgerin, korrigierte Victoria und fragte, ob ihre faule Prinzessin-Tochter sich aufraffen könnte, noch bevor sie demnächst das Abitur gemacht hätte, aus dem Kühlschrank eine Flasche Bier zu holen. Nach der sei ihr nämlich dringender als nach hundert Westmark. Und eine Tüte Erdnussflips, bittesehr, auch. Und was läuft da eigentlich, im TeVau?

Und so kam es, dass das Duo Lothringen am heutigen Tag mit der S-Bahn von Berlin-Karlshorst zum Bahnhof Zoologischer Garten fuhr, um sich in irgendeiner Bank oder Sparkasse das Begrüßungsgeld abzuholen; in welcher, wussten sie nicht, es würde, waren sie sich sicher, »da im Kapitalismus« schon ausreichend Filialen für Pinkepinke geben.

Nach einer halben Stunde S-Bahn-Fahrt von Karlshorst im »nichtsozialistischen Währungsgebiet« anzukommen, war unlogisch. Es war unwahrscheinlich, unwirklich, bizarr, war verrückt. Vera und Victoria hatten sich, sie mussten nicht darüber sprechen, vor diesem ersten Trip gedrückt. Sie wollten nicht zu den Scharen der Begierigen gehören, die wie nach einem Startschuss in das Paradies stürmten und strömten, um sich den Begrüßungs-Hunderter abzuholen, die Nasen an den Schaufenstern der Läden plattzudrücken und das Geld (plus die in den Jahren zuvor ertauschten, erhandelten, ersparten Deutschmärker) auszugeben für die Waren, die ihnen all die Jahre vorgeführt worden waren. Wenn die Verwandten zu Besuch kamen, wenn die Pakete ankamen, wenn sie das Westfernsehen einschalteten und die Werbung anschauten. (Eben erst hatte der Moderator in der ZDF-Hitparade erstmals Gäste aus Ostberlin begrüßt und gewitzelt: »DDR = Deutsche dürfen rüber«? Eben erst war er im Trabant-Auto in das Studio gefahren, das ein Preis war wie es am Ende der Sendung traditionell einen gab; und der Moderator hatte launisch gesagt, der Gewinner brauche keine Angst zu haben, er würde natürlich nicht den »Umweltstinker« erhalten, sondern einen Opel Corsa. – Jetzt kamen sie, jetzt kommen wir, jetzt holen wir uns eigenhändig einen Teil der Torte.)

Die Lothringens hatten keine Familienangehörigen in Westberlin, auch nicht in Westdeutschland; und begeisterte Fernsehzuschauer waren sie nie gewesen. Die Mutter war, wenn sie nach der Tagesschicht im Krankenhaus nach Hause kam, zu müde für lange Fernsehabende; und wenn sie Nachtschicht hatte, gab es das Äther-Flimmern sowieso nicht. Die Tochter schaltete das Gerät neuerdings ganz gern für die Sendungen von ELF 99 ein, vor allem der Musik und einiger frecher Reportagen wegen, vorher und ansonsten langweilten sie die Sendungen, ob Ost, ob West. Hundert Westmark – naja, haben oder nicht haben, sind schon 200 mal 2 sind 400, alberten Vera und Victoria, als sie sich entschlossen, den Ausflug zu unternehmen. Außerdem geht's nicht um die Kohle, meinte die Mutter. – Sondern? – Wenn wir einen Kaffee trinken wollen … außerdem Kapitalismus gucken! – Au fein, feixte Vera, wie früher, wenn wir in den Tierpark gingen. Affen und Löwen und Papageien und Pinguine beschauen. Beinahe wären wieder Kissen geflogen …

Aber jetzt waren sie angekommen und ausgestiegen und fanden sich auf einem Planeten wieder, auf dem es von Menschen und Autos wimmelte.

(Vera wird ein paar Tage später Gadji davon erzählen: dass sie sich wie verschluckt und verklebt und wie in Watte eingewickelt vorgekommen war; dass sie das Nebeneinander von Menschen, die herumlagen, bettelten oder »gar nichts mehr wollten vom Leben außer nen schönen Rausch«, und Menschen, die zielstrebig eilten, in Restaurants saßen, nach Taxis winkten – Autobusse, Doppeldecker, über der Stadt schwebte ein Luftschiff, das mit einer Fahne für Haribo warb – Geschäfte, die ihre Waren nach außen gestülpt hatten – wie die glänzenden, glitschigen Eingeweide eines Menschen, der im Krieg einen Bauchschuss … – alles Schrille, alles Bunte, auch ein Geruch war da – das Gefühl, nicht unter freiem Himmel zu sein, sondern unter einer Glocke – eine immer gleich bleibende Temperatur, es gibt kein natürliches Wetter— »bestimmt nicht!« – die Musikanten, von denen die einen ihre Instrumente beherrschten, die anderen von denen taten nur so – Glitzerndes, atemverschlagendes Glitzern – eine Frau, die zwischen leeren Kartons saß und schlief und auf deren Kopf die Haarbüschel vereinzelt standen wie Kakteen-Gestrüpp in der Wüste – das Pärchen, das aus einem großen Auto stieg, als tue es nicht anderes am Tage, als immerzu aus großen Autos zu steigen – eine Frau mit zwei Kindern, magere Kinder – und in meinem Kopf sang Neil Young: *I see a woman in the night / With a baby in her hand / There's an old street light (near a garbage can) / Near a garbage can (near a garbage can) / And now she put the kid away and she's gone to get a hit / She hates her life and what she's done to it / There's one more kid that'll never go to school / Never get to fall in love, never get to be cool / Keep on rockin' in the free world* – Lateinamerikaner, die Freiheit für irgendwas fordern – dass sie wie (fast) blind und (fast) taub durch die Gegend lief – bis sie einfach stehen blieb. Neben ihrer Mutter.)

»So«, sagte sie; ihr Herz schlug grad wieder alltäglich, ihr Nervenkostüm glättete sich. »Ich fahre jetzt nach Hause.«

»Das kannst du nicht machen«, sagte Victoria.

»Ich seh hier nicht durch. Ich will das nicht. Vielleicht später noch mal.«

»Wahrscheinlich Gewohnheitssache.«

»Du meinst, ich soll mir das alles hier zur Gewohnheit machen?«

»Lass uns das Geld holen – dann suchen wir uns ein ruhiges Café …«

»Ich steh in deinem Personalausweis. Du kannst die 200 Emm abholen, Mutter und Kind. Und das war's.«

»Vera. Bitte. Vorschlag: Du suchst dir ein ruhiges Plätzchen, ich hole das Geld, wir treffen uns hier wieder in einer Stunde – dann trinken wir irgendwo einen Kaffee und fahren nach Hause.«

Sie waren vom Bahnhof Zoo weggedriftet. Sie schwammen in einem Strom von Menschen. Sie überquerten stark befahrene Kreuzungen. Sie standen an den Ampeln (dicker Mann, neben ihnen wartend: »Das machsch nä nochma! Issn ächter Waaahnsinn« – dicke Frau neben ihm: »Ärwin, nu reiss disch zusammn! Mir sin in Berlin!« – »Gloobst, isch wor noch nä in Berlin? Drei Johre wor isch in Berlin. Oorbeeten, weeßtes nisch mähr!« – »Is lange her, Ärwin!«) –, bis die auf Grün schalteten. Bis Vera stehenblieb und sich verweigerte.

Vera schaute sich um. Auf ein Mal war sie gefasst, ruhig, bei sich; heimgekehrt, als wäre sie seit einer halben Stunde außer sich gewesen, getrennt von sich selbst, eine Vera, die neben einer anderen Vera gelaufen war.

Die Geräusche der Straßen verstummten, die Menschen verlangsamten sich, sie war in einem dunklen Kino und schaute einem Stummfilm zu. Ein Käseglockengefühl. Ihre Augen zogen die Schärfe, ließen den Hintergrund der Stadt ins Verschwommene rutschen, und Vera sah klar und nah, dass sie und ihre Mutter vor einem Plattengeschäft standen. »City Music«, ein Schaufenster, voller Schallplatten, ein Laden, vollgestellt mit Regalen und Kisten voller Musik, Musik, Musik, voll, voll, voll. Toll, toll, toll.

Vera nickte, sie wäre einverstanden. Aber sie würde mitkommen, ihren Hunderter nehmen und hierher zurückkehren. »Wir nehmen die nächste Kasse«, sagte sie. Es klang, als hätte sie gesagt: Wir rauben die nächste Bank aus. Es klang, als dränge ihre Stimme durch eine Wand aus Korken. »Hier kannst du mich in einer Stunde abholen, dann.«

Es klang, als sänge Zarah Leander davon, dass mal ein Wunder geschehen werde. Oder hörte Vera das Lied aus einem Lautsprecher des Ladens? Und dann werden tausend Märchen wahr. Oder geschah Vera gerade das Wunder, dass sie eintreten würde in ein Paradies, in dem die Platten-Covers, unter denen sich all die Lieder verbargen, die sie aus dem Radio kannte, zu den Tapeten und den Möbeln einer Traumwohnung wurden. In der sie leben könnte, ein Leben lang; dafür brauchte sie nur ein paar Westpiepen. Keep on rockin' in the free world.

Mittwoch, 6. Dezember 1989

War ja klar, dass dieser Komiker und Hanswurst dahinter steckte. Wer sonst, außer Peter Sandberg, konnte auf die Idee kommen, einen ausgedienten Campinganhänger zu beschaffen, ihn mit himmelblauer Farbe und einer knallgelben Sonne (auf dem Dach) zu tünchen und unter das kleine Fenster der Seitenwand den Slogan »Kommt der Esser nicht zum Berg, kommt der Sandberg zum Esser« zu schreiben. Peter hakte die zweirädrige Kiste von der Hänger-Kupplung eines Wartburgs ab, schlug dem Fahrer (irgendeinem Kumpel von ihm) durch die heruntergekurbelte Scheibe dankend auf die Schulter und schob den mobilen Imbiss auf den Schulhof. Platzierte ihn neben das Tor im Hof-Zaun in gehörigem Abstand zum Schulgebäude, diskret gewissermaßen, nicht wie ein allzu auffälliger Eindringling, der allerdings allein durch seine Existenz auffällig genug war. Er hätte ihn auch mitten in die Turnhalle oder in das Büro des Schuldirektors wuchten können. Peter Sandberg stellte sich vor seinen Laden, lehnte sich an, kreuzte die Arme über der Brust und griente. Auf den Kopf hatte er sich eine Kochmütze gesetzt; sie sah aus wie ein Pilz mit zu dickem Stengel und zu kleinem Schirm. Hier stehe ich, Peter Sandberg, ich kann nicht anders. Große Pausen ohne Sandberg sind in Zukunft wie Spiegelei ohne Salz.

Gernot stand im zweiten Stock im Physikraum am Fenster und schüttelte verärgert den Kopf. Neben ihm gluckste Sylvia. »Der hat sie nicht alle«, sagte sie bewundernd. »Der hat echt ein Rad ab.«

»Was macht der da? Spinnt der?«, fragte Mark, der ein Fenster weiter neben Vera stand, und beantwortete die Frage gleich selber (und mit derselben Bewunderung wie Sylvia in der Stimme): »Warum nicht. In Zeiten der Anarchie gehen Phantasie und Geschäftssinn eine fruchtbare Ehe ein.«

»Ist der Spruch von dir?«, fragte Sylvia.

»Sehe ich aus wie einer, der von Zitaten lebt? Pah! Als könnte ich nicht selber denken und schlau sein!«

»He, Mark, dreh nicht durch«, stieß Vera ihm ihren linken Ellenbogen in die Seite.

»Ich geh jetzt da runter und schau mal, was unser Clown anbietet«, sagte Sylvia. »Ich hab Knast.«

»Wenn du das machst«, sagte Gernot drohend, »sind wir geschiedene Leute.«

»Geschiedene Leute? Wusste nicht, dass wir verheiratet sind«, sagte Sylvia. Sie schaute zu Vera, schüttelte den Kopf und zog die Stirn in Falten. Wenn Sandberg ein Rad abhaben sollte, dann hatte Klinkermann eine Schraube locker, mindestens eine, oder? Der war sowieso schon seit einiger Zeit irgendwie plemplem, oder nicht? Spätestens jedenfalls, seitdem Mark Viehweger seinen Posten als Vorsitzender des »Revolutionären Schülerrates« aufgegeben hatte und Gernot Klinkermann als Nachfolger gewählt worden war, fühlte er sich (zumal er das Wohlwollen des Direktors Lautengässer besaß), dazu berufen, den King zu spielen. Oder, wie es Mark nach einigen Tagen gesagt hatte: »Ich glaube, es steckt in jedem Menschen ein Stalin. Er muss nur die Chance haben, ihn rauszulassen. Irgendwann, irgendwie muss ja auch der Stalin angefangen haben Stalin zu werden, oder?« Eine Bemerkung, die bei den anderen, Vera, Maria, Sylvia und Peter, als sie sich nach langer Zeit mal wieder zu einem Gothic-Treffen auf dem Waldfriedhof zusammengefunden hatten – ohne Gernot, natürlich – zu Widerspruch und Mach-mal-langsam-Mark-Sprüchen führten. – Mittlerweile hatten sie das Gefühl, dass Gernot abhob, und dass sie es nicht wagten, ihm in die Parade zu fahren, noch nicht, noch nicht – sprach das nicht ein wenig für Marks These? – Mark hatte seine gewählte Funktion abgetreten, weil er sich nicht in der Lage fühlte, Verantwortung für 500 Schülerinnen und Schüler zu tragen, und weil er nicht wusste, wie er es ausgedrückt hatte, die Balance zu halten zwischen Ansprüchen, Pflichten und Rechten der Schülerschaft auf der einen und den Rechten, Pflichten und Ansprüchen der Lehrerschaft auf der anderen Seite. Er sei kein Politiker, der auf Kompromisse angewiesen wäre.

»Sind wir auch nicht, gottseidank«, sagte Gernot. Und er führte aus: »Es geht nicht, dass jeder seinen Mist macht. Jeder Piepel gründet einen Runden Tisch. Jeder Arsch gründet eine Zeitung oder eine Partei. Jeder trompetet: Freiheit, Freiheit, ist das einzige, was zählt. Und niemand fragt sich, wozu? Von was? Prima Chaos! Heute Peter, morgen kommt jemand auf die Idee, in der Aula – Pornofilme zu zeigen. Und übermorgen …«

»O lala«, sagte Sylvia. »Drehen wir einen? Übermorgen? Hab noch Platz in meinem Terminkalender.«

Gernot winkte ab. Er nahm seinen Rucksack – er trug als erster an der Schule einen »ergonomischen Schulrucksack« der Firma Sternjakob (hatte er ihn von seinem Begrüßungsgeld gekauft?), und zwar cool an einem Riemen über der Schulter – und verließ das Klassenzimmer.

»Der geht zum Direx«, sagte Sylvia.

»Petze, Petze ging inn Laden, wollt fürn Sechser Käse haben«, sagte Mark.

›Petze, Petze, ging in'n Laden … Ärgert sich die ganze Nacht … hat ins Bett gemacht …‹ Plötzlich war der Alte da, Kempau. Vera musste sich am Fensterbrett festhalten. Ihre Knie wurden weich. Der sterbenskranke Mann auf dem Dach des Krankenhauses … ›Der Fahrstuhl nach oben ist besetzt, Sie müssen warten.‹ Ich? Wieso ich? Ich will nicht nach oben? Ich will nicht mal zum Bahnhof Zoo … Feldberger hatte er sich genannt und war ein anderer gewesen. Oder ein ganz anderer. War gestorben … soll ein Schuster gewesen sein, obwohl Vera gedacht hatte, er sei ein Komödiant. Hatte ihr Sonja, die Krankenschwester erzählt, und bei ihr hatte sie sich auch noch nicht gemeldet … Oder er hieß Halbhuber und war ein Faschist oder was ganz anderes, denn Faschisten gab es nicht mehr, da musste sich der Alte aber gut versteckt haben … und mit Gernot musste sie auch sprechen …

»Geht's dir nicht gut?«, fragte Maria Breitling. Das Mädchen hatte, während die anderen am Fenster standen und Sandburgs Auftritt kommentierten, auf ihrem Stuhl gesessen und in einem Buch (Francoise Sagans »Bonjour Tristesse«) gelesen. Sie war nicht interessiert an Aufgeregtheiten, Neuigkeiten, Auftritten. Sie lief noch mit, sie machte noch mit, sie verhielt sich brav. Aber sie war von der Bühne der aktuellen Handlungen und aus dem Licht, das darauf lag, in die Gasse getreten; wo nur noch das kleine Leselicht des Inspizienten brennt und wo die mechanischen Geheimnisse des Theaters (staubig, schäbig, verschlissen, aber funktionierend) beginnen. Warum? Warum ist die Banane krumm? Warum hatte sie in den letzten Wochen niemand gefragt? Weil sie – unsichtbar geworden war?

»Ach, Maria«, sagte Vera. »Wo sind die anderen hin?«

»Runter. Kekse kaufen. Oder Kaugummi, was weiß ich«, sagte Maria.

»Kommst du nicht mit?«

»Runter? Weiter runter?« Maria schüttelte den Kopf mit den roten Schlangen-Haaren.

*

Gadji fehlte an diesem Tag. Er lag mit 37,8 Grad Fieber im Bett, eine Erkältung, wie er sie in jedem Winter bekam. Nicht schlimm, zwei heftige Tage, dann würde alles gut sein. Seine Mutter hatte Hühnerbrühe gekocht und sie ihm in einer Schale auf den Stuhl neben das Bett gestellt. Sie setzte sich zu ihm, nahm seine Hand und fragte, wie es ihm gehe. Pisdez! sagte er und eher enttäuscht von sich selber: Der'mo! Die Mutter hob seine Hand an ihre Lippen und küsste sie. Sie lächelte und fragte, ob er verliebt sei. Gadji entriss ihr die Hand, strengte sich an, wütend zu gucken, und fragte schroff, wie sie denn darauf komme. Ya tvoya ma'! sagte sie. Sie war seine Mutter, und er war verliebt; sie hatte mit beidem Recht.

*

Falls Peter gerechnet hatte, und das hatte er gewiss, hatte er richtig gerechnet. Es herrschte Gedränge an dem Fenster, das über die Breite des Campinganhängers hinten nach oben geklappt war, und durch das er Schokoladenriegel, Kekse in Rollen, Haribo-Tüten verkaufte. Der Clou waren Bouletten und Kartoffelsalat. »Selbstgemacht!«, pries er sie an. Um, ein Auge zu, Schelm er, zu berichtigen: »Meine Mutter! Meisterköchin! Alliterativ, Kolleginnen und Kollegen! Es lebe das Alliterative und – die Boulette!«

Nicht nur die Klassen Neun bis Zwölf scharten sich um den mobilen Laden – Werner Kotte ging einmal um ihn herum, beäugte ihn neugierig und stellte sich brav in die Reihe der Kunden. Wenn eines inzwischen an der Schule als ausgemacht galt, dann war es eine gewisse Gleichberechtigung zwischen Schülern und Lehrern; wie es auch eine gewisse Verunsicherung unter den Lehrerinnen und Lehrern gab, ob sie nun noch Noten oder nur Punkte vergeben sollten; ob Strafen noch zulässig waren oder in dem aufkeimenden Selbstwertgefühl von Jugendlichen irreversible Schäden anrichten konnten. Solche Sachen.

Als Kotte dran war, sagte er: »Alliterationen sind ein bewährtes stilistisches Mittel, besonders in journalistischen Texten, aber auch in Gedichten von Rilke finden Sie die häufig. Bravo, Sandburg. Ich nehme eine Boulette ohne, bitte. Das heißt: Mit etwas Senf schon. Aber mit dem Apostroph, Sandburg«, sagte er, während Peter sich an die Bearbeitung des Lehrer-Wunsches machte, »stehen sie leider auf Kriegsfuß.«

»Häh?«

»Vorne an ihrem hübschen Wägelchen steht ‚Sandburg's Freßmobil'. Da passt das Häkchen nicht hin. Der Apostroph gehört nicht zu Namen, die einen besonderen Genitiv bilden.«

»Steht doch überall in der Stadt.« Peter lächelte schief und pampig. »Tina's Boutique. Madeleine's Hairstyle. Benno's Zeitungsshop.« Er hielt die Boulette und das bunte Aufreiß-Heftchen mit Senf auf dem Papptellerchen in der Hand, die auf dem Weg zum Kunden in der Eisluft der Verblüffung erstarrt war.

»Das mag sein. Seit wann aber ist Masse oder Menge ein Beweis für die Richtigkeit einer Sache? Sie kennen doch auch den Spruch: Millionen Fliegen können sich nicht irren, Leute esst mehr Scheiße?« Kotte hatte ein interessiertes, aufmerksames Publikum; ringsum wurde gekichert. Und also hob er an, und es lag in seiner Absicht (zweifelsohne und pädagogisch) zu einer Volksmenge auf der Agora zu reden; einmal Lehrer immer Lehrer, lässt sich behaupten: »Sie mögen, neben ihrem komödiantischen Talent in dieser Zeit auch ihr kaufmännisches Talent entdeckt haben. Ich gratuliere. Mit geht beides, wie Sie wissen, zur Gänze ab. Ich muss Ihnen aber sagen, es ist meine Pflicht als Deutschlehrer und Zeitgenosse, dass Revolutionen und Regierungen kommen und gehen – der Apostroph indessen bleibt. Beziehungsweise gehört sich nicht. Er ist ein kleines aber feines Häkchen, das aus Gründen des Benehmens weiß, wo es hingehört, wo nicht.«

»Ich mag kein Hölderlin sein«, fasste sich Peter und entgegnete selbstbewusst: »Aber mal angenommen, Hölderlin oder der

Herr Rilke hätten jemals in ihrem Leben diese Boulette gegessen – Mann, die hätten Gedichte und Frauen links liegen gelassen.«

»Mag sein«, sagte der Deutschlehrer, der sein Vergnügen an Wort-Kabbeleien hatte. »Ich aß neulich für drei deutsche Mark und fünfzig deutsche Pfennige einen Döner Kebap. Zwischen zwei Hälften Teig gepresstes Fleisch und Gemüse. Mit, wie heißt das, Dressing drauf. Es schmeckte mir sogar, weil sogar ein Lehrer in der Not Fliegen isst. Trotzdem muss ich darauf beharren«, Kotte, in der Rolle und in der Sprach-Gestaltung eines altmodischen Paukers, der sich mit Sätzen spreizen konnte wie ein Pfau sein Schwanzgefieder, wenn er drohen oder locken will (freilich, so ein Pauker war Kotte nicht, und jeder in der Schar der Jugendlichen, die um das Disput-Pärchen herumstanden, wusste, dass heute nicht das Jahr 1521 war und das hier nicht der Reichstag zu Worms, auf dem Martin Luther stand und vor weltlichen und kirchlichen Würdenträgern behauptete, er könne nicht anders und er werde nicht widerrufen) –, »dass jeder meiner Schüler die Schule verlässt im sicheren Wissen um den Gebrauch des Apostrophs. Mit oder ohne, das ist hier die Frage.«

»Ohne«, sagte Peter und senkte den Pappdeckel in die geöffnete Hand Werner Kottes, der, alles in allem gerechnet, sein Lieblingslehrer war.

»Richtig«, sagte der. »Kostet?«

»Nichts«, sagte Peter. »Heute ist Nikolaustag. Soweit ich weiß, ist der nach einem Nikolaus von Myra benannt. Der hat etliche Wunder bewirkt, heißt es. Ich bin ja Atheist, aber. Sag ich mal: Dies ist das Wunder des Peter Sandberg von Köpenick. Er schenkte einem Lehrer eine Boulette mit Senf.«

»Das haben Sie nicht bei mir gelernt, das mit dem Nikolaus von Myra. Immerhin, Sandburg, immerhin. Köpfchen haben Sie.« Nahm das Fleischbällchen, das Mama Sandburg geformt hatte, und ging. Das kulinarische Können einer Mutter zu schätzen, auch wenn deren Sohn Probleme mit dem Apostroph hatte, gehörte zum Anstand, fand Kotte. Die Masse vor ihm, begierig an Sandburgs Waren zu kommen, teilte sich wie seinerzeit das Meer vor Moses.

*

Niemand von denjenigen, die auf dem Schulhof anstanden, eher der Freude an dem kauzigen Einfall Sandburgs wegen als eines Hungers auf Mars-Riegel oder auf Bouletten (einige waren allerdings vor der Blutwurst mit Sauerkraut, die in dem im Keller gelegenen Speisesaal als Mittagessen angeboten wurde, ins Offene des Hofes geflüchtet) – niemand von ihnen hatte gehört, was am heutigen Tag im Land geschah. Es wäre auch nicht von Belang gewesen für ihr Leben, das im Moment stattfand. Es griff nicht unmittelbar ein, es ging sie nichts an, auch wenn die Ereignisse in ihrer Summe ihr Leben in Bahnen lenken würde, deren Richtung sie nicht kannten; kannte die derzeit überhaupt jemand?

Gibt es überhaupt jemanden, der über dem, was aktuell geschieht, Bescheid und es unverzüglich in die Geschichte (etwa 2.000 Jahre zurück und etwa zehn Jahre voraus) einzuordnen und zu beurteilen weiß? Klugscheißer, Besserwisser, Wir-haben-es-ja-gesagt-Bärte – die gab und gibt es en masse. Von denen befand sich niemand an diesem sonnigen Mittag auf dem Schulhof der Alexander-von-Humboldt-Oberschule; Sandbergs Fressmobil war der Mittelpunkt der Welt.

Dabei fanden die kleinen und großen Entscheidungen, Intrigen, Grausamkeiten, Abrechnungen, Gründungen, Abschiede selbstverständlich statt. Wie jeden Tag, in jeder Stunde, im Dorf zwölf Kilometer weiter entfernt, im Nebenhaus, auf einer Insel im Pazifik, am Ufer eines Sees in Schweden, auf einer Landstraße in der Provence oder in der Uckermark. In der eigenen Familie, in der eigenen Stadt, im eigenen Land, auf dem Planeten.

Der Innenminister Lothar Arendt verfügte die Entwaffnung der Kampfgruppen der Arbeiterklasse; westdeutsche Firmen erhielten ab sofort die Möglichkeit in den DDR-Printmedien Werbeanzeigen zu schalten; die DDR-Regierung erlaubte die Ausweitung der Fanggründe für Fischer aus der BRD in der Lübecker Bucht bis zum 11. Grad östlicher Länge.

Auf Einladung von Demokratie Jetzt, Initiative Frieden und Menschenrechte und »Neues Forum« besuchte der Dalai Lama Berlin.

Die Arbeitsgruppe »Internationale Kooperation und joint ventures« wurde in der Berliner Humboldt-Universität gegründet;

Kinderheime mussten Kinder aufnehmen, deren Eltern in den Westen gewechselt waren, ohne ihre Kinder mitzunehmen; nach Angaben des Statistischen Amtes der DDR betrugen die Auswanderungsverluste der DDR in die BRD im November 70.692 Personen; Egon Krenz trat als Vorsitzender des Staatsrates und des Nationalen Verteidigungsrates der DDR zurück.

Und in Montréal, im fernen, fernen Kanada, lief ein 25jähriger Mann an der Polytechnischen Hochschule Amok. Er tötete 14 Frauen und verletzte 14 weitere Personen, bevor er sich selbst das Leben nahm. Der Amoklauf dauerte 20 Minuten, und in seinem Abschiedsbrief schrieb er, Feministinnen hätten sein Leben ruiniert, und das Massaker habe politische Motive.

Freitag, 10. Dezember 1989

Der Unterrichtstag war vorbei. Vera ließ sich Zeit dabei, Bücher, Schreibblock, Schreibzeug zu verpacken. Die letzte Stunde war Staatsbürgerkunde gewesen, und Dr. Erwin Lautengässer hatte ihnen einen Vortrag über die Demokratie gehalten, in der das Individuum eine große, ja mächtige Rolle spielte und die Freiheit nicht nur ein Geschenk sei, sondern eine Herausforderung, die vor jedem einzelnen stets und überall stünde. Insofern sei es für jeden von uns (»für jeden von uns«, hatte er raunend betont) von allerhöchster Wichtigkeit, über die Rolle des Menschen in den letzten vierzig Jahren nachzudenken (wieso vierzig? Hatte die achtzehnjährige Vera gedacht, wie vermutlich auch die anderen in der Klasse, hatte ich ein Leben vor meinem?), um die Rolle für sein weiteres, künftiges, ja zukünftiges Leben zu finden. Es könnten durchaus anregende Ideen (»durchaus anregende Elemente«, hatte er verschwörerisch betont) aus den Kreisen der aktuellen oppositionellen Gruppierungen kommen. …

Vera hatten die Ohren geklingelt. Alles, was Lautengässer sagte, klang nicht so anders als sonst, als vorher. Vorher: bevor die Mauer gefallen war, das Land im Ganzen zerfiel und unübersichtlich geworden war und in eine Zukunft driftete, von der noch niemand die Landkarte gezeichnet hatte. Aber das Schiff machte Wellen, die an den steinernen Küsten nagten. Doch passte das alles immer, irgendwie. Diese Wörter, diese Sätze, als könnte das

Gleiche gesagt werden in völlig unterschiedlichen Zusammenhängen. Ob das Ding Sozialismus hieß oder schwankender Boden oder womöglich Kapitalismus, irgendwas. Oder wir befanden uns alle an Bord eines Schiffs, auf dem der Steuermann ein gekapptes Steuerrad in den Händen hielt, die Matrosen unter Deck Orgien feierten und der Kapitän sich eingeschlossen hatte, obwohl er behauptete, die Tür stünde offen. Und hin- und herflitzten die intelligenten, wachen, suchenden, letztlich orientierungslosen Ratten; denn unterhalb des Kiels wogte der Ozean, in dem das Schiff schwamm und schwamm unter der Sonne und in den Winden der Versprechungen, irgendwelchen.

Doch war etwas anders, schon seit Tagen. Als trüge Lautengässer einen neuen Anzug, der zwar maßgeschneidert war. In den Achseln zwickte er noch, die Hosenbeine mussten gekürzt werden, alles in allem würde er entweder hineinwachsen oder der Anzug würde sich anpassen. All die Sätze, all die Gesten (er liebte es, die Arme allumfassend auszubreiten, als bräuchte es nur ein paar Schläge seiner Flügel und er würde unter den Neon-Lampen über den Köpfen der Klasse kreisen können) – und all die Blicke (er bevorzugte einen bedeutenden, von einem Nicken des Kopfes begleitenden auf eine einzige Person im Kollektiv der Klasse) … Irgendwie war Lautengässer ein anderer. Oder er tat so, als wäre er ein anderer. War es nicht seltsam, dachte Vera plötzlich, dass der Lehrer anschmiegsamer, während Gernot schroffer, härter geworden war oder schien? Das stimmte nicht, irgendwie stimmte das alles nicht.

Peter Sandburg war als erster weg. Kaum war die Schulklingel, rrrrrng!, verklungen, verschwand er. Wer noch in der Schule war und aus dem Fenster schaute, konnte sehen, wie er seinen fahrbaren Imbiss an die Anhängerkupplung des Wartburgs hakte. Der Fahrer des Wagens, ein junger, dicklicher Mann, stand daneben, rauchte eine Zigarette und hielt das Gesicht in die nachmittägliche Sonne.

»He, Vera, hast du für heute Abend was vor?«, fragte Sylvia. Mit einer Hand am gestreckten Arm stützte sie sich auf den Tisch, die Hüfte eingeknickt.

Vera schüttelte den Kopf. Hatte sie nicht. Sie wollte auch nichts vorhaben. »Komm mit uns mit. Mit mir und Iwan. Wir gehen ›nach drüben‹, hehe, in den wilden Westen. Irgendwas

Lustiges wird passieren. Die sind ganz verrückt nach Ostkids. Und östlicher als Iwan – geht nicht.«

»Nichts für mich. Heute nicht.«

»Vera, Liebste, du versauerst mir. Während dein Schäks längst mit dieser Tussi Isabella, Isabella! aus der Elften schnäbelt« Sylvia spitzte ihren Mund und zutschte, als saugte sie eine Melonenscheibe aus.

»Geht mir sowas von«, sagte Vera. »Ich mag einfach nicht.«

»Und weil das so ist, musst du ... Eijeijei, ›ich bin die fesche Lola, der Liebling der Saison‹«, trällerte Sylvia, »schon gut, Süße«, winkte sie beim Weggehen und schwang ihre Hüften übertrieben (nach links nach Amsterdam, nach rechts nach Warschau, hallöchen!) und stakste, als trüge sie Pumps statt Turnschuhe, davon. Wie war das? Keep on rockin' in the free world? Keep on rockin' in the free time mindestens und auf alle Fälle.

Ganz allein war Vera auch jetzt im Klassen-Raum nicht.

Maria tauchte auf; sie tauchte auf wie eine Apnoe-Taucherin, die über sechs Schulstunden (inklusive Pausen) die Luft anhalten konnte und in dem Wasser, in dem sie schwamm, nicht zu sehen und nicht zu hören war. Maria hielt Vera eine Schallplatte hin und sagte: »Möchte ich dir schenken.«

Vera schaute sie verblüfft an. Hatte sie etwas verpasst, etwa den eigenen Geburtstag? »Danke«, sagte sie, »aber ...«

»Laibach«, sagte Maria. »Hab ich vor ein paar Wochen entdeckt. Ich glaube, könnte dir gefallen.« Sie drückte der Schulkameradin die Platte in die Hand.

Habe ich Trost nötig? fragte sich Vera. Sie betrachtete das Cover und fand es verwirrend verwaschen, verschwommen. Jemand schlief mit offenen Augen? Der Kopf umrahmt mit Stacheldraht, und teilweise ein Kreuz, schwarz, die Balken eingerahmt und am Ende rot abgesetzt. Was für ein Kreuz war das, was bedeutete es, warum lag der Schläfer – war es ein Mann? ja, es war ein Mann – in einer Landschaft mit blauem Gewässer, das umgeben war von Bergen? Macbeth, las Vera. Der Mann, der getötet hatte und immer weiter tötete, und der jedes Maß verlor (erinnerte sie sich an den Schulstoff) und von seiner eigenen Frau angestachelt wurde, bis er untergehen musste. War da nicht ein Wald, der sich auf ihn zu bewegte, eine getarnte Armee? Und der Mann selbst – konnte nicht schlafen, träumte, wie der Mann auf dem

Cover? Eine düstere Geschichte. »Danke«, sagte Vera. »Aber – warum? Warum schenkst du mir die Platte?«

»Hör sie dir an«, sagte Maria. »Entweder bringt sie dir was«, sie lächelte, »oder du wünschst mich zum Teufel.«

»Dazwischen gibt's nichts?«, fragte Vera; ihr wurde warm, am liebsten hätte sie Maria umarmt.

»Keine Ahnung. Die einen würden so sagen, die anderen so. Ich glaube, du wirst so sagen.«

»Wie so?«

»Keine Ahnung.« Maria wendete sich ab, ging durch die Reihen der Tische und verließ den Raum. Sie tauchte ab. Ein paar Sekunden noch ihr Haar auf der Oberfläche das Wassers, Tentakeln, die sich ausbreiteten, ihr Körper wurde durchsichtig, zur Qualle wurde sie, dann war das Mädchen weg. Vera fiel ein, dass es auch Hexen gab. Drei sogar. Bei diesem Macbeth. Und die waren ziemlich gruselig. War Maria eine Hexe? Wie blöd war das denn.

Veras Schritte hallten durch das leere Schulgebäude, als sie die vier Treppen hinabstieg und durch das Erdgeschoss zum Ausgang lief. Sie blieb vor den Zetteln und Inschriften stehen, die sich seit Wochen auf rattige Weise vermehrten. Aus einer Wandzeitung waren viele, aus ein paar offiziös-schulischen Aushängen war ein buntes Chaos an hochwichtigen Mitteilungen geworden. Seitdem der »Revolutionäre Schülerrat« die innerschulische Meinungsfreiheit beschlossen hatte, einstimmig und unter dem Applaus aller bei einer Hauptversammlung anwesenden Schülerinnen und Schüler, konnte jeder anpinnen und ankleben, was er wollte.

Franz liept Susanne war vermutlich die ironisch gewollte Verhohnepipelung einer harmlosen Denunziation; es war nicht anzunehmen, dass ein Angehöriger der Erweiterten Oberschule die Buchstaben P und B verwechselte, auch nicht im Überschwang einer eventuellen Eifersucht. Soldaten sind mündige Bürger stand da. Gegen Monopol und Konsum. Die Einheit ist das Ziel. Ja zu Schuld und Sühne! Neben diese Aufforderung hatte jemand ein Zitat aus Thomas Manns Trilogie »Joseph und seine Brüder« gezweckt: »… denn so ist der Mensch, daß er, wenn er in einer Sache als rein befunden und seine Untadeligkeit in diesem Punkte ihm lobend bestätigt wird, es ihm gleich vorkommt, als sei er unschuldig überhaupt, und ganz vergisst, daß er auch sonst dies und jenes am Stecken hat. – Und ob es derselbe war oder jemand anderer: Rede Unsinn, aber tue es auf deine eigene Art, und ich gebe dir einen Kuß dafür. Auf seine eigene Art Unsinn zu reden, das ist sogar beinahe besser, als nach allgemeinem Schema und nach fremdem Muster die Wahrheit zu reden; im ersten Falle ist man ein Mensch, im zweiten nur ein Papagei. Dostojewski, Schuld und Sühne. - Kein Ausverkauf an die BRD! Freiheit und Wohlstand – nie wieder Sozialismus. Take it Gysi. Witzbolde hatten die papierne Unruhe und Aufruhr mit Werbe-Sprüchen vervollständigt: Come to Marlboro Country (ein Zigarette rauchender Cowboy, sitzend auf einem Pferd, ein anderes hinter sich herziehend, unter einem superblauen Himmel, der sich über eine Geröllwüste spannte; in den Himmel hatte jemand geschrieben: Enormer Wind die Segel bläh – so pupste Bertolt Brecht). – Wenn es um Ihr Haar geht, entscheiden moderne Frauen mit dem Kopf. Weil wir wissen, wie kostbar diese natürliche Schönheit ist, denken und forschen wir weiter, sie zu entfalten, zu pflegen und zu schützen. Vielleicht sind wir deshalb führend in Deutschland und ganz oben in der Welt (was wiederum kommentiert wurde: Deutschland, Deutschland über Dallas und: Wo, du Arschloch, ist denn oben und unten in der Welt? Astronomie 5!!!

»Keine Sehnsucht nach dem Zuhause, Fräulein Lothringen!«

Gott! Vera fuhr der Schreck durch Mark und Bein bis in die Zehen. Sie fuhr herum. Da stand der Sportlehrer Horst Kowalski in seinem dunkelblauen Trainingsanzug, weit genug entfernt von Vera, um nicht aufdringlich zu wirken, nah genug, um seinen Schweiß und ein süßliches After Shave zu riechen.

»Haben Sie mich erschreckt!«, flüsterte Vera.

»Verzeihung«, sagte er, »wollte ich nicht …«

»Und was machen Sie noch hier?« Kowalski, wusste Vera, gehörte zu den Lehrern, die so schnell wie möglich der Schule den Rücken kehrten, wenn ihr Stundenpensum erledigt war.

»Sauber«, sagte er kurz

»Sauber?«

»Nachdem der Revolutionäre Schülerrat beschlossen hat, dass es nur noch Sportunterricht geben würde, wenn die Matten staubfrei, die Geräte desinfiziert, alle Bälle jedes Mal nach Gebrauch gewaschen werden – nun, ich will nicht eines Tages unter der Guillotine landen.«

Vera musste kichern. Kowalski verfügte über Humor, das war neu, das hatte sie noch nie bemerkt. »Ich bin mir sicher, soweit gehen die Revolutionäre nicht.«

»Weiß man's«, erwiderte der Sportlehrer grimmig. »Ist ja nett, wenn alle Welt ‚keine Gewalt, keine Gewalt!' schreit. Aber weiß man's sicher? Ich wünsche Ihnen einen heiteren Feierabend, Fräulein Lothringen.« Er hielt inne, bervor er sich abwenden wollte. »Apropos. Weil Sie grad noch da sind ... Wissen Sie, was mit Gag ... Gadji ist?«

Ich glaube, das frage ich mich auch. Seit zwei Tagen schon. Sie hob die Schultern, ließ sie fallen, keinen blassen Schimmer habe ich. Es beunruhigt mich, dass Gadji fehlt. Es fehlte etwas Atmosphärisches in der Klasse, fand sie. Schwer zu erklären. Etwas Ruhiges, Selbstgewisses, Unberührtes zwischen all den anderen, die unruhig waren, hastig, umtriebig. Gadji fehlte. Ihr? Vera hatte weder eine Adresse noch eine Telefonnummer. Aber sie kannte das Wohngebiet, ungefähr, in dem die sowjetischen Familien wohnten. Sie würde ihn finden, nahm sie sich vor. Morgen, am Samstag, würde sie sich auf die Suche nach ihm machen.

»Toller Typ«, sagte Kowalski, als er sich umwendete und ging. Und er murmelte etwas vor sich hin, es hörte sich an wie: »Die glauben doch nicht im Ernst, dass ich in allen Ecken rumwische, soweit kommt's noch. «

Samstag, 11. Dezember 1989

Es klingelte an der Wohnungstür. »Ich mach schon auf«, rief Werner der Frau zu, die in der Küche am Herd stand und nach dem Kassler und dem Weißkraut sah, das in wenigen Minuten auf dem Tisch stehen sollte.

Kotte erhob sich von dem Sofa, auf dem er lag und gelesen hatte, und spähte durch das Guckloch in der Tür. Da stand niemand. Er drückte den Knopf, der die Haustür öffnete, als er Christa rufen hörte: »Wer ist denn da?«

»Weiß ich noch nicht. Hat unten geklingelt.«

»Ich frage in aller Regel erst, wer mich zu sehen wünscht.«

»Jajaj«, brabbelte Werner. »›Wer mich zu sehen wünscht.‹ Wird schon nicht Jack the ripper sein.«

Er hörte, wie im Hausflur der Fahrstuhl anhielt und die Tür sich öffnete.

»Was sagst du?«, kam die Frage aus der Küche.

»Wird schon nicht der Weihnachtsmann sein«, rief er.

»Noch einer? Zwei sind mir einer zu viel.«

Bald nun ist Weihnachtszeit, ging ihm das Lied durch den Kopf, alberne Zeit. Werner Kotte war, wie die meisten Zyniker – die meisten sind nur bemühte Sarkasten – der Auffassung, dass Weihnachten eine fürchterliche, sentimentale Angelegenheit sei; eine völlig überschätzte Angelegenheit. In den Wohnungen breitet sich der Geruch nach dem ausgebratenen Fett der Gans aus. Grünkohl, dessen strenger Ackergeschmack ihm Übelkeit bereitete, köchelt tagelang vor sich hin. Jesus wird in diesem Jahr zum 1.989. Mal geboren. Ein merkwürdiges Baby, dem es nicht genügt, einmal auf diese fehlerhafte Welt zu kommen (und auch nicht, nur einmal zu sterben als nicht mehr ganz junger, aber lange noch nicht alter Mann). Tage der Harmonie, jauchzet, frohlocket, preiset die Tage – schwer auszuhalten.

Wieder klingelte es. Vor der Wohnungstür stand ein Mann, der einen fast grauen Vollbart und in der einen Hand einen Blumentopf trug, von dem er hastig das Papier abriss, das er zu einem schlampigen Ball zerknäulte. Über die Schulter hing ihm eine Reisetasche, aus der ein längliches Päckchen, eingewickelt in Geschenkpapier, ragte.

»Ein Mann«, rief Werner. »Mit Blumen und Gepäck.«

Christa Schaffner kam auf den Flur, Werner trat zur Seite, und sie schaute durch den Spion. »Ach, du Scheiße!«, sagte sie, und die Koch-Röte ihres Gesichtes vertiefte sich ins Violette der Wut. »Nee, is jetzt nich wahr!«, setzte sie nach, und Werner bekam zu hören: »Sag ich doch! Immer erst fragen, wenn irgendein Idiot unten klingelt! Hat man noch die Wahl, reinzulassen oder nicht!« Sie holte Luft und sagte: »Entschuldige, Werner. Der da ist mein Gatte.«

»Mag der Kassler?«, fragte Kotte.

»Idiot!«, sagte Christa; sie ließ offen, ob nur er gemeint war oder im Moment – alle Männer im Umkreis von mindestens tausend Kilometern.

Christa öffnete die Tür und fragte: »Was willst du hier?«

»Weihnachten steht vor der Tür«, sagte ihr Ehemann und streckte ihr den Blumentopf (Weihnachtsstern) entgegen.

»Du stehst vor der Tür«, sagte die Ehefrau. »Und das ist alles andere als ein Geschenk zu Weihnachten und schon gar nicht Weihnachtsfreude.« Sie stemmte ihre Hände in die Taille, das waren Hände, die niemals im Leben einen Topf Blumen von dem Mann, dessen Namen sie zwar noch trug, annehmen würden. Jetzt nicht mehr, in diesem Leben nie mehr.

»Nehmen Sie mir den bitte ab«, sagte der Mann freundlich. »Herr Kotte, nehme ich an. Mein Name ist Günter Schaffner. Vermutlich haben Sie von mir gehört.«

Werner, überrascht und verlegen und hilflos, nickte und nahm den Topf ab. Was kann ich tun? stand in seinem Blick, den er seiner Geliebten zuwarf, um dann den Mann anzuschauen, der wohlwollend blinzelte. Die dicken, knallroten Lippen seines Mundes in der Höhle des Bartes bildeten das Polster eines kleinen, gemütlichen Schlauchbootes.

»Im übrigen«, sagte Günter Schaffner, »läuft die Wohnung unter meinem Namen. Du wirst dich erinnern«, setzte er hinzu, zog das Päckchen aus der Tasche und reichte es ihr hin, »etwas früher als Weihnachten.« Christa nahm es wortlos entgegen, ging über den Flur, durch die Stube, öffnete die Balkontür und warf es hinaus und hinunter.

Inzwischen hatte der Mann ein paar Schritte an Kotte vorbei getan und seine Reisetasche fallengelassen. »Wollen Sie ...?«, fragte Werner. Ja, was? Wieder einziehen? Hier bleiben? Was wollen Sie überhaupt, Herr Günter? Wieso war der plötzlich hier und nicht im Westen? München, glaubte Kotte sich zu erinnern, der war doch im Sommer sang- und klanglos nach Bayern verschwunden. Heiliger Bimbam und brennender Weihnachtsbaum dazu, eine sehr ungemütliche Situation.

»Was ...?«, fragte Christa, als sie zurückkam und zur Kenntnis nehmen musste, dass ihr Ehemann bereits an ihrem Geliebten vorbei war und in der Wohnung stand, als sei er gerade von der Arbeit nach Hause gekommen. Gleich würde er die Schuhe abstreifen, die Socken lüften, sich in einen Sessel fallen lassen und seufzen, was für einen anstrengenden Tag er heute gehabt hatte und wie schön es sei, ein gemütliches Heim und Bier im Kühlschrank zu haben.

Der Eindringling wendete sich Kotte zu: »Was ist? Trinken wir ein Bier? Ich mag's gerne kalt, eiskalt! Und danach gehst du.«

»Du verschwindest!«, sagte sie. »Auf der Stelle!« So hatte Werner sie noch nicht erlebt. Wenn er eines Tages (der hoffentlich nie kommen wird) mit diesem Medusen-Blick bedacht und zum tönernen Gartenzwerg geschrumpft werden würde – o, er würde freiwillig vom Balkon im neunten Stock springen und auf dem Asphalt zerschellen. Der Günter tat das nicht. Schrumpfte nicht, zerschellte nicht, tat, als wäre es sein gutes Recht, hier zu sein und nach einem Bier zu lechzen. Dass er den Geliebten seiner Frau in seiner Wohnung vorfand – das kann schon mal vorkommen. Ist ein bisschen wie in einem schlechten Film, aber schlechte Filme sind auch nichts anderes als das wahre Leben, wenn das wie ein schlechter Film abläuft; die letzten Jahre der Schaffner-Ehe waren eine trostlose, gemeine, sinnlose, zänkische Abfolge von Tagen und Nächten gewesen.

»Nicht doch«, sagte Günter. »Warum sollte ich in einem Hotel übernachten, wenn ich doch ein Bett in meiner Wohnung habe.«

»Nur über meine Leiche gehst du einen Schritt weiter«, zischte Christa. »Du kannst unter einer Brücke an der Spree schlafen. In einer Bahnhofsmission. Von mir aus in einem Fass Salpetersäure. Aber nicht hier, niemals hier!«

Es ist, dachte Werner Kotte, ein richtig schlechter Film. Die Situation war ihm peinlich, als wäre ihm der Sprung aus dem Bett der heimlichen Liebe in den Kleiderschrank, der ihn vor dem heimkehrenden Gatten verbergen würde, nicht rechtzeitig gelungen. Gruselig, beschämend. Dabei liebte er Christa Schaffner, und wenn er eine Waffe gehabt hätte – vielleicht sollte er aus der Küche ein Messer holen. Für alle Fälle. Aber hatte nicht er den Mann hintergangen, als er mit dessen Frau ins Bett stieg, lange, bevor der Typ abgehauen war? Ich liebe seine Frau, aber es ist seine Frau, und sie liebt mich und ihn ganz sicher nicht mehr, aber sie ist nun mal Günters Frau … Sehr schlechter Film, grottenschlechter Streifen.

»Ich …«, hob Werner an.

»Du«, sagte Christa, »hältst dich einfach da raus. Und du – du gehst. Oder ich rufe die Polizei.«

Günter Schaffner grinste breit, breiter, breit wie der Reifen eines VW Golf. »Die deutsche Volkspolizei hat, wenn ich es richtig kapiert habe, erhebliche Probleme, eine ordentliche Polizei zu sein. Mit ihrer Identität hat sie Probleme. Die trauen sich nicht mal, auf der Autobahn die Geschwindigkeit zu kontrollieren. Könnte ja so ein Raser – wie ich – behaupten, er sei in eine staatliche Repression geraten, wenn er angehalten wird.« Die Vorstellung begeisterte ihn dermaßen, dass er sich vorbeugte und auf die Oberschenkel einen Trommelwirbel schlug. Ein wirklicher Witzbold. »Von München nach Berlin – was meint ihr, wie lange ich gebraucht habe? Keine fünf Stunden. Mit einem gebrauchten Fiesta! Was ist nun mit einem Bier?«

Christa war an ihn herangetreten, zwischen ihr und sein Gesicht hätte nicht die Scherbe einer zerschlagenen Flasche Bier gepasst. Eisiges Bier; eisig und drohend sagte sie: »Ist er nicht toll, der Günter Schaffner. Ist es nicht toll, wie weit er es innerhalb weniger Wochen im Westen geschafft hat. Vom einstigen SED-Mitglied. Vom Gruppenführer der Kampfgruppe in seinem Betrieb. Vom Ingenieur und Meister – vom unterdrückten Duckmäuser zu einem Fiesta! Gebraucht, aber immerhin. Wie der Mann. Gebraucht, aber immerhin. Davon hat er immer geträumt, wenn er seinen vom SED-Regime und von der Planwirtschaft ermatteten Leib in den Trabant klemmen musste! Um durch das graue Elend Berlins vom Narva-Werk nach Hause zu knattern, wo er auf sein freudloses Weib traf, das gerade die ›Aktuelle Kamera‹ schlürfte oder die Mathematik-Übungen ihrer Schüler inhalierte – statt die dritte Bloody Mary. Gratuliere, Mister Schaffner!«

Keine Gewalt, keine Gewalt, dachte Werner Kotte. Eine Prügelei, so kurz vor Weihnachten – du bist umsonst gestorben, Jesus. Es gibt keine Gnade, keine Barmherzigkeit, kein Verzeihen. Nicht in diesem Leben, nicht in dieser Ehe. Er selber hatte sich noch nie geprügelt; sollte jetzt der Moment sein oder musste er ein Zuschauer bleiben, wenn sich die beiden … Doch ein Messer holen?

Plötzlich lachte Günter Schaffner. »Wundervoll! Ist sie nicht eine Klasse für sich, Kotte. Die lässt sich nicht die Butter vom Brot nehmen. Was machen wir jetzt, Freunde?«

*

Vera war seit etwa anderthalb Stunden in der Siedlung unterwegs. Die fünfstöckigen Häuser, in den 1970er Jahren gebaut, waren keine zwanzig Jahre alt, und bestanden aus Betonblöcken, die in Bau-Betrieben vorgefertigt und an Ort und Stelle montiert wurden. Diese Block-Bauweise erlaubte es, zügig und passgenau Bauten zu errichten, in denen die Menschen gern einzogen. Die meisten Mieter empfanden ihre ferngeheizten und mit Bädern ausgestatteten Wohnungen als komfortabel und angenehm, weil sie vorher in Bruchbuden gewohnt hatten, in denen die Öfen mit Braunkohle befeuert wurden und die Toiletten nicht selten eine Treppe tiefer (oder höher) außerhalb der Wohnung in den Hausflur eingebaut waren und von mehreren Mietparteien benutzt wurden. Badezimmer waren in den Häusern – sogenannte Mietskasernen, die Ende des 19. Jahrhunderts entstanden, um den massenhaft nach Berlin strömenden Arbeiterinnen und Arbeitern wenigstens ein Dach über dem Kopf zu bieten – nicht üblich, wenngleich es in den Vorderhäusern (dahinter lagen mehrere Innenhöfe mit Wohnhäusern, Werkstätten und kleinen Fabriken) Quartiere gab, die hinter ihren prächtigen Stuckatur-Fassaden mit großen Räumen, Dienstbotenkammern und gekachelten Bädern den betuchten Bürgersleuten ein behagliches Wohnen ermöglichten.

Die Häuser, um deren Ecken Vera bog, waren ziemlich neu, aber heruntergekommen. Hier wohnte niemand, der sich auf ein langes Leben in seiner Wohnung einrichtete; hier wohnte niemand, der sich um das Äußere der Häuser und die Rasen- und Betonflächen zwischen den Häusern besonders aufmerksam scherte. Hinter den Fenstern hingen schwere Gardinen und Vorhänge, die abends und erst recht in den Nächten kein Licht durchließen; hinter diesen Fenstern wohnten die sowjetischen Offiziere und ihre Familien während ihrer Dienstzeit in der DDR.

Vera suchte die Klingelbretter nach dem Namen Muuslimsade ab. Viele Namen waren verwaschen oder mit Heftpflaster überklebt, auf das mit Tinte oder Filzstift der Name der Mieter geschrieben war. In manchen Hausaufgängen schien niemand zu wohnen, jedenfalls waren keine Namen angezeigt, obwohl Fenster halb offenstanden und Gardinen zu sehen waren.

Vera begegneten Männer in Uniformen und Frauen, die Kopftücher und Schürzen trugen. Sie fragte sie und auch ein paar Kinder nach Gadji Muuslimsade. Alle schüttelten die Köpfe und Vera war sich nicht sicher, ob sie Gadji (oder seine Familie) entweder nicht kannten oder nicht sagen wollten, wo sie wohnten. Eine eigene Welt, dachte Vera, eine Welt für sich, als wollte hier niemand vom anderen etwas wissen, niemand allzu freundlich sein –

auch wenn die Frauen und Männer lächelten –, niemand etwas preisgeben, das sie möglicherweise für ein Geheimnis hielten: für das Geheimnis, wo und wie sie in der Fremde lebten. (Obwohl Vera doch in der Diskothek feiernde, aufgeschlossene Mädchen und Jungen erlebt hatte, die sich nicht von ihren Freunden unterschieden; in der Sprache schon, aber nicht im Verhalten.) Denn das musste es für sie sein, eine Fremde, in die es sie für ein paar Dienstjahre verschlagen hatte, die Männer und ihre Frauen und Kinder, und die sie verlassen würden – ohne die Traurigkeit eines Abschieds zu spüren? Das war eine Frage, die Vera Gadji stellen müsste. Und als ihr einfiel, dass Gadji auch eines Tages wieder verschwinden würde – wurde ihr seltsam klamm zumute.

In einer Dreiergruppe von Jungen ihres Alters erblickte sie Iwan. Iwan, der Schreckliche, musste Vera grinsen. Iwan, der schrecklich Liebe – für Sylvia, jedenfalls wenn es stimmte, dass sie mit ihm seit dem Besuch in der »Diskoteka« zusammen war. »Iwan!«, rief Vera. »Kann ich dich was fragen? U menya vopros«, soviel Russisch ging. Und sie ging auf die Jungs zu.

Iwans Gesicht, er war bis eben in die Unterhaltung mit den beiden anderen vertieft, leuchtete auf. Da war dieses blonde Mädchen, Vera, den Namen wusste er von Sylvia, und sie hatte also eine Frage. »Vera«, sagte er, nahm ihre linke Hand und hauchte einen Kuss drauf. Das war übertrieben; und so war es auch gemeint, galant und albern.

»Ich suche Gadji«, sagte sie. »Sagst du mir, wo er wohnt.«

Iwan musste lachen. »Chier! Na, chier!«

»Wo?«

»Wir stehen vor seiner Tür«, sagte Iwan, und die drei Jungs lachten. Gutmütig, nicht über das Mädchen und ihre Verlegenheit. »Direkt chier! Wir warten auf ihn. Willst du mitwarten?«

Vera musste die Frage nicht beantworten; Gadji trat in diesem Moment aus der Haustür. Er sah Vera, sein Gesicht wurde puterrot und seine Füße standen in einer frisch gegossenen Beton-Pfütze. Ein Blitz schlug neben ihm ein, ein Hurrikan drückte ihn beinahe zurück in den Hausflur. Einer der drei Jungs, das Haar raspelkurz wie ein Gladiator, pfiff anerkennend, sie zwinkerten einander zu und Iwan rief: »Uvidimsya pozzhe, Gadji!«, und sie gingen fort; sie hatten es nicht eilig, mit den Fingern spreizten sie ein Sieges-V, schlugen sich gegenseitig auf die Schultern, als wären sie eben aus dem Kino gekommen, in dem sie einen Film, in dem die Guten gewonnen haben, gesehen hätten. Sie würden sich später sehen, irgendwann, wenn Gadji wieder zurechnungsfähig sein würde.

»Hallo, Gadji«, sagte Vera.

»Vera«, sagte Gadji.

»Ich … ich habe mir Sorgen gemacht, weil du … du hast gefehlt.«

»Wem?«, fragte er lächelnd.

»In der Schule«, sagte Vera. »Deine Freunde«, sie bogen eben um die Ecke, nicht ohne zurückzublicken, und wieder ertönte ein Pfiff, »du wolltest mit ihnen …«

»Das hat Zeit. Sie laufen mir nicht weg. Aber du vielleicht.«

»Nein«, sagte Vera. »Warum sollte ich. Ich hab dich doch gerade erst gefunden … Was war mit dir?«

»Grippe. Nichts Schlimmes. Vsje khorosho, tshtot khorosho kontshatsya. Ende gut, alles gut?«

»Wollen wir zu mir gehen? Es ist kalt. Ich kann uns Tee machen. Ich habe ein paar neue Schallplatten. The Cure, Disintegration. Düster, aber toll. Oder die Pixies. Dolittle. Ich weiß nicht, ob du die magst oder was du gern hören möchtest. Ich hab ziemlich viele Schallplatten. Und von den ersten hundert Westmark habe ich mir die neuesten Platten gekauft. Drüben …« Was rede ich, dachte Vera, während sie plapperte, was plappere ich, dachte sie, während sie redete. Ich bin verrückt geworden, Gadji so zu überfallen. Aber was war schon dabei. Sie würden zusammen und allein sein in der Wohnung; ihre Mutter war auch Samstagsabend und kurz vor Weihnachten wieder auf den verschlungenen Wegen der Konspiration und Revolution unterwegs, und den Abend allein zu verbringen – die Vorstellung war nicht besonders erheiternd. Sowieso nicht und gerade erst gar nicht. »Ein Revolutionär kennt keinen Feiertag, und Jesus wusste das!«, ging ihr durch den Kopf. Sie musste kichern; das, nahm sie sich vor, werde ich am Montag an eine der Pinnwände in der Schule anbringen. Und ihr war leicht, auf einmal sehr leicht, und der Himmel über ihr leuchtete violett.

»Warum nicht?«, sagte Gadji. Er griff nach Veras linker Hand, und als sie davongingen, war es das Selbstverständlichste auf der Welt, einander zu berühren und den Weg in Richtung Regenbogen unter die Füße zu nehmen. This monkey's gone to heaven, this monkey's gone to heaven; auch wenn die Pixies vermutlich etwas meinten, das mit dem Hochgefühl der beiden Menschenkinder nichts gemein hatte.

*

Sie hatten Kassler, Weißkraut und Salzkartoffeln letztlich und gottseidank doch nur zu zweit gegessen. Jetzt saßen sie satt und erschöpft auf dem Sofa bei der zweiten Flasche Wein. Im Fernsehgerät lief eine bunte Show, den Ton hatten sie abgedreht. Es war genug Geschrei vor einer Stunde gewesen, bevor sie Günter Schaffner endlich dazu gebracht hatten, die Wohnung zu verlassen; genug Lautstärke und genug von einer Art Unterhaltsamkeit, wie sie der Stoff für eine mittelmäßige Tragikomödie war.

Dass ich mich jemals in dieses Arschloch verliebt habe, hatte Christa während des Essens gesagt –, wie dämlich kann man sein. – Jugend entschuldigte Fehler, hatte Kotte entgegnet. – Haha! machte Christa lahm. Du mal wieder! Hättest du ihn verprügelt? Um mich zu schützen? Vor dem Übel der Welt? – Bist du boshaft grad? – Ach, nein, bloß nicht. Mein Bedarf an Streit ist gedeckt. Bis ins nächste Jahr, sagte sie, was dann kommt, möge kommen. Schmeckt's dir?

Kotte hatte dann noch gefragt, ob sie allein sein wollte. Ob er, einfach, weil er auch nur ein Mann war, einer von denjenigen, denen es gelegentlich an Feingefühl, Diplomatie oder an der Klugheit, eine brenzlige Situation einzuschätzen, gar zu meistern, gebricht. »Du bist wirklich ein Idiot«, hatte Christa seinen Vorschlag abgeschmettert, »mein ganz persönlicher Weihnachtsmann! Und eine echte Bescherung!«

Dienstag, 14. Dezember 1989

Victoria Lothringen und Albert Mühsam hatten sich auf ein Glas Weißwein im »Café Tiffanys« in der Tauentzienstraße verabredet. Von dort würde Albert nur zehn Minuten zu Fuß brauchen, um seinen Zug im Bahnhof Zoologischer Garten zu erreichen. Sie hatten eine gute Stunde Zeit, um sich voneinander zu verabschieden. Sie hatten es bis heute nicht ausgesprochen –, aber sie spürten, ein jeder für sich, dass ihre gemeinsame Zeit vorbei ging, auch wenn es weder Streit noch unüberwindlich-gegensätzliche Auffassungen über das Leben, die Politik, die Zukunft und all das gegeben hatte. Sie waren zwei Schiffe, die für einige Zeit im Hafen Bordwand an Bordwand gelegen hatten; eines löste die Taue und glitt über das stille Wasser des Hafenbeckens davon, um am Ende der Mole nach Westen abzubiegen und immer kleiner werdend hinterm Horizont zu verschwinden, Das andere Schiff – ach das andere war vielleicht gar kein Schiff, sondern der festgemauerte Kai, der sich nicht von der Stelle rühren musste: Es würden neue Schiffe kommen, neue Menschen, neue Nachrichten, neue Veränderungen. Das Schiff »Albert« musste hinaus auf die Meere.

Albert kramte in seinem Gepäck – tatsächlich einem alten Seesack, in den alles hineinpasste, was er zum Leben brauchte – nach dem Weihnachtsgeschenk für Victoria. Ein Buch, »Die Pest« von Albert Camus, das er ihr über den Tisch schob. Victoria sagte verlegen, dass sie bisher gar keinen Gedanken an das Weihnachtsfest verschwendet habe und nicht mal an ein Geschenk für ihn. … Das sei ihr jetzt doch ziemlich peinlich, und sie sei wahrscheinlich ein bisschen »innerlich verhärtet, gefroren vielleicht oder verwahrlost in letzter Zeit?«, sagte sie.

Ach was, winkte Albert ab. »Mach dir bloß keine Platte«, sagte er. Und er berichtete übergangslos, wie erstaunt er war, als er gestern auf dem Hauptbahnhof eine Zug-Karte nach Bordeaux über Frankfurt am Main und Paris gekauft hatte. Für'n Appel und n Ei fand er, für 150 Ostmark. Wahrscheinlich konnte man die Fahrt schon immer kaufen, die Deutsche Reichsbahn fuhr diese Strecke schon ewig, wie es ja auch die »Mitropa« als europäisches Unternehmen bereits seit 1916 gab – nur hatte es nie einen Grund gegeben, ein Ticket für diese Route zu kaufen, weil die Grenzen dicht waren und es für ihn gar keine Chance gegeben hatte, nach Frankreich zu fahren. Warum eine Karte für eine Fahrt, die man nicht unternehmen könnte, kaufen? Und er, Albert, habe auch nie von Rentnern gehört, die weiter als bis nach Bonn oder München zu ihren Verwandten gefahren waren. »Ist das nicht irre und komisch?«, fragte er. »Ich gehe zum Schalter und sage: ‚Einmal Bordeaux, bitte', und es ist, als hätte ich einmal einfach nach Parchim verlangt. Völlig normal! Völlig irre!«

Daran müssten sie sich jetzt gewöhnen, sie alle, erwiderte Victoria. Sie empfände es auch noch nicht als normal, jetzt hier in Westberlin zu sitzen und einen guten Wein zu trinken. Irgendwann würde das Wort »Westberlin« vermutlich aus ihrem Wortschatz verschwinden, und es würde nur noch Berlin heißen.

Ihre Unterhaltung stockte. Dass er in ein Dorf bei Bordeaux fahren würde, wo ein Freund von ihm – einer, der vor fünfzehn Jahren die DDR verlassen hatte – ein Weingut betrieb, wusste sie längst. Es hatte eine kleine Verstimmung zwischen ihnen ausgelöst, als er gesagt hatte: Ich kann hier nicht leben, ich muss jetzt hier raus. – Sei nicht theatralisch, hatte Victoria geantwortet. Es ist doch eine spannende Zeit, grad. – Ich weiß nicht, wer theatralischer ist. Du oder ich. – Wieso ich? – Soll ich dir sagen, was wird? Mit dem Land und mit den Leuten? – Hab ich einen Hellseher an meiner Seite gehabt und davon nie was mitgekriegt?! – Man muss kein Hellseher sein. Die Leute wollen ein vereintes Deutschland. Sie wollen die Westmark. Und sie glauben … – Jajaja, unterbrach Victoria seine Vorhersage, irgendwas Apokalyptisches wirst du schon wissen! Ich kann das nicht leiden, diesen Pessimismus nicht. Du bist einer von denen, die immerzu Schwarz sehen. Fein raus bist du damit. Wenn es wird, wie ihr es unkt, klopft ihr euch auf die Schulter … – Wer, verdammt, sollen denn wir sein … – … und sagt: Haben wir ja gesagt! Wenn es nicht schwarz wird: Naja, man kann sich irren, aber im Grunde … – Vikki, bitte, ich hab nichts weiter gesagt. Nur, dass ich in diesem Deutschland nicht leben möchte. Ich habe Sehnsucht nach draußen. – Und wann kommst du wieder? Wenn du aus der Ferne feststellst, dass es sich eigentlich ganz gut in Deutschland leben lässt? Übrigens sind wir noch DDR, und BRD möchte ich auch nicht werden. Was wäre aus uns geworden, wenn die Mauer nicht gefallen wäre? –

Er schwieg ein paar Sekunden und sagte dann ernst: Ich hätte mich umgebracht, irgendwann.« – Gleich werde ich hysterisch! – Es ist vielleicht nicht für immer, beschwichtigte er. Ich werde dir schreiben. – Großartig! Wir werden in der Zeitung eine Rubrik einrichten: ›Unser Mann in Frankreich und der Wein‹. Wird zum Weinen schön … – Was habe ich dir getan, dass du so … – Victoria konnte sich nicht bremsen: ›Albert Mühsam und sein Zurück-zur-Natur! Beim Trinken des Landweins erkannte ich plötzlich, woran es der Menschheit mangelt: an Genussfähigkeit und an der Selbstbesinnung auf das zum einfachen Leben Nötigste: Weinbergschnecken …‹

Sie schwiegen. Hatten sie sich nicht schon in der voneinander verabschiedet? Wortlos. Sprachlos. Jetzt, beim Glas Wein – das war nur noch Vollzug, Bestätigung?

»Ich hoffe, eure Zeitung wird ein Erfolg«, sagte Albert lahm.

»Sie erscheint in der ersten Januarwoche«, sagte Victoria. »Wenn du mir deine Adresse schickst, bekommst du sie.«

»Mit Autogramm«, versuchte er einen Scherz. »Ich zahle jetzt.«

»Ich bringe dich noch.«

Am Zug, Albert hatte den Seesack in den Waggon gehoben, standen sie sich gegenüber und blickten sich an. Es gab nichts mehr zu sagen. Sie umarmten sich, es gab einen schnellen Kuss, dann drehte sich Victoria um und ging. Albert stieg ein. Als der Zug losfuhr, stand er am Fenster, das er heruntergekurbelt hatte, und winkte ihr. Victoria schaute nicht auf.

(Später wird Albert diesen Text schreiben, dem er inzwischen den Arbeitstitel »Befangene Überlegungen eines Unbeständigen« gegeben hat, und in dem es in Erinnerung an die Bahnhofsszene heißt: »Ich verabschiedete mich von der DDR wie so viele andere vor mir auch. Ich verließ meine Heimat, deren Charme und deren Reiz in ihrer Unvollkommenheit bestanden. Sie war eine Frau, die es niemals zu einem Topmodel auf den Laufstegen der Weltgeschichte gebracht hatte. Ihre Versuche, es sein zu wollen, waren groteske Leibesübungen geworden.

Diese Frau begriff nicht, dass sie schön war, weil sie nicht ebenmäßig war, weil sie Schwächen hatte, aber nicht darüber reden wollte. – Als das Reden anfing, war sie eine ältliche Frau geworden, die nicht einmal zu Würde und Weisheit finden wollte. Sie unterzog sich kosmetischen Operationen, die schnell und kostengünstig durchgeführt werden sollten. Sie ließ sich liften. Sie rannte zu Beratern, die ihr schmeichelten und ihr eine kommende, ewige Schönheit versprachen. Und sie ließ sich schmeicheln, wider besseres Wissen. Sie begriff nicht, dass ihr eine Totaloperation bevorstand, die sie tatsächlich verjüngen würde: zu einer geschändeten Braut aus Plastik, Chrom und Herzlosigkeit. Sie würde, und es war zu diesem Zeitpunkt schon zu spüren, zu hören, zu riechen, ein siamesischer Zwilling Westdeutschlands werden. Abhängig vom Wohlstand, der Selbstzufriedenheit des reichen Deutschlands anhängend und ihr ehemaliges Aussehen allmählich vergessend. – Was ich hinter mir ließ waren vierzig Jahre Leben mit dieser erstaunlichen, naiven, sehnsüchtigen, verlorenen Frau und Mutter namens DDR Was ich mitnahm – waren diese vierzig Jahre Leben. Ich wollte ihnen nicht entkommen. Ich wollte eine Pause einlegen. Ich wollte mein Leben eine Zeitlang anhalten und nicht atem-, hemmungs- und besinnungslos aus den Armen der einen Frau in die Arme der prallen Dame BRD flüchten.)

*

Während der Zug den Buchhändler a. D. und den Winzer in spe nach Westen trug, befand sich Victoria Lothringen, Hebamme und Bürgerrechtlerin, auf dem Weg in die St.-Bartholomäus-Kirche am Friedrichshainer Volkspark. In ihren Räumen befanden sich die Friedensbibliothek und das Antikriegsmuseum, das 1984 gegründet worden war und nun Heimstatt der oppositionellen Gruppen »Demokratie Jetzt!« war. Heute würden die Vertreter dieser Gruppe ihren sogenannten Dreistufenplan für die Wiedervereinigung Deutschlands vorstellen und öffentlich machen. Victoria Lothringen wollte dabei sein, wie sie am liebsten überall und zugleich dabei gewesen wäre, wo sich Menschen zusammentaten, um die verkrustete Gegenwart aufzuweichen. Und so debattierte sie Abende lang, Nächte durch, mit Gleichgesinnten, um am Ende der Öffentlichkeit ein Papier vorzulegen. Thesen, die davon sprachen, die DDR demokratisch zu konsilidieren – und eine schrittweise politische Annäherung der beiden deutschen Staaten so zu ermöglichen. Mit dem Ziel, dass am Ende eine »neue politische Einheit der Deutschen, gegründet auf einer solidarischen Gesellschaft« entstehen könnte.

Damit reagierten Victoria Lothringen und Ihresgleichen auf den spürbaren Stimmungsumschwung in der Bevölkerung; die legendären Montagsdemonstrationen intonierten unüberhörbar – »Wir sind das Volk! Kommt die D-Mark nicht zu mir, gehe ich zu ihr!« – den Drang zu einer Wiedervereinigung der beiden deutschen Staaten. Ohne großes Gezerre.

Victoria fühlte fast körperlich, wie ihr die Heimat entglitt.

Einmal sagt sie zu Albert, dass sie das Gefühl habe, auf Seife bergauf zu laufen. Der Gipfel würde vermutlich ein vereintes Deutschland sein. Aber dafür müssten Reformen in der DDR und in der BRD stattfinden. Freie Wahlen in der DDR und ein Ausbau der sozialen Gerechtigkeit sowie der Abbau der Arbeitslosigkeit in der BRD. – Und dann? hatte der Buchhändler gefragt. Der dritte Weg? – Ja, meinte Victoria. Warum nicht? Ein Nationalvertrag über einen Staatenbund, in dem eine duale Staatsbürgerschaft festgeschrieben würde. Die Mitgliederschaften in NATO und im Warschauer Pakt sollten »ruhen« und ein europäischer Entmilitarisierungsprozess sollte beginnen. – »Und dann?«, fragte Albert spöttisch. – »Dann«, ereiferte sich Victoria – sie empörte sich über ihren Freund, diesen ironischen Besserewisser – »Dann ziehen alle Allierten ab, alle, die Amis wie die Sowjets, die Briten wie die Franzosen. Es wird ein ›Europäischer Friedenvertrag‹ ausgehandelt und verabschiedet. Und dann« – »Und dann?«, beharrte Albert in seiner stoischen Distanz. – »Ja, Mist verdammter! Dann soll ein Volksentscheid über die politische Einheit in einem ›Bund Deutscher Länder‹, entscheiden.« – »BDL«, sagte Albert. »Nicht mehr BRD, nicht mehr DDR, sondern BDL. Sehr witzig!« – »Dich interessiert's doch sowieso nicht«, winkte die Lothringen ab. Das Gefühl, auf seifigem Grund zu laufen, einem Ziel zu, das sich entfernte, verstärkte sich mit dem Gefühl, ihren Freund verloren zu haben.

*

Victoria Lothringen fuhr mit der Straßenbahn und lief durch ihre Stadt mit dem Schwung der Menschen, die im Herbst 1989 und um die Jahreswende herum fest daran glaubten, eine bessere, eine wirkliche sozialistische Republik sei möglich und dass auch ein wiedervereinigtes Deutschland auf einige Errungenschaften der DDR nicht verzichten würde. Als Hebamme kannte sie etwa die Stärken (und Schwächen) der medizinischen Daseinsfürsorge des Staates aus dem Effeff.

Albert saß und fuhr mit dem Takt, den die eisernen Räder des Zuges auf die Gleise schlugen, der Gegenwart seiner ihm fremd gewordenen Heimat davon; mit einem seelischen Seesack voller Selbstzweifel, Traurigkeit, Unsicherheit, aber auch voller Entdeckerfreude und Neugierde.

Mittwoch, 20. Dezember 1989

Die Wohnungstür war nur angelehnt. Vera griff nach Gadjis Hand und presste sie. Ihre Mutter konnte noch nicht zu Hause sein. Wer oder was …? Die Tür wurde aufgerissen; ihr Vater stand auf der Schwelle und strahlte sie an. Er wollte die Tochter umarmen, sie machte zwei Schritte zurück, Gadji trat zwischen sie, bereit, seine Freundin zu verteidigen gegen Einbrecher und Schurken aller Art.

»Hallo, Große«, sagte Dominik Lothringen; den Jungen ignorierte er, vorbei an ihm kam er aber auch nicht, um die Tochter in die Arme zu nehmen, worauf sie offensichtlich keinen Wert legte.

»Das ist Gadji«, sagte Vera kühl. »Mein Freund. Und du, bist du zurückgekommen, oder was?«

»So moderne Ansichten habe ich nicht.« Ihr Vater lachte grimmig. »Ein abgelegter Ehemann mit dem Liebhaber und der Frau zusammen – gaaanz schlechter Film.« Weil er Kameramann war, würde er schon wissen, was ein guter, was ein schlechter und was ein gaaanz schlechter Film war. Aber es gab auch gute, schlechte, gaaanz gute und gaaanz schlechte Kameramänner; welch einer von denen Dominik Lothringen war, wusste Vera nicht.

»Mein Vater«, informierte Vera Gadji. »Eine Weihnachtsüberraschung.«

Hinter Dominik erschien ein anderer Mann, den Vera erkannte. Es war der Regisseur, der sie, als sie im Krankenhaus lag, als Opfer staatlicher Gewalt filmen wollte und unverrichteter Dinge abziehen musste. Klein, dicklich, das Gesicht, eingecremt mit Jovialiät, glänzte, eine Schiebermütze auf dem Kopf (dieselbe wie im Krankenhaus neulich?). »Aah, salut, alles in Ordnung, wie ich sehe. Sehr, sehr schön!« An Dominik und Gadji vorbei reichte er ihr seine rechte Hand, und weil er so schön mit seiner Herzlichkeit zugange war, schüttelte er auch Gadji die Hand. »Sehr, sehr schön! Der Freund, nehme ich an?«

»Wollt ihr nicht reinkommen?«, fragte Dominik und trat mit einer leichten Verbeugung zur Seite. Ein gut geölter Gastgeber, nur dass er an einem unpassenden Ort den lässigen Zeremonienmeister spielte. Hier zu sein, hatte er nach Veras Ansicht nicht das Recht; so gut gelaunt zu sein und sie zu erschrecken, fand sie empörend. Dass Gadji in dieser Szene mitspielen musste – als Statist ohne Text und ohne zu wissen, welche Rolle ihr Vater spielte –, machte sie wütend. Sie schob Gadji am Vater vorbei in den Wohnungsflur und zischte: »Wirklich nett, dich wiederzusehen. Brauchst du jemanden, der deine Hemden wäscht?«

Das offenbar nicht, wie sie sah, als sie am Wohnzimmer vorbei in ihr Zimmer gehen wollte; Dominik hatte gewiss anderes im Sinn. Sie bremste ihren Sturmlauf, dem Gadji, der mit großen Augen stummer Zuschauer der Szene war, folgen musste. Das Wohnzimmer war mit dem Licht zweier einbeiniger Scheinwerfer ausgeleuchtet wie eine Knastmauer bei Nacht. Die Kamera, ein auf drei langen Beinen postierter Corpus eines starr lauernden Insekts, posierte in der Mitte des Raumes. Dem war der Teppich entnommen worden; er lag zusammengerollt zwischen dem Sofa und dem Heizkörper. Stühle und Tisch waren in einer Ecke zusammengeschoben, und nur ein einziger Sessel stand im hellsten Fleck des Universums, das von einem großen, rechteckigen, weißen Schirm beäugt wurde. (Hier würde sie sitzen müssen, Victoria Lothringen, die Mutter, die Heldin. Begriff Vera; denn so dumm, dass diese Männer glaubten, sie selbst würde doch noch vor eine Kamera treten, konnten sie nicht sein; oder?) Und zwei Meter entfernt, gleich neben der Tür, saß ein junger Mann mit untertellergroßen Ohrhörern und spielte an den Knöpfen eines Gerätes, das die zu erwartenden Sätze über Demokratie, Meinungsfreiheit, Freiheit überhaupt einsperren würde auf ein schmales Magnettonband.

»Was soll das?«, fragte Vera fauchend den Regisseur. »Wie heißen Sie überhaupt?«

»O, hatte ich mich nicht vorgestellt? Karl-Ludwig Krause«, er lüftete seine Mütze. »O, du weißt scheinbar nicht Bescheid? Wir machen einen Film über deine Mutter. Nein, anders. Wir machen einen Film über das Erwachen der Meinungsfreiheit in der DDR. Deine Mutter wird mit ihrer Zeitung ein Meilenstein auf diesem Entwicklungsweg sein. Heute: Interview mit ihr«, erklärte er und setzte hinzu: »Der Titel des Filmes ist: ›Das Ende muss der Anfang sein.‹ Wie findest du ihn?« Er nickte sich selber zu – hatte er mit der Frage sich oder den Titel gemeint? –, strahlte wie eine Heizsonne, und erwartete ein Lob oder mindestens die neugierige Frage, was damit gemeint sei, eine Frage, die er gewiss bereitwillig und mit langem Atem beantworten würde.

Vera tat ihm weder den Gefallen, den Titel zu preisen noch zu fragen, was darunter zu verstehen sei. Ich hab schon verstanden, ich bin nicht blöd, dachte Vera. Wahrscheinlich war das Dialektik oder das, was sich sehr kluge Leute darunter vorstellten. Aber wirklich kluge Leute bauen nicht in anderer Menschen Wohnungen Stuben zu Studios um. Sehr kluge Leute benehmen sich höflich und bescheiden, weil in ihre Klugheit selbstverständlich eingespeist ist, dass sie das Leben anderer Menschen akzeptieren und tolerieren, so, wie es ist, und weil sehr kluge Menschen wissen, das daran wenig zu ändern geht. Das ist dann immerhin ein Anfang, nämlich der Anfang vom Ende der Überheblichkeit solcher Typen wie dieser Krause und wie – ein gewisser Dominik Lothringen.

»Toll!«, antwortete Vera sarkastisch und ging mit Gadji in ihr Zimmer. Und dass meine Mutter, diese Heldin, mir nichts gesagt hat – aus Schussligkeit vermutlich, die würde sie halbwegs entschuldigen –, das bekommst du von mir noch aufs Brot geschmiert, dachte Vera verärgert.

Ihr Zimmer hatte sich in den letzten fast zwei Wochen verändert. Sie hatten das Zimmer verändert, weil es Vera und Gadji nicht möglich war, sich in einem alten, eisernen Kasernenbett (das Vera von ihrem Vater »geerbt« hatte, als der von seiner Frau verstoßen wurde) zu lieben, ohne dabei vor Lachen hinaus zu purzeln. Schon, wenn sie ihr Haar auf dem Kissen ausbreitete, war kein Platz mehr für ihn. Schon wenn er sie streichelte, und sie schmiegten sich beide an den Regenbogen ihrer Liebe, war kein Platz mehr in dem Zimmer. Und dann war noch so ein Plüsch-Bär mit einer Budjonny-Mütze auf dem Kopf dabei, den Gadji ihr geschenkt hatte; ziemlich kitschig, er hatte ihn in dem »Magasin« gekauft, der Kaufhalle, die die Sowjetbürger mit Produkten ihres Landes versorgte und in der gelegentlich auch deutsche Kunden einkehrten, des schwarzen Kaviars, des Sektes und der Mischka-Schokolade wegen. Also hatte Vera das Bett an einem Nachmittag zusammen mit ihrer Freundin Sylvia demontiert. Zwei Schraubenschlüssel, zwei Schraubenzieher und zwei Flaschen Merlot waren das effektive Instrumentarium, das Bett auseinanderzunehmen (Gadji brachte es anderntags als Sperrmüll auf die Straße) und Platz für ein Matratzenlager auf dem Boden zu schaffen.

Auch der Schallplattenspieler wechselte seinen Platz von einem Regalbrett auf den Boden in Reichweite der neuen Liegestatt.

Sie und Sylvia saßen nach dem vollzogenen Umbau nebeneinander, mit dem Rücken an der Wand, hielten die Gläser in der Hand und erzählten sich gegenseitig von Iwan und Gadji. Sie streiften die Jungs in ihrer Klasse, und besonders Gernot bekam huldvoll-ironische, aber auch respektvoll-distanzierte Kommentare ab. Sie rätselten über Maria und gruselten sich bei der Vorstellung, dass es vielleicht doch Hexen oder hellseherische Weiber gab, die unter den Menschen lebten, aber wie Nebelschleier durch uns hindurchgingen (»wirklich albern, oder?« – Vera und Sylvia mussten sich kurz aneinander kuscheln, um dem Eishauch des Horrors ihre gemeinsame Wärme entgegenzusetzen). Bis dann Sylvia amüsiert davon berichtete, wie sie und Iwan im Westen Berlins dealten.

Die stünden auf Ostkids. – Wer? – Typen. – Typen? – Stell dich nicht so an, Vera. Die wollen uns armen, halbverhungerten, eingesperrten und endlich befreiten Seelen helfen. – Wie helfen? – Wir sind Exoten! Sie geben einen aus. Sie wollen hören, wie es war und wie uns jetzt ist. Und wir bieten ihnen die Show, die sie suchen. Sie sind süchtig nach uns kleinen, verkorksten, unschuldigen Dingern. – Tschuldige, sagte Vera, ich kapiere das nicht. Und wie weit geht dieses ‚bieten'? – Herrje, es ist immer Iwan in der Nähe. Mir passiert nichts Ernsthaftes. – Sex? fragte Vera. – Bisschen. Fummeln. Ich bin auch mal einem in die Hose … – Mensch, Sylvia! – Mensch, Vera! äffte Sylvia die Freundin nach. Das ist ein Geschäftsmodell, mit dem alle zufrieden sind. Die kriegen ihren Ost-Grusel, wir kriegen ihren West-Dusel oder -Fusel, musste Sylvia lachen. Oder ihre Knete, die haben's doch. Komm, noch ein Glas, dann gehe ich, okay?

Es klopfte an der Tür. Vera, die in einem Buch las, während Gadji über Kopfhörer einer Schallplatte zuhörte, stand auf und öffnete. Vor ihr standen Krause und Dominik. Sie schauten betroffen, zerknirscht, auch entschlossen; sie einte eine Absicht. Der Regisseur räusperte sich, schluckte, sein Adamsapfel hopste auf und nieder, und sagte: »Wir möchten gern das Konzept ändern«, er schaute zu seinem Kameramann hoch, der nickte ernst, »es scheint, als würde sich deine Mutter verspäten oder den Termin versemmelt haben. In Anbetracht der fortgeschrittenen Zeit, in Anbetracht des Aufwandes bisher – wir haben uns überlegt, wir ändern das Konzept um ein Geringes. Wir würden gern ein Interview mit dir und deinem Freund führen. Ich finde es äußerst interessant – Dominik auch –, zwei junge Menschen in diesem Film zu haben, noch dazu mit diesem internationalistischen Aspekt ... Ich meine, das ist sensationell! Ein Junge aus der Sowjetunion erzählt, wie er die Wende in der DDR erlebt. Der Junge ist der Freund der Tochter unserer Protagonistin und nicht nur das. Er ist Sohn eines Offiziers der Roten Armee, die ja in diesen Zeiten erstaunlicherweise still in ihren Kasernen bleibt«, Vera blickte sich nach Gadji um; aber der hörte nur Musik, »spürst du, wieviel Brisanz in dieser Konstellation steckt?«

Zu viele Genitive, dachte Vera. Sie schaute ihren Vater an. Der zuckte mit den Schultern, er ist nur der Kameramann, aber es war unschwer zu erraten, dass die Idee zwischen ihm und dem Regisseur beredet und ausgeheckt worden war. Gadji schaute jetzt hoch, Vera lächelte ihn an und schüttelte den Kopf. Es ist alles in Ordnung mit ihr und zwischen ihr und den beiden Flitzpiepen. Sie tickte mit dem Zeigefinger ihrer rechten Hand gegen ihre Stirn. Die haben sie nicht alle, Gadji, die ticken nicht richtig.

»Wie wäre es, wenn Sie uns fragten, was wir von dieser Idee halten?«, sagte Vera.

»Du wirst dich ihrem Charme nicht entziehen«, sagte Krause.

»Vergessen Sie es«, sagte sie.

»Aber sie ist gut! Die Idee! Blut für den Film! Seelenpulsschlag! Warum sperrst du dich dagegen?«

»Sie«, korrigierte Vera kühl. »Warum sperren Sie sich dagegen.« Nicht, dass es ihr sonderlich viel ausmachte, von einem älteren Fremden geduzt zu werden. Aber sie wollte Distanz, Respekt, und niemals würde sie vor eine Kamera treten und sich befragen lassen nach irgendwas und von irgendwem.

»Letztes Wort?«, sagte der Regisseur.

Vera musste nicht antworten. Die Wohnungstür flog auf und ihre Mutter stürzte herein. Es täte ihr dermaßen leid, rief sie, warf Schlüssel und Rucksack neben das Telefon auf der Kommode im Flur. Sie stünde gleich zur Verfügung, sie wolle sich nur etwas frisch machen. Es seien jetzt eben so Zeiten, in denen die Termine durcheinanderpurzeln, einer jagt den nächsten; und sie drückte ihrer Tochter einen Kuss auf die Stirn, »hallo, mein Schatz«, und verschwand im Badezimmer. Vera zögerte einen Augenblick, um ihr dann zu folgen. Victoria saß in der Badewanne und duschte. Vera saß auf dem Klosettdeckel, hatte ihre Beine angezogen und sie mit den Armen umklammert.

Die Mutter prustete, rief Aaa! und Ooh! wie gut das tue nach solchen Tagen. Sie habe zwei Frauen entbunden und drei Kinder auf die Welt geholt, sie lachte, dabei lief ihr Wasser in den Mund. Sie musste husten, rang nach Luft und schaffte es zu sagen, dass demnach ein Zwillingspärchen darunter gewesen musste, oder Verutschka? Schließlich stand sie auf und bat die Tochter, ihr ein Handtuch zu reichen. Vera nahm ein dunkelblaues, flauschiges Badetuch vom Stapel und betrachtete ihre nackte Mutter. Sie fand, dass sie dünner geworden war, was ihr stand, und ihre kleinen Brüste größer erscheinen ließ. Der lange, faltenlose Hals trug einen Kopf mit dem Hinterkopf der Nofrete. Wenn es stimmte, dass ein Mädchen, wenn es älter und älter wird, der Mutter ähnlich und ähnlicher wird –, dann hatte Vera gute Karten im Spiel der begehrenden Liebe. Nur rasieren müsste sie sich mal wieder, die Mutter.

Victoria stellte sich, noch immer nackt, vor den Spiegel, kämmte ihr Haar, cremte das Gesicht mit einer Lotion ein und zog ihre Lippen mit einem dunkelroten Stift nach. Beim Anziehen ihrer Wäsche, fragte sie: »Was gibt's Neues, mein Engel?«

Vera suchte nach der Verärgerung und der Wut, die sie empfunden hatte, als ihr Vater unvermutet erschienen war und als die beiden TV-Männer ihr das Angebot machten, mit Gadji zusammen anstelle der Mutter in ihrem Film mitzumachen (»in Anbetracht des Aufwandes bisher«, womit sie das Derangement des Wohnzimmers euphemistisch beschrieben hatten) – aber ihre Verstimmung war verflogen. Sie liebte ihre Mutter, sie liebte diese überaktive, hippelige, schöne Frau. »Nichts weiter«, sagte Vera. Sie reichte ihrer Mutter Jeans und Pullover. »Wo ist eigentlich Albert abgeblieben. Hab ihn lange nicht gesehen.«

»Welcher Albert?«

»Mama!«

»Perdu. Frankreich«, sagte Victoria, es klang dumpf unter dem Pullover, den sie grad überzog, und als das Gesicht, klar und sauber, aus der Wolle auftauchte und das Haar geschüttelt war, setzte sie sich auf den Rand der Wanne und sagte ruhig: »Er ist weg. Er will die nächsten Monate, weiß ich, wie lange, bei einem Freund in den Weinbergen arbeiten. Irgendwo in der Gironde.«

»Er hat es dir gesagt, und ihr habt euch getrennt?«

»Was soll er gesagt haben?«

»Dass er dich nicht mehr liebt.«

»Ist das so? Dass er mich nicht mehr liebt? Hat er dir das gesagt?« Sie seufzte kurz und undramatisch. »Er hat es mir nicht gesagt. So nicht. Musste er auch nicht. Ich habe es gemerkt. Im Übrigen, meine stolze, schöne Tochter, ist das egal. Er wird jetzt dort sein, wo er Weinbergschnecken mästen kann, bis die groß wie Lämmer sind. Lass uns gehen, die alten Knaben da draußen trampeln schon auf der Stelle. Sie haben ein dringendes Bedürfnis, mich zu filmen. Oder vielleicht müssen sie ja mal Pipi und wir haben sie ausgesperrt.« Sie kicherte, und Vera schüttelte den Kopf. Wenn es stimmte, dass Töchter wie ihre Mütter werden, dann in ihrem Fall hoffentlich nur äußerlich.

Samstag, 24. Dezember 1989

Nein, hatte Vera entschieden, als ihre Mutter sie fragte, ob sie mitkommen würde zur Mitternachtsmesse in die Hedwigs-Kathedrale, die in der Mitte Berlins etwas abseits der einstigen Prachtstraße Unter den Linden steht. Nein, und erst recht nicht, weil du mit Dominik dahingehst. Nein und noch mal Nein, weil ich überhaupt nicht kapiere, wie du dich wieder mit ihm einlassen kannst, nachdem er dich nach Strich und Faden betrogen und du ihn zum Teufel geschickt hast. – Ich habe mich nicht wieder mit ihm eingelassen. Ich werde mich nicht mit ihm einlassen. Das ist gegessen. Aber die Messe ist Ritual, Vera. Und allein in der Kirche zu sitzen … – Dann viel Spaß, sagte Vera. – Ich bin danach zurück. – Mit Dominik? Dann flüchte ich. Vielleicht nach Moskau. Oder Baku. – Baku? A ja, da kommt Gadji her. Schreibst du mir eine Ansichtskarte? – Niemals! – Du bist wirklich nicht sauer, wenn ich dich allein lasse? – Ich werde es genießen, sagte Vera, und sie sagte die Wahrheit. Sie würde sich langmachen, eine Musik ihrer Wahl hören und süßes oder salziges Zeug knabbern. Und dann umarmten und drückten sie sich, jauchzet, frohlocket, auf preiset die Tage, rühmet, was heute der Höchste getan, lasset das Zagen, verbannet die Klage … Die Platte mit der Aufnahme des Thomanerchors in Leipzig war so alt wie sie selber; seit sie ein

Kind war, wurde die Scheibe zu jeder Weihnacht aufgelegt. Frohe Hirten, eilet ach eilet, eh ihr euch zu lang verweilet, eilt, das holde Kind zu sehn, geht, die Freude heißt zu schön, sucht die Anmut zu gewinnen, geht und labet Herz und Sinnen. Sie hatten nicht die gesamte Platte abgespielt, das hätte ihnen zu lange gedauert, aber diesen Chor, diese Trompeten, das mussten sie hören mit geschlossenen Augen, entrückt und ganz und gar bei sich.

Vera fühlte sich rundum wohl. Ihre Mutter war seit über einer Stunde aus dem Haus. Vera war auf dem Sofa eingeschlafen. Jetzt musste sie zwischen einem Weihnachtsmann aus Schokolade und einer Tüte Erdnüsse wählen und sich dann die CD auflegen, die sie vor ein paar Tagen von Maria geschenkt bekommen und noch immer nicht angehört hatte. Sie stand auf, riss ein Streichholz an, um die Kerzen auf dem kleinen Weihnachtsbaum, der auf einem Teetischchen stand, brennen und mit ruhigen Flämmchen leuchten zu lassen. Ihre Christnacht konnte beginnen.

*

Gadji stromerte durch die Straßen. Er war unruhig und wusste nicht, warum. Er fühlte sich wie einer der Köter, die in Rudeln durch die Gassen Bakus strichen, die in den Hügel rund um die Stadt wilderten und nachts heulten. Es war so still in dieser Nacht, in Berlin, auf der Welt. Hinter den Fenstern der Deutschen leuchteten die Weihnachtsbäume, und die Fernsehgeräte zuckten bläulich. Es musste sehr warm sein in den Zimmern – und zwischen den Menschen.

Einmal blieb er stehen. Die Gardinen der Verandatür eines Einfamilienhauses waren beiseite gezogen, Gadji konnte einer Familie bei ihrem Hauskonzert zuschauen; die Musik hören konnte er nicht. Der Vater spielte die Bratsche, die Mutter die Flöte, ein Junge in Gadjis Alter strich die Violine, und ein Mädchen, kaum jünger als ihr Bruder, saß an dem Klavier. Dass es sich um eine Familie handelte – es musste so sein, unstrittig. Gadji konnte sich keine andere Formation vorstellen, die an diesem Weihnachtstag, den die Deutschen begingen, als wären sie alle die Eltern oder Geschwister dieses Christkindes namens Jesus, in so unendlich-friedfertiger Harmonie vereint wäre. Gadji fühlte sich einsam, verspürte aber keine Lust, heimzugehen.

Plötzlich stand er vor dem Mietshaus, in dem Vera wohnte. Er kannte den Weg, er war ihn schon ein paar Mal gegangen. Zu der Freundin in die Wohnung, wenn ihre Mutter über Nacht ausblieb. Gadji hatte den Weg nicht bewusst gewählt; seine Füße hatten ihn getragen. Sein Blick tastete die Fassade ab und blieb an dem Fenster, das zum Wohnzimmer der Lothringens gehörte, hängen; ein gelbliches Licht, ein Leuchtfeuer – für ihn?

Gadji stand minutenlang vor der Haustür, bis er es wagte, den Klingelknopf neben dem Namen »Lothringen« zu drücken.

*

Du musst verrückt geworden sein. Solche Musik, solche Töne, Geräusche. Pauken und Trompeten, der Marschschritt, als ginge eine Kompanie Soldaten durch den Wald, durch eine Schlucht. Hallend. Zwischendurch ein fröhlich jauchzendes Kind; oder ist das Kind nicht fröhlich, weil das Schicksal über es hinwegschreitet, es einsaugt, und es weiß noch nicht, was ihm im Leben blühen wird? Die Zeit geht mit Pauken und Trompeten, alles geht seinen Gang, dem Ende entgegen? Dem Tod. War es nicht ein großes Morden in dem Stück; war es nicht ein großes Morden zwischen Menschen, die nach Macht gierten und deren Ehrgeiz es war, andere Menschen zu beherrschen? Ein Mann ruft, als triebe er eine Herde Tiere (oder Menschen, ein fernes Menschen-Tönen ist zu hören) vorbei am Hörenden, und sie verschwindet im – Nichts? Und wieder das Marschieren, Trompetensignale, die in früheren Jahrhunderten die Armeen dirigierten? Die Männer weckten. Die Männer zu den Waffen riefen. Die Männer anspornten, loszuschlagen, Mann gegen Mann.

Warum?, fragte sich Vera, warum hat mir Maria diese CD geschenkt? Warum diese Musik? Was will diese Musik? Was wollte mir Maria damit sagen?

Das marschiert, das dröhnt, das trompetet und paukt und – marschiert, marschiert, marschiert. Über Leichen hinweg, durch die Schlachten einer Zeit, die fern ist – oder ist sie nah? Du musst entschieden verrückt sein, diese Musik am 24. Dezember anzuhören? An dem doch die Engel mit ihren hohen Stimmen melodisch jazzen. An dem die Chöre hallen und das Jesus-Kind geboren wird und allen Menschen ein Wohlgefallen ist.

Vera las die Titel der Teile, in die »Macbeth«, gespielt vom Orchester Laibach, eingeteilt ist. »Agnus Dei«, das Lamm Gottes. »Wutan-Schlucht«; wo liegt die? Sie müsste im Lexikon nachschauen, vielleicht fände sie das Stichwort, wollte aber nicht aufstehen »10.5.1941« – was, zum Teufel, war Besonderes an diesem Tag? Wen könnte ich danach fragen? »Exspectans exspectavos« – weibliche Stimmen, sehnsüchtig oder warnend, darunter wieder das Treibende, Marschierende, das Fremde oder die Fremden, die Bedrohung oder die Bedrohenden? Exspectare, wusste Vera, hieß Warten, Abwarten; aber hieß es nicht auch, auf etwas gespannt zu sein oder etwas zu befürchten haben? Und »Coincidentia Oppositorum« – ein Zusammenfall von Gegensätzen; wieder düster, schicksalhaft, als entkäme niemand der Rolle, die einem Menschen zugedacht ist und die nur Hexen voraussagen können oder Demagogen oder Hochstapler.

Gab es zwei Schichten in der Musik – wie im Leben? Das Treiben, das Getriebenwerden und der Versuch, sich einer Fessel zu entledigen? Die Musik selbst war wie eine Fessel. Eine rätselhafte Musik, die Vera als grässlich, ungeheuerlich, verwirrend – und als drängend, bedrängend, zwingend empfand. (Und da sage einer, Latein sei eine tote Sprache, dachte sie, die sich ihr seit drei Jahren herumschlug. Sie hatte den altsprachlichen Zweig gewählt, als sie sich für die Alexander-von-Humboldt-Schule bewarb, weil sie Ärztin werden wollte. Ihr Lateinlehrer, Herr Siegel, kam allen, die bei ihm im Unterricht saßen, weltfremd und immateriell vor. Auch in diesen Monaten, in denen auf einem Regenbogen eine Republik der Anarchie errichtet wurde, geisterte Armin Siegel durch die Schule und spielte keine, schon gar nicht eine politische, Rolle.) Schließlich zogen rufende Männer vorüber, stießen aufeinander, in der Ferne – war das eine Schlacht, ein Schlachten, es klang, als verröchelten sie und erstickten an ihrem eigenen Blut. Oder war es das Lamm Gottes, dem ein scharfes Messer die Gurgel durchschnitt?

Vera schüttelte sich, stand auf und stellte sich vor den Spiegel. Sie sah aus, als hätte sie eben einen Horror-Film überstanden. Die Augen groß, sie fühlte sich verschwitzt und kalt. Als es klingelte, unterschied sie nicht sofort, ob es das Telefon oder die Wohnungstür war. Sie schaute durch den Türspion – im Hausflur stand Gadji. Sie riss die Tür auf und fiel dem Freund um den Hals. »Du bist meine Rettung«, flüsterte sie ihm ins Ohr. Und die Türschwelle war nur aus abgewetztem Holz und keine Grenze, kein Verbot – nur eine Schwelle, die ohne Scheu und Scham übertreten werden durfte.

Sonntag, 25. Dezember 1989

Victoria fiel beinahe der Kochlöffel, von dem sie die Sauce kostete, aus der Hand, als sie durch die geöffnete Küchentür einen jungen, sportlich gebauten Mann, über den Flur laufen sah; ihm hing ein Handtuch um die Hüften und sein Haar glänzte feucht vom Duschen. Sie hatte, als sie in der vergangenen Nacht spät nach Hause kam und ihre Tochter nicht beim Schlafen stören wollte, nicht bemerkt, dass sie einen Weihnachtsgast in der Wohnung hatte. Beim Schlafen stören, pah, von wegen.

»Guten Morgen«, grüßte der halbnackte Knabe. »Ich bin Gadji«.

»Auch dir einen guten Morgen«, erwiderte Victoria. »Schöne Weihnachten!« Schöne Bescherung? Ach, als wäre sie jemals prüde gewesen; seit einem Tag in ihrem 15. Sommer nicht mehr, und auch davor nicht. Und sie rief ihm hinterher: »Isst du mit uns mit zu Mittag?« Eine Antwort kam nicht.

Das gemeinsame Essen – es gab wie jedes Jahr Pute mit Grünkohl, ein Gericht, von dem sie noch Tage danach zehren würden – wäre um ein Haar ein Desaster geworden. Es war Veras guter Laune zu verdanken, dass sie es nicht sabotierte und unter Protest die Wohnung verließ. Als sie auf dem Weg zum Bad in die Küche abbog, um ihre Mutter zu umarmen, flüsterte die ihr zu: »Ich hab noch eine Überraschung für dich. Aber nicht böse sein. Ich hab Dominik zum Essen eingeladen.«

Für einen Augenblick erstarrte Vera. Jetzt entschied sich, ob die Erde zerbarst oder weiter durchs All trudelte. »Von mir aus«, sagte sie. »Er ist ja mein Vater. Und Weihnachten, naja.«

»Ich liebe dich«, rief Victoria ihrer Tochter nach; Vera zuckte einmal mit den Schultern und warf mit der rechten Hand locker einen unsichtbaren Schneeball nach hinten.

Dominik kam und benahm sich väterlich. Er erkundigte sich nach Veras Fuß, fragte Gadji, seit wann er sozusagen zur Familie gehörte. Während Vera bei dieser Frage die Augen verdrehte, antwortete Gadji höflich, dass er und Vera seit ein paar Wochen richtig gut befreundet seien. Dominik fragte, ob er etwas helfen solle. In der Küche oder den Tisch decken oder irgendwas. Woraufhin Victoria mit den Augen rollte und meinte, sie habe alles im Griff. Wie immer, sagte sie etwas spitz, aber auch sie benahm sich – mütterlich.

Dominik hatte ein Geschenk für Vera, eine kleine Nikon-Kamera. Die sei idiotensicher, erklärte er, ziemlich der letzte Schrei auf dem Markt. Du musst so gut wie nichts einstellen. Keine Blende, keine Entfernung, natürlich könnte Vera auch per Hand zoomen – aber eigentlich nur »draufhalten und abdrücken«. Es sei schon phantastisch, was der Westen so technologisch zustande bringt. »Ist da schon ein Film drin?«, fragte Vera. War so; und Vera fotografierte, als sie am Tisch saßen, ihre Eltern. Dominik mit professionellem Lächeln; Victorias Lächeln geriet leicht verkrampft. Sie sollten nicht so steif dasitzen, sie seien keine Marionetten, und sie knipste das Paar, das keines mehr war oder doch wieder eines werden sollte? »Im Leben nicht«, hatte ihre Mutter erst gestern gesagt; aber heute saßen sie bei Pute und Grünkohl zusammen und hielten Gadji schon für ihren Schwiegersohn. Weihnachten eben, kann sich ja jeder was wünschen oder einbilden.

Nach dem Essen bot Victoria einen Weinbrand an, für den Magen, aber Dominik sagte, er würde lieber eine Tasse Kaffee trinken. Er müsse gleich los. Er hätte einen Auftrag angenommen (»weil ich ja sozusagen alleinstehend bin und besser zur Verfügung stehe als Väter, die an diesen heiligen Tagen bei ihren Familien sein wollen« – er zwinkerte seiner Tochter zu; Vera zog die Stirn kraus und sagte nichts). Er würde nach Potsdam fahren, um mit der Kamera weihnachtliche Impressionen einzufangen. Für die abendliche Nachrichtensendung. Dienst sei eben Dienst und Schnaps, na und so weiter.

Als Dominik die Wohnung verlassen hatte, flüsterte Victoria ihrer Tochter zu: »Wetten, seine Freundin erwartet ihn!«

Exspectare, dachte Vera, aber sie flüsterte zurück: »Ist doch wurscht. Er hat eine andere, du hast einen anderen.«

»Nicht mehr«, sagte die Mutter.

»Noch nicht wieder«, antwortete die Tochter. Sie sahen sich an und grinsten.

Drittes Buch
Mitte der Gegenwart

Die Situation in Aserbaidschan wird von den Sicherheitskräften und Militäreinheiten kontrolliert, berichtete TASS gestern. Es sei weiterhin eine Tendenz zur Verbesserung der Lage zu beobachten. Die meisten Betriebe und Einrichtungen der Hauptstadt Baku hätten die Arbeit wieder aufgenommen. Nach Angaben der Militärkommandantur wurden seit Verhängung des Ausnahmezustandes etwa 1.000 Personen wegen Verstoßes gegen die Ausgangssperre und anderer Delikte festgenommen.

Berliner Zeitung, 31. Januar 1990

Werner Kotte und Christa Schaffner saßen auf dem Ecksofa, auf dem flachen Tischchen vor sich Wal- und Haselnüsse in einer Schale und roten Wein in den Gläsern, und schauten fern. Das Arrangement dieses Abends: Altvertrautes Paar gibt sich seiner liebsten Abendbeschäftigung hin – dem Fernsehen. Wer würde es wagen, so etwas als spießig, altbacken, öde zu beurteilen? Sie waren Lehrer, hatten tagsüber ein gerüttelt Maß an Anstrengung, Stress und Nervenzerrieb zu bewältigen, und das Recht auf einen braven Feierabend war Paragraph Eins ihres privaten Staatsvertrages. Außerdem war die Sendung, die gerade lief, eine Reportage über die Alexander-von-Humboldt-Schule.

Zwei Monate lang hatten eine Reporterin und ihr Team das Schulleben begleitet, und heute lief das Ergebnis ihrer Recherchen und Dreharbeiten. »Ich weiß es wohl, dass ich noch nichts bin, und vielleicht, ich werde nie nichts werden«, hatte Kotte gesagt, als sie sich auf dem Sofa zurechtplatzierten. »Aber hebt das meinen Glauben auf? Und ist mein Glaube darum Einbildung und Eitelkeit?«

Christa hatte gekontert: »Hölderlin. Ich ahne es. Statt verdruckst über deine Eitelkeit zu sprechen, kannst du einfach sagen: Wir sind keinesfalls eitel, aber wir schauen uns diesen Film an. Mal sehen, ob wir drin vorkommen. Und wie?« Im Übrigen glaube ich nicht, hatte sie fortgesetzt, während sie ein Kissen und ihren Kopf auf seinen Bauch legte, dass dein Vorkommen in einer Fernsehreportage zu ewigem Ruhm und weltweiter Aufmerksamkeit reichen wird.

»Uns selber zu verstehn! das ist's, was uns empor bringt«, antwortete der Deutschlehrer im Feierabend-Modus.

»Papperlapapp. Ruhe jetzt. Ich will das da verstehen.« Sie zeigte mit zwei Fingern, in denen eine Haselnuss eingeklemmt war, auf den Bildschirm, auf dem das Logo des Jugendmagazins *ELF99* am Ende einer Zeichentrick-Fahrt durch mehrere Räume erschien. Der Titel wurde eingeblendet, »Der aufrechte Gang – Schüler und Lehrer in der Mitte der Gegenwart«, und dann besichtigten Werner Kotte und Christa Schaffner die Wochen, die hinter ihnen lagen und die so turbulent waren, dass alles Geschehen unwirklich wirkte? Nebulös, unbeherrschbar, waren sie dabei gewesen?

Der Film war geschickt gestrickt. Im Mittelpunkt standen zwei Sitzungen des »Revolutionären Schülerrates«. Auf der ersten wurde Mark Viehweger zum Vorsitzenden gewählt (»Man sieht's ihm an, finde ich«, flüsterte Christa. »Ist nicht sein Ding.« – »Na, ein bisschen eitel ist unser Dichterjüngling schon auch.«) und es wurden erste »erzieherische Maßnahmen« beschlossen; das »Erzieherische« wurde den Lehrerinnen und Lehrern weggenommen und von den Schülerinnen und Schülern beansprucht; warum sollten nur die Lehrer ihre Schüler erziehen dürfen und nicht auch die Schüler ihre Lehrer?

Es geht tumultuarisch in der Aula zu, als – ausgerechnet – Gernot Klinkermann aufsteht und lautstark meint, es müsse Schluss sein mit der Unmündigkeit der Schüler, »wir sind keine Untergebenen, und Sie, Herr Lautengässer, sind kein Feudalfürst«. Gefordert wird die Teilnahme der Schülerinnen und Schüler an sämtlichen, SÄMTLICHEN, Entscheidungen, die die Schule betreffen; die Zuhörerschaft johlt und applaudiert, Dr. Erwin Lautengässer wirkt gefasst, fast belustigt (oder tut er nur so?), und offenbar hat es dem Kameramann besonders der Sportlehrer Horst Kowalski angetan: Der Blick der Kamera erfasst sein schläfriges Gesicht und die Stoppuhr, die ihm um den Hals hängt. Der Lehrer lässt keine Regung erkennen, als gefordert wird, in der sowieso überdimensionierten Sporthalle eine Ecke für Raucher einzurichten; die sowieso schlechte Luft in dem Raum würde eher verbessert werden, was mit allgemeinem Gelächter quittiert wird.

Die Reporterin steht in einer Ecke und raunt: »Demokratie muss man aushalten lernen, wenn ihre Zeit gekommen ist. Demokratie ist auch die Herrschaft der Schülerinnen und Schüler. Gegen die Willkür einer sich auf Dressur verstehenden Pädagogik wird der Willen der auf der Welle des revolutionären Herbstes getragenen Mehrheit gesetzt ...« (»Uff«, sagte Werner. »Dass die die Sätze fehlerfrei zu Ende bringt, schon erstaunlich.« – »Du hast mal gesagt, das Land wird an seinen Genitivkonstruktionen ersticken. Könnte stimmen.«) Dann wurde Christa Schaffner als eine der beliebtesten Lehrerinnen (»He, schau, du!« rief Kotte) in den Schülerrat gewählt, weil es erforderlich wäre, auch ein demokratisches Gebot, mindestens eine »Lehrkraft« in dem Gremium zu haben.

Die Reporterin, zugewandt, offen-freundlich, das lockige Haupthaar kaum gebändigt von einem Zopfgummi, hält Christa Schaffner ein Mikrofon von der Länge eines Maiskolbens vors Gesicht. »Als gewähltes Mitglied des Schülerrates – bei aller Sympathie, die ich bei den Schülern Ihrer Schule spüre, als Ihr Name genannt wurde: Haben sie nicht Bammel vor diesem Balanceakt?« – »Was meinen Sie mit Balanceakt?«, fragt die Physik- und Mathematiklehrerin zurück.« – »Kann man nicht sagen, dass es zwischen Schülern und Lehrern eine geradezu ‚natürliche Feindschaft' gibt, ja geben muss? Wie wollen Sie die sehr verschiedenen Interessen unter einen Hut bringen?« – »Wieso unter einen Hut? Ich will nichts zudeckeln. Ich möchte aber auch nicht, dass bei jeder missliebigen Situation ein Hut hochgeht.« – »Aber beide Seiten stehen sich, ich sage mal, gegenüber? Nicht miteinander …« – »Vielleicht bilden wir alle zusammen so etwas wie einen Stromkreis. Es wird darauf ankommen«, Christa schaut direkt in die Kamera, »sorgsam zu schalten und – zu walten. Mal Gleichstrom, der in die gleiche Richtung fließt. Mal Wechselstrom, der in bestimmten Zeiten seine Richtung ändert.« – »Sie sind Physiklehrerein?« – »Merkt man das?« – »Sie meinen, dass die Probe auf die Praktizierbarkeit der Demokratie in einer Schule sicherlich ein gelungener Unterricht ist, um die Bildung zu garantieren?« Christa nickt und sieht dabei aus, als würde sie nicht ganz verstehen, warum die junge Frau so viele Wörter um das Selbstverständliche macht. (»Was bist du telegen, Weib!«, sagte Kotte, was ihm einen Stoß mit dem Ellenbogen gegen die Brust einbrachte. – »Wieso habe ich den Quatsch vom elektrischen Strom erzählt?«)

Es folgten Meinungen von Anwesenden. Eine Maria Breitling sagt, dass dies alles ein ziemlicher Kindergarten sei. Dagegen hält ein Peter Sandburg, dass dies alles den Raum für Phantasie eröffne, den Raum zum Machen. Und eine Lehrerin namens Ursula Wolters ist der Auffassung, dass es vonnöten sei, in Zeiten des Überschwanges Regeln aufzustellen, und dass eine der Forderungen – dass für die Nachmittage zwischen 13 bis 16 Uhr die Aula nur, »ich betone einzig und allein« den Klassenangehörigen der Stufen Neun bis Zwölf vorbehalten sei, denn doch schon wieder »etwas Diktatorisches« habe.

Als gegen Ende des Films der dramaturgische Kreis mit der zweiten Sitzung des »Revolutionären Schülerrates« geschlossen und Gernot Klinkermann zum Vorsitzenden gewählt wird – da sitzt Lautengässer auf der Bühne hinter einem Tisch und hört mit dem Ausdruck der Zufriedenheit im Gesicht zu. Gernot schlägt in seiner Rede einen großen Bogen von Revolution zu Evolution, von der Schulspeisung zur Notwendigkeit disziplinierten Schulbetriebes, von den Errungenschaften des Sozialismus, »die wir nicht vergessen sollten«, zu dem Feingefühl, »mit dem wir die Zukunft gestalten wollen«. (»Der hat's!« – »Was hat er?« – »Schaltstellen im Hirn. Klackklackklack. Gib ihm ein Schiff, und er ist der Kapitän und Steuermann in einer Person. Die Quadratur des Kreises? Warum nicht. Ein Leichtes für ihn.«) In Zwischenschnitten wurden die Schülerinnen und Schüler gezeigt; in einem sieht man Vera und Gadji, die auf der Fensterbank sitzen und sich bei den Händen halten, aufmerksam, doch ausgeschert (»O«, rief Christa, »unser Liebespaar!« – »Was?« – »Gefällt dem Klinkermann gewiss nicht.« – »Vera und Gadji?« – »Wie blind bist du denn, Kotte, du mein Poet.«); in einem Bild konnte man Sylvia Hohberg beim breiten Gähnen zuschauen.

Der Film endete mit Bildern von einem Begräbnis; im Untertitel stand das Datum 25. November 1989. (»O Gott!«, flüsterte Christa. »Eberlein. Kommt mir wie eine Ewigkeit her vor.«) Das Gesicht des einstigen Direktors ist zu sehen – es muss einer der ersten Drehs gewesen sein, Ende Oktober, Anfang November des letzten Jahres – mit den Sätzen: »Es wird nicht leicht für euch werden. (›Und für uns nicht‹, murmelte Kotte.) Aber die Zukunft ist immer mit den jungen Menschen. Ich drücke euch die Daumen.« Den allerletzten O-Ton hatte Peter Sandberg, der aus der Luke seines Schul-Imbisses hinaus (über dem Bild liegt der Abspann) sagt: »Mag kommen, was da will: Muttis Bouletten werden nie untergehen.«

Sie schwiegen. Werner stand auf und schaltete den Ton aus. Irgendetwas flimmerte weiter.

»Hat sie gut gemacht«, sagte Christa. »Die Reporterin.«

»Die war nicht viel älter als unsere Rabauken«, sagte Werner. »Ziemlich hübsch.«

»Sie war mindestens zehn, zwölf Jahre älter«, sagte sie. »Aber sowas seht ihr nicht.«

»Aber sie hat das gut gemacht«, sagte er.

Schweigen.

»Eberlein noch mal lebend zu sehen«, sagte Christa.

»Hast du Lautengässers Gesicht gesehen? Als hätte er in eine Zitrone gebissen und versucht auszusehen, als habe er ein Stück Schokolade im Mund.«

»Hat er ja auch. In gewisser Weise hat er das. Oder sagen wir: Die Verhältnisse haben ihn gebissen. Das macht ihn sauer.«

Werner lachte ein bisschen und ging aufs Klo. Als er seinen Platz auf dem Sofa wieder einnahm, fragte er: »Was geht in ihnen vor? Sind sie fertig mit uns Lehrern? Haben sie einen Plan für später, nach der Schule? Sind – wir mit ihnen fertig, weil wie selber nicht wissen, wie wir mit uns weitermachen? Wie es mit uns weitergeht?«

»Frag sie doch«, antwortete Christa.

»Ich scheue mich davor, ehrlich. Ich will es wahrscheinlich nicht wirklich wissen.«

»Ich sag dir was. Ich beneide sie. Ja, ich beneide sie. Ich weiß auch nicht, was auf sie und was auf uns zukommt. Ich habe Angst, dass irgendwie wieder die Lautengässers obenauf sind. Und – ihre Nachfolger. Ihre ganze Scheißpropaganda, ihre Wendigkeit, ihr allgegenwärtiger Opportunismus. Aber die Jungen, die werden, was weiß ich, die werden monatelang durch die Welt wandern. Sie werden keine Furcht haben vor einer Welt, in der die Dogmatiker regieren.

Bei Gott, ich will keine Magengeschwüre kriegen, Kotte.«

Werner musste lachen.

»Lach nicht, Hölderlin!« Sie fauchte. »Im Grunde habe ich – nur Angst um die Romeos und Julias. Um die Liebenden.«

Werner sah ein bisschen blöd aus, als er seine Geliebte anschaute.

»Ich glaube, du bist ein bisschen blöde«, sagte Christa, legte ihren Arm um ihn, küsste ihn.

»Die Bouletten vom Sandberg schmecken übrigens wirklich«, sagte Kotte dann.

»Die Walnüsse schmecken muffig«, sagte Schaffner. »Dabei habe ich die erst vor einer Woche in Schöneberg gekauft.«

»Haben wir schon aufs neue Jahr getrunken?«

»Seitdem wir uns kennen«, antwortete Christa.

*

Die Bundesregierung teilte mit, dass im Vorjahr insgesamt 343.854 Übersiedler aus der DDR in die BRD abgewandert waren.

Im letzten Monat des Jahres 1989 hatte sich die Nationale Volksarmee (NVA) aufgelöst.

An diesem 3. Januar kam der »Runde Tisch« zum fünften Mal zusammen. Im Mittelpunkt der Gespräche standen die desolate wirtschaftliche Lage der DDR und die Entmachtung des Staatssicherheitsapparates. Die Wirtschaftsministerin der DDR, Christa Luft (SED/PDS), beschrieb vor den Mitgliedern des »Runden Tisches« die angespannte Lage im Land; die Regierung Modrow wolle zwar auch andere Eigentumsformen fördern, wolle aber grundsätzlich am »Volkseigentum an den wichtigsten Produktionsmitteln« festhalten

Nach Anbruch der Dunkelheit fand am sowjetischen Ehrenmal im Berliner Stadtbezirk Treptow eine Kundgebung mit rund 200.000 Teilnehmern statt. Sie demonstrierten gegen Neofaschismus und Antisowjetismus. Teile des sowjetischen Ehrenhains waren eine Woche zuvor von Unbekannten mit rechtsradikalen und antisowjetischen Parolen beschmiert worden.

*

Vier Stunden später löste sich Werner Kotte aus der Wärme des Bettes, ging in die Küche und goss sich ein Wasserglas mit Wodka voll. Er stürzte es hinunter, goss nach, setzte sich an die Arbeitsplatte unter dem Fenster. Er schaute hinaus in die Nacht mit ihren Leuchtpunkten: den Laternen, den wenigen Autos und etlichen Fenstern, hinter denen die Menschen eher grad aufstanden, um zur Arbeit zu gehen, als zu Bett zu gehen. Bis Christa, in ein Laken gewickelt, in der Tür stand und sagte: »Es ist kalt, Hölderlin.«

»›Denn niemals gab es ein so herbes Los als Juliens und ihres Romeos.‹« Kottes zitative Bildung litt unter dem Alkohol; die Wörter, die ein S enthielten, schleifte er.

»Auch von deinem Liebling?«

»Nö. Shakespeare. Weil du vorhin was erzählt hast von den Julias und den Romeos.«

»Das weißt du also noch?«

Werner winkte ab, grad brauchte er nicht den nüchternen Sarkasmus seiner Freundin.

»Wieso klatschen die Beifall? Wieso johlen die?«, fragte er mit schwerer Zunge. »Wenn dieser perfekte Supermann Klinkermann … Wieso muss ich mir als Lehrer vor den Koffer kacken lassen.«

»Das ist so«, sagte Christa. »Hast doch gehört, was die hübsche Reporterin gesagt hat. Natürliche Feindschaft. Sehe ich genauso.«

»Ach Quatsch!«

»Sie übertreiben. Sie müssen übertreiben, weil alles raus muss. Es ist eine Zeit, in der jeder übertreiben muss, oder er wird nicht gehört. Hat ein Politiker eine dicke Nase, schrumps wird sie so groß gezeichnet wie ein Kürbis. Hat jemand zu große Ohren, plumps kriegt er die Horcher einer Fledermaus. Jeder Wichtelmann, der mal in der Kneipe einen politischen Witz erzählt hat, ist jetzt ein Verfolgter und Widerständler gewesen. He, Kotte, die kommen alle wieder zu sich.«

»Zu sich? Warum sind sie außer sich?«

Christa seufzte und sagte: »Zu meinen Gewohnheiten gehört es nicht, nachts um halb Zwei die Rätsel des Lebens zu lösen.«

»Das ist kein Zufall«, Werner lallte jetzt, »dass muss in ihnen gewesen sein. Das stülpt sich jetzt nur nach außen.«

»Was denn? Dass sie tanzen? Lass sie tanzen. Bitte, komm ins Bett. Du siehst aus wie Pückler Halbgefrorenes.«

»Es reiche aber,
Des dunklen Lichtes voll,
Mir einer den duftenden Becher,
Damit ich ruhen möge … äh …
Scheiße, wie ging das weiter? … Damit ich …Nicht ist es gut,
Seellos von sterblichen Gedanken zu sein. Doch gut
Ist ein Gespräch und zu sagen
Des Herzens Meinung … ist doch gut? Aus seines Herzens Grube keine Mördergrube zu machen, oder so … Von Tagen der Lieb
Und Taten, welche geschehen.« Kotte stieß kurz auf und trank vom Glase. »Bin ich krank?«, fragte er. »Habe ich Visionen?«

»Du bist besoffen, mein Liebster, dein Gedächtnis ist in Ordnung, und du siehst aus wie Hühnchen in Aspik«

Freitag, 5. Januar 1990

»Auf der Sitzung der zeitweiligen Untersuchungskommission zu den Ereignissen am 7./8. Oktober wurde – wie wir berichteten – am Mittwoch über eine Weisung des Gesundheitsministers vom 30. August 1989 informiert, die unter anderem eine Meldepflicht an die Diensthabenden der Räte der Kreise über Patienten enthielt, die bei »Handlungen gegen die Partei und Regierung« verletzt wurden. Dazu teilte Regierungssprecher Werner Meyer unter Berufung auf eine Information des Ministers für Gesundheitswesen, Prof. Dr. Klaus Thielmann, am Donnerstag mit, dass mit Fernschreiben vom 8.12.1989 bereits missverständliche Punkte dieser Weisung außer Kraft gesetzt wurden und dass eine grundsätzlich überarbeitete Fassung dieser Weisung am 28.12.1989 in Kraft trat. Der Gesundheitsminister wies den Vorwurf zurück, die Ärzte seien mit dieser Weisung zum Bruch ihrer Schweigepflicht angewiesen worden. Der Untersuchungsausschuss werde detaillierte Informationen erhalten«, *Neues Deutschland*, 5. Januar 1990.

*

Die erste Nummer der Zeitschrift *DAS GANZE* war erschienen! Sie wurde in 100.000 Exemplaren gedruckt, vorgesehen war, dass sie alle zwei Wochen erscheint. Sie verstand sich als erstes und einziges unabhängiges Blatt und als Zeitung für »alle basisdemokratischen Initiativen«. Ob es ein wirklich unabhängiges Periodikum überhaupt geben kann – das war eines der heiß diskutierten Themen all der Frauen und Männer, die mit der Vorbereitung – Planung, Organisation, Gestaltung – befasst waren. (War eine solche Unabhängigkeit möglich? Von wem kam das Geld für ein solches Projekt? Hieß es nicht stets, wes Brot ich ess, des Lied ich sing? Oder ließ sich ein Printmedium herstellen, das sich allein durch ihren Verkauf finanzierte? Weil es genügend Käuferinnern und Käufer dafür gab?)

Heute erschien sie! Heute lag sie auf Stapeln in den Räumen der Redaktion auf den Tischen! Heute hielt sie fast jeder der Gäste in der einen Hand während mit der anderen ein Glas Wasser, Wein oder Bier oder ein Teller mit Schnittchen von Plauderei zu

Plauderei, von Person zu Person, von Grüppchen zu Grüppchen balanciert wurde.

Als Vera, begleitet von ihrer Freundin Sylvia und den Freunden Peter und Mark – an seiner Seite Dörte, die Studentin, die Vera während der Beerdigung Eberleins kennengelernt hatte – und von der sie inzwischen wusste, dass sie zusammen mit Mark zur autonomen Ostszene gehörte –, durch die weit offenstehende, deckenhohe Doppeltür der Redaktion eintrat, blieb sie beeindruckt stehen.

Die Räume waren die Zimmer einer Wohnung, die am Ende des 19. Jahrhunderts bis hinein in die Mitte des 20. Jahrhunderts von betuchten Bürgerfamilien bewohnt worden waren. Die Fassade des Hauses öffnete sich zur Französischen Straße hin, auf der anderen Straßenseite stand das Schauspielhaus, das erst in den letzten Jahren äußerlich originalgetreu saniert worden war. Aus den Fenstern konnte man auf den Gendarmenmarkt schauen; dies war eine der nobelsten Adressen Berlins und sollte jetzt die Herberge einer mit Ungestüm in die Welt getretenen avantgardistischen Ambition sein? Voilà! Da schau her, da schaut hin! (Dabei war sowohl die Zweckentfremdung wie das Finden und Besetzen von Wohnungen oder sonstigen Räumen derzeit kein Problem. Zig Tausende Wohnungen standen leer; es waren die Wohnungen der Auswanderer, deren Zurückkehr ungewiss war. Es waren Büros, ganze Etage, die von einst bestehenden Ämtern, Filialen, Institutionen geräumt waren und leer standen oder den mittlerweile offiziell genehmigten Gruppen, Gruppierungen, kleinen Verlagen als Arbeits-Terrain zugesprochen worden waren.)

Die Gruppe um Vera nahm Witterung auf. Sie waren die Jungtiere der Horde, die sich ein raunendes, von gezähmtem Lachen unterbrochenes, parlierendes Stelldichein gab. Sie bewegten sich noch nicht mit der Geschmeidigkeit der Erwachsenen (eine Geschmeidigkeit, die, beobachtete man das Wogen und Treiben etwas genauer, etwas Rituelles, ja Gezirkeltes hatte); sie waren nicht Teile des Netzwerkes derjenigen, die sich seit Jahren und Jahrzehnten kannten und sich zwischen Kabalen, Hass und Zuneigung und Freundschaftseiden und Gerichtsverhandlungen eingerichtet hatten – viele der Anwesenden waren Abgesandte von Zeitungen, Buchhandlungen, kleinen Verlagen Westberlins – und alle waren sie Gäste der Premierenfeier einer neuen Zeitung. Sie waren gekommen, weil sie gehört hatten, dass es was zu feiern und zu unterstützen gab in diesem alles in allem noch immer befremdlichen Ostteil der Stadt Berlin mit seinen naiv-rebellischen Einwohnern.

Mark, der eine Weile den Stuck der hohen Decken und das feiernde Publikum betrachtet hatte, knittelte: »An den Decken klebt der Stuck und an Hälsen Mode-Schmuck. Zwischen diesen Samttapeten lebten eins die Großkopfeten. Aber jetzt, was willst du mehr, lebt hier drinnen, ähm, der Revolutionär.«

»Was sind Großkopfeten?«, fragte Peter.

»Weiß ich nicht genau«, gab Mark zu. »Aber es klingt gut.«

»Holprig«, sagte Sylvia. »Also ich such mir jetzt hier einen Millionär, den ich heiraten werde.« Vera zweifelte nicht daran, dass ihre Freundin genau einen solchen unter den lässigen Linken des Westens finden würde. Es sei ja nicht so, hatte Victoria der Tochter an einem der raren, zweisamen Abende beim Licht der Weihnachtsbaumkerzen, beim Naschen von Marzipan und Wein zwischen Weihnachten und Silvester mitgeteilt, dass diese Linken aus dem Westen alle arme Würstchen seien. Etliche waren unter ihnen, die den kapitalistischen Markt zu nutzen wüssten. Angewandter Marx sozusagen. Andere verfügten über erhebliches Erbe. Aber das Gute sei eben, sie verprassten es nicht (nicht nur, kicherte sie; Vera liebte ihre Mutter, wie sie angeschickert war) in der Karibik, sondern sie sorgten mit ihrem Geld für, naja, für was Progressives. Und die Redaktion der *GANZEN* sei zum großen Teil »rein materiell« von ihnen ausgestattet worden. Elektrische Schreibmaschinen, Büromöbel, Telefone, Bücher, Papier …

»Wie unmoralisch!«, seufzte Peter komödiantisch und nahm sich von einem Tablett, das gleich neben dem Eingang auf einem langen mit einer weißen Decke belakten Tisch stand, ein Glas Sekt. Jedenfalls wahrscheinlich Sekt; das Getränk perlte. Er schaute Sylvia hinterher, die es fertig brachte, dass sich das Meer vor ihr wie selbstverständlich teilte (war Moses doch eine raffinierte junge Frau? Gewiss, falls das Meer aus Männern bestand); man trat beiseite, um sie durchzulassen, dorthin, wohin zu gehen sie selbst nicht genau wusste. Würde sich fügen. Und sie genoss die Blicke der männlichen Revolution.

Vera hielt nach ihrer Mutter Ausschau. Sie sah, dass sie in einem der Räume, vermutlich ihr Chefredakteurin-Büro, an einem Schreibtisch saß. Und wieder mal war das Licht eines Scheinwerfers, eine Kamera, die Aufmerksamkeit des Fernsehens auf sie gerichtet. Vera seufzte, wandte sich ab und wäre beinahe mit einem Jungen in ihrem Alter zusammengeprallt. Er hatte an einer Flurweand gestanden und sich gerade in Bewegung gesetzt, als Vera auch losging. Das Getränk in seinem Glas schwappte und Vera bat um Entschuldigung.

»Ach, Wasser«, sagte er. »Vielleicht darf ich dir etwas holen. Wasser? Wein?«

»Gern«, sagte sie. Der Junge verschwand im Gewimmel wie ein Komma in einem sehr, sehr langen Satz. Vera schaute sich um, wartete, entdeckte ein Grüppchen, das aus dem Dramaturgen Friedhelm Münch, seiner Schauspielerfrau Doris Kalaver und dem Filmregisseur Konrad Grau bestand und unter sich im Gespräch war. Natürlich, dachte Vera, wenn jemand in diesen Abend passte, dann die Gefährten der Konspiration. Sie musste lächeln, als sie an den aufgeregten Auftritt des Regisseurs dachte, der eines Abends hereingestürmt war und von der Bedrohung durch die Stasi-Schergen warnte. Das schien lange her zu sein. Soweit sie wusste, war von dem einst mächtigen Apparat der Staatssicherheit nicht viel übrig geblieben; aber was weiß man schon von einem Geheimdienst? (Genügend Gerüchte waberten durchs Land. Geheime Waffenlager in Bunkern in den Wäldern rings um Berlin. Verschobene Gelder und Informationen, die abgesaugt waren vom amerikanischen CIA. Agenten, die sich längst als Agenten für andere Geheimdienste andienten und Agenten, die sich versteckten; vielleicht war der Nachbar ja auch einer. Und ob die Gerüchte vom Geheimdienst selbst oder nur von irgendwelchen Trollen, die in den Sträuchern und im Schilf am Ufer eines Brandenburger Sees hausten, gestreut waren – wusste auch so recht niemand. Außer diejenigen, die die Gerüchte in die Welt setzten; aber die kannte niemand, und wer sie kannte, der war sich seines Wissens nicht sicher.)

Vielleicht haben Schauspielerinnen und Schauspieler ein Gespür dafür, dass sie beobachtet werden, wenn sie von Leuten betrachtet werden, auch von weitem, fragte sich Vera, als die Kalaver, von einem Gewand aus leuchtend rotem Stoff geflutet, plötzlich ihren Kopf wendete und geradewegs Veras Blick erwiderte. Strahlend und herzlich und mit einem Schulterzucken grüßte sie winkend und bedauerte mimisch zugleich, dass sie gerade noch beschäftigt sei, aber man würde sich noch treffen und plaudern an diesem Abend. Ob Sabrina, die Tochter der Mimin, auch da war?

Das Komma, fast zwei Meter lang, war zurück. Der Schlaks reichte ihr ein Glas und fragte: »Hast du schon mal Shakespeare gelesen?«

»Wenig«, sagte Vera. »Aber ich kannte einen alten Mann, der las nur Shakespeare.« Glaube ich jedenfalls. »Er war ein Schuster, und er las Shakespeare. Aber vielleicht war er auch ein Schauspieler, der einen Schuster spielte und behauptete, dass er Shakespeare liest.«

»Ich verstehe«, sagte der Junge und sah sie trübe an. »Kennst du die Geschichte von Romeo und Julia?«, fragte er dann.

»Wer nicht.«

»Das ist das eigentliche Problem«, sagte er ernsthaft. »Zwei lieben sich und wollen zueinander, aber sie dürfen nicht. Das ist doch krank.«

»Wenn man sich liebt«, meinte Vera, »dann klappt das schon irgendwie.«

»Bist du leichtfertig?«

»Ich, mh, nein. Ich glaube nicht.«

»Nein, nein, niemand gönnt einem anderen die Liebe. Man ist neidisch auf diejenigen, die sich lieben. Man möchte die Liebe zerstören. Die meisten ertragen es nicht, wenn andere einfach nur glücklich sein wollen.«

»Hast du Kummer?«, fragte Vera. »Oder gehörst du irgendeiner Sekte oder sowas an?«

Der Junge trank von seinem Glas und schüttelte den Kopf; vermutlich würde er den Unterschied zwischen Wein und Salzsäure nicht schmecken. »Ich glaube eben nur, dass es keinen Frieden geben wird, solange die Menschen nicht wirklich einander lieben.«

»Das ist sehr allgemein gesagt«, sagte Vera. »Das ist, denke ich, allgemein gesagt, richtig.« Sie mochte, wie der Knabe redete. Nur hatte sie das Gefühl, dass es alles bedeuten konnte – und auch nichs. Beides zugleich geht nicht. Oder doch?

»Anders kann ich nicht reden«, sagte er. »«Es ist alles – so konkret. Und das Konkrete ist widerlich, weißt du.«

»Bist du aus dem Westen?«, fragte Vera. Er nickte. »Warum bist du hier?«

»Ich weiß nicht«, sagte er. »Wo soll ich sonst sein?«

War er verrückt? Wie kam ein Verrückter auf diese Party? Gut, vielleicht waren ja alle hier ein bisschen verrückt, einschließlich du selber. Vielleicht hielten sich alle für vernünftig, vielleicht waren alle im Besitz der Wahrheit (was denke ich gerade für einen Käse? welcher Wahrheit denn?) und vielleicht war das das Verrückte? Papier im Kopf, ein Streichholz genügt und puff.

Jetzt rutschte der Junge an der Wand herunter in die Hocke. Er stellte sein Glas neben sich. Vera sah auf seinen Kopf, der spärlich bewachsen war. Dann hockte sie sich neben ihn. Sie hatte entschieden, dass es sich um einen wohlerzogenen Jungen handelte, aus dem Westen, der sich zwischen den Sätzen, die er jeden Tag las, verirrt hatte. Sie wollte ihn fragen, was mit ihm los sei, als plötzlich ihre Mutter vor ihnen stand. »Hier bist du!«, sagte sie. Ihr Blick ging zwischen der Tochter und dem Jungen, der in seiner fötalen Haltung lasch-erloschen wirkte, hin und her.

Vera blickte auf und sagte zu ihm: »Meine Mutter. Victoria.«

Er stand auf, straffte sich, der Junge wurde zu einer erwachsenen, erlernten, einstudierten Pose, und sagte: »Sehr angenehm, Frau Lothringen! Wie ich weiß. Die Chefredakteurin. Mein Name ist Joseph von Weichenstädt.«

»Ich wollte nicht stören«, sagte Victoria.

»Sagen Sie das nur der Höflichkeit wegen, oder meinen Sie es auch so?«

Victoria schaute Vera fragend an. Die grinste in das Glas oder am Glas vorbei in das Parkett.

»Ich bin der Wahrheit verpflichtet«, sagte Victoria leichthin und klopfte dem jungen Mann auf die Schulter.

»O Gott!«, rief der aus und stürzte davon. Den Korridor entlang, hinaus aus der großbürgerlich-revolutionären Hütte. (Vera wird ihn nie wieder sehen.)

»Was war das für einer?«, fragte Victoria.

»Ein Unglücklicher«, sagte Vera.

»Riechst du das?«

»Besser nicht. Aber ich habe mehr Zeit als du. Ich hab's nicht eilig. Ich habe Zeit um zuzuhören.«

Wie zappelig du bist, Mama. Du vibrierst. Du möchtest überall zur gleichen Zeit sein. Das geht nicht. Das habe ich bei der Schaffner gelernt: Wo ein Körper ist, kann ein anderer nicht sein.

Reine Physik, das Leben. Plus ein bisschen Gefühle, das macht alles unsicher. Du hast die Zeitung gewollt, nun hast du sie. Was noch?

»Du schaust aus wie eine Frau, die im siebten Monat und sehr glücklich ist«, sagte Victoria. Sie lenkte ab. Sie überhörte den Vorwurf, den die Tochter ihr machte; es war nicht der Abend, um über die schwierige Kommunikation zwischen ihnen in den letzten Wochen und Monate zu sprechen. Die Zeit dafür würde kommen, wenn sie sich die Zeit dafür nahm.

»Was? So dick?«

»Schwangere Frauen sind nicht dick!«, sagte Victoria, einst eine Hebamme, jetzt die Chefredakteurin des Tages.

»Okay. Vielleicht bin ich im ersten. Aber auch das kann nicht sein. Ich habe meine Tage.«

»Ich muss dann wieder«, sagte Victoria und wies mit dem Kopf in die Gesellschaft.

»Wollen wir uns morgen einen gemütlichen Abend machen? Nur wir zwei.«

»Machen wir«, sagte Vera; wahrscheinlich eher nicht.

*

Eine Stunde später sprangen vier Zicklein (Vera, Sylvia, Peter, Mark) durch die abendlichen Straßen der Berliner Mitte. Sie spielten Hopse auf den quadratischen Betonplatten der Bürgersteige. Sie hielten inne, als sie vor der Jannowitzbrücke die Spree erreichten, beugten sich über das Gelände und ließen eine der Flaschen (unterwegs geleert), die sie der Zeitungs-Party entnommen hatten, ins Wasser fallen. Wir hätten eine Flaschenpost aufgeben sollen, meinte Mark. – Und was sollte auf sonem Zettel stehen?, fragte Sylvia. – Und wen sollte sie erreichen?, fragte Peter. – Eine Flaschenpost, ja!, rief Vera und drehte sich dreimal um sich selber, die Arme ausgebreitet, ein Propeller. – Sie hebt gleich ab, griente Sylvia. – Die Liebe, die Liebe ist eine Himmelsmacht!, schrie Peter in den dunkelblauen Himmel. – Irgendwas von Liebe und Zukunft, wär nicht schlecht, sagte Sylvia. – Ab geht er wieder, befahl Peter, wir haben's noch weit. – In die Zukunft?, fragte Mark. – Bist du betrunken, mein Freund? Wir haben ein Ziel! – Du hast ja ein Ziel vor den Augen, stimmte Sylvia ein Lied an, das sie nie gemocht hatte, das aber wie ein ideologischer Bandwurm in ihr wohnte, damit du in der Welt dich nicht irrst ... – Es lebe der Irrtum!, rief nun Mark. Wer sich nicht irrt, wird irre. Aphorismus Nummer 007, aus dem Band ›Viehwegers Viehwege‹. Wird grad da oben irgendwo gedruckt, zeigte er mit beiden Händen zu den Wolken, legte den Kopf so weit nach hinten, dass er hintenüber gekippt wäre, hätte ihn nicht Sylvia gestützt. Und die Zicklein sprangen weiter, sie hatten ein reales Ziel; sie wollten in ein Haus, in eine Straße, die von jungen Leuten besetzt war, dort gab es alles, was sie brauchten. Auch Schlafplätze. Und es wird Menschen gegeben haben, die wach in ihren Betten lagen (oder geweckt wurden), und die erstaunt (oder verärgert) hören mussten, wie junge Rabauken – die machten sich ja neuerdings überall breit, ob rechte, ob linke Wirrköpfe, runde Tische und eckige Parolen; und der brave Bürger konnte sich seiner nicht mehr sicher sein und einer ordnenden Staatsmacht auch nicht mehr? alles perdu und schwankend – lauthals und trunken sangen: »Spaniens Himmel breitet seine Sterne über unsre Schützengräben aus. Und der Morgen grüßt schon aus der Ferne, bald geht es zu neuem Kampf hinaus. Die Freiheit ist weit ...« (und wer den schrägen Gesang hörte und das Lied kannte, murmelte vor sich hin: Die Heimat ist weit, die Heimat, nicht die Freiheit. Habt ihr nichts Richtiges gelernt in der Schule?)

Samstag, 6. Januar 1990

Vera weckten die jaulend-spitzen Töne von Sirenen und ein hartnäckiges Rütteln an ihren Schultern. »Steh auf, Vera, los! Steh auf! Los! Die Bullen sind da! Wir müssen weg!«, hörte sie eine Stimme, die Sylvias sein könnte.

Was für Bullen? Polizei? Nicht schon wieder, schoss es durch Veras Kopf, der ihrem Gefühl nach zwei Elefantenohren, zwei Elfenbeinzähne und einen Rüssel trug. Außerdem schwappte es in ihm.

Jetzt hockte sich Peter neben sie, eindeutig, das war Peter, unser aller Scherzkeks und Klassengefährte. »Komm schon, Vera! Hier wird's gleich ungemütlich! Los, hoch! Die Kumpels wissen, wie wir hier rauskommen!« Er zog an Vera, sie ließ sich ziehen, stand. Ihr wurde der Pullover übergezogen, ihr wurden die Schuhe hingehalten, sie liefen mit ihr los. Sie durchquerten etliche Zimmer, stiegen Treppen hinab in Keller, die nach Feuchte, Kühle, Kohle und Abfällen rochen. Jemand, der den Weg kannte, lief ihnen voraus. Und als sie aus der Berliner Unterwelt über eine Treppe in die grelle Helligkeit des Tages gestoßen wurden (von sich selber, von ihren Beinen, von ihren Körpern, die funktionierten wie angeschraubte Automatik) –, fielen sie um und rangen nach Luft.

»Was, was ...«, stammelte Vera.

Von weitem waren die Polizeisirenen zu hören. Unverständliche Ansagen durch Megaphone. Das Knattern eines Hubschraubers, der von hier aus genau nach dem aussah, wonach er erfunden wurde: nach einer Libelle. Nur dass Libellen über einem Teich stehen und filigrane, fast lautlose Geschöpfe sind.

»Das war knapp«, japste Sylvia nach Luft.

»Scheiße!«, knurrte Peter. »Mark ist da drin geblieben. Ich fühle mich wie ein Feigling.«

»Besser feige als ein Loch im Kopp«, sagte Sylvia. »Oder gebrochene Knochen. Frag mal Vera! Und Mark, Mark ist ein Idealist, du bist keiner.«

»Was soll das denn?«, fragte er wütend. »Und was bist du?«

»Was ...« Vera hielt die Augen geschlossen und wurde von den Bildern des gestrigen Abends und der Nacht geflutet.

Friedhelm Münch war mit seiner Gattin Doris Kalaver auf sie zugekommen. Der Theaterdramaturg hatte ihr mit der Grandezza eines alternden, hüftsteifen Mimen einen Kuss auf die Hand gehaucht, ihren Mut bewundert und von ihr als Heldin gesprochen. Wegen der gebrochenen Knochen vor ein paar Wochen; sie sei keine Heldin, hatte Vera gesagt. Alles andere als das, ein zufälliges Opfer. – Seine Frau hatte sie gefragt, wo Sabrina sei. Die Schauspielerin hatte geseufzt. Ihre Tochter habe sich noch vor Weihnachten nach London auf den Weg gemacht. Sie wolle die Rockmusik da hören, wo sie echt gespielt wird, meinte Frau Kalaver. – Dann kam Victoria vorbei und bestand darauf, sie einem Pärchen vorzustellen, die einen Westberliner Verlag leiteten, und sie hatten Sätze gewechselt, an die sich Vera nicht mehr erinnern konnte. – Und dann wurde ein sehr kleiner Mann mit Gitarre und einem gewaltigen Schnauzbart angekündigt, ihm gebühre das historische Verdienst, am Verschwinden der Mauer einen gehörigen Anteil zu haben. Worauf der Sänger bescheiden abwehrte, er habe doch nur Lieder gemacht, um die Bonzen zu ärgern und einen gewissen Widerstand zu leisten mit seinen Versen; aber seine Bescheidenheit, fand Vera gespielt, er strotzte vor Eitelkeit. Als er mit krächzender Stimme zu singen anfing, war Sylvia an ihre Seite getreten und hatte gemeint, sie fänden (Peter und Mark und sie), es sei an der Zeit, die Orte zu wechseln. Oder willst du dir den da anhören?, hatte Sylvia gefragt. – Nö. – Sie waren mit einem Raumschiff auf einem Planeten gelandet, ausgestiegen und hatten festgestellt, dass es der falsche war. Sie mussten neu starten. – Und sie waren aufgebrochen und ihren Weg in das besetzte Haus gegangen, quer durch die Stadt, frei und albern und frech wie die Sperlinge, wenn sie in einem vollbesetzten Bierlokal zwischen den Beinen der Gäste und Tische, zwischen Gläsern und Tellern, zwischen dem Menschen-Geschnatter und der Live-Musik dreier Jazzer Bröckchen Wurst und Brot pickten. – Das Haus war eine über die Zeit und über vier Etagen heruntergewanzte Bude, deren Wände mit Graffitis und Sprüchen besprüht waren. Auch hingen die Porträts ehemaliger DDR-Politiker da, neben ihnen die Antlitze von Rosa Luxemburg, Stalin, Lenin, Karl Marx und etlicher Personen, die Vera nicht kannte. Rote Fahnen, DDR-Flaggen, die Fahne der UdSSR. – Alle Türen standen weit offen oder fehlten. Ein Hin und her von Mädchen und Jungen. – Musik. Killdozer. Pixies. The Lemonheads. Aus irgendeinem Zimmer schallte Bruce Springsteen. – Schließlich fand sich Vera auf einer Matratze wieder, neben ihr saß Mark und hielt in der Höhle seiner beiden Hände eine Zigarette, die er ihr hinhielt. Sie ekelte sich vor dem zungenfeuchten Papier und fragte, was das sei. – Bist du unglücklich, macht es dich noch unglücklicher, bist du glücklich, macht es dich noch glücklicher, antwortete Mark, der entweder von der Zigarette oder vom Alkohol oder von beidem glasige Augen und eine schwere Zunge bekommen hatte. Und du bist doch lücklich? Mit Gadji? – Sie nickte und zog an der krumpelig-selbstgedrehten Zigarette. Ihr fiel dieser Joseph wieder ein. Es würde sie nicht wundern, tauchte der hier auch auf zwischen all den Typen, die Wert auf Zerschlissenheit und Rebellion legten und die, spürte sie, von einer trotzigen Traurigkeit umflort waren. Dieser Joseph sollte solche Zigaretten nicht rauchen. – Und dann fragte Mark sie, ob er ihr Haar anfassen dürfte. Und sie nickte und gestattete es, obwohl sie die Frage befremdlich fand. – Ich bade meine Hände in deinem Haar, sagte er; halb war er eingeschlafen, halb abgedreht. – Warum? – Weil ich sie beschreiben will, sagte er, ich muss fühlen, was ich beschreiben will. – Vera gluckste. Alles? – Alles. Die kleinste Muschel auf dem Grund des Ozeans und die Sonne im All. Meinen Fußpilz, wenn ich einen kriege, und das Herz in der Brust einer Jungfrau. Vom Sieg des Kommunismus, wenn er siegt, und von den Gräueln des Kapitalismus. Da musste Vera, nachdem sie einen zweiten, kurzen Zug genommen hatte, kichern. Ach, Viehweger, Viehweger! – Kannst du dich noch an unser Programm erinnern?, fragte er lallend, und Vera fragte sich, wie einer so schnell von einer Sache zur anderen springen konnte. – Ist fünfhundert Jahre her. Ich glaube, ich bin jetzt achtzig Jahre alt. – So weise, fragte Vera. Sie war auf einmal müde, nur noch müde. So alt, so riesig, ungeheuer, bonzenmäßig malade. Mark sackte zur Seite und grunzte einmal laut und war eingeschlafen. Vera zog noch einmal an der Zigarette, die sie mit zwei spitzen Fingern hielt wie ein unbekannt-ekliges Insekt.

»He, Vera, was ist los?« Sylvia saß neben ihr in der S-Bahn in Richtung Erkner. Fuhren sie nach Hause? Hoffentlich. Vera wollte nur noch nach Hause, in ihr Bett, schlafen, bis der Arzt kommt.

»Fahren wir nach Hause?«, fragte sie.

»Aber immer.« Sylvia lachte und schmiegte sich an die Freundin. Ihnen gegenüber saß Peter Sandberg, die Augen geschlossen, ihm hing ein Speichelfaden aus dem linken Mundwinkel.

»Igititigitt! Freunde haben wir, nee, oder?« Sylvia schüttelte sich, zog ein Taschentuch aus ihren Jeans und wischte des Knaben Gesicht behutsam sauber. Vera schaute zu, lächelte, ihr war warm und sie war – zufrieden. Peters Augenlider zuckten. Es schien, als blinzelte er mit dem rechten Auge. Es sah aus, als habe er alles gehört und gespürt.

Mittwoch, 10. Januar 1990

Zwei junge Menschen fuhren in die Stadt; so sagten die Leute, wenn sie aus Köpenick oder aus Karlshorst oder noch weiter weg aus Mahlsdorf oder Wilhelmshagen die S-Bahn nahmen, um in die Stadtmitte zu fahren. Der eine Mensch war eine junge Frau, die in Berlin geboren war; der andere Mensch war ein junger Mann, der 3.600 Kilometer weiter östlich in einer Stadt am Meer aufgewachsen war. Beider Menschen Wege kreuzten sich in einer Schule in Köpenick zu einer Zeit, als Wunder geschahen. Eine Mauer, die die Stadt geteilt hatte, war urplötzlich gefallen (und hatte verwirrenderweise dafür gesorgt, dass es zwei Stadtmitten gab). Eine Regierung war sang- und klanglos abgetreten, ihre Mitglieder mussten sich vor dem Volk, das sie einst gewählt hatte, dafür verantworten, dass sie nicht achtsam und klug das Land gesteuert hatten. Außerdem zeigten allerlei politische und wirtschaftliche Ereignisse an, dass es bald ein geeintes Deutschland geben würde. Wunder über Wunder, aber das größte Wunder blieb die Liebe,

Vera und Gadji stiegen am Bahnhof Alexanderplatz aus. Dies hier ist das Zentrum meiner Stadt, hatte das Mädchen gesagt, und das will ich dir zeigen. Außerdem hieß der Platz nach dem russischen Zaren Alexander, der Anno Piepeinmal vom Preußenkönig Friedrich Wilhelm III. zu Besuch empfangen worden war; aus diesem Anlass fand eine Parade auf dem Platz statt, und der erhielt dem Zaren zu Ehren dessen Namen. Vielleicht, sagte Vera grinsend, ist das eine Art Vorläufer der Deutsch-Sowjetischen Freundschaft. Oder der Deutsch-Aserbaidschanischen?, fragte Gadji. Obwohl ich glaube, damals gehörte Aserbaidschan nicht zum Reich der Zaren und später erst zur Sowjetunion? Das soll uns egal sein, sagte Vera, und griff nach seiner rechten Hand.

Gadji hatte seinen Kiez, seinen shiloyi rayon, noch nie verlassen, seit er im Sommer 1989 mit seiner Familie nach Karlshorst gezogen war. Es war nicht üblich, dass sich die Töchter und Söhne der sowjetischen Offiziersfamilien auf den Weg machten, die große Stadt zu erkunden. Sie blieben unter sich, und Vera hatte bisher nicht gewagt zu fragen, ob das ihre eigene, persönliche Entscheidung war – oder ein bindender Befehl »von oben«. Denn obwohl die Deutsch-Sowjetische Freundschaft bis vor kurzem noch zum Kanon der Erziehung gehörte (war sie inzwischen aus den Schulprogrammen und aus der Bewusstseinsbildung gestrichen?) –, vielleicht war es unschicklich oder als Fraternisierung unerwünscht, wenn sich Sowjetbürger und DDR-Bürger aufeinander einließen? Es gab so vieles, das offiziell behauptet wurde, wie es so vieles gab, das entweder nur verzerrt oder überhaupt gar nicht so existierte, wie es behauptet wurde.

Vera und Gadji, Hand in Hand, umrundeten die Weltzeituhr auf dem Alexanderplatz. Wie immer waren viele Menschen hier, standen wartend oder liefen unruhig um die Uhr herum. Sie alle waren Sterne, die um andere Sterne kreisten – wie die Planeten-Kugeln des Sonnensystems auf ihren mit Stahl-Kreisen angebrachten Bahnen über der Uhr in jeder Minute rotierten. Oder zogen andere Sterne an, um mit ihnen gemeinsam die Zeit zu verbringen. Vielleicht ein Leben lang, vielleicht nur für einen Restaurantbesuch, vielleicht um gemeinsam einkaufen zu gehen.

»Baku«, sagte Gadji und zeigte auf den Stadtnamen, der in die Rotunde eingefräst war. »Hier ist jetzt 13.34 Uhr. In Baku ist es 15.34.«

»Hast du Sehnsucht?«, fragte Vera. Gadji zuckte mit den Schultern und sagte: »Wir werden im Februar nach Baku fahren. In den Winterferien. Doch, ich freue mich darauf.«

»Ich kann ja mitkommen?«, sagte Vera kokett und legte ihren Kopf an seinen rechten Oberarm.

»Eines Tages werden wir zusammen fliegen«, sagte Gadji ernsthaft. »Ich hoffe es.«

»Musst du eines Tages zurück? Ich meine, du und deine Familie? Das ist doch so mit Offizieren wie deinem Vater? Und mit ihren Frauen und Kindern?«

Gadji zuckte mit den Schultern und ließ Veras Hand los. Als wollte er ein Stück von ihr abrücken. Das war die Zukunft, das war etwas, das kommt, unweigerlich, wie ein Schicksal. Das war etwas, über das Gadji nicht nachdenken wollte. Das würde kommen – wie ein Asteroid, der auf der Erde einschlägt. Und vielleicht brachte der Blumen mit.

Vera griff nach seiner Hand und schaute ihm in die Augen. »Ist noch Zeit bis dahin«, sagte sie. »Komm. Weiter. Ich will dir noch vieles zeigen.«

*

Am Vortag hatten die Kosmonauten Alexander Viktorenko und Alexander Serebrow die Raumstation »Mir« verlassen und waren fast drei Stunden im freien Kosmos draußen. Sie legten 35 Meter zurück, brachten zwei Navigationsapparate an und »bargen von der Außenwand Materialien, die über einen langen Zeitraum den Bedingungen des freien Weltalls ausgesetzt waren«.

Am gleichen Tag wurde der ehemalige DDR-Staatssekretär Dr. Alexander Schalck-Golodkowski aus der Justizvollzugsanstalt Moabit auf freien Fuß gesetzt. Sein gegenwärtiger Aufenthaltsort sei unbekannt. Der Bundesnachrichtendienst und Schalck selbst befürchten, dass dem Ex-Staatssekretär vor einem DDR-Gericht Landesverrat vorgeworfen werden könnte.

Am Sonntagabend gab der Rocker Udo Lindenberg ein Konzert in der Leipziger Messehalle 2. Zu den letzten Takten des Liedes »In fünf Minuten sind die Russen auf dem Kurfürstendamm« marschierte die Big Band der Westgruppe der sowjetischen Streitkräfte in Uniform auf die Bühne, und am Ende des Konzerts holte der Sänger Kinder aus Namibia, die in der DDR zeitweilig zu Hause waren, auf die Bühne und illustrierte damit den Titel »Bunte Republik Deutschland«.

Zum 100. Geburtstag Kurt Tucholskys veröffentlichte das *Neue Deutschland* einen Text des »besten Chansonniers der Republik«, »Heute zwischen gestern und morgen«, in dem es heißt: »Denn wir leben, denn wir leben in einer Übergangszeit ...«

Dem Vorsitzenden der neonazistischen »Republikaner«, Franz Schönhuber, wurde am Montag von Angehörigen der Passkontrolleinheiten die Einreise in die DDR verweigert. Der »Republikaner«-Chef wollte um 10.22 Uhr die Grenze am Potsdamer Platz passieren. In einem zehnminütigen Gespräch sei ihm die Zwecklosigkeit seiner Absicht »klargemacht worden«.

Die UdSSR wird 1990 ihre Streitkräfte um 185.400 Mann reduzieren. Der Chef des Generalstabes der Streitkräfte der UdSSR, Generaloberst Grigori Kriwoschejew, erinnerte in einem TASS-Interview daran, dass die Sowjetunion ihren übernommenen Verpflichtungen nach bereits 1989 einseitig 265.000 Militärangehörige abgezogen hatte.

*

Zwei junge Menschen liefen durch die Stadt. Hand in Hand. Nur manchmal lösten sie sich voneinander, wenn der eine Mensch dem anderen Menschen etwas genauer zeigen wollte, wenn der andere

Mensch den einen Menschen umarmen und küssen musste. Und es gab auf ihrer tour de ville viel zu sehen, zu zeigen und zu küssen.

Von weit oben, wo die Vögel Roch, Greif und Phoenix kreisen, waren sie kaum auszumachen. Man brauchte das Auge eines Adlers, um im Gewimmel der Menschen auf dem Alexanderplatz grad und genau das eine Pärchen, das eng bei dicht auf dem Rand des »Brunnens der Völkerfreundschaft« unter etlichen anderen saß, zu erspähen. Das dann weiterlief: unter der Brücke des Bahnhofs Alexanderplatz und unter den Beton-Faltdächern des Fernsehturms hindurch, an den Wasserspielen und an dem Brunnen mit dem gewaltigen Meeresgott Neptun, an der Marienkirche vorbei und in das Marx-Engels-Forum hinein.

Vera und Gadji blieben vor den Statuen von Karl Marx und Friedrich Engels stehen. Der eine saß auf einer Bank, der andere stand hinter ihm. – Sie sehen aus, meinte Gadji, nachdem er die Urgenossen von vorn, von der Seite und von hinten gemustert hatte, als würden sie auf einen Bus warten. – Oder auf die Straßenbahn, setzte Vera seine Beobachtung fort. Beide lachten. – Vielleicht warten sie auf die Zukunft, sagte Gadji. – Meinst du, die kommt einfach vorbeispaziert und nimmt sie mit?, fragte Vera. Und wieder lachten sie, zwei Menschen, die mehr Zukunft hatten als die Spree, ach was, die Ostsee und das Kaspische Meer zusammen Wasser haben.

Zwischen dem Palast der Republik und dem Berliner Dom hinein in die Straße Unter den Linden, die Prachtstraße aus Preußens Königs-Zeiten bis heute. Die Humboldt-Universität, gegründet auf Anregung von Wilhelm von Humboldt (»War das …?«, fragte Gadji; Vera antwortete: » … der Bruder von unserem Alexander!«) rechterhand, dann auf der andern Straßenseite die Staatsoper. Prächtige Häuser, die eine Straße säumten, in deren Mitte auf dem Grünstreifen kahle Linden standen, und die auf dem Pariser Platz vor dem Brandenburger Tor endete. Bis hierhin reichte bis vor zwei Monaten Veras Welt. Ab hier ging es noch vor zwei Monaten für Spaziergänger, Reisende, Besucher in Richtung Westen nicht mehr weiter. Und auf dem Tor galoppierte Victoria, die Göttin des Sieges, in Richtung Osten durch die Stadt, wäre sie nicht zum Standbild aus Stein geronnen.

Dass der Pariser Platz bis vor zwei Monaten ein toter Platz war, ein Grenz-Gelände, auf dem sich die zwei Militärmächte

NATO und Warschauer Pakt Nase an Nase, Rakete an Rakete, Stiefelspitze an Stiefelspitze gegenüber standen – das schien unendlich lange her zu sein. Jetzt drängten sich Stände und Tische, auf denen die Devotionalien der DDR, ihre Reliquien (als wäre sie die Katholische Kirche) ausgebreitet waren und den Touristen als Flohmarkt-Schnäppchen angeboten wurden. Uniformteile und Ausrüstungsgegenstände der Nationalen Volksarmee, Medaillen, Orden, Auszeichnungen jeder Art. Briefmarkensammlungen, Zeitschriften, aus der Mauer gehackte, gebrochene Stein-Brocken, manche bemalt, manche pur. Fahnen, Flaggen, Büsten von einstigen Politikern. Es war eine Freihandelszone entstanden, ein Terrain, auf dem jeder ohne Genehmigung verkaufen und kaufen konnte, was er anbot oder haben wollte. Niemand war verfügungsberechtigt, keine Ost- und keine Westbehörde konnte kontrollieren oder eingreifen, weil dieses Niemandsland ein Streifen des Grenzgeländes war, für das sich niemand mehr verantwortlich fühlte. Kein Bezirksamt, kein Tiefbauamt, keine Polizei und auch nicht die Grenzpolizei, die noch existierte. (Und was hätte eine Grenzpolizei ohne Grenze an dieser Stelle auszurichten gehabt?) Büdchen waren aufgebaut, aus denen Bockwurst und Coca Cola verkauft wurden, Saftpäckchen und Büchsenbier. Der gesamte Markt war eine einzige Leichenfledderei ohne Leiche, und an einem Trabant-Auto, das am Rand des Marktes stand, stand geschrieben Nie wieder Deutschland!

»Warum nie wieder Deutschland?«, wunderte sich Gadji.

»Ein geeintes Deutschland«, sagte Vera, »wollen viele nicht. Viele wiederum doch. Wissen wir, wie ein einziges Deutschland aussehen wird?«

»Ich wusste lange Zeit gar nicht, dass es zwei Deutschländer gibt«, sagte Gadji nachdenklich. »Für uns in Baku – für die meisten war Deutschland Deutschland. Ein Land. Weit weg.«

»Hattet ihr keine Landkarten im Unterricht?« Vera versuchte zu scherzen.

»Ach, Geographie«, sagte Gadji; er verzog das Gesicht, als habe er mit einem Stück Würfelzucker gerechnet und stattdessen in ein Salzbröckchen gebissen.

Vera war nicht sicher, ob er sie auf den Arm nehmen wollte. Zwei Deutschländer, verschieden wie Hund und Katze, unverträglich wie Feuer und Wasser – damit war sie aufgewachsen.

Konnte es sein, dass ein paar tausend Kilometer weiter weg entfernt von ihrem Leben, die Menschen ein geteiltes Deutschland gar nicht wahrnahmen? War es für viele Menschen in der Welt nur eine Bagatelle, eine harmlose Schürfwunde der Geschichte? (Vera erinnerte sich, dass Gadji ihr in einer der gemeinsamen Nächte von einem sonderbaren Mann erzählte. Er saß in einem Keller-Atelier in Baku und malte immerzu Porträt, immerzu das Gesicht eines Mannes: Adolf Hitler. Jedem, der ihn danach fragte, wer das sei – und die es wussten, fragten ihn, warum denn ausgerechnet den? – denen antwortete er: Ist doch ein schöner Mann. – Vera hatte gelacht, konnte sich nicht einkriegen vor Lachen.) Wurden schicksalhafte Ereignisse, die Menschen leibhaftig betrafen, zu Klecksen für diejenigen, die weit, weit weg draufschauten – wie durch ein umgedreht gehaltenes Fernglas, das noch dazu trübe Linsen hatte?

Ach, Gadji! Vera umarmte ihren Freund, nahm sein Gesicht in die Hände und küsste ihn rechts und links auf die Schläfen. Über seine Schulter hinweg sah sie, dass sie beide von einigen Asiaten gefilmt wurden, die aus einem Reisebus ausgestiegen waren. Sie stieß Gadji lachend von sich weg und rief: »Guck mal, die fotografieren uns! Liebespaar an ehemaliger Grenze. Eine Berliner Szene!« Als die Touristen merkten, dass das Mädchen sie meinte, ließen sie die Kameras sinken, lächelten und verneigten sich höflich.

Vera und Gadji gingen an den Menschentrauben, die sich um die Stände gebildet hatten, vorbei. All die Überreste einer Republik, all die Symbole, all die Fossilien einer Vergangenheit, die noch gar nicht vergangen war – kaufen wollten sie davon gewiss nichts.

Urplötzlich blieb Gadji stehen und wurde kreidebleich im Gesicht. Er stand vor einer fahrbaren Garderobenstange, an der komplette Uniformen der Nationalen Volksarmee hingen. Dunkelblaue der Marine, graugrüne der Infanterie, Overalls der Luftstreitkräfte.

Vera, sie war ein paar Schritte voraus, wandte sich um und ging rasch zu Gaadji zurück. »Was ist los? Du siehst aus, als …«

Er fasste nach ihrer Hand und presste sie, es tat weh. »Gadji, he …?«

»Alles gut«, sagte er; er war kaum zu verstehen: »Ich habe mir vorgestellt, hier hängt die Uniform meines Vaters. Es war, als hinge er selber hier.« Er schüttelte den Kopf, als gelte es, die Vorstellung auszuschütten; als wäre das Gehirn ein Eimer und die Gedanken darin Murmeln.

»Warum?«, fragte Vera hilflos. Woher sollte sie wissen, dass in den Familien der sowjetischen Armeeangehörigen – auch in der Familie Muuslimsade – Dispute stattfanden, in denen es um den Abzug der Sowjetarmee aus der DDR ging. Der würde sie alle betreffen. Etliche zehntausende von ihnen waren schon in Güterwaggons verladen und in die Heimat zurückgeschickt worden. Mitsamt den Panzern und Kanonen.

Aber es ging um mehr. Es ging um die Verteidigung des Sozialismus, der gerade unterging? Es ging um die schwer zu verstehenden Entscheidungen der Führung in Moskau, der Führung in Berlin, wer hatte gerade das Sagen, wer entschied über den Lauf der Geschichte – es ging um die Zukunft, nicht nur der eigenen, familiären, persönlichen. Wie würde die Welt beschaffen sein, wenn der sogenannte Kalte Krieg beendet wäre? (Waren diese Diskussionen nicht denen ähnlich, die erst vor einem halben Jahr in den Räumen der Kirchen, in den Wohnungen der Bürgerrechtler, an den Tischen der Kneipen geführt worden und noch immer im Schwange waren? Waren sie nicht ähnlich hitzig und deprimiert und hoffnungsvoll und spekulativ und unsicher? Bei den Russen wie bei den Deutschen?)

»Ich möchte zurück. Domoy.«, sagte Gadji.

»Es reicht auch«, sagte Vera. Sie drückte ihre Lippen auf seine. »Mir brennen die Füße.« Vera schob ihren rechten unter seinen linken Arm – als sie spürte, wie sich Gadjis ganzer Körper spannte. Wie in Gefahr, dachte Vera. Was …? Und da sah sie es auch. »Kommt der Esser nicht zum Berg, kommt der Sandberg zum Esser«, Peters Camping-Imbisswagen, daneben ein Tapeziertisch, auf dem Armeemützen gestapelt lagen. Aus dem Seitenfenster seiner Fress-Scheese reichte Sandberg eben eine seiner legendären (von der Mutter gebratenen) Bouletten. Als er Vera erblickte, winkte er sie fröhlich heran.

Hinter dem Tisch – stand Mark Viehweger, der eine Offiziersmütze auf dem Kopf trug und dabei war, zwei kichernden Mädchen Tschapkas aufzusetzen. Der Jungpoet erstarrte, als er Vera und Gadji sah, während Peter marktschreierisch rief: »Heranspaziert! Heranspaziert! Für Freunde nur der halbe Preis! Bouletten vom Hackfleisch Brandenburger Schweine! Die besten im ganzen Land!«

Gadji blieb stehen, wo er stand. Vera ging zu ihren Freunden hinüber.

»Hallo, ihr Händler und Halunken!«, grüßte sie.

»Hallo, du Schöne!«, grüßte Peter zurück. »Boulettchen gefällig?«

Vera schüttelte den Kopf und sah sich nach Gadji um. Sie spürte, dass er sich unwohl fühlte in der Rolle desjenigen, der es womöglich toll finden sollte, was seine Klassenkameraden betrieben. Handel mit den Insignien einer aufgelösten Armee, Buletten für Schnäppchenjäger. Gadji stand wie eine Statue. Trüge er einen Vollbart, er hätte dem Mann, den sie vor einer Stunde besucht hatten, geähnelt: Karl Marx, und er, Gadji, die aserbaidschanische Ausgabe in jung.

»Danke«, sagte Vera. »Wir wollen nach Hause fahren. Wo habt ihr das Zeug her?«, fragte sie Mark und umfasste mit einer Handbewegung sein Angebot. »Ich wusste gar nicht, dass in dir auch eine Krämerseele steckt.« (»Nanana«, maulte Peter aus seinem Wägelchen heraus, während er zwei Deutsche Mark von einer hochgewachsenen Frau, die fast auf Augenhöhe mit dem höher platzierten Jungen stand, kassierte. »Handel und Wandel lassen die Welt erblühen!«)

»Kriegste fürn Appel und n Ei in jeder Kaserne. Bisschen Geld verdienen, schadet's wem?« Der Ton unter seiner Frage war ein Akkord aus Trotz, Verlegenheit und Sichertapptfühlen.

»Habt ihr auch schon – sowjetische Sachen da?«

Mark setzte die Mütze ab, warf einen Blick rüber zu Gadji und sagte leise: »Ich kenne welche, die können sowas besorgen. Sind ja schon etliche von denen nach Hause. Die verscheuern alles Mögliche, um wenigstens am Ende auch was abzukriegen. Stell ich mir beschissen vor: Die Sieger von einst ziehen geschlagen dahin und fragen sich, was hatte ich davon? Da ist nicht mehr viel von ›dem Morgenrot entgegen‹.«

»Nicht mal n Appel und n Ei«, sagte Vera sarkastisch.

Mark zuckte mit den Schultern. Vor der Moral kommt das Fressen, Veralein. Haben wir doch gelernt. Haben wir immer klassenkämpferisch gesehen und die andere Seite gemeint, die kapitalistische. Müssen wir uns aber nicht wundern, wenn es im

Leben tatsächlich zu jeder Zeit und überall so ist, oder? Ich habe nicht vor, als armer Poet in einer Dachkammer zu hausen, wenn ich mir eine Villa am Müggelsee zulegen kann. Er wendete sich von Vera ab und den zwei Mädchen vor ihm zu. Eines von ihnen hatte sich entschlossen, eine der grauen Wintermützen mit dem Staats-Emblem der DDR auf der Vorderklappe zu kaufen. Die war ihr 20 Deutsche Mark wert.

»Vielleicht will Gadji was essen?«, fragte Peter. »Oder ne Cola trinken?«

Vera winkte ab, sie stürzte ab. In eine Verwirrung, in eine Verunsicherung, die sie sich nicht erklären konnte. Peter und Mark – wie pfiffig! Oder sollte sie es moralisch verwerflich finden? Bouletten gingen ja noch, aber diese NVA-Sachen zu verhökern? Die Volksarmee war vor einem Monat aufgelöst worden, das schon. Und von irgendwem, der von Skrupeln nicht geplagt war, mussten sie die Sachen ja bekommen haben. Trotzdem.

Und dann – Gadji. Es war mit Händen zu greifen, dass ihm der Markt zuwider war und die beiden eifrigen Schulkameraden auch. Was hatte er vorhin gesagt? Dass er die Uniform seines Vaters hängen sah, in der Zukunft, bald. Als würde der Mann selber gehängt sein.

»Bis morgen. In der Schule«, sagte Vera und hob die Hand zum Gruß.

»Wir werden sehen«, sagte Peter.

»Tschüs bis morgen«, sagte Mark.

Zwei junge Menschen fuhren in der S-Bahn in Richtung Süden. Sie saßen nebeneinander und schwiegen. Ihre Beine berührten sich, das linke des Jungen das rechte des Mädchens. Ihre Hände hielten sie bei sich, im Schoß die eine, in den Hosentaschen der andere. Sie schauten sich nicht an. Der eine schaute aus dem Fenster in die vorübergleitenden Straßen und zwischen die Häuser, die andere schaute nach links zu einer Mutter, die ihr Kind mit Keksen fütterte. Sie schwiegen und jeder war für sich. Bis Vera einen Seufzer von tief drinnen holte, ihn ausstieß und fragte: »Ist es wegen der beiden?«

Gadji zog seine Hände aus den Hosentaschen. Sie waren zu Fäusten geballt, die er entkrampfte, seine flache, warme Rechte legte er auf das Hände-Knäuel Veras. Er sah sie von der Seite an und schüttelte den Kopf. »Idioty!«, kam es aus zusammen gepressten Lippen.

»Sind sie«, sagte Vera lächelnd. »Aber schlecht sind sie nicht.«

»Sie verkaufen ihre eigene Vergangenheit«, sagte Gadji ernst. »Das verstehe ich nicht. Es ist – Verrat. Ich hasse Verräter. Ich hasse auch Feiglinge.«

Zu starke Wörter, fand Vera. Bouletten waren eher die Gegenwart, und Cola war die Zukunft. Und Geschäft war Geschäft.

Außerdem war das alles – ein Spiel. Seit Wochen spielten sie es. Sie schlüpften in Rollen und probierten sie aus. Sie wühlten in einem Kostüm-Fundus, zogen das eine und das andere an, drehten sich vorm Spiegel, betrachteten sich von allen Seiten und hofften auf eine Antwort auf die Frage: Was wird aus mir? Wohin passe ich? Was will ich? Oder dass der Mensch im Spiegel was zu ihnen sagte, was Richtungsweisendes.

Vera war sicher, dass Gernot (wieso kam ihr Gernot als erster in den Sinn? war halt so) nicht am Anfang einer politischen Karriere stand, nur weil er als gewählter Schulratsvorsitzender am Rad drehte. Peter würde nicht ein Kaufmann werden, das glaubte sie ganz und gar nicht. Mark – würde seine Begabung versiegen, austrocknen, nur weil er am Geld schnupperte? Nein, entschied Vera. Will ich nicht, wird nicht so kommen.

Die Freundinnen kamen ihr in den Sinn. Sylvias Hostess-und-Callgirl-Phase würde vorübergehen, Maria würde aus ihrer Versunkenheit auftauchen und das tun, was sie wollte: Häuser entwerfen und bauen. Und sie, Vera, wo sah sie sich in diesem Spiel, das gerade lief, das keine Regeln zu haben schien, was aber ein Ende haben würde? Das so sicher war wie das Amen in der Kirche, und vielleicht käme es schneller, als alle ahnten. Enden in einem Land, das sie noch nicht kannten. Der Einzige, der bei sich selber blieb, war Gadji, schien ihr.

Veras Herz begann zu rasen. Gadji würde bei sich selber bleiben, aber würde er überhaupt bleiben? Hier? In Deutschland? Bei ihr? Was würde aus ihnen werden? Lebten sie nicht in einer Zeit, in der Gewissheiten verschwanden, Beziehungen sich auflösten, neue Verbindungen geknüpft wurden? Der Markt, den sie gerade besucht hatten, kam Vera auf einmal wie ein Menetekel vor. Ausverkauf der Heimat, die sie kannte. Geld ging über die Tische. Alles war in Bewegung geraten. Was gestern galt, galt heute nicht mehr, und was würde morgen gelten? Es mochte ja sein, dass gerade Geschichte geschah; aber wann geschah Geschichte nicht? Und dass wir in »historischen Momenten« lebten – Gottchen ja, das konnte Politikern und Historikern die Hitze ins Gesicht treiben; uns, die Überwältigten, ließ es frösteln?

Noch immer schwiegen sie. Doch auf dem Weg zum Bahnhof Friedrichstraße war Gadji außer sich geraten. Die Vorstellung, eines nicht fernen Tages könnte sich der »Flohmarkt DDR« zu einem »Flohmarkt Sozialismus« erweitern, machte den Jungen wütend. Und auf einem »Flohmarkt Sozialismus« würde es etliche Stände für die Utensilien und Symbole der Roten Armee geben. Gadji wusste, was die deutschen Veras, Peters, Marks, Gernots vermutlich nicht wussten: Dass es sowjetische Offiziere gab, die Waffen und Benzin verscherbelten. Dass es Soldaten gab, die desertierten, und dass die jungen Rekruten von den länger gedienten Kameraden gequält wurden und zu wenig zu essen bekamen, seit langem schon, seit immer schon? Alles war in Auflösung begriffen, doch über allem knatterten noch die Transparente mit den Parolen vom Sieg des Weltsozialismus und flatterten die Fahnen mit den Köpfen Lenins, Marx' und Engels'. Unbeirrt wurde vor den politischen Führungen paradiert und unentwegt im Polit-Unterricht der Truppen das Lied vom Klassenfeind und das Lied von den eigenen Siegen und Errungenschaften gesungen. Gadji schimpfte vor sich hin. Das alles sei so widerlich, so verlogen.

Vera versuchte ihn zu beruhigen. Ob er denn glaube, dass es Freude mache zu sehen, wie alles den Bach runtergehe und verramscht würde. Aber es habe keinen Sinn, dagegen anzutoben.

Mochte sein, mochte nicht sein. Vielleicht haben wir alles verloren. Was? Wir? Die DDR? Den Sozialismus? Und wenn – es gäbe *dostoinstvo i chest'*. Man könne verlieren, aber man müsse aufrecht bleiben. Nicht als Verräter, nicht als Feigling, nicht als Gauner auf die Seite des Siegers wechseln. Chelovek ne sobaka, der Mensch ist kein Hund, der seinem Herrn die Stiefel leckt, wenn er geprügelt wird. Als sie auf dem Bahnsteig standen und die Bahn einfuhr, verstummte Gadji – erschöpft und mit sich im Unreinen?

Mein armer Gadji! War vielleicht nicht meine beste Idee, mit dir in die Stadt zu fahren. Vera lächelte ihm zu, nahm seine rechte Hand, hob sie hoch und rieb ihre Stirn an ihr. Sie schloss die Augen.

Gadji, wir haben uns. Lass geschehen, was geschieht. Es liegt nicht in unserer Macht, den Lauf der Dinge zu verändern. Es gibt welche, die glauben daran, Einfluss nehmen zu können. Sie träumen von einer idealen Welt, und sie fühlen sich berufen, sie zu schaffen. Meine Mutter ist so eine. Aber ebenso könnten wir Häuser bauen – auf einem Regenbogen. Das aber kann nur die Liebe, Gadji, nur Liebende wohnen im Regenbogen. Sie öffnete ihre Augen und blickte in Gadjis Augen. Endlich lächelte auch er wieder.

Sie wussten, wie sie wirkten, die drei Kerle, die im Bahnhof Warschauer Straße den Wagen betraten Sie betraten ihn nicht, sie rissen die Tür auf, sprangen hinein, einander an den Schultern rempelnd, dass das tonnenschwere Eisen-Gefährt schwankte. Sie trugen Springerstiefel, schwarze Cargo-Hosen, Bomber-Jacken und Tätowierungen, die ihnen aus den T-Shirts den Hals hinauf quollen. Die Köpfe kahlgeschoren, gedunsene, breit grinsende Gesichter und mit Augen, die flink waren wie die Augen kleiner Raubtiere auf der Suche nach Beute. Sie fanden, was sie suchten.

Links neben der Tür, in einer Ecke an der Schmalseite des S-Bahn-Wagens, saß eine Familie, die unverkennbar asiatischer Herkunft war. Die Mutter legte, als sie den stieren Blick eines der Glatzköpfe auf sich ruhen sah, ihren Arm schützend um das Mädchen, das neben ihr saß, und zog es an sich. Der Vater, ihr gegenüber mit einem etwa zwölfjährigen Jungen an der Seite, deutete die Furcht in ihren Augen richtig; er drehte seinen Kopf über die Schulter und blickte in das hämische Grinsen des zweiten Jungnazis. Zwischen die beiden schob sich der dritte. Er hielt in der rechten Hand eine geöffnete Bierflasche, aus der er einen tiefen Zug nahm und abschließend lauthals rülpste. »Fidschis!«, sagte er genießerisch. »Was haben wir denn hier für Zigarettenschmuggler. Mit Nachwuchs, eieiei. Wir haben euch zum Fressen gern.«

»Irgendwie werden die immer mehr. Ey, die hecken wie die Kaninchen«, sagte der mit dem Glubsch-Blick; er schürzte die Lippen zu einem Luftkuss, den er der jungen Frau zuwarf.

»Auf Staatskosten dazu«, sagte die Bierflasche. »Was macht man mit Kaninchen?«

»Abschießen!«, grölte das Grüppchen.

»Und wenn man kein Gewehr hat?«

»Aufklatschen! Aufklatschen!«

Sie waren eingespielt. Sie spielten ihr Spielchen nicht zum ersten Mal. Einer von ihnen ließ sich an einer Haltestange hängen, zog die Beine an und schaukelte hin und her. Er hustete dabei wie ein Affe.

»Zigarettenverkaufen, stimmt's. Pinke Pinke machen für die Oma in Hanoi!«

»Moped kaufen!«, feixte der Orang Utan. »Brrrrm durch den Dschungel!« Er schaukelte noch ein bisschen und streckte das rechte Bein aus. Es fuhr um Zentimeter vorbei an der Schulter des Jungen, der sich angstvoll gegen den Vater drückte.

»Vorschlag«, sagte der Anführer, nachdem er einen nächsten Schluck aus der Pulle genommen hatte. »Ihr überlasst uns eure Zigaretten. Wir lassen euch am Leben. Ein bisschen.«

Vera und Gadji erging es wie den anderen Passagieren. Sie saßen wie gelähmt und schauten der Szene zu. Sie waren nicht die Akteure in einem schlechten Film, der schlechte Film lief vor ihren Augen ab. Vera wollte aufstehen, aber Gadji nahm ihr linkes Handgelenk und zwang sie, sitzen zu bleiben. Vera wollte sich losreißen und ihn anschreien. Spinnst du, ich gehe da jetzt hin und …

Als sie Gadjis Gesicht sah und die Spannung seines Körpers spürte, verstand sie. So konzentriert hatte sie ihn schon einmal gesehen. Als sie und ihre Freunde auf dem Weg zum Friedhof waren und Zeugen wurden, wie Gadji drei Angreifer ins Wasser beförderte. Mit Kampfbewegungen, die schneller waren als die Gothic-Traumtänzer gucken konnten. Gadji stand auf und ging lautlos den Gang entlang.

»Wir haben keine Zigaretten«, sagte der Vater. »Wir sind Studenten und das ist meine Familie.«

»Studenten! Intelligente Fidschis! Gibt's die, Kalle?«

»Kann nicht sein«, antwortete der Schaukler. »Wenn die intelligent wären, würden sie sich nicht in die Bahn trauen. Unter Deutsche.«

»Oder wären schon längst zurück im Dschungel«, quakte der dritte, der bisher noch nicht mit einer Dämlichkeit zum Zuge gekommen war.

»Also, was is? Zigarette oder …« Er kam nicht dazu, die erpresserische Frage zu beenden, weil er am Boden lag, sich krümmte und wand. Die eine Hand presste er gegen den Bauch, die andere gegen die Gurgel. Er ächzte, bekam kein Wort heraus, aus dem Mund schoss ein Schwall Spucke und Bier.

Mit einem Schlag pflückte Gadji den Affen von der Stange und verpasste ihm, noch bevor er aufschlug, einen Gong gegen die Schläfe. Er polterte gegen die Rückwand der Bank, auf der der vietnamesische Vater und sein Sohn saßen, blieb sitzen und hielt sich den Schädel. Er glotzte irgendwohin und sah nur das grüne Geschlinge des Dschungels, in den er so gern die Familie geschickt hätte.

Die dritte Glatze hatte sich zur Seite gedrückt und streckte die Arme nach vorne. Nein, nein, nicht! Er wollte nicht wie seine Kameraden auf das klebrige Linoleum geschickt werden und auch nicht den Arsch versohlt bekommen wie ein widerborstiges, unbelehrbares, unerzogenes Knäblein. Gadji fasste ihn am T-Shirt, zwirbelte es zusammen und zog ihn an sich. »Idioty! Tupitsi! Poshyol k chertu!« Dann stieß er ihn von sich – diesen Sack Abfall.

Inzwischen waren zwei Männer in blauen Arbeits-Overalls dazugekommen, sie standen hinter Gadji. Und Vera hatte sich neben ihn gestellt.

»Is noch wat?«, fragte der eine.

»Sieht so aus«, sagte der andere, »als müssten wir nur noch den Müll rausbringen.«

»Nächste Station. Jut jemacht, Junge.«

»Wo hastn det jelernt? Fallschirmspringer oder sowat?«

Die Bahn fuhr ein. Betriebsbahnhof Rummelsburg, noch eine Station bis nach Karlshorst.

Gadji öffnete zuvorkommend die Tür, pozhaluysta! Platz für die Männer in Blau, die die Glatzen auf den Bahnsteig schoben. Ein passender Zufall, dass gerade zwei Transportpolizisten einsteigen wollten. Sie würden ein paar Züge später fahren und sich um die zwei Lädierten und den einen Furchtsamen kümmern. Wie Krankenschwestern schauten sie nicht drein. Für diesmal hatten die Glatzen ihr Spielchen verloren.

Auch die vietnamesische Familie stieg aus. Sie hatte ihr Fahrtziel erreicht. Zuvor hatte sich die Mutter vor Gadji verbeugt und Danke gesagt. Der Vater nahm die Rechte Gadjis zwischen seine Hände und drückte sie an sein Herz. Das kleine Mädchen stand scheu und ihn anstaunend vor ihm, als die Mutter ihr etwas in ihrer Sprache zuflüsterte. Es schüttelte unwillig den Kopf und fragte: »Bist du ein Türke?« Gadji musste grinsen. Ihm fiel ein, dass er vor etlichen Wochen schon mal von einem Mädchen gefragt worden war, ob er ein Afrikaner sei. Nur weil seine Haut dunkler war als die der meisten Deutschen. Weder das eine noch das andere bin ich. Nur ein Mensch. Schon ein ausländischer, aber ein Mensch. »Nein«, antwortete er. »Aber von hier bin ich auch nicht. Wie du.«

»Aber ich bin von hier!«, protestierte das Mädchen und ließ sich nur unwillig von ihrer Mutter aus der Bahn ziehen.

»Du bist mein Held«, sagte Vera und ließ ein bisschen Spott einfließen: »Mein Ilja Muramez!«

»Ich weiß«, machte Gadji mit. »Ich bin ein Held der Sowjetunion und dein Märchenheld sowieso und sintemalen.«

»Sintemalen. Was du für Wörter kennst.«

»Ich habe auch deutsche Märchen gelesen.«

»Diese Schweine!«, sagte Vera grimmig.

»Deutsche Märchen?« Er zog sie auf, ganz klar, Vera boxte ihm in die Seite. »Chto u trezvogo na ume, to u pjanogo na jazyke«, sagte Gadji.«

Diese Sprache! Vera verdrehte die Augen und drückte sich an ihn. »Wenn du mir das bitte übersetzen könntest.«

»Vielleicht so: Was ein Nüchterner im Kopf hat, trägt der Betrunkene auf der Zunge?«

»Dann haben die echt viel Scheiße im Kopp!«, sagte Vera. Gadji lachte. Dazu war nichts weiter zu sagen, auf Russisch nicht und nicht auf Deutsch.

Die Bahn fuhr weiter. Vera saß neben Gadji, Gadji saß neben Vera. Sie schwiegen, sie hielten die Köpfe aneinander gelehnt, zusammengewachsen für den Moment. Sie horchte, vielleicht könnte sie Gadjis Gedanken hören? Hörte er, was sie sich fragte? Warum waren die beiden Männer nicht vorher eingeschritten, warum erst, als die ganze Kacke vorbei war?

Alles in allem – ein irrer Tag.

Samstag, 13. Januar

Vera nestelte an dem in einer durchsichtigen Folie verpackten Strauß lachsfarbener Rosen. Sie kam sich albern vor. Oder altmodisch; altmodisch war das treffendere Wort. War sie auf dem Weg zu einem Verlöbnis nach alter Sitte, oder war sie im Begriff, als zukünftige Braut ihren Schwiegereltern vorgestellt zu werden? Gadji und sie waren ein Liebespaar, unstrittig. Und dass sie es lange bleiben wollten –, war ihr Glaube und ihre Hoffnung. Lange, für ewig; aber ewig ist mal ein glatter, mal ein dorniger langer Weg, auf dem es Unwägbarkeiten, Überraschungen, Hindernisse geben würde; niemand war so blöd, das Selbstverständliche nicht zu wissen

Für die Rosen war sie eigens in den Westteil der Stadt gefahren. Es war ein wolkiger Tag, aber nicht allzu kalt, und auf dem Fahrrad wurde es Vera schnell warm; und sie ließ das lange blonde Haar fliegen. Ihre umtriebige Freundin Sylvia hatte ihr ein paar Tipps gegeben, wo es frische Blumen zu kaufen gab, die in Ostberlin – noch dazu im Winter – rar waren. Und so war Vera gestern am Nachmittag über Schöneweide und über Johannisthal in den Stadtbezirk Neu-Kölln durch die Straßen geflitzt, bis sie die Sonnenallee erreichte, zum klotzigen Bau des Rathauses mit seinem hohen Turm abbog und auf der Karl-Marx-Straße nach einem Blumenladen Ausschau hielt.

Wieder war sie überwältigt worden und fühlte sich in die Enge getrieben – wie bei dem ersten Besuch in Westberlin zusammen mit ihrer Mutter – von der Dichte der Läden, Imbissbuden, Lokale, von den vor Mode-Geschäften und vor einer Musikalien-Handlung ausgelegten Waren, von den gestapelten Obst- und Gemüsekisten vor den Läden. Für fünf D-Mark erstand Vera bei »Blütenreich« den Blumenstrauß, mit dem sie nun neben Gadji vor der Haustür stand.

»Ich weiß nicht«, sagte Vera.

»Wo ist das Problem?«, grinste Gadji; er fand wohl, dass er eine sehr deutsche Frage stellte.

»Ich komme mir vor, als wäre ich eine – Braut, die in die Familie des Bräutigams eingeführt wird.«

»Wenn du eine Braut wärest und ich ein Bräutigam (das waren zwei Wörter, die ihm schwer über die Lippen kamen), dann würden wir heute heiraten. Vermutlich wüssten unsere Familien dann schon eine Weile davon, dass wir zusammen sind. Lass uns hochgehen.«

Vera zögerte. Zwei Begegnungen rasten im Zeitraffer durch ihren Kopf. Das überfällige Gespräch mit Gernot kurz vor Silvester 1989, in dem »die Fronten« geklärt worden waren. Niemandem war verborgen geblieben, dass sie getrennte Wege gingen. Jeder in der Schule wusste, wie der Hase lief. Aber beide, Vera und Gernot, fanden es wichtig, dass sie den Schlussstrich zogen – und sich dabei in die Augen sahen, weil sie sich auch weiterhin in die Augen schauen wollten. Wie es sich für kultivierte Menschen gehört, sprach Gernot in dieser seltsam hölzernen Art und Weise, in der er, schon immer gesprochen hatte? – Vera hatte genickt und gesagt, dass es ihr Leid täte, dass sie die Zeit mit ihm, Gernot, nicht missen wollte (o Gott, dachte Vera, mein Protokoll-Deutsch ist aber auch nicht von dieser Welt). – Leidtun müsse ihr gar nichts, hatte Gernot erwidert. Ganz ein Mann von Welt, den eine Niederlage nur stärker machen konnte. Hauptsache, es tut dir eines Tages nicht leid. – Warum sagst du das? Es hört sich wie eine Drohung an. – Nein, nein, nur es sei recht ungewöhnlich. Sie, das deutsche Mädchen, er – ein Russe. – Gadji ist kein Russe!, entgegnete Vera heftiger und trotziger als sie wollte. Und wenn!? Er sei Aserbaidschaner, und ob er noch nie was von Freundschaften, Lieben zwischen Deutschen und Ausländern gehört habe? – Wie dem auch sei, er habe zurzeit sowieso Wichtigeres zu tun, als an Mädchen oder so Bindungskram zu denken.

»Wollen wir endlich?«, fragte Gadji.

»Gleich.«

Ihr war ein bisschen so zumute wie im Sportunterricht. Wenn Horst Kowalski die Mädchen aufforderte, auf der Matte ihre sportlich-künstlerischen Verbiegungen, Beugungen, Rollen, Radschläge zu einer nervenden Popmusik – etwa von Smokie, aber wenigstens nicht von Karat – vorzuführen, während die Jungs feixend in einer Ecke so taten, als trainierten sie mit Hanteln.

Und die Unterhaltung mit Sylvia ging ihr durch den Kopf. Guter Geschmack, attestierte die Freundin Vera. Aber ob das gutgeht auf Dauer? – Komm, sagte Vera. Ich liebe ihn, er liebt mich. – Ich hab gelesen, er kommt aus einer Gegend, in der die Männer ziemliche Machos sind. Irgendwie mohammedanisch. Wenn du da untreu bist, steinigen sie dich. – Uhu!, machte Vera. Aber wir leben nicht dort, sondern hier. Hier fallen die Steine grad aus der Mauer. Und was ist mit deinem Iwan? – Ach, Iwan! Wir sind echt gute Freunde… – Ich frag dich mal was, ja?, hob Vera an. Schläfst du eigentlich inzwischen mit jedem Typen, den du kennenlernst?

– Sylvia lachte hell auf. Was bist du für ein Lamm, Vera? Es macht Spaß, es tut nicht weh, und ich habe keine Lust darauf, mir irgendwas zu verkneifen. – Und die Liebe? – Das Gefühl habe ich jedes Mal. – Aber … – Ich weiß schon. Für immer und ewig und Schmachtschmachtschmacht. Du kommst mir vor wie ein Wesen von einem anderen Stern, Vera, Liebstes. Wohnst du neuerdings in einem Regenbogen? Kotte würde sagen: Diotima. Mehr so ein ätherisches Phantom. Der Traum eines Mannes … – Quatsch mit Sauce, sagte Vera. Denkst du, ich habe noch nicht mit Jungs geschlafen? – Zwei kenne ich, erwiderte Sylvia grinsend. Aber ich wünsche dir, dass es noch ein paar mehr werden, ehe du alt und runzlig wirst in der Ehe mit Gadji Muus … Ach, Scheiße, den Namen kann ich mir immer noch nicht merken! Die beiden Mädchen fingen an zu lachen, und die Welt war in Ordnung, so wie sie war.

Die kleine Nesgir hatte die Wohnungstür geöffnet und schaute Vera mit großen Augen an. Sie sagte »U tebya wolos korolewuyy!« wurde rot im Gesicht und flitzte in die Wohnung zurück. »I Ty knopka, kotoraya chitayet slishkom mnogo skask!«, rief Gadji ihr nach. Nesgir drehte sich um und fauchte: »I ty khuligan, kotoryy nikto ne lyubit!« Beinahe wäre sie mit ihrem Vater zusammengeprallt, der aus der Stube in den Flur trat. Das Mädchen sprang ihm in die Arme und kuschelte sich an die Brust des Mannes. Hier war sie am sichersten Ort der Welt; aber ihren Blick konnte sie nicht von Vera lassen.

Vera schaute Gadji fragend an. Ihr Freund grinste breit und zufrieden. »Was hat sie gesagt?«, fragte Vera und fragte also auch, was er gesagt hatte. Doch Gadji antwortete nicht. Er strahlte und sagte: »Das ist meine Schwester Nesgir. Ich habe dir von ihr erzählt. Sie ist ein Teufel!«, fügte er stolz und liebevoll hinzu. »Sie gefällt mir«, sagte Vera. »Glaube ich.«

»Cherzlich willkommen!«, sagte der Vater. »Kommen Sie cherein!« Es klang, als hätte er den Gruß lange geübt.

Nesgir schaute sie mit ihren Stauneaugen an, die ganze Zeit schon, seit sie am Tisch saßen. (Ein Tisch, der übervoll beladen war mit Geschirr und Bestecken, auch einige Schüsseln mit Gebäck und Nüssen standen da; Vera verlor die Übersicht und dachte, dass möglicherweise noch ein Dutzend anderer Gäste erwartet wurde. Hätte Gadji ihr doch sagen können?) Vera wurde es unter dem Blick der Kleinen mulmig.

»Du hast Haare wie eine Prinzessin. Du bist eine Prinzessin«, sagte Nesgir. Für sie bestand kein Zweifel am königlichen Blut, das durch die Adern und Venen der Deutschen floss. Zwischen jedem Wort, das Nesgir aussprach, hatte sie eine kurze Pause gemacht, in der sie nach dem richtigen, passenden Woort suchte.

Vera errötete und – fühlte sich geschmeichelt. Aber sie sagte: »Ich bin keine Prinzessin. Meine Mutter ist auch keine Königin, und mein Vater ist kein König. Und in einem Schloss wohnen wir auch nicht.«

Das waren sehr viele deutsche Wörter, denen Nesgir folgen musste. Aber sie verstand und sprach nach einem halben Jahr im fremden Land sehr viel und gut Deutsch. Sie war von einem Kindergarten mit einheimischen Kindern aufgenommen worden, worüber es zwischen ihrer Mutter und ihrem Vater und Gadji vorher einen Streit gegeben hatte. Mama Ludmilla war dagegen, der Vater verhielt sich unentschieden, Nesgirs Bruder trat vehement dafür ein. Er erinnerte die Mutter an seinen Deutsch-Unterricht, an seine Lehrerin Elisabeta Petrownaja, die die deutsche Sprache liebte und es verstand, sie ihren Schülern (jedenfalls Gadji, andere in seiner Klasse lernten eher unwillig die fremde Sprache, von der sie nicht wussten, wozu sie die in ihrem Leben brauchen würden) ans Herz und auf die Zunge zu legen. Ludmilla Muuslimsade gab nach: »Delayte chto khochete!« Und sie machten nicht, was sie wollten, sondern was gut sein würde für Nesgir.

Nesgir glitt von ihrem Stuhl, lief um den Tisch und umarmte Vera.

»Weiches Haar«, sagte sie, ihr Gesicht vergraben in Veras Blond-Schopf.

»Hast du auch«, flüsterte Vera und pustete ihr durch die schwarzen Locken.

»Ich bin auch eine Prinzessin, sagte Nesgir. »Nur mein Haar ist wie Nacht. Dein Haar ist wie Tag. Passen wir zusammen. Alle Mädchen sind Prinzessinnen und Schwestern.«

Vera war sich nicht sicher, ob das stimmte. Eher nicht. Aber es war wunderbar eine Schwester zu haben, wenn man keine eigene Schwester hatte. Und es musste wunderbar sein, einen älteren Bruder wie Gadji zu haben. Vera musste schlucken, als ihr Blick den Freund fand und sie sah, wie liebevoll er Nesgir anlächelte; und aus dem Augenwinkel sah Vera auch, wie andächtig Mama Ludmilla und Papa Dshantir der Verschwisterung der beiden Mädchen zusahen; als hätte sich Nesgir an Vera festgeklebt.

»Nesgir!«, rief die Mutter leise und wies mit dem Kopf auf den leeren Stuhl. Aber es sah bei aller Strenge nicht so aus, als würde sie bei einer Befehlsverweigerung die Höchststrafe aussprechen: Verzicht auf Pudding.

Dann verschwand Ludmilla Muuslimsade in der Küche, um mit einem Tablett voller Schüsseln zurückzukehren. Gadjis Vater stellte die Speisen vor. Gefüllte Pfannkuchen, Yantik; Manti hießen die Teigtaschen, die mit Hackfleisch und Linsen gefüllt waren; Dolma, Paprikaschoten mit Reis und Fleisch; dazu gab es Pahlava und Baklava und Tee und Wein und Limonade. Wer sollte das alles essen? Das Essen und Trinken war eine Mischung aus Kaffeezeit und Abendessen, und es zog sich bis in den frühen Abend hin.

Einmal war während dieser Stunden der Engel durch die Stube geflogen. Der von irgendwoher aufbrach, um die Sorglosigkeit, die Fröhlichkeit, die Aufgeräumtheit zwischen Menschen zu unterbrechen und in Stille zu überführen. Sie musste nicht lange andauern. Aber sie genügte, um den Menschen das Gefühl zu geben, dass Leben und Tod nur ein Herzschlag trennte.

Vera hatte die Fotografie auf dem Teetisch, der in einer Ecke des Wohnzimmers stand, bemerkt, als Gadjis Mutter eine Rose aus dem Strauß genommen und in eine schmale Vase vor dem Porträt gestellt hatte. Eine Frau, nicht mehr jung, noch nicht alt, schaute mit wachen Augen jeden an, der sie anschaute. Sie trug ein buntes Band, das ihre schwarzen Haare bündelte. Über die untere linke Ecke des Fotos war ein schwarzes Band gelegt. Nesgir, die nicht von Veras Seite wich, die ihr immer wieder was zum Essen vorlegte, die sie fragte, ob sie nicht noch ein bisschen Wein trinken möchte – Nesgir hatte Veras Blick selbstverständlich bemerkt und sagte eifrig: »Das ist Tante Techmine. Sie … umera.« Sie nickte traurig, für ›umer‹ kannte sie das deutsche Wort ›gestorben‹ noch nicht.

»Ne interesno!« Der Vater schlug mit der flachen rechten Hand auf den Tisch und wiederholte, dass es nicht interessant sei, nicht wichtig, »ne vazhnyy!« Jetzt nicht, hier nicht, nicht in dieser Runde. Er war entschieden, er war diszipliniert. Ein Offizier. Vera konnte ihn sich gut in einer Uniform vorstellen und in einer Situation, in der es auf eine eindeutige Entscheidung ankam; nur welche Situation könnte das sein, das konnte sich Vera nicht vorstellen. Wenn es für ihn keinen Grund gab, über Tante Techmine zu sprechen, dann gab es diesen Grund nicht.

Nesgir schniefte und senkte den Kopf; und die Mutter verließ das Zimmer, es war noch etwas aus der Küche zu holen.

Der Vater, schlank, weißes Hemd und tiefschwarzer Schnurrbart, eben noch hatte er die Stirn gerunzelt, stand auf, ging zu seiner Tochter und kniete sich neben ihr nieder. Er strich ihr über den Kopf und flüsterte ihr etwas ins Ohr, das niemand hören und verstehen konnte, was nur für die Tochter gedacht war. (Für Vera sowieso nicht. Und sie dachte, was sie immer mal wieder während des Nachmittages gedacht hatte: Es ist eine Schande, wie wenig ich Russisch verstehe, obwohl ich es seit sieben Jahren in der Schule als Unterrichtsfach habe.) Als Dshantir Muuslimsade sich aufrichtete, hob Nesgir ihr Gesicht – und das Mädchen zog kurz die Nase hoch und strahlte wieder.

Der Engel flog durchs Zimmer, vorüber, nach irgendwohin.

Vera wird sich später kaum noch erinnern, worüber zu Tisch gesprochen wurde. Gadji machte den Dolmetscher, Nesgir sorgte dafür, dass es zu keiner Verlegenheit des Schweigens kam. Quirlig, unbekümmert plapperte sie drauflos, spielte mit dem Essen und mit Messer, Gabel und Löffel, wurde scherzhaft ermahnt, die Hände still zu halten, hielt sich nicht daran, dann wurde gelacht, und Vera verstand nicht immer, worüber. Aber sie war von einer zufriedenen Zwanglosigkeit ergriffen; sie begriff, dass sie der Gast einer mit sich selbst einverstandenen Familie war.

Immerhin erfuhren die Muuslimsades, die zurückhaltend mit ihren Fragen waren, dass ihre Mutter als Hebamme arbeitete und sich gerade als Chefredakteurin erprobte. Daraufhin sprach Gadjis Mutter (und Gadji übersetzte), dass sie den Beruf einer Hebamme für nützlicher und menschlicher erachtete als den Beruf einer Journalistin. Vera empfand die Bemerkung, fast ein Urteil, als sehr direkt und sehr hart, aber sie nickte und stimmte zu. Es war das, was auch sie dachte. – Es ist toll, sagte Gadjis Mutter, einer Frau dabei zu helfen, ihr Kind auf die Welt zu bringen. – Woraufhin der Vater Dshantir bemerkte, dass es vielleicht auch ein Problem sei. Die Welt sei eine kriegerische, immer noch. – Vielleicht, versuchte sich Vera in Philosophie, ist jeder neu geborene Mensch eine Chance mehr: auf Frieden und Gerechtigkeit auf der Welt. – Chesus Kristus?, fragte der Offizier leicht spöttisch. – Ich kenne ein paar Mädchen, die sagen, sie wollten nie Kinder haben. Es gibt zu viele Menschen auf der Welt, die Umwelt geht kaputt, und noch immer gibt es Kriege. – Dshantir zitierte ein armenisches Sprichwort: Gott gibt es nur einen, Türen aber tausende. Er wolle damit sagen, dass die Menschen einen Ausweg finden werden. Und Kinder seien der wirkliche Reichtum dieser Erde. – Ob sie, Vera, auch keine Kinder haben wolle?, fragte Gadjis Mutter. Wieder zuckte Vera zusammen. Diese Ludmilla war sehr geradeaus mit ihrem Reden, sie hatte eine fast feindselige Art zu fragen. Dabei schaute sie ihr Gegenüber mit warmen, freundlichen Augen an. – Darüber habe noch nie nachgedacht, antwortete Vera. Ihr Gesicht hatte sich gerötet: vom Essen, vom Wein, vom Gespräch. Und da sprang Nesgir auf und jubelte: »Gadji budyet otyets! Gadji budyet otyets!« (Das war ein Satz, den auch Vera verstand.)

Gadji übersetzte hin und her, und Vera meinte zu spüren, dass er sich in dieser Rolle nicht wohlfühlte, ja sie verärgerte ihn zunehmend. Und als Nesgir auf dem Stuhl stand und sich freute, platzte ihm der Kragen: »Unfug! Bred kakoy to! Sidi i molchi!« Aber ringsherum lachten alle; was der kleine Grünschnabel da so zwitscherte!

Schließlich war es Abend geworden. Als Vera anbot, beim Abräumen und Abwaschen zu helfen, wurde sie entrüstet und fröhlich von Ludmilla abgewiesen.

Bevor Vera sich verabschiedete – sie war genudelt und benommen und wusste grad nicht mehr, worüber sie gesprochen hatten oder worüber Gadjis Familie palavert hatte – musste sie unbedingt Nesgir folgen. Das kleine Mädchen zog das große Mädchen über den Flur in ihr Zimmer.

Unter dem Hochbett hatte sich Nesgir eine Höhle, die von Puppen und Plüschtieren bewohnt war und in der ein Puppenhaus stand, eingerichtet. Mit einem Vorhang konnte sie sie öffnen und schließen.

Vera erinnerte sich an das Mädchen, das sie gewesen war. Sie hatte den Vater gebeten, die kleine Speisekammer, ein von der

Küche durch eine Rigips-Wand abgetrennter Raum, als ihr Zimmer benutzen zu dürfen. »Du hast doch ein eigenes Zimmer!«, hatte der gesagt. Vera aber wollte diese Höhle, sie wollte hineinkriechen, für sich sein; sie brauchte kein Fenster, kein Licht (außer das der Glühbirne), warum, hätte sie nicht erklären können. Vielleicht, dachte Vera jetzt, brauchen Kinder nur wenig Platz, den aber für sich allein, den sie abschließen können und zu dem Erwachsene keinen Zutritt haben. Ihr Vater hatte die Flaschen und Konserven in den Keller gebracht und Vera die Kammer überlassen.

Nesgir kletterte über die Leiter in ihr Bett, klemmte den Plüschelefanten unter den Arm und kletterte zurück. »Mein Elefant« sagte sie. »Slon! Er schläft immer bei mir.« So sah er aus. Der Rüssel angenuckelt, die Ohren eingerissen, ein Auge fehlte. Sie reichte ihn Vera, die Nesgir fragend anschaute. Ein Geschenk? Das geht nicht, nicht dein Schlaftier, Nesgir!

Ein solches hatte Vera auch. Ihr Schlaftier war ein Schaf, neben dem sie am Morgen ihres zweiten Geburtstags im Gitterbett aufgewacht war. Und sie hätte geschworen – wenn sie Schwüre schon gekonnt hätte –, dass das kuschlige Tier, das keinen Namen bekam, sondern einfach nur Mähmäh genannt wurde, am Abend davor noch nicht neben ihr gelegen hatte. Und sie hätte es nie, bis heute nicht, weggegeben.

»Anfassen!«, befahl Nesgir. Nur anfassen. Eine Verbindung zwischen ihr und der Liebsten von Gadji. Der Elefant würde die Berührungen spreichern und – gegebenenfalls abgeben. Als Wärme, als Vertrautheit, als Freundschaft. Davon war die Kleine überzeugt. Dafür haben die Kleinen ihre Höhlen und ihre Freunde.

»Spasibo!«, sagte Vera; und Nesgir klatschte in die Hände und rief: »Du kannst ja Russisch!«

Zum Abschied umarmte Ludmilla Vera, Dshantir drückte mit beiden Händen ihre Linke, und als sie sich zu Nesgir herunterbeugte, bekam sie einen limonadenfeuchten Kuss auf die Wange. »Moshno mne?«, fragte sie. Vera verstand und hielt still, als Nesgir ihre Hände in das blonde Haar der Deutschen grub. Und zum Schluss sagte Dshantir Muuslimsade (was Gadji brav übersetzte): Du bist herzlich eingeladen, im Sommer nach Baku, Vera.

»Ya provashnaya Veru«, gab Gadji seinen Eltern Bescheid.

Sie liefen schweigend und ohne sich zu berühren nebeneinander durch die Straßen. Vera ging ein Lied durch den Kopf; sie fing an, dessen Melodie zu summen, und in ihrem Kopf sang es: Hänsel und Gretel verliefen sich im Wald. Da war es finster und ach so bitter kalt. Sie musste kichern, blieb stehen und stellte sich vor Gadji. Sie zwang ihn, innezuhalten. Sie kamen an ein Häuschen von Pfefferkuchen fein, wer mag der Herr wohl in diesem Häuschen sein?

»So«, sagte Vera, sie schwankte ein wenig. »Ab jetzt möchte ich mit dir Hand in Hand weiterlaufen. Gib mir die Hand, mein schwarzer Bruder …«, kicherte sie und wollte Gadji umarmen und ihn küssen.

Sie hatte einen Schwips. Und warum auch nicht? Es war ein Nachmittag gewesen, vor dem ihr Bange gewesen war; es stellte sich heraus, dass diese klitzekleine Furcht völlig unnötig und dass es eine der schönsten Begegnungen ihres Lebens war. Gadji stand vor ihr wie ein Stock, wie eine Krücke, holla, die Waldfee mit einer Klyuka, die Hexe, die ihren gichtigen Zeigefinger krümmte und das Geschwisterpaar in ihre Hütte lockte … Ja, Vera hatte einen in der Krone, was sie gar nicht bemerkt hatte, als sie noch am Tisch und in der Wärme saß. Die feuchte Abendluft und ihre Schwerelosigkeit machten sie übermütig. Sie fasste nach Gadjis Händen, der ließ es geschehen; aber als sie weiterliefen, trottete er wie ein alter Wolf neben ihr her.

»Nu lach doch mal!« Vera stieß ihm in die Seite. »War ein schöner Tag – mit euch Russen!«

»Chachacha«, machte Gadji.

»Gaaaar nicht so schlecht. Für den Anfang. Das war, gemessen an deiner Fröhlichkeit vorhin und so … hi … ein richtiges Gelächter.«

»Vera! Bitte! Komm!«

»Kannst du mir verraten, warum du so mürrisch bist? Habe ich was falsch gemacht, was Falsches gesagt?«

»Nein«, beschied er sie.

Sie kamen am Tor einer Kaserne vorbei. Es wurde von zwei Lampen erhellt, und die roten Sterne auf den Torpfosten, ein jeder stand auf einer der fünf Spitzen, glänzten. In dem Wachhäuschen saß ein Soldat, der seine Tschapka aus der Stirn geschoben hatte. Sein Gesicht – eine weiße, konturlose Fläche. Er schrieb etwas, so sah es aus, und er unterbrach sich dabei, als er aufblickte und nach dem Pärchen schaute.

Schließlich sagte Gadji: »Das waren nun meine Eltern und meine Schwester. Zufrieden?« Als wärest nicht es du gewesen, der das Treffen vorgeschlagen und arrangiert hätte, dachte Vera. Ja, ich war neugierig, und ich habe mich darauf gefreut, deine Familie kennenzulernen. Aber wieso tust du jetzt so, als hätte ich darauf gedrängt und dich dazu gezwungen? Aber Vera wollte, was sie immer wollte: Friedlichkeit. Sie hatte partout keine Lust auf einen absurd-kleinlichen Streit. Hatte sie nie gehabt und stets darunter gelitten, wenn gezankt wurde, wenn es kleinkariert, wenn es unwürdig zuging. Kapierte Gadji das nicht?

»Ich mag deine Eltern«, sagte Vera ruhig. »Und Nesgir – liebe ich. Glaube ich.« Sie konnte es nicht unterdrücken, ein Kicksen, ein Klacksen, aus der Seele über die Gurgel hinaus in den Abend. Gadji brummte wie eine Hummel, und Vera – das kannte sie von sich – suchte nach einer Tür. Einen Zugang. Von denen gab es schließlich tausende, und einen Gott gab es ihrer Ansicht nach nicht mal in einem einzigen Exemplar.

»Gut. Spaß magst du also nicht haben. Das Essen deiner Mutter hat dir nicht geschmeckt. Kannst du dich vielleicht grad selbst nicht leiden? Was war das für ein Kuchen zum Schluss?"

»Kein Kuchen. Ptischna. Ist Gebäck.«

»Sind wir jetzt auf dem Weg zu einer richtigen Unterhaltung?«, fragte Vera und zog Gadji an seiner Jacke zu sich heran. Zwischen ihren Gesichtern wurden die Atemwölkchen platt gepresst. »Du fragst mich, und ich antworte dir. Dann frage ich dich was, und du antwortest mir. Fein!« Sie stieß Gadji sacht von sich und drehte sich hüpfend im Kreis; sie stolperte, beinahe wäre sie gefallen, wäre nicht Gadji gewesen, der sie hielt und an sich zog.

»Was soll ich dich fragen?«

»Ob ich dich liebhabe beispielsweise«, flüsterte Vera.

»Hast du mich lieb?«

»Nöööö!«, lachte sie und gab ihm einen Kuss auf die Nase.

»Jetzt fragst du mich.« Gadj hatte sich entspannt und spielte mit.

»Mmmh«, machte Vera; dann fragte sie: »Was ist mit deiner Tante passiert? Techmine?«

Gadji erstarrte. »Sie ist tot. Erschossen.«

»Im Krieg?«

Er lachte kurz und bitter. »Im Krieg. Richtig, pravilno. Im Krieg, vor drei Wochen.«

»Aber in welchem Krieg denn?«

»Ich will nicht darüber sprechen.«

Sie standen im trüben Licht einer Haltestelle. Die Bahn näherte sich, ihre Scheinwerfer stachen durch die Dunkelheit. Sie hielt an, die Türen öffneten sich automatisch. Niemand stieg aus, niemand stieg ein. Der Triebwagenführer wartete noch ein paar Sekunden. Ob das Pärchen da nun endlich einsteigen wollte, nein, wollte es offenbar nicht. Die Türen schlossen sich, die Bahn ruckte an und rauschte davon. Falls Bahnen sich ärgern können, dann war das eine von denen.

»Zuhause«, rang sich Gadji durch.

»Zuhause habt ihr Krieg?«

»Es interessiert mich nicht.«

»Ne interesno?«, fragte Vera.

»Das verstehst du nicht«, sagte er streng.

Vera trat so dicht an Gadji heran, dass ihre Lippen sich beinahe berührten. »Du sagst, ihr habt Krieg, Tante Techmine wurde erschossen. Und du sagst, das interessiert dich nicht? Bist du es, Gadji, bist du der Gadji, den ich liebe? Oder bist du der Große Unbekannte?«

»Sie werden dafür büßen«, knurrte Gadji. In seinen braunen Augen, sah Vera, glühte ein Lagerfeuer, dessen Widerschein auf den Läufen von Gewehren glänzte.

»Was für ein Krieg, gottverdammte Scheiße noch mal!?«, schrie es in Vera; aber ihr Zorn kam kaum hörbar durch die zusammengepressten Lippen.

»Techmine war die Schwester meines Vaters«, sagte Gadji ruhig. »Sie lebte in Schuscha, Berg Karabach, wie ihr Deutsche sagt. Sie war Armenierin, wie mein Vater auch …«

»Ich denke, du bis Aserbaidschaner?«

»Natürlich bin ich Aserbaidschaner. Ich bin in Baku geboren, Nesgir ist in Baku geboren. Meine Mutter stammt aus Odessa, und mein Vater – ist sowjetischer Offizier. Ist doch alles klar wie …Pel'mennyy bul'on. Pelmenibrühe? …«

»Kloßbrühe«, schlug Vera vor; und es lag am Wein, dass sie beinahe gelacht hätte.

»Karabach gehört zu Aserbaidschan«, hörte sie Gadji ernst und streng sagen. »Aber es gehört den Armeniern. Es heißt ›schwarzer Garten‹, es ist sehr fruchtbares Land«, erklärte er – wie ein Sprachroboter.

»Und wer hat nun die Tante umgebracht?«, fragte Vera leise.

»Aserbaidschaner.«

»Ich – verstehe nur Bahnhof.«

»So ist eben Krieg. Ich hab doch gesagt: Du verstehst das nicht.«

»Es ist Wahnsinn«, rief Vera. »Es ist Wahnsinn!«

Gadji zuckte mit den Schultern. Krieg, Wahnsinn – er hatte doch gesagt, dass es ihn nicht interessierte. Warum sollte es ein deutsches Mädchen interessieren?

»Gadji, bitte! Ihr seid Armenier, und ihr seid Aserbaidschaner. Okay. Und ihr bringt euch gegenseitig um? Ist das so? Geht das: dass man der eine ist und den anderen in sich tötet?«

Vera erschrak, als sie sah, wie schwarz Gadjis Augen auf einmal waren. Schwarz, bodenlos, ein Schacht. In dem es kein Feuer, kein Licht, keinen Widerschein gab. Kalte Schwärze, keine Wärme.

»Gadji!« Vera rüttelte am Kragen seiner Jacke. »Gadji!«

Als erwachte er: »Lass uns gehen. Nach Hause zu dir, Vera. Ich liebe dich, Vera.«

Setzen wir uns in die Küche hin, süß riecht hier das Kerosin – My s toboy na kukhne posodim, sladko pchnet beluyyy kerosin.

Montag, 15. Januar 1990

Am 13. und 14. Januar 1990 kam es zu Pogromen gegen Armenier in Baku, Xanlar und Schahumjan mit mehr als neunzig Todesopfern. Am 15. Januar wurde über Karabach und angrenzende Gebiete das Kriegsrecht verhängt. Nach Ausrufung eines Generalstreiks in Baku rollten zum 20. Januar sowjetische Panzer in die Stadt, es kam zu 150 Todesopfern und der Ausnahmezustand wurde verhängt. Daraufhin protestierten Nachitschewan und der Oberste Sowjet Aserbaidschans. Russische und armenische Familien flohen aus Baku, insgesamt 500.000 Menschen. Es kam es zu weiteren Übergriffen auf armenische und aserbaidschanische Dörfer, vorrangig durch paramilitärische Verbände. In

Aserbaidschan erstarkte die OMON, Milizen des Innenministeriums, denen viele Flüchtlinge aus Armenien beitraten.

*

»Angehörige von Bürgerkomitees« wurden zum 15. Januar 1990 nach Berlin eingeladen – bekannte Personen und andere, unbekanntere. Sie trafen sich um 13.45 Uhr in der Stasi-Zentrale und hielten eine Beratung ab. Um jede Konfrontation zu vermeiden, sollten die Stasi-Mitarbeiter bis 15.00 Uhr den Komplex verlassen. Das kontrollierten »Bürgerkomitees« und Volkspolizei. Gegen 16.45 Uhr versammelten sich über 10.000 Demonstranten vor dem MfS.

Gegen 17.00 Uhr wurde in der Ruschestraße rhythmisch gegen das Tor gedrückt. Die Volkspolizei war machtlos. Gegen 17.20 Uhr war das Tor ohne Gefahr für Leib und Leben der Demonstranten nicht länger geschlossen zu halten. Die Situation glich der des 9. November 1989 am Grenzübergang Bornholmer Straße. Nach Rücksprache mit dem katholischen Pfarrer Martin Montag vom »Bürgerkomitee der Bezirke« ließ Objektkommandant VP-Major Rögner das Tor von innen öffnen. Unklar ist nur, ob dies durch über das Tor gekletterten Demonstranten oder die Volkspolizei erfolgte.

Die Menge zog zum beleuchteten Versorgungstrakt. Es kam zu eher geringfügigen Beschädigungen, die allerdings in den parteinahen Medien der DDR am Folgetag und in der Fernsehsendung *Aktuelle Kamera* dramatisiert wurden. Stasi-Mitarbeiter aus der Abteilung Rückwärtige Dienste verfassten am 16.1.1990 sogar eine Protestresolution und verurteilten »aufs Schärfste die Ausschreitungen«, verknüpft mit durchschaubaren Fragestellungen wie: »Welches Gebäude wird als nächstes gestürmt und demoliert?« oder »Wer gewährleistet vorbeugend staatliche Sicherheit«?

Dabei war am Vorabend so viel gar nicht passiert. Westwaren in der Kaufhallet wurden inspiziert, Büros der Poststelle durchwühlt, einige Räume der sensiblen Abteilung II (Spionageabwehr) wurden aufgebrochen; dort war aber nichts mehr zu holen. Ein Aushang an den Türen zur HVA »Auslandnachrichtendienst der DDR – Betreten verboten!« wurde respektiert. Wer durch den Keller dorthin gelangte, den stoppten HVA-Mitarbeiter. Gegen

19.00 Uhr trafen Politiker vom Zentralen Runden Tisch ein und sprachen zur Menge, darunter auch die prominente Bürgerrechtlerin Bärbel Bohley. Gegen 20.00 Uhr zogen die meisten Menschen wieder ab.«

(aus: *Der 15. Januar 1990 – ein Stasi-Erfolg?, Bundeszentrale für politische Bildung*)

Dienstag, 31. Januar 1990

Gadji und seine Familie waren vor drei Tagen zu ihrer Reise nach Baku, in ihre Heimat, aufgebrochen. Die Winterferien würden zwar erst am 10. Februar beginnen; es war jedoch keine bürokratische Schwierigkeit, Gadji die letzten Schultage zu erlassen. Er war seit fast einem halben Jahr Schüler der Alexander-von-Humboldt-Oberschule – und er war doch nicht Gleicher unter Gleichen. Er war ein Schüler, wie ihn Lehrer sich nur wünschen können – und er war doch ein Ungreifbarer unter den Begreiflichen. Er war ein junger Mann, der ein Mädchen liebte, von dem er geliebt wurde – und er war doch ein Ausgeschlossener. (Aber sind Liebende das nicht immer? Im Kokon ihrer Liebe eingesponnen – unmöglich, unfähig, teilzuhaben am Leben der anderen? Weil sie sich haben, weil sie sich genügen, weil das Treiben der Welt sie nicht betrifft?)

Sie hatten die letzte Nacht vor seiner Abreise gemeinsam verbracht.

Sie hatten miteinander geschlafen – und stundenlang miteinander geredet. Vera wusste inzwischen, dass die Muuslimsades in eine Stadt und in ein Land fuhren, in dem es Unruhen, Pogrome, Feindschaften gab. In einem Ausmaß, das sie sich nicht vorstellen konnte, das sie beunruhigte und das mit ihrer »popligen DDR« (so hatte der Spötter Peter Sandberg die wankende Heimat vor Kurzem genannt) nicht zu vergleichen war.

Gadji hatte versucht, die Freundin zu besänftigen. Es gab nicht viele Nachrichten aus Aserbaidschan und Armenien, und bei den Nachrichten sollte man sich immer fragen, wer setzte sie in die Welt, welche Wirklichkeit verbarg sich wirklich hinter Wörtern und Wörtern und Wörtern. Das sei doch in Deutschland und mit Deutschland (Vera korrigierte lahm, dass sie in der DDR lebten, nicht in Deutschland; ein Einwurf, den Gadji überhörte) nicht anders. Jeden Tag, jede Stunde, jede Minute prasselten Informationen auf die Menschen ein – es sei ein ›chernyy dozhd‹, ein schwarzer Regen, der auf die Menschen fiel.

Er, Gadji, würde nur glauben, was er mit seinen eigenen Augen sehe. Zum Beispiel habe er Peter und Mark auf diesem strannyy Markt erlebt. Und die blöden Faschisten in der S-Bahn. Und den Sportlehrer Kowalski, den er gestern das erste Mal beim Boxen geschlagen hatte. Die gab es, das gab es, aber es gab auch Vera und ihre Liebe. Es gab diesen Deutschlehrer mit seinem Hölderlin-Spleen. Es gab Veras Mutter, die mit dem Idealismus einer … sumasshedshiye lyudi unterwegs war … Und es gab, es gab, es gibt, es wird geben – die Liebe zwischen ihm und ihr. Und immer einen Regenbogen nach dem Regen, so schwarz er auch sei.

Nein, Vera war nicht beruhigt. Sie lag neben Gadji auf der Matratze in ihrem Zimmer. Sie hatte sich auf die Seite gedreht, ihren Kopf in eine Hand gestützt, ihr langes Haar floss über das Kissen. Sie sah einem Jungen, einem jungen Mann, der bald aufstehen und wegfahren würde, beim Schlafen zu. Er atmete ruhig, zufrieden, sorglos, und als er auf einmal schnaubte, bewegte sich eine Haarsträhne auf Veras Stirn.

Vera sah sich selbst als ein Mädchen, eine junge Frau, die zurückbleiben und warten musste und warten würde.

*

Über all das sprach Vera mit ihrer Mutter nicht, als sie sich nebeneinander auf das Sofa fläzten, die Beine auf dem flachen Tisch, in den Händen ein Glas Wein und in Reichweite eine Schale mit Erdnüssen. Es war ihnen zum Ritual geworden, wenigstens einen Abend in der Woche die »Weiberstunde« abzuhalten, die immer mehrere Stunden bis in die Nacht hinein dauerte und nicht selten damit endete, dass entweder Vera oder Victoria einschlief und die eine der anderen eine Wolldecke überlegte, damit sie schlafen konnte, bis sie aufwachen würde und in ihr Bett taumelte –, um all das zu bekakeln, wozu sonst im Betrieb der Tage keine Zeit war.

Victoria wusste, dass Gadji seit Tagen fort war. Sie wusste auch, dass Vera im Sommer unbedingt nach Baku reisen wollte;

Gadjis Eltern hatten sie eingeladen. Die Mutter würde es niemals offen eingestehen und ihr sagen –, aber sie bangte um die Tochter. War es hier und heute nicht schon unübersichtlich (bedrohlich gar?) genug, wie unvorhersehbar und chaotisch ging es in den Republiken der Sowjetunion zu? Genügend Berichte (und noch mehr Gerüchte) gab es über die Autonomiebestrebungen, über separatistische, nationale Bewegungen, über Attentate – über all das, was ein Riesenreich bedrohte, wanken ließ, am Ende zerreißen könnte? Und es war erst Wochen her, dass viele Menschen befürchteten, die eigene Volksarmee würde im Verbund mit der Sowjetarmee einen Bürgerkrieg riskieren. Das Denkbare geschah nicht; es glich einem Wunder, fand Victoria.

In all dem Vera zu sehen, beunruhigte die Mutter zutiefst. Und die Liebe, die Liebe nun ja. Ein gläserner Palast, eine schillernde Seifenblase, ein Regenbogen. Da könnte ich aber Sachen erzählen, dachte sie grimmig. Aber wer will schon davon hören, wie zerbrechlich das ist, wenn man verliebt ist und von der bombenfesten Dauerhaftigkeit der Liebe überzeugt ist?

Aber Victoria wäre nicht Victoria, würde sie es nicht auf einen Versuch ankommen lassen. »Auf dich, meine schöne Tochter«, sagte sie und stieß ihr Rotweinglas gegen Veras.

»Auf dich, meine schöne Mama«, antwortet Vera.

»Nun, wenn ich abends in den Spiegel blicke, mache ich ein Auge immer zu.«

»Und dann?«, lachte Vera.

»Sehe ich ungefähr die Hälfte, die gute. Die andere, die schlechte, nicht.«

»Und das funktioniert?«

»Nein«, sagte Victoria. »Es funktioniert so wenig, wie es mit der Liebe und mir funktioniert.« Sie seufzte und linste über den Rand des Glases zu ihrer Tochter. Ein taktischer Seufzer, aber nicht schlau genug, um nicht von Vera durchhört zu werden.

»Und jetzt willst du wissen, wie es mit mir und Gadji steht.«

»Nee. Niemals würde ich dich plump fragen. Hör mal! Bin ich eine neugierige Trutsche?«

Vera lehnte ihren Kopf gegen die Schulter ihrer Mutter, grinste und antwortete: »Ja.«

»Also da hört sich ja alles auf!« Victoria tat empört. Victoria musste sich eine Handvoll Nüsse in den Mund stopfen. Victoria stellte ihr Glas auf den Tisch. »Ach, Mama«, sagte Vera. »Mir geht es gut mit Gadji. Ihm mit mir auch, hoffe ich doch. Er wird mir jeden Tag aus Baku schreiben. Und wenn wir uns wiedersehen – es könnte einer der schönsten Tage meines Lebens werden.«

»Soll ich dir sagen, was der definitiv schönste Tag meines Lebens war?«

»Ich bin doch keine neugierige Trutsche ...«

»Als du geboren wurdest. Als ich dich zur Welt brachte. Und ich dich im Arm hielt und dachte: Nicht du bist ein Glückskind, nein, ich bin ein Glückskind! Ich wünschte dir alles, alles Glück dieser Welt! Und ich fühlte: Ich hatte es eben erhalten.«

»Ich weine gleich«, sagte Vera leise.

»Soll ich den Fernseher anmachen?«, fragte Victoria.

»Du bist unmöglich! Mutter! Wie kann ein gescheiter Mensch die Wörter Glück und Fernseher so dicht an dicht stellen!«

»Ich bin kein gescheiter Mensch. Ich fürchte mich nur, Vera.«

»Vor den Geistern, die du riefst?«, fragte Vera aufgekratzt und zog eine Grimasse, die grauenerregend wirken sollte.

»Vor den Geistern, die ich niemals rief!«, antwortete Victoria.

Später sprang Victoria plötzlich auf, kniete sich vor das Bücherregal, in dem zuunterst einige Fotoalben vor sich hin staubten. Sie zog ein paar aus dem Stapel und setzte sich zurück auf die Couch in den Schneidersitz. Das Seidenpapier, das die Seiten trennte und die Fotos schützte, knisterte, als sie bei einem Foto innehielt; es zeigte Vera als Kind, das neben einem Teddybären saß, der sie überragte.

»Urlaub in Thüringen, Friedrichroda.« Victoria tippte auf das Foto. »Du und dein Mischa-Bär.«

»Ziemlich fetter Brocken«, sagte Vera. »Ich – und der Bär.«

»Mal streckt der Mensch sich in die Länge, mal geht er in die Breite.«

»Uuuuh, meine Mutter, die Philosophin!«

Einige Seiten wurden überschlagen. Vera kannte sie; es war nicht das erste Mal, dass ihre Mutter nostalgisch gestimmt war. Fotos, auf denen sie mit Dominik in alberner, in ruhiger, in selbstbewusst schauender Zweisamkeit zu sehen ist. Damals, bevor Vera geboren wurde, waren sie auf einem Jawa-Motorrad durch die Welt gefahren, eine Welt, in der nicht Paris und nicht London erreichbar waren, aber die polnische Ostseeküste, Budapest, Prag und das Schwarze Meer. Und sie zelteten jedes Jahr mindestens für eine Woche im Sommer auf der Insel Usedom.

»Wie wenig wir gebraucht haben«, flüsterte Victoria; sie strich über eines der Fotos, das sie und ihren Ehemann zeigte.

»Es ist schade, dass ihr nicht zusammengeblieben seid.«

»Weißt du, was ein Déjà-vu-Erlebnis ist? Weißt du, in welchem Film von Chabrol ein Hutmacher vorkommt?«, fragte Victoria verärgert – und leicht trunken.

»Muss ich das wissen?«

Victoria fuhr stur fort: »Und was ein Zoom ist? Und dass Hitchcock der Erfinder von, wie heißt das gleich, Suspensorium … ist.«

Vera kichert und sagt: »Das glaube ich nun grade nicht.«

»Äh, oder … Suspense, ja, es heißt Suspense … Außerdem musst du immer wie mit 20 oder höchstens mit 21 aussehen, wenn du einen Mann behalten willst, der Kamera kann und gut aussieht. Oja! Nimm lieber einen hässlichen, der Brötchen kann!«

»Trotzdem schade«, sagte Vera leise, und Victoria nickte und nickte und seufzte: »Klar, trotzdem schade. Immer schade, wenn was auseinanderbricht.«

»Kleine, weise, leidgeprüfte Mama.« Vera schmiegte sich an und strich der Mutter über die Schläfen.

»Du willst mich veralbern!«, rief sie, und wieder einmal flogen die Kissen. Sie balgten sich auf dem Sofa, bis sie, außer Atem vor Lachen und Leibesertüchtigung, voneinander ließen. Puuuh! Und nach einigen Momenten der Stille fragte Vera:

»Kriegt eine Frau, die Hebamme ist, Kinder anders als andere Frauen?«

»Zwei Wochen über dem Termin! Ich habe zehn Stunden gebraucht, deine neun Pfund lilafarbenes Fleisch aus mich herauszupressen! Dominic«, sie unterbrach sich, »ach Scheiße, dieser Mistkerl immer! … Hat mir beigestanden. Die ganze Zeit. Die Kinder, die ich geholt habe, also die meisten, haben sich nicht so gehabt wie du!«

»War lieb von dir, mich so lange behalten zu wollen. Vielleicht bin ich deshalb so ein Sonnenschein?«

»Bist du«, sagte Victoria. »Bist du. Ich habe mich in den letzten Monaten oft gefragt, wie du mit deiner Freundlichkeit und mit deiner Offenheit und mit deiner – wie soll ich es nennen? – Gutherzigkeit in dieser Welt bestehen wirst?«

»Ich bin Diotima«, sagte Vera.

»Fängst du an wie dein Vater? Ist das ein Film? Eine berühmte Schauspielerin oder ein Fotomodell?«

Vera musste wieder lachen. Am liebsten würde sie immerzu lachen, auch wenn sie spürte, dass ihre Mutter ernsthaft um sie besorgt war. Aber wie soll man ein Leben wollen, in dem es nur Bange gibt? »Ach«, sagte sie, »wenn du in den letzten Wochen an irgendwas oft gedacht hast, dann an deine Zeitung, an deine politischen Freunde, an die Entwicklung im Land.«

Vera legte ihren Kopf in den Schoß der Mutter, und Victoria strich ihr über Scheitel und Stirn. Beide schlossen die Augen; sie hätten stundenlang still so liegen können.

»Ich habe dich sehr lieb«, sagte die Mutter. »Ich mache mir eben immer Sorgen.«

»Worum denn?«

»Um dich. Um alles.«

»Ist das nicht ein bisschen viel: alles? Für mich bist du die garstigste Mutter der Welt!« Sie seufzte. »Aber ich hab nun mal nur die eine.«

»Sag das noch mal!«, forderte Victoria sie auf.

»Für mich bist du die liebste und beste Freundin, die ich habe.«

»Noch mal.«

»Nö. Sonst hebst du ab wie ein Zeppelin.«

»Wollen wir in die Heia gehen?«, schlug Victoria vor. »Ich muss früh raus.«

»Gute Nacht, Mama!«

»Willst du nicht auch schlafen gehen?«

»Später. Schlaf gut, Mama.«

Victoria Lothringen, geduscht und im Nachthemd, steckte noch einmal den Kopf ins Zimmer. Sie sah Vera am Fenster stehen und in den sternenlosen Himmel schauen.

»Vera«, flüsterte sie. »Fliegst du schon?«

Vera nickte und drehte sich nicht um. »Ich freue mich auf mein Leben. Warum sollte ich nicht im Himmel leben können?«

Es war spät geworden, gestern Abend, ehe sie sich trennten und einzeln nach Hause gingen. Letzter Schultag vor den Winterferien – der musste gefeiert werden, und weil sie kein Lokal und kein Café kannten, in dem ein Open End geduldet war, hatten sie es sich in der Sporthalle gemütlich gemacht.

In der Sporthalle? Ohne Billigung Kowalskis, ihres gestrengen Boxmeisters a. D.? Nicht doch.

In der letzten Sportstunde am Mittwoch, als sie lose in Reihe und Glied vor dem Sportlehrer standlümmelten, ergab sich Verblüffendes.

Peter Sandberg hatte geulkt, dass er über die Ferien vermutlich zehn Kilogramm an Gewicht zulegen werde, weil er nicht vorhabe, sich auch nur einen Meter aus dem Bett zu bewegen; »bei dem Scheißwetter doch nicht!« – Zum Kühlschrank sind es aber auch ein paar Schritte, hatte Mark Viehweger geflachst. – Bierflaschen heben, macht Armmuskeln, meinte Sylvia Hohberg. – Und Gernot Klinkermann scherzte dazu: In einem trägen Körper wohnt ein träger Geist. – Kann dir nicht passieren, Chefindianer Gojko Mitic!, parierte Peter.

»Schluss, bitte, Herrschaften! Ihr Geschwätz in allen Ehren – ich wünsche Ihnen angenehme Ferien«, sagte Kowalski.

»Könnten sie werden«, sagte Sylvia Hohberg. »Mit einer schönen Anfangsparty«, seufzte sie, »nur wo kann man ungestört und endlos feiern?«

»Würde es sie überraschen, Fräulein Hohberg, wenn ich Ihnen die Sporthalle überließe? Für ihre überbordende Partylust?«

»Ordentlicher Konjunktiv«, raunte Mark.

Sylvia wäre fast aus den Sportschuhen gekippt. Sie riss die Augen auf, schaute sich um, als schätzte sie die Halle in der Höhe und in der Breite nach ihrer Tauglichkeit für eine Fete ein, und fragte ungläubig: »Sie, ähm, Herr Kowalski, Sie bieten uns die Halle als Kneipe an?«

»Andere Zeiten, andere Sitten«, sagte er. »Ich möchte Sie nur bitten, hinterher alles wieder zu richten. Ordnung und Sauberkeit, Sie wissen. Im Übrigen erlauben Sie mir die Frage: Wo ist eigentlich ihr patenter Mitschüler abgeblieben?« Alle Blicke richteten sich auf Vera. Sie wussten es alle selbst auch, aber Vera wusste es schließlich am allerbesten, sie ging es am ehesten an, und sie hatte das erste Recht auf die Antwort. Außerdem stand außer Frage, dass Kowalskis Entgegenkommen etwas mit Gadji Muuslimsade zu tun hatte. Der alte Sportsfreund hatte einen Narren an ihrem Klassenrussen gefressen, und es hieß, dieser Narr sei noch gewachsen, seitdem Kowalski von Gadji beim Boxen zu Boden geschickt worden war. So ehrte der Unterlegene seinen Bezwinger, weil er ihm das Kämpfen beigebracht hatte.

»Er kommt wieder«, sagte Vera. »Nach den Ferien. Er ist nur ein paar Tage früher in die Ferien geflogen. Nach Hause.«

Horst Kowalski, der in diesen Momenten zum Lieblingslehrer der 12 d und damit in den Himmel der Pädagogik aufstieg, nickte. Er war mit der Auskunft zufrieden und erklärte, wo sie den Schlüssel ablegen sollten, wenn sie mit ihrer Party am Ende wären. Eine Bitte hätte er noch. Sie sollten rechtzeitig die Toiletten benutzen und auch diese Örtlichkeiten in sauberem Zustand hinterlassen.

Sie saßen und lagen auf den Turnmatten, saugten an Zigaretten und Flaschen. Zwischendurch hängte sich Mark in den Stufenbarren und versuchte, im Schweinebammeln aus einer Flasche Bier zu trinken. Ging schief, lief schief.

Gernot nahm sich einen Volleyball und schlug ihn gegen eine Wand. Der Ball sprang zurück, er baggerte ihn sich als Vorlage und schlug ihn wieder gegen die Wand. »Weißt du, was ich glaube?«, raunte Peter Sylvia zu – sie hatte ihren Kopf auf seinen Bauch gelegt und blies den Qualm einer Zigarette in die heilige Stätte der Gesundheit – »ich glaube, unser Weltmeister versucht's noch mal bei Vera. Rein showmäßig.«

»Wie bescheuert ist das denn?«, lallte Sylvia.

»Gadji ist weg, sie ist noch da. Eins minus eins plus eins und trallala«, meinte Peter und langte nach einer Flasche im Kasten, der neben ihm stand. Den er sich zurechtorganisiert hatte. Wenn einer wusste, wo Barthels den Most holt, dann war er der Barthels, der wusste, wo man das Bier holt.

Maria schwebte über das Stabparkett der Turnhalle. In sich versunken, vielleicht mit einem unsichtbaren Tänzer, den sie führte, ließ sie sich von der Musik treiben. *Now that I know that I'm breaking to pieces / I'll pull out my heart and I'll feed it to anyone.* The Cure sang vom Kassettenrecorder.

Maria wiegte sich hin und her, sie bewegte sich nicht im Takt der Songs, sie bewegte sich in ihrem eigenen Rhythmus. *Crying for comfort, crocodiles cry / For the love of the crowd and the three cheers from everyone / Dropping through sky, through the glass of the roof* – ja durch den Himmel fallen durch das Glasdach, durch das Dach deines Mundes. *Through the roof of your mouth, through the mouth of your eye / Through the eye of the needle, it's easier for me / To get closer to heaven than ever feel whole again* – Durch den Mund deiner Augen / Durch das Nadelöhr / Es ist einfacher für mich / Mich dem Himmel zu nähern, als jemals wieder vollständig zu sein …

Vera erhob sich aus dem Schneidersitz, in dem sie auf dem abgewetzten Leder eines Sprungkastens gesessen hatte, und ging tänzelnd durch die Halle. Auf Maria zu. Sie umarmten sich und tanzten zusammen. Jetzt, da ich weiß, dass ich zerbreche, / Wieder und wieder und wieder, / Werde ich mein Herz herausreißen und verfüttern an jeden. / Aus Sympathie Krokodilstränen vergießend … *How the end always is / How the end always is / How the end always is / How the end always is / How the end always is … – Yeah, I miss the kiss of treachery / The shameless kiss of vanity / The soft and the black and the velvety …*

Maria und Vera tanzten Stirn an Stirn. Die Hände Veras lagen auf Marias Schultern; Marias Hände umfingen Veras Hüfte. Da verabschiedete sich einer im Lied von einer Frau, die er einst geliebt hatte; und von Verrat wird gesungen, von Betrug, und es fällt alles auseinander ringsum … Ein privates Unglück, wenn es einem wiederfährt, ist das Unglück einer ganzen Welt, ist das so? fragten sich die Mädchen lautlos. Aber niemand hat uns bisher verraten; warum fühlen wir uns verraten? Niemand hat uns betrogen; warum fühlen wir uns wie betrogen? Und wohin wollen wir gehen, nicht heute Abend, nicht morgen -, dann, nach der Schule? Ins Leben, in welches Leben? Hast du einen Plan, Maria? Nein, habe ich nicht, Vera, hast du einen?

Wie die Gedanken in ihren Köpfen, wie die Fragen in ihnen, so tanzten die beiden Mädchen nach einem Rhythmus, den The Cure nicht vorgab, nach einem Lied, das die Band nicht sang, aber sie tanzten nach einem Sound, der sie verrückt-traurig machte.

»He! Ihr zwei Hübschen!« rief Peter aus der Ecke der Halle, die sie mit Matten, Kästen, Gymnastikbällen, Barren zur sportlichsten Kneipe ganz Berlins umgestaltet hatten. (Sylvia saß, schwankend doch beide Schenkel fest gepresst an den Corpus und sich festhaltend, auf einem Turnpferd und ritt an ihrem dienstfreien Nachmittag, auf den sie als Lieblings-Girl der Cowboys im Saloon ein Recht hatte, über die Prärie.) »He, kommt her! Redebedarf! Oder ich komme und hole euch, ich, der Spinnenmann! Yeah, and the Spiderman is always hungry!«, wiederholte Peter seine Forderung.

»Spinnermann, höchstens«, tönte Sylvia von oben herab. Halb glitt, halb rutschte sie vom Holzbein-Gaul. Der Rock rutschte ihr über die Hüfte bis unter die Brust; die Jungs pfiffen und applaudierten, und Sylvia zeigte ihnen den Mittelfinger: »Wichser, Voyeure!«, giggelte sie fröhlich-trunken.

Sie saßen beieinander, und jeder saß für sich.

Sie hatten über eine Stunde lang über ihre Zukunftspläne gesprochen; ein Sit in in eigener Sache, die aus einem zerrissenen, ausfransenden Netz aus Träumen, Vorstellungen, vagen Absichten, Unsicherheiten bestand.

Mark, Peter und Gernot waren sich in einem sicher: Es würde sie nach dem Abitur nicht in die Armee verschlagen. Wie es üblich war für die meisten Abiturienten; diese Pause, bevor sie studieren oder andere Wege einschlagen würden, würde es für sie nicht geben. Es sah so aus, als würde die Nationale Volksarmee nicht mehr lange bestehen.

Was verwirrend war. Müssten sie dann in die Bundeswehr einziehen? Wie sollte das funktionieren, Feuer und Wasser, Salz und Zucker, Freund und Feind? Würde die NVA Teil der NATO werden, wenn Deutschland sich wiedervereinigte? Einerseits waren sie froh darüber, wahrscheinlich in keiner Armee der Welt dienen zu müssen (»Soldat sein, ist nicht mein Traum, nee, wahrlich nich«, meinte Peter), andererseits fehlte ihnen möglicherweise dieses Stück verordnete, gesetzliche Gewissheit im Lebenslauf. Gernot, der sich sogar für drei Jahre verpflichtet hatte, vor einem Jahr, als alles noch seinen sozialistischen Gang ging, sagte: »Ich hab's mir ganz gut vorgestellt. Drei Jahre, bisschen Geld, Zeit, um sich für später was zu überlegen.«

»Als wüsstest du nicht längst, was du mal machen willst«, stänkerte Mark.

»Du wirst es nicht glauben«, konterte Gernot, der überraschend weich und zugewandt war (sollte Peter mit seiner Unkerei wegen des Buhlens um Vera richtig liegen?). »Ich weiß es tatsächlich nicht. Politiker? Keine Ahnung. Wie wird man Politiker? Und ehrlich mal: Wenn ich mir überlege, was Politiker machen können und wie schnell sie wieder weg vom Fenster sind …«

»Na unsere haben's ne ziemlich lange Weile gemacht«. flachste Sylvia.

»Und dann?«, fragte Gernot. »Schwupp über die Wupper.«

»Wuppertal«, trug Peter bei; und alle gähnten synchron und demonstrativ. Einschließlich Peter.

»Ich werde Tierärztin«, verkündete Vera resolut.

»Ich wäre gern ein armer Hund, verletzt und arg geschunden, dann machte Vera mich gesund, und ich wär ihr ewig verbunden«, reimte Mark.

»Du wirst, was du bist«, sagte Gernot. »Ein Knittler vor dem Herrn!«

»Auch nicht sicher«, erwiderte Mark; auch er war seltsam weich und zugewandt. Als hätten sich die beiden nicht für immer verkracht? Einiges lässt sich durch den Weichspüler Wein und Bier und Eierlikör erklären – behutsame Annäherung auch?

»Denn gilt für die Poeten nicht auch, was für die Politiker gilt? Vielleicht ein kurzer Aufstieg, dann der Fall in die Vergessenheit?«

»Dann solltest du es erstmal mit dem Aufstieg probieren«, sagte Sylvia und setzte raunend-dunkel fort: »Ich werde deinen Weg verfolgen, Hölderlin! Egal, wo ich bin, meine Augen sehen dich.«

»Aus welcher Bar wirst du ihn sehen?«, fragte Peter.

»Manila. Quito. Reykjavik«, erwiderte Sylvia. »Im Ernst. Ich mache nach dem Abitur nichts. Ich reise durch die Welt, basta, chiquita, olé! Erstmal gucken, was anliegt.«

»Und du, Maria?«, fragte Vera.

»Weiß nicht«, antwortete sie. Maria schloss die Augen und wiegte ihren Kopf. Sie schloss sich wieder Mal weg. Das war für die Freundinnen und Freunde mittlerweile so gewohnt, dass niemand sie zu stören wagte. Wenn Maria wegdriftete – das war so, als stände sie an Deck einer Fähre, von der niemand wusste, von welchem Ufer zu welchem Ufer sie fuhr. »Was Menschliches machen«, sagte sie und verblüffte alle. Niemand hatte damit gerechnet, dass Maria die Frage vernommen, geschweige eine Antwort geben würde.

»Wir sollten langsam Schluss machen«, schlug Gernot vor. Er runzelte die Stirn, so sehen Sorgenfalten aus, Leute, und schaute Vera an. In seinem Blick lag die Frage, ob er sie nach Hause begleiten dürfte. Vera verstand und schüttelte leise den Kopf.

»Langsam«, sagte Peter. »Gaaaanz laaangsam! Es ist noch Bier da!«

»Was übrigbleibt verstecken wir in einem Turnkasten«, schlug Sylvia vor. »Zum späteren Verzehr!«

»Zu was für einem Verkehr, bitte!«, fragte Peter, schloss die Augen und machte ein Kussmündchen.

»Zu einem, in dem dich der Bus rammt«, schlug Sylvia vor und schubste ihn zur Seite.

Und irgendwann, eine weitere halbe Stunde später, standen sie auf. Sie verabredeten sich zum morgigen Vormittag, um aufzuräumen und die Turnhalle besenrein und stubenfein zu machen. Dazu seien sie grad nicht in der Lage, schätzten sie einhellig ihren Zustand ein. Und sie nickten weise, müde und sehr einverstanden mit sich mit den Köpfen.

Briefe aus Baku

Am Montag, dem 12. Februar traf der erste Brief aus Baku ein; seitdem steckte bis kurz vor dem Ende der Winterferien jeden zweiten Tag im Lothringischen Postkasten ein Kuvert mit Gadjis Handschrift. Er schrieb keine langen Texte. Er steckte jeweils ein Foto, das er mit einem kurzen Kommentar versah, in die Umschläge, und schrieb den immer gleichen Satz dazu: Ya tebya lyublyu, Vera; und ich liebe dich, Gadji.

Auf dem ersten Foto standen zwei Jungs vor einer langen Brücke, die in ein Wasser führte; sie hielten vor den Bäuchen zwei Kalaschnikow-Gewehre und grinsten über alle Backen in die Kamera. Auf die Rückseite des Fotos hatte Gadji geschrieben: »Das ist Saur, mein bester Freund seit dem Kindergarten. Der andere bin ich (ha!). Wir stehen am Ufer des Kaspi-Meeres. Ya tebya lyublyu, Vera.

Ich dich auch, flüsterte Vera, auch wenn ich nicht verstehe, warum ihr euch augenscheinlich wunderbar amüsiert – mit zwei Gewehren vor den Bäuchen. Amüsiert ihr euch wegen oder trotz der Gewehre? Mich beunruhigt das, Gadji, Liebster. Sollte sie ihm das schreiben?

Sie entschied sich dagegen, weil die nächsten drei Foto-Briefe nichts Martialisches, sondern eher Matriarchalisches zeigten:

Gadji sitzt mit einer alten Frau im Kopftuch – sie sieht aus wie das Großmütterchen, das am Anfang russischer Märchenfilme die Fensterläden öffnet und die Kinder begrüßt und zum Märchen einlädt; pralle Wangen, gutmütiges Gesicht, o, Vera hatte diese Filme als Kind geliebt – auf einer Bank vor einer Hütte. Auf der Rückseite des Fotos: »Das ist die Mutter meines Vaters. Oma Galja. Wir sitzen vor ihrem Haus in den Bergen bei Baku. Wenn du bessere Yantiki als von meiner Mutter essen willst, musst du sofort herkommen. Ya lyublyu tebya, Vera.«

Gadji hält eine ältere Frau, die eine Brille trägt und vor sich hin schmunzelt, in seinem rechten Arm und zeigt mit dem Zeigefinger der linken Hand auf die Brust der Dame: »Das ist Elisabeta Petrownaja. Sie war meine Deutschlehrerin. Sie kennt Hölderlin mindestens so gut wie Kotte. Und der andere Mensch, bin ich (ha!). Ya lyublyu tebya, Vera.«

Gadji steht an einem Lagerfeuer und hält an einem langen Zweig ein Stück Fleisch hinein. Im Widerschein des Feuers sind die Gesichter von vier Jungen aus der Nacht gestanzt. »Das sind meine besten Freunde. Saur kennst du schon. Und Ljonka, Wladim und Stjopa. Wir sind die Viererbande von Baku (ha!). Wir essen am liebsten gegrilltes Lammfleisch und gegrillte Paprika. Ya lyublyu tebya, Vera.« Und Mädchen?, dachte Vera zärtlich und mit einem Anflug von Eifersucht, Freundinnen habt ihr keine? Also die drei anderen, Gadji, die drei anderen, natürlich nur, meine ich?!

Jeden Mittag öffnete Vera den Briefkasten.

Jeden zweiten Mittag wurde sie fündig.

Sie konnte Nesgir anschauen, ein Schnappschuss, wie sie auf einem Karussell-Kamel reitet und Vera einen unbeschwerten Gruß zuwinkt.

Sie lernte eine Tante Dieunddie und einen Onkel Derundder kennen – bis Vera Mühe hatte zu unterscheiden, wer nun die Frau mit der Battoulah vor dem Gesicht und wer die Frau in dem Mini-Kleid und mit den grell geschminkten Lippen war. Und welcher Onkel zu welchen Kindern gehörte: auf den Fotos, die

Beisammensein und Geselligkeit auf Plätzen und in Innenhöfen zeigten. Dann wieder waren kahle, steinige Berge zu sehen, in denen Gadji, seine Familie oder seine Freunde mit einem Jeep unterwegs waren: Die Muuslimsades machten sorglose Ferien. Am Wichtigsten war YA LYUBLYU TEBYA, VERA.

Die Winterferien waren zu Ende, und Vera hatte seit sieben Tagen keinen Brief mehr erhalten. Die Fragen der Lehrer und ihrer Freundinnen und Freunde konnte sie nicht mehr hören. Wo bleibt er, der Gadji? Hat er sich abgesetzt, der Gadji? Warum meldet er sich nicht, der Gadji? Woher, verdammt noch mal, soll ich das wissen?

Einmal lud Gernot sie zu einem Kaffee ein. Sie hatten sich im Café gegenüber dem Tierpark verabredet. Sie solle das nicht missverstehen. Er wolle keinesfalls – na er habe nicht die Absicht – na er wolle ihre Lage nicht ausnutzen. Das wäre ja auch zu belämmert und zu schäbig, und sie würde das …

Ehrlich, er mache sich Sorgen um sie. Auch um Gadji. Aber dass der nicht wieder auftaucht, das könne tausend Gründe haben. Vielleicht musste sein Vater in einen anderen Einsatz, was es der Familie unmöglich machte, nach Berlin zurückzukehren. (»Ich glaube, die haben mit ihrer Armee ein ziemliches Chaos zur Zeit«, sagte Gernot.) Vielleicht lagen irgendwelche sozusagen geopolitische Hindernisse im Weg. Was wissen wir schon, meinte Gernot, was in der Welt sonst so passiert? »Ist doch eine riesige Entfernung von hier bis nach Baku«, sagte er.

»Ich fühle mich wie auf einer Glasscheibe über dem Abgrund. Und die Scheibe ist mit Seife eingeschmiert.«

»Ich würde dich halten«, sagte Gernot vorsichtig. »Nur, dass du das weißt.«

»Danke«, sagte Vera.

Vera wartete. Sie betrachtete die Fotos, stundenlang. Sie las die vielen YA LYUBLYU TEBYA, VERA wieder und wieder.

Sie hielt es nicht mehr aus und machte sich auf den Weg in das Wohngebiet der russischen Offiziersfamilien.

Nichts hatte sich verändert an dem verfallenden Gebiet, das im Gegensatz zu dem sauberen, gepflegten Inneren der Wohnungen stand. Nur, dass vor einigen Hauseingängen Container standen, in denen Soldaten das Mobiliar ihrer vorgesetzten Offiziere verstauten. Die waren dabei umzuziehen.

Vera wusste, dass die Politiker entschieden hatten, die in der DDR stationierten Sowjettruppen abzuziehen. Für die heimkehrenden Offiziere und für ihre Familien würden in der Heimat Wohnungen gebaut werden; das war versprochen worden.

Vera betrat das Haus, in dem die Musslimsades wohnten. Ihr kam eine Frau entgegen, die das Mädchen kalt musterte, und sich vor sie stellte. Eine stumme Walze, an der niemand vorbeikam, ohne sein Leben zu riskieren. Vera hatte nicht den Mut, nach Gadji Muuslimsade zu fragen. Nach der Familie Muuslimsade. Sie drehte sich um und rannte davon.

Einen Tag später klingelte sie Parterre. Ein Mädchen, acht, neun Jahre alt, öffnete. Vera fragte, ob sie wisse, wo Nesgir und ihr Bruder seien. Die Kleine antwortete nichts. Sie starrte die Deutsche nur an. War Veras Russisch so unverständlich?

Vera stieg die Treppen hinauf und klingelte an der Tür der Nachbarwohnung. »Izvinite, pozhaluysta«, stotterte sie. »U menya vopros. Gde sem'ya Muuslimsade?«

»Ne znayu«, antwortete die Frau, die ihre Hände an ihrer Küchenschürze abwischte und die Tür zuschlug.

Vera ging nach Hause. Vera ging in die Schule. Sie machte sich was zum Essen, sie legte sich schlafen, sie erwachte wieder. Sie stand auf und lief weiter.

Sie sprach mit ihrer Mutter, nein, ihre Mutter redete zu ihr, und sie antwortete. Aber worüber sie sprachen, vergaß Vera sofort.

Sie saß im Unterricht zwischen den anderen. Sie stand auf dem Schulhof zwischen den anderen. Sie hätte in einem Raumschiff unterwegs sein können – größer konnte der Abstand zu den anderen nicht sein.

Und die anderen – ließen sie in Ruhe. Sie verständigten sich untereinander, wie sie mit der Freundin umgehen sollten. Sie kamen zu dem Schluss, dass es nichts nützte, Vera anzusprechen und zu versuchen sie aufzumuntern. Wie denn auch, wenn jemand an der Liebe litt? Welchen Trost gäbe es da?

Wenn doch endlich wieder ein Brief käme.

Anderthalb Wochen nach dem Schulbeginn, am 15. März 1990, entnahm Vera ein Kuvert aus dem Briefkasten. Ein Luftpostbrief, die Adresse in einer anderen Handschrift als die Gadjis darauf. Vera musste sich zusammenreißen, um den Umschlag nicht sofort aufzureißen. Sie setzte sich auf den Stuhl, der vor der Arbeitsplatte in der Küche stand – ein Foto fand sie diesmal nicht. Nach den ersten zwei Sätzen entglitt ihr das Blatt Papier, das zu Boden schwebte, und Vera erstarrte.

Liebe Vera, ich erlaube mir, Dir zu schreiben. Ich habe eine traurige Nachricht für Dich: Gadji ist tot.

Victoria Lothringen kam an diesem Tag überraschend früh nach Hause. Sie hatte einen Termin beim Friseur und wollte einen Umweg über die Wohnung machen, um sich frisch zu machen. Sie schloss auf und rief: »Vera, Verotschka! Nicht erschrecken: Ich bin's, deine Mutter!« Keine Antwort. Vera würde noch in der Schule oder mit ihren Freunden unterwegs sein.

Die Mutter wollte an der Küche vorbei ins Badezimmer gehen, kam an der offenen Küchentür vorbei und sah ihre Tochter steif und starr sitzen. »Vera?«, fragte sie. »Ich bin's.«

Keine Antwort. Victoria trat ein, machte ein paar Schritte und berührte ihre Tochter sanft an der Schulter. Vera rührte sich nicht. Sie war eine Statue, eine leblose, doch atmende Figur.

Victoria entdeckte den Briefbogen auf dem Boden, hob ihn auf und las den Text: … *Mein Herz ist schwer von Tränen. Gadji wird nie wiederkommen. Er ist mit seinem Freund Saur in die Berge gefahren. Sie haben niemandem gesagt, was sie vorhaben. Aber jeder wusste, dass sie die Mörder der Tante Techmine gefunden hatten. Aber sie haben das nicht überlebt. Niemand weiß, wer sie erschossen hat. Es ist so furchtbar, dass ich Tag und Nacht weine. Um Gadji, um Saur, um Dich, Vera. Auch wenn ich nie das Glück hatte, Dich kennenzulernen. Gadji war so verliebt in Dich, ich habe gespürt, dass sein Herz für Dich schlug. Deshalb schreibe ich Dir. Wenn ich an Gadj und an Dich denke, hören die Tränen nicht auf zu fließen. Ich bin froh, dass Du in Deutschland lebst, wo es friedlich ist. Wo nicht Brüder auf Brüder schießen. Bitte, vergiss Gadji nicht. Ich werde ihn auch nie vergessen. Aber denke auch daran, Vera, das Leben ist eine lange Sache. Du musst überleben, Mädchen. Ich grüße Dich mit wehem Herzen, ich umarme Dich, Elisabeta Petrownaja.*

»Am 18. März 1990 wurde in der DDR die neue Volkskammer gewählt. Der mit großer Leidenschaft und unter intensiver Beteiligung der westdeutschen Parteien geführte Wahlkampf war für die Menschen in der DDR eine ganz neue Erfahrung und eine organisatorische Herausforderung für die vielfach erst kurz zuvor gegründeten ostdeutschen Parteien.

Neues Forum, Demokratie Jetzt und die Initiative Frieden und Menschenrechte schlossen sich zum Bündnis 90 zusammen, das eine stufenweise Annäherung der beiden deutschen Staaten befürwortete. Die Allianz für Deutschland aus CDU, Deutscher Sozialer Union (DSU) und Demokratischem Aufbruch plädierte für einen raschen Beitritt, ebenso der Bund Freier Demokraten. Demgegenüber wollte die SPD die Vereinigung in drei Stufen erreichen, an deren Ende eine neue Verfassung stehen sollte. Die SED nahm als PDS an der Wahl teil. Die ehemalige Staatspartei hatte inzwischen die Hälfte ihrer Mitglieder eingebüßt, die alte Führung wurde aus der Partei ausgeschlossen. Der Ausgang der Wahlen erschien ungewiss. In Bonn wurde mit einem schwachen Ergebnis für die der CDU nahestehenden Kräfte gerechnet, während die SPD auf ein sehr gutes Wahlergebnis hoffte.

Doch das Votum der Wählerinnen und Wähler fiel anders als erwartet aus: Die Allianz für Deutschland erreichte 48,1 Prozent der Stimmen. Sie hatte den strategischen Vorteil der politischen Nähe zu den Regierungsparteien im Westen für sich genutzt, denn vielen galt Bundeskanzler Helmut Kohl als Garant für Wohlstand auch im Osten Deutschlands. Nur 21,8 Prozent stimmten für die SPD, 5,2 Prozent für die Liberalen. Das Bündnis 90 – der Zusammenschluss verschiedener Gruppen der Bürgerbewegung – erhielt nur 2,9 Prozent, die PDS behauptete sich mit 16,4 Prozent. Die Wahlbeteiligung lag bei 93,1 Prozent.

Das Wahlergebnis war ein klares Votum für eine rasche Vereinigung, eine Mehrheit für die Regierungsbildung brachte es aber nicht. Als stärkste Fraktion hatte die Demokratische Allianz das Recht, einen Kandidaten für das Amt des Ministerpräsidenten vorzuschlagen.« (*aus: Bundesarchiv*)

*

1997 promovierte Vera Lothringen als Veterinärmedizinerin. Drei Jahre später heiratete sie einen einstigen Kommilitonen, mit dem sie drei Kinder bekam. Die Ehe hält bis heute. Dr. Vera Lothringen-Walluf praktiziert in einem niedersächsischen Dorf nahe der Weser.

Veras Mutter Victoria gab Ende März 1990 ihren Posten als Chefredakteurin DER GANZEN ab und ging in ihren Beruf als Hebamme zurück. Der Rücktritt der gesamten Redaktion war das Ergebnis eines fundamentalen Streits zwischen der Zeitschrift und den Herausgebern von Bündnis 90/Grüne. Victoria zog sich weitgehend aus dem politischen Geschehen zurück, auch wenn sie noch ein paar Jahre lang als Bürgerrechtlerin etikettiert eine angesagte Person für Interviews und in Filmen als Zeitzeugin war. Den Sommer des Jahres 1990 verbrachte sie in Südfrankreich bei ihrem einstigen Freund Albert Mühsam; sie brauchte die Zeit und den Abstand zu einem »zusammenwuchernden Deutschland« (O-Ton Victoria). Victoria heiratete 1998 einen Gynäkologen der Berliner Charité, und ihre Lieblingsrolle ist die der Großmutter von Veras Kindern.

Albert Mühsam kehrte, soweit bekannt, nie wieder nach Deutschland zurück. Er heiratete in eine Winzerfamilie ein und wurde Vater von vier Kindern. Es ist anzunehmen, dass er weiterhin ein neugieriger und starker Leser von Literatur war und ist; soweit es die Zeit erlaubt, die einem Menschen mit Arbeit und großer Familie bleibt. Über eigene literarische Ambitionen ist nichts bekannt.

Sylvia Hohberg ging nach dem Abitur für zwei Jahre auf Reisen um die Welt, um anschließend an der Fachhochschule für Werbung und Gestaltung in Berlin-Schöneweide zu studieren. Nach dem Studium gründete sie ein eigenes Büro und eine Galerie, in der sie die Bilder (noch) unbekannter Maler und Malerinnen aus dem Berliner Raum ausstellte. Sie lernte einen Schweizer Galeristen kennen, der sich in sie (wie sie sich in ihn) verliebte. Heute lebt sie als seine Gattin in Yverdon-les-Bains am Neuenburgersee, ist Mutter zweier Kinder und ehrenamtlich für den Naturschutz tätig.

Maria Breitling verließ im Frühling 1990 noch vor den Abiturprüfungen die Schule und verschwand in der Welt. Ob sie noch lebt, weiß niemand aus dem Kreis der einstigen Freunde zu sagen. Die (vorläufig?) letzte Nachricht, die Vera Lothringen-Wallauf erhielt, stammt aus dem Jahre 2012. Eine Ansichtskarte aus einem chilenischen Ort unweit der Atacama-Wüste. Ihr gehe es gut, teilte Maria mit, sie lebe zwischen dem Ozean und der Wüste und sorge sich um den Erhalt der Schöpfung. »Und das als gelernte Atheistin«, hatte sie unter P. S. gesetzt: »Wenn das Lautengässer wüsste!!!«

Mark Viehweger veröffentlichte 1991 eine Sammlung mit Gedichten in einem Kleinverlag, es folgten in den Jahren 1994, 1998, 2002, 2006, 2012 und 2018 weitere Lyrik-Bände. Sie brachten ihm einige Preise ein, wurden aber nur selten besprochen und wenig gekauft. Mark hält bis heute den Kontakt zu Vera und hält sich gelegentlich für zwei, drei Wochen in dem großzügig ausgebauten Bauernhof der Tierärztin und ihrer Familie auf. Dort, sagt er, könne er einerseits entspannen, andererseits erhalte er Inspirationen, die ihm das Leben in der Stadt verweigerten. Seine Spezialität sind »animalisch-floristische Gedichte mit ironischer, verschlüsselter Sicht auf die jüngere Geschichte Deutschlands« (so in einer Rezension), die zu verstehen einem ungeübten Leser schwer falle. Viehweger hält bis heute auch Kontakt mit

Peter Sandberg. Ihn hatte es nach dem Abitur für drei Jahre in das gastronomische Gewerbe verschlagen – in Ostberlin schossen Kneipen, Lokale, Klubs wie Pilze aus dem Boden –, bis er ein Schauspielstudium am Ernst-Busch-Institut in Berlin-Schöneweide anfing. Er und Sylvia sind sich in den zwei Jahren, die er es bei der Ausbildung aushielt, öfter über den Weg gelaufen. Eine Zeitlang waren sie in einer Beziehung. Sandberg brach das Studium ab, als er eine komödiantische Rolle in einer Fernseh-Serie angeboten bekam. Als er den Job loswurde – die Serie wurde nach acht Jahren eingestellt –, tingelte er durch verschiedene Rollen im Fernsehen und in Stadttheatern. Als sein Vater schwer erkrankte – die Mutter war bereits zwei Jahre zuvor verstorben –, war Peter 45 Jahre alt und übernahm ab 2016 die 24-Stunden-am-Tag-Pflege im Haus des Vaters. Der starb zwei Jahre später, Sandberg erbte das Haus, verkaufte es und kaufte sich in ein IT-Unternehmen ein.

Gernot Klinkermann ging nach dem Abitur nach England, arbeitete ein Jahr lang in einer Außenhandelsfirma, bevor er ein Studium der Betriebswirtschaftslehre (Business Studies) an der

University of Cambridge absolvierte. Nach erfolgreichem Abschluss konnte Klinkermann zwischen verschiedenen Job-Angeboten wählen. Er entschied sich für eine Anstellung beim Rat der Europäischen Union, die ihren Sitz als eine der wichtigsten EU-Institutionen seit dem Jahre 1993 (Maastrichter Vertrag) in Brüssel hat. Nach acht Jahren ging er zur Deutschen Bank, von der er 2012 in die Europäische Zentralbank mit Sitz in Frankfurt am Main wechselte. Dort arbeitet er heute noch, ist verheiratet, Vater von vier Kindern und wohnt mit seiner Familie in Bad Homburg. Ob er in Kontakt steht mit Vera, Peter, Mark, Sylvia oder Maria, ist nicht bekannt.

Werner Kotte und Christa Schaffner heirateten ein halbes Jahr nach der Scheidung von ihrem ersten Mann (1993) und feierten 2018 ihre Silberne Hochzeit, zu der sie Vera Lothringen-Walluf und ihren Mann eingeladen hatten; die beiden kamen auch zur Feier und brachten Viehweger und Hoberg mit (Sandberg war verhindert, Maria nicht auffindbar). Kotte und Schaffner blieben, was sie waren: Lehrerin und Lehrer, angesehen und geachtet, bis sie beide im selben Jahr, 2020, in die Pension gingen und ihr Ferien-Hobby zum Lebensmittelpunkt machten: mit dem Reisemobil von Herbst bis zum Winterende durch die Welt – vornehmlich die wärmeren Länder – zu fahren. Frühling und Sommer verbrachten sie in ihrer Drei-Raum-Eigentumswohnung in Berlin-Spindlersfeld mit Blick auf den Zusammenfluss von Spree und Havel.

Lehrer an der Alexander-von-Humboldt-Oberschule (jetzt: Gymnasium) blieb bis zu seiner Verabschiedung in den Ruhestand im Jahre 2012 auch Horst Kowalski.

Dr. Erwin Lautengässer ließ sich am Ende des Schuljahres 1989/1990 aus dem Schuldienst befreien, um eine hauptberufliche Tätigkeit als Berater und Historiker für die Partei SED-PDS, nachfolgend Die Linke, auszuüben. Er starb 2018 nach kurzer schwerer Krankheit und wurde nach seinem Tode in parteinahen Blättern als ein standfester, dialektisch denkender Bürger und Genosse gewürdigt.

Über das Schicksal der Familie Muuslimsade ist nichts bekannt.

Seite 32:
»Gde Mama?« – »Wo ist Mutter?«
»Ne znayu, ya dumayu ona v magazine.« – »Weiß nicht, ich glaube, sie ist im Laden.«
»Ty edina?« – »Bist du allein?«
»Ne odina! U menya yest' kot!« – »Ich bin nicht allein! Ich habe die Katze!«
»Koshka, koshka!« – »Kätzchen, Kätzchen!«
»Kak gryaznaya ved'ma!« – »Wie eine schmutzige Hexe!«
»I ty, ty lesorub!« – »Und du, du bist ein Holzfäller!«
»Lesorub? Pochemu?« – »Ein Holzfäller? Wieso?«
»Pochemu ne lesorub?!« – »Warum kein Holzfäller?«

Seite 115:
»Nichevo takovo, absolutno nichewo!« – »Nichts, absolut nichts!«
»Eto tvoye resheniye. Ty gost' v germanii.« – »Das ist deine Entscheidung. Du bist ein Gast in Deutschland.«
zadnitsi – Hintern
zhopi – Ärsche
podruga – Freundin
koneshno – selbstverständlich, natürlich

Seite 186:
»Ne znayu. Ya ne khotchu znat.« – »Ich weiß es nicht. Ich will es nicht wissen.«

Seite 227:
»Skazay!« – »Erzähle!«
»Kakaya?« – »Was?«

Seite 228:
»Ne znayu« – »Weiß nicht.«
»Ty ustaluyy« – »Du bist müde«
»Ya ne ustaluya!« – »Ich bin nicht müde!«
» Ya nachinayu zlit'sya!« – »Ich werde wütend!«

»Ty zlit'sya.« – »Du bist wütend.«
»Nu chto?« – »Nun was?«

Seite 230:
»Kuda ty idesh?« – »Wohin gehst du?«
»Na ulitsach.« – »Auf die Straßen.«
»Ya boyus'!« – »Ich habe Angst!«
»Idti!« – »Geh!«
»Mne ne nuzshno idti.« – »Ich muss nicht gehen.«
»Ya ne lyublyu germaniyu, ya ne lylublyu nemtsy!« – »Ich mag Deutschland nicht, ich mag die Deutschen nicht!«

Seite 239:
»Kto ne riskuyet, tot ne pyet champanskoye!« – »Wer nicht wagt, trinkt keinen Champagner!«

Seite 256:
»Pisdez!« – »Verdammt!«
»Der'mo!« – »Scheiße!«
»Ya tvoya ma'!« – »Ich bin deine Mutter!«

Seite 271:
»U menya vopros.« – »Ich habe eine Frage.«
»Uvidimsya pozzhe, Gadji!« – »Seh dich später, Gadji!«

Seite 320:
dostoinstvo i chest' – Würde und Ehre

Seite 327:
»U tebya volos korolewuyy!«– »Du hast Haare wie eine Königin!«
»I ty knopka, kotoroya chitayet slishkom mnogo skazk!« – »Und du bist ein Knopf, der zu viele Märchen liest!«
»I ty grubiyan, kotoryy nikto ne lyubit!« – »Und du bist ein Grobian, den keiner liebt!«

Seite 328:
»Delayte chto khochete!« – »Macht, was ihr wollt!«

Seite 329:
»Ne interesno!« – »Nicht interessant!«

Seite 331:
»Gadji budet otyets! Gadji budjet papa!« – »Gadji wird Vater! Gadji wird Papa!«
»Bred kakoy to! Sidi i molchi!« – »Unfug! Setz dich hin und schweige!

Seite 332:
»Spasibo« – »Danke«
»Mozhno mne?« – »Darf ich?«
»Ya soprovozhdaya Veru.« – »Ich begleite Vera.«

Seite 339:
strannyy – sonderbar, merkwürdig
sumasshedshiye lyudi – Verrückte, Irre

Seite 352:
»Izvinite, pozhaluysta. U menya vopros.« – »Entschuldigen Sie, bitte. Ich habe eine Frage.«
»Gde sem'ya Muuslimsade?« – »Wo ist die Familie Muuslimsade?«
»Ne znayu.« – »Ich weiß nicht.«

ISBN 978-3-89793-381-1

Satz: edition ost
Umschlaggestaltung: Unter Verwendung eines Fotos von Robert Allertz: Regenbogen über dem Nikolaiviertel im Osten Berlins
Druck und Bindung: Sowa Druk, Polen

23,00 Euro

Die Bücher des verlags am park und der edition ost
werden von der Eulenspiegel Verlagsgruppe vertrieben

www.eulenspiegel.com